KB058222

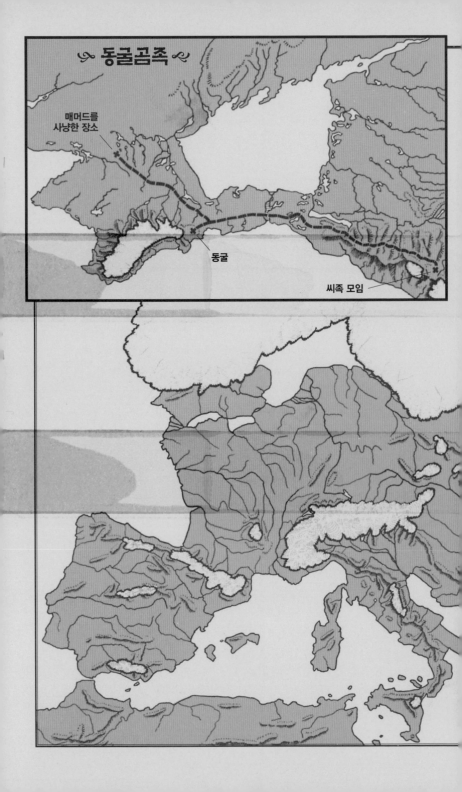

동굴곰족

매머드를
사냥한 장소

동굴

씨족 모임

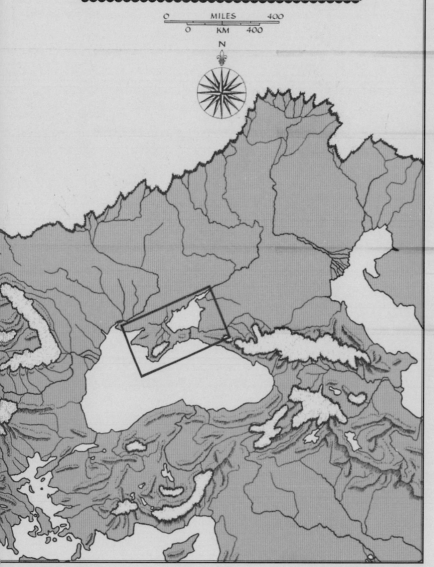

빙하기 선사시대의 유럽

홍적세 후기의 뷔름 빙기, 즉 지금으로부터 3만5천 년 전부터 2만 5천 년 전 사이에 간빙기가 찾아와 기후가 온난해지면서 1만 년에 걸쳐 빙하의 분포와 해안선에 변화가 생겼다.

MILES
0   400
0   KM   400

N

대지의
아이들
I

동굴곰족

2

대지의 아이들 I

JEAN M. AUEL 진 M. 아우얼 지음
정서진 옮김

동굴곰족 2

THE CLAN OF THE CAVE BEAR

EARTH'S CHILDREN

검은숲

동굴곰족

• 에일라 •

어린아이였을 때 낯선 사람들의 세계에 홀로 남겨진 여주인공.
금발 머리에 키가 크고 호리호리하다. 동굴곰족 사람들보다 뛰
어난 지능을 가진 주인공은 절대 어겨서는 안 되는 동굴곰족의
금기를 깨뜨리지만 기지를 발휘해 살아남는다.

• 브룬 •

동굴곰족의 족장. 얼굴에는 텁수룩한 수염이 덮여 있고, 턱 끝은
뒤로 쑥 들어가 있으며, 활처럼 휜 다리에 가슴은 탄탄하게 벌어
져 있다. 그는 다른 종족에게서 태어난 여자아이의 운명을 결정
하게 된다.

• 이자 •

동굴곰족 최고의 주술 치료사. 그들과는 전혀 다르게 생긴 이상
한 아이를 발견한 뒤 사람이라는 것을 깨닫고, 굶어 죽을 뻔했던
아이를 구해준다.

• 크렙 •

목우르라 불리는 동굴곰족의 주술사. 씨족 전체를 통틀어 가장 존경받는 신성한 존재다. 하지만 그토록 높은 지위에 있으면서도 에일라가 알고 있는 것을 배워야 하는 입장에 놓이기도 한다.

• 브라우드 •

족장 브룬의 아들. 난폭하고 거만하다. 자신에게 쏟아져야 할 관심이 이상한 여자아이에게 집중되자 분개한다. 그가 취할 수 있는 육체적으로 가장 만족스러운 방식으로 그녀에게 복수하겠다고 다짐한다.

• 두르크 •

폭력적인 강간에 의해 태어난 아이. 어떤 종족에도 속하지 않은 아이지만 동굴곰족의 미래를 짊어진다.

THE CLAN OF THE CAVE BEAR

EARTH'S CHILDREN

15

사냥꾼 일행이 남쪽으로 이동하는 동안, 계절은 겨울에서 가을로 거슬러갔다. 금방이라도 눈이 쏟아질 것 같은 구름과 공기 중에 떠도는 눈 냄새에 그들은 출발을 서둘렀다. 반도 북부에 들이닥칠 첫 눈보라에 발목을 붙잡히고 싶지 않았다. 반도 남단에 이르자 날씨가 급격히 변하며 따뜻해졌다. 마치 봄이 다가오고 있는 것 같았다. 하지만 초원에는 새싹과 꽃봉오리를 맺기 시작한 야생화 대신 키가 큰 풀들이 황금빛 물결로 출렁이고 있었다. 온대성 나무들은 진홍색과 호박색으로 물든 나뭇잎들을 꽃처럼 가지 끝에 매단 채 상록수들과 한데 어울린 듯 보였으나 가까이 가보니 낙엽수들 대부분이 잎사귀를 떨어뜨린 지 오래였다. 혹독한 겨울이 지척에 다가와 있었다.

매머드 무리를 찾아 나설 때보다 동굴로 돌아가는 여정이 더 오래 걸렸다. 육중한 짐을 짊어진 채 큰 보폭으로 빠르게 걸을 수는 없었다. 하지만 에일라는 매머드보다 더 무거운 마음의 짐을 지고 있었다. 죄책감, 불안, 의기소침이 묵직하게 아이를 짓눌렀다. 누구도 그 사건을 입에 올리지 않았지만 그렇다고 잊은 것은 아니었다. 어쩌다 무심코 고개를 들면 누군가 자신을 빤히 보다가 재빨리 고개를 돌리는 경우가 다반사였다. 하지만 꼭 필요한 경우가 아니면 누구도 말을 걸지 않았다. 에일라는 외롭고 소외된 기분이었다. 그저 겁을 먹은 정도가 아니라 무섭기까지 했다. 사람들이 자신과 대화조차 피하는 걸 보니 자신이 앞으로 어떤 벌을 받게 될 것인지 충분히 짐작이 되었다.

동굴에 남아 있던 사람들은 사냥꾼 무리가 귀환할 날을 손꼽아 기다리고 있었다. 빠르면 이쯤에 돌아올 거라 예상되는 무렵부터 사냥꾼 일행을 마중하기 위해 초원이 잘 보이는 산마루 근처에 한 사람씩 보초를 섰다. 그 일은 주로 아이들이 맡았다.

그날은 아침 일찍부터 보른이 제일 먼저 산마루에 나가 있었다. 소년은 저 멀리 전경을 빤히 바라보더니 얼마 못 가서 따분해졌다. 함께 놀 보르그도 없이 혼자서 먼 곳만 보고 있자니 몸이 근질거렸다. 그는 사냥을 하는 공상에 빠진 채 작은 창을 땅속에 푹푹 찔러댔다. 불로 달군 창끝이 닳을 정도로 같은 동작을 반복했다. 그가 산 아래쪽에 힐긋 시선을 주었다가 사냥꾼 일행을 본 것은 순전히 우연이었다.

"상아! 상아!"

보른이 동굴로 달려오며 외쳤다.

"상아?"

아가가 물었다.

"상아라니, 그게 무슨 말이야?"

"돌아오고 있어요!"

보른이 흥분해서 손짓했다.

"브룬이랑 드루그랑 모두들 말이에요. 상아를 가져오고 있는 걸 봤어요!"

모두가 산중턱까지 달려갔다. 하지만 그들을 맞닥뜨린 순간, 뭔가 잘못된 게 분명해 보였다. 사냥에 성공했으니 사냥꾼들은 기쁨에 넘쳐 있어야 마땅했다. 그러나 그들의 발걸음은 무거웠고, 분위기도 가라앉아 있었다. 브룬은 침통한 표정이었다. 이자는 에일라를 한 번 바라본 것만으로도 딸과 관련해 끔찍한 일이 일어났다는 것을 알아챘다.

사냥꾼 일행이 짊어지고 있던 짐을 마중 나온 사람들에게 건네는 동안, 무거운 침묵의 이유가 밝혀졌다. 에일라는 자신을 향한 은밀한 시선들을 전혀 의식하지 못하고 고개를 숙인 채 터벅터벅 비탈을 올랐다. 이자는 가슴이 쿵 내려앉았다. 전에도 에일라가 씨족의 관습에 어긋나는 행동을 해서 걱정한 적이 있었지만, 지금 그녀의 등줄기를 타고 내리는 소름에 비할 게 아니었다.

일행이 동굴에 도착하자 오가와 에브라가 브락을 데리고 이자에게 왔다. 이자는 버드나무 껍질로 댄 부목을 떼어 내고 아이를 자세히 살펴보았다.

"팔은 머지않아 예전처럼 좋아질 거예요."

이자가 단언했다.

"흉터가 남겠지만 상처는 잘 아물고 있고 부러진 뼈도 잘 붙고 있어요. 그래도 부목을 새로 대는 게 좋겠어요."

그제야 에브라와 오가는 안도의 한숨을 내쉬었다. 에일라가 아직 경험이 부족한 것을 알면서도 달리 방도가 없어 치료를 맡겼지만 내심 그들은 걱정하고 있었다. 사냥꾼에게는 반드시 강인하고 튼튼한 두 팔이 필요했다. 브락이 팔 하나를 못 쓰게 된다면 훗날 운명대로 족장이 될 수 없는 것은 물론, 사냥을 못 하니 온전한 남자가 되지 못한 채 평생을 어중간한 상태로 보내야 할 것이다. 신체적으로는 성숙했어도 첫 사냥을 통해 사냥감의 목숨을 끊지 못하면, 나이 든 소년 같은 신세로 머물 수밖에 없었다.

브룬과 브라우드도 안심했다. 하지만 브룬으로서는 그 소식을 듣고 나니 여러 감정이 교차할 수밖에 없었다. 결정을 내리기가 더욱 어려워졌다. 에일라는 브락의 목숨을 구했을 뿐 아니라 그가 남자로 제구실을 하며 살 수 있도록 해주었다. 하지만 에일라에 대한 처벌 문제는 더 이상 미룰 수 없었다. 그는 목우르에게 신호를 보내어 함께 동굴 밖으로 나갔다.

브룬에게서 자초지종을 들은 크렙은 깊이 상심했다. 에일라를 키우고 가르치는 것은 그의 책임이었는데, 결국 자신이 그 책임을 다하지 못한 게 드러난 것이다. 하지만 그의 마음을 더욱 어지럽히는 또 다른 이유가 있었다. 사냥꾼들이 연이어 죽은 짐승을 발견했을 당시, 그는 그 일이 정령과는 아무런 상관도 없는 일이라는 것을 직감했다. 그는 주그나 다른 사냥꾼이 장난을 치려고 굳이 그런 수고를 한 게 아닌지 의심하기도 했다. 그럴 가능성은 없더라도 그의 직감은 짐승들이 사람의 손에 죽었다고 말하고 있었다. 그는 또한 에일라에게 일어난 변화에 대해서도 눈치채고 있었다. 이제 와 생각해보니 진즉에 그런 변화들을 확인했어야 했다.

여자들은 사냥꾼처럼 발소리를 죽이고 조용히 걷지 않았다. 그들은 일부러 소리를 내며 걸었고, 거기에는 그럴 만한 이유가 있었다. 에일라가 언제 왔는지도 모르게 너무 조용히 다가와 놀랐던 적이 한두 번이 아니었다. 그 밖에도 의심했어야 하는 정황들이 소소하게 있었다.

하지만 그는 아이에 대한 사랑에 눈이 멀어 제대로 보지 못했다. 그는 아이가 사냥을 할 수 있으리라는 생각 자체를 하지 않았다. 그에 따르는 결과를 너무도 잘 알았기 때문이었다. 그는 주술사로서의 진실성, 자신의 역할을 수행하는 자질에 대해 의심을 품게 되었다. 그는 씨족을 영적으로 보호하는 일보다 아이에 대한 감정이 앞서는 것을 방관하고 있었다. 그러고도 여전히 정령들의 신뢰를 받을 가치가 있을까? 여전히 우르수스에 걸맞은 사람이 될 수 있을까? 목우르로서 계속해서 역할을 수행하는 것이 정당하다고 할 수 있을까?

크렙은 아이의 잘못된 행동을 자신의 탓으로 돌렸다. 그 아이에게 물어봤어야 했는데. 그렇게 자유롭게 다니도록 허락해서는 안 됐는데. 더 엄격하게 가르쳤어야 했는데. 그가 하지 못했던 일들에 대해 괴로워한다고 해서 그가 해야만 하는 일이 조금이라도 달라지지는 않았다. 결정은 브룬의 몫이었지만 그 결정을 실행하는 것은 자신의 역할이었다. 사랑하는 아이에게 죽음의 형벌을 내리는 것이 그가 맡은 직분이었다.

"추측하건대 그 짐승들을 죄다 죽인 것도 그 아이 같다."

브룬이 말했다.

"그 아이를 심문해봐야겠지만, 그 아이가 하이에나를 죽였고, 줄팔매를 가지고 있었다. 뭔가를 상대로 연습한 게 틀림없다. 그렇지 않고서야 그런 기술을 습득했을 리가 없다. 줄팔매 다루는 솜씨가 주그보다 뛰어나더군, 목우르. 여자인데 말이다! 어떻게 그런 기술을 연마했을까? 전에도 그 아이에게 남자의 피가 흐르는 게 아닐까 의심한 적이 있었지. 나만 그런 게 아니었어. 남자만큼 키가 크고 아직 여자가 되지도 않았지. 그 아이가 여자가 될 수 없다는 판단에 신빙성이 있다고 생각하지 않는가?"

"에일라는 여자아이야, 브룬. 언젠가는 다른 계집아이들처럼 여자가 될 것이다. 아니면 이미 되었을 수도 있고. 그 애는 무기를 사용하는 여자인 것이지."

주술사는 입을 굳게 다물었다. 더 이상 그릇된 미망에 사로잡혀서는 안 될 일이었다.

"음, 나는 여전히 그 아이가 얼마나 오랫동안 사냥을 해왔는지 알고 싶다. 하지만 내일까지 기다리는 게 좋겠다. 다들 피곤이 풀리지 않았을 테니. 긴 여행이었다. 에일라에게 내일 심문을 할 거라고 전해주길 부탁한다."

크렙은 다리를 절며 동굴로 돌아갔다. 그는 이자에게 내일 심문이 있을 거라고 아이에게 전하라고 이른 뒤, 작은 동굴로 들어갔다. 그는 밤새 불터로 돌아오지 않았다.

여자들은 숲 속으로 들어가는 남자들의 뒷모습을 조용히 바라봤다. 에일라가 그 뒤를 따라 걷고 있었다. 모두들 혼란스러운 감정으로 뒤범벅인 채 어쩔 줄을 몰랐다. 에일라도 혼란스럽기는 마찬가지였다. 사냥을 한 죄가 얼마나 무거운지 몰랐다 해도, 여자가 사냥을 하면 안 된다는 것은 알고 있었다. 내가 알았다면 뭐가 달라졌을까? 아이는 스스로에게 질문을 던졌다. 아니. 그래도 난 사냥이 하고 싶었을 거야. 어떻게든 사냥을 했을 거야. 하지만 정령의 세계로 가는 내내 사악한 정령들이 나를 쫓아오는 것은 싫어. 그런 생각이 들자 아이는 몸서리를 쳤다.

에일라는 수호 정령의 힘을 믿는 만큼, 눈에 보이지 않는, 악의로 가득 찬 존재를 두려워했다. 동굴사자의 정령조차 사악한 존재로부터 보호해줄 수 없는 것일까? 내가 잘못 생각했는지도 몰라. 내가 사냥을 하면 죽게 된다는 것을 알면서 내 토템이 사냥을 허락하는 징표를 보냈을 리가 없어. 어쩌면 내가 줄팔매를 집어 든 첫날, 나를 떠났는지도 몰라. 아이는 더 이상 그런 생각을 하고 싶지 않았다.

개활지에 당도한 남자들은 브룬의 양편으로 나뉘어 통나무나 바위에 각자 자리를 잡고 앉았다. 에일라는 브룬의 발치에 무너지듯 앉았다. 브룬이 아이의 어깨를 두드리고 나서 고개를 들어 그를 보라는 신호를 보냈다. 그는 단도직입적으로 심문을 시작했다.

"사냥꾼들이 발견한 죽어 있는 맹수들이 다 네 소행이었던 것이냐?"

"네."

아이가 고개를 끄덕였다. 이제 와서 숨기려고 해봐야 소용없었다. 이미 비밀이 백일하에 드러난 상황에서 질문에 대한 답을 피하려고 해도 그들은 모든 사실을 알게 될 것이다. 에일라는 다른 씨족 사람들과 마찬가지로 거짓말을 하지 못했다.

"줄팔매질은 어떻게 배웠느냐?"

"주그에게 배웠습니다."

"주그!"

브룬이 메아리처럼 따라 말했다. 모든 사람들의 고개가 비난하듯 그를 향했다.

"나는 그 아이에게 줄팔매를 가르친 적이 결코 없네."

그가 변명하듯 손짓했다.

"주그는 제가 배우고 있다는 것을 알지 못했습니다."

아이는 나이 든 줄팔매 사냥꾼을 옹호하기 위해 벌떡 일어나며 재빨리 손짓했다.

"보른을 가르치는 것을 지켜보았습니다."

"사냥을 한 지는 얼마나 오래되었느냐?"

브룬이 심문을 이어갔다.

"두 해 여름 동안입니다. 지난해에는 연습만 하고 사냥은 하지 않았습니다."

"보른을 가르친 시간이 딱 그만큼이네."

주그가 말했다.

"그렇습니다. 보른이 배우기 시작한 바로 그날부터였습니다."

"보른이 언제 시작했는지 어찌 그리 정확하게 아느냐, 에일라?"

아이가 무슨 근거로 그렇게 확신하는지 의아해하며 브룬이 물었다.

"그곳에 있었습니다. 그때 지켜봤습니다."

"그곳에 있었다니 무슨 말이냐? 어디를 말하느냐?"

"연습장에 있었습니다. 이자가 야생 벚나무 껍질을 벗겨 오라고 심부름을 보내서 갔는데, 사냥꾼들이 모두 그곳에 있었습니다."

아이가 그때의 상황을 설명했다.

"이자는 벚나무 껍질이 필요했습니다. 저는 사냥꾼들이 얼마나 오래 머물지 몰랐고, 그래서 기다리며 지켜보았던 것입니다. 그때 주그가 보른에게 줄팔매질을 처음 가르치고 있었습니다."

"주그가 보른에게 처음 가르치는 것을 보았다고?"

브라우드가 끼어들었다.

"그날이 처음인 게 확실해?"

브라우드는 그날에 대해 너무도 잘 기억하고 있었다. 그날만 생각하면 여전히 부끄러워 얼굴이 벌게졌다.

"네, 브라우드. 확실합니다."

아이가 대답했다.

"그 밖에 또 뭘 봤지?"

딱 잘라 묻는 브라우드의 눈이 가늘어졌다.

브룬 또한 보른에게 처음으로 줄팔매질을 가르치던 날, 연습장에서 무슨 일이 있었는지 기억이 났다. 여자가 그 사건을 목격했다는 생각에 불쾌감을 감출 수 없었다.

에일라가 머뭇댔다.

"다른 남자분들이 연습하는 것도 봤습니다."

아이가 그 부분만큼은 피해가고 싶어 그렇게 대답했지만, 순간 브룬의 눈빛이 험악해지는 게 보였다.

"그리고 브라우드가 주그를 밀치는 것도 봤습니다. 족장께서 브라우드에게 화를 많이 내셨습니다, 브룬."

"그걸 봤다고! 전부 다 보았단 말이냐?"

브라우드가 따져 물었다. 당황스럽고 화가 난 그의 얼굴이 흙빛으로 변했다. 그 많은 사람들 중에, 하고 많은 씨족 사람 중에 어째서 저 애가 그 일을 봤단 말인가? 생각하면 생각할수록 모멸감과 분노가 솟아올랐다. 브룬이 자신을 맹렬하게 꾸짖던 것까지 저 애가 다 목격한 것이다. 브라우드는 당시 자신이 얼마나 줄팔매질이 서툴렀는지도 떠올렸다. 그러자 갑자기 자신이 하이에나를 놓쳤던 일까지 생각났다. 이 애가 죽인 그 하이에나를. 이 계집이 나를 무안하게 만든 것이다.

그가 최근에 아이에게 느꼈던 고마움, 좋은 감정들이 순식간에 사라졌다. 저 계집이 죽어버리면 정말 좋겠다. 그는 속으로 저주했다. 저 계집은 죽어 마땅하다. 자신이 가장 수치스러웠던 순간을 알고 있는 아이가 계속 그들과 함께 살아간다니, 그는 도저히 견딜 수 없었다.

브룬은 자기 짝의 아들을 바라보았다. 그의 얼굴에 나타난 표정을 통해 그의 생각을 읽을 수 있었다. 참으로 안타깝구나. 브룬은 생각했다. 둘 사이의 적대감을 끊을 수 있었던 때에 모든 게 허사로 돌아가고 말다니. 그는 심문을 계속했다.

"보른과 같은 날에 연습을 시작했다고 말했다. 더 자세히 말해봐라."

"사냥꾼 일행이 떠난 후, 저는 연습장을 가로지르다가 브라우드가 땅바닥에 던진 줄팔매를 보았습니다. 족장께서 브라우드에게 화를 낸 후 다들 그것을 챙겨갈 겨를도 없이 바삐 그 자리를 떠났습니다. 어째서 그랬는지 모르겠지만 그저 저도 할 수 있는지 궁금했습니다. 주그가 가르친 내용을 기억하며 한번 시도해보았습니다. 쉽지 않았지만 오후 내내 계속 해봤습니다. 시간이 얼마나 흘렀는지도 몰랐습니다. 한 번 말뚝을 맞혔는데, 그냥 우연이었던 것 같습니다. 하지만 덕분에 노력하면 할 수 있겠다는 생각이 들었습니다. 그래서 그 줄팔매를 챙겼습니다."

"주그에게 줄팔매 만드는 법도 배운 것 같던데."

"네."

"그래서 그해 여름에 연습을 했다?"

"네."

"그렇다면 줄팔매로 사냥을 하기로 결정했을 때, 어째서 육식동물을 사냥했던 것이냐? 육식동물은 잡는 게 더 어렵기도 하고, 더 위험하다. 죽은 늑대가 발견되었고, 심지어 스라소니도 죽어 있었다. 주그가 줄팔매로 그런 짐승을 잡을 수 있다고 늘 말해왔는데, 그의 말이 옳다는 것을 네가 증명한 셈이다. 하지만 왜 그런 짐승을 택했느냐?"

"사냥을 해도 죽인 짐승을 동굴로 가져올 수 없다는 것을 깨달았습니다. 무기를 만지면 안 된다는 것도 알았습니다. 하지만 사냥을 하고 싶었고, 어쨌든 시도해보고 싶었습니다. 육식동물은 늘 우리 식량을 도둑질해 갑니다. 제가 그 짐승들을 죽이면 도움이 될 거라 생각했습니다. 맹수는 먹지 않으니까 식량을 낭비할 일도 없을 테고요. 그래서 육식동물을 사냥하기로 했습니다."

그 대답 덕분에 어째서 아이가 포식동물을 사냥하기로 했는지 의문이 풀리긴 했지만, 애당초 여자아이가 어째서 사냥이 하고 싶어졌는지 도통 이해할 수 없었다. 저 애는 여자다. 지금까지 사냥을 하고 싶어 하는 여자는 아무도 없었다.

"그렇게 멀리에서 하이에나를 줄팔매로 맞히려는 시도가 위험하다는 것을 너도 알 것이다. 하마터면 브락을 맞힐 수도 있었다."

브룬이 캐물었다. 그는 사냥돌을 던질 준비를 하고 있었다. 그 커다란 돌에 브락이 맞아 죽을 가능성도 컸다. 하지만 그 아이에게 닥친 죽음의 순간을 기다리느니 차라리 머리통이 깨져 즉사하는 편이 나았다. 그렇게 하면 적어도 땅에 묻을 아이의 시신을 온전히 가져가 적절한 의식을 거쳐 정령의 세계로 보낼 수 있었다. 하이에나가 그대로 물고 가게 두었다가는 잘해야 흩어져 있는 뼈 몇 개를 찾았을 것이었다.

"제가 맞힐 수 있다는 것을 알았습니다."

에일라가 답했다.

"어떻게 그렇게 자신할 수 있느냐? 하이에나는 사정거리 밖에 있었다."

"제 사정거리 밖에 있지는 않았습니다. 전에도 그 정도 거리에서 짐승을 맞힌 적이 있었습니다. 놓친 적이 별로 없습니다."

"내 보기에는 돌멩이 두 개를 맞은 흔적이 있었다."

브룬이 손짓했다.

"두 개를 던졌습니다."

에일라가 그의 추측을 확인시켜주었다.

"스라소니가 저를 공격한 이후에 스스로 연마한 기술입니다."

"스라소니가 공격을 했다고?"

브룬이 놀라 되물었다.

"네."

에일라는 고개를 끄덕인 뒤 커다란 고양잇과 짐승에게 공격을 당했다가 아슬아슬하게 빠져나온 일에 대해 말했다.

"네 사정거리는 어느 정도냐?"

브룬이 물었다.

"아니다, 말로 하지 말고 내 앞에서 보여봐라. 네 줄팔매를 가지고 있겠지?"

에일라가 고개를 끄덕이고 나서 일어났다. 그들 모두 돌바닥 위로 작은 시내가 흐르는 개활지의 가장자리로 이동했다. 아이는 적당한 크기와 모양의 돌멩이 몇 개를 골랐다. 정확히 멀리 던지기에는 둥근 돌이 가장 적당했지만, 표적을 맞혔는지 확인하기 위해서는 삐죽한 모난 돌이 나을 듯싶었다.

"반대편 끝, 큰 바위 옆에 있는 작은 흰 돌을 맞히겠습니다."

아이가 손짓했다.

브룬은 고개를 끄덕였다. 표적은 보통 남자들의 사정거리보다

한 배 반이나 더 멀리 떨어져 있었다. 아이는 조심스럽게 줄팔매를 겨냥하고 나서 돌을 던지더니 연이어 두 번째 돌을 날렸다. 주그가 목표물을 정확하게 맞혔는지 확인하기 위해 달려갔다.

"흰 돌에서 갓 떨어져 나온 돌 조각 두 개가 있네. 두 번 다 명중했다."

사냥꾼들에게 돌아와 그 사실을 전하는 주그의 손짓에는 감탄하는 기색과 함께 자랑스러워하는 기미도 살짝 엿보였다.

에일라는 여자였다. 씨족의 전통이 엄격하게 금하고 있으니 여자가 줄팔매에 손을 대어서는 결코 안 되는 일이었지만 아이의 실력만큼은 대단히 뛰어났다. 그런데 그러한 솜씨를 두고 주그가 알았든 몰랐든 간에 아이는 그에게 공을 돌리고 있었다. 돌맹이 두 개를 연달아 던지는 기술이라, 그것은 나도 배우고 싶은 재주로군. 그는 생각했다. 주그의 이 뿌듯한 감정은 청출어람의 제자를 둔 스승의 자부심이었다. 게다가 그 아이는 자신의 말이 옳다는 것을 증명해주었다.

브룬의 눈이 개활지를 가로지르는 움직임을 포착했다.

"에일라!"

그가 외쳤다.

"토끼다. 잡아라!"

아이는 그가 가리키는 방향을 흘긋 보더니 들판을 가로질러 뛰어가는 짐승을 일별한 뒤 한 번에 쓰러뜨렸다. 표적을 얼마나 정확히 맞히는지 더는 확인할 필요가 없었다. 브룬은 감탄하는 눈길로 아이를 봤다. 빠르군. 여자가 사냥을 하는 것은 씨족의 관습에 어굿나는 일이었지만, 브룬은 언제나 씨족을 최우선에 놓고 판단을 내렸다. 그들의 안전, 무사, 번영이 가장 중요했다. 그러다 보니 마음 한구석으로는 그 아이가 씨족에게 얼마나 가치 있는 존재가 될 수 있는지 가늠할 수 있었다. 아니, 그런 일은 가능하지 않다. 그는 생각을 고쳤다. 전통에 위배될 뿐 아니라 씨족의 방식과도 맞지 않다.

크렙은 아이의 실력에 대해 브룬처럼 감탄하지 않았다. 조금이나마 남아 있던 의심이 다 걷히고 모든 게 분명해졌을 뿐이었다. 에일라가 그간 사냥을 해왔던 것이다.

"애당초 무슨 이유로 줄팔매를 집어 들었던 것이냐?"

침울하고 어두운 표정으로 목우르가 물었다.

"모르겠어요."

아이가 고개를 젓고는 푹 숙였다. 그 무엇보다도 주술사를 실망시켰다는 게 견딜 수 없었다.

"만지는 데서 그친 게 아니었다. 너는 그걸 가지고 사냥을 하고, 짐승을 죽였다. 그릇된 행동임을 알면서도 말이다."

"제 토템이 제게 징표를 주었어요, 크렙. 저는 적어도 그것이 징표라고 생각했어요."

아이는 목에 걸려 있던 부적의 매듭을 풀었다.

"사냥을 하기로 결정한 후, 이것을 발견했어요."

아이가 목우르에게 화석을 건넸다.

징표? 아이의 토템이 징표를 주었다고? 크게 놀란 남자들 사이에서 동요가 일었다.

에일라가 밝힌 뜻밖의 사실로 인해 상황은 새로운 국면으로 접어들었다. 하지만 어쩌자고 사냥을 하기로 마음먹은 것일까?

주술사는 화석을 유심히 들여다보았다. 바다 생물처럼 생긴 아주 특이한 모양이었지만, 분명 돌은 돌이었다. 하지만 징표라고 쳐도, 그것으로는 그 무엇도 증명할 수 없었다.

징표는 그 사람과 그의 토템 사이의 일이었다. 누구도 다른 이의 징표를 이해할 수 없었다. 목우르는 그것을 아이에게 돌려주었다.

"크렙."

아이가 애원하듯 말했다.

"저는 토템이 저를 시험하고 있다고 생각했어요. 브라우드가 저를 힘들게 했던 것도 시험이라고 생각했고요. 제가 그런 것들까지 다 감내하면, 제 토템이 사냥하는 것을 허락해줄 거라 생각했어요."

브라우드의 반응을 확인하기 위해 호기심 어린 시선들이 그를 향했다.

저 애는 정말로 토템이 자신을 시험하기 위해 브라우드를 이용했다고 생각하는 것일까? 브라우드는 불편해 보였다.

"스라소니가 저를 공격했을 때도 그것 역시 시험이라고 생각했어요. 너무 무서워서 그 이후로는 사냥을 거의 그만둘 뻔했어요. 그때 돌 두 개를 연달아 던지면 어떨까 생각하게 되었어요. 처음에 빗맞더라도 곧바로 다시 던질 수 있을 테니까요. 그런 생각도 제 토템이 제게 알려준 거라 생각했고요."

"알았다."

신성한 주술사가 말했다.

"나는 이 일에 대해 깊이 생각할 시간을 가졌으면 하네, 브룬."

"우리 모두 생각해봐야 할 것 같다. 내일 아침 다시 만난다. 아이 없이."

브룬이 말했다.

"생각할 게 뭐가 있다는 겁니까?"

브라우드가 따지듯 물었다.

"우리 모두 저 아이가 받아 마땅한 벌에 대해 알고 있습니다."

"저 아이가 받게 될 벌은 씨족 전체를 위험에 빠뜨릴 수 있다, 브라우드. 아이에게 벌을 내리기 전에 우리가 간과하는 게 없는지 확실히 해두어야 한다. 내일 다시 만난다."

동굴로 돌아가는 길에 남자들은 대화를 나눴다.

"사냥하고 싶어 하는 여자라니, 듣도 보도 못한 일이다."

드루그가 말했다.

"저 아이의 토템과 관련 있는 게 아닐까? 남자의 토템이니 말이다."

"그때 목우르의 판단을 의심하고 싶지는 않았지만, 늘 저 아이의 동굴사자 토템에 대해 이상하게 생각하기는 했다. 다리에 표식이 있다고 해도 말이지. 그런데 이제는 더 이상 의심하지 않아. 그의 말이 옳았어. 그는 늘 옳았지."

주그가 말했다.

"저 아이에게 남자의 피가 흐를 수도 있을까요?"

크루그가 물었다.

"그런 얘기도 있었지."

"그렇다면 저 아이의 여자답지 않은 행동에 대한 이유가 되겠군."

도르브가 덧붙였다.

"저 애는 틀림없이 계집애입니다. 의심의 여지가 없다고요. 저 애는 죽어야 합니다. 모두들 알고 계시잖아요."

브라우드가 말했다.

"자네 말이 맞을 수도 있네, 브라우드."

크루그가 말했다.

"저 애가 반은 남자라고 해도 여자가 사냥을 하다니 꺼림칙한 일이야."

도르브가 언짢은 표정으로 말했다.

"저 애가 씨족의 일원이라는 것도 마뜩찮았지. 저 애는 너무 다르거든."

"아시다시피 저는 늘 그렇게 생각했습니다."

브라우드가 맞장구쳤다.

"브룬이 어째서 다시 의논하자고 하는지 이해가 안 가요. 제가 족장이라면 바로 처벌을 내리고 끝내버렸을 겁니다."

"그렇게 가볍게 결정할 일이 아니다, 브라우드."

그로드가 말했다.

"그렇게 서두를 이유가 있겠느냐? 하루 더 끈다고 문제될 건 없다."

브라우드는 굳이 응수할 필요가 없다는 듯 급히 앞장서 가버렸다. 저 노인네는 늘 훈계를 늘어놓는단 말이지, 항상 브룬을 두둔하면서. 그는 속으로 생각했다. 브룬은 왜 결단을 못 내리는 걸까? 나는 진작 결정을 내렸는데. 이런 얘기들이 다 무슨 소용이야? 그도 이제 늙어가는 모양이야. 씨족을 이끌기엔 너무 나이가 든 게지.

에일라는 남자들 뒤에서 휘청거리는 걸음으로 따라왔다. 아이는 곧장 동굴로 들어가 크렙의 불터에 놓인 자신의 털가죽 위에 앉은 채 허공을 응시했다. 이자는 아이를 구슬려 뭐라도 먹게 하려고 했지만 아이는 고개를 저을 뿐이었다. 우바는 무슨 일이 일어나고 있는지 알지 못했지만, 키가 크고 멋있는 에일라, 자신이 사랑하고 우상처럼 여기는 친구 같은 언니에게 무언가 괴로운 일이 생겼다는 것을 느꼈다. 우바는 에일라에게 다가가 무릎에 기어올랐다. 에일라는 작은 아이를 안아 말없이 흔들어주었다. 우바는 어떤 식으로든 자신이 에일라에게 위안이 된다는 것을 알고 있었다. 아이는 평소처럼 내려오려고 버둥거리는 일 없이, 자신을 안고 얼러주는 에일라에게 몸을 맡긴 채 가만히 있다가 잠이 들었다. 이자는 에일라의 품에서 아이를 데려다가 잠자리에 눕히고서 자신도 잠자리에 들었지만 잠이 오지 않았다. 꺼져가는 불씨를 물끄러미 바라보고 있는, 그녀가 딸이라고 부르는 이상하게 생긴 아이에 대해 생각하니 깊은 슬픔이 가득 차올라서였다.

다음 날 아침은 맑고 추웠다. 개울가에는 살얼음이 끼었다. 아침이면 동굴 입구의 잔잔한 샘 위에도 얇은 얼음막이 덮였지만, 해가 높이 떠오르는 낮이 되면 얼음은 어느새 녹았다. 머지않아 겨울이 성큼 다가와 씨족 사람들을 동굴 속에 가둬둘 터였다.

이자는 에일라가 한숨이라도 잤는지 알 수 없었다. 이자가 깨어
났을 때 아이는 여전히 털가죽 위에 앉은 채였다. 아이는 자신만의
세계 속에 갇혀 자신이 무슨 생각을 하고 있는지도 모른 채 우두커
니 앉아 있었다. 아이는 그저 기다릴 뿐이었다. 크렙은 이튿날 밤
에도 불터에 돌아오지 않았다. 이자는 그가 자신만의 성소인 작은
동굴에 가기 위해 어둡고 비좁은 틈으로 다리를 끌며 들어가는 것
을 보았을 뿐이었다. 그는 아침이 되도록 그곳에서 나오지 않았다.
남자들이 동굴을 나선 후 이자는 아이에게 차를 가져다주며 부드
럽게 몇 가지 질문을 했지만 에일라는 대답하지 않았다. 이자가 돌
아왔을 때 차는 차갑게 식은 채 아이 옆에 그대로 놓여 있었다. 벌
써 죽은 것만 같아. 그런 생각에 이자는 얼음처럼 차가운 슬픔의
발톱이 마음을 할퀴는 듯한 고통으로 목이 메었다.

브룬은 세찬 바람을 막아주는 커다란 바위 뒤로 남자들을 데려
갔다. 모임을 열기 전에 미리 지시를 내려 모닥불도 피워놓았다.
추위 속에 불편하게 앉아 있다가 성급하게 결정을 내리는 일이 없
기를 미리 계산한 것이었다. 브룬은 모든 남자들의 생각을 속속들
이 알고 싶었다. 그는 정령을 부르기 위해 사용하는 완전한 침묵
속에서 이루어지는 손짓으로 시작했다. 이를 통해 남자들은 이 모
임이 가벼운 회합이 아니라 격식을 갖춘 공식적인 회의라는 것을
알 수 있었다.

"우리 씨족의 일원인 계집아이, 에일라는 브락을 공격한 하이
에나를 죽이고자 줄팔매를 사용했다. 그 아이는 3년 동안 그 무기

를 사용해왔다. 하지만 에일라는 여자다. 씨족의 전통에 따르면 무기를 사용한 여자는 죽어야 한다. 이에 대해 다른 의견이 있는가?"

"드루그가 말하겠습니다, 브룬."

"드루그는 말하시오."

"주술 치료사가 그 아이를 발견했을 때, 우리는 새 동굴을 찾고 있었습니다. 정령들이 우리에게 화가 나 지진을 일으켰고, 우리의 거처는 무너졌습니다. 그런데 어쩌면 정령들은 우리에게 화가 났던 게 아닐지도 모릅니다. 더 나은 거처를 찾아주려고 그랬던 것 같습니다. 그리고 우리가 그 아이를 찾기를 원했고요. 아이는 이상하게 생겼고 특이한 점도 많습니다. 마치 토템에게 받는 징표처럼 말입니다. 그 애를 발견하고 나서 우리 씨족에게는 줄곧 운이 따랐습니다. 나는 그 애가 운을 가져다준다고 생각합니다. 그 행운은 아이의 토템에게서 오는 것 같고요.

그 아이의 이상한 점은 위대한 동굴사자에게 선택받았다는 것뿐만이 아닙니다. 바다 속에 들어가길 좋아하는 것도 별나다고 생각했지만, 그 애가 그렇게 별나지 않았더라면 오나는 지금쯤 정령의 세계를 떠돌고 있을 것입니다. 오나는 계집아이에 지나지 않고 내 불터에서 태어난 아이도 아니었지만, 나는 그 아이에게 정을 느끼게 되었습니다. 그런데 그때는 그 애를 잃는 줄 알았습니다. 그 애가 저세상으로 건너가지 않아 감사할 따름입니다.

저 아이가 이상하기는 하나 우리는 다른 종족에 대해서라면 아는 게 거의 없습니다. 그 아이는 이제 우리 씨족이지만 우리 씨족에서 태어나지는 않았습니다. 어째서 사냥을 하고 싶어 했는지는 모르겠습니다. 씨족 여자들이 사냥을 하는 것은 전통에 어긋나는 일이지만 그 아이가 태어난 종족의 여자들은 사냥을 하는지도 모를 일입니다. 그런 추측이 맞든 틀리든 중요한 것은 아닙니다. 여전히 우리 전통에는 어긋나는 일이니까요. 하지만 스스로 줄팔매질을 터득하지 못했다면 브락은 죽었을 것입니다. 그 아기가 어떻게 죽었을지 생각하면 참으로 끔찍하고요. 사냥꾼이야 맹수에 의해 죽을 수 있다 쳐도 브락은 아기입니다.

브락의 죽음은 브라우드와 족장뿐 아니라 씨족 전체에게도 크나큰 손실이었을 것입니다, 브룬. 브락이 죽었다면 그 생명을 구한 여자아이를 어떻게 할지 결정을 내리려고 여기 이렇게 앉아 있는 일도 없었겠지요. 언젠가 족장이 되었을 그 아이의 죽음을 비통해하고 있을 터입니다. 저는 그 아이가 벌을 받아 마땅하다고 생각하지만 어떻게 그 아이에게 죽음의 저주를 내릴 수 있겠습니까? 제 말은 여기까지입니다."

"주그가 말하겠다, 브룬."

"주그는 말씀하십시오."

"드루그가 한 말이 맞다. 브락의 목숨을 구한 아이에게 어찌 죽음의 저주를 내리겠는가? 그 아이는 다르다. 동굴곰족 출생이 아니니. 그 아이가 여자다운 생각을 하지 못하는지도 모르겠다. 하지만 줄팔매를 빼놓고 생각하면, 행실은 씨족의 참한 여자와 다를 바 없어. 모범이 되는 여자로 지내왔네. 순종적이고 어른 공경할 줄 알고……."

"그렇지 않습니다! 그 계집은 반항적이고 불손합니다."

브라우드가 끼어들었다.

"지금 내가 말하고 있는 중이다, 브라우드."

주그는 화가 나서 응수했다. 브룬이 브라우드에게 못마땅한 시선을 보내자 브라우드는 화를 억눌렀다.

"그 말도 맞네."

주그가 말을 이었다.

"그 애가 어렸을 때 너에게 불손하긴 했다, 브라우드. 하지만 네가 자초한 일이었다. 그런 일이 벌어지도록 네가 부추겼다는 말이다. 네가 어린애처럼 구는데 그 애가 너를 남자로 대접하지 않은 게 그리도 이상한 일이냐? 내게는 언제나 순종적이고 고분고분했다. 다른 남자에게도 불손하게 행동한 적이 없다."

브라우드는 늙은 사냥꾼을 무섭게 노려봤지만 솟아오르는 감정을 애써 억눌렀다.

"그게 사실이 아니라고 해도, 나는 그 애만큼 줄팔매를 잘 쓰는 사람을 본 적이 없다. 그 애는 내게서 배웠다고 말하더군. 나야 그런 줄 몰랐지만, 터놓고 말하자면 그렇게 뛰어난 제자를 가르쳐보면 좋겠다는 생각이 드네. 물론 이제는 내가 그 애한테 배워야 하겠지. 인정할 것은 인정하겠네.

그 아이는 씨족을 위해 사냥하고 싶어 했다. 그럴 수 없으니까 씨족을 도울 다른 방법을 찾은 게지. 그 아이는 다른 종족에서 태어났지만 마음속으로 자신이 우리 씨족 사람이라 생각하고 있다. 또한 늘 자기 자신보다 씨족의 이익을 우선시했다. 그 애가 오나를 구하러 바다에 뛰어들었을 때 그 애는 자기에게 닥칠 위험에 대해서는 생각하지 않았다. 그 애가 물 위에서 움직일 수 있긴 하지만, 오나를 들고 나왔을 때 얼마나 지쳐 있었는지 나는 보았지. 하마터 면 바다가 그 아이도 함께 데려갈 뻔했네. 또 그 아이는 사냥을 하 는 게 잘못임을 알고 3년 동안 숨겨왔지만 브락의 생명이 위험에 처하자 주저하지 않았어.

그 아이의 줄팔매 솜씨는 참으로 뛰어나네. 내가 지금껏 본 사 람 중에 가장 뛰어나지. 그러한 솜씨가 버려진다면 참으로 아쉬울 걸세. 그래서 내 생각은, 그 아이를 씨족에게 이익이 되도록 하자 는 것일세. 그 아이가 사냥을 하도록……."

"안 돼요! 안 돼! 안 된다고요!"

화가 난 브라우드가 펄쩍 뛰었다.

"그 애는 계집애입니다. 계집은 사냥하는 것이 금지되어……."

"브라우드."

자존심 강한 주그가 다시 나섰다.

"내 얘기가 아직 안 끝났다. 내 말이 다 끝나거든 허락을 받고 말해라."

"주그의 말을 끝까지 들어라, 브라우드!"

족장이 주의를 주었다.

"공식적인 회의에서 어떻게 행동하는지 모른다면, 여기를 떠나 도 좋다!"

브라우드는 감정을 억제하려고 애쓰며 다시 자리에 앉았다.

"줄팔매는 대단한 무기가 아니네. 나도 나이가 많이 들어 더 이 상 창으로 사냥을 할 수 없을 때가 되자 그 기술을 연마하기 시작했지. 나는 그 아이가 사냥을 하도록 허락을 해주면 좋겠네. 단 줄팔매만을 사용한다는 조건으로. 줄팔매를 노인과 여자들의 무기가 되도록 하자는 것이네. 여자들 전부가 아니라면 적어도 이 아이만큼은. 이제 내 할 말은 다 했네."

"주그, 저뿐만 아니라 어르신도 창보다 줄팔매를 다루는 일이 훨씬 어렵다는 것을 아시면서요. 사냥이 실패로 돌아갔을 때 주그가 잡아온 고기에 의존한 적도 여러 번 있었습니다. 아이를 위해서 스스로를 과소평가하지 마십시오. 창은 강한 팔만 있으면 되니까요."

브룬이 말했다.

"그리고 강한 다리와 마음, 튼튼한 폐, 엄청난 용기도 필요하지."

주그가 덧붙였다.

"줄팔매 하나만 달랑 갖고 혼자 스라소니의 공격을 받고 난 다음에, 또 다른 스라소니를 상대하려면 얼마나 큰 용기가 필요했겠습니까?"

드루그가 거들고 나섰다.

"주그의 제안에 반대하지 않습니다. 단 줄팔매로만 사냥을 한다는 조건하에서 말입니다. 정령들도 반대하는 것 같지 않습니다. 그 애는 늘 우리에게 행운을 가져다주었어요. 매머드 사냥도 성공하지 않았습니까?"

"우리가 어떤 결정을 내려야 할지 아직까지는 확신이 서지 않는다."

브룬이 말했다.

"사냥은 고사하고 그 아이를 살려둘 수 있는 방법이 있는지조차 모르겠습니다. 씨족의 전통을 아시지 않습니까, 주그? 지금껏 한 번도 없었던 일입니다. 정령들이 정말로 수긍할까요? 어떻게 해서 그런 생각을 하게 되었습니까? 우리 씨족 여자들은 사냥을 하지 않습니다."

"그렇지, 우리 씨족 여자들은 사냥을 하지 않지. 하지만 이 아이는 사냥을 해왔네. 그 아이가 할 수 있다는 걸 몰랐다면, 그 아이가 줄팔매질 하는 모습을 보지 않았다면, 그런 생각은 아마 못 했을 테지. 내가 하고 싶은 말은, 그저 그 아이가 이미 하고 있는 일을 그냥 계속 하도록 내버려두자는 게지."

"목우르는 무슨 할 말이 없는가?"

브룬이 물었다.

"목우르에게 무슨 말을 기대할 수 있겠습니까? 그 계집이 목우르의 불터에서 사는데요!"

브라우드가 불쑥 끼어들었다.

"브라우드!"

브룬이 호통을 쳤다.

"목우르가 씨족의 안위보다 사사로운 감정과 자신의 이해관계를 먼저 생각할 거라고 비난을 하는 것이냐? 그는 목우르, 그것도 가장 존경받는 위대한 목우르가 아니더냐? 그가 옳은 말을 하지 않을 거라 생각하는 거냐? 그런 것이냐?"

"아니다, 브룬. 브라우드가 잘 짚었네. 에일라에 대한 내 감정은 여기 있는 사람들도 다 알 것이네. 내가 그 아이에 대한 정을 완전히 배제하고 생각하는 것은 쉬운 일이 아니지. 내가 사사로운 감정을 제쳐두려고 노력은 하고 있지만, 자네들이 그런 점은 염두에 두었으면 하네. 나는 사냥꾼들이 돌아온 이후로 단식을 하며 줄곧 묵상에 들었다, 브룬. 어젯밤에는 내가 전혀 알지 못했던 기억으로 가는 길을 찾았지. 한 번도 찾지 않았기 때문에 몰랐던 기억이라 생각되네.

아주 오래전, 우리가 씨족이 되기 전, 여자들도 남자를 도와 사냥을 했더군."

여기저기서 믿지 못하겠다는 탄성이 흘러나왔다.

"사실이네. 의식을 열어서 내가 자네들을 그 기억으로 인도하겠네. 우리가 처음 도구와 무기를 만드는 법을 터득하고 있었을 즈음, 우리는 지금과 다르기는 하나 기억과 비슷한 지식을 가지고 태어났지. 그때는 남녀 모두 짐승을 죽여 식량으로 삼았었네. 그때는 남자들이 반드시 여자를 부양하는 것도 아니었어. 어미 곰처럼, 여자가 직접 자신과 아이들을 위해 사냥했더군.

남자들이 여자와 자기 새끼를 위해 사냥을 하기 시작한 것은 그 후의 일이었네. 아이가 있는 여자들이 뒤에 남게 된 것은 훨씬 이후의 일이더군. 여자들이 어린아이들을 보살피고 부양하기 시작했을 때 씨족이 생겨났고, 그러한 역할 분담은 씨족이 성장하는 데 도움이 되었네. 아이의 어미가 식량을 구하려다가 죽으면 아기도 죽었으니까. 하지만 사람들이 서로 싸우는 것을 멈추고 협동하는 법을 배워 함께 사냥하면서부터 본격적으로 씨족이 시작되었지.

그 당시에도 일부 여자들은 사냥을 했어. 여자들이 정령들과 대화하던 시절이었지.

브룬, 자네는 지금껏 한 번도 없던 일이라고 말했어. 하지만 그렇지 않아. 씨족 여자들은 전에 사냥을 했었네. 그때에는 정령들도 용납했고. 하지만 그들은 다른 정령들, 고대의 정령들이고, 토템의 정령은 아니라네. 그들은 강력한 정령들이지만 오래전에 휴식에 들어갔지. 그들을 씨족의 정령이라고 불러도 되는 건지 나도 자신하지 못하겠네. 그들은 존경이나 숭배를 받기보다는 두려움의 대상에 더 가까웠어. 하지만 사악한 정령은 아니고 그저 더 강력한 힘을 가졌던 것뿐이네."

남자들은 정신이 멍해졌다. 목우르는 까마득히 먼 옛날, 그래서 거의 기억되는 일조차 없던 시절을 이야기하고 있었다. 그 시절은 머릿속에서 잊혀 거의 새로운 이야기나 다름없었다. 하지만 그때를 언급하는 것만으로도 두려움이 되살아나 몸서리를 치는 이가 한둘이 아니었다.

"오늘날 우리 씨족으로 태어난 여자가 사냥을 하고 싶어 하지는 않을 것이네."

목우르가 계속 말을 이어갔다.

"할 수 있을 것 같지도 않고. 많은 세월이 흘렀고, 그때 이후로 여자들은 변했네. 남자들도 마찬가지이고. 하지만 에일라는 달라. 그들 종족은 우리와 다르지. 우리가 생각하는 것보다 훨씬 많이 다르네. 다른 여자들에 관해서 보자면, 그 아이에게 사냥을 허락한다고 해서 큰 영향을 미칠 것 같지는 않군. 그 아이가 사냥을 한다는 것 그리고 사냥을 하고 싶어 한다는 사실이 남자들에게 그런 것처럼 여자들에게도 놀라운 일일 테니까. 더는 할 말이 없네."

"누구 더 할 말이 있는가?"

브룬이 물었다. 하지만 그는 자신이 더 이상 또 다른 의견을 들을 준비가 되어 있는지 확신할 수 없었다. 여유 있게 다른 의견을 수용하기에는 이미 새로운 생각들이 너무도 많이 개진된 상태였다.

"구브가 말하겠습니다, 브룬."

"구브는 말하게."

"저는 목우르의 제자에 지나지 않습니다. 목우르만큼 많은 것을 알지도 못하고요. 하지만 목우르가 한 가지 말하지 않고 지나간 게 있는 것 같습니다. 아마도 에일라에 대한 사사로운 감정을 물리치려고 너무도 애를 썼기 때문이겠지요. 목우르는 그 아이보다는 기억에 집중했습니다. 아이에 대한 정이 판단을 흐릴까 우려했던 것 같습니다. 목우르는 그 아이의 토템에 대해서는 생각하지 않은 듯합니다.

어째서 남자의 강력한 토템이 그 여자아이를 택했는지 생각해 보신 적이 있습니까?"

그는 수사적인 질문에 자답하며 말을 이어갔다.

"우르수스를 제외하면, 동굴사자는 가장 강력한 토템입니다. 동굴사자는 매머드보다 더 강력합니다. 동굴사자는 매머드를 사냥하기도 합니다. 어린 것과 늙은 것만 골라 하긴 하지만요. 하지만 동굴사자가 매머드를 사냥하는 것은 아니지요."

"이해가 안 되는군, 구브. 동굴사자가 매머드를 사냥한다고 말해놓고, 또 사냥하는 게 아니라니."

브룬이 손짓했다.

"수사자는 하지 않습니다. **암사자**가 사냥을 하지요. 우리가 수
호 정령에 대해 의논할 때도 그 점을 지나치고 말았습니다. 수컷
동굴사자는 보호자입니다. 하지만 사냥은 누가 합니까? 모든 맹수
중에 가장 크고 가장 강력한 사냥꾼은 암사자입니다! 암컷이오!
암사자가 자기 짝한테 사냥한 짐승을 가져다주지 않습니까? 수사
자도 사냥을 할 수 있지만 수사자의 주된 역할은 암사자가 사냥을
하는 동안 새끼를 보호하는 일입니다.

동굴사자가 여자아이를 선택했다니 이상하지 않습니까? 그
아이의 토템이 수사자가 아니라 암사자라고 생각해보신 적은
없습니까? 암컷 동굴사자? 사냥꾼? 그것이 바로 그 아이가 사
냥을 **하고 싶어 했던** 이유를 설명해주는 게 아닐까요? 어쩌면 그
아이에게 표식을 남긴 것도 암사자일지 모릅니다. 그래서 왼쪽 다
리에 표식을 남긴 것이고요. 그러한 토템을 가진 것보다 그 아이가
사냥을 하고 싶어 한다는 사실이 정말로 더 이례적인 일일까요?
제 생각이 옳은지는 모르겠지만 여러분도 어느 정도 일리가 있다
고 인정할 겁니다. 그 아이의 토템이 수컷 동굴사자이든 암컷 동굴
사자이든, 그 아이가 사냥을 하기로 되어 있다면 저희들이 어찌 그
것을 부정할 수 있겠습니까? 그 아이의 강력한 토템을 부정할 수
있겠습니까? 그리고 그 아이가 제 토템이 바라는 대로 행동했다고
감히 벌을 내릴 수 있겠습니까? 제 의견은 여기까지입니다."

구브가 말을 마쳤다.

브룬의 머리는 핑핑 돌 지경이었다. 너무 많은 생각들이 한꺼번에 빠른 속도로 그에게 달려들었다. 결론을 내리기 위해서는 생각할 시간이 필요했다. 사냥은 당연히 암사자가 하지만, 암사자가 토템이 된다는 것은 금시초문이다. 수호 정령의 정기는 모두 남자가 아니던가? 정령들의 뜻에 대해 오랜 시간 숙고해온 사람만이 사냥을 해왔던 그 아이의 토템이 그 토템을 상징하는 종의 사냥꾼이라는 결론에 도달할 수 있을 것이었다. 하지만 브룬은 구브가 그토록 강력한 토템의 바람을 부정하는 것에 대한 생각을 입 밖에 내지 않았다면 좋았을 거라 생각했다.

여자가 사냥을 한다는 발상 자체가 너무나 특이하고 수많은 생각을 요하는 일이었다. 그 때문에 대다수 남자들은 충격에 흔들리며 그들의 안락하고 안전하며 명확한 세계의 경계에서 한 발짝 더 나아갈 수밖에 없었다. 하지만 그들 각자는 자신의 관점에서, 그리고 자기만의 관심 영역 안에서 의견을 내놓았기 때문에 그저 작은 영역의 경계선을 살짝 넘는 것에 불과했다. 하지만 브룬은 경계를 벗어난 모든 생각을 다 수용해야 하는 입장이었고, 그것은 그의 한계를 넘어설 정도로 어려운 일이었다. 그는 판단을 내리기 전에 각자의 의견들을 다방면에서 숙고해야 했다. 그러기 위해선 충분한 시간이 필요했지만 더 이상 결정을 미룰 수는 없는 노릇이었다.

"누구 다른 의견을 가진 사람은 없는가?"

"브라우드가 말하겠습니다, 브룬."

"브라우드는 말해도 좋다."

"이런 모든 생각들이 흥미롭기는 합니다. 추운 겨울날 생각할 거리를 주는 것 같습니다. 하지만 씨족의 전통은 명확합니다. 다른 종족에게서 태어났든 아니든, 그 아이는 우리 씨족입니다. 씨족의 여자들은 사냥을 하면 안 됩니다. 무기는 물론 무기를 만드는 도구를 만지는 것도 금지되어 있습니다. 우리 모두 그에 따르는 형벌을 잘 알고 있고요. 그 아이는 죽어 마땅합니다. 오래전에 여자가 사냥을 했다고 해서 그러한 전통에 변화가 생기는 것은 아닙니다. 암컷 곰이나 사자가 사냥을 한다고 해서 여자가 사냥을 해도 좋다는 뜻은 아닙니다. 우리는 곰도, 사자도 아닙니다. 그 아이가 강력한 토템을 지니고 있다고 해서, 혹은 씨족에게 길운을 가져다준다고 해도 달라질 것은 없습니다. 그 계집이 줄팔매 솜씨가 뛰어나고 제 짝의 아들 목숨을 구했다고 해도 달라지는 것은 없습니다. 나는 그 점에 대해서는 고마워하고 있습니다. 돌아오는 길에 내가 얼마나 자주 고마움을 표현했는지 모두들 알고 있을 거라 생각합니다. 하지만 그렇다 해도 달라지는 것은 없습니다. 씨족의 전통은 예외를 허용하지 않습니다. 무기를 사용한 여자는 죽어야 합니다. 우리는 그 전통을 바꿀 수 없습니다. 그것이 우리 씨족의 방식입니다.

이런 모임 자체가 시간 낭비입니다. 다른 결정을 내릴 필요가 없습니다, 브룬. 제 말은 여기까지입니다."

"브라우드의 말이 맞네."

도르브가 말했다.

"씨족의 전통을 바꾸는 것은 우리가 할 일이 아니네. 한 번 예외가 생기면 또 다른 예외가 생겨날 걸세. 그러면 우리가 의지할 수 있는 것은 하나도 남지 않게 되겠지. 그 아이가 받을 벌은 죽음이네. 그 계집은 죽어야 마땅하네."

몇몇 남자들이 수긍한다는 듯 고개를 끄덕였다. 브룬은 즉시 대꾸하지 않았다.

브라우드 말이 옳다. 그는 속으로 생각했다. 내가 달리 어떤 결정을 내릴 수 있겠는가? 그 아이는 브락의 목숨을 구했지만, 무기를 사용했다. 브룬은 에일라가 줄팔매를 끄집어내 하이에나를 죽인 그날부터 지금까지 어떠한 결론에도 다가서지 못한 채 갈팡질팡하고 있었다.

"결정을 내리기까지 모든 의견을 고려해보도록 하겠다. 하지만 지금 각자의 생각을 분명하게 알려주길 바란다."

족장이 마침내 그렇게 말했다. 남자들은 모닥불 주위에 둥그렇게 앉았다. 그들 모두 주먹 쥔 손을 가슴 앞에 치켜들었다. 주먹을 위아래로 움직이면 죽음의 저주를 내리는 것에 찬성한다는 뜻이고, 가로로 저으면 반대한다는 뜻이었다.

"그로드."

브룬은 부족장에게 먼저 물었다.

"자네는 에일라가 죽어야 한다고 생각하는가?"

그로드는 망설였다. 그는 궁지에 몰린 족장의 입장을 충분히 이해하고 있었다. 오랜 세월 가까이에서 보필하다 보니 족장의 생각을 거의 읽을 수 있었고, 세월이 흐를수록 족장에 대한 존경심은 커져갔다. 하지만 그로서는 어떠한 대안도 찾을 수 없었다. 그는 주먹을 위아래로 움직였다.

"달리 방법이 있겠습니까, 브룬?"

그가 한 마디 덧붙였다.

"그로드는 찬성한다고 말했다. 다음은 드루그?"

브룬이 도구를 잘 만드는 드루그 쪽을 보며 물었다. 그는 주저하지 않고 주먹을 가로로 움직였다.

"드루그는 반대한다고 말했다. 크루그, 자네 생각은?"

크루그는 브룬을 보고, 목우르를 보더니, 마지막으로 브라우드를 봤다. 그는 주먹을 위아래로 움직였다.

"크루그는 아이가 죽어야 한다는 생각에 찬성했다."

브룬이 재차 확인했다.

"구브는?"

목우르의 젊은 후계자는 즉시 그의 가슴 앞에서 주먹을 가로로 움직이며 자신의 생각을 전했다.

"구브는 반대다. 브라우드는?"

브라우드는 자신의 이름을 부르기도 전에 주먹을 위로 움직였다. 브룬 또한 브라우드 만큼이나 빠르게 다른 사람에게로 시선을 옮겼다. 그는 이미 브라우드의 생각을 알고 있었다.

"알겠다. 주그의 생각은 어떻습니까?"

줄팔매의 달인인 늙은 사냥꾼은 당당하게 자리에서 일어나더니 분명히 강조하듯 주먹을 가로로 움직였다.

"주그는 아이가 죽으면 안 된다고 생각한다. 도르브는 어떻게 생각합니까?"

또 한 명의 늙은 사냥꾼은 손을 위로 올렸다. 그의 손이 아래로 내려가기도 전에 모두의 눈이 목우르에게 향했다.

"도르브는 찬성했다. 목우르의 의견은 어떠한가?"

브룬이 물었다. 그는 다른 이들의 생각은 짐작할 수 있었으나, 노주술사가 무슨 생각을 하는지는 도통 알 수 없었다.

크렙은 고뇌하고 있었다. 그는 씨족의 전통을 잘 알았다. 그는 에일라의 잘못에 대해, 그 아이에게 너무도 많은 자유와 정을 준 것에 죄책감을 느꼈다. 그리고 사적인 감정으로 인해 이성적인 판단을 하지 못할까봐, 씨족에 대한 자신의 본분보다 그 자신의 감정을 먼저 생각할까봐 두려웠다. 그가 천천히 주먹을 올리기 시작했다. 그 아이가 죽어야 하는 것이 사리에 맞는 일이었다. 하지만 그가 자의로 움직이기 전에 마치 누군가가 손을 잡아채 조종하는 양 그의 손이 옆으로 홱 움직였다. 일단 결정이 내려지면 어쩔 수 없이 자신이 저주를 내리는 일을 맡아야 했지만, 스스로 아이에게 죽음의 저주를 내리자고는 할 수 없었다. 그에게 결정권은 없었다. 결정은 오로지 브룬의 권한이었다.

"의견이 정확히 양분되었다."

족장이 사람들에게 알렸다.

"어찌 되었든 결정은 족장이 내리는 것이지만 여러분이 어떻게 생각하는지 알고 싶었다. 나로서는 오늘 이야기된 것들을 생각할 시간이 필요하다. 목우르는 오늘 밤 의식을 치를 거라 말했다. 잘된 일이다. 나는 정령들의 도움이 필요하고, 우리 모두 그들의 보호를 받는 게 좋을 것이다. 아침에 내 결정을 알려주도록 하겠다. 그 아이도 내일 알게 될 것이다. 이제 가서 의식을 준비하도록 하자."

남자들이 떠난 뒤 브룬은 혼자 불가에 남았다. 세찬 바람에 휩쓸린 구름들이 휙휙 지나가며 간간히 차가운 비를 뿌렸다. 하지만 그는 내리는 비를 의식하지 못한 채 모닥불의 마지막 불씨가 꺼져가는 순간까지 자리에 앉아 있었다. 그가 마침내 간신히 몸을 일으켜 동굴까지 터벅터벅 걸어왔을 때는 날이 거의 저물고 있었다. 그는 아침에 그들이 동굴을 나설 때 봤던 그 모습 그대로 못 박힌 듯 앉아 있는 에일라를 봤다. 저 아이는 최악의 상황을 예상하고 있군. 그는 생각했다. 저 아이가 달리 무엇을 기대할 수 있겠는가?

16

씨족 사람들은 아침 일찍 동굴 밖에 모였다. 칼바람을 예고하는 차가운 동풍이 불고 있지만, 하늘은 맑았고 산마루 위에 솟아오른 아침 해는 사람들의 침울한 분위기와는 대조적으로 그들을 환하게 비추었다. 사람들은 서로 눈을 마주치지 않았다. 팔을 축 늘어뜨린 채 손으로 대화를 나눌 생각조차 없었다. 씨족 사람들은 그들에게 더 이상 이방인이 아닌, 이상하게 생긴 아이의 운명을 알기 위해 무거운 발걸음으로 자기 자리에 섰다.

우바는 제 어머니가 떨고 있는 것을 느꼈다. 어찌나 자신의 손을 꼭 움켜쥐고 있는지 손이 얼얼할 정도였다. 제 어머니를 그토록 심하게 떨게 만드는 것이 바람 때문만이 아님을 아이도 알고 있었다. 크렙은 동굴 입구에 서 있었다. 위대한 주술사의 모습이 그토록 으스스하게 보인 적이 없었다. 그의 피폐한 얼굴은 단단한 돌에 새긴 것처럼 굳어 있고, 그의 외눈은 돌처럼 탁한 빛을 띠었다. 브룬의 신호가 떨어지자 그는 동굴 안으로 다리를 끌며 천천히 들어갔다. 감당할 수 없이 큰 괴로움에 짓눌려 발걸음은 무거웠다. 자신의 불터에 이른 그는 털가죽 위에 앉아 있는 여자아이를 보았다. 온몸의 힘을 끌어 모아 가까스로 아이에게 다가갔다.

"에일라, 에일라."

그가 나지막이 말했다. 아이가 올려다보았다.

"시간이 되었다. 이제 가야 한다."

아이의 눈은 이해하지 못하는 듯 흐리멍덩했다.

"지금 가야 한다, 에일라. 브룬은 준비가 다 되었다."

크렙이 다시 한 번 말했다.

에일라는 고개를 끄덕이고 나서 간신히 몸을 일으켰다. 너무 오랫동안 앉아 있던 탓에 다리가 뻣뻣하게 굳어 있었다. 하지만 아이는 그조차 알아차리지 못했다. 아이는 묵묵히 노주술사의 뒤를 따랐다. 아이는 전에 그 길을 지나간 이들의 여러 발자국들이 어지러이 찍혀 있는 흙바닥을 뚫어지게 바라보며 걸었다. 발뒤꿈치와 발가락 자국, 헐거운 가죽 발싸개에 싸인 흐릿한 발의 윤곽, 크렙이 짚고 다니는 지팡이의 둥그런 끝부분과 그의 절름발이 끌린 흔적을 보며 걷다가 흙먼지가 묻은 발싸개로 감싼 브룬의 발이 보이자 그 자리에 멈춰 섰다. 아이는 그대로 땅바닥에 주저앉았다. 어깨를 가볍게 두드리는 느낌에 아이는 억지로 고개를 들어 족장의 얼굴을 올려다보았다. 아이는 그 순간 받은 충격에 정신이 번쩍 들어 말로 표현할 수 없는 두려움을 느꼈다. 낮게 뒤로 경사진 이마하며 두툼한 눈썹, 큰 매부리코, 희끗희끗한 수염은 익숙한 모습이었지만 당당하고 엄격하며 단호한 눈빛은 온데간데없고, 그의 눈에는 진심 어린 연민과 짙은 슬픔이 어려 있었다.

"에일라."

그가 큰 소리로 이름을 부르더니 진지한 의식에서 사용하는 격식을 갖춘 손짓으로 말을 이어갔다.

"우리 씨족의 아이야, 동굴곰족의 전통은 아주 오래되었다. 씨족이 존재해왔던 시간만큼이나 오래, 수대에 걸쳐 우리는 그 전통에 따라 살아왔다. 너는 우리 씨족 태생이 아니나 우리 씨족의 일원이었고, 따라서 너는 같은 전통에 따라 살거나 죽어야 한다. 우리가 북쪽으로 매머드 사냥을 떠났을 때, 네가 줄팔매를 사용하는 것이 목격되었고, 너는 그 전에도 줄팔매로 사냥을 해왔다.

씨족의 여자들은 무기를 사용하는 것이 금지되어 있다. 그것이 우리 전통의 일부다. 그에 따르는 형벌 또한 전통의 일부다. 그것이 씨족의 방식이고, 이는 바뀔 수 없다."

브룬은 몸을 앞으로 기울여 겁에 질린 아이의 파란 눈을 들여다보았다.

"네가 왜 줄팔매를 사용했는지 이해한다, 에일라. 하지만 네가 애초에 왜 줄팔매질을 시작했는지는 나로서는 여전히 이해할 수 없다. 네가 없었다면 브락은 살아 있지 못했을 것이다."

그는 자세를 바로 하더니 가장 격식을 차린 손짓으로 모두가 볼 수 있게 덧붙였다.

"이 씨족의 족장은 내 짝에게서 태어난 아들의 짝이 낳은 아들을 죽음에서 구해준 이 아이에게 고마움을 전한다."

이를 지켜보던 씨족 사람들은 서로 눈길을 주고받았다. 남자가 한낱 여자아이에게 감사해하는 것도 드문 일인데, 하물며 족장이 씨족원들 앞에서 그러는 것은 극히 이례적인 일이었다.

"하지만 씨족의 전통은 예외를 허용하지 않는다."

그는 계속해서 말했다. 그가 목우르에게 신호를 보내자 주술사가 동굴로 들어갔다.

"내게는 다른 선택의 여지가 없다, 에일라. 지금 목우르가 뼈를 특정한 형태로 맞춰놓으며 입에 담을 수 없는 그들의 이름을, 목우르에게만 알려진 이름을 큰 소리로 부르고 있다. 그 일이 다 끝나면 너는 죽게 될 것이다. 에일라, 씨족의 아이여, 너는 이제 죽음의 저주를 받았다."

에일라는 자신의 얼굴에서 핏기가 싹 가시는 것을 느꼈다. 이자는 비명을 지르더니 이내 목소리를 더 높여 잃어버린 아이를 목 놓아 외쳤다. 브룬이 손을 들어 올리자 이자의 울음소리가 뚝 그쳤다.

"아직 내 말이 끝나지 않았다."

그가 손짓했다. 돌연 찾아온 정적 속에서 사람들은 기대감과 호기심이 섞인 눈길을 주고받았다. 브룬에게 무슨 할 말이 더 있다는 것일까?

"씨족의 전통은 명확하다. 족장으로서 나는 그 관례에 따라야 한다. 무기를 사용한 여자에게는 죽음의 저주를 내려야 하지만 그 저주 기간이 얼마나 오래 지속되어야 하는지 밝힌 관습은 없다. 에일라, 너에게 한 달 동안 죽음의 저주를 내린다. 만일 네가 정령들의 호의로 달이 한 바퀴를 돌아 다시 지금의 자리에 온 이후에 저세상에서 돌아올 수 있다면, 그때 너는 다시 우리와 함께 살아도 좋다."

사람들 사이에서 한바탕 소란이 일었다. 전혀 예상하지 못했던 일이었다.

"그 말이 옳다."

주그가 손짓했다.

"저주가 영원히 지속되어야 한다고 말한 관습은 없지."

"하지만 무슨 큰 차이가 있겠습니까? 그렇게 오랜 시간 죽어 있다가 무슨 수로 다시 살아 돌아오겠습니까? 며칠은 몰라도 한 달씩이나요?"

드루그가 의문스러운 듯 말했다.

"저주가 겨우 며칠에 지나지 않는다면 형벌로서 충분치 않을 것 같습니다."

구브가 말했다.

"목우르 중에는 저주 기간이 짧으면 그 사람의 혼이 저제상으로 넘어가지 못한다고 믿는 분들도 있습니다. 가능하면 다시 돌아오려고 시간이 지나가길 기다리며 그 사람의 혼이 주위를 맴돈다고 합니다. 혼이 가까이에 있다면 사악한 정령도 근처에 있다는 것이지요. 기한이 정해진 죽음의 저주이긴 하나 기간이 그 정도로 길면 영구적인 것이나 다름없을 것입니다. 관습에 위배될 것이 없습니다."

"그렇다면 왜 그냥 저주를 내려서 확실하게 끝내버리지 않는 거지?"

브라우드가 씩씩거리며 손짓했다.

"씨족의 전통에는 저 아이가 지은 죄에 대해 일시적인 죽음의 저주를 내리라는 것은 없어. 저 아이는 죽어 마땅할 뿐이라고. 죽음의 저주를 받아 죽으면 그만일 뿐이다."

"네 생각에는 그렇게 되지 않을 것 같단 말이냐, 브라우드? 저 아이가 살아서 돌아올 거라 생각해?"

구브가 물었다.

"아무 생각도 없다. 난 그저 브룬이 간단하게 저주를 내리고 말면 될 것을 어째서 저런 결정을 내렸는지 궁금할 뿐이다."

브라우드는 정곡을 찌른 구브의 질문에 당황했다. 하지만 그 질문은 모두가 속으로 궁금해하던 것을 밖으로 드러낸 것에 불과했다. 그 가능성이 얼마나 희박하든 간에 아이가 저세상에서 돌아올 수 있으리란 생각을 조금이라도 하지 않고서야 브룬이 일시적인 죽음의 저주를 내렸겠는가?

브룬은 밤새 결단을 내리지 못하고 어려운 문제와 씨름했다. 에일라는 브락의 목숨을 구했다. 그 때문에 아이가 죽어야 한다는 것은 온당한 일이 아니었다. 그는 브락을 사랑했고, 진심으로 에일라에게 고마움을 느꼈지만 사적인 감정보다 더 우선시해야 하는 게 있었다. 전통에 의하면 그 아이는 죽어 마땅했다. 하지만 다른 관습도 있었다. 은혜를 갚는 관습, 목숨에 대해 목숨으로 보답하는 관습이 있었다. 아이는 브락의 영혼을 나누어 가지고 있었으므로, 그와 동일한 가치가 있는 것을 받아 마땅했다. 에일라는 브락을 구한 생명의 은인이었으므로, 그 아이에게는 돌려받을 생명의 빚이 있었다.

희미한 새벽빛이 비출 때가 되어서야 그는 마침내 한 가지 방법을 생각해냈다. 몇몇 강인한 영혼은 일시적인 죽음의 저주를 받고도 돌아온 적이 있었다. 그럴 가능성이 거의 없을 정도로 희박하긴 했지만, 어렴풋이나마 희망을 남겨놓는 것이었다. 브락의 목숨을 구해준 보답으로 그는 가능성이 매우 낮긴 하지만 그가 줄 수 있는 최소한의 기회를 아이에게 주기로 결정했다. 충분하지는 않았지만 더 이상은 어쩔 도리가 없었다.

갑자기 죽음과도 같은 정적이 내려앉았다. 동굴 입구에 목우르가 서 있었다. 늙고 핼쑥한 얼굴을 하고 있는 그는 죽은 사람 같아 보였다. 그가 따로 신호를 보낼 필요도 없었다. 다 끝난 것이다. 목우르는 그가 할 일을 완수했다. 에일라는 죽었다.

이자의 통곡이 하늘을 갈랐다. 그러자 오가를 시작으로 에브라와 다른 여자들도 이자를 따라 울부짖으며 슬픔을 나눴다. 에일라는 자신이 사랑하는 여인이 슬픔에 몸부림치는 모습을 보자 그녀를 달래주기 위해 달려갔다. 하지만 아이가 유일하게 기억하는 어머니를 팔로 안으려는 순간, 이자는 등을 돌려 물러서며 아이의 손길을 피했다. 마치 아이가 보이지 않는 것 같았다. 아이는 혼란스러웠다. 이해가 안 된다는 눈빛으로 에일라가 에브라를 봤다. 에브라는 아이를 못 본 척했다. 아이는 아가에게 갔다가 다시 오브라에게 갔다. 누구도 아이를 보지 않았다. 아이가 다가가면 그들은 몸을 돌리거나 옆으로 비켜섰다. 아이가 지나가도록 일부러 비켜주는 것이 아니라 아이가 다가오기도 전에 미리 피하는 것 같았다. 아이는 오가에게 달려갔다.

"나예요. 에일라. 내가 여기 서 있잖아요. 내가 안 보여요?"

아이가 손짓했다.

오가의 눈이 흐릿해졌다. 그녀는 에일라가 보이지 않는 것처럼 아무런 반응도 하지 않고, 아는 내색도 하지 않은 채 돌아서 가버렸다.

에일라는 크렙이 이자를 향해 걸어가는 것을 보았다. 아이는 그에게 달려갔다.

"크렙! 에일라예요. 나 여기 있어요."

아이가 미친 듯이 손짓했다. 노주술사는 발치에 쓰러진 아이를 피해 살짝 비켜서더니 계속해서 걸어갔다. 마치 길가에 죽은 듯 놓여 있는 바위를 피하는 것 같았다.

"크렙."

아이가 울부짖었다.

"왜 나를 보지 못하세요?"

아이가 일어나더니 다시 이자에게로 달려갔다.

"어머니! 어머니이! 날 봐요. **날 좀 봐요!**"

아이는 이자의 눈앞에서 손짓했다. 이자는 다시 소리 높여 통곡하기 시작했다. 그녀는 팔을 격하게 휘두르며 연신 자신의 가슴을 때렸다.

"내 아이. 나의 에일라. 내 딸이 죽었어. 그 애가 떠났어. 내 가없은 에일라. 이제 죽고 말았어."

에일라의 눈에 어리둥절한 채 겁에 질려서 제 어머니의 다리를 안고 있는 우바가 들어왔다.

"너는 내가 보이지, 우바? 내가 바로 여기 있잖아."

에일라는 아이의 눈에서 자신을 알아보는 기색을 읽었지만 그 순간 에브라가 아이를 안아 올리더니 데리고 가버렸다.

"나는 에일라와 갈래요."

우바가 내려오려고 버둥대며 손짓했다.

"에일라는 죽었어, 우바. 저세상으로 떠났다. 저건 에일라가 아니야. 에일라의 혼령일 뿐이다. 저 혼은 저세상으로 가는 길을 찾아야 한다. 네가 저 혼한테 말을 걸려고 하거나 저 혼을 본다면, 너까지 같이 데리고 가려고 할 거야. 혼령을 보면 너에게 나쁜 운이 온단다. 그러니 보면 안 돼. 너도 나쁜 운이 찾아오는 것은 싫지, 우바?"

에일라는 땅에 털썩 주저앉았다. 아이는 죽음의 저주가 무엇인지 제대로 알지 못했었다. 온갖 무서운 일들을 다 상상해보았지만, 실제로 겪게 된 저주는 그보다 훨씬 끔찍했다.

에일라는 씨족 사람들에게 더 이상 존재하지 않았다. 이는 아이를 겁주기 위한 속임수도 연극도 아니었다. 아이는 어쩌다 보이는 혼령일 뿐이었다. 여전히 육신이 살아 있는 것처럼 보이는 혼령이었다. 에일라는 죽었다. 씨족 사람들에게 있어 죽음이란 상태의 변화, 즉 또 다른 곳에 존재하는 차원으로 떠나는 여정이었다. 생명력이 눈에 보이지 않는 혼령인 것은 분명했다. 몸을 움직이고 숨을 쉬게 하고 살아 있게 했던 혼령이 사라지는 것 외에도 사람은 뚜렷한 변화 없이 한순간에 살아 있다가 바로 다음 순간에 죽을 수 있었다. 진정한 에일라였던 생명의 본질은 더 이상 그들 세상에 속해 있지 않았다. 그것은 어쩔 수 없이 저세상으로 옮겨가야 했다. 뒤에 남겨진 육신이 차갑게 식어 움직이지 않건, 따뜻한 채로 움직이건, 그것은 전혀 문제 되지 않았다.

그들은 한 발 더 나아가 생명의 본질을 육신에서 쫓아낼 수 있다고 믿었다. 아이의 육신이 아직 그 사실을 알지 못해도 곧 사라지게 될 것이다. 사실 누구도 그 아이가 돌아올 수 있으리라 믿지 않았다. 브룬조차 마찬가지였다. 빈껍데기일 뿐인 아이의 몸은 혼령이 돌아올 때까지 살아 있을 수 없었다. 생명이 깃든 혼이 없다면 먹을 수도, 마실 수도 없었으므로 곧 몸의 상태는 악화되기 마련이었다. 그러한 생각을 굳게 믿고, 사랑하는 사람들이 더 이상 존재를 인정해주지 않는다면, 그 사람의 존재는 없는 것이나 마찬가지였다. 먹거나 마시거나 살 이유가 없는 것이었다.

하지만 혼령이 더 이상 몸의 일부가 아닌데도 몸을 움직이게 하면서 동굴 근처에 머무는 한, 그 혼령을 쫓아내려는 힘들도 근처를 맴돌 수밖에 없었다. 그러한 눈에 보이지 않는 힘들은 살아 있는 사람에게 해를 끼치고, 다른 사람의 생명까지 앗아가려고 할지 몰랐다. 저주를 받은 사람의 짝이나 가깝게 정을 주고받은 사람이 얼마 지나지 않아 곧 죽게 되는 경우도 없지 않았다. 씨족 사람들은 혼령이 그 육신까지 함께 데려가건, 아니면 움직이지 않는 껍데기를 남겨두고 가건 상관하지 않았다. 하지만 에일라의 혼령이 어서 사라져주기를 바라고 있었다.

에일라는 주위의 낯익은 사람들을 지켜보았다. 그들은 그 자리를 벗어나 일상적인 일들을 하기 시작했지만 긴장감이 감돌았다.

크렙과 이자는 동굴 안으로 들어갔다. 에일라는 일어나서 그들을 따라갔다. 사람들은 우바만 가까이 가지 못하도록 막을 뿐, 누구도 에일라의 길을 막지 못했다. 아이들은 더 특별한 보호를 받는다고 여겨졌지만 그것만 믿을 수는 없는 노릇이었다. 이자는 아이의 잠자리 털가죽, 땅바닥을 파서 그 속에 깔아두었던 마른 풀잎을 비롯해 에일라의 소지품을 모두 모아 동굴 밖으로 가지고 나왔다. 그녀와 함께 나온 크렙은 동굴 입구의 모닥불 앞에 멈추더니 불에 타고 있는 나뭇가지를 들어올렸다. 밖에는 에일라가 보지 못했던 마른 나뭇단이 있었다. 크렙이 불을 붙이는 동안, 이자는 나뭇단 옆에 아이의 물건을 버리더니 서둘러 동굴로 돌아갔다. 크렙은 아이의 물건과 모닥불에 대고 아무 말 없이 손짓했는데, 아이에게는 손짓 대부분이 낯설기만 했다.

점점 커져가는 절망감에 휩싸인 채 에일라는 크렙이 뜨거운 불길 속에 자신의 물건을 던져 넣는 것을 지켜보았다. 아이를 위한 매장 의식은 없을 터였다. 그것도 형벌의 일부이자, 저주의 일부였다. 하지만 아이가 남긴 모든 흔적은 없애야만 했다. 그 아이가 떠나지 못하도록 붙잡을 만한 것들은 남김없이 처분해야 했다. 뒤지개에 불이 붙더니 그 뒤를 이어 채집 바구니와 마른 풀잎 속, 두르개가 불 속으로 들어갔다. 아이는 자신의 모피 덮개에 손을 뻗는 크렙의 손이 떨리는 것을 보았다. 그는 잠시 그것을 가슴에 꼭 품었다가 불 속에 집어 던졌다. 에일라의 눈에서 눈물이 넘쳐흘렀다.

"크렙, 사랑해요."

아이가 손짓했다. 그는 보지 못한 것 같았다. 그가 자신의 약자루를 집어 올리는 순간, 아이는 가슴이 철렁 내려앉는 두려움을 느꼈다. 그는 불행의 단초가 된 매머드 사냥을 떠나기 전에 이자가 만들어준 약자루를 연기가 피어오르는 불 속으로 집어던졌다.

"안 돼요. 크렙, 안 돼요! 내 약자루는 안 돼요."

아이가 애원했다. 하지만 너무 늦었다. 약자루에는 이미 불이 옮겨 붙고 있었다.

에일라는 더 이상 참을 수가 없었다. 가슴이 찢어지는 고통과 비참함에 흐느끼며 정신없이 비탈을 내달려 숲 속으로 들어갔다. 아이는 자신이 어디로 가고 있는지 알지 못했지만 그래도 상관없었다. 여기저기 뻗어 있는 나뭇가지들이 아이의 길을 가로막았고, 팔과 다리가 깊이 베여도 아랑곳하지 않고 무작정 헤치며 앞으로 달렸다. 얼음처럼 차가운 물을 첨벙첨벙 지나다가 통나무에 걸려 넘어지며 땅바닥에 큰 대자로 눕고 말 때까지 발이 물에 젖은 것도, 추위에 감각이 마비되고 있는 것도 알아채지 못했다. 아이는 차갑고 축축한 땅에 누운 채 어서 죽음이 와서 자신을 그 비참한 상황에서 데려가주기를 바랐다. 아이에게는 아무것도 없었다. 가족도 씨족도 살아야 할 이유도. 아이는 죽었다. 아이는 죽었다고 그들이 말했던 것이다.

아이의 바람이 이루어질 때가 다가오고 있었다. 사냥에서 돌아온 이후로 아이는 비참하고 두려운 자신만의 세계에 갇힌 채 이틀이 넘도록 먹지도 마시지도 않았다. 따뜻한 겉옷을 걸치지도 않았다. 추위에 얼어붙은 발은 아파오기 시작했다. 쇠약해진 데다 탈수증까지 겹친 아이가 그대로 찬바람에 노출되어 있다가는 당장에라도 죽음이 아이에게 닥칠 것이다. 하지만 죽음에 대한 바람보다 더 강한 무언가가 아이의 내면에 자리 잡고 있었다. 끔찍했던 지진이 다섯 살 된 아이에게서 사랑하는 가족과 안락한 보금자리를 모두 앗아갔을 때도, 그 고통을 견디고 살아가도록 했던 것과 같은 힘이 었다. 살아야겠다는 불굴의 의지, 집요하리만큼 끈질긴 생존 본능 은, 아이가 여전히 숨을 쉬는 한, 생명이 지속되는 한, 삶을 포기하 도록 내버려두지 않았다.

잠시 그곳에 쓰러져 있던 것이 아이에게는 휴식이 되었다. 긁힌 상처에서 피가 흐르고 추위로 사시나무처럼 떨면서도 아이는 일 어나 앉았다. 축축한 나뭇잎 위에 얼굴을 대고 있던 아이가 입술을 핥자 혀끝에 물기가 닿았다. 목이 말랐다. 이토록 목이 말랐던 적 이 있었는가 싶었다. 근처 어딘가 물이 콸콸 흐르는 소리에 아이는 일어났다. 차가운 물을 실컷 마신 후, 아이는 계속 숲 속을 걸었다. 추위로 온몸이 심하게 떨리고 이도 제멋대로 맞부딪쳤다. 추위로 꽁꽁 얼어붙은 발로 한 걸음 내디딜 때마다 통증이 밀려왔다. 가벼 운 현기증까지 찾아와 정신을 차리기가 쉽지 않았다. 계속 움직이 다 보니 몸이 조금 더워지기는 했지만, 이미 아이의 몸은 저체온으 로 인한 여러 증상들이 나타나고 있었다.

아이는 자신이 어디에 있는지 확신하지 못했고, 머릿속으로 생 각해둔 목적지가 있는 것도 아니었다. 하지만 아이의 발은 이전에 도 여러 번 다녔던, 반복을 통해 머릿속에 새겨진 길을 따라가고 있었다. 아이에게 시간은 아무런 의미가 없었다. 아이는 자신이 얼 마나 오래 걸었는지도 알지 못했다. 물안개가 자욱한 폭포 뒤편의 가파른 암벽을 따라 오르자 그곳이 익숙하게 느껴졌다. 왜소하게 자란 자작나무와 버드나무들과 함께 침엽수가 듬성듬성 자란 숲에서 나오자 아이는 외딴곳에 위치한 고지대의 목초지에 서 있었다.

아이는 얼마 만에 이곳을 다시 찾은 것인지 가늠이 되지 않았다. 아이는 돌 두 개를 연달아 던지는 기술을 연습하던 때를 제외하면 사냥을 시작한 이후로 이곳에 거의 들르지 않았다. 이 비밀 장소는 항상 연습을 위한 곳이었지 사냥을 하기 위한 곳이 아니었다. 지난여름에 한 번이라도 왔었던가? 아이는 기억할 수가 없었다. 나뭇잎 하나 없이 동굴을 가려주고 있는 빽빽하게 얽힌 덤불을 옆으로 밀어제치고서 에일라는 작은 동굴 속으로 들어갔다.

동굴은 아이가 기억하는 것보다 더 작은 것 같았다. 낡은 잠자리 털가죽이 있네. 아이는 아주 오래전에 그 털가죽을 가져다놓았던 때를 떠올리며 혼잣말을 했다. 얼룩다람쥐 몇 마리가 그 안에 집을 짓고 살았던 흔적이 있었다. 털가죽을 가지고 밖으로 나가 털어낸 뒤 살펴보니 오래되어 가죽이 다소 뻣뻣해진 것만 빼면 크게 손상된 부분은 없었다. 털가죽을 두르자 온몸이 따뜻해진 아이는 다시 동굴로 들어갔다.

동굴에는 짐승의 가죽도 있었다. 그 밑에 마른 풀을 깔아 깔개로 쓰기 위해 가져다놓은 오래된 덮개였다. 칼이 아직 있을까? 아이는 생각했다. 선반은 떨어져 있지만 칼은 근처 어딘가에 있을 거야. 저기 있다! 에일라는 먼지구덩이 속에서 돌칼을 들어 올려 먼지를 털어내고 낡은 가죽 덮개를 자르기 시작했다. 아이는 젖은 발싸개를 벗었다. 그러고는 동그랗게 자른 가죽에 빙 둘러 구멍을 뚫어 끈을 꿴 다음, 발을 감싸 묶었다. 덮개 밑에 깔아놓았던 사초들을 발싸개 안에 채워 넣어 따뜻하게 하는 것도 잊지 않았다. 아이는 젖은 발싸개가 마르도록 펼쳐놓은 다음, 동굴에 남아 있는 물건들을 점검하기 시작했다.

불이 필요해. 아이는 생각했다. 마른 풀잎을 불쏘시개로 써야겠어. 아이는 풀을 한군데 그러모아 동굴 벽 옆에 쌓아두었다. 선반이 바싹 말라 있으니까 그것을 쪼개서 불을 붙일 때도 쓰고 받침대로도 써야겠어. 그렇지만 이 선반에 대고 비빌 막대기도 필요한데. 저기 자작나무 껍질로 만든 잔이 있네. 저것도 불을 붙이는 데 쓸 수 있겠어. 아니야, 물을 마시려면 남겨둬야지. 이 바구니는 온통 다 뜯겨 있네. 아이는 그런 생각을 하며 바구니 안을 들여다보았다. 이게 뭐지? 내 예전 줄팔매야. 여기 두었는지 몰랐어. 새 줄팔매를 만들고 나서 여기에 두었나 보구나. 아이는 줄팔매를 들어 올렸다. 너무 작아, 게다가 쥐가 쏠아놓았고. 새것이 필요하겠어. 아이는 멈춰 서서 손안에 든 가죽 끈을 빤히 바라봤다.

나는 저주를 받았어. 이것 때문에 저주를 받은 거야. 난 죽었어. 그런데 내가 어떻게 불 피우는 일이며 줄팔매에 대해 생각을 하는 거지? 나는 죽었잖아. 하지만 내가 죽었다는 것을 못 **느끼겠어.** 내가 느끼는 것은 추위와 허기야. 죽은 사람이 추위와 허기를 느낄 수도 있나? **죽었다는 게** 어떤 느낌이지? 내 혼령은 저세상에 가 있을까? 혼령은 또 뭐지? 혼령을 본 적이 없잖아. 크렙은 누구도 혼령을 볼 수 없다고 했지만 그는 혼령과 대화할 수 있어. 그런데 크렙은 왜 나를 보지 못했을까? 왜 누구도 나를 볼 수 없었을까?

나는 죽은 게 틀림없어. 그렇다고 쳐도 나는 어째서 불이며 줄 팔매에 대해 생각을 하는 것일까? 그 이유야 배가 고프니까!

줄팔매로 먹을 것을 잡아도 될까? 안 될 게 뭐 있어? 이미 저주 를 받았는데, 그들이 뭘 더 어쩌겠어? 하지만 이 줄은 상태가 좋지 않아. 새 줄팔매를 만들 만한 가죽이 어디 없을까?

덮개? 아니야, 그건 너무 뻣뻣해. 너무 오래 밖에 있었어. 부드 럽고 유연한 가죽이 필요한데. 아이는 동굴 주변을 살폈다. 새 줄 팔매를 만들려면 사냥을 해 짐승을 잡아야 하는데, 짐승을 잡을 줄 팔매도 없잖아.

부드러운 가죽을 어디서 구할 수 있을까? 아이는 머리를 쥐어 짜봤지만 생각이 나지 않아 절망에 빠진 채 주저앉았다.

아이는 무릎에 놓인 손을 보다가 갑자기 자기 손이 어디에 놓여 있는지 깨달았다. 내 두르개! 내 두르개는 부드럽고 유연하잖아. 두르개에서 가죽을 조금 잘라내면 되겠다. 아이는 환해진 얼굴로 다시 기운이 솟아난 듯 동굴 주위를 살폈다. 여기 오래된 뒤지개도 있네. 여기다 둔 줄 몰랐는데. 그리고 그릇도 몇 개 있어. 맞아, 조 개껍질도 몇 개 가져다놓았지. 배가 고픈데. 이 주위에 뭐라도 먹 을 게 있으면 좋으련만. 잠깐! 있잖아! 올해는 개암나무 열매를 줍 지 않았으니까 나가보면 땅바닥에 많이 널려 있을 거야.

아이 스스로는 아직 깨닫고 있지 못했지만 어느새 에일라는 살 아나고 있었다. 개암나무 열매를 모아 동굴로 가지고 들어온 아이 는 한동안 음식을 먹지 않아 줄어든 위가 소화할 수 있을 만큼 실 컷 열매를 먹었다. 그러고 나서 두르고 있던 털가죽과 두르개를 벗은 뒤, 줄팔매로 만들 가죽을 잘라냈다. 잘라낸 가죽 끈은 돌멩이를 끼워 넣을 불룩한 부분이 없었지만 그런 대로 쓸만 할 듯싶었다.

아이는 지금껏 먹기 위해 사냥을 한 적은 없었다. 토끼는 날쌘 동물이었지만 아이의 날랜 손길에서 벗어날 만큼 빠르지 못했다. 아이는 지나오던 길에 비버가 만들어놓은 둥지를 봤던 게 기억났다. 아이는 비버가 물로 막 뛰어드는 순간, 그 수생동물을 잡았다. 돌아오는 길에는 시내 근처에서 백악질의 작은 회색빛 돌덩어리를 보았다. 저건 부싯돌이야! 부싯돌이 틀림없어. 아이는 돌덩어리도 주워 동굴로 갖고 왔다. 잡은 토끼와 비버는 동굴 안에 두고, 땔감을 모으고 돌망치로 쓸 돌도 찾을 겸 밖으로 다시 나왔다.

불을 일으킬 때 쓸 막대기가 필요해. 아이는 생각했다. 튼튼하고 바싹 말라 있어야 하는데. 이 나무는 좀 젖었네. 아이의 눈에 낡은 뒤지개가 들어왔다. 이거면 되겠다. 아이는 혼잣말을 했다. 혼자서 불을 피우는 것은 쉽지 않았다. 막대기로 받침대를 내리누르면서 계속 돌려야 했는데, 아이는 평소에 그 일을 다른 여자와 교대로 하는 것에 익숙해져 있었다. 하지만 정신을 집중해 온힘을 쏟아부어 막대기를 돌리자 받침대에서 연기가 솟아오르더니 마른 부싯깃에 불씨가 옮겨 붙었다. 아이가 조심스럽게 불씨를 불자 작은 불길이 혀를 날름거리며 타올랐다. 아이는 마른 불쏘시개를 한 개씩 넣고 나서 선반을 쪼갠 큰 나뭇조각을 넣었다. 불이 제대로 붙어 타오르자 아이는 밖에서 모아 온 더 큰 땔감을 집어넣었다. 기분 좋게 활활 타오르는 불길이 작은 동굴을 따뜻한 온기로 채웠다.

요리용 부대도 만들어야겠어. 아이는 그런 생각을 하면서 가죽을 벗긴 토끼를 꼬챙이에 꿰어 지방이 별로 없는 토끼 고기 위에 기름기가 스며들도록 비버 꼬리를 얹었다. 뒤지개와 채집 바구니도 새로 만들어야지. 크렙이 내 채집 바구니를 불태웠어. 그는 모든 것을 다 태웠지. 내 약자루까지 말이야. 어째서 약자루까지 태워버려야 했을까? 아이의 눈에 눈물이 한가득 고이더니 뺨을 타고 흘러내렸다. 이자는 내가 죽었다고 말했지. 나를 봐달라고 애원하는데도 내가 죽었다고만 말했어. 이자는 정말 나를 보지 못한 걸까? 내가 바로 거기, 이자 바로 앞에 서 있었는데. 아이는 잠시 울고 나서 곧추앉아 눈물을 닦았다. 뒤지개를 새로 만들려면 주먹도끼가 있어야겠다. 아이는 결연한 눈빛으로 생각했다.

토끼 고기가 익는 동안 아이는 드루그를 지켜보면서 배운 대로 부싯돌을 쪼개 주먹도끼를 만들었다. 그 도끼로 생가지를 베어서 뒤지개를 만들었다. 그러고 나서 땔감을 더 모아 동굴 안쪽에 쌓아놓았다. 이제 아이는 고기가 익기만을 간절히 기다렸다. 맛있는 냄새가 진동하자 입안에 군침이 돌고, 배 속에서는 꼬르륵 소리가 요란했다. 고기를 한 입 베어 문 순간, 지금까지 먹었던 음식 중에서 가장 맛있다는 생각이 들었다.

고기를 다 먹고 나자 밖은 어두워져 있었다. 에일라는 불이 있어서 다행이라고 생각했다. 아이는 아침이 오기 전까지 불이 꺼지지 않도록 불을 재로 덮은 뒤 낡은 털가죽으로 몸을 감싼 채 누웠다. 잠은 쉬이 오지 않았다. 불길을 빤히 바라보는 아이의 머릿속으로 그날의 끔찍했던 일들이 연달아 떠올랐다. 아이는 눈물이 흐르는 것도 깨닫지 못했다. 두렵기도 했지만 그보다 더 아이를 사로

잡은 감정은 외로움이었다. 아이는 이자가 자신을 발견한 이후로 혼자 밤을 지내본 적이 없었다. 마침내 피곤에 지쳐 간신히 눈을 감았지만 악몽 때문에 편히 잠을 잘 수 없었다. 아이는 큰 소리로 이자를 부르고, 이제는 거의 잊어버린 말로 또 다른 여인을 목 놓아 불렀다. 하지만 고통스러울 만큼 지독하게 외로운 여자아이를 위로해줄 사람은 어디에도 없었다.

에일라의 하루하루는 생존을 위해 반드시 해야 할 일들로 바쁘게 채워졌다. 에일라는 더 이상 다섯 살이었을 때처럼 미숙하고 무지한 꼬마가 아니었다. 씨족과 함께한 시간동안 아이는 열심히 일을 해야 했지만 그 과정에서 많은 것을 배웠다. 아이는 요리를 할 때 사용할, 물이 스미지 않는 촘촘한 바구니들을 짰고, 새 채집 바구니도 만들었다. 사냥한 짐승의 가죽을 손질해서 안쪽에 토끼가죽을 댄 발싸개와, 발목부터 무릎 아래까지 감싸 끈으로 묶는 각반도 만들었다. 발싸개와 비슷한 손싸개를 만들기도 했다. 동그랗게 자른 가죽으로 손을 주머니처럼 감싸 손목에서 끈으로 묶었는데, 엄지손가락이 나올 수 있도록 손바닥 부분에 틈을 냈다. 부싯돌로는 도구를 만들고 잠자리를 더 포근하게 해줄 풀을 모으기도 했다.

목초지의 풀들은 먹을거리로 유용했다. 씨앗과 알곡이 무르익어 이삭이 묵직했고, 바로 가까이에는 견과류와 키 큰 덩굴월귤 덤불, 조그맣고 단단한 사과, 감자처럼 전분이 많은 뿌리, 먹을 수 있는 고사리류도 있었다. 독이 없는 데다 작고 동그란 콩들이 푸른 콩깍지 속에 나란히 들어 있는 자운영을 발견했을 때는 기쁘기까

지 했다. 바싹 마른 털비름에는 작고 단단한 씨앗들이 들어 있었
다. 그 씨앗을 모아다가 갈아서 알곡과 함께 죽을 끓일 수 있었다.
주변에는 아이가 필요로 하는 것들이 널려 있었다.

아이는 동굴로 돌아오자마자 새 모피 덮개가 필요하겠다는 생각
이 들었다. 혹독한 한겨울 추위가 찾아온 것은 아니었지만, 날은 추
웠고 머지않아 눈이 내릴 터였다. 처음에 아이는 스라소니 모피를
생각했다. 스라소니는 아이에게 특별한 의미가 있었다. 하지만 스
라소니 고기는 입맛에 맞지 않아 먹을 수 없었다. 식량은 모피만큼
이나 아이에게 중요한 문제였다. 아이가 사냥을 할 수 있는 한, 당
장에 필요한 것들을 구하는 데 별문제가 없었다. 하지만 눈이라도
내려 동굴 밖에 나갈 수 없을 때를 대비해 먹을 것을 미리 비축해둘
필요가 있었다. 이제 사냥을 해야 하는 이유는 식량 때문이었다.

아이는 오랫동안 자신의 비밀 장소를 공유했던 순하고 수줍음
많은 동물 중 하나를 죽여야 한다는 생각에 꺼림칙했다. 줄팔매로
사슴을 사냥할 수 있을지도 자신하지 못했다. 아이는 작은 사슴 무
리가 여전히 높은 목초지에 머물러 있는 것을 보고 놀랐다. 무리가
더 낮은 지대로 이동하기 전에 기회를 노릴 수밖에 없겠다고 결정
했다. 가까운 거리에서 힘 있게 날아간 돌은 수사슴을 쓰러뜨렸다.
아이는 나무 몽둥이로 힘껏 내려쳐 사슴의 숨을 끊었다.

사슴의 모피는 두껍고 부드러워 추운 겨울을 나기에 그만이었
다. 사슴 고기를 넣은 죽은 맛있는 저녁이 되었다. 신선한 고기 냄
새에 이끌려 출몰한 성질이 고약한 오소리는 빠르게 날아간 돌에
맞아 그 자리에서 죽었다. 자신이 처음으로 죽였던 짐승이 씨족의

고기를 훔쳐 달아난 오소리였다는 게 떠올랐다. 오소리도 쓸모가 있다고 아이는 오가에게 말했었다. 오소리 모피는 입김이 닿아도 성에가 끼지 않아서 그 가죽으로 망토를 만들면 아주 유용했다. 이번에는 오소리 가죽으로 망토를 만들어야겠다. 아이는 그런 생각을 하며 그 청소동물을 동굴까지 끌어다놓았다.

아이는 다른 맹수들이 접근하지 못하도록 고기를 말리려고 널어놓은 주위에 둥그렇게 불을 피웠다. 그렇게 해놓으면 말리는 시간도 줄일 수 있고, 연기가 고기에 스며들어 풍미도 좋아졌다. 산 암벽에 생긴 작은 틈에 불과한 동굴 뒤쪽은 표층이 깊지 않아서 아이는 얕게 구멍을 판 뒤, 개울에서 가져온 돌을 구멍 주위에 빙 둘렀다. 그 안에 고기를 넣고 묵직한 돌들로 식량창고 위를 덮어놓았다.

고기가 마르는 동안 새로 마련한 모피에도 연기 냄새가 뱄지만 참으로 따뜻했다. 오래된 것과 함께 겹쳐 사용하니 잠자리가 더욱 포근해졌다. 잡아 온 사슴은 요모조모 쓸모가 많았다. 물이 스미지 않는 위장은 잘 씻어 물부대로 사용하고, 힘줄은 끈으로 쓰고, 사슴이 겨울을 나기 위해 저장해놓은 꼬리 윗부분에서 기름 덩어리를 얻었다. 아이는 고기를 말리는 동안, 매일 눈이 오지 않을까 걱정하며 밤 동안에는 동굴 밖에 둥글게 피워놓은 불가 안에서 땔감을 계속 넣으며 쪽잠을 잤다. 고기를 다 말려 무사히 땅속에 저장해놓은 뒤에야 안심할 수 있었다.

구름이 하늘을 온통 뒤덮어 달을 가려버리자 아이는 시간이 얼마나 흘렀을까 걱정이 되기 시작했다. 아이는 브룬이 한 말을 정확히 기억하고 있었다.

"만일 네가 정령들의 호의로 달이 한 바퀴를 돌아 다시 지금의 자리에 온 이후에 저세상에서 돌아올 수 있다면, 그때 너는 다시 우리와 함께 살아도 좋다."

아이는 자신이 지금 저세상에 있는지는 몰랐지만 반드시 돌아가고 싶었다. 돌아갈 수 있을지 자신할 수 없었지만 돌아간다 해도 사람들이 자신을 볼 수 있을지도 의문이었다. 하지만 아이는 그럴 수도 있다고 한 족장의 말에 매달렸다. 그런데 구름이 달을 가리고 있는데 언제 돌아가도 되는지 어떻게 알 수 있을까?

아이는 문득 오래전에 크렙이 막대기에 빗금을 그어 수를 세는 법을 알려주었던 것이 떠올랐다. 다른 가족들은 출입할 수 없었던 불터 한쪽에는 크렙이 빗금을 그어 쌓아둔 막대기들이 있었다. 아이가 짐작하기로는 그것들이 중요한 의식이 있는 주기를 기록하는데 사용되는 것 같았다. 언젠가 아이는 호기심에 그가 하는 대로 기록을 해보기로 마음먹은 적이 있었다. 달은 반복적인 주기에 따라 움직였으므로 아이는 달이 한 바퀴를 돌아 원래의 위치로 돌아오기까지 몇 개의 금을 그으면 될지 알아보면 재미있을 것 같았다. 하지만 이를 안 크렙이 에일라를 호되게 꾸짖었다. 그때 꾸지람은 다시는 그런 기록을 하지 말라는 경고의 의미였지만 그때의 일이 생생하게 떠오르는 계기가 되기도 했다. 아이는 어떻게 하면 동굴로 돌아갈 수 있는 때를 알 수 있을지 하루 종일 고민을 하다가 마침내 그때를 떠올리고는 매일 밤마다 막대기에 빗금을 하나씩 긋기로 결정했다. 아이는 막대기에 표시를 할 때마다 아무리 마음을 다잡으려고 해도 눈물이 나오는 것을 막을 수 없었다.

눈물은 시도 때도 없이 나왔다. 사소한 것들만 봐도 따뜻한 사랑을 받았던 기억들이 떠올랐다. 어디서 놀란 토끼가 툭 튀어나와 길 앞을 가로지르기만 해도 크렙과 함께 천천히 산책하던 순간이 생각났다. 아이는 외눈에 흉터가 가득해 험악해 보이는 나이 든 그 얼굴이 몹시 그리워, 크렙의 얼굴이 생각날 때마다 눈에 눈물이 한가득 고여 넘쳐흘렀다. 이자를 위해 채집했던 식물을 보면 그 쓰임새를 설명해주던 여인이 떠올라 울음이 터져 나왔다. 크렙이 약자루를 불태우던 순간이 떠오르면 또 새삼스레 하염없이 눈물이 쏟아져 내렸다. 밤이 가장 견디기 힘들었다.

아이는 낮에는 혼자 있는 것에 익숙했다. 오랫동안 낮에는 식물을 채집하고 사냥을 하며 산 곳곳을 혼자 쏘다녔기 때문이다. 하지만 밤에는 사람들과 떨어져 혼자 있어본 적이 없었다. 벌겋게 타오르는 불과 동굴 벽에서 너울대는 불의 그림자를 빤히 바라보며 작은 동굴에 홀로 앉아 있다 보면 사랑하던 사람들이 그리워 눈물짓기 일쑤였다. 어떤 면에서는 우바가 가장 그리웠다. 아이는 종종 우바를 안고 얼러주었듯이 털가죽을 가슴에 꼭 끌어안고 앞뒤로 흔들며 나직막이 콧노래를 불렀다. 아이는 주변 환경에서 신체적 욕구를 채울 수 있었지만 정을 그리워하는 마음은 어찌할 수 없었다.

밤사이 첫눈이 소리 없이 내려앉았다. 아침에 일어나 동굴 밖으로 나온 에일라는 기쁨의 탄성을 질렀다. 새하얀 눈이 익숙한 풍경의 윤곽을 부드럽게 변화시키며 환상적인 형체와 신비로운 식물들이 가득한 마법 같은 꿈의 세계를 펼쳐놓았다. 덤불의 가지 끝마다 부드러운 눈 모자가 씌워져 있고, 침엽수들은 화려한 흰옷으로 새

로이 갈아입었으며, 입이 떨어진 맨가지들은 반짝이는 외투를 걸
친 채 새파란 하늘을 배경으로 뻗어 있었다. 아이는 반짝반짝 하얗
게 빛나며 흠 하나 없던 보드라운 눈 위에 찍힌 자신의 발자국을
보더니 눈이 소복이 쌓인 들판을 가로지르며 내달렸다. 이리저리
가로지르다 보니 처음에 무엇을 생각하고 달렸는지 어느새 잊어버
리고 어지러운 무늬가 눈 위에 그려졌다. 아이는 작은 동물의 발자
국을 따라가려다가 이내 마음을 바꾸고는 좁은 바위 턱까지 올라
갔다. 그곳은 바람에 눈이 쓸려갔는지 깨끗했다.

　아이 뒤로 연이어 우뚝 솟은 산들의 장엄한 꼭대기마다 푸른빛
이 도는 하얀색으로 덮여 있었다. 태양이 비추자 꼭대기는 선명한
빛을 발하는 거대한 보석처럼 반짝였다. 아이 앞에 펼쳐진 풍경은
눈이 산 아래 어디까지 내렸는지 보여주었다. 파도가 치며 거품이
이는 청록색 바다가 눈 덮인 산봉우리들 사이로 보였지만, 동쪽의
초원에는 헐벗은 맨땅이 펼쳐져 있었다. 바로 아래로는 하얀 눈이
덮인 땅을 종종걸음으로 가로지르는 아주 작은 사람들의 형체가 보
였다. 씨족 사람들이 사는 동굴 지대에도 눈이 내렸다. 그중 한 사
람은 다리를 끌며 천천히 움직이는 것 같았다. 돌연 눈 내린 풍경의
마법이 한순간에 풀렸고, 아이는 힘없이 바위 턱에서 내려왔다.

　두 번째 내린 눈에는 마법다운 것이 전혀 없었다. 기온은 급격
히 떨어졌다. 동굴 밖을 나설 때마다 맹렬한 바람이 불어와 날카로
운 가시로 아이의 얼굴을 찌르는 듯 얼얼하게 만들었다. 눈보라는
나흘이나 지속되었다. 동굴 외벽 쪽으로 눈이 너무 높게 쌓여 동굴
입구를 거의 막을 정도였다. 아이는 손과 자신이 직접 사냥했던 사

습의 엉덩이뼈로 눈을 파내 통로를 만들어놓고, 하루 종일 땔감을 모으며 지냈다. 고기를 말리기 위해 근처에 떨어진 나무를 다 주워 썼기 때문에 깊게 쌓인 눈을 헤치며 돌아다니느라 아이는 기진맥 진해졌다. 먹을거리는 충분히 모아두었다고 자신했지만 땔감을 모 아두는 것에는 소홀했던 탓이었다. 만일 눈이 더 내린다면 동굴이 눈에 너무 깊숙이 파묻혀 아이는 밖으로 나오지 못할 수도 있었다.

작은 동굴에서 지내게 된 이후 처음으로 아이는 생명에 위협을 느꼈다. 아이가 있는 목초지는 너무 높은 지대에 있었다. 동굴에 갇 히기라도 한다면 결코 겨울을 날 수 없을 것이다. 아이는 추운 겨울 을 온전히 날 만큼 준비할 겨를이 없었다. 에일라는 오후에 동굴로 돌아와 다음 날 땔감을 더 구해와야겠다고 다짐했다.

다음 날 아침, 세찬 바람과 함께 눈보라가 휘몰아치고 있었다. 동굴 입구는 완전히 막혔다. 아이는 궁지에 몰린 채 영영 갇힐 것 만 같아 덜컥 겁이 났다. 하지만 그 순간에도 자신이 얼마나 깊은 눈 속에 파묻혀 있는지 궁금했다. 동굴 안쪽으로 삐죽이 나온 긴 가지를 발견한 아이는 그 가지로 개암나무 덤불 쪽을 마구 쑤셔댔 다. 그러자 쌓였던 눈이 동굴 안으로 쏟아져 내렸다. 밖에서 들어 오는 바람을 느끼며 고개를 들었더니 휘몰아치는 바람에 눈들이 수평으로 날리고 있었다. 아이는 눈 벽에 난 구멍 속에 가지를 그 대로 두고 불가로 돌아왔다.

아이가 눈이 쌓인 높이를 가늠해보기로 해서 다행이었다. 나뭇 가지로 구멍을 뚫은 덕분에 아이가 머물고 있는 작은 공간으로 신 선한 공기가 들어왔다. 불도 산소를 필요로 했지만 아이도 마찬가지였다. 공기구멍이 없었다면 아이는 저도 모르게 깜박 졸다가 영영 깨어나지 못했을 것이다. 아이는 자신이 깨닫고 있는 것보다 훨씬 큰 위험에 처해 있었다.

아이는 동굴을 따뜻하게 하기 위해 불을 더 피우지 않아도 되었다. 얼어붙은 눈결정체 사이에 아주 작은 공기 주머니를 가두고 있는 눈이 단열재 역할을 톡톡히 했다. 사실 아이는 자신의 체온만으로도 한기를 느낄 수 없을 정도였다. 하지만 아이에게는 물이 필요했다. 불은 열기를 유지해주는 것보다 눈을 녹이는 데 더 필요했다.

작은 불 하나가 밝혀주는 동굴 속에 혼자 있다 보니 낮과 밤을 구별하는 유일한 수단은 낮 동안 공기구멍을 통해 비집고 들어오는 희미한 햇빛이었다. 아이는 빛이 희미해지는 저녁 무렵마다 막대기에 빗금을 긋는 일을 소홀히 하지 않았다.

생각하는 일 말고는 별달리 할 일이 없어 아이는 오래오래 불을 바라볼 뿐이었다. 불은 따뜻했고 계속해서 움직였다. 무덤 같은 세계에 갇힌 그 불이 마치 살아 있는 것처럼 느껴졌다. 아이는 불이 나무 막대기를 집어 삼키며 재를 남기는 모습을 응시했다. 불에게도 혼령이 있을까? 아이는 궁금했다. 불이 꺼지면 불의 혼령은 어디로 갈까? 크렙은 사람이 죽으면, 그 영혼이 저세상으로 간다고 말했지. 내가 있는 곳이 저세상인가? 조금 더 외로울 뿐, 다른 것은 못 느끼겠어. 내 혼령은 지금 다른 곳에 있는 것일까? 내가 어찌 알겠어? 하지만 그런 것 같지는 않아. 아니, 어쩌면 그럴 수도. 내 혼령은 크렙과 이자, 그리고 우바와 함께 있는 것 같아. 그런데 나는 저주를 받았잖아. 나는 죽은 게 틀림없어.

내 토템은 내가 저주받을 것을 알면서도 어째서 징표를 보낸 것일까? 징표를 준 게 아니라면 나는 어째서 징표를 받았다고 생각했을까? 내 토템이 나를 시험한다고 생각했어. 어쩌면 이게 또 다른 시험인지도 몰라. 아니면 나를 저버린 것일까? 하지만 어째서 나를 선택하고는 그다음에 나를 버린 거지? 어쩌면 나를 버리지 않았는지도 몰라. 토템이 나를 위해 정령의 세계로 갔는지 모르지. 사악한 정령들과 싸우고 있는지도 몰라. 나보다는 내 토템이 훨씬 사악한 정령과 잘 싸울 테니까. 그래서 그동안 나를 여기로 보내 기다리고 있으라고 한 것인지도. 그가 여전히 나를 보호하고 있는 걸까? 하지만 내가 죽지 않은 거라면, 지금의 나는 무엇인 걸까? 난 혼자야. 그게 바로 나란 사람이야. 이렇게 외롭지만 않으면 정말 좋겠어.

불이 또 배가 고프다고 하네. 먹을 것을 원하고 있어. 나도 뭘 좀 먹어야겠다. 에일라는 점점 줄어들고 있는 땔감 더미 속에서 나무 조각 하나를 꺼내 불 속에 집어넣고 나서 공기구멍을 확인하러 갔다. 어두워지고 있어. 아이는 생각했다. 막대기에 표시를 해야겠다. 눈보라가 겨울 내내 불어 닥칠까? 아이는 빗금이 그어진 막대기를 꺼내 빗금을 하나 더 그었다. 그러더니 손가락들로 빗금을 짚어보았다. 처음에는 한 손으로, 그다음에는 다른 손으로, 그리고 나서 다시 처음 짚었던 손으로, 계속해서 모든 빗금을 짚어보았다. 어제가 내 저주의 마지막 날이었어. 이제 돌아가도 되겠다. 하지만 이런 눈보라 속에서 어떻게 출발하지? 아이는 다시 공기구멍을 통해 밖을 확인해보았다. 날은 어두워지고 있는데, 거센 바람에 가로

로 날리는 눈보라를 헤치고 길을 나설 수는 없는 노릇이었다. 아이
는 고개를 젓더니 불가로 돌아왔다.

다음 날 아침 눈을 뜨자마자 제일 먼저 한 일은 다시 공기구멍
을 통해 밖을 확인하는 것이었다. 하지만 돌풍은 계속해서 맹위를
떨치고 있었다. 절대 그치지 않으려나? 눈보라가 계속될 리는 없
잖아? 난 돌아가고 싶어. 브룬이 영원히 지속되는 저주를 내렸다
면 어땠을까? 눈이 그친다고 해도 돌아갈 수 없다면? 그렇게 되면
내가 지금 죽은 게 아니라고 해도 분명 언젠가는 죽게 될 거야. 한
달을 버틸 만한 것들을 모을 시간이 충분하지 않았어. 그러니 겨울
이 끝날 때까지 여기서 버티는 것은 절대 불가능해. 브룬은 어째서
일시적인 죽음의 저주를 내린 걸까? 전혀 기대하지도 못했는데.
내 토템이 아니라 내가 정령들의 세계로 갔어도 과연 돌아올 수
있었을까? 내 혼령이 떠나지 않았다는 것을 내가 어떻게 알 수 있
지? 내 혼령이 떠나 있는 동안에도 내 토템이 여기서 내 몸을 보호
해주고 있었는지도 모르지. 모르겠다. 정말 모르겠어. 내가 유일하
게 아는 것이라고는, 브룬이 저주를 일시적인 것으로 정하지 않았
다면 내게 기회는 결코 없었으리라는 거야.

기회? 브룬이 정말 내게 기회를 주려고 했던 것일까? 그때 아
이의 머릿속에 번쩍 하는 깨달음과 함께 모든 사실들을 더 깊이 있
게, 새롭게 이해할 수 있었다. 아이가 그만큼 성숙해졌다는 것을
의미하기도 했다. 내가 브락의 목숨을 구해주어서 고맙다던 브룬
의 말은 진심이었던 거야. 그는 내게 저주를 내리고 싶지 않았지만
그럴 수밖에 없었어. 그게 씨족의 관습이니까. 하지만 내게 기회를

주고 싶었던 거야. 난 내가 죽었는지도 모르겠어. 사람들은 죽고 나서도 먹고 잠자고 숨을 쉴까? 아이는 갑자기 오싹한 전율을 느꼈다. 그것은 추위 때문이 아니었다. 대다수 사람들은 그러고 싶지 않을 거야. 그리고 나는 이제 그 이유를 알겠어.

그렇다면 무엇 때문에 나는 살기로 마음을 먹었던 걸까? 내가 동굴에서 벗어나 달려오다가 넘어진 자리에 그대로 있었다면 나는 아주 쉽게 죽었을 거야. 브룬이 내게 돌아올 수 있다고 말하지 않았더라면, 내가 다시 일어설 수 있었을까? 내게 기회가 있다는 것을 알지 못했다면, 내가 계속해서 살려는 노력을 했을까? 브룬이 말했지. "정령들의 호의로⋯⋯." 무슨 정령? 내 정령? 내 토템의 정령? 그게 무슨 상관이야? 어쨌든 뭔가가 나로 하여금 살고 싶어 하도록 했어. 어쩌면 지금 이 순간도 토템이 나를 보호해주고 있는지 몰라. 토템은 내게 기회가 있다는 것을 알고 있었던 거야. 어쩌면 두 가지 다일 수도 있어. 그래, 둘 다인 거야.

에일라는 자신이 깨어 있다는 것을 알아차리는 데도 한참이 걸렸다. 자신의 눈이 떠져 있다는 것을 확인하기 위해서 눈을 만져봐야 했다. 숨이 막힐 듯 갑갑하고 칠흑처럼 어두운 동굴 속에서 아이는 터져 나오는 비명을 꾹 참았다. 난 죽었어! 브룬이 내게 저주를 내렸고, 이제야 내가 죽은 거야! 난 결코 여기서 나가지 못할 거야. 다시는 동굴로 돌아가지 못할 거야. 너무 늦었어. 사악한 정령들, 그들이 나를 속인 거야. 내가 살아 있는 것처럼, 동굴에서 안전하게 있는 것처럼 생각하게 만들었지만 나는 죽었던 거야. 개울가에서 내가 그들을 따라가지 않아 화가 많이 나서 나를 벌했던 거야. 사실은 죽어 있는데 내가 살아 있는 것처럼 생각하게 만든 거야. 아이는 두려움에 몸을 바들바들 떨며 털가죽 속에서 몸을 움츠렸다. 두려움에 미동조차 하지 않았다.

아이는 잠을 설쳤다. 자다 깨다를 반복하며 섬뜩한 악몽에 시달렸다. 끔찍한 악령들이 따라오고 지진이 일어나고, 자신을 공격한 스라소니가 동굴사자로 변하더니 끊임없이 눈이 내리는 꿈이었다. 동굴에서는 눅눅하고 독특한 악취가 났다. 하지만 눈은 보이지 않아도 다른 감각들이 기능하고 있다는 것을 깨닫게 해준 것이 바로 그 냄새였다. 그다음에는 공포에 질려 벌떡 일어섰다가 동굴 벽에 머리를 쿵 박았을 때였다.

"내 막대기가 어디 있지?"

아이는 어둠 속에서 손짓했다.

"밤이니까 막대기에 표시를 해야 하는데."

아이는 그 일이 자기 삶에서 가장 중요한 일이라도 되는 것처럼 막대기를 찾아 어둠 속을 헤집고 다녔다. 밤이 되면 표시를 해야 하는데, 막대기를 못 찾으면 어떻게 빗금을 그을 수 있겠어? 내가 벌써 표시를 했던가? 막대기를 찾지 못하면 동굴로 돌아가도 되는지 내가 어찌 알 수 있을까? 아니야, 꼭 그렇지는 않아. 아이는 그러한 생각을 지우려고 머리를 흔들었다. 집에 갈 수 있어. 정해진 시간이 지났어. 하지만 난 죽었잖아. 그리고 눈도 멈추지 않을 거야. 눈은 또 내릴 거야. 하염없이 눈이 내릴 테지. 막대기. 다른 막대기. 눈을 좀 봐야겠다. 이렇게 어두운데 어떻게 눈을 볼 수 있지?

아이는 되는대로 여기저기 머리를 쿵쿵 박아가며 동굴 안을 기어 다니다가 입구 쪽에 이르렀을 때 위쪽으로 희미한 빛이 비추는 것을 보았다. 내 막대기, 틀림없이 저 위쪽에 막대기가 있을 거야.

아이는 동굴 안까지 뻗어 자란 개암나무 덤불을 타고 올라갔다. 기다란 나뭇가지의 끝이 손에 들어오자 그것을 세게 밀었다. 막대기가 쌓인 눈에 구멍을 내는 순간, 아이 머리 위로 눈이 쏟아져 내렸다. 공기구멍이 다시 트이자 동굴 안으로 신선한 공기가 와락 들어오며 맑게 갠 푸른 하늘이 나타났다. 마침내 폭풍의 기세가 꺾이면서 바람이 멈추자 마지막 내린 눈이 내려앉아 구멍을 막은 것이었다.

차갑고 신선한 공기 덕분에 아이의 머리가 맑아졌다. 끝났어! 마침내 눈이 그친 거야! 이제 동굴로 돌아갈 수 있겠어. 하지만 여기서 어떻게 나간다? 아이는 구멍을 넓히기 위해 막대기로 눈을 이리저리 쑤셔댔다. 커다란 눈덩어리가 별안간 구멍으로 후드득 떨어지며 동굴 속으로 밀려 들어왔다. 아이는 차갑고 축축한 눈을 뒤집어쓰고 말았다. 조심하지 않으면 눈에 파묻히겠어. 어떻게 나가면 좋을지 고민해보는 게 좋겠다. 아이는 눈 위에서 기어 내려와 넓어진 구멍으로 흘러 들어오는 햇빛을 보며 미소 지었다. 아이는 어서 떠나고 싶은 마음에 흥분을 감출 수가 없었다. 하지만 애써 마음을 다잡으며 해야 할 일들을 꼼꼼히 생각해보았다.

불이 꺼지지 않았다면 좋았을 텐데. 따뜻한 차가 마시고 싶어. 그래도 물부대에 물이 조금 남아 있으니까. 그래, 그거면 됐어. 아이는 그런 생각을 하고는 목을 축였다. 음식을 끓일 수는 없지만 한 끼 안 먹는다고 큰일이 나지야 않겠지. 어쨌든 말린 사슴 고기는 먹을 수 있으니까. 그건 불에 익힐 필요도 없고. 아이는 동굴 입구로 다시 달려가 하늘이 아직 파란지 확인했다. 이제 뭘 가지고 가야 할까? 음식은 걱정하지 않아도 돼. 특히 매머드 사냥 덕분에 먹을 것은 충분히 비축해놓았을 테니까.

갑자기 매머드 사냥하며 하이에나를 죽인 일, 죽음의 저주에 이르기까지 지난 기억들이 물밀 듯이 밀려왔다. 그들이 정말로 나를 다시 받아줄까? 정말로 나를 다시 **알아볼까**? 못 알아보면 어떡하지? 그럼 난 어디로 가지? 하지만 브룬이 내가 돌아오면 받아주겠다고 말했어. 에일라는 오로지 그 생각에 매달렸다.

그런데 줄팔매는 가져가지 말아야겠어, 그거 하나는 확실해. 채집 바구니는 어떻게 할까? 크렙이 전에 쓰던 것을 태웠는데. 아니야, 내년 여름까지는 필요 없으니 그때 가서 새로 만들면 되지. 내옷, 몸에 걸치는 것은 다 가져가야겠다. 아예 다 입고 가면 되겠어. 그리고 도구도 몇 개 챙기고. 에일라는 가져가고 싶은 것들을 모두 한데 모아두고 몸을 따뜻하게 무장하기 시작했다. 토끼가죽으로 안을 댄 발싸개를 신고 토끼털로 만든 각반으로 종아리를 감싼 뒤 도구 몇 개를 두르개 속에 넣고서 모피 덮개를 둘러 단단히 여몄다. 오소리로 만든 망토를 머리부터 두른 뒤, 털로 안을 댄 손싸개를 하고 나서 구멍 쪽으로 걸어가다 아이는 돌연 멈췄다. 돌아선 아이는 지난 한 달간 자신의 거처가 되어준 동굴을 바라보더니 손싸개를 빼고 다시 되돌아왔다.

그 작은 동굴을 깨끗하게 정리하는 일이 왜 그렇게 중요한지 스스로도 알지 못했다. 하지만 이제 이 동굴에서의 생활이 끝나게 되었으니 정리를 해놓아야 완전히 마무리한다는 느낌이 들 것 같았다. 에일라는 타고나기를 정리하는 것을 좋아했는데, 약재를 체계적으로 정리하는 이자 덕분에 그런 천성은 더욱 도드라졌다. 아이는 빠르게 모든 물건을 깔끔하게 정리하고 나서 다시 손싸개를 했다. 그러고는 뒤를 돌아 눈으로 꽉 막힌 입구를 향해 결의에 차서 걸어갔다. 아이는 밖으로 나갈 작정이었다. 어떻게 해야 할지는 몰랐지만 씨족 사람들이 사는 동굴로 돌아갈 작정이었다.

저 위까지 올라가 구멍으로 빠져나가야겠어. 이 깊은 눈 속에 굴을 파서 헤쳐 나갈 수는 없을 테니까. 개암나무 덤불을 타고 올라가기 시작한 아이는 공기구멍을 뚫어놓았던 막대기로 구멍을 넓혔다. 가장 높은 나뭇가지를 밟고 서 있었지만 워낙 눈이 깊게 쌓여 있어서 아이의 무게에도 불구하고 나뭇가지는 조금밖에 처지지 않았다. 아이는 구멍 밖으로 고개를 내밀고는 숨을 죽였다. 아이가 늘 오르던 고산지대의 목초지를 전혀 알아볼 수 없었다. 높게 쌓인 눈이 아이가 걸터앉은 곳에서부터 완만한 경사를 이루고 있었다. 표지가 될 만한 것들이 전혀 없었다. 사방이 눈으로 뒤덮인 것이다. 이 눈을 어떻게 헤치고 나가지? 너무 깊잖아. 아이는 절망감에 휩싸일 뻔했다.

주위를 찬찬히 둘러보며 아이는 서서히 자신이 어디에 있는지 알아차리기 시작했다. 키 큰 전나무 옆에 자작나무 숲이 있었지. 자작나무는 내 키보다 크지 않았으니까 저쪽은 눈이 아주 깊지는 않을 거야. 하지만 어떻게 저기까지 건너가지? 아이는 있는 힘을 다해 눈을 발로 꾹꾹 다져 단단하게 만든 뒤 구멍 밖으로 간신히 기어 나왔다. 동굴의 가장자리 위로 기어오른 아이는 팔다리를 쭉 뻗으며 누웠다. 체중을 넓게 분산시켜 몸이 눈 속에 완전히 파묻히지 않게 하려는 의도였다.

아이는 조심스레 무릎을 꿇고 앉았다가 다시 일어났다. 발은 눈 속으로 한 자 정도밖에 빠지지 않았다. 아이는 눈을 다지듯이 꾹꾹 밟으며 짧은 보폭으로 몇 발짝을 내딛었다. 둥근 가죽 조각을 발목에 묶은 발싸개는 아이 발보다 낙낙하게 만든 것이라 걷기에는 다소 불편했다. 그 위에 훨씬 낙낙한 가죽 조각을 한 번 더 덧대자 그 사이에 공기가 들어가면서 발싸개가 부풀었다. 눈신발만큼은 아니었지만 아이의 체중이 조금 더 넓게 분산되면서 그나마 발이 눈에 묶여 버둥거리는 일은 피할 수 있었다.

하지만 앞으로 나아가기는 어려웠다. 눈을 다지면서 보폭을 작게 해 걸음을 옮겼지만 눈 속에 엉덩이까지 파묻힐 때가 많았다. 아이는 간신히 개울이 흐르던 곳에 당도했다. 꽁꽁 언 개울 위를 덮은 눈은 그리 깊지 않았다. 동굴 벽 쪽으로는 바람에 날린 눈들이 엄청나게 쌓여 있었지만 다른 곳들은 눈이 바람에 날아가 거의 맨땅이 드러나 있었다. 아이는 잠시 멈춰 서서 조금 멀리 돌아가더라도 얼어붙은 개울을 따라 동굴로 내려갈지, 아니면 더 가파르긴 하지만 동굴까지 바로 통하는 지름길로 갈 것인지 고민했다. 아이는 한시라도 빨리 돌아가고 싶은 마음이 간절했으므로 지름길을 택했다. 하지만 그 길이 얼마나 위험한지는 깨닫지 못했다.

에일라는 조심스레 발을 내딛었다. 발밑에 신경을 쏟으며 조금씩 나아가는 것은 참으로 더디고 힘들기만 했다. 해가 하늘에 높이 걸릴 즈음, 아이는 여름이면 해가 질 무렵부터 어두워질 때까지의 시간이면 충분히 내려왔을 길의 절반에도 이르지 못했다. 날은 추웠지만 정오의 환한 햇살이 눈을 따뜻하게 비췄다. 피곤이 쌓여갈수록 아이는 조금씩 부주의해지기 시작했다.

아이는 강한 바람을 그대로 맞아 눈이 쌓이지 않은 산등성이를 넘고 있었다. 산등성이 아래로는 눈이 매끄럽게 덮여 있는 가파른 비탈이 펼쳐져 있었다. 순간 자갈이 부서진 곳에서 발이 미끄러졌다. 느슨하게 흩어져 있던 자갈이 더 큰 돌들에 부딪혔고, 부딪힌 돌들은 우르르 요란한 소리를 내며 아래로 굴러 떨어졌다. 불안정한 지반을 뒤흔들며 돌들이 눈 더미 속에 처박힌 찰나, 에일라도 발을 헛딛었다. 순식간에 우레와 같은 굉음과 함께 눈사태가 일어났다. 아이는 폭포처럼 쏟아지는 눈 속을 허우적대며 비탈길 아래로 미끄러지듯 굴러 떨어졌다.

이자가 뜨거운 차가 든 그릇을 들고 조용히 다가왔을 때 크렙은 뜬눈으로 누워 있었다.

"깨어 있을 줄 알았어요, 크렙. 일어나기 전에 뜨거운 차를 마시면 좋을 것 같아서요. 폭풍은 어젯밤에 멎었어요."

"나도 안다. 동굴 벽 너머로 파란 하늘이 보이니까."

그들은 조금씩 차를 마셨다. 그 즈음 들어 둘은 조용히 함께 앉아 있는 때가 많았다. 에일라가 없는 불터는 마치 텅 빈 것 같았다.

여자아이 하나가 나간 자리가 그토록 크다니 믿기 어려울 정도였다. 크렙과 이자는 가깝게 있으면서 허전함을 메워보려고 했다. 서로에게 위로라도 받고 싶었지만 큰 위안은 되지 못했다. 우바는 풀이 죽은 채 징징거릴 때가 많았다. 누구도 그 아이에게 에일라가 죽었다고 믿게 할 수 없었다. 아이는 끊임없이 에일라를 찾았다. 음식으로 장난을 치다가 반은 땅바닥에 쏟거나 흘릴 때가 많았다. 얼마 후, 아이는 짜증이 늘면서 점점 더 요구가 많아지더니 이자의 정신을 쏙 빼놓았다. 그런 아이에게 이자는 화를 참지 못하고 꾸짖고는 바로 후회하는 때가 많았다. 기침까지 다시 시작하는 바람에 이자는 거의 뜬눈으로 밤을 새기도 했다.

크렙은 믿을 수 없을 정도로 순식간에 늙어버렸다. 그는 동굴곰의 뼈를 저주의 형상으로 배열하고 나온 뒤로 작은 동굴 근처에는 얼씬도 하지 않았다. 그는 그날, 뼈들을 두 줄로 나란히 늘어놓고, 왼쪽의 마지막 뼈를 동굴곰의 두개골 아래로 집어넣어 왼쪽 눈구멍으로 뽑아낸 뒤, 거친 목소리로 또박또박 악령의 이름을 부르며 그들을 불러 힘을 실어주었다. 그는 차마 그 뼈들을 다시 볼 수 없었고, 더 자비로운 정령들과 대화하기 위해 사용하는 아름답고 유려한 손짓도 더는 하고 싶은 마음이 없었다. 그는 이제 그만 물러나 목우르라는 자리를 구브에게 넘겨주는 것에 대해 진지하게 숙고하고 있었다. 노주술사가 이에 대해 말을 꺼내자 브룬은 다시 생각해보라고 설득했다.

"앞으로는 무엇을 할 것인가, 목우르?"

"물러난 사람이 할 일이 뭐 있겠는가? 차가운 동굴에 오랜 시간

앉아 있기에는 나도 이제 너무 늙었어. 관절염도 더 심해졌고."

"서두를 것까지야 없지 않은가, 크렙."

족장이 부드럽게 손짓했다.

"조금 더 생각해보면 좋겠다."

크렙은 다시 생각을 해봤지만 마음이 변하지는 않았다. 그날 자신의 결정을 사람들에게 알리기로 거의 마음을 정한 상태였다.

"이제 그만 구브에게 목우르 자리를 넘겨줄까 한다, 이자."

크렙은 옆에 앉아 있는 이자에게 손짓했다.

"크렙이 결정했으면 그걸로 된 것이지요."

이자가 말했다. 이자는 그가 생각을 돌리도록 굳이 설득하지 않았다. 그녀는 그가 목우르라는 역할에 미련이 없음을 알고 있었다. 일생에 걸쳐 목우르로 지낸 그였지만 에일라에게 죽음의 저주를 내린 이후로, 그의 마음은 떠나 있었다.

"기한이 지났지요, 안 그런가요, 크렙?"

이자가 물었다.

"그래, 이자. 기한이 지났다."

"브룬이 말한 기한이 지났다는 것을 아이가 어떻게 알까요? 폭풍 때문에 누구도 달을 보지 못했잖아요."

크렙은 오래전에 에일라에게 아기를 가질 수 있는 나이에 이르기까지 햇수를 세는 법을 가르쳤던 때를 떠올렸다. 아이가 더 나이가 들어서는 혼자서 달의 주기를 헤아리는 모습을 본 적도 있었다.

"그 아이가 살아만 있다면, 그 애는 알 거다, 이자."

"하지만 폭풍이 그렇게 심했는데요. 그런 폭풍을 헤치고 살아남을 사람이 어디 있겠어요."

"그럴 가능성은 생각하지도 말아라. 에일라는 죽었다."

"나도 알아요, 크렙."

이자가 절망에 찬 손짓으로 말했다. 크렙은 이자가 느낄 슬픔에 대해 생각하며 한 배 피붙이를 바라봤다. 어떤 식으로든 이자에게 공감한다는 손짓을 전하고 싶었다.

"이자, 이런 얘길 해서는 안 되겠지만, 시간이 지났다. 아이의 영혼은 이 세상을 떠났어. 사악한 정령들도 마찬가지고. 더 이상 해로운 것은 없다. 아이의 혼령이 떠나기 전에 내게 말을 걸더구나, 이자. 내게 사랑한다고 말했다. 정말로 진짜 같았어. 나도 그 혼령에게 거의 넘어갈 뻔했다. 하지만 저주를 받은 혼령은 가장 위험하지. 항상 사람을 속여 진짜인 것처럼 믿게 만들어 그 사람도 데려가려는 거야. 나는 사실 아이를 따라가고 싶다는 생각을 했을 정도였다."

"무슨 말인지 알아요, 크렙. 아이의 혼령이 나를 어머니라고 불렀을 때, 나는…… 나는……."

이자는 손을 내저으며 더는 말을 잇지 못했다.

"아이의 혼령이 약자루를 태우지 말아달라고 간청하더구나, 이자. 그 눈에서 눈물까지 나왔어. 살아 있을 때처럼. 그게 가장 견디기 힘들었다. 불 속에 이미 내던지지만 않았다면 그것을 아이에게 주었을지도 모른다. 하지만 그게 바로 마지막 속임수였어. 그러더니 결국은 떠났지."

크렙이 일어서더니 털가죽으로 몸을 두르고 지팡이를 들었다.

이자가 그를 지켜봤다. 그는 좀처럼 불터를 떠나지 않았다. 그는 동굴 입구로 걸어가 반짝이는 눈을 바라보며 한참을 서 있었다. 이 자가 우바를 보내 크렙에게 식사를 하러 오라고 말할 때까지 돌아오지 않았다. 식사를 하고 나서도 얼마 되지 않아 다시 동굴 입구로 돌아갔다. 얼마 후 이자가 그에게 갔다.

"여기는 추워요, 크렙. 그렇게 바람이 부는 곳에 서 있으면 안 돼요."

이자가 손짓했다.

"며칠 만에 처음으로 하늘이 맑구나. 휘몰아치는 눈보라가 아니라 맑은 날씨를 보니까 안심이 된다."

"네, 하지만 한 번씩 불가로 와서 몸을 따뜻하게 하세요."

크렙은 그 후로도 몇 번씩이나 다리를 끌며 동굴 입구로 나가 한참동안 겨울 풍경을 바라보며 서 있었다. 하지만 날이 저물면서 동굴 입구로 나가는 횟수는 줄어들었다. 땅거미가 깜깜한 어둠으로 바뀔 무렵, 크렙은 저녁식사를 하면서 이자에게 손짓했다.

"저녁을 먹고 브룬의 불터에 들르려고 한다. 구브에게 목우르 자리를 넘기겠다고 말해야겠어."

"네, 크렙."

이자가 고개를 숙이며 말했다. 어찌할 도리가 없었다.

이자가 남은 음식을 치우는 동안 크렙이 일어났다. 그때 갑자기 브룬의 불터에서 겁에 질린 비명 소리가 터져 나왔다. 이자가 고개를 들었다. 눈을 잔뜩 뒤집어쓴, 유령처럼 보이는 이상한 형체가 동굴 입구에 선 채 발을 구르며 눈을 털고 있었다.

"크렙."

이자가 외쳤다.

"저게 뭐죠?"

크렙은 낯선 정령이 아닐까 경계하며 잠시 뚫어져라 쳐다봤다. 그러더니 눈이 휘둥그레졌다.

"에일라야!"

그가 외치며 아이를 향해 절뚝이며 걸어갔다. 지팡이를 짚는 것도 잊은 채, 자신의 위엄이며 불터 밖에서 감정을 드러내면 안 된다는 관습도 완전히 잊은 채, 그는 한 팔로 아이를 얼싸안아 가슴에 꼭 끌어안았다.

17

“에일라? 정말 에일라예요, 크렙? 그 애 혼령이 아니고요?”

노주술사가 눈에 덮인 아이를 불터로 데리고 들어올 때 이자가 손짓했다. 그녀는 믿기가 두려웠다. 진짜처럼 보이는 아이가 신기루에 불과할까봐 겁이 났다.

“에일라야.”

크렙이 손짓했다.

“기한이 지났다. 아이가 사악한 정령들을 이긴 것이다. 그래서 우리에게 돌아온 거야.”

“에일라!”

이자가 두 팔을 벌리고 뛰어가 눈에 흠뻑 젖은 아이를 힘껏 끌어안았다. 그들을 적신 것은 눈만이 아니었다. 그들을 다시 만난 기쁨에 에일라는 펑펑 울고 있었다. 우바는 이자에게 꼭 안겨 있는 에일라를 세게 잡아당겼다.

“에일라, 에일라가 돌아왔어. 우바는 에일라가 안 죽은 줄 알았어!”

아이는 내내 자기가 옳았음이 증명된 듯 확신에 찬 투로 말했다. 에일라는 아이를 들어 올려 숨이 막힐 정도로 꼭 끌어안았다. 우바는 몸을 버둥거려 포옹을 풀며 숨을 내쉬고는 자유로워진 팔로 손짓했다.

"언니, 다 젖었다!"

"에일라, 젖은 옷가지들을 다 벗어라!"

이자는 그렇게 말하고 나서 불에 땔감을 더 넣고 아이가 입을 만한 것들을 찾으며 부산하게 움직였다. 어머니다운 걱정을 하면서 북받쳐 오르는 자신의 감정을 감추려는 것이었다.

"그러다 감기 걸려 죽을라."

이자는 갑자기 자기가 무슨 말을 했는지 깨닫고는 당황해서 아이를 힐끗 봤다. 아이는 미소 지었다.

"어머니 말이 맞아요. 감기 걸리겠어요."

아이는 손짓을 하고 나서 두르개와 망토를 벗었다. 그런 다음 주저앉아서 눈에 젖어 붙은 발싸개의 끈들을 낑낑대며 풀기 시작했다.

"배고파 죽겠어요. 먹을 것 좀 있나요? 하루 종일 아무것도 못 먹었어요."

아이는 이자의 낡은 두르개를 입고 나서 말했다. 조금 작고, 너무 짧긴 했지만 마른 것이었다.

"더 일찍 올 수도 있었는데, 산에서 내려오다가 눈사태를 만났어요. 그렇게 엄청난 눈에 파묻히지 않아서 얼마나 다행인지 몰라요. 눈을 파헤치고 나오는 데 시간이 많이 걸렸어요."

이자는 놀랐지만 그것도 잠시였다. 에일라가 불 속을 뚫고 돌아왔다고 말했어도 이자는 믿었을 터였다. 아이가 돌아왔다는 자체가 그 어떤 어려움도 극복할 수 있다는 증거였다. 그깟 눈사태가 아이에게 무슨 대수였겠는가? 이자는 에일라의 털가죽을 널어 말리려고 손을 뻗다가 낯선 사슴가죽을 의심스러운 눈초리로 바라보더니 얼른 손을 뒤로 뺐다.

"이 덮개는 어디서 난 거니, 에일라?"

이자가 물었다.

"내가 만들었어요."

"이게…… 그러니까 이게 이 세상 것이냐?"

그녀는 우려스러운 듯 물었다. 에일라가 다시 미소 지었다.

"당연히 이 세상 것이죠. 잊은 거예요? 내가 사냥을 한다는걸."

"그런 말 하지 마라, 에일라!"

이자가 초조하게 말했다. 씨족 사람들이 지켜보고 있다는 것을 알고 있던 이자는 그들이 보지 못하도록 등을 돌리고 눈에 띄지 않게 손짓했다.

"줄팔매를 가지고 온 것은 아니겠지?"

"설마요. 남겨두고 왔어요. 하지만 그렇다고 사실이 변하지는 않아요. 모두가 알고 있잖아요, 이자. 크렙이 전부 다 불태운 뒤에 뭐든 해야만 했어요. 모피 덮개를 구하는 유일한 방법은 사냥밖에 없었어요. 털가죽이 버드나무나 전나무에서 나는 것도 아닌걸요."

크렙은 아이가 정말 돌아왔다는 게 믿을 수 없다는 듯 말없이 지켜보고 있었다.

죽음의 저주를 받고 나서도 돌아왔다는 사람들 이야기가 떠돌기는 했다. 하지만 그게 가능하다고는 믿지 못했었다. 아이에게 달라진 뭔가가 있어. 더 자신감이 생긴 것 같고, 더 성숙해졌어. 저 아이가 겪은 일들을 생각하면 그리 놀랄 일도 아니지. 저 아이도 기억하고 있구나. 내가 제 물건들을 태운 걸. 그 밖에 또 무얼 기억할까? 정령들의 세계는 어떤 곳일까?

"정령들!"

불현듯이 뭔가가 떠오른 그가 손짓했다. 뼈들은 아직 그대로 배열되어 있어! 어서 가서 저주를 풀어야만 해.

크렙은 죽음의 저주 형태로 배열된 동굴곰의 뼈를 흐트러뜨리러 가기 위해 걸음을 재촉했다. 동굴 벽 틈에 꽂아 두었던 횃불을 낚아채 길지 않은 통로를 지나 작은 동굴에 들어간 그는 순간 놀라서 입이 딱 벌어졌다. 동굴곰의 두개골은 원래의 자리에서 다른 곳에 가 있었고, 기다란 뼈도 눈구멍 밖으로 튀어나와 있지 않았다. 저주의 형태로 배열해놓은 뼈들은 이미 흩어져 있었다.

따뜻한 온기와 저장식량으로 인해 씨족의 동굴에는 작은 설치류들이 들끓었다. 그것들 중 하나가 뼈들을 스치고 지나갔거나 두개골 위로 뛰어들어 뒤집어놓은 모양이었다. 크렙은 가볍게 몸서리를 치더니 보호를 청하는 손짓을 한 다음 뼈들을 가장자리에 있는 뼈 무더기 위에 다시 얹어놓았다. 작은 동굴에서 나오니 그를 기다리고 있는 브룬이 보였다.

"브룬."

그를 보며 목우르가 손짓했다.

"믿을 수 없는 일을 봤네. 죽음의 저주를 내린 이후로 내가 이 동굴에 들어가지 않은 것을 자네도 알지 않는가. 누구도 들어가지 않았지. 나는 방금 저주를 풀러 동굴에 다녀오는 길이네. 그런데 저주가 이미 풀려 있었어."

그의 표정에는 감탄과 경외심이 서려 있었다.

"어떻게 된 거라 생각하는가?"

"그 아이의 토템이 그렇게 했겠지. 기한이 지났으니까. 어쩌면 저 아이가 돌아올 수 있도록 토템이 저주를 풀어놓은 것인지도 몰라."

"목우르의 말이 맞을지도 모르겠군."

족장은 다른 손짓을 하려다가 머뭇거렸다.

"내게 하고 싶은 말이 있는가, 브룬?"

"따로 하고 싶은 말이 있다."

그는 다시 망설였다.

"관습을 어기고 목우르의 불터를 넘겨다 본 것에 대해 양해 부탁한다. 아이가 돌아왔다는 게 놀라웠다."

씨족 사람들 모두가 다른 사람의 불터로부터 눈길을 돌리는 관습을 어긴 터였다. 그들도 어쩔 수가 없었다. 누구도 죽음의 저주에서 돌아온 사람을 본 적이 없었다.

"이러한 상황에서라면 다 이해할 만한 일이지. 걱정할 것 없네."

목우르는 대답하고 나서 걸음을 옮기려는 참이었다.

"내가 하고 싶은 말은 따로 있네."

브룬이 떠나려는 목우르를 붙잡기 위해 손을 뻗으며 말했다.

"의식을 치러주었으면 하네."

목우르는 적당한 말을 찾기 위해 고심하는 브룬을 지켜보며 기대에 찬 눈빛으로 기다렸다.

"아이가 돌아왔으니 그것과 관련된 의식 말이다."

"의식은 필요 없네. 위험은 끝났으니까. 사악한 정령들도 다 떠났네. 보호를 청할 필요가 없다."

"그런 의식을 말하는 게 아니다."

"그럼 어떤 의식을 말하는 것인지?"

브룬은 다시 망설이더니 화제를 새롭게 바꿨다.

"그 아이가 목우르와 이자와 대화하는 것을 지켜봤다. 그 아이에게서 달라진 점을 눈치채지 못했는가, 목우르?"

"무슨 말인가, 달라진 점이라니?"

목우르는 브룬의 의도를 파악할 수가 없어 조심스레 손짓했다.

"그 아이는 강한 토템을 가지고 있네. 드루그는 그 아이가 운이 좋다고 늘 말했지. 그 아이의 토템이 우리에게 행운을 가져다준다고 생각해. 그의 말이 옳을지도 모르지. 운이 없었더라면, 그리고 강한 보호를 받지 못했다면 결코 돌아오지 못했을 테니까. 이제 그 아이도 그것을 알 거라 생각하네. 그 아이가 달라졌다고 한 것은 바로 그런 뜻이었네."

"그래, 나도 비슷하게 달라진 점을 느꼈다. 하지만 그게 의식과 무슨 관련이 있는지는 여전히 이해가 안 가는군."

"매머드 사냥 이후에 우리가 가졌던 회합을 기억하는가?"

"그 아이를 심문하던 때를 말하는가?"

"아니, 그다음에 열린 모임. 그 아이 없이 모였던 회합을 말하네. 그 아이가 떠난 이후로 나는 그때 나왔던 이야기들에 대해 줄곧 곱씹어보았다. 그 아이가 돌아올 거라고 생각하지 못했지만 혹시라도 돌아온다면 아이의 토템이 아주 강하다는 의미일 거라 판단했네. 우리 예상보다 훨씬 강하다고 말이지. 그 아이가 돌아오면 우리가 어떻게 하면 좋을지 생각해봤다."

"우리가 뭘 할 수 있단 말인가? 우리가 해야 할 일은 아무것도 없네. 사악한 정령은 떠났다, 브룬. 그 아이가 돌아왔지만, 예전과 다를 바 없네. 그 애는 그냥 여자아이일 뿐이야. 그 무엇도 바뀌지 않았어."

"하지만 내가 뭔가를 바꾸고 싶다면? 그와 관련한 의식이 있지 않을까?"

목우르는 당황스러웠다.

"무슨 의식? 아이를 대하는 태도를 바꾼다고 해서 의식을 치를 것까지는 없네. 어떤 변화? 그것이 뭔지도 모르고서 의식에 대해 어떻게 말을 해줄 수가 있겠는가."

"아이의 토템은 씨족의 토템이기도 하다, 그렇지 않은가? 우리는 모든 토템을 다 흡족케 하기 위해 노력해야 하지 않겠는가? 나는 의식을 치르고 싶네, 목우르. 하지만 그런 의식이 있는지 목우르가 말해줘야 하네."

"브룬, 자네 말이 도통 이해가 되지 않는다."

브룬은 자신의 뜻을 전하려는 노력을 단념하고는 양손을 내던 지듯이 쳐들었다. 에일라가 떠나 있는 동안, 그는 씨족 남자들이 제기한 여러 의견들을 숙고하며 지냈다. 오랜 상고 끝에 내린 결론은 당황스럽기 그지없었지만, 족장의 뇌리 속에 박힌 채 불편하게 만들었다.

"모든 상황이 다 이해가 되지 않네. 그런데 내가 어찌 이런 상황에서 이해가 되는 말을 할 수 있겠는가? 그 아이가 돌아올 거라 누가 예상이라도 했는가? 정령들을 이해할 수가 없다. 전에도 이해한 적은 없었지. 그들이 뭘 원하는지 모르겠다. 그래서 목우르가 여기 있는 게 아닌가. 하지만 목우르도 큰 도움은 안 되는군! 어쨌든 모든 생각이 다 말이 안 되는 거라서 다시 생각해보도록 하겠다."

브룬은 휙 돌아서더니 굉장히 혼란스러워진 주술사를 두고 성큼성큼 그 자리를 벗어났다. 하지만 몇 발짝 가지 않아 뒤돌아보며 말했다.

"아이에게 날 좀 보자고 일러주게."

그는 손짓으로 말하고 불터로 돌아갔다.

크렙은 고개를 저으며 불터로 돌아왔다.

"브룬이 에일라를 보자고 한다."

그가 돌아와서 말했다.

"브룬이 바로 보자고 하던가요?"

이자가 아이 앞으로 음식을 더 밀어놓으며 물었다.

"다 먹고 가도 되겠지요?"

"다 먹었어요, 어머니. 더 이상은 한 입도 못 먹겠어요. 지금 갈게요."

에일라는 옆에 있는 불터로 걸어가 고개를 숙인 채 족장의 발치에 앉았다. 그는 그를 마지막으로 봤던 같은 장소에서 그때와 똑같은 낡고 주름진 발싸개를 신고 있었다. 마지막으로 그 발을 봤을 때 아이는 두려움에 질려 있었다. 하지만 아이는 더 이상 두렵지 않았다. 놀랍게도 아이는 브룬이 전혀 무섭지 않았다. 하지만 그에 대한 존경심은 더 커져 있었다. 아이는 기다렸다. 그가 아이의 어깨를 두드릴 때까지 참으로 오랜 시간이 흐른 것처럼 느껴졌다. 마침내 어깨를 두드리는 손길에 아이가 고개를 들었다.

"네가 돌아온 것을 봤다, 에일라."

그가 부자연스럽게 말을 꺼냈다. 그도 무슨 말을 해야 할지 잘 모르고 있었다.

"네, 브룬."

"너를 다시 보게 되다니 놀랍구나. 예상하지 못했다."

"이 계집도 돌아오게 되리라고 예상하지 못했습니다."

브룬은 어쩔 줄을 몰랐다. 아이와 대화를 하고 싶었으나 어떤 이야기를 꺼내야 할지, 자기가 보자고 청한 아이와의 만남을 어떻게 마무리 지어야 할지도 알지 못했다. 에일라는 기다리다가 얼마 후 요청의 손짓을 해 보였다.

"이 계집이 드리고 싶은 말씀이 있습니다, 브룬."

"말해도 좋다."

아이는 적절한 표현을 찾고자 고심하며 잠시 머뭇거렸다.

"이 계집은 돌아오게 되어 기쁩니다, 브룬. 무서웠던 적도 한두 번이 아니었고, 다시는 돌아오지 못하리라고 확신했던 적도 많았습니다."

브룬은 으흠 하는 소리를 냈다. 당연히 그랬겠지. 그는 속으로 생각했다.

"힘들었지만 제 토템이 저를 보호해주었습니다. 처음에는 해야 할 일들이 너무 많아 생각할 시간이 많지 않았습니다. 하지만 동굴에 갇히고 나서는 할 일이 많지 않았습니다."

해야 할 일? 갇혔다고? 정령들의 세계가 도대체 어떤 곳이기에? 브룬은 자신도 모르게 물어볼 뻔했다가 마음을 바꿨다. 진심으로 알고 싶었던 것도 아니었다.

"그 무렵부터 뭔가 이해되기 시작한 것 같습니다."

에일라는 적당한 표현을 찾으려 애쓰며 잠시 말을 멈췄다. 아이는 고마움과 유사한 감정을 말로 표현하고 싶었지만 그것은 씨족 사람들이 일반적으로 느끼는 감정이 아니었다. 즉 자신보다 지위가 높은 사람이 베푸는 은혜에 대해 느끼는 의무적인 감정이나 혹은 여자가 남자에게 흔히 보여야 하는 감사의 마음이 아니었다. 아이는 한 사람으로서 그에게 뭔가를 말하고 싶었다. 그의 깊은 속뜻을 이해했다는 것을 전하고 싶었다. 아이는 자신에게 기회를 베풀어주어 고맙다는 마음을 전하고 싶었지만 어떻게 해야 할지 알 수가 없었다.

"브룬, 이 계집은…… 브룬에게 고마운 마음을 느낍니다. 제게 그렇게 말씀해주셔서요. 브락의 목숨을 구해줘서 고맙다고 말씀해주셔서. 제 목숨을 구해주셔서 족장님께 감사드립니다."

브룬은 뒤로 물러나 키가 크고 평평한 얼굴에 눈이 파란 아이를 찬찬히 뜯어보았다. 아이가 고마워할 줄은 전혀 예상치 못했던 일이었다. 그는 아이에게 저주를 내렸다. 하지만 아이는 죽음의 저주에 대해 고맙다고 말한 게 아니었다. 아이는 자신의 목숨을 구해줘서 고맙다고 말했다. 브룬은 속으로 생각했다. 이 아이는 내게 선택의 여지가 없었다는 것을 이해한 것인가? 내가 베풀 수 있는 유일한 기회를 아이에게 준 것에 대해 안다는 말인가? 이 이상하게 생긴 계집아이가 자신의 사냥꾼들보다, 심지어 목우르보다 더 많은 것을 이해했다는 것인가? 그래, 이 애는 분명히 알고 있어. 브룬은 그렇게 결론을 내렸다. 그 순간 브룬은 여자들에게 한 번도 느껴보지 못했던 감정을 에일라에게 느꼈다. 그 순간만큼은 에일라가 남자라면 좋겠다는 생각마저 했다. 그가 목우르에게 묻고 싶었던 것에 대해서도 더는 생각할 필요가 없었다. 그는 알게 되었다.

"남자들이 무슨 일을 꾸미고 있는지 모르겠어. 다른 사냥꾼들도 금시초문인 것 같은데."

에브라가 말하고 있었다.

"내가 확실히 아는 것이라고는, 브룬이 저렇게 초조해하는 것을 처음 본다는 거야."

여자들은 모여 앉아 잔치음식을 준비하고 있었다. 그들은 잔치를 여는 이유를 알지는 못했다. 브룬은 그날 밤에 치를 잔치를 준비하라는 말만 했을 뿐이었다. 여자들은 뭐라도 알아낼까 싶어 이자와 에브라에게 질문을 퍼부었다.

"목우르는 낮 동안 내내, 그리고 밤에도 거의 정령들을 모셔둔 곳에서 시간을 보내고 있어요. 분명 의식을 치를 모양이에요. 에일라가 없는 동안 그 근처에는 얼씬도 하지 않았는데, 이제는 좀처럼 나오지 않고 있어요."

이자가 말했다.

"작은 동굴 밖에 나와 있어도 식사 때를 놓칠 만큼 정신이 딴 곳에 가 있고요. 식사를 하는 중에도 자신이 먹고 있다는 것을 잊을 때도 있으니."

"한데 의식을 치른다면 어째서 브룬이 반나절 동안 동굴 뒤편에 있는 공간을 청소하느라 고생했을까?"

에브라가 손짓했다.

"내가 하겠다고 하니까 나를 쫓아내더라고. 의식을 치르는 공간이 따로 있는데, 어째서 여자처럼 동굴 뒤편을 청소하느라 법석을 떠는지 모르겠어."

"의식이 아니라면 뭣 때문일까요?"

이자가 물었다.

"내가 볼 때마다 브룬과 목우르는 머리를 맞대고 뭔가를 얘기하고 있어요. 그러다가 내가 보고 있다는 것을 눈치채면 말하던 것을 딱 멈추고 죄지은 표정을 짓고요. 두 사람이 무슨 다른 일을 벌이고 있는 걸까요? 그리고 왜 오늘 밤 잔치를 열고요? 목우르는 하루 종일 브룬이 치워놓은 곳에 틀어박혀 있어요. 가끔 정령들을 모셔놓은 동굴에 다녀오기도 하지만 곧바로 다시 나오고요. 뭔가를 옮겨놓는 것 같기도 한데, 너무 어두워서 그게 뭔지 모르겠어요."

에일라는 그저 사람들과 함께 있는 게 좋을 뿐이었다. 닷새가 지난 후에도 아이는 자신이 씨족 사람들의 동굴로 돌아와 마치 늘 그곳에서 지냈던 것처럼 여자들과 둘러 앉아 음식을 준비하고 있는 게 믿어지지 않았다. 하지만 모든 게 전과 같지는 않았다. 여자들은 아이와 함께 있을 때 완전히 마음을 놓지는 못했다. 그들은 아이가 죽었다고 생각했다. 그 아이가 다시 살아 돌아온 것은 기적이나 다름없었다. 정령의 세계에 갔다가 다시 돌아온 사람에게 무슨 말을 해야 할지 그들은 알지 못했다. 에일라는 그저 돌아온 것에 기쁠 뿐, 사람들의 그러한 반응은 안중에도 없었다. 아이는 젖을 먹으려고 제 어미에게 아장아장 걸어가는 브락을 지켜봤다.

"브락의 팔은 어때요, 오가?"

아이는 옆에서 체로 가루를 치고 있는 앳된 아기 엄마에게 물었다.

"직접 봐봐, 에일라."

그녀는 아이의 두르개를 열어 에일라에게 팔과 어깨를 보여줬다.

"네가 돌아오기 전날 이자가 부목을 떼어냈어. 다른 쪽 팔보다 약간 가는 것만 빼면 전처럼 괜찮아. 이자 말이, 다시 쓰기 시작하면 팔 힘이 세질 거래."

에일라가 아문 상처를 보고 나서 어깨뼈를 부드럽게 손으로 쓰다듬는 동안, 아이는 커다랗고 말간 눈으로 에일라를 빤히 바라봤다. 여자들은 에일라의 저주와 조금이라도 관련이 있는 주제는 멀리하려고 조심했다. 누군가 대화를 시작했다가도 이야기가 어디로 흘러가는지 알아채고는 말 중간에 손을 내려놓는 일도 많았다. 그러다 보니 여자들이 함께 모여 일할 때면 화기애애하게 오가던 이야기는 중간에 끊기곤 했다.

"상처 주위에 붉은 기가 남아 있긴 하지만 차차 옅어질 거예요."

에일라는 그렇게 말하고 나서 아이를 봤다.

"브락, 넌 힘이 세니?"

아이가 고개를 끄덕였다.

"어디 얼마나 센지 보자. 내 팔을 잡아당길 수 있겠어?"

에일라는 팔뚝을 내밀었다.

"아니, 그쪽 팔 말고. 다른 팔로."

아이가 다치지 않은 팔을 내밀자 에일라가 말했다. 브락은 손을 바꾸더니 에일라의 팔을 잡아당겼다. 에일라는 아이의 당기는 힘이 느껴질 때까지 버티고 있다가 팔을 내렸다.

"힘이 아주 센 아이로구나, 브락. 언젠가 너는 용감한 사냥꾼이되겠다. 브라우드처럼."

아이는 브락이 자기에게 오는지 보려고 두 팔을 벌렸다. 처음에 아이는 몸을 돌리는가 싶더니 마음을 바꿔 에일라가 자신을 들어 올리도록 가만히 있었다. 에일라는 브락을 번쩍 들어 올리고 나서 자신의 무릎에 앉혀 얼러주었다.

"브락, 너 많이 컸구나. 살도 많이 찌고, 몸도 단단해지고."

아이는 에일라의 무릎에 잠시 편안히 앉아 있었지만 에일라에게는 자신이 먹을 게 없다는 것을 알고는 몸을 꿈틀대며 빠져나와 제 어미에게로 갔다. 어미젖을 찾아 먹기 시작하면서도 크고 동그란 눈은 에일라를 빤히 바라봤다.

"오가는 정말 운이 좋아요. 브락은 참으로 대단한 아기예요."

"네가 아니었다면 내 운도 거기서 끝났을 거야, 에일라."

오가는 결국 여자들이 애써 피해오던 이야기를 꺼내놓고 말았다.

"내가 얼마나 고마운지 네게 말하지 못했어. 처음에는 브락이 너무 걱정되어서. 그리고 무슨 말을 꺼내야 할지도 몰랐고. 너도 거기에 대해서는 별로 이야기하고 싶은 것 같지 않았지. 그러다가 너는 떠나게 되었고. 지금도 뭐라고 말을 해야 할지 모르겠어. 너를 다시 보게 될 거라고는 상상도 못 했거든. 네가 돌아왔다는 것도 믿기지가 않아. 네가 무기를 만지는 것은 옳지 않은 일이야. 그리고 네가 왜 사냥을 하고 싶어 하는지도 나로서는 이해가 안 가. 하지만 네가 그때 그렇게 해주어서 기뻤어. 말로 다 표현할 수 없을 정도야. 네가…… 네가 떠나야 했을 때 정말로 마음이 너무 아팠어. 하지만 네가 돌아와서 정말 기뻐."

"나도 그렇단다."

에브라가 덧붙였다. 다른 여자들도 동의한다는 뜻으로 고개를 끄덕였다. 에일라는 자신을 무조건적으로 받아주는 그들의 마음이 고맙기 그지없었다. 눈에 눈물이 나는 것을 보면 여자들이 불편해할까 봐 그녀는 걷잡을 수 없이 터져 나오려는 눈물을 간신히 참았다.

"나도 돌아와서 기뻐요."

아이는 손짓하더니 결국 더는 못 참고 눈물을 흘렸다. 이제 이 자는 아이가 눈물을 흘리는 이유가 아파서가 아니라 무언가에 감정이 격해질 때라는 것을 알고 있었다. 다른 여자들도 아이만의 특별한 점에 익숙해졌고 아이가 흘리는 눈물의 의미도 이해하게 되었다. 그들은 이해의 눈빛으로 고개를 끄덕일 뿐이었다.

"그곳은 어땠어, 에일라?"

오가가 걱정과 연민이 가득한 눈빛으로 물었다. 에일라는 잠시 생각했다.

"외로웠어요."

아이가 답했다.

"아주 많이 외로웠어요. 다들 너무나 그립더라고요."

아낙들의 눈에 측은하다는 눈빛이 어렸다. 에일라는 분위기를 바꾸기 위해 뭔가를 말해야겠다는 생각에, "심지어 브라우드까지 그립더라고요" 하고 덧붙였다.

"흐으음, 그렇다면 대단히 외로웠구나."

아가가 말했다. 그러자 에일라는 조금 당황스러운 듯 오가의 표정을 언뜻 살폈다.

"나도 그 사람 성미가 까다롭다는 것은 알아요."

오가가 인정했다.

"하지만 브라우드는 내 짝이고, 그는 내게 그렇게 심하게 대하지 않아요."

"아니에요, 브라우드를 두둔하려고 하지 않아도 돼요, 오가."

에일라가 부드럽게 말했다.

"브라우드가 오가에게 잘해준다는 것은 모두들 알고 있어요. 그 남자의 짝이라는 것을 자랑스러워해야지요. 그는 족장이 될 것이고, 용감한 사냥꾼이잖아요. 제일 먼저 매머드에 상처를 낸 사람도 그였어요. 브라우드가 나를 좋아하지 않는 것은 오가도 어쩔 수 없는 일이에요. 일부분은 내 잘못도 있고요. 내가 올바르게 처신하지 못한 때도 있었어요. 어쩌다 시작이 되었는지, 그리고 어떻게 하면 끝낼 수 있을지도 모르겠어요. 하지만 할 수 있다면 끝내고 싶어요. 그래도 오가가 걱정해야 하는 문제는 아니에요."

"브라우드는 항상 성미가 급했어."

에브라가 한 마디 보탰다.

"브룬과는 달라. 목우르가 브라우드의 토템을 털코뿔소라고 일러주었을 때, 나는 목우르의 판단이 옳다는 것을 알았어. 어떤 면에서는 네가 그의 욱 하는 성질을 자제하는 데 도움이 되기도 하는 것 같아, 에일라. 그에게 자제심이 생기면 더 훌륭한 족장이 될 수 있을 거야."

"모르겠어요."

에일라가 고개를 저었다.

"내가 없으면 그가 그렇게까지 자제심을 잃을 것 같지는 않아요. 내가 그로 하여금 최악의 모습을 보이도록 만드는 것 같아요."

껄끄러운 정적이 내려앉았다. 여자들은 이렇게 공공연하게 남자들의 결함에 대해 진솔하게 이야기하는 경우가 매우 드물었다. 하지만 이런 이야기가 오고 간 덕분에 아이 주변에 감돌던 긴장감이 해소되었다. 이자는 이야기를 딴 데로 돌릴 때라고 현명하게 판단했다.

"참마가 어디 있는지 누구 알아요?"

"브룬이 청소해놓은 데 있는 것 같아."

에브라가 말했다.

"내년 여름이 될 때까지 못 찾을 것 같네."

브라우드는 에일라가 여자들과 함께 앉아 있는 것을 봤다. 에일라가 브락을 살펴보고 무릎에 앉히는 것을 본 그는 눈살을 찌푸렸다. 브락의 목숨을 구해준 사람이 다름 아닌 그 아이라는 게 새삼 떠올랐기 때문이다. 또한 자신의 수치스러운 모습을 그 아이가 목격했던 사실이 기억났다. 브라우드는 다른 사람들과 마찬가지로 그 아이가 돌아왔을 때 경악을 금치 못했다. 첫날에 그는 에일라에게 경외심과 약간의 두려움마저 느꼈다. 하지만 크렙이 성숙했다고 느끼는 에일라의 변화된 면모에 대해, 그리고 브룬이 길운이 따른다고 여겼던 변화된 모습에 대해서 브라우드는 전혀 다르게 생각했다. 그는 에일라의 변화된 모습을 노골적인 불손함으로 받아들였다. 폭설로 인한 시련을 겪는 동안, 에일라는 살아남을 수 있다는 자신감을 얻었을 뿐 아니라 생활에서 일어나는 소소한 불쾌한 일들을 조용히 감내할 수 있게 되었다. 생과 사의 갈림길에서 사투를 벌이고 돌아온 마당에 누군가에게 혼나는 것 정도는 전혀 대수로운 일이 아니었으며, 그런 꾸지람은 이미 너무도 많이 겪은 터라 더 이상 두렵지 않았다. 그 무엇도 아이의 차분한 평정심을 흐트러뜨릴 수 없었다.

에일라는 심지어 브라우드를 그리워한 **적도 있었다.** 철저하게 고립돼 있던 아이는 자신을 사랑해주는 사람들을 영영 볼 수 없게 된 채 지독한 공허함에 시달리느니 차라리 그에게 괴롭힘을 당하더라도 사람들 곁에 있고 싶었던 것이다. 처음 며칠간은 모욕에 가깝긴 했어도 그의 예의주시하는 눈빛을 긍정적인 마음으로 즐겼다. 그는 아이를 그저 보는 것에 그치지 않고, 아이의 일거수일투족을 감시하듯 했다.

아이가 돌아온 지 사흘째 되던 날부터는 둘 사이에는 예전과 다를 바 없는 갈등이 나타났지만 한 가지 달라진 점이 있었다. 에일라는 그의 뜻에 따르기 위해 군이 애를 쓸 필요가 없었다. 그 이면에는 자신을 일부러 낮추려는 기색도 전혀 없었다. 아이는 진정으로 마음의 동요를 전혀 느끼지 않았다. 그가 아무리 아이에게 겁을 주려고 해도 아무런 소용이 없었다. 그는 아이에게 욕을 퍼붓고 때리고 거의 폭발 직전에 이르기까지 감정을 쏟아냈다. 하지만 아이에게는 털끝만큼의 영향도 미치지 못했다. 에일라는 묵묵히 그의 터무니없는 요구를 들어주었다. 의도하지는 않았지만 에일라는 한때 브라우드에게 매몰차게 배척당하며 느꼈던 감정을 브라우드가 느끼도록 되갚아주고 있었다. 자신에게서 어떤 반응을 일으키는 대상에서 그를 제외해버린 것이다. 그가 어마어마한 노력을 다해 자제력을 잃지 않는 선에서 가장 심하게 화를 내도 아이가 기껏 보이는 반응은 벼룩에 물렸다는 식이었다. 아니 벼룩에 물리면 간지럽기라도 했다. 사실 그렇게 아무런 반응을 보이지 않는 것이야말로 그를 분노하게 만드는 최악의 행동이었다.

브라우드는 관심을 갈망했고, 주목받는 것을 사는 보람으로 여겼다. 그에게 있어 사람들의 관심은 없어서는 안 되는 것이었다. 그에게 아무런 반응을 보이지 않는 사람보다 그를 절망의 구렁텅이로 몰아넣는 것은 없었다. 그의 깊은 본성 속에서는 그 반응이 긍정적인 것이든 부정적인 것이든 별 상관이 없었다. 그저 반응이 있기만 하면 되었다. 그는 에일라의 무관심한 태도가 자신을 경시하기 때문이라고, 그 아이가 자신의 불명예스러운 모습을 목격해서 남자로서의 위신을 존중하지 않기 때문이라고 확신했다. 그의 생각이 완전히 틀린 것은 아니었다. 에일라는 자신을 다스리고자 하는 그의 지배욕에도 한계가 있다는 것을 알았다. 그의 정신력에 깃든 기개도 시험해보았으나 아이의 존경심을 받기에 브라우드는 모든 면에서 역부족이었다. 하지만 브라우드가 아이에게 분노를 느끼는 것은 에일라가 그를 존경하지 않고 그에게 아무런 반응을 보이지 않는다는 사실 때문만은 아니었다. 문제는, 에일라가 자신이 받고 싶어 하는 관심을 빼앗아갔다는 데 있었다.

에일라는 그 등장만으로도 사람들의 주목을 끌었다. 그 아이에 관한 것이라면 모든 게 다 주목의 대상이었다. 아이의 강력한 토템에서부터 강력한 힘을 자랑하는 주술사의 사랑을 받으며 그의 불터에서 산다는 것, 주술 치료사 일을 배우고 있다는 것, 줄팔매질 솜씨, 하이에나를 죽여 브락의 목숨을 구한 일, 정령의 세계에서 돌아온 일까지 모든 게 다 관심거리였다. 브라우드가 불굴의 용기를 펼쳐 보이고 씨족 사람들의 존경과 관심, 숭배를 받아 마땅한 때마다, 에일라는 어김없이 그가 받아야 할 주목을 가로챘다.

브라우드는 멀리서 계집아이를 노려봤다. 저 애가 대체 왜 돌아온 거야? 모두들 저 애 얘기뿐이다. 늘 저 계집 얘기를 하느라 정신이 없지. 내가 들소를 죽이고 남자가 되었을 때도, 모두 저 계집의 빌어먹을 토템 얘기만 하더니. 저 계집이 돌진하는 매머드를 상대하기라도 했단 말이냐? 매머드의 힘줄을 끊다가 밟혀 죽을 뻔했던 게 저 계집이더냐? 아니. 저 애가 한 일이라고는 줄팔매로 돌 몇 개를 던졌을 뿐이다. 그런데도 다들 저 애 생각만 하고 있다. 브룬도 그렇고 그가 열었던 회합들 하며, 온통 다 저 계집 얘기였어. 그리고 그때 브룬이 일을 제대로 끝내지 못해서 결국 저 애가 돌아온 거고, 또 다들 저 계집 얘기만 하고 있어. 왜 저 계집은 항상 모든 것을 망쳐놓는단 말이냐?

"크렙, 왜 그렇게 안절부절못하세요? 그렇게 초조한 모습을 본 적이 있었나 싶네요. 꼭 처음으로 짝을 맺는 청년처럼 구네요. 마음을 좀 가라앉히게 차라도 한 잔 만들어드릴까요?"

이자가 물었다. 주술사가 벌떡 일어나 불터를 나서려고 했다가 마음을 바꾸고 돌아와 다시 주저앉은 게 벌써 세 번째였다.

"무엇 때문에 내가 초조하다고 생각하는 것이냐? 난 그냥 모든 것을 기억하려고 애쓰면서 명상을 좀 하려는 중이다."

그가 멋쩍게 대꾸했다.

"기억할 필요가 뭐 있어요? 평생 목우르로 지내오신 분이 말이에요. 어떤 의식이든 주무시면서도 다 치를 수 있을 텐데요. 그리고 일어났다 앉았다 하면서 명상하는 것은 또 처음 보네요. 차를 좀 만들어드리면 어떨까요?"

　"아니다. 차는 됐다. 에일라는 어디 있느냐?"

　"참마를 찾는다고 저 끝 불터 뒤에 있어요. 왜요?"

　"그냥 알고 싶었다."

　크렙은 편히 기대앉으며 대답했다. 얼마쯤 후 브룬이 걸어와 목우르에게 손짓했다. 주술사는 다시 일어났고 둘은 동굴 뒤편까지 걸어갔다. 저 두 사람한테 대체 무슨 일이 생긴 걸까? 이자는 궁금증에 고개를 갸웃했다.

　"시간이 거의 다 되지 않았는가?"

　족장은 자신이 깨끗하게 치워둔 곳에 이르렀을 때 주술사에게 물었다.

　"준비는 다 된 것인가?"

　"준비는 다 마쳤지. 하지만 해가 더 떨어져야 할 것 같다."

　"할 것 같다고? 정확히 모른단 말인가? 뭘 해야 할지 목우르가 아는 줄 알았는데. 묵상을 하면서 어떻게 의식을 치를지 찾아내겠다고 말한 것으로 기억하는데. 모든 게 빠짐없이 제대로 되어야만 한다. 그런데 어떻게 '그럴 것 같다'고 말할 수 있는가?"

　브룬이 따져 물었다.

　"깊이 생각해보았네."

　목우르가 변명하듯 되받았다.

　"하지만 워낙 오래전 일이네. 장소도 다른 곳이었고. 그곳에는 눈이 전혀 없었어. 겨울인데도 눈이 내린 것 같지 않았지. 시간을 제대로 알아내기가 쉽지 않았다. 해가 낮게 떠 있다는 것만 알 수 있었네."

"내게 그런 말은 하지 않았었다! 그렇다면 그게 옳은지 어떻게 자신할 수 있다는 말인가? 어쩌면 다 관두는 게 좋겠다. 처음부터 말도 안 되는 생각이었다."

"내가 이미 정령들과 대화를 했다. 표석도 그곳에 있다. 정령들이 우리를 기다리고 있다."

"표석을 옮긴다는 생각도 마음에 들지 않았다. 어쩌면 정령들을 모시던 원래의 장소에서 의식을 치르기로 했어야 하는 게 아닌가. 작은 동굴에서 표석을 옮겨온 것 때문에 정령들이 노여워하지 않을 거라고 확신하는가, 목우르?"

"이미 그것은 다 끝난 이야기다, 브룬. 태곳적 정령들을 토템의 정령들을 모신 곳으로 부르는 것보다 표석을 옮기는 게 낫겠다고 결정했잖은가. 옛 정령들이 그곳을 보면 다시 떠나고 싶지 않을지도 모른다."

"일단 그들을 깨우고 난 뒤에 그들이 다시 돌아가려고 할지 어떻게 자신하는가? 너무 위험하다, 목우르. 취소하는 편이 낫겠어."

"잠시 머물 수는 있다."

목우르도 그러한 가능성에 대해 수긍했다.

"하지만 모든 것을 제자리에 돌려두고 나면, 그래서 머물 곳이 없다는 것을 알고 나면, 그들은 떠날 것이다. 토템들도 그들에게 떠나라고 말할 것이고. 하지만 모든 결정은 족장에게 달려 있다. 결정을 번복하고 싶다면, 정령들을 달래보도록 하겠다. 그들이 기다리고 있다고 해서 우리가 반드시 의식을 치러야 하는 것은 아니다."

"아니다. 목우르 말이 옳다. 지금 이대로 밀고 가는 게 좋겠다. 정령들이 기다리고 계신다. 남자들은 탐탐지 않아 할 테지만."

"누가 족장인가, 브룬? 그리고 남자들도 그렇게 하는 게 이치에 어긋나지 않음을 이해하게 되면 받아들일 것이다."

"그럴까, 목우르? 정말 그러할까? 까마득히 먼 옛날의 일인데. 내가 지금 염두에 두고 있는 것은 남자들이 아니다. 우리 토템들이 과연 이를 받아들일까? 우리는 지금까지 참으로 운이 좋았어. 뭔가 끔찍한 일이 일어나지나 않을까 그런 생각이 계속 들 만큼. 나는 정령들을 화나게 하는 일은 그 무엇도 하고 싶지 않다. 그들이 원하는 대로 하고 싶다. 정령들을 흡족하게 하고 싶어."

"그래서 우리가 지금 이 의식을 치르려는 것이다, 브룬. 모든 정령들이 원하는 것을 하려고."

목우르가 부드럽게 말했다.

"한데 다른 정령들이 이해해줄 거라 확신하는가? 어떤 정령들을 기쁘게 하면 다른 정령들은 무시당했다고 느끼는 게 아닐까?"

"아니다, 브룬. 그렇지는 않을 거라 생각한다."

주술사는 족장의 걱정과 긴장감을 느낄 수 있었다. 이러한 결정을 내리기까지 그가 얼마나 힘들었을지도 잘 알았다.

"누구도 절대적으로 확신할 수는 없네. 우리는 인간에 지나지 않아. 목우르라 할지라도 인간에 불과하네. 우리는 그저 노력할 뿐이지. 하지만 자네 스스로도 우리가 참으로 운이 좋았다고 말하지 않았나? 누구 하나 다치지 않고 매머드를 사냥하기가 어디 그리 쉬운 일인가? 뭐래도 틀어지기가 쉬운 일 아닌가. 그렇게 먼 길을 갔다가 매머드 무리를 발견하지 못해, 가장 좋은 사냥철을 허비할 수도 있는 일이었다. 자네가 기회를 잘 잡기도 했지만 분명 운도 작용했다. 브락도 여전히 살아 있고 말이다, 브룬."

족장은 주술사의 진지한 얼굴을 바라보았다. 그러더니 몸을 쭉 펴고 일어났다. 주저하던 브룬의 눈빛은 어느새 결연하게 바뀌어 있었다.

"남자들을 데리러 가겠다."

그가 손짓했다.

여자들은 동굴 뒤편에서 멀리 떨어져 있으라는 지시를 받았다. 그쪽 방향을 보아서도 안 된다고 했다. 이자는 남자들을 이끌고 가는 브룬을 보았지만 못 본 척했다. 무엇을 하든 간에 그것은 남자들의 일이었다. 이자는 황토로 얼굴을 붉게 칠한 남자들이 에일라에게 달려들던 순간, 자신도 모르게 고개를 들었다. 자신의 몸이 부들부들 떨리는 게 느껴졌다. 저들이 에일라를 어쩌려는 걸까?

아이는 브룬이 남자들과 함께 오고 있다는 것을 전혀 눈치채지 못했다. 동굴 입구에서 가장 멀리 떨어진 불터 뒤에 아무렇게나 쌓여 있는 바구니와 뻣뻣해진 생가죽 부대를 뒤지며 참마를 찾고 있었다. 얼굴을 붉게 칠한 족장이 돌연 자기 앞에 나타난 것을 본 에일라는 놀라서 숨이 턱 막혔다.

"가만히 있어라. 소리도 내지 말고."

브룬이 손짓했다.

아이는 눈가리개가 씌워질 때까지도 겁이 나지 않았지만 거의 땅에서 들어 올리다시피 남자들이 자신을 끌고 가자 공포에 사로

잡혀 온몸이 얼어붙었다.

남자들은 브룬과 구브가 여자아이를 데리고 오는 것을 본 순간 불안감을 느꼈다. 남자들 또한 브룬과 목우르가 계획 중이던 의식에 대해 여자들만큼이나 전혀 감을 잡지 못하고 있었다. 다만 여자들과는 달리 그들의 호기심은 곧 풀릴 터였다. 남자들이 작은 동굴에서 옮겨온 표석 뒤에 둥그렇게 앉자 목우르는 작은 손짓도 하지 말고 소리도 내지 말라고 경고를 주었을 뿐이었다. 하지만 목우르가 남자들에게 동굴곰의 기다란 뼈를 두 개씩 나눠주며 가슴 앞에 십자 형태로 들고 있으라고 했을 때, 그의 경고에 무게가 실렸다. 그토록 강력한 보호가 필요하다면 위험이 그만큼 크다는 것을 뜻하는 게 분명했다. 그들의 눈에 에일라가 들어온 순간, 그들은 위험을 어렴풋이 감지했다.

브룬은 여자아이를 둥그렇게 둘러앉은 가운데에 목우르와 정면으로 마주 보도록 앉힌 다음, 자신은 아이 뒤에 앉았다. 주술사의 신호가 떨어지자 브룬은 아이의 눈가리개를 풀어주었다. 에일라가 흐릿해진 시야를 바로잡으려고 눈을 깜빡였다. 햇불의 빛을 통해 아이는 동굴곰의 두개골 뒤에 앉아 있는 목우르와 뼈를 십자 모양으로 들고 있는 남자들을 보았다. 아이는 땅속으로 파고들기라도 할 것처럼 두려움에 떨며 몸을 옹송그렸다.

내가 무슨 잘못을 저질렀지? 줄팔매는 만지지도 않았는데. 아이는 자신이 그곳에 끌려올 만한 무슨 끔찍한 잘못을 저질렀는지 기억해보려고 애썼다. 하지만 자신이 잘못한 일은 하나도 떠오르지 않았다.

"움직이지 마라. 소리를 내서도 안 된다."

목우르가 다시 주의를 주었다.

아이는 그렇게 하고 싶어도 할 수 있을 것 같지 않았다. 아이는 휘둥그레진 눈으로 몸을 일으킨 주술사가 지팡이를 내려놓는 모습을 지켜봤다. 주술사는 그들을 굽어 살피는 우르수스와 토템 정령들을 청하는, 격식을 차린 손짓을 시작했다. 아이에게는 대부분 낯설기만 한 손짓이었지만, 아이는 목우르의 손짓이 만들어내는 의미가 아니라 노주술사의 모습 그 자체에 이끌려 홀린 듯이 바라봤다.

아이는 크렙을 잘 알았다. 지팡이에 육중한 몸을 의지한 채 움직일 때마다 부자연스럽게 절뚝이는, 불구의 몸을 한 노인. 그는 과장되게 말하자면 몸이 한쪽으로 쏠린 것 같은 남자였다. 한쪽 몸은 사용하지 않아 근육이 위축된 채 왜소했고, 다른 한쪽은 마비된 반신 대신 의존해 사용할 수밖에 없다 보니 지나치게 발달한 형태였다. 예전에 아이는 그가 공적인 의식에서 사용하는 우아한 손짓의 의미를 이해했다. 한쪽 팔이 없어서 축약될 수밖에 없지만 말로 형언하기 어려운 방식으로 더 미묘하고 복잡하며 더 풍부한 의미를 담고 있는 손짓이었다. 하지만 두개골 뒤에 선 주술사가 선보이는 손짓은 아이가 전혀 알지 못하던 주술사의 다른 면모를 드러내고 있었다.

거북하던 분위기가 한순간에 사라졌다. 유려하게 흐르는 손짓의 강력한 리듬은 최면을 거는 듯했고, 그곳에 모인 이들은 눈을 뗄 수 없었다. 손의 움직임과 섬세한 몸짓은 꼭 우아한 무용처럼 보였지만 그것은 춤이 아니었다. 목우르는 강력한 설득력을 가지고 열렬하게 말하는 웅변가였고, 에일라로서는 한 번도 본 적이 없는 모습이었다. 또한 신성한 주술사가 가장 표현력이 풍부해지는 때는 그 앞에 사람들이 앉아 있을 때가 아니었다. 사람들보다 오히려 그에게 더 실재하는 것처럼 느껴지는, 눈에 안 보이는 청중에게 열변을 토할 때만큼 그의 손짓이 유려해지는 때가 없었다. 동굴곰족의 위대한 주술사는 이 특별한 의식에 현현해주기를 바라는 존귀한 옛 정령들에게 의식을 집중하기 시작하며 훨씬 더 공을 들여 아름다운 손짓을 펼쳤다.

"태곳적 정령들이시여, 저희들이 안개에 싸인 태곳적에 시작된 이래로 한 번도 부른 적 없는 정령들이 지금 저희를 주목하고 계십니다. 저희가 그대들을 불러내 경의를 표하옵고, 당신들의 도움과 보호를 요청하나이다. 위대한 정령들이시여, 지금은 희미하게 기억으로만 남은, 아득하게 먼 태고의 신성한 정령들이시여, 깊은 잠에서 깨어나 그대들을 경배하게 하소서. 우리에게는 당신들께 드릴 게 있습니다. 태곳적 정령들의 마음을 달래줄 제물이 있습니다. 우리는 당신에게 인정받고 싶은 게 있습니다. 우리가 당신들의 이름을 부를 때 우리에게 귀 기울여주십시오."

"바람의 정령, 오우하!"

목우르가 그 이름을 크게 부르자 에일라는 등골이 오싹해지는 것을 느꼈다.

"비의 정령, 지이나! 안개의 정령, 이쉬아! 우리 곁에 오소서. 자비롭게 우리를 살펴주소서. 우리 곁에는 당신의 그림자 옆에서 걷다가 돌아온 자가 있습니다. 위대한 동굴사자의 바람에 따라 돌아온 자입니다."

목우르가 나에 대해 말하고 있어. 그 순간 에일라는 깨달았다. 이것은 의식이야. 의식에서 내가 뭘 하고 있는 것일까? 저 정령들은 누구일까? 저들의 이름은 들어본 적이 없어. 그 이름들은 다 여자들의 이름이야. 수호 정령들은 모두 다 남자라고 생각했었는데. 에일라는 두려움에 몸을 떨면서도 강한 호기심을 느꼈다. 정령들 앞에 돌처럼 앉아 있는 남자들도 목우르가 고대 정령들의 이름을 부르기 전까지는 그들의 이름을 들어본 적이 없었다. 하지만 완전히 낯설기만 한 것은 아니었다. 고대의 이름을 듣던 순간, 그들의 머릿속 깊은 곳에 잠자고 있던 태곳적 정령들만큼이나 오래된 기억이 꿈틀거리기 시작했다.

"가장 존경받는 태곳적 정령들이시여, 정령들의 뜻은 우리에게 불가사의합니다. 우리는 인간에 불과합니다. 왜 이 여자아이가 그토록 강력한 토템의 정령에게 선택을 받았는지 저희는 알지 못합니다. 왜 그가 이 아이로 하여금 고대의 방식을 따르도록 했는지도 모릅니다. 하지만 우리는 그의 뜻을 거역할 수가 없습니다. 그는 이 아이를 위해 어둠의 땅에서 싸워 사악한 정령들을 물리치고 아이를 우리에게 돌려보내 그의 바람을 우리에게 분명하게 보여주었습니다. 우리가 그의 뜻을 거역할 수 없음을 분명하게 알려주었습니다. 오, 과거의 강력한 정령들이시여, 당신들의 방식은 더 이상 우리 씨족의 방식이 아닙니다. 하지만 우리와 함께 앉아 있는 이 아이를 위해 한때 존재했던 과거의 방식을 다시 한 번 받아들여야 합니다. 고대의 정령들 당신께 청하오니, 이 아이가 당신의 방식을 따르도록 허락해주십시오. 이 아이를 받아들여주십시오. 아이를 보호해주시고, 이 아이의 씨족에게도 보호를 베풀어주소서."

목우르는 에일라 쪽으로 몸을 돌렸다.

"여자아이를 앞으로 데리고 와라."

그가 지시했다.

에일라는 브룬의 강한 팔에 자신의 몸이 그대로 높이 들리는 것을 느꼈다. 아이는 노주술사 앞에 세워졌다. 그때 브룬은 아이의 긴 금발머리를 한 움큼 움켜쥐더니 아이의 고개를 뒤로 홱 잡아당겼다. 아이는 숨도 제대로 쉴 수 없었다. 에일라는 눈 아래로 목우르가 그의 주머니에서 날카로운 칼을 꺼내 그의 머리 위로 치켜 올리는 것을 봤다. 겁에 질린 아이는 외눈을 한 주술사의 얼굴이 다가오며 칼이 올라가는 것을 지켜보다가 주술사가 맨살이 드러난 아이의 목을 향해 날카로운 칼을 내리치는 순간, 거의 까무러칠 뻔했다.

아이는 날카로운 통증을 느꼈지만 너무 겁이 나서 비명조차 지를 수 없었다. 하지만 목우르는 목 아래 오목한 곳에 작은 상처를 내었을 뿐이었다. 그는 네모난 작고 부드러운 토끼가죽을 재빨리 상처 위에 댔다. 목우르는 상처에서 방울방울 배어 나온 따뜻한 피가 토끼가죽에 스며들 때까지 기다린 다음, 구브가 들고 있던 그릇에 담긴 톡 쏘는 액체로 상처를 닦았다. 그러고 나서야 브룬은 아이를 풀어주었다.

에일라는 목우르가 기름이 반쯤 담긴 얕은 돌그릇에 피에 젖은 가죽을 집어넣는 것을 홀린 듯이 지켜봤다. 그의 제자에게서 작은 횃불을 건네받은 주술사는 그릇에 담겨 있던 기름에 그 횃불로 불을 붙이더니 가죽이 매캐한 냄새를 풍기며 까맣게 타들어가는 것을 조용히 지켜봤다. 가죽이 다 타자 브룬은 에일라의 두르개를 걷어 올려 왼쪽 허벅지를 드러냈다. 목우르는 돌그릇에 남아 있는 재에 손가락을 찍어 아이의 다리에 나 있는 흉터 네 줄을 따라 검은 선을 그렸다. 아이는 놀란 눈으로 빤히 바라봤다. 그것은 소년이 남자가 되는 성인식에서 생채기를 낸 자리에 검게 물들인 토템의 표식처럼 보였다. 아이는 다시 뒤로 끌어당겨졌고, 목우르가 다시 정령들에게 말하는 것을 지켜봤다.

"이 피의 제물을 받아주십시오, 가장 존경받는 정령들이시여. 이것이 바로 이 아이가 고대의 방식을 따르도록 선택한, 이 아이의 토템, 동굴사자의 정령임을 알아주십시오. 우리가 그대들에게 존경과 경의를 표했다는 것을 알아주십시오. 저희에게 당신들의 자비를 보여주시고, 당신의 방식이 아직 잊히지 않았다는 것에 만족감을 느끼시며 깊은 휴식에 드십시오."

끝났어. 에일라는 목우르가 다시 앉는 것을 보더니 안도의 한숨을 내쉬며 속으로 생각했다. 아이는 여전히 자신이 왜 이런 특별한 의식에 참여하게 되었는지 알지 못했다. 하지만 아직 끝난 것이 아니었다. 브룬은 아이 앞으로 돌아서더니 일어나라고 손짓했다. 아이는 서둘러 일어났다. 그는 자신의 두르개 주머니 속에 손을 뻗더니 붉은색으로 물들인 타원형의 상아를 꺼내들었다. 매머드의 엄니 끝에서 자른 상아였다.

"에일라, 태곳적 정령들의 보호 아래에 있는 지금 이 순간에 한해서만, 너는 남자들과 동등한 자격으로 여기 서 있다."

아이는 자신이 족장의 말을 제대로 이해한 것인지 자신하지 못했다.

"이 자리를 떠나서, 다시는 네 자신이 남자와 동등하다고 생각해서는 안 된다. 너는 여자이고, 언제까지나 여자일 것이다."

에일라는 알겠다는 뜻으로 고개를 끄덕였다. 물론, 아이는 자신이 여자라는 것을 알았지만 혼란스러웠다.

"이 상아는 우리가 죽인 매머드의 엄니에서 나온 것이다. 매머드 사냥은 매우 운이 좋았다. 누구도 다치지 않고 그 거대한 짐승을 쓰러뜨렸다. 이 상아 조각은 우르수스가 신성하게 한 것이고, 목우르가 신성한 황토로 붉게 물들인 것이다. 이것은 사냥꾼의 강력한 호신부다. 씨족의 모든 사냥꾼들은 부적 속에 이 같은 호신부를 가지고 다닌다.

에일라, 소년은 첫 사냥에서 사냥감의 목숨을 끊어야만 어른이 된다. 하지만 일단 사냥감을 죽이고 나면, 다시는 아이로 돌아갈 수 없다. 오래전에, 지금 우리 가까이에서 맴돌고 있는 정령들의 시대에는 씨족의 여자들도 사냥을 했다. 네 토템이 어째서 너에게 고대의 방식을 따르도록 했는지는 우리도 모른다. 하지만 우리는 동굴사자 정령의 뜻을 거역할 수 없다. 그 뜻은 받들어져야 한다. 에일라, 너는 너의 첫 사냥에서 사냥감의 목숨을 끊었다. 너는 이제 어른의 책임을 짊어져야 한다. 하지만 너는 남자가 아니라 여자다. 그리고 앞으로도 모든 면에서 여자일 것이나 한 가지 예외가 있다. 에일라, 오로지 줄팔매만을 사용한다는 조건으로 이제부터 너는 **사냥하는 여자다.**"

에일라는 갑자기 온몸의 피가 얼굴로 몰리는 것 같았다. 저 말이 사실일까? 정말로 브룬의 말을 제대로 이해한 것일까? 줄팔매를 사용한 일로 에일라는 생사를 넘나드는 고난을 겪은 터였다. 그런데 이제 줄팔매를 써도 된다는 말인가? 사냥을 해도 좋다는 말인가? 그것도 떳떳하게? 아이는 도저히 그 말을 믿을 수가 없었다.

"이 호신부는 너를 위한 것이다. 네 부적 속에 넣어두어라."

에일라는 목에 두른 주머니를 벗어 매듭을 풀었다. 아이는 붉게 물든 타원형의 상아를 붉은 황토 조각과 화석 사이에 넣고 나서 가죽 주머니의 입구를 동여맨 다음 다시 목에 걸었다.

"아직 누구에게도 말해서는 안 된다. 오늘 밤 잔치 시작 전에 내가 알릴 것이다. 그 잔치는 너를 위한 잔치다, 에일라. 네 첫 사냥을 기념하는 것이다."

브룬이 말했다.

"다음에는 하이에나보다는 입에 맞는 먹을 만한 것을 사냥하길 바란다."

브룬이 장난기 섞인 눈빛으로 덧붙였다.

"자, 돌아서라."

아이는 지시받은 대로 했다. 아이 눈에 눈가리개가 씌워졌다가 두 남자에게 이끌려 먼저 있던 자리로 돌아온 다음 벗겨졌다. 아이는 브룬과 구브가 남자들이 둘러앉은 곳으로 돌아가는 것을 지켜봤다. 내가 꿈을 꾸고 있나? 아이는 목을 더듬었다. 목우르가 생

채기를 낸 곳은 여전히 쓰라렸다. 그러고는 손을 내려서 부적 속에
든 세 개의 물체를 매만져보았다. 두르개를 옆으로 걷어 흉터 위에
희미하게 그려진 검은 선들을 빤히 쳐다보았다. 사냥꾼! 나는 사
냥꾼이야! 씨족을 위한 사냥꾼. 내 토템이 내가 사냥하기를 바란
다고 했어. 토템의 바람을 거역할 수 없다고 했어. 아이는 부적을
꼭 움켜쥐고 눈을 감은 뒤 격식을 갖춘 손짓을 시작했다.

"위대한 동굴사자이시여, 어째서 제가 당신을 의심했던 것일까
요? 죽음의 저주는 어렵고 가장 견디기 힘든 시험이었지만 이토록
큰 선물을 받기 위함이었습니다. 저를 가치 있게 봐주셔서 정말로
감사드립니다. 크렙의 말이 옳았습니다. 동굴사자의 토템을 가지
고 살아가는 것은 결코 쉽지 않겠지만 언제나 그럴 만한 가치가 있
을 것입니다."

의식은 에일라의 사냥을 허용해야 한다고 남자들을 설득하기에
충분히 효과적이었다. 하지만 단 한 사람, 예외가 있었다. 브라우
드는 분개했다. 목우르의 경고에 그토록 두려움을 느끼지만 않았
어도 그는 의식 중간에 그 자리를 박차고 나갔을 것이다. 그는 계
집아이에게 특별한 권리를 허용하는 의식에 참여하고 싶은 마음이
눈꼽만큼도 없었다. 그는 목우르를 노려봤다. 하지만 그의 반감은
다른 누구보다 브룬을 향하고 있었고, 그에 대한 원한을 삭일 수가
없었다.

다 브룬이 꾸민 짓이야. 브라우드는 생각했다. 늘 저 애를 감싸
고 돌며 편애하니까. 브룬은 내가 저 아이의 불손함을 혼냈던 일로
내게 죽음의 저주를 내리겠다고 위협까지 했었지. 내게, 그의 짝이

낳은 아들인 내게 말이야. 저 아이는 혼쭐이 나야 마땅했는데도. 저 계집에게 내린 저주만 하더라도 족장은 제대로 끝냈어야 했어. 영원한 저주를 내렸어야지. 그런데 이제는 저 계집이 남자들처럼 사냥을 해도 된다고 허락까지 하다니, 어떻게 그럴 수가 있지? 그래, 브룬도 나이 들었어. 언제까지 족장의 자리에 있을 수는 없지. 언젠가 내가 족장이 되면, 어디 두고 보자고. 그때는 저 계집을 감싸줄 족장은 없을 테니까. 그때 저 아이가 누리고 있는 특권이 어찌될지 보자고. 저 아이의 불손함을 그냥 넘기지 않을 테니 말이야.

18

아이가 열 살이 되던 해 겨울, 에일라는 사냥하는 여자라는 호
칭에 완벽히 걸맞은 자격을 갖게 되었다. 초경을 시작으로 아이의
몸에서 성숙한 여자가 되어가는 변화들이 나타나자 이자는 안도하
며 내심 흐뭇해했다. 에일라의 엉덩이가 커지고, 가슴이 봉긋하게
솟아오르고, 아이 같이 밋밋하던 몸매가 부드럽게 변하자 이자는
씨족 사람들과 다른 자신의 딸이 영원히 유년기에 머물 운명은 아
님을 확신하게 되었다. 에일라가 첫 달거리를 치르고 나자 젖꼭지
가 솟아오르고 음부와 겨드랑이에는 연한 털이 돋았다. 처음으로
에일라 토템의 정령이 다른 토템과 싸움을 벌이기 시작한 것이다.

에일라는 이제 자신이 아기를 낳지 못할 것을 이해하고 있었다.
그녀의 토템은 너무 강했다. 그러나 에일라는 아기를 낳고 싶었다.
우바가 태어난 이후로 줄곧 사랑으로 보살펴줄 자신만의 아기가
갖고 싶었다. 하지만 이제 그녀는 강력한 동굴사자가 부여한 시련
과 제약을 마음 깊이 받아들였다. 그녀는 점차 불어나고 있는 씨족
의 아기와 어린아이들을 언제나 즐겁게 돌봐주었다. 특히 아이의

어미들이 바쁘면 에일라가 도맡아 아이들을 봤는데, 젖을 먹으러 어미에게 갈 때면 서운한 마음이 치솟았다. 하지만 적어도 에일라는 이제 한 사람의 여인이었다. 그녀는 더 이상 어른보다 키가 클 뿐인 아이가 아니었다.

에일라는 전부터 어렵지 않게 임신을 했다가도 여러 차례 유산을 했던 오브라에게 동병상련을 느꼈다. 오브라의 비버 토템도 좀 지나치게 사나운 면이 있었다. 그녀도 아이가 없을 운명인 듯싶었다. 매머드 사냥 이후로, 특히 에일라가 신체적으로도 성인이 된 이후에 젊은 두 여인은 벗으로 함께 시간을 보내는 때가 많아졌다. 조용한 성격의 오브라는 스스럼없고 활달한 기질의 이카와는 달리 천성적으로 말수가 적었다. 하지만 에일라와 오브라는 서로에 대한 이해를 쌓으며 천천히 친밀한 우정을 다졌고, 구브도 여기에 가세하게 되었다. 목우르의 젊은 후계자인 구브와 그의 짝 오브라의 금슬은 모두에게 잘 알려져 있었다. 그러다 보니 사람들은 오브라를 더욱 측은히 여기게 되었다. 그녀의 짝이 아기를 낳지 못하는 것을 이해해주고 더 잘해줄수록 오브라가 아이를 더욱 원하게 된다는 것을 모두들 알고 있었다.

오가는 다시 임신을 했고, 그 사실을 안 브라우드는 무척 기뻐했다. 그녀는 세 살 된 브락이 젖을 떼자 바로 아기를 가졌다. 오가도 아가나 이카처럼 다산 체질인 것 같았다. 드루그는 아가의 두 살 된 아들이 어느 날 돌멩이를 두들기는 것을 보고는 그가 바라는 대로 석공이 될 것이라 확신했다. 그는 그루브의 작고 통통한 손에 맞는 돌망치를 찾아 아이 손에 쥐어주며 자신이 작업할 때 옆에서 놀도록 했다. 아이는 드루그 옆에서 석공 흉내를 내며 쪼개진 부싯돌 조각을 돌망치로 때리며 놀았다. 이카의 두 살 된 이그라는 제 어미처럼 활달한 성격이 될 조짐이 보였다. 토실토실한 작은 여자아이는 누구에게나 잘 웃고 쾌활해서 모든 사람들을 즐겁게 했다. 브룬의 씨족은 점점 불어나고 있었다.

에일라는 초봄 며칠 동안, 씨족에게서 떨어져 지내야 했다. 첫 월경을 치르는 동안, 동굴을 떠나 혼자 지내는 관습에 따라 아이는 고지대에 위치한 자신의 작은 동굴로 갔다. 그보다 정신적으로 훨씬 큰 충격이었던 죽음의 저주를 이겨낸 에일라에게 여인의 저주를 받는 기간은 휴식과도 같았다. 아이는 그 시간을 긴 겨우내 굳었던 근육을 풀고 줄팔매질 기술을 연마하며 보냈다. 하지만 연습을 하면서도 더 이상 비밀리에 줄팔매를 사용하지 않아도 된다는 것을 스스로에게 거듭 일깨워야 했다. 아이는 스스로 음식을 구하는 데 별 어려움이 없었지만 씨족의 동굴 근처에 있는 미리 정해진 곳으로 매일 자신을 보러 오는 이자를 기다렸다. 이자는 아이가 먹을 수 있는 것보다 많은 음식을 가지고 왔다. 하지만 에일라가 이자에게서 바라는 건 곁에서 말동무가 되어주는 것이었다. 아이는 여인의 저주를 받는 격리 기간이 일시적이고 짧은 덕에 편했지만 여전히 혼자 밤을 보내기란 쉬운 일이 아니었다.

그들은 어두워질 때까지 함께 있는 게 다반사여서 에일라는 횃불을 들고 자신의 은신처로 돌아가야 했다. 에일라는 자신이 '죽었던' 기간 동안 직접 사냥한 사슴으로 만든 가죽 덮개를 보며 여전히 전전긍긍하는 이자를 보고는 작은 동굴에 그것을 남겨두기로 했다. 에일라는 모든 젊은 여인들이 그러하듯 제 어미에게서 여자가 알아야 하는 많은 것들을 배웠다. 이자는 월경을 할 때 허리끈에 묶어 착용하는, 부드러운 가죽으로 만든 월경대를 에일라에게 주면서 피가 묻은 월경대를 땅속 깊이 묻을 때 사용하는 손짓을 가르쳐주었다. 에일라는 남자가 욕구를 풀고 싶어 할 때 여자가 취해야 하는 적절한 자세와 움직임, 끝난 후에 몸을 씻는 법에 대해서도 들었다. 이제 에일라는 여자였다. 그녀는 이제 완전한 어른으로 성장한 씨족의 여자들이 하는 모든 역할을 해낼 수 있어야 했다. 그들은 여자들이 관심을 갖는 것들에 대해 주로 이야기했는데, 그 중 일부는 치료술을 배울 때부터 익숙한 것들도 있었다. 그들은 출산에서 수유, 월경통을 줄여주는 약초에 대해 이야기했다. 이자는 남자를 유혹하는 자세와 손짓, 그리고 여자가 남자로 하여금 그의 욕구를 풀고 싶은 생각이 들도록 부추기는 방법에 대해서도 설명해주었다. 또한 짝을 맺은 여자가 안게 되는 책임에 대해서도 말했다. 이자는 자신의 어머니에게서 배운 모든 것을 에일라에게 알려주었다. 하지만 내심 성적으로 매력이 없는 자신의 딸이 그런 것을 전부 다 알 필요가 있을까 생각하기도 했다.

이자가 전혀 내비치지 않은 주제도 하나 있기는 했다. 여자아이들의 경우, 어른이 될 무렵이면 특별히 눈여겨보는 젊은 남자가 하나씩 있기 마련이었다. 딸도, 딸의 어미도 그런 일에 대해서는 직접적으로 말하지 않았지만, 그 어미가 제 짝과 사이가 좋다면 딸의 바람을 넌지시 짝에게 전하기도 했다. 그러면 그 짝은 마음이 내키는 경우, 결정권을 가진 족장에게 이를 알릴 수 있었다. 그 밖에 달리 고려할 사항이 없는 경우, 특히 여자가 마음에 둔 청년이 여자에게 관심을 보이면, 여자의 바람을 들어주기도 했다.

물론 늘 그런 것은 아니어서 이자가 짝을 맺을 때도 전혀 그러지 못했다. 그런데 이자와 에일라 사이에서는 짝과 관련된 이야기가 전혀 오가지 않았다. 과년한 여인과 어미가 가장 관심을 갖는 주제가 바로 짝에 관한 것이었는데, 이들 모녀와는 상관없는 이야기였다. 씨족 남자들 가운데는 짝을 맺지 않은 청년이 없었다. 설령 있다 하더라도 에일라를 짝으로 맞이하고 싶어 하지 않을 거라고 이자는 확신했다. 씨족의 남자 중에 에일라를 두 번째 여자로 맞고 싶어 하는 이도 없을 터였다. 그리고 에일라 자신도 남자들에게 전혀 관심이 없었다. 이자가 짝을 맺은 여자의 책임에 관한 이야기를 꺼낼 때까지도 에일라는 짝에 대해서도 전혀 생각을 못 하고 있었다. 하지만 얼마 후 아이는 짝에 대해 관심을 갖게 되었다.

아이가 여인의 저주를 마치고 돌아온 지 얼마 안 된, 어느 화창한 봄날 아침이었다. 에일라는 동굴 가까이에 있는 샘에서 물을 떠오려고 부대자루를 가지고 나섰다. 물가에 도착해 자루를 물속에 넣으려고 무릎을 꿇고 허리를 숙이던 순간, 아이는 갑자기 동작을 멈췄다. 잔잔한 물 위를 비스듬히 비추는 아침 햇살에 수면은 마치 거울처럼 반들반들했다. 에일라는 자신을 바라보고 있는, 샘에 비친 이상하게 생긴 얼굴을 빤히 쳐다보았다. 물에 비친 자신의 모습을 본 것은 그때가 처음이었다. 동굴 가까이에 있는 물은 대개가 흐르는 개울이나 시내였다. 그리고 아이는 주로 부대나 그릇을 물속에 먼저 집어넣고 나서 물을 봤기 때문에 그때는 이미 잔잔하던 수면이 흐트러진 상태일 때가 많았다.

젊은 여인이 된 에일라는 자신의 얼굴을 찬찬히 살펴보았다. 얼굴은 윤곽이 뚜렷한 턱 때문에 각이 져 보였지만 그나마 여전히 앳된 티가 나는 동그스름한 뺨과 툭 불거져 나온 광대뼈, 길고 매끈한 목 덕분에 부드럽게 보였다. 턱 가운데는 옴폭 들어가 있고, 입술은 도톰했으며, 코는 정교하게 깎아낸 듯 날렵했다. 햇빛을 받아 반짝이는 고운 금발 머리카락이 어깨 아래까지 부드럽게 굽이치고, 파란빛이 도는 맑은 회색 눈 주위로는 머리색보다 더 짙은 색조의 숱 많은 속눈썹이 촘촘히 나 있었다. 속눈썹과 같은 색조의 눈썹은 매끄럽고 반듯한 높은 이마에서 눈 위로 반달 모양을 그리고 있었고, 눈썹 뼈가 튀어나온 기미는 거의 없었다. 에일라는 뻣뻣하게 굳은 몸으로 샘에서 물러나 동굴로 달려갔다.

"에일라, 무슨 일이냐?"

이자가 손짓했다. 뭔가 딸을 괴롭히는 게 분명했다.

"어머니! 방금 샘에서 봤는데요. 내가 너무 못생겼어요! 오, 어머니, 나는 왜 이렇게 못생겼나요?"

아이가 흥분한 채 손짓했다. 에일라는 이자의 품에 안겨 눈물을 터뜨렸다. 에일라가 기억하는 한, 그녀는 씨족 사람들이 아닌 다른 인간을 본 적이 없었다. 그녀에게는 외모에 대한 다른 기준이 없었다. 씨족 사람들은 에일라의 겉모습에 익숙해졌지만, 에일라 자신은 아니었다. 그녀는 주위 사람들과 달랐다. 비정상적이리만큼 다르게 생겼다.

"에일라, 에일라."

이자가 자신의 품에 안겨 흐느끼는 젊은 여인을 달랬다.

"나는 내가 이렇게 못생겼는지 몰랐어요, 어머니. 어떤 남자가 나를 원하겠어요? 난 평생 짝을 맺지 못할 거예요. 그러면 평생 아기도 갖지 못할 거고요. 내게는 아무도 없을 거예요. 난 왜 이렇게 못생겼나요?"

"난 네가 정말로 그렇게 못생긴 것인지 모르겠다, 에일라. 너는 그냥 다른 거야."

"난 못생겼어요! 못생겼다고요!"

에일라가 위로는 필요 없다는 듯 고개를 세차게 흔들었다.

"날 좀 보세요! 나는 너무 커요. 브라우드와 구브보다도요. 거의 브룬만큼 키가 커요! 게다가 못생겼어요. 이렇게 크고 못생겼으니 난 결코 짝을 맺지 못할 거예요."

에일라가 다시 크게 흐느끼며 손짓했다.

"에일라! 그만해라!"

이자가 딸의 어깨를 흔들며 단호하게 말했다.

"네가 생긴 모습은 어찌할 수 없는 거야. 너는 우리 씨족 출신이 아니다, 에일라. 너는 다른 종족 태생이고, 그들처럼 생긴 거야. 그 사실을 바꿀 수는 없으니 받아들여야 한다. 영영 짝을 맺지 못할지도 몰라. 그럴 수 있어. 하지만 어쩔 수 없는 일이다. 그것도 받아들여야 해. 하지만 확실한 것은 아니야. 희망이 전혀 없는 것도 아니고.

너는 곧 주술 치료사가 될 거야. 내 혈통을 물려받은 치료사. 짝이 없다고 해도 지위와 가치가 없는 여자가 되지는 않을 것이다.

내년 여름에 씨족 모임이 열린다. 그 모임에 가면 여러 씨족들이 올 거야. 너도 알다시피, 동굴곰족에 우리 씨족만 있는 것은 아니란다. 다른 씨족에서 네 짝을 찾을 수도 있어. 젊은 남자나 높은 지위가 있는 남자가 아닐지는 몰라도 짝을 찾을 수는 있을 거야. 주그가 너를 아주 좋게 생각하고 있어. 그가 너를 그렇게 높이 평가하고 있다니 너는 운이 좋은 거란다. 주그에게는 다른 씨족에 친족이 있는데, 그가 크렙에게 부탁해서 자신의 친족들에게 네 얘기를 좋게 해달라고 했단다. 주그는 네가 어떤 남자에게든 좋은 짝이 될 터이니 그들이 너를 짝으로 받아들여주면 좋겠다고 생각하고 있어. 자신이 더 젊으면 너를 짝으로 받아들이겠다는 말까지 했고. 명심해라, 씨족은 우리만 있는 게 아니야. 이곳의 씨족 남자들이 이 세상에 있는 유일한 남자도 아니다."

"주그가 그렇게 말했다고요? 내가 이렇게 못생겼는데요?"

에일라는 희망에 찬 눈빛으로 손짓했다.

"그래, 주그가 그렇게 말했다. 주그의 추천과 내 혈통을 물려받는 지위가 있으면 분명 너를 짝으로 맞이할 남자가 있을 거야. 네가 다르게 생겼다고 해도 말이야."

희미하게 떠오르던 에일라의 미소가 이내 사라졌다.

"하지만 그렇게 되면 내가 떠나야 한다는 거잖아요? 다른 곳에서 살아야 하는 거죠? 난 어머니와 크렙, 그리고 우바 곁을 떠나고 싶지 않아요."

"에일라, 나는 늙었다. 크렙도 더 이상 젊지 않아. 몇 년 후면 우바도 여자가 되어 짝을 맺겠지. 그때가서 너는 어찌할 셈이야?"

이자가 손짓했다.

"언젠가 브룬도 브라우드에게 족장의 지위를 넘겨줄 거야. 브라우드가 족장이 되면, 넌 여길 떠나는 게 좋겠다. 그러니 씨족 모임이 네게 좋은 기회가 될 수 있다."

"어머니 말씀이 옳은 것 같아요. 브라우드가 족장이 되면 여기에서 살고 싶지 않을 거예요. 하지만 어머니를 떠난다는 생각은 하기 싫어요."

잔뜩 찌푸리고 있던 에일라의 얼굴이 이내 환해졌다.

"하지만 내년 여름까지는 아직도 1년이나 남았잖아요. 그때까지는 걱정하지 않아도 되겠지요."

1년이나. 이자는 생각했다. 나의 에일라, 내 아이. 1년이 얼마나 빨리 지나가는지 너도 내 나이가 되어야 알게 되겠지. 나를 떠나고 싶지 않다고? 너는 내가 너를 얼마나 그리워할지 알지 못할 것이다. 우리 씨족에 너를 짝으로 맞이할 남자가 있다면 얼마나 좋으랴. 브라우드가 족장이 되는 일만 없어도 좋을 텐데.

하지만 이자는 에일라가 눈물을 닦고 물을 길으러 나설 때까지 그런 생각을 비치지 않았다. 이번에 에일라는 잔잔한 수면에 비친 자신의 얼굴을 보지 않으려고 애썼다.

그날 오후 늦게 에일라는 숲의 가장자리에 서서 덤불 사이로 동굴을 내다봤다. 사람들 몇몇이 밖에 나와 일을 하거나 잡담을 나누고 있었다. 그녀는 어깨에 척 걸쳐놓은 토끼 두 마리를 고쳐 멘 다음 허리끈에 끼워놓았던 줄팔매를 내려다보더니 그것을 두르개 주머니 속에 넣었다. 그러더니 다시 주머니 속에서 빼내 잘 보이도록 허리춤에 찔러 넣었다. 에일라는 동굴을 다시 보고 나서 천천히 떨리는 발걸음을 옮겼다.

브룬이 해도 된다고 했어. 그녀는 속으로 생각했다. 내가 사냥을 해도 된다는 의식을 치러주었어. 나는 사냥꾼이야, 나는 사냥하는 여자야. 에일라는 턱을 치켜들고 몸을 숨기고 있던 나뭇잎 무성한 덤불에서 나왔다.

동굴 밖에 있던 사람들 모두 얼어붙은 듯 한참동안 하던 일을 멈춘 채 젊은 여인을 빤히 쳐다보았다. 그녀는 토끼 두 마리를 어깨에 둘러멘 채 그들 쪽으로 걸어오고 있었다. 그들은 놀란 감정이 가라앉자 자신들이 빤히 쳐다보는 무례를 저질렀다는 걸 깨닫고는 급히 시선을 다른 곳으로 돌렸다. 에일라는 얼굴이 화끈거렸지만 태연한 척 꼿꼿한 자세로 결연히 앞을 향해 걸어갔다. 서늘하고 어둑어둑한 동굴 안에 들어온 다음에야 마음이 놓였다. 동굴 안에서는 사람들의 시선을 모른 척하기가 더 쉬웠다.

에일라가 크렙의 불터에 들어섰을 때 이자의 눈도 휘둥그레졌다. 하지만 재빨리 감정을 추스른 뒤 토끼에 대해서는 아무런 말도 하지 않고 시선을 피했다. 그녀는 무슨 말을 해야 할지 감이 오지 않았다. 크렙은 곰가죽 위에 앉아 명상을 하느라 에일라를 보지 못한 것 같았다. 하지만 그는 에일라가 동굴로 들어올 때부터 보고 있었고, 에일라가 불터에 이르렀을 때야 간신히 자신의 표정을 감출 수 있었다. 아이가 사냥해 온 짐승을 불가 옆에 내려놓을 때까지 누구 하나 말을 하는 사람이 없었다. 얼마 후 우바가 달려오더니 천진난만하게 물었다.

"저걸 진짜 직접 사냥한 거야, 에일라?"

"응."

에일라가 고개를 끄덕였다.

"통통하니 맛있어 보이는 토끼다. 우리 오늘 저녁으로 토끼 고
기 먹는 거예요, 어머니?"

"음, 그래, 그럴 것 같구나."

이자는 당황한 얼굴로 대꾸했다.

"내가 가죽을 벗길게요."

에일라가 칼을 꺼내들며 재빨리 말했다. 이자가 잠시 바라보더
니 에일라에게 다가와서 손에 있던 칼을 가져갔다.

"아니다, 에일라. 네가 사냥을 했으니, 가죽을 벗기는 건 내가
하마."

에일라가 뒤로 물러서 있는 동안 이자는 날랜 손길로 토끼의 가
죽을 벗겨낸 뒤 토끼 고기를 꼬챙이에 꽂아 불 위에 올렸다. 에일
라도 이자처럼 불편하기는 마찬가지였다.

"식사 맛있었다, 이자."

크렙은 식사 후 에일라의 사냥에 대한 직접적인 언급은 피하며
말했다. 하지만 우바는 천연덕스럽게 말했다.

"토끼 맛있다, 에일라. 그런데 다음에는 뇌조를 잡아 오면 안
될까?"

우바는 크렙처럼 다리에 깃털이 덮인 통통한 그 새를 매우 좋아
했다.

그 일 이후로 에일라가 또 사냥감을 동굴로 가지고 왔을 때는 씨족 사람들은 전처럼 크게 충격받지 않았고, 그녀가 사냥을 한다는 사실에 점차 무뎌져갔다. 크렙은 그의 불터에 사냥꾼을 둔 덕분에 남자들이 힘을 합쳐 커다란 짐승을 잡았을 때를 제외하면 다른 사냥꾼에게 받는 몫을 줄였다.

에일라에게 봄은 바쁘게 움직여야 하는 계절이었다. 그녀가 사냥을 한다고 해서 여자로서 해야 할 일이 줄어든 것은 아니었다. 그리고 이자의 약초를 캐는 일도 그녀의 몫이었다. 하지만 그녀는 모든 주어진 일을 기꺼이 했다. 에일라는 생기로 가득 차 있었으며 그 어느 때보다도 행복했다. 떳떳이 사냥을 할 수 있어 기뻤고, 씨족 공동체로 돌아와서 행복했다. 마침내 여자가 되었다는 사실이 좋았으며 다른 여자들과 더욱 친밀한 정을 쌓게 되어 즐거웠다.

나이가 지긋한 에브라와 우카는 에일라가 다르다는 것을 완전히 무시하지는 못했지만 그녀를 받아들였다. 이카는 늘 그렇듯 다정했다. 아가와 그녀의 어머니는 에일라가 물에 빠져 죽을 뻔했던 오나를 구해준 이후로 에일라를 대하는 태도가 완전히 바뀌었다. 오브라는 절친한 벗이 되었고, 오가 또한 브라우드와 상관없이 에일라에게 따뜻하게 대해주었다. 소녀 시절 오가가 브라우드에게 느꼈던 열정은 돌발적으로 감정을 표출하는 그의 성질을 감내하다 보니 점점 식어버려 그를 대하는 태도는 무심한 습관 같은 것이 되었다. 하지만 에일라에 대한 브라우드의 원한과 증오는 에일라가 사냥꾼으로 인정받게 된 이후로 더욱 커졌다. 그는 끊임없이 에일라를 괴롭힐 구실을 찾았으며 어떻게 해서든 에일라를 자극해 반

응을 끌어내려 애썼다. 그의 괴롭힘은 에일라의 일상이 되었고, 그
녀는 이제 단련이 되었다. 그 무엇도 그녀의 마음을 뒤흔들 수 없
었다. 에일라는 브라우드가 결코 다시는 자신의 깊은 내면까지 어
지럽히지 못할 것임을 확신했다.

　크렙이 좋아하는 음식을 만들기 위해 뇌조를 사냥하기로 한 그
날은 꽃이 만발한 봄날이었다. 에일라는 나온 김에 새로 돋아난 풀
을 살펴보며 이자의 약전을 새로 채워줄 약초를 찾기 시작했다. 아
침 내내 근처 숲을 헤매고 다닌 그녀는 얼마 후 초원에서 가까운
넓은 들판을 향해 발길을 옮겼다. 그녀는 뇌조 두 마리를 날아오르
게 하고 나서 곧바로 날랜 손으로 돌을 던져 떨어뜨렸다. 그러고
나서 알을 얻을 기대에 부풀어 키가 큰 풀숲을 헤치며 둥지를 찾아
다녔다. 크렙은 산나물과 약초로 감싼 알로 속을 채운 새요리를 좋
아했다. 둥지를 찾은 그녀는 기쁨의 탄성을 지르고는 알을 부드러
운 이끼로 조심스레 감싸 두르개 주머니 깊숙이 넣어두었다. 그녀
는 좋아서 어쩔 줄 몰랐다. 순수한 기쁨에 도취되어 들판을 가로지
르며 전력질주를 하다가 새로 돋아난 풀이 덮인 둔덕 꼭대기에 멈
춰 서서 숨을 몰아쉬었다.

　그녀는 땅바닥에 그대로 털썩 주저앉아 알들이 깨지지 않았는
지 확인해보고는 점심을 먹기 위해 말린 고기 한 조각을 꺼냈다.
요기를 하면서 보니 가슴팍에 밝은 노란 깃털이 나 있는 들종다리
한 마리가 나뭇가지에 앉아 기분 좋게 지저귀다가 날아오르며 계
속해서 노래를 이어갔다. 황금색 볏을 단 참새 한 쌍은 점점 낮아

지는 음조로 애처롭게 지저귀며 들판 가장자리에서 자라는 검은딸기 줄기 사이를 날아다녔다. 울음소리를 따라 칙—카—디—디라고 이름 붙인, 검은색 볏에 몸은 회색 깃털로 덮인 새 한 쌍은 둔덕 아래의 무성한 초목 사이를 구불구불 흐르는 작은 시내 근처의 전나무에 튼 둥지를 바쁘게 들락거렸다. 왕성한 번식을 자랑하듯 분홍빛 사과꽃송이가 흐드러지게 핀, 옹이가 많은 사과나무 고목의 둥지 속으로는 작고 쾌활한 갈색 굴뚝새들이 나뭇가지와 말린 이끼를 물어 나르며 다른 새들을 꾸짖듯 우짖었다.

에일라는 홀로 있는 이러한 순간을 사랑했다. 편안하고 만족스러운 기분으로 따사로운 햇볕을 즐기며 그저 아름다운 날씨와 행복한 시간을 만끽했다. 그녀는 누군가가 다가오고 있다는 것을 까맣게 모르고 있다가 검은 그림자가 앞에 갑자기 드리워지자 깜짝 놀랐다. 고개를 드니 무섭게 쏘아보는 브라우드의 얼굴이 보였다.

그날은 모든 사냥꾼들이 함께 하는 사냥 계획이 잡혀 있지 않아 브라우드는 혼자 사냥에 나섰다. 그는 본래 아주 부지런한 성격은 아니었다. 당장 필요도 없는 고기를 마련한다기보다 사냥을 핑계 삼아 따뜻한 봄날에 근처를 어슬렁거리려는 심산이었다. 그는 둔덕에 앉아 쉬고 있는 에일라를 먼발치에서 발견했다. 그로서는 가만히 앉아 게으름을 피우고 있는 그녀를 혼낼 절호의 기회를 그냥 지나칠 리 없었다.

에일라는 그를 보고서 벌떡 일어났지만, 그게 더욱 브라우드의 심기를 건드렸다. 에일라는 그보다 키가 컸고, 그는 여자를 올려다봐야 한다는 게 기분 나빴다. 그는 단단히 벼르며 그녀에게 앉으라고 손짓했다. 하지만 몸을 굽히는 에일라의 표정에는 반항의 기미는커녕 아무런 반응도 드러나지 않았다. 따분하다는 듯 게슴츠레해진 에일라의 눈빛이 그의 부아를 더욱 돋웠다. 그는 어떤 식으로든 에일라에게서 반응을 끄집어내고 싶었다. 동굴에서는 적어도 뭐라도 가지고 오라고 시키면서 자기 명령에 따라 벌떡 일어나게 할 수 있었다.

그는 주위를 둘러보다가 그의 발치에 앉아 있는 여자를 내려다보았다. 에일라는 태연한 자세로 그가 얼른 꾸짖고 제 갈 길을 가기를 기다리고 있었다. 여자가 되고 나더니 더 기고만장해졌어. 그는 속으로 생각했다. 사냥하는 여자라니, 브룬은 어떻게 그런 생각을 할 수 있지? 그의 눈에 에일라가 잡은 뇌조가 들어오자, 자신은 빈손이라는 게 떠올랐다. 저 못생긴 얼굴의 표정까지도 무례하기 짝이 없어. 자기는 저 새를 잡았고, 나는 빈손이라서 고소해하는 것이렷다. 저 계집한테 무엇을 시키면 좋을까? 여기서는 시킬 게 아무것도 없으니. 잠깐만, 저 계집애도 이제 여자가 아닌가? 그렇다면 시킬 게 있지.

브라우드가 손짓하자 에일라의 눈이 돌연 휘둥그레졌다. 전혀 예상치 못한 일이었다. 이자가 말하기를, 남자들은 자신이 매력적이라고 생각하는 여자들에게만 그것을 하고 싶어 한다고 했었다. 브라우드는 분명 자신을 못생겼다고 생각할 것이었다. 브라우드는 충격을 받은 듯한 에일라의 표정을 놓치지 않았고, 그런 반응에 한층 고무되었다. 그는 다시 에일라에게 고압적으로 자신이 욕구를 풀 수 있도록, 성교를 위한 자세를 취하라고 손짓했다.

에일라는 무엇을 해야 할지 알고 있었다. 이자에게 설명을 들었을 뿐 아니라 씨족의 어른들이 그런 행위에 열중하는 것을 본 적도 있었다. 아이들 모두가 그런 광경을 심심찮게 목격했다. 씨족 내에서는 그와 관련해서는 전혀 인위적인 제약을 가하지 않았다. 아이들은 부모를 모방하면서 어른의 행동을 배웠는데, 성적인 행위도 그들이 흉내 내는 수많은 일들 중에 하나였을 뿐이었다. 에일라는 언제나 그런 장면을 보면 당황스러웠고, 왜 그런 행동을 하는지 궁금해했다. 하지만 어린 소년이 어른들을 일부러 흉내 내며 어린 소녀 위에 올라타 악의 없이 몸을 움직이는 것을 봐도 크게 신경 쓰지 않았다.

때로는 단순히 모방에 그치지 않는 경우도 있었다. 씨족의 어린 소녀들 중 대다수가 첫 사냥에 나서기 전이라 아직 남자로 인정받지 못하고 어중간한 상태에 놓여 있는 사춘기의 소년들에게 처녀막을 찢겼다. 때로는 요염한 소녀에게 이끌린 성인 남자가 아직 다 자라지 않은 여자아이에게 욕구를 풀기도 했다. 하지만 대다수 청년들은 어린 시절 어울리던 여자아이와 그런 놀이를 하는 것이 체면을 깎는 일이라 생각했다.

하지만 에일라에게는 보른을 제외하면 비슷한 또래의 남자가 없었는데, 어려서부터 아가가 둘이 어울리는 것을 적극적으로 막았기 때문에 둘은 가깝게 지낼 기회가 전혀 없었다. 에일라는 자신에 대한 브라우드의 태도를 따라하는 보른을 달가워하지 않았다. 사냥 연습장에서 일어났던 사건에도 불구하고 여전히 브라우드를 우상처럼 받드는 보른은 에일라와 '짝짓기' 놀이를 할 마음이 없었다. 누구도 에일라와 관계를 가지려는 사람이 없었기 때문에 그녀는 지금껏 그런 행위를 따라해본 경험조차 없었다. 성교가 숨 쉬는 것만큼이나 자연스럽게 여겨지는 사회에서 에일라는 여전히 숫처녀였다.

어린 처녀는 지금 상황이 어색하기만 했다. 브라우드의 요구에 응해야 한다는 것을 알았지만 에일라는 안절부절못했고, 브라우드는 그런 에일라의 반응을 즐기고 있었다. 그는 스스로 이런 기발한 생각을 해낸 것이 흡족했다. 마침내 에일라의 단단한 방어막을 허물게 된 것이다. 당황해 어쩔 줄 모르는 에일라의 모습이 그의 성욕을 자극해 더욱 흥분하게 만들었다. 그는 일어나려는 에일라에게 가까이 다가가 무릎을 꿇렸다. 에일라는 씨족 남자와 이토록 가까이 다가앉은 것에 익숙하지 않았다. 브라우드의 거친 숨소리에 그녀는 잔뜩 겁을 먹고 주저했다.

안달이 난 브라우드는 그녀를 밀어 쓰러뜨리고는 두르개를 한쪽으로 제치고 불끈 솟아오른 남근을 드러냈다. 저 계집은 왜 이리 꾸물대는 거야? 저렇게 못생긴 주제에 영광인 줄 알아야지. 어떤 남자도 저 계집을 취하려고 하지 않을 텐데. 화가 치민 브라우드가 에일라의 두르개를 걷어내려고 움켜잡는 순간, 욕구는 더욱 불타올랐다.

하지만 브라우드가 에일라의 몸 위로 올라타려는 순간, 에일라의 자제심이 툭 끊어졌다. 그녀는 도저히 할 수가 없었다! 에일라는 이성을 잃고 있었다. 순순히 복종해야 한다는 생각 따위는 저 멀리 날아가버렸다. 그녀는 허둥지둥 일어나 달리기 시작했다. 에일라에 비하면 브라우드는 너무 날쌨다. 그는 에일라를 잡아 그대로 쓰러뜨리고는 그녀의 얼굴에 주먹을 날렸다. 단단한 주먹에 맞은 입술이 찢어졌다. 브라우드는 점차 상황을 즐기기 시작했다. 에일라를 때리고 싶은 욕구를 너무도 많이 억눌러온 터였다. 하지만 여기에서라면 말릴 사람이 아무도 없었다. 게다가 그에게는 에일라를 때려도 되는 정당한 이유가 있었다. 그녀는 불복종했을 뿐 아니라 대놓고 반항한 것이다.

에일라는 제정신이 아니었다. 그녀는 일어나려고 기를 썼지만 브라우드가 다시 때려눕혔다. 에일라의 전혀 예상치도 못한 반응은 그의 정욕을 더욱 부채질했다. 이제 이 무례한 계집은 나한테 겁을 먹겠지. 그는 에일라에게 연신 주먹질을 가했다. 그가 때리려고 주먹을 치켜들 때마다 움찔하는 여자를 보니 엄청난 희열이 느껴졌다.

에일라의 머릿속이 윙윙 울렸다. 코와 입가에서는 피가 흘러내렸다. 일어나려고 버둥거렸지만 브라우드가 온몸으로 자신을 내리누르고 있었다. 에일라는 주먹으로 상대의 가슴을 치며 어떻게든 벗어나려고 발버둥을 쳤지만 단단한 근육질의 몸을 밀어내기에는 역부족이었다. 그녀가 반항할수록 그는 더욱 흥분되었다. 이토록 강렬하게 흥분을 느끼기는 처음이었다. 폭력이 그의 격정에 불을 붙였고, 불타오른 성욕에 주먹질은 더욱 거세졌다.

그는 에일라의 반항에서 한껏 쾌락을 느끼며 다시 한 번 얼굴을 힘껏 내리치고는 그녀의 두르개를 거칠게 잡아 찢고 다리를 벌렸다. 단 한 차례의 거친 돌진으로 그는 깊숙이 안으로 밀고 들어갔다. 고통에 찬 에일라의 비명은 그의 쾌락을 더욱 증폭시켰다. 그가 다시 한 번 밀고 들어가자 고통을 이기지 못한 비명이 다시 한 번 터져 나왔고, 그는 거듭 몸을 밀어붙였다. 강렬한 흥분이 그를 재촉하듯 몰아붙이더니 곧이어 참을 수 없는 절정에 이르렀다. 고통에 찬 비명을 이끌어낸 최후의 돌진과 함께 그는 흥분으로 뭉친 열기를 밖으로 쏟아냈다.

정력을 다 소진한 브라우드는 잠시 여자의 몸 위에 그대로 누워 있었다. 그러더니 여전히 거친 숨을 몰아쉬며 몸을 뺐다. 에일라는 걷잡을 수 없이 흐느껴 울었다. 눈물에 밴 소금기가 피로 얼룩진 얼굴 상처에 닿자 쓰라렸다. 짙게 멍든 한쪽 눈은 퉁퉁 부어 거의 감겨 있었다. 허벅지는 피로 물들어 있고, 몸의 안쪽 깊은 곳에서도 날카로운 통증이 일었다. 브라우드는 일어나서 여자를 내려다보았다. 그는 기분이 좋았다. 여자의 몸에 성기를 삽입하면서 이토록 큰 쾌락을 느껴본 적이 없었다. 그는 무기를 집어 들더니 동굴로 돌아갔다.

에일라는 흐느낌이 멈춘 뒤에도 한참이나 흙바닥에 얼굴을 묻은 채 누워 있었다. 마침내 간신히 몸을 일으켰다. 손으로 입술을 더듬어보니 부어올라 있었다. 그녀는 피가 묻어난 손가락을 보았다. 온몸이 안팎으로 다 아팠다. 그녀의 눈으로 허벅지 사이에 묻어 있는 피와 풀잎에 난 핏자국이 들어왔다. 내 토템이 다시 싸우고 있는 걸까? 그녀는 생각해보았다. 아니야, 그런 것 같지 않은데, 아직 때가 아니야. 브라우드가 내게 상처를 입힌 게 틀림없어. 그가 내 몸의 안쪽까지 때릴 수 있을 줄은 몰랐어. 하지만 다른 여자들은 그것 때문에 아파하지 않던데, 왜 브라우드의 음경이 내 몸에 상처를 낸 걸까? 나한테 무슨 문제라도 있는 걸까?

그녀는 천천히 일어나 시내까지 걸어갔다. 걸음을 뗄 때마다 통증이 몰려왔다. 몸을 씻고 나서도 욱신거리는 아픔은 가시지 않았다. 머릿속도 지끈거렸다. 브라우드가 왜 내게 그러고 싶었을까? 난 못생겼는데. 남자는 어째서 자신이 좋아하는 여자를 아프게 하려는 거지? 하지만 여자들도 좋아하잖아. 그렇지 않다면 왜 여자들이 남자들을 부추기는 손짓을 하겠어? 도대체 어떻게 이런 걸 좋아할 수가 있지? 오가는 브라우드가 이런 짓을 해도 전혀 싫어하는 기색이 없었어. 그가 매일 하는데도. 어떨 때는 하루에도 몇 번씩.

갑자기 에일라는 진저리를 쳤다. 오, 안 돼! 브라우드가 내게 또 그 일을 시키면 어떡하지? 돌아가지 않겠어. 돌아갈 수 없어. 어디로 갈까? 내 작은 동굴로? 아니야, 거긴 너무 가까워. 겨울 내내 거기에서 머물 수는 없어. 돌아가야 해. 나 혼자서는 살 수 없을 테니까. 내가 달리 갈 데가 어디 있어? 게다가 나는 이자와 크렙과 우바를 떠나서 살 수 없어. 나는 이제 어떻게 해야 하지? 브라우드가 또 하고 싶어 해도 거절할 수가 없는데. 다른 여자들은 감히 거절할 생각조차 안 하잖아. 나한테 무슨 문제가 있는 걸까? 내가 아이였을 때 브라우드는 내게 그런 걸 요구한 적이 없었어. 왜 난 여자가 된 걸까? 예전에는 여자가 되어서 너무 기뻤지만 이제는 평생 아이로 지낸다고 해도 아무렇지 않아. 어쨌든 나 아기도 결코 가질 수 없을 테니까. 아기를 가지지 못하면 여자가 되는 게 다 무슨 소용이야? 게다가 남자가 이런 것까지 하라고 시키는데, 여자가 되는 게 뭐가 좋아? 대체 뭐하러 여자가 된 거지?

에일라가 뇌조를 찾으러 둔덕 위를 터벅터벅 오를 무렵, 해는 하늘에 낮게 걸려 있었다. 조심스럽게 감싸 주머니 깊숙이 넣어두었던 알들은 다 깨진 채 두르개 안쪽에 얼룩져 있었다. 시내를 뒤돌아보며 그곳에서 새들을 바라보고 있을 때는 자신이 얼마나 행복했던지 떠올려보았다. 그때가 벌써 아주 오랜, 다른 시간과 장소에서 일어난 일처럼 느껴졌다. 아이는 한 발 한 발 무거운 걸음을 억지로 옮기며 동굴로 향했다.

해가 서쪽 나무 뒤로 지는 것을 바라보고 있던 이자는 걱정으로 속이 타들어갔다. 에일라를 찾아 근처 숲길들을 다 돌아보고 초원으로 향하는 비탈길을 살펴보러 산등성이까지 올라갔다 온 참이었다. 여자 혼자서 나가는 게 아니었어. 에일라가 사냥을 나갈 때마다 영 마음이 내키지 않더니만. 이자는 속으로 생각했다. 짐승한테 공격이라도 당했으면 어쩌나? 다치기라도 했으면 어쩌지? 크렙 또한 겉으로 내색은 안 하지만 걱정하고 있었다. 날이 어두워지면서 브룬까지도 걱정하기 시작했다. 산마루에서 동굴 쪽으로 걸어오고 있는 에일라를 제일 먼저 본 사람은 이자였다. 걱정 끼친 것을 야단치려고 손짓을 하려다가 이자는 흠칫 멈추고 말았다.

"에일라! 다쳤구나! 무슨 일이냐?"

"브라우드가 때렸어요."

기운이 없는 표정으로 에일라가 손짓했다.

"아니 왜?"

"그의 말을 안 들었어요."

그녀는 손짓하면서 동굴로 들어가 바로 불터로 향했다.

무슨 일이 생긴 것일까? 이자는 궁금했다. 에일라는 한동안 브라우드의 말을 거역한 적이 없었다. 왜 이제 와서 그에게 반항을 한 것이지? 그리고 브라우드는 어째서 에일라를 봤다고 말해주지 않았지? 내가 그렇게 걱정하고 있는 걸 알면서도. 그는 오후가 되어서 돌아왔는데, 에일라는 왜 이렇게 늦게 온 걸까? 이자는 브라우드의 불터 쪽을 힐긋 바라봤다. 브라우드는 무례하게도 불터의 경계석 너머의 에일라를 빤히 쳐다보며 기분이 좋은 듯 능글맞은 표정을 짓고 있었다.

크렙은 전체적인 상황을 다 파악했다. 멍들고 부어오른 에일라의 얼굴과 더없이 비참한 표정, 그리고 에일라가 돌아온 순간부터 우월감에 가득 차 조소하는 눈빛으로 그녀를 지켜보는 브라우드. 그는 브라우드의 증오가 수년간 커져왔다는 것을 알았다. 에일라의 무덤덤한 순종이 어린애다운 반항보다 그를 더 심하게 자극하는 것으로 보였다. 그런데 이제 브라우드가 에일라에게 자기 힘을 과시할 만한 무슨 일이 벌어진 게 틀림없었다. 크렙은 직관력이 매우 뛰어나긴 했지만, 그것이 무엇으로 인한 것인지는 가늠이 잘 되지 않았다.

다음 날 에일라는 불터를 떠나기가 두려워, 할 수 있는 한 오래 아침식사를 앞에 두고 꾸물거렸다. 브라우드가 그녀를 기다리고 있었다. 전날의 강렬했던 흥분을 생각하는 것만으로 자극을 받은 그는 당장에라도 덤벼들 기세였다. 그가 신호를 보내자 에일라는

놀라서 도망갈 뻔했지만 할 수 없이 자세를 취했다. 그녀는 소리를
내지 않으려고 안간힘을 썼지만 고통을 참지 못하고 입 밖으로 비
명이 새어 나오는 바람에 근처에 있던 사람들이 호기심 어린 눈길
로 흘끗 쳐다봤다. 브라우드가 그녀에게 갑자기 관심을 보이는 이
유도 의아했지만, 고통에 찬 비명을 지르는 에일라는 더 이해되지
않았다.

브라우드는 에일라에게 우월감을 맛볼 수 있는, 새로 발견한 방
식을 한껏 즐겼다. 많은 사람들이 어여쁜 자기 짝을 두고 왜 그토
록 싫어하는 못생긴 여자를 택해 저러는 것인지 궁금해했지만 그
는 에일라를 툭하면 찾았다. 어느 정도 시일이 흐르자 에일라도 더
이상 고통을 느끼지 않게 되었지만, 혐오감은 사라지지 않았다. 하
지만 브라우드가 정작 즐기는 것은 바로 에일라의 그런 혐오감이
었다. 그는 에일라에게 우월감을 느낄 수 있는 원래의 자리를 찾았
다. 마침내 그녀가 자신에게 반응하게 만드는 방법을 찾아낸 것이
었다. 그 반응이 부정적인 것은 아무런 상관이 없었다. 오히려 그
쪽을 선호했다. 그는 에일라가 몸을 움츠리며 두려워하는 모습을,
어쩔 수 없이 자신에게 순종하는 모습을 보고 싶어 했다. 그 생각
만 해도 그는 흥분이 되었다. 항상 성욕이 강한 편이었지만 요즘은
그 어느 때보다 성욕이 왕성했다. 사냥을 하러 멀리 떠나지 않을
때면, 그는 아침마다 에일라를 기다렸고, 저녁에도 에일라에게 강
요하는 때가 많았으며, 때로는 대낮에도 그녀를 찾았다. 한밤중에
갑자기 성욕이 일어나면 짝에게 욕구를 풀기도 했다. 그는 젊고 건

강했으며 성적 능력이 절정에 이르러 있었다. 에일라의 증오심이 강렬해질수록, 그가 느끼는 쾌락은 더욱 커져갔다.

에일라는 반짝이던 생기를 잃었다. 의기소침하고, 침울하고, 그 무엇에도 관심을 보이지 않았다. 그녀가 온 마음을 다해 느끼는 감정이라고는 매일 자신에게 성교를 강요하는 브라우드에 대한 증오심이었다. 주변 땅의 습기를 몽땅 빨아들이는 거대한 빙하처럼, 혐오와 쓰라린 좌절감이 그녀의 다른 감정들을 모두 삼켜버렸다.

에일라는 항상 몸을 청결하게 가꾸는 습관이 있었다. 이가 생기지 않도록 몸과 머리를 개울에서 깨끗이 씻고, 한겨울에도 커다란 그릇에 눈을 퍼 와서 불에 녹인 물로 몸을 정갈하게 했었다. 하지만 이제 그녀의 머리는 기름기가 엉겨 붙은 채 축 늘어져 있고, 매일 같은 두르개를 입고 다니며 굳이 얼룩을 지우거나 바람에 말리려고도 하지 않았다. 전에는 한 번도 에일라에게 꾸중을 한 적이 없던 남자들이 그녀를 나무랄 정도로 에일라는 해야 할 일들을 질질 끌었다. 약초에 대한 관심도 잃었으며 꼭 필요한 질문에만 대답할 뿐, 전혀 입을 열지 않았다. 드물게 사냥을 나가기는 했지만 빈손으로 돌아올 때가 많았다. 의기소침해진 에일라의 기분은 크렙의 불터에 사는 모든 이들마저 침울하게 만들었다.

이자는 너무 걱정이 된 나머지 어찌할 바를 몰랐다. 에일라의 급격한 변화를 이해할 수가 없었다. 설명하기 힘든 브라우드의 갑작스런 관심 때문이라는 것은 이자도 알고 있었지만 어째서 그것이 에일라에게 그토록 악영향을 미치는지는 이자로서 이해하기 어려웠다. 이자는 에일라 주변을 맴돌며 계속해서 그녀를 관찰했다.

그러다가 에일라가 처음으로 아침에 메스꺼움을 느끼며 아파하자 그녀의 몸속에 들어온 나쁜 정령이 무엇이든 간에 그 힘이 점점 커지는 것 같아 염려스러웠다.

하지만 이자는 숙련된 주술 치료사였다. 여자의 몸속에서 토템이 싸움을 벌일 때 일시적으로 격리되어야 하는 에일라의 주기가 한참이나 돌아오고 있지 않다는 것을 먼저 눈치챈 것도 그녀였다. 이자는 자신의 양녀를 더욱 면밀하게 관찰했다. 자신의 의심이 정말로 맞는 것인지 믿을 수가 없었다. 하지만 한 달이 더 지나고 여름의 더위가 맹위를 부리기 시작할 무렵, 이자는 확신을 갖게 되었다. 크렙이 불터에 없던 어느 초저녁, 이자는 에일라에게 손짓했다.

"너와 할 말이 있다."

"네, 이자."

에일라가 털가죽 위에서 일어나 이자 곁의 땅바닥에 털썩 앉으며 대답했다.

"네 토템이 마지막으로 싸움을 벌인 게 언제였지, 에일라?"

"모르겠어요."

"에일라, 잘 생각해보면 좋겠다. 꽃이 떨어진 이후에 네 몸속에서 정령들이 싸움을 한 적이 있니?"

에일라는 기억해내려고 애썼다.

"잘 모르겠어요, 아마도 한 번쯤."

"내 생각도 그렇다."

이자가 말했다.

"아침에는 구역질이 나지, 그렇지?"

"네."

에일라가 고개를 끄덕였다. 그녀는 구역질이 나는 이유가 브라우드 때문이라고 여겼다. 사냥을 나가지 않는 아침마다 자신을 기다리는 브라우드의 요구를 들어주는 것이 끔찍이도 싫어서 그런 것이라고. 에일라는 아침을 건너뛸 때가 많았고 때로는 저녁도 먹지 않았다.

"젖가슴도 아프고?"

"조금요."

"그리고 조금 더 커진 것 같고?"

"그런 것 같아요. 그런데 왜 이런 질문을 하는 거지요?"

이자는 심각한 얼굴로 에일라를 봤다.

"에일라, 어떻게 해서 이런 일이 일어났는지는 모르겠다. 나조차 믿을 수가 없지만, 확실한 것 같다."

"뭐가요?"

"네 토템이 졌구나. 네가 아기를 가진 것 같다."

"아기요? 내가요? 나는 아기를 가질 수 없잖아요."

에일라가 딱 잘라 말했다.

"내 토템이 너무 강하니까요."

"나도 안다, 에일라. 그러니 나도 이해가 안 간다. 하지만 네가 아이를 가진 것 같구나."

이자가 같은 말을 되풀이했다.

무심하던 에일라의 눈에 경탄하는 빛이 떠올랐다.

"그럴 리가요. 말도 안 돼요! 내가, 아기를 가졌다고요? 오, 어머니, 너무 놀라워요!"

"에일라, 너는 짝을 맺지 않은 상태다. 씨족 남자들 중에 너를 짝으로 맞이할 남자가 있을지 모르겠다. 두 번째 여자로도 좋으니 말이다. 짝 없이는 아기를 낳을 수 없어. 불운하다고 생각할 테니까."

이자가 간곡하게 손짓했다.

"아기를 지우기 위해 손을 쓰는 게 최선일 듯하다. 겨우살이를 쓰는 게 가장 좋겠어. 너도 알지. 오크나무에 붙어 자라면서 작고 하얀 열매를 맺는 키가 큰 식물 말이다. 그게 효과가 아주 좋단다. 잘만 쓰면 위험하지도 않고. 열매 몇 개와 그 이파리로 차를 만들어주마. 네 토템이 네 몸속에 있는 새 생명을 쫓아내는 데 도움이 될 거야. 네가 조금 아플 수도 있지만, 그래도……."

"아니요! 싫어요!"

에일라는 세차게 고개를 흔들었다.

"이자, 난 싫어요. 겨우살이를 쓰고 싶지 않아요. 아기를 지우는 그 어떤 것도 먹지 않을래요. 난 아기를 갖고 싶어요, 어머니. 오래전부터, 우바가 태어난 그 순간부터 아기를 갖고 싶었어요. 내가 아기를 가질 수 있을 거라고는 생각도 못 했어요."

"하지만 에일라, 그 아기가 불행하면 어쩌려고? 아기가 기형일 수도 있어."

"불행하지 않을 거예요. 그렇게 되도록 하지 않을 거예요. 약속할게요. 아기가 건강하도록 내 몸을 잘 돌볼게요. 강한 토템이 한번 굴복하고 나면, 그다음에는 건강한 아기가 태어나도록 도움을 준다고 말해준 적이 있죠? 그리고 아기가 태어나면 내가 잘 보살펴줄 거예요. 어떤 일도 생기지 않도록 할게요. 이자, 난 이 아기를 꼭 낳아야 해요. 모르시겠어요? 내 토템이 다시는 지지 않을지도 몰라요. 이게 내게는 유일한 기회일 수도 있어요."

이자는 딸의 애절한 눈을 들여다보았다. 사냥을 나갔다가 브라우드에게 맞고 돌아온 그날 이후로 에일라에게서 처음으로 활기가 느껴졌다. 그녀는 에일라가 약을 먹도록 설득해야 했다. 막을 방법이 있는데도 짝을 맺지 않은 여자가 아기를 낳게 하는 것은 옳지 못한 일이었다. 하지만 에일라는 너무도 간절히 아기를 원했다. 만약 아기를 포기하도록 강요한다면 에일라는 더 깊은 우울의 나락으로 떨어질 수 있었다. 그리고 어쩌면 에일라의 말이 옳을지 몰랐다. 이번이 그녀에게는 유일한 기회일 수 있었다.

"알았다, 에일라."

이자는 에일라의 말에 따라주기로 했다.

"네가 그토록 원한다면, 그렇게 하자. 하지만 누구에게도 이 사실을 말하지 않는 게 좋겠다. 다른 사람들도 곧 알게 되겠지만."

"오, 이자."

에일라는 그렇게 말하며 이자를 꼭 안았다. 불가능하다고 생각했던 임신이 기적처럼 이루어지자 아이의 얼굴에는 미소가 한가득 번졌다. 그녀는 생기로 가득 차서 벌떡 일어났다. 가만히 앉아 있을 수가 없었다. 뭐라도 해야만 했다.

"어머니, 오늘 밤 무슨 요리를 할 거예요? 내가 거들게요."

"오록스 고기와 채소를 넣고 국물이 있게 끓일 거야."

둘이 함께 음식을 만드는 동안 이자는 에일라가 얼마나 큰 기쁨을 주는 존재였는지 그간 잊고 있었다는 것을 깨달았다. 그들의 손은 대화와 일을 동시에 해내느라 날아갈 듯 빠르게 움직였고, 치료술에 대한 에일라의 관심도 돌연 돌아왔다.

"겨우살이에 대해서는 모르고 있었어요, 어머니."

에일라가 말했다.

"맥각과 창포에 대해서는 알았지만 겨우살이로도 아기를 지울 수 있는지는 몰랐어요."

"내가 너에게 미처 다 말하지 못한 것들도 있단다, 에일라. 하지만 앞으로 다 알게 될 거야. 그리고 너는 새 약초를 실험하는 방법도 알고 있으니 계속해서 배워갈 수 있고. 쑥국화도 효과가 있지만 겨우살이보다는 위험할 수 있다. 그 식물은 꽃, 이파리, 뿌리 전부 다 쓰는데, 물에 넣고 끓이면 된다. 여기까지 물을 채우고 난 다음에."

이자는 약을 달일 때 쓰는 그릇의 옆면에 표시된 선을 가리켰다.

"이만한 물잔에 찰 정도로 졸이면 된다."

이자가 뼈로 만든 물잔을 들었다.

"이 정도면 될 거야. 한 잔이면 보통 충분하다. 국화꽃이 효과가 있을 때도 있다. 겨우살이나 쑥국화만큼 위험하지는 않지만 항상 효과가 있는 것은 아니야."

"그러면 유산이 잘 되는 여자에게 쓰면 좋겠네요. 효과만 있다면 더 순한 약초를 쓰는 게 좋잖아요. 덜 위험하니까요."

"그렇지. 그런데 에일라, 네가 알아야 할 게 또 있다."

이자는 크렙이 아직 돌아오지 않았는지 주위를 둘러봤다.

"어떤 남자도 이것에 대해서는 결코 알아선 안 된다. 이것은 주술 치료사에게만 전해지는 비법이란다. 주술 치료사라고 해서 모두가 다 아는 것도 아니다. 이 약을 쓰는 여자에게조차 말하지 않는 게 제일 좋다. 그 짝이 물으면 여자는 답할 수밖에 없으니. 하지만 누구도 치료사인 여인에게는 물어보지 못한다. 남자가 이 비법을 알게 되면 금지하려고 들 거야. 무슨 말인지 알겠지?"

"네, 어머니."

에일라는 비밀을 엄수해야 한다는 이자의 말에 놀라며 고개를 끄덕였다. 한편으로는 대단히 궁금했다.

"너 자신을 위해서 이 비법을 알 필요는 없을 것 같지만, 어쨌든 주술 치료사로서 알아두어야 한다. 간혹 여자가 아주 어렵게 아이를 낳았다면 다시는 아기를 갖지 않는 게 최선일 때도 있다. 그럴 경우에 치료사로서 그 여자에게 약에 대해서는 설명하지 말고 그 약초를 써도 좋다. 어떤 이유에서 여자가 아이를 원하지 않을 때도 있지. 어떤 식물에는 특별한 효험이 있어, 에일라. 그 약초는 여자의 토템을 아주 강하게, 그러니까 새 생명이 몸에 깃들지 못할 만큼 강하게 만들지."

"수태가 되지 않도록 하는 주술을 알고 있는 거예요, 이자? 약한 여자의 토템이 그토록 강해질 수가 있다고요? 어떠한 토템이든요? 목우르가 남자의 토템이 강해지도록 주술을 걸어도 이기지 못할 정도로요?"

"그래, 에일라. 그래서 남자는 결코 알아서는 안 되는 거란다.

나도 짝을 맺고 나서도 그 주술을 사용했지. 나는 내 짝을 좋아하지 않았거든. 그가 나를 다른 남자에게 주길 원했지. 내가 아이를 낳지 못하면 그가 나를 계속 데리고 살지 않을 거라 생각했다."

이자가 자신의 비밀을 털어놓았다.

"하지만 어머니는 아기를 낳았잖아요. 우바를요."

"오랜 시간이 흘러서 주술이 더 이상 힘을 발휘하지 못한 모양이야. 어쩌면 내 토템이 더 이상 싸우고 싶지 않았는지도 모르고. 토템은 내가 아기를 낳기를 원했는지도 모른다. 나도 모르겠다. 항상 다 효과가 있는 것은 아니야. 주술보다 더 강력한 힘도 있으니. 그래도 몇 년간은 효과가 있었지. 누구도 정령들을 완벽하게 이해하지는 못해. 목우르조차 말이다. 네 토템이 굴복하리라고 누가 생각이라도 해봤겠니, 에일라?"

이자는 재빨리 주위를 훑어보았다.

"자, 크렙이 오기 전에 설명해주마. 작은 이파리와 꽃이 달린 노란 덩굴 알지?"

"황련이오?"

"그래, 그것. 다른 식물에 기생해 살면서 그 식물을 죽이기 때문에 교살풀이라고도 부른다. 그것을 말려서 손바닥으로 이만큼 쥐어서 으스러뜨린 다음, 뼈로 만든 잔으로 하나 가득 물을 넣어서 잘 마른 풀 색깔이 날 때까지 달이면 된다. 그렇게 만든 약을 하루에 두 모금씩 마시면 토템의 정령이 싸우지 않게 된단다."

"그것은 벌레에 쏘이거나 물린 데 효과가 좋은 고약으로도 쓰이지 않나요?"

"그래, 그 식물을 가지고 다니는 좋은 구실이 되어주지. 하지만 고약은 몸 바깥, 그러니까 피부에 쓰는 것이지. 토템에게 힘을 주려면 그걸 마셔야 한다. 토템이 싸우는 동안 먹어야 하는 게 또 하나 있어. 마디풀의 뿌리인데, 말린 것이든 바로 캐낸 것이든 상관없지. 그 뿌리를 달여서 격리 기간 동안 매일 한 그릇씩 마시면 된다."

이자가 계속 말을 이어가는 사이, 에일라가 물었다.

"크렙의 관절염에 좋은, 잎의 가장자리가 들쭉날쭉하게 생긴 그 식물요?"

"그게 맞다. 다른 것도 알고 있는데, 내가 직접 써본 적은 없어. 다른 치료사의 주술이거든. 우리끼리는 서로 지식을 교환하지. 방금 말한 식물은 참마의 일종인데, 여기 주변에서는 자라지 않는 거야. 나중에 이 근처에서 자라는 것과 어떤 차이가 있는지 알려주마. 그 참마를 두툼하게 잘라서 물을 넣고 끓이면서 걸쭉해지도록 으깬 다음, 그 반죽을 말려서 가루로 빻는 것이다. 손이 많이 가는 약이다. 그 가루를 물에 섞어 다시 걸쭉하게 만든 것을 격리되지 않은 기간 동안 반 그릇씩 매일 먹어야 하거든."

그때 크렙이 동굴에 들어서며 두 여인이 대화에 열중하고 있는 모습을 보았다. 즉시 에일라에게서 달라진 분위기를 감지했다. 그동안 못 보던 활기가 느껴졌다. 이자의 말에 주의를 기울이면서 생각에 잠기기도 하고, 무엇보다 입가에 미소가 드리워져 있었다. 기운을 차린 모양이군. 그는 불터로 느릿느릿 걸어오며 생각했다.

"이자!"

크렙은 그들의 주의를 끌기 위해 큰 소리로 외쳤다.

"여기서 남자 하나를 굶겨 죽일 셈이냐?"

이자는 벌떡 일어나며 죄지은 듯한 표정이 되었지만, 크렙은 알아차리지 못했다. 그는 에일라가 바쁘게 일하며 말하는 모습을 보는 것이 너무 반가웠던 나머지 이자를 볼 틈이 없었다.

"금세 내갈게요, 크렙."

에일라가 손짓하며 미소 짓더니 달려와서 그를 안았다. 크렙은 오랜만에 실로 마음이 놓였다. 그가 자리에 앉자 우바가 동굴 안으로 쪼르르 달려왔다.

"배고파요!"

작은 소녀가 손짓했다.

"넌 늘 배가 고프지, 우바."

에일라는 웃으면서 아이를 들어 올려 한 바퀴 빙그르 돌았다. 우바는 기뻤다. 여름 내내 에일라는 우바와 놀아줄 기분이 아니었던 것이다.

식사를 마치고 얼마 후 우바는 크렙의 무릎으로 기어올랐다. 에일라는 나직하게 콧노래를 부르며 이자 옆에서 설거지를 거들었다. 크렙은 안도의 한숨을 쉬었다. 불터에 훨씬 온기가 도는 것 같았다. 남자아이들이 씨족에게 매우 중요하나 나는 여자아이들이 훨씬 좋은 것 같아. 크렙은 속으로 그런 생각을 하고 있었다. 기골이 장대하거나 항상 용맹해야 할 필요도 없고, 무릎에 안겨 잠이 들어도 괜찮으니 말이야. 에일라가 언제까지나 아이였으면 좋겠다는 생각까지 들 정도야.

다음 날 아침, 에일라는 따뜻한 기대감에 감싸인 채 눈을 떴다. 나는 아기를 낳게 될 거야. 그녀는 생각하며 털가죽 속에 누운 채 제 몸을 감싸 안았다. 갑자기 일어나고 싶어 몸이 근질거렸다. 오늘 아침에는 개울에 가서 머리를 감아야겠다.

그녀는 잠자리를 털고 일어났지만 한바탕 욕지기가 올라왔다. 뭔가 단단한 음식을 먹으면 가라앉을지도 몰라. 아기가 건강하기 바란다면 내가 먹어야겠어. 메스꺼움은 가라앉지 않았지만 한동안 일어나 있다가 다시 먹으니 속이 편해졌다. 그녀는 동굴을 나가 개울을 향해 걸으면서도 내내 기적 같은 임신만 생각하고 있었다.

"에일라!"

브라우드가 으스대며 걸어오더니 조롱하는 눈빛으로 손짓했다.

에일라는 깜짝 놀랐다. 브라우드에 대해서는 완전히 잊고 있었던 것이다. 그녀의 머릿속은 이제 그보다 더 중요한 생각들로 가득차 있었다. 가슴에 따뜻하게 꼭 안겨 젖을 먹는 아기, 그것도 자기 품 속의 자신만의 아기를 상상하는 데 온 정신이 팔려 있었다. 빨리 끝내버리는 게 낫겠어. 그녀는 속으로 생각하며 브라우드가 욕구를 풀도록 순순히 자세를 취했다. 빨리 끝내버리면 좋겠는데, 어서 개울에 가서 머리를 감으면 좋겠다.

브라우드는 맥이 풀리는 느낌이었다. 뭔가가 사라지고 없었다. 그녀에게서 전혀 반응이 없었다. 에일라가 싫어하는 행위를 강요하는 데서 오는 흥분이 빠져 있었다. 전에는 결코 감출 수 없던 끓어오르는 증오와 씁쓸한 좌절감이 사라진 것이었다. 그녀는 더 이상 그에게 반항하지 않았다. 마치 그가 그 자리에 없는 듯, 아무것도 느끼지 못하는 듯 행동했다. 사실 그녀는 아무런 감흥이 없었다. 그녀의 마음은 딴 곳에 가 있었다. 상대의 행위에 대해서도 이제는 여느 질책이나 구타처럼 체념한 상태였다. 에일라는 평정심을 되찾았다.

브라우드의 즐거움은 그녀를 지배하는 데 있었지 성적인 행위에서 오는 쾌락이 아니었다. 그는 더 이상 아무런 자극을 받지 못했다. 발기를 유지하는 데도 문제가 생겼다. 절정에 이르지 못하고 끝나버리는 경우가 몇 번 반복되자 에일라를 찾는 발길이 뜸해지더니 이내 완전히 그만두었다. 그것은 남자로서 굉장히 수치스러운 일이었다. 저 계집의 반응을 보건대 돌덩어리 같은 여자야. 그는 생각했다. 참으로 못생긴 계집한테 그만하면 내 시간을 충분히 허비했지. 미래의 족장에게 받은 관심을 영광인 줄도 모르는 계집인 것을.

오가는 그가 돌아오자 기뻐했다. 에일라에 대한 도저히 이해 불가능한 브라우드의 관심이 끝난 것 같아 안도했다. 그렇다고 오가가 질투를 느낀 것은 아니었다. 그런 일은 질투할 일이 아니었다. 브라우드는 오가의 짝으로서 그녀를 저버리겠다는 의사가 전혀 없었다. 남자들은 누구나 자신이 원하는 여자에게 욕구를 풀 수 있었다. 그 점에 있어서는 이상할 게 없었다. 그녀는 다만 그가 왜 에일라에게 그토록 몰두했는지가 이해되지 않을 뿐이었다. 게다가 무슨 이유에서인지 에일라는 그 행위를 좋아하는 것처럼 보이지 않았다.

브라우드는 아무리 머리를 쥐어짜도 에일라의 갑작스러운 무반응이 어찌 된 일인지 알 수 없어서 부아가 치밀었다. 마침내 지배할 방법을 찾았다고 생각했는데, 철벽같던 계집의 마음을 완전히 허물어뜨릴 수 있어 기쁘기 그지없었는데, 모든 게 원점으로 돌아갔다. 그는 이를 부득부득 갈며 철저히 괴롭힐 방법을 궁리하기 시작했다.

19

에일라의 수태 소식에 씨족 사람들 모두 경악했다. 에일라의 토템처럼 강력한 토템을 지닌 여자는 생명을 수태하는 것이 불가능하다고 여긴 탓이다. 어떤 남자가 지닌 토템의 정령이 동굴사자를 굴복시킨 것인지를 두고 온갖 억측이 난무했다. 씨족 남자들은 너나할 것 없이 자신의 공으로 돌리고 싶어 했다. 자신의 위신을 높이는 데 더 없이 좋은 기회였다. 몇몇은 여러 토템의 정기가 힘을 합쳤거나 아니면 씨족 남자 모두의 정기가 합쳐서 동굴사자를 이겼다고 생각했다. 하지만 나이에 따라 의견은 대체로 두 갈래로 나뉘었다.

결정적인 요소는 수태한 여자와 얼마나 가까이 지냈는가 하는 여부였다. 그런 까닭에 대다수 남자들은 제 짝이 낳은 아이가 자기 토템의 정령에 의해 태어났다고 믿었다. 여자들은 불터에서 함께 사는 남자와 더 많은 시간을 보내기 마련이었기 때문에 제 짝인 남자 토템의 정령을 삼킬 기회가 더 많았다. 한 남자의 토템이 싸우는 동안 다른 남자의 토템이나 우연히 가까이에 있던 어떤 정령에게 도움을 요청할 수는 있었지만, 여자의 수태에 가장 큰 역할을 하는 것은 첫 번째 토템의 생명력이었다. 도움을 준 정령은 새 생명을 잉태시키는 데 기여한 영광을 누릴 수 있었지만 이는 어디까지나 도움을 요청한 토템의 재량에 달려 있었다. 에일라가 여인이 된 이후로 에일라와 가장 가깝게 지낸 두 남자는 목우르와 브라우드였다.

"나는 목우르라고 생각한다."

주그가 주장했다.

"동굴사자보다 강한 토템을 가진 자는 그가 유일하지. 그리고 에일라가 누구의 불터에서 살고 있는가?"

"우르수스는 여자가 그의 정기를 삼키도록 허락하지 않지요."

크루그가 반박했다.

"동굴곰은 그가 보호해줄 사람을 직접 선택합니다. 목우르에게 그런 것처럼 말입니다. 노루가 동굴사자를 이겼다고 생각하십니까?"

"동굴곰의 도움을 받았다면. 목우르에게는 토템이 둘이다. 노루가 도움이 필요했다면 멀리서 찾을 필요가 없었겠지. 동굴곰이 그의 정기를 남겼다고 말한 사람은 없다. 동굴곰이 도왔다고 말했을 뿐이지."

주그가 발끈해서 말했다.

"그렇다면 어째서 작년에는 아이를 갖지 않았던 것일까요? 그때도 에일라는 목우르의 불터에서 살았습니다. 브라우드가 그 여자에게 관심을 가지고 난 후에 수태를 한 것입니다. 물론 브라우드가 그 여자의 뭘 보고 그랬는지는 모르겠습니다. 새 생명이 들어선 것은 그가 에일라와 많은 시간을 같이 한 이후의 일이었지요. 털코뿔소도 강력한 토템입니다. 도움이 있었다면 동굴사자를 이길 수 있었을 겁니다."

크루그가 주장했다.

"나는 남자들의 토템이 전부 힘을 합친 것 같네."

도르브가 끼어들었다.

"문제는 말이지, 누가 그 여인과 짝을 맺고자 하느냐 말이지. 모두 공은 자기에게로 돌리고 싶어 하면서도 누가 그 여자를 맡겠다고 선뜻 나서겠는가? 브룬은 의향이 있는 남자가 있는지 물었다. 그 여자가 짝을 맺지 않으면, 태어난 아이는 불행해지겠지. 나는 너무 나이가 들었고. 물론 그게 아쉽다는 말은 아니지만."

"음, 내가 지금도 내 불터를 꾸려가는 처지였다면 여자를 받아들였을 것이다."

주그가 손짓했다.

"못생겼어도 성실하고 어른 공경할 줄도 알고. 남자를 뒷바라지하는 법도 알지. 길게 보면 보기 좋은 얼굴보다 더 중요한 게 있어."

"저는 싫습니다."

크루그가 고개를 흔들었다.

"나는 사냥하는 여자가 내 불터에 있는 게 싫어요. 목우르는 괜찮겠지요. 직접 사냥을 하지 않으니 상관 안 할 겁니다. 하지만 나는 빈손으로 돌아왔는데, 내 짝이 사냥해 온 고기를 먹는다고 상상해보십시오. 게다가 내 불터에는 이카와 보르그, 아기인 이그라까지 식솔들로 넘쳐납니다. 도로브가 계속 도움을 주셔서 다행일 뿐이지요. 그리고 이카는 아직 젊으니 아기를 더 낳을 수도 있고요. 누가 알겠습니까?"

"나도 생각은 해봤습니다."

드루그가 말했다.

"하지만 내 불터에도 이미 식솔들이 많아요. 아가와 아바, 보른, 오나, 그리고 그루브까지. 여자와 아이를 어떻게 또 받아들이겠습니까? 그로드는 어떤가?"

"싫다. 브룬이 지시를 내리지 않는 한, 싫다."

그로드가 퉁명스럽게 딱 잘라 말했다. 부족장인 그는 제 씨족 출신이 아닌 여자가 주변에 있다는 것이 여전히 불편했다. 그녀는 그저 거북스러운 존재였다.

"브룬이 직접 거두는 것은 어떨까요?"

크루그가 물었다.

"애초에 그 여자를 씨족으로 받아들인 사람이 바로 족장이잖아요."

"남자가 두 번째 여자를 취할 때는 첫 번째 여자의 입장을 고려하는 게 현명할 때가 있습니다."

구브가 말했다.

"에브라가 주술 치료사의 지위에 대해 어떻게 생각하는지 아시지요. 이자는 에일라를 가르쳐왔습니다. 에일라가 이자의 혈통을 물려받은 치료사가 된다면, 에브라는 자신보다 나이는 어리면서 지위는 더 높은, 제 짝의 두 번째 여자와 같은 불터에서 살게 됩니다. 에브라가 그러고 싶어 할까요? 저라면 에일라를 받아들일 수도 있습니다. 내가 목우르가 되면 사냥을 많이 나가지는 못하게 되겠지요. 여자가 토끼나 비단털쥐를 잡아서 불터로 가져오는 것에 대해 저는 별로 신경이 쓰이지 않으니까요. 오브라도 자기보다 지위가 높은 여자와 사는 것에 대해 신경을 쓸 것 같지 않습니다. 하지만 오브라는 자신의 아기를 원하고 있어요. 아기가 있는 다른 여자와 같은 불터에서 사는 게 쉽지 않을 듯합니다. 특히 누구도 에일라가 아기를 가질 거라고 예상하지 못한 상황이니 더욱 그렇겠지요. 저는 브라우드 토템의 정령이 처음 생명을 잉태시켰다고 봅니다. 그가 그 여자에게 느끼는 감정이야 안타까운 일이지만, 여자를 받아들여야 하는 이는 브라우드라고 생각합니다."

"나는 꼭 브라우드라고 확신하지 못하겠네."

드루그가 말했다.

"목우르의 생각은 어떤지요? 그 여자를 짝으로 받아들일 수도 있을 텐데요."

주술사는 여느 때처럼 남자들이 나누는 이야기를 조용히 지켜보고 있었다.

"나도 생각은 해보았네. 하지만 에일라의 아기가 생기도록 한 것이 우르수스나 노루라는 생각은 안 드네. 브라우드의 토템인지도 확실하지 않네. 에일라의 토템은 늘 불가사의했지. 무슨 일이 있었던 것인지 누가 알겠나. 하지만 그녀에게는 짝이 필요하지. 아기가 불행할 수 있을뿐더러 누군가는 아기를 책임지고 부양해야 하니까. 나는 너무 늙었네. 사내아기가 태어나면, 사냥을 가르칠 수도 없지. 여자도 사냥을 가르칠 수는 없는 노릇이지. 줄팔매로 사냥을 할 뿐이니. 어쨌든 나는 에일라와 짝을 맺을 수는 없네. 그로드가 여전히 우카를 첫 번째 짝으로 두면서 오브라와 짝을 맺는 것과 비슷한 형상이네. 내게 그 애는 짝의 딸과 같은 존재이네. 짝을 맺을 수도 있는 여자가 아니라 내 불터의 아이라는 말일세."

"그런 일이 있기도 했지."

도르브가 말했다.

"남자가 짝을 맺으면 안 되는 여자는 피붙이뿐이지."

"금지된 것은 아니지요. 하지만 좋게 볼 일은 아닙니다. 그리고 대대수 남자들이 그러길 원하지 않습니다. 그리고 나는 한 번도 짝을 맺은 적이 없는데, 이제 와서 짝을 받기에는 너무 늙었습니다. 이자가 내 뒷바라지를 해주는 것으로 충분합니다. 이자가 편하기도 하고요. 남자들은 한 번씩 짝을 통해 욕구를 풀기도 하지만 나는 오래전에 욕구를 다스리는 법을 터득했습니다. 나는 젊은 여인에게 짝으로는 온당치 않을 것입니다. 한데 에일라에게는 짝이 필요 없을지도 모릅니다. 이자 말이, 임신 상태가 원만하게 유지되지 않을 것 같다더군요. 이미 여러 가지 문제를 겪고 있고, 달을 다 채우지 못할 수도 있고요. 에일라가 아기를 원하는 것은 알지만, 유산하는 게 모두에게 나을 수 있습니다."

남자들이 전해들은 바대로 에일라의 임신은 수월하게 진행되고 있지 않았다. 이자는 아기가 잘못될까봐 노심초사했다. 상당수의 유산은 태아가 기형일 때 일어났다. 이자는 기형아를 낳아서 버리느니 유산을 하는 편이 낫다고 생각했다. 에일라의 입덧은 임신 초기가 훨씬 지난 이후까지 계속되더니 배가 제법 불러오며 허리둘레가 두툼해진 늦가을이 되어서도 여전히 음식을 잘 넘기지 못했다. 에일라가 간간이 하혈까지 시작하자 이자는 에일라를 일상적인 활동에서 제외해달라고 브룬에게 부탁한 뒤 누워 있도록 했다.

에일라의 몸 상태가 좋지 않을수록 아기에 대한 이자의 걱정도 날로 커졌다. 에일라의 배로 보아 아기가 자라고 있는 것은 분명했지만 유산시키는 것이 그리 어렵지는 않을 것이라고 이자는 확신했다. 사실 이자는 아기보다 에일라가 더 염려스러웠다. 아기가 에일라에게서 너무 많은 것을 앗아가고 있었다. 에일라의 팔다리는 나날이 불러오는 배와 대조적으로 점점 가늘어졌다. 식욕도 없다 보니 이자가 특별히 만들어주는 음식을 간신히 넘길 뿐이었다. 눈가에는 검은 그림자가 짙게 드리워지고, 윤기가 흐르고 탐스럽던 머리는 푸석한 채 축 늘어져 있었다. 몸을 따뜻하게 유지할 체력이 없다 보니 노상 추위를 느낀 탓에 에일라는 털가죽을 뒤집어 쓴 채로 대부분의 시간을 불가 가까이에 옹송그리고 앉아 보냈다. 하지만 이자가 아기를 떼는 게 좋겠다고 운을 뗄 때마다 에일라는 완강히 거부했다.

"이자, 나는 아기를 원해요. 나 좀 도와주세요."

에일라가 애원했다.

"어머니는 나를 도울 수 있잖아요. 하라는 대로 다 할게요. 내가 아기를 낳을 수 있게 도와주세요."

이자는 거절할 수 없었다. 한동안 이자는 필요한 식물이 있을 때마다 에일라에게 의지하고 있었다. 직접 밖으로 나가는 일은 드물었다. 무리하게 몸을 쓰고 나면 기침이 발작적으로 쏟아졌다. 이자는 매년 겨울이 되면 심해지는 폐병을 숨기려고 강한 약을 쓰고 있었다. 하지만 이번만은 에일라를 위해 유산을 막아주는 식물의 뿌리를 찾으려고 직접 나갈 작정이었다.

이자는 고원지대의 숲과 축축한 불모지를 돌아다녀볼 셈으로 아침 일찍 동굴을 나섰다. 처음 길을 나설 때에는 맑은 하늘에 해가 빛나고 있었다. 이자는 그날도 연일 계속되던 따뜻한 늦가을 날씨일 거라 생각하며 거추장스러운 겉옷 없이 가볍게 다니고 싶었다. 게다가 해가 저물기 전에 돌아올 계획이었다. 그녀는 동굴 가까이에 있는 숲길로 들어갔다. 얼마 후 길을 벗어나 개울을 따라 걷다가 가파른 경사지를 오르기 시작했다. 이자의 몸은 생각했던 것보다 더 쇠약해져 있었다. 숨이 차서 중간에 자주 쉬어야 했고 발작적으로 찾아오는 심한 기침이 멎기를 기다려야 했다. 아침나절 무렵에는 날씨마저 변했다. 동쪽에서 불어오는 차가운 바람에 밀려온 구름들이 산기슭에 이르자 묵직하게 머금고 있던 습기를 떨어뜨렸다. 휘몰아치는 진눈깨비를 고스란히 맞은 이자는 순식간에 흠뻑 젖었다.

그녀가 소나무 숲에 들어가 찾고 있던 식물을 발견했을 때는 빗발이 가늘어져 있었다. 이자는 차가운 가랑비에 오들오들 떨며 질척이는 땅에서 뿌리를 캐냈다. 돌아가는 길에 기침은 더욱 심해져 짧은 간격을 두고 온몸이 요동칠 정도였고 급기야 입가에는 피거품까지 묻었다. 그녀에게는 지금 살고 있는 동굴 주변이 예전에 살

왔던 곳만큼 익숙하지 하지 않았다. 방향감각을 잃은 이자는 엉뚱한 시내를 따라 비탈을 내려갔다가 동굴로 가는 길을 찾기 위해 다시 되짚어 올라가야 했다. 온몸이 젖은 채 덜덜 떨며 동굴에 돌아온 것은 해가 질 무렵이었다.

"어머니, 어딜 다녀오신 거예요?"

에일라가 손짓했다.

"다 젖은 채로 떨고 계시잖아요. 불가로 오세요. 마른 두르개를 갖다드릴게요."

"네가 먹을 방울뱀풀의 뿌리를 찾아왔다, 에일라. 씻어서 날 것으로……."

이자는 갑자기 찾아온 발작적인 기침에 말을 이을 수가 없었다. 눈에서는 열이 나고 얼굴도 벌겋게 달아올라 있었다.

"……날 것으로 씹어 먹어라. 아기를 지키는 데 도움이 될 거야."

"날 위해 뿌리를 찾으려고 빗속에 나갔다 온 거예요? 모르세요? 어머니를 잃느니 차라리 아기를 포기하겠어요. 밖에 나다니기에 어머니는 몸이 너무 안 좋아요. 어머니도 알잖아요."

에일라는 이자의 몸 상태가 수년째 좋지 않다는 것을 알고 있었다. 하지만 그때까지도 얼마나 심각한지는 모르고 있었다. 에일라는 자신이 임신한 몸이라는 것도 잊고, 간혹 하혈을 해도 무시한 채 이자 곁을 지켰다. 끼니를 거르는 때도 많았다. 잠을 잘 때도 이자 옆에 자신의 잠자리를 가져다놓고 떠나지 않았다. 우바도 계속해서 지켜보고 있었다.

사랑하는 사람이 큰 병에 걸린 일을 처음 겪는 어린 우바로서는 그 충격이 상당히 컸다. 우바는 에일라가 간호하는 것을 모두 지켜보고 거들면서 자신이 물려받은 정신적 유산과 운명에 대해 이해하기 시작했다. 에일라를 지켜보는 사람은 우바만이 아니었다. 젊은 여자의 치료술에 대해 전적으로 확신하지 못하는 씨족 사람들 모두가 주술 치료사의 상태를 걱정하고 있었다. 에일라는 다른 사람들의 우려는 아랑곳하지 않았다. 그녀의 관심은 오로지 자신이 어머니라고 부르는 여인에게로 향해 있었다.

에일라는 이자가 그간 가르쳐준 모든 치료법을 생각해내려 머릿속을 샅샅이 뒤졌다. 그녀는 우바의 기억에 저장된 정보를 끄집어내기 위해 우바에게 질문을 한 뒤 자신만의 논리적인 사고를 거쳐 생각해낸 방법을 쓰기도 했다. 그것은 이자가 일찍이 알아본 에일라의 특별한 재능이었다. 진짜 문제가 되는 것을 찾아내 치료하는 능력은 에일라의 강점이었다. 그녀는 병을 진단하는 데 뛰어났다. 작은 실마리를 찾아내 퍼즐을 맞추듯 큰 그림을 짜맞출 수 있었고, 빈 곳이 있으면 이성적인 사고와 직관을 통해 채웠다. 그것은 동굴에서 사는 사람들 중에서 오로지 그녀의 **두뇌**만이 할 수 있는 능력이었다. 이자의 심각한 질병이 그녀의 그러한 재능을 키우는 데 자극이 되어주었다.

에일라는 이자에게서 배운 약초를 사용하고 난 뒤에는 다른 질병에 적용해보곤 했다. 전혀 상관없어 보이는 치료술을 쓰기도 했다. 약초 때문인지, 아니면 정성 어린 간호 때문인지, 그것도 아니

면 이자의 살겠다는 의지 덕분인지는 알 수 없었지만―이 세 가지
가 모두 합쳐진 결과였을 것이다―겨울이 찾아와 동굴 입구에 세
워놓은 바람막이의 높은 곳까지 눈이 쌓였을 무렵에는 이자의 건
강은 임신한 에일라를 돌볼 수 있을 정도로 회복되었다. 마침 에일
라가 도움의 손길이 필요한 시기와 딱 겹쳤다.

　이자의 건강을 회복시키기 위해 무리하다 보니 에일라의 몸은
더욱 축이 날 수밖에 없었다. 그녀는 겨울 내내 조금씩 하혈을 계
속했고, 등의 통증도 만성이 되었다. 한밤중에 다리에 경련이 일
어 깨어났고, 여전히 자주 토했다. 이자는 조만간 에일라가 아기를
잃을 거라 생각했다. 이자는 에일라가 어떻게 그렇게 버텨내고 있
는지 알 수 없었다. 그토록 쇠약한 에일라의 몸에서 어떻게 생명이
계속 자라고 있는지도 의문이었다. 하지만 아기는 자라고 있었다.
에일라의 배는 마른 몸에 비해 믿을 수 없을 만큼 불러 있었다. 아
기가 어찌나 힘차게 배를 차대는지 잠을 이루기 힘들 정도였다. 이
자는 임신 기간을 이렇게 힘겨워하며 고통 속에서 보내는 여자를
본 적이 없었다.

　에일라는 힘든 내색을 전혀 보이지 않았다. 아기를 지우는 일을
고려하기에는 이미 많은 시간이 흐른 뒤였지만 혹시라도 이자가
아기를 포기하는 게 좋겠다고 생각할까봐 걱정이 되었던 것이다.
에일라는 한 번도 그런 생각을 하지 않았다. 자신이 겪는 고통으로
인해 아기를 잃으면 다시는 아기를 낳지 못할 것이라는 확신만이
더욱 강해졌을 뿐이었다.

　에일라는 잠자리에 누운 채로 봄비가 눈을 쓸어 가는 것을 지켜

봤다. 그해 봄에 처음 본 크로커스는 우바가 자신에게 꺾어준 꽃이었다. 이자는 그녀가 동굴 밖에 나가지 못하도록 했다. 바람에 나부끼는 갯버들이 푸릇푸릇한 색으로 옷을 갈아입고, 파릇파릇한 나뭇잎들이 첫 싹을 틔우던 어느 습한 봄날, 만으로 열한 살이 된 에일라의 진통이 시작되었다.

처음 시작된 진통은 수월하게 넘어갔다. 에일라는 버드나무 껍질차를 마시며 이자와 우바와 함께 이야기를 나눴다. 마침내 때가 왔다는 생각에 흥분과 기쁨이 교차하고 있었다. 다음 날이면 자신의 아기를 품에 안고 있을 거라고 확신했다. 이자는 순산할 수 있을지 의구심이 들었지만 겉으로 드러내지 않으려고 애썼다. 최근에 이자와 두 딸이 함께 모이면 자주 그랬듯이 대화의 주제는 치료술에 관한 것으로 옮겨갔다.

"어머니, 지난번에 밖에 나가서 캐다주신 그 약초는 뭐예요? 그날 이후로 병이 심해지셨잖아요?"

에일라가 손짓했다.

"그건 방울뱀풀의 뿌리란다. 갓 캐낸 것을 씹어야 해서 흔히 사용되는 것은 아니란다. 늦가을에 캐야만 하지. 유산을 막는 데 효과가 아주 좋지만 늦가을만 골라서 유산의 조짐을 보이는 여자가 얼마나 되겠니? 그 뿌리는 마르면 효과가 없거든."

"어떻게 생긴 거예요?"

우바가 물었다. 이자의 병세로 인해 우바는 언젠가 이자에게서 전수받게 될 약초에 관한 지식에 더욱 관심을 갖게 되었고, 이자와 에일라 모두 우바에게 치료술을 가르치고 있었다. 하지만 우바를 가르치는 것은 에일라를 가르치는 것과는 달랐다. 아이가 가진 두 뇌의 힘을 활용해 이미 알고 있는 지식을 상기시켜주고 어떻게 적용하는지 보여주기만 하면 되는 일이었다.

"암수가 따로 있는 식물이란다. 줄기는 기다랗고, 무리를 지어 난 이파리들이 땅 가까이에 있는 줄기에 붙어 있다. 작은 꽃들은 줄기 꼭대기 가까이에서 피고, 그 아래 중간부분은 다 줄기란다. 수꽃은 하얀색이다. 뿌리는 암그루에서 얻는 것인데, 암꽃은 더 작은 초록색이지."

"소나무 숲에서 자란다고 했지요?"

에일라가 손짓했다.

"축축한 숲에서만 자라지. 습기를 좋아해서 주로 고지대 숲 속의 습지나 초원의 축축한 땅에서 자란다."

"그날 나가지 말았어야 했어요, 이자. 얼마나 걱정을 했던지……. 오, 잠깐만요. 또 시작이에요!"

이자는 에일라를 유심히 지켜봤다. 이번에는 진통이 얼마나 오래가는지 판단해보려는 것이었다. 한참 더 있어야겠다. 이자는 그렇게 결론지었다.

"내가 출발할 때는 비가 내리지 않았다."

이자가 말했다.

"그날 날씨가 따뜻할 거라 생각했어. 하지만 내가 잘못 생각한 거야. 가을 날씨는 항상 종잡을 수가 없으니까. 물어보고 싶은 게 있었다, 에일라. 내가 열이 나서 한 번씩 정신을 잃을 때 크랩의 관절염을 완화하는 데 쓰이는 약초로 찜질약을 만들어 내 가슴에 얹어주었던 것 같았는데."

"그렇게 했어요."

"난 그런 걸 너에게 가르쳐준 적이 없는데."

"네, 그냥 생각한 거예요. 어머니는 기침을 너무 심하게 해서 피를 많이 뱉어낼 정도였어요. 발작에 가까운 기침을 가라앉힐 만한 뭔가를 쓰고 싶었지만, 우선은 어머니가 힘을 많이 들이지 않고 가래를 뱉어내야 할 것 같았어요. 크렙의 류머티즘 약은 깊숙이 몸으로 침투해 몸을 따뜻하게 해서 피가 잘 돌도록 하잖아요. 그 약을 쓰면 가래를 묽게 해서 잘 떨어져 나갈 것 같았어요. 그러면 가래를 뱉기 위해 기침을 그렇게 심하게 하지 않아도 되고요. 그다음에 발작적인 기침을 가라앉히는 탕약을 쓸 수도 있고요. 효과가 있었던 것 같아요."

"그래, 그랬던 것 같구나."

에일라가 추론한 것을 들으니 꽤 그럴 듯해 보였다. 하지만 이자는 자신이라면 그런 생각을 할 수 있었을지 궁금했다. 내 생각이 옳았어. 이자는 생각했다. 에일라는 좋은 주술 치료사야. 점점 더 훌륭해질 거야. 내 혈통의 지위를 물려받을 자격이 충분해. 크렙에게 말해놓아야겠다. 내가 이 세상을 떠날 날도 머지않은 것 같으니. 에일라도 이제 다 자란 여인이야. 치료사가 되어야 해. 이번 출산만 잘 넘긴다면.

아침식사를 마치고 오가가 둘째 아들인 그레브와 함께 에일라를 보러 왔다. 오가는 아기에게 젖을 먹이며 에일라 곁에 앉아 있었고, 곧이어 오브라도 왔다. 세 여자는 에일라가 진통을 하는 사이사이 다정하게 대화를 나눴다. 하지만 임박한 출산에 대한 언급은 전혀 하지 않았다. 에일라가 초기 진통을 겪는 아침 내내 씨족의 여자들이 크렙의 불터에 다녀갔다. 몇몇은 정신적으로 힘을 보태주기 위해 잠시 다녀가기도 했지만 몇몇은 줄곧 에일라 곁을 지켰다. 그녀가 누워 있는 곳 주변에는 항시 여자들 몇몇이 둘러 앉아 있었지만, 크렙은 멀찍이 떨어져 있었다. 그는 초조하게 동굴을 들락날락하다가 남자들이 모여 있는 브룬의 불터에 들러 몇몇 손짓을 주고받았지만 한자리에 오래 머물러 있을 수가 없었다. 그날 계획되었던 사냥은 취소되었다. 브룬은 날이 너무 습해서 취소한 것이라고 둘러댔지만 모두가 진짜 이유를 알고 있었다.

오후 늦게 에일라의 진통이 더 거세졌다. 이자는 출산의 고통을 줄이는 데 특별한 효험이 있는 마 뿌리를 달여서 에일라에게 먹였다. 날이 저물면서 에일라의 진통은 더 심해지고 간격도 짧아졌다. 에일라는 땀에 흠뻑 젖은 채 잠자리에 누워 이자의 손을 꼭 쥐고 있었다. 그녀는 소리를 내지 않으려고 애썼지만 해가 지평선 아래로 떨어졌을 무렵에는 온몸을 쥐어짜는 고통이 찾아올 때마다 몸부림을 치며 비명을 질렀다. 대다수 여자들이 더는 가까이서 지켜볼 수가 없었다. 에브라만 남고 모두들 자신의 불터로 돌아갔다. 그들은 각자 허드렛일을 찾아 바삐 몸을 움직이면서도 에일라가 고통스러운 비명을 한 번씩 지를 때마다 눈을 들어 흘깃 바라봤다. 브룬의 불터에서도 더 이상 오가는 대화는 없었다. 남자들은 땅바닥을 내려다보며 무기력하게 앉아 있었다. 한담을 시작하려고 해도 에일라의 고통에 찬 비명에 대화는 뚝 끊기기 일쑤였다.

"골반이 너무 좁아요, 에브라."

이자가 손짓했다.

"그래서 산도가 충분히 벌어지지 않네요."

"양수 막을 터뜨려보는 게 어떨까? 때로 그러기도 하니까."

에브라가 물었다.

"그렇게 하는 것도 생각해봤는데, 너무 일찍 시도해보고 싶지는 않았어요. 양수가 다 나온 상태에서 얼마를 버틸지 몰라서요. 저절로 터지기를 바라고 있지만 점점 힘도 빠지고 별 진전도 없으니 지금 해보는 게 낫겠어요. 미끈거리는 느릅나무 꼬챙이를 주세요. 진통이 다시 시작되고 있으니까 이번 진통이 끝나면 해볼게요."

에일라가 등을 활 모양으로 말며 두 여자의 손을 꼭 움켜쥐었다. 온몸을 쥐어짜는 고통에 입술 사이에서 새어 나온 신음 소리는 점점 커졌다.

"에일라, 내가 도와주도록 하마."

이자는 진통이 지나가자 손짓했다.

"내 말 알아들었니?"

에일라는 말없이 고개를 끄덕였다.

"양수를 터뜨릴 거야. 일어나서 쪼그리는 자세로 앉아보도록 하자. 그러면 아기가 내려오는 데 도움이 된다. 할 수 있겠니?"

"해볼게요."

에일라가 힘없이 손짓했다.

이자가 미끈거리는 느릅나무로 양수막을 찌르자 양수가 쏟아지면서 또 한 번 진통이 시작되었다.

"이제 일어나자, 에일라."

이자가 손짓했다. 이자와 에브라는 힘이 다 빠진 에일라를 잠자리에서 들어 올려 출산 시에 깔아놓은 가죽에 쪼그리고 앉도록 도와주었다.

"지금 힘을 줘. 세게 힘을 줘."

에일라는 다시 찾아오는 진통을 느끼며 온몸에 힘을 주었다.

"너무 약해."

에브라가 손짓했다.

"충분히 힘을 못 주고 있어."

"에일라, 더 세게 힘을 줘야 한다."

이자가 명령하듯 말했다.

"못 하겠어요."

에일라가 손짓했다.

"해야 돼, 에일라. 반드시 힘을 줘야 돼. 안 그럼 아기가 죽는다."

이자가 말했다. 그녀는 에일라도 죽게 될 거라는 말은 하지 않았다. 이자는 또다시 찾아온 진통에 에일라의 근육이 단단해지는 것을 보았다.

"지금, 에일라! 지금! 힘 줘! 최대한 세게 힘 줘!"

이자가 재촉했다.

내 아기가 죽게 내버려둘 수는 없어. 에일라는 생각했다. 그럴 순 없어. 이 아기가 죽으면 다시는 아기를 갖지 못할 거야. 에일라는 자신도 모르는 깊은 곳에서부터 마지막 힘을 끌어 모았다. 고통이 심해질수록 에일라는 깊게 숨을 들이키며 이자의 손을 꼭 움켜쥐었다. 이마에 땀방울이 그렁그렁할 만큼 마지막까지 온몸에 힘을 주었다. 눈앞이 핑핑 돌았다. 몸 안에 있는 것들을 밖으로 끄집어내기라도 하듯 뼈가 부서지는 것만 같았다.

"좋아, 에일라, 잘하고 있어."

이자가 기운을 북돋아줬다.

"머리가 보여, 그렇게 한 번만 더."

에일라는 한 번 더 숨을 크게 들이쉬고 다시 힘을 줬다. 피부와 근육이 찢어지는 것만 같았지만 계속해서 힘을 줬다. 걸쭉한 피가 쏟아져 내리며 아기의 머리가 좁은 산도를 통해 밀려나왔다. 이자가 머리를 잡아 끌어내려야 했지만 가장 힘든 과정은 끝이 난 셈이었다.

"조금만 더, 에일라. 태반이 나오게 조금 더."

한 번 더 힘을 준 에일라는 머리가 빙글빙글 돌았다. 순간 눈앞이 캄캄해지더니 그대로 의식을 잃고 쓰러졌다.

이자는 갓난아기의 탯줄을 붉게 물들인 힘줄로 묶은 뒤 나머지 부분을 이로 끊었다. 그녀가 아기의 발을 두드리자 가냘프게 울던 아이가 큰 소리로 울어댔다. 아기가 살아 있어. 이자는 안도의 한숨을 쉬었다. 하지만 아기를 닦기 시작한 지 얼마 안 되어 가슴이 철렁 내려앉았다. 그렇게 고생했는데, 그 힘든 과정을 다 겪어냈는데, 어째서 이런 일이? 아기를 그토록 원했는데. 이자는 에일라가 만들어놓은 부드러운 토끼가죽 강보로 아기를 감싼 다음, 에일라를 위해 뿌리를 씹어 만든 고약을 흡수성이 좋은 가죽 천에 얹어놓았다. 에일라는 신음하더니 눈을 떴다.

"내 아기요, 이자. 아들이에요, 딸이에요?"

에일라가 물었다.

"아들이다, 에일라."

이자가 답하더니 희망을 주지 않으려고 재빨리 덧붙였다.

"그런데 기형이다."

희미하게 떠오르던 에일라의 미소가 공포 어린 표정으로 바뀌었다.

"설마요! 그럴 리가요! 내게 보여주세요!"

이자는 아기를 에일라에게 건넸다.

"혹시 이런 일이 생길까봐 걱정했었다. 임신 기간 내내 힘들었던 여자에게 종종 이런 일이 생긴단다. 안됐구나, 에일라."

에일라는 강보를 들추고서 작은 사내아기를 바라봤다. 아기의 팔다리는 우바가 갓 태어났을 때보다 더 가늘고 길었다. 하지만 손가락, 발가락 개수는 정상이었고 다 제자리에 붙어 있었다. 아기의 작은 성기와 고환이 성별을 드러내고 있었다. 하지만 그의 머리는 틀림없이 정상적인 머리와 달랐다. 난산의 원인이 된 머리는 비정상적일만큼 컸고, 어렵게 세상을 나오느라 약간 찌그러진 부분도 있었다. 하지만 그것만으로는 그리 놀랄 게 없었다. 이자는 그것이 단지 태어날 때 받은 압력 때문이며 곧 원래의 모양으로 돌아올 것임을 알았다. 하지만 기형적으로 생긴 머리 모양은 결코 변하지 않을 것이었다. 게다가 뼈만 앙상한 얇은 목으로는 그 큰 머리를 받칠 수도 없을 터였다.

에일라의 아기는 씨족 사람들처럼 두툼한 눈썹 뼈를 가지고 있었지만 이마는 뒤로 경사져 있지 않았다. 이자가 보기에 이마는 눈썹 위에서 똑바로 높게 솟아 있고, 정수리가 높이 튀어나왔다가 뒤로 길게 이어져 있었다. 하지만 뒤통수는 원래 그랬어야 하는 것만큼 길지 않았다. 아기의 두개골은 앞으로 잡아당긴 듯 이마와 정수리가 튀어나와 보였고, 뒤통수는 길지 않고 둥그런 모양이었다. 머리 뒤 후두골은 생기다 만 듯했고 모양도 특이했다. 아기는 커다란 둥근 눈을 하고 있었지만 코는 정상보다 훨씬 작았다. 입은 컸지만 턱은 씨족 사람들만큼 넓적하지 않았다. 입 아래로는 뼈가 툭 튀어나와 있어서 얼굴 모양을 더 기형적으로 보이게 했다. 조금 뒤로 들어갔으나 잘 발달된 턱 끝은 씨족 사람에게서 전혀 찾아볼 수 없는 특징이었다. 처음으로 아이를 안아 올리자 아기의 머리가 뒤로 넘어갔다. 이자는 자동적으로 손을 들어 올려 아기의 목을 받치며 자신의 짧고 굵은 목이 받치고 있는 머리를 좌우로 흔들었다. 아기가 제대로 고개를 가눌 수 있을지 의문이었다.

에일라의 품에 안겨주자 아기는 어미의 따뜻한 품으로 파고들었다. 아기는 태어나기 전부터 충분히 먹지 못했다는 듯 벌써 무언가 빨 것을 찾고 있었다. 그녀는 아기가 젖을 물도록 도와줬다.

"그러면 안 된다, 에일라."

이자가 부드럽게 말했다.

"곧 떨어져야 할 텐데 생명을 연장시키면 안 된다. 아기를 없애는 일이 더 힘들어질 뿐이야."

"없애다니요?"

에일라의 표정이 고통스럽게 일그러졌다.

"어떻게 없앨 수가 있어요? 내 아기, 내 아들인데요."

"너에게는 선택할 권리가 없어, 에일라. 그래야 하는 거다. 기형아가 세상에 태어나면 그 어미는 반드시 아기를 없애야 한다. 가능한 빨리, 브룬이 명령을 내리기 전에 하는 게 최선이다."

"하지만 크렙도 기형의 몸을 하고 있잖아요. 그는 살 수 있었고요."

에일라가 따지듯 말했다.

"그때는 크렙을 낳은 어머니의 짝이 씨족의 족장이었다. 족장이 허락한 일이었지. 에일라, 네게는 짝이 없으니 네 아들을 위해 말해줄 남자가 아무도 없구나. 짝을 맺기 전에 아기를 낳으면 그 아기는 태어나면서부터 불행할 수 있다고 했었지. 아기의 기형이 이미 보여주지 않았느냐, 에일라? 평생 불행할 수밖에 없다면 굳이 살려두는 게 무슨 의미가 있겠니? 지금 포기하는 게 낫다."

이자가 설명했다.

에일라는 마지못해 아기를 젖가슴에서 떼어냈다. 눈에는 눈물이 넘쳐흐르고 있었다.

"오, 이자."

그녀가 울며 말했다.

"내가 아기를 얼마나 원했는데요. 다른 여자들처럼 나만의 아기를 얼마나 갖고 싶었는데. 나는 아기를 가질 거라고는 전혀 생각도 못 했어요. 너무나 기뻤어요. 내가 아무리 아파도 상관없어요. 나만의 아기를 원했으니까요. 아기가 세상에 나오는 게 이렇게 힘들 줄 상상도 못 했어요. 하지만 아기가 죽을지도 모른다는 말을 들었을 때 간신히 힘을 줬어요. 그런데 어차피 죽게 될 아이였으면, 뭐하러 그렇게 애를 썼을까요? 어머니, 아기를 곁에 두고 싶어요. 제발 없애라고 하지 마세요."

"쉬운 일이 아니지, 에일라. 하지만 그래야 한다."

이자의 마음도 무너졌다. 갑자기 어미 품에서 떨어진 아기는 따뜻하고 안락한 품과 그리고 빨고 싶은 욕구를 충족시켜주는 젖가슴을 찾았다. 그녀에게는 아직 젖이 돌지 않았다. 젖이 돌려면 하루 이틀은 더 있어야 했다. 갓난아기에게 먹일 수 있는 것은 생후 몇 달간 질병에 대한 면역력을 키워줄 진한 초유뿐이었다. 훌쩍이기 시작하던 아기는 이내 크게 울부짖으며 팔을 휘두르고 발로 강보를 차냈다. 화가 나 벌겋게 된 얼굴로 고집스럽게 앙앙대는 아기의 울음소리가 동굴 안을 가득 메웠다. 에일라는 견딜 수가 없었다. 그녀는 다시 아기에게 젖을 물렸다.

"도저히 그럴 수는 없어요."

에일라가 손짓했다.

"그렇게는 못 해요! 내 아들은 살아 있어요. 숨을 쉬고 있다고요. 기형일지 몰라도 힘은 세요. 우는 소리를 들었지요? 이렇게 우렁찬 소리를 들어보셨어요? 발로 차는 것도 봤지요? 얼마나 힘차게 젖을 빠는지도 보세요! 이 아기를 키울래요, 이자. 아기를 곁에 두고 키울 거예요. 아기를 죽이기 전에 내가 떠나겠어요. 나는 사

냥을 할 수 있어요. 식량도 구할 수 있고요. 나 혼자서 아기를 키우
겠어요!"

이자의 얼굴이 창백해졌다.

"에일라, 진심은 아니겠지. 어디로 가려고 그러니? 지금은 몸이
너무 쇠약해져 있어. 출혈도 심했고."

"모르겠어요, 어머니. 어디로든요. 하지만 아기를 포기하지는
않겠어요."

결연한 눈빛의 에일라는 요지부동이었다. 젊은 아기 엄마의 말
이 진심이라는 데 의심의 여지가 없었다. 하지만 어딘가로 떠나기
에 에일라는 너무 약해진 상태였다. 아기를 살리려다가 에일라가
죽을 수도 있었다. 이자는 에일라가 씨족의 전통을 어긴다는 생각
에 간담이 서늘해졌다. 하지만 에일라가 충분히 그럴 수 있다고 생
각했다.

"에일라, 그런 말은 하지 말아다오."

이자가 애원했다.

"아기를 내게 다오. 네가 할 수 없으면 내가 대신 하마. 브룬에
게는 네가 너무 쇠약하다고 말하마. 그걸로 충분한 이유가 되니
까."

이자가 아기를 안으려고 했다.

"내가 데려가마. 일단 아기가 눈앞에 안 보이면 잊기도 더 쉬울
거다."

"안 돼요! 싫어요, 이자."

에일라가 거세게 고개를 흔들더니 아기를 품에 더 꼭 끌어안았

다. 그녀는 온몸으로 아기를 보호하려는 듯 웅크린 자세로 아기를 안고는 한 손만 가지고 크랩처럼 축약된 손짓을 해 보였다.

"아기를 키울 거예요. 어떻게든, 어떤 방법으로든, 내가 떠나야 할지라도, 꼭 아기를 곁에 둘 거예요."

이자와 에일라 모두 전혀 의식하지 못했지만 우바는 두 사람을 곁에서 지켜보고 있었다. 우바는 전에도 다른 여자들이 출산하는 과정을 지켜봤듯, 뼈가 부서지는 고통 속에 아기를 낳는 에일라를 보고 있었다. 삶과 죽음의 장면은 어린아이에게 숨겨야 할 비밀이 아니었다. 아이들도 어른들과 동등하게 씨족의 운명을 나눠가지고 있었다. 우바는 금발머리의 에일라를 사랑했다. 그녀는 놀이친구이자 벗, 어머니이자 언니였다. 힘겹고 고통스러운 출산 과정도 우바를 겁먹게 했지만 떠나겠다는 에일라의 말이 더욱 무서웠다. 전에 에일라가 떠났던 일이 떠올랐다. 그때는 모두들 에일라가 다시 돌아오지 못할 거라 말했다. 에일라가 이번에 떠나면 다시는 결코 보지 못할 것이라고 우바는 확신했다.

"가지 마, 에일라."

아이는 달려가 미친 듯이 손짓했다.

"어머니, 에일라를 떠나지 못하게 해요. 다시는 가지 못하게요."

"나도 가고 싶지 않아, 우바. 하지만 내 아기가 죽는 걸 보고 있을 수는 없어."

에일라가 말했다.

"아바가 해준 옛날이야기처럼, 아기를 나무 높은 곳에 매달아놓으면 어떨까? 7일 동안 살아 있으면 브룬이 아기를 키우도록 허락할 수밖에 없을 거야."

우바가 애원했다.

"아바가 해준 이야기는 전설일 뿐이다, 우바."

이자가 설명했다.

"추운 바깥에서 아무것도 먹지 못하는데 살아남을 아기는 없다."

에일라는 이자의 말이 귀에 들어오지 않았다. 우바의 어린애다운 말을 듣고는 퍼뜩 생각이 떠올랐다.

"어머니, 그 전설에도 일말의 진실이 담겨 있어요."

"무슨 소리냐?"

"내 아기가 7일 후에도 살아 있다면, 브룬이 아기를 받아들여야 할 거예요, 그렇지요?"

에일라가 진지하게 물었다.

"무슨 생각을 하는 거야, 에일라? 설마 아기를 바깥에 두고서 7일 후에도 살아 있을 거라고 기대하는 건 아니겠지. 불가능하다는 걸 알잖아."

"바깥에 두지 않아요. 데리고 갈 거예요. 숨을 만한 곳을 알아요, 이자. 아기를 데리고 그곳에 가서 이름을 짓는 날 돌아올게요. 그러면 브룬도 내가 아기를 키우도록 허락할 거예요. 작은 동굴이……."

"그만! 에일라, 그런 말 하지 마라. 옳은 일이 아니야. 씨족의 전통을 거역하는 것이다. 나는 찬성하지 못하겠다. 씨족의 방식이 아니야. 브룬은 크게 화를 낼 거야. 너를 다시 찾아 데려오겠지. 절대 안 된다, 에일라."

이자가 에일라의 마음을 돌리기 위해 타일렀다. 그녀는 일어나더니 불가를 향해 몇 발짝을 떼다가 되돌아왔다.

"네가 떠나면, 브룬이 네가 어디 있는지 내게 물을 거야."

이자는 평생 단 한 번도 씨족의 관습이나 브룬의 바람에 어긋나는 일을 해본 적이 없었다. 그런 생각만으로도 두려움이 엄습했다. 수태를 막는 비법조차 주술 치료사들 사이에서는 허가된 일이었다. 수대에 걸쳐 주술 치료사에게 전수되어온 유산의 일부였다. 비밀로 한다고 해서 전통에 어긋나는 것은 아니었다. 그 비법의 사용을 금지하는 전통이나 관습은 없었다. 그저 입에 올리지 않도록 조심하면 되는 일이었다. 에일라의 계획은 전통에 대한 반항이나 다름없었다. 이자는 상상을 뛰어넘는 이 일에 결코 찬성할 수가 없었다.

하지만 이자는 에일라가 그 아기를 얼마나 고대했는지 알고 있었다. 그녀가 긴 임신 기간 내내 얼마나 큰 고통을 참아왔는지 생각하면 마음이 찢어질 듯 아팠다. 그리고 아기를 살리겠다는 일념하에 죽을힘을 다해 아기를 낳았다. 에일라의 말이 맞아, 이자는 갓난아기를 보며 생각했다. 기형이지만 힘도 세고 건강해. 크렙도 기형으로 태어났지만 목우르가 되었잖아. 이 아기는 에일라의 첫 아들이기도 해. 짝이 있었다면 아기를 살려두도록 허락했을 거야. 아니야, 그랬을 리가 없어. 이자는 생각을 고쳐먹었다. 다른 사람에게 거짓말을 할 수 없듯이 스스로를 속일 수도 없었다. 하지만 말을 삼가는 것은 할 수 있었다.

그녀는 크렙이나 브룬에게 말하는 것에 대해서도 생각해보았다. 알려야 한다는 것을 알면서도 차마 발걸음이 떨어지지 않았다. 에일라의 계획에 찬성할 수는 없었지만 그 계획을 혼자 비밀로 간직할 수는 있었다. 그것은 지금껏 해본 일 중에 고의로 저지르는 가장 그릇된 일이었다.

그녀는 물이 담긴 그릇에 뜨겁게 달군 돌을 집어넣어 에일라를 위해 맥각을 우렸다. 이자가 약을 가져왔을 때 에일라는 아기를 품에 안고 잠들어 있었다. 이자는 에일라를 부드럽게 흔들었다.

"이걸 마셔라, 에일라."

이자가 말했다.

"태반을 싸서 구석에 놓아두었다. 오늘 밤은 쉬고, 내일은 꼭 땅에 묻어야 한다. 브룬은 이미 알고 있어. 에브라가 말을 했으니까. 그가 아기를 직접 보고 나서 공식적으로 지시를 내리지는 않을 것 같다. 네가 출산을 한 흔적을 숨기고 알아서 처리할 거라고 생각할 것이다."

이자는 떠날 준비를 하기까지 어느 정도의 시간이 남아 있는지 딸에게 알려주었다.

이자가 떠나자 에일라는 뜬눈으로 누운 채 무엇을 가져가야 할지 생각했다. 잠자리 털가죽, 아기의 토끼털 강보, 새털, 그리고 덮을 것도 여벌로 가져가야겠다. 월경대도 챙기고, 내 줄팔매와 칼들. 오, 그리고 식량. 음식을 좀 가져가야지. 물을 담을 부대도. 해가 중천에 뜨면 떠날 거니까, 짐은 아침에 싸도 되겠어.

다음 날 아침, 이자는 네 사람이 먹기에는 너무 많은 음식을 만들었다. 크렙은 전날 늦게 불터로 돌아와 잠자리에 들었다. 그는 에일라와 마주치는 것을 피하고 싶었다. 무슨 말을 해야 할지 감이 오지 않았던 것이다. 에일라의 토템이 너무 강했던 게지. 그는 생각했다. 완전히 굴복하지 않았던 거야. 그러니 아기가 태중에 있을 때도 그렇게 계속 출혈을 많이 했고. 결국에 아기는 기형으로 태어났구나. 너무 안된 일이야. 아기를 무척이나 원했는데.

"이자, 씨족 사람들이 다 같이 먹어도 남을 양이겠다. 우리가 어떻게 이 많은 걸 다 먹는단 말이냐?"

크렙이 한마디 했다.

"에일라 때문에요."

이자는 그렇게 말하고는 곧바로 고개를 숙였다. 이자가 아기를 더 많이 낳았으면 좋았을 것을, 노주술사는 생각했다. 저렇게 자식한테 사랑을 쏟는 여자인데. 하긴 에일라가 어서 기력을 회복해야겠지. 에일라가 이번 일을 잊으려면 시간이 꽤 걸리겠구나. 과연 정상적인 아기를 낳는 게 가능할까?

자리에서 일어난 에일라는 현기증을 느꼈다. 따뜻한 피가 갑자기 아래로 쏟아지는 게 느껴졌다. 몇 발짝 떼는 것만으로도 통증이 밀려왔고, 허리를 굽히자 억 소리가 날 만큼 너무 아팠다. 그녀는 자신이 생각했던 것보다 훨씬 약해져 있었다. 에일라는 덜컥 겁이 났다. 내가 동굴까지 올라갈 수 있을까? 아니, 반드시 가야 해. 동굴로 떠나지 않으면 이자가 아기를 버리고 올 테니까. 아기를 잃고 어떻게 내가 살아가겠어?

아기를 지킬 거야. 그녀는 단호하게 결심하며 마음속에 찾아온 두려움을 몰아냈다. 어떻게든 동굴까지 갈 거야. 기어서라도 가겠어.

에일라가 동굴을 나섰을 때는 보슬보슬 비가 내리고 있었다. 그녀는 채집 바구니 아래에 몇 가지 물건을 넣고 그 위에 태반을 싼, 비릿한 냄새가 나는 꾸러미를 올려놓았다. 몸에 두른 물건들은 털가죽 덮개를 둘러 보이지 않게 했다. 아기는 앞으로 안아 포대기로 단단하게 동여맸다. 그러는 와중에 현기증이 와락 찾아왔다. 현기증이 가라앉길 기다렸다 숲으로 걸어갔지만 어지럼증은 여전했다. 길에서 벗어나 깊은 숲 속을 한참이나 들어간 뒤에야 에일라는 멈췄다. 뒤지개로 땅을 파는 것조차 힘들 만큼 그녀는 기력이 많이 쇠해 있었다. 그녀는 이자가 일러준 대로 꾸러미를 땅속 깊이 묻은 다음 관습에 따른 손짓을 했다. 그러고 나서 따뜻하고 포근한 품에서 달게 자고 있는 아들을 바라보며 혼잣말을 했다. 누구도 너를 저런 구멍 속에 묻지 못할 거야. 그녀는 누군가 자신을 뒤쫓고 있다는 것도 모른 채 가파른 산을 오르기 시작했다.

에일라가 동굴을 나서자마자 곧바로 우바는 그녀의 뒤를 조용히 밟았다. 어머니의 병세가 악화되었던 겨울부터 치료술을 본격적으로 배우기 시작한 우바는 에일라가 처한 위험을 전보다 더 분명하게 인지하고 있었다. 우바는 언니가 얼마나 쇠약한 상태인지 알고 있었고, 가다가 혹 쓰러져서 피 냄새에 끌린 맹수에게 공격을 당하지나 않을지 우려되었다. 우바는 동굴로 되돌아가 이자에게 말할까 하다가 에일라를 혼자 가도록 내버려두면 안 될 것 같아 쫓아가기 시작했다. 에일라가 길에서 벗어났을 때 잠깐 놓쳤지만 얼마 후 탁 트인 가파른 경사지를 올라가는 에일라의 모습이 다시 눈에 들어왔다.

에일라는 뒤지개를 지팡이처럼 의지해 경사지를 오르고 있었다. 자꾸만 현기증이 일어서 도중에 몇 번이나 멈춰 서서 그대로 쓰러지지 않으려고 부단히 애를 썼다. 피가 다리를 타고 흘러내리는 것을 느꼈지만 월경대를 갈기 위해 가던 길을 멈추지는 않았다. 그녀는 단숨에 가파른 경사지를 달려 올라가던 때가 떠올랐다. 이제는 고지대의 들판까지 가는 길이 얼마나 멀게 느껴지는지 믿기지가 않았다. 눈에 익은 지표들 간의 거리도 놀랄 만큼 멀게 느껴졌다. 에일라는 스스로를 다그치며 거의 쓰러지기 직전까지 발걸음을 옮기다가 멈췄고, 다시 걸을 수 있을 만큼 정신이 들면 간신히 발을 떼었다.

늦은 오후 무렵, 아기가 울기 시작했지만 울음소리마저 희미한 안개 속에서 들리는 것 같았다. 그녀는 아기를 보기 위해 멈춰 서지도 않고 묵묵히 경사지를 올랐다. 그녀는 오로지 한 생각에만 매달렸다. 들판까지 가야 돼, 동굴까지 가야만 해. 이제는 더 이상 왜 그래야만 하는지 생각도 나지 않았다.

우바는 멀찌감치 떨어져 따라왔다. 에일라에게 들키고 싶지 않았다. 우바는 에일라가 한 치 앞도 보기 힘들다는 것을 알지 못했다. 마침내 고산지대의 들판에 이르렀을 때 에일라의 머릿속은 붉은 안개 속을 정처 없이 헤매고 있었다. 조금만 더. 그녀는 스스로를 다독였다. 조금만 더. 에일라는 지친 발을 끌며 들판을 가로질렀다. 동굴을 가로막고 있는 덤불 나뭇가지를 옆으로 밀어제칠 힘도 남아 있지 않던 그녀는 거의 고꾸라질 듯 동굴 속으로 들어갔다. 전에도 여러 번 그녀의 은신처가 되어준 동굴이었다. 에일라는 자신의 털가죽 덮개가 젖은 것도 모르고 사슴가죽 위로 쓰러졌다. 몽롱한 와중에 울어대는 아기에게 젖을 물린 것도 모른 채 기진맥진해져 정신을 잃었다.

에일라가 동굴로 들어가는 순간, 우바가 들판에 당도한 것은 참으로 다행스러운 일이었다. 한 발만 늦었어도 우바는 에일라가 엷은 안개 속으로 사라졌다고 생각했을 것이었다. 빽빽하게 밀집한, 오래된 개암나무 덤불의 얼기설기한 나뭇가지들은 여름의 무성한 나뭇잎 없이도 암벽에 난 동굴을 완벽하게 감추고 있었다. 우바는 서둘러 동굴로 돌아갔다. 에일라가 작은 동굴에 도착하기까지 우바가 생각했던 것보다 훨씬 오래 시간이 걸렸다. 우바는 이자가 걱정을 하고 자신을 나무랄까봐 두려웠다. 하지만 이자는 우바가 늦게 돌아온 것을 알고도 아무 말 하지 않았다. 그녀는 우바가 에일라의 뒤를 따라 몰래 나간 것을 이미 알고 있었다. 딸아이가 무슨 생각을 하고 있는지 짐작하면서도 확인하고 싶지는 않았다.

20

"돌아왔어야 하는 때가 아닌가, 이자?"

크렙이 물었다. 그는 오후 내내 걱정스러운 표정으로 동굴을 들락거리던 참이었다. 이자는 초조하게 고개를 끄덕였다.

"아얏!"

이자는 갑자기 소리를 질렀다. 날카로운 칼날이 손가락을 스치고 지나간 것이다. 크렙은 느닷없이 터져 나온 이자의 비명보다 그녀가 손을 베었다는 사실에 더욱 놀라며 고개를 들었다. 이자는 칼을 다루는 솜씨가 아주 능숙해서 마지막으로 칼에 손을 벤 것이 언제인지 기억이 나지 않을 정도였다. 가엾은 이자. 크렙은 속으로 생각했다. 내가 너무 걱정하고 있는 나머지 이자가 어떤 기분일지는 헤아리지 못했군. 그는 스스로를 탓했다. 초조하고 걱정이 되는 것은 당연하지.

"조금 전에 브룬과 이야기해보았다, 이자."

크렙이 손짓했다.

"아직은 에일라를 찾아 나서려고 하지 않아. 누구도 알아서는 안 된다고 말이야. 여자가 그것을 버리는 곳에 대해서……. 이 시간까지 그 애는 어디 있는 걸까. 알다시피 남자가 지금 그 아이를 보는 것은 좋지 않다. 하지만 그 애는 지금 너무 쇠약해. 혹 어딘가에서 비라도 맞으며 쓰러져 있는 것은 아닌지. 너라면 직접 찾아나서도 되겠지, 이자. 너는 주술 치료사니까. 그리 멀리 가지는 못했을 거다. 저녁은 걱정하지 마라. 기다릴 수 있다. 지금 나가서 찾아보는 게 좋겠다. 조만간 어두워질 테니."

"그럴 수 없어요."

이자가 손짓하고는 칼에 벤 손가락을 입속에 넣었다.

"무슨 소리냐, 그럴 수 없다니?"

크렙이 당황했다.

"그 애를 찾을 수는 없어요."

"어째서 찾아보지도 않고 못 찾겠다고 단정하는 것이냐?"

노주술사는 대단히 혼란스러울 수밖에 없었다. 어째서 이자가 찾지 않으려는 것일까? 그리고 보니 왜 진작 나가서 에일라를 찾지 않았을까? 지금쯤이면 당연히 혈안이 되어 숲 속을 샅샅이 뒤지며 돌까지 들춰내고 있을 터인데. 이자도 저토록 불안해하고 있으면서. 뭔가 문제가 있는 모양이야.

"이자, 어째서 에일라를 찾으려고 하지 않는 게냐?"

그가 물었다.

"어차피 찾지 못할 거예요."

"어째서?"

그가 캐물었다.

이자의 눈빛이 걱정과 불안으로 흔들렸다.

"숨어 있어요."

이자가 사실대로 털어놓았다.

"숨어 있다고! 무엇을 피해 숨었다는 말이냐?"

"모두요. 브룬, 크렙, 저까지, 모든 사람들을 피해서요."

이자가 대답했다. 크렙은 완전히 할 말을 잃었다. 이자의 수수께끼 같은 대답에 혼란만 가중되었다.

"이자, 좀 더 설명을 해보아라. 에일라가 왜 씨족 사람들의 눈을 피해 숨어 있다는 것이냐? 나를 비롯해 너까지? 특히 너의 눈을 피하다니. 에일라에게는 지금 네가 필요하다."

"그 애는 아기를 지키고 싶어 해요, 크렙."

이자가 이해해달라는 눈빛으로 간청하듯 서둘러 말을 이었다.

"기형아를 내다버리는 것이 어미의 할 일이라고 말했어요. 하지만 그 애는 차마 그럴 수가 없다고 했어요. 에일라가 아기를 얼마나 원했는지 아시잖아요. 그 애는 아기를 데리고 숨어 있다가 이름을 짓는 날 돌아오겠다고 했어요. 그러면 브룬이 아기를 받아들여줄 거라고 생각해요."

크렙은 이자를 뚫어질 듯 바라보고는 이내 에일라의 의중을 완전히 파악했다.

"그래, 브룬은 어쩔 수 없이 에일라의 아기를 받아들여야겠지. 하지만 그러고 나서 그는 고의로 관습을 어긴 죄로 저주를 내릴 것이다. 이번에야말로 영원히. 여자가 남자의 뜻에 반하는 일을 하도록 강요하면 그 남자의 위신이 깎인다는 것을 네가 모르고 있단 말이냐? 브룬이 그렇게까지는 할 수 없는 것이다. 남자들은 더 이상 그를 존경하지 않을 것이고. 그가 에일라에게 저주를 내린다고 해도 그의 위신은 떨어지게 된다. 돌아오는 여름에 씨족 모임이 있다. 지금 같은 상황에서 그가 어떻게 다른 씨족과 맞대면할 수 있겠느냐? 에일라 때문에 우리 씨족 전체가 체통을 잃게 될 것이다."

주술사가 화를 내며 손짓했다.

"그 아이는 도대체 어쩌다가 그런 생각을 하게 된 것이냐?"

"아바가 들려준 이야기가 있어요. 기형으로 태어난 아기를 나무에 매달아놓은 어미에 대한 이야기요."

이자가 대답했다. 마음이 온통 산란해진 이자는 어찌할 바를 몰랐다. 나는 어째서 그 일에 대해 더 깊게 생각하지 않은 것일까?

"한낱 노파들의 이야기에!"

크렙은 넌더리가 난다는 듯 손짓했다.

"젊은 어미의 머릿속에 그런 말도 안 되는 이야기를 집어넣지 말았어야지."

"아바 때문만은 아니에요, 크렙. 크렙 때문이기도 해요."

"내가! 내가 언제 그런 이야기를 했단 말이냐?"

"그런 얘기를 해줄 필요도 없었지요. 크렙은 기형의 몸으로 태어났지만 살 수 있었지요. 지금은 목우르고요."

이자의 말에 몸이 한쪽으로 기울어진 외팔의 주술사는 벼락을 맞은 듯한 충격을 받았다. 그는 우연히 일어난 일련의 사건들 덕분에 자신이 받아들여졌다는 것을 알고 있었다. 씨족 내에서 가장 신성한 지위에 오를 수 있었던 것은 순전히 운이 따라주었기 때문이었다. 그의 어머니의 어머니는 그렇게 된 것은 기적이나 다름없다고 말했었다. 에일라가 자기 때문에 그녀의 아들에게도 기적이 일어나도록 애쓰고 있는 것일까? 하지만 결코 그런 일은 일어나지 않을 것이었다.

그녀는 결코 브룬에게 자기 아들을 받아들이고 살아갈 수 있도록 강요하지 못할 것이었다. 그것은 그의 뜻과 결정을 따라야 하는 것으로, 전적으로 브룬에게 달린 일이었다.

"그래서 이자 네가 그게 잘못된 생각이라고 말해주지 않았느냐?"

"가지 말라고 사정했어요. 직접 못 하겠으면 내가 아기를 버려주겠다고 말했어요. 하지만 그때부터는 내가 아기 곁에도 오지 못하게 했어요. 오, 크렙, 그 애는 아기를 낳으려고 정말로 갖은 고초를 다 겪었어요."

"그래서 그 애를 보내줬다는 말이군. 그 애 계획대로 일이 풀리기를 바라면서. 왜 나한테 얘기하지 않았어? 아니면 브룬에게라도?"

이자는 그저 고개를 흔들 뿐이었다. 크렙 말이 옳아, 내가 말을 했어야 했는데. 이제 아기는 물론이고 에일라도 죽게 될 거야. 이자는 후회했다.

"어디로 갔지, 이자?"

크렙의 눈빛이 돌처럼 굳었다.

"모르겠어요. 어떤 작은 동굴에 대해 말을 하기 했어요."

이자는 가슴이 철렁 내려앉는 것을 느끼며 대답했다. 주술사는 돌연 몸을 돌리더니 족장의 불터를 향해 절뚝거리며 걸어갔다.

아기 울음소리가 마침내 고단한 잠 속에 빠진 에일라를 깨웠다. 작고 어두컴컴한 동굴 안은 눅눅했고, 불기가 없어서 서늘했다. 동굴 뒤편으로 소변을 보러 간 그녀는 따뜻한 암모니아성 액체가 찢어진 생살을 쓰라리게 하자 움찔 놀라고 말았다. 그녀는 채집 바구니 속을 더듬어 깨끗한 월경대와 축축하고 더러워진 아기의 강보를 갈아주기 위해 깨끗한 싸개를 꺼냈다. 그리고 물을 조금 마시고 나서 털가죽으로 아기와 자신을 두른 뒤 누운 채로 아기에게 젖을 물렸다. 다시 잠에서 깼을 때는 동굴 입구를 가리고 있는 뒤얽힌 개암나무 가지 사이로 햇살이 어른대고 있었다. 그녀는 아기가 다시 젖을 빠는 동안 차가운 음식으로 요기를 했다.

먹고 휴식을 취한 덕분에 기운이 조금 난 그녀는 아기를 안고 일어나 꿈꾸듯 생각에 잠겼다. 땔감을 구해 와야겠어. 지금 가지고 있는 음식으로는 얼마 못 버틸 텐데. 식량도 더 구해야겠다. 자주 개자리 싹이 나왔을 거야. 그것은 부족한 피를 보충해주기도 하지. 토끼풀과 살갈퀴 싹이 나왔을 테고. 그리고 구근도. 아, 수액도 차올랐겠다. 지금쯤이면 속껍질이 달짝지근하겠지. 무엇보다 단풍나무. 아니야, 단풍나무는 이렇게 높은 곳에서는 자라지 않아. 그래도 자작나무와 전나무가 있지. 어디 보자, 우엉이랑 머위, 민들레 잎도 새로 돋았을 거야. 또 고사리도 있을 텐데, 아직 잎들이 또르르 말려 있겠지. 참, 줄팔매도 있구나. 이 근처에는 얼룩다람쥐도 많고, 비버랑 토끼도 있으니까.

에일라는 따뜻한 봄날이 가져다주는 기쁨들을 떠올리며 잠시 몽상에 빠져 있었다. 하지만 자리에서 일어서자 피가 왈칵 쏟아지며 현기증이 밀려왔다. 다리에는 마른 피가 엉겨 붙어 있고, 발싸개와 두르개에도 얼룩이 묻어 있었다. 그 순간 자신이 처한 현실이 얼마나 비참한지 깨닫게 되었다.

현기증이 가시자 에일라는 몸을 씻고 땔감을 구해와야겠다고 마음먹었다. 하지만 아기를 어찌해야 할지 감이 오지 않았다. 아기를 데려갈지, 아니면 자고 있으니 그대로 두고 갈지 한참을 망설였다. 씨족의 여자들은 아기를 그냥 방치해두는 법이 없었다. 항상 누군가는 아기를 보고 있었다. 에일라는 아기를 혼자 남겨두고 가고 싶지 않았다. 하지만 몸을 씻고 물을 더 길어 와야 했다. 아기를 데리고서는 땔감을 많이 가지고 올 수도 없었다.

그녀는 근처에 누가 없는지 헐벗은 나뭇가지 사이로 밖을 엿보고 나서 가지들을 옆으로 제치고 동굴을 나섰다. 땅은 질척거렸고 개울 근처는 미끄러운 진창이었다. 그늘진 구석에는 여전히 군데군데 눈이 남아 있었다. 비구름을 몰며 동쪽에서 불어오는 세찬 바람에 몸을 떨며 에일라는 두르개를 벗고 차가운 개울 속에 들어갔다. 몸을 물로 헹구고 두르개의 얼룩도 씻어냈다. 두르개를 다시 걸쳤지만 축축해진 가죽은 전혀 몸을 따뜻하게 해주지 못했다.

그녀는 고원의 목초지로 둘러싸인 숲으로 들어가 낮게 달린 전나무의 마른 가지를 세게 잡아당겼다. 한바탕 현기증이 몰려오면서 무릎에 힘이 풀리는 바람에 몸을 가누려고 나무를 붙잡았다. 머리는 쿵쿵 울렸고, 헛구역질이 나오는 것을 참으려고 침을 삼켰다.

그녀의 몸은 약해질 대로 약해져 있었다. 사냥이나 먹을거리를 채집해 가야겠다는 생각은 온데간데없이 사라졌다. 하혈이 계속되던 임신 기간, 힘겨웠던 출산, 은신처에 오르기까지 힘들었던 여정, 이 모든 것들로 인해 에일라는 완전히 피폐해진 상태였다. 몸에는 힘이 거의 남아 있지 않았다.

동굴로 돌아오자 춥고 눅눅한 동굴에서 어미의 따뜻한 품을 애타게 찾으며 아기가 울어대고 있었다. 그녀는 아기를 들어 올려 안아주었다. 그때 개울가에 물부대를 그냥 두고 온 것이 기억났다. 그녀는 물을 길어 와야 했다. 어쩔 수 없이 아기를 내려놓고서 무거운 발을 이끌고 동굴을 다시 나섰다. 비가 내리기 시작했다. 지친 몸으로 동굴에 들어선 그녀는 맥없이 주저앉아 무겁게 젖은 털가죽을 끌어당겨 아기와 자신을 덮었다. 너무 피곤한 나머지 마음 한구석으로 날카롭게 파고드는 두려움조차 알아차리지 못한 채 깊은 잠 속으로 빠져들었다.

"그 여자가 얼마나 불손하고 제멋대로인지 내가 말하지 않았습니까?"

브라우드는 독선적인 태도로 손짓했다.

"누가 내 말을 믿기나 했습니까? 아무도 없었지요. 다들 그 여자 편을 들고 두둔해주며 제멋대로 행동하게 내버려두었어요. 사냥까지 하도록 허락하고요. 그 계집의 토템이 얼마나 강하든 상관없어요. 여자는 사냥을 하면 안 됩니다. 동굴사자가 사냥을 하도록 이끈 게 아니라 그냥 전통에 대한 도전일 뿐이에요. 여자에게 그렇게 많은 자유를 주었더니 무슨 일이 일어났습니까? 지나치게 관대했던 결과가 어떤지 보셨지요? 이제 그 계집은 기형으로 태어난 제 아들을 씨족으로 받아들여달라고 억지까지 쓰고 있습니다. 이번에는 누구도 그 계집을 두둔할 수 없겠지요. 고의로 씨족의 관습을 어겼으니까요. 용납할 수 없는 일입니다."

마침내 브라우드는 자신이 옳았다는 것을 내 보이며, "그러게 내가 뭐라고 그랬습니까" 하고 말할 수 있는 기회가 생긴 것에 대단히 기뻐했다. 그는 앙갚음이라도 하려는 듯 족장의 신경을 건드렸다. 브룬은 자신의 위신이 떨어지지 않기를 바랐지만 짝이 낳은 아들이 오히려 일을 크게 부풀리고 있었다.

"네 말의 요지를 알겠다."

브룬이 손짓했다.

"더 이상 같은 얘기를 반복할 필요는 없다. 여자가 돌아오면 내가 알아서 할 것이다. 어떤 여자도 내 의지에 반하는 일을 강요하지 못했으며, 누구도 마땅히 받아야 할 벌을 모면하지 못했다. 앞으로 어떤 여자도 그럴 수 없다. 내일 아침 다시 여자를 찾아 나서면……."

브룬은 회의를 소집한 이유로 넘어갔다.

"우리가 평소 가보지 않은 곳까지 찾아야 한다. 이자가 말하길, 에일라는 작은 동굴을 알고 있다. 누구 이 근방에 작은 동굴을 본 사람이 있는가? 아주 멀지는 않을 것이다. 멀리 가기에는 몸이 많이 약해져 있으니. 초원이나 숲은 신경 쓰지 말고 동굴이 있을 만한 곳을 찾아보도록 한다. 비가 내려 발자취는 씻겨 내려갔겠지만 발자국은 남아 있을지 모른다. 무슨 일이 있어도, 여자를 찾아내야 한다."

이자는 회의가 끝나기를 초조하게 기다리고 있었다. 그녀는 용기를 내 브룬에게 말을 하려고 마음을 다잡던 중이었고, 지금이 적기라고 판단했다. 남자들이 떠나는 것을 보자 이자는 족장의 불터로 걸어가 머리를 숙이고 그의 발치에 앉았다.

"무슨 일이냐, 이자?"

브룬이 그녀의 어깨를 두드리며 물었다.

"이 하찮은 계집이 족장께 드릴 말이 있습니다."

이자가 말문을 열었다.

"말해도 좋다."

"이 계집은 젊은 여인이 무슨 일을 꾀하고 있는지 알면서도 족장께 알리지 않은 우를 범했습니다."

이자는 감정이 북받쳐 올라 격식을 차린 손짓을 사용하는 것마저 잊은 채 말을 이었다.

"하지만 브룬, 그 애는 아기를 무척 원했어요. 누구도 그 애조차도 생명을 수태하리라 생각하지 않았잖아요. 어떻게 동굴사자의 정령을 꺾을 수가 있겠어요? 그 애는 아기를 갖게 되어 무척 행복해했어요. 고통을 겪으면서도 불평 한 마디 안 했어요.

그 애는 출산 중에 거의 죽을 뻔했어요, 브룬. 아기가 죽을지도 모른다는 생각에 끝까지 버텨낸 거였어요. 그러니 아기가 기형이라서 포기해야겠다는 생각은 차마 할 수가 없었을 거예요. 자신이 가질 수 있는 유일한 아기라 믿었거든요. 충격과 고통으로 제정신이 아니어서 똑바로 생각하지 못한 거예요. 내게 부탁할 권리가 없다는 것을 알지만, 브룬, 그 애를 살려주십사 간청드립니다."

"어째서 그 전에 내게 오지 않은 것이냐? 이제 와서 그 애 목숨을 구걸하는 게 도움이 될 거라 생각했다면 어째서 미리 오지 않았던 것이냐? 내가 그 여인에게 그토록 무정했었더냐?

나도 그 애가 겪은 고통을 모르지 않는다. 다른 남자의 불터를 보지 않으려고 눈을 피할 수는 있어도 귀까지 막을 수는 없는 노릇이니까. 씨족 사람들 중 에일라가 겪은 고통을 모르는 사람은 없다. 내가 그렇게 모진 사람이라고 생각하는 것이냐, 이자? 네가 내게 와서 그 여인이 어떤 생각을 하고 있는지, 무슨 일을 꾀하고 있는지 미리 알려주었다면 아기를 살려두도록 허락하는 것에 대해 생각하지 않을 것 같았느냐? 도망쳐서 숨으려는 조짐이 보였다고 해도 그저 제정신이 아닌 여인의 헛소리로 넘어가줄 수는 있었다. 그리고 아기를 살펴볼 수도 있었다. 짝이 없어도 기형이 그리 심하지 않다면 허락할 수도 있는 일이었다. 하지만 너는 내게 기회도 주지 않았다. 내가 어떻게 할 것이라 지레짐작했을 뿐이다. 너답지 않구나, 이자.

나는 네가 자신의 의무를 태만히 하는 줄은 몰랐다. 늘 다른 여자의 모범이었지. 네가 이렇게 행동한 것은 다 네 병세 탓으로 돌릴 수밖에 없구나. 네가 아무리 숨기려고 해도 얼마나 아픈지 다 알고 있다. 네 뜻을 존중해 입 밖에 내지 않았을 뿐, 나는 네가 지난 가을에 정령의 세계로 떠나는 줄 알았다. 에일라가 이번이 아기를 가질 수 있는 마지막 기회라고 믿는다는 것도 잘 알고 있다. 그 생각이 옳을지 모른다. 하지만 나는 네가 아플 때, 에일라가 자신에 대한 생각은 모두 제쳐두고 네 병세를 회복시키려고 노력하는 것을 보았다. 어떻게 했는지는 모르겠지만 너는 많이 나아졌지. 어쩌면 너를 정령의 세계로 데려가려는 정령을 달래 네가 더 머물도록 설득한 목우르 덕분인지도 모르지. 하지만 목우르 혼자만의 힘은 아니었다.

나는 그 아이가 주술 치료사가 되도록 허락해달라는 목우르의 요청을 받아들이려고 했었다. 내가 너를 존중하는 만큼 그 애를 존중하기에 이르렀지. 그 아이는 칭찬받을 만한 여인이지. 내 짝이 낳은 아들에게도 여인의 의무를 다해 순종하는 모범을 보였어. 그래, 이자, 나는 브라우드가 에일라에게 심하게 대한다는 것도 알고 있다. 지난 초여름에는 일시적으로 다시 반항하는 모습을 보인 것도 안다. 어떤 면에서는 브라우드로 인한 것이기도 했고, 그 내막이야 완전히 알고 있는 것은 아니다. 그래도 남자가 한낱 여자와 맞붙어 싸우려 드는 것은 적절하지 못한 행동이기도 하다. 브라우드는 매우 용감하고 강한 사냥꾼이니 제 남자다움이 여자에게 위협을 받는다고 느낄 이유가 전혀 없다. 하지만 그가 내가 보지 못한 것을 봤는지도 모르지. 어쩌면 그의 말이 옳은지도 모르겠다. 내가 그 아이에게 눈이 멀었나 보다. 이자, 네가 진작 내게 왔다면 네 요청에 대해 생각해보고 그 애의 아기를 살려주었을지도 모른다. 하지만 이제는 너무 늦었다. 아기의 이름을 짓는 날에 돌아온다면 에일라와 그 아들 모두 죽는다."

다음 날 에일라는 불을 피우려고 시도해보았다. 지난번 동굴에 머물 때 사용했던 마른 나무 막대기가 몇 개 남아 있었다. 그녀는 나무판 위에 세워놓은 막대기를 두 손바닥으로 빙빙 돌렸지만 연기가 피워 오를 때까지 계속해서 힘을 줄 수가 없었다. 그런데 불을 피울 수 없었던 것이 오히려 그녀에게는 잘된 일이었다. 그녀와 아기가 잠든 사이, 드루그와 크루그가 고산지대의 초원까지 다녀간 것이다. 불을 피웠다면 그 냄새나 흔적 때문에 그녀를 찾았을지도 모를 일이었다. 그들이 동굴과 꽤 가까운 곳을 지나갔기 때문에 아기가 잠결에 칭얼거리기라도 했다면 소리를 들었을 터였다. 하지만 암벽에 난 작은 구멍의 입구는 빽빽하게 들어찬 오래된 개암나무 덤불에 가려 있어서 그들은 알아채지 못했다.

게다가 행운의 여신은 그녀 편에 가까웠다. 회색빛 하늘에서 추적추적 내리는 봄비에 작은 개울의 둑은 진흙탕이 되어 있었고, 목초지의 땅은 흠뻑 젖은 습지로 변해 있었다. 그녀의 기분을 처지게 했던 비가 그녀의 흔적을 다 씻어버린 것이었다. 사냥꾼들은 워낙 발자취를 쫓는 데 능해서 씨족 사람들의 발자국을 모두 구별할 수 있을 정도였다. 만약 에일라가 먹을거리를 채집했다면 이파리를 딴 흔적이나 구근이나 뿌리를 캐내느라 뒤엎어진 흙은 그들의 예리한 눈을 피해갈 수 없었을 것이다. 움직일 수 없을 정도로 쇠약해진 몸 덕분에 그녀는 발각되지 않은 것이었다.

얼마 후 밖에 나온 에일라는 개울이 시작되는 샘 근처의 진창에 남자들의 발자국이 찍혀 있는 것을 보고 심장이 멎을 뻔했다. 남자들이 물을 마시기 위해 잠시 멈춰선 곳이었다. 그 후로 그녀는 밖에 나가는 것이 두려워졌다. 바람이 동굴 앞 덤불을 스치고 지나갈 때마다 그녀는 소스라치게 놀랐고, 들리지도 않는 소리를 들으려고 귀를 곤두세웠다.

가지고 온 식량은 거의 떨어졌다. 일시적인 죽음의 저주를 받아 홀로 머물렀던 당시 음식을 저장해놓았던 바구니를 샅샅이 뒤져보았다. 하지만 찾아낸 것이라고는 말린 견과류 조금뿐이었고 그나마 다 썩어 있었다. 작은 설치류의 배설물이 있는 것으로 보아 녀석들이 남은 음식을 찾아내 오래전에 먹어치운 것이 분명했다. 그녀가 여인의 저주를 받는 동안 이자가 넘치도록 가져다준 음식도 다 마르고 상해서 먹을 수 없었다.

그러고 나서 따뜻한 덮개를 만들기 위해 사냥했던 사슴의 고기를 말려서 동굴 뒤편에 구덩이를 파고 저장해놓은 것이 생각났다. 둥그렇게 돌을 쌓아놓은 곳을 찾아내 돌들을 치우자 구덩이 속에 말려놓은 고기가 상하지 않은 채 그대로 있었다. 하지만 긴장감이 풀린 것도 잠시, 동굴 입구의 가지가 움직이는 소리에 에일라의 심장이 마구 뛰었다.

"우바!"

그녀는 동굴로 들어오는 소녀를 보고 깜짝 놀라 손짓했다.

"어떻게 내가 있는 곳을 알았어?"

"언니가 떠나던 날 따라왔었어. 무슨 일이 일어날까봐 너무 걱정되었거든. 음식이랑 젖을 잘 돌게 하는 차도 가지고 왔어. 어머니가 만들어주셨어."

"이자도 내가 있는 곳을 알아?"

"아니. 내가 알고 있다는 것만 알아. 알고 싶어 하지 않는 것 같

아. 알면 브룬에게 고해야 하니까. 오, 에일라, 브룬이 언니에게 화가 무척 많이 났어. 남자들이 매일 언니를 찾아다니고 있어."

"샘터에서 남자들의 발자국을 봤어. 하지만 동굴은 보지 못했지."

"브라우드는 그동안 언니가 얼마나 나쁜 사람이었는지 알고 있었다고 뻐기고 다니고. 언니가 떠난 이후로 크렙은 거의 보지 못했어. 그는 하루 종일 정령들을 모신 곳에서 지내. 어머니는 안절부절못하고 있고. 어머니는 내가 언니에게 돌아오지 말라고 말해주기를 바라셔."

우바는 언니에 대한 걱정으로 눈을 크게 뜨고 말했다.

"내가 어디 있는지 말하지 않았다면, 어머니는 어떻게 그런 말을 전해달라고 하신 거야?"

에일라가 물었다.

"어젯밤에도, 오늘 아침에도 음식을 넉넉하게 만들었어. 하지만 아주 많이는 아니었고. 내 생각에는 언니 몫도 만든 걸 크렙이 눈치챌까봐 우려했던 것 같아. 그리고 어머니는 식사를 안 했고. 나중에는 차를 만들고 나서 한탄을 하며 혼잣말을 하기 시작했어. 늘 그랬던 것처럼 말이야. 언니가 떠난 이후로 매일 같이 언니를 생각하며 슬픔에 빠져 계시거든. 그런데 오늘은 나를 똑바로 바라보며 그러는 거야. '누가 에일라에게 돌아오지 말라고 말해주면 좋을 텐데. 내 불쌍한 아이, 내 가엾은 딸, 몸은 약해져 있는데 음식도 없고. 아기에게 먹이려면 젖이 돌아야 하는데.' 이러면서 계속 혼잣말을 하는 거야. 그러고는 불터에서 떠났고. 차와 잘 싸놓은 음식 옆에는 이 물부대도 놓여 있었어. 내가 언니 뒤를 밟는 것을 어머니가 본 게 틀림없어."

우바가 계속해서 말을 이어나갔다.

"내가 그렇게 늦게까지 밖에 있다 왔는데도 꾸짖지 않아서 이상하다 생각했었거든. 브룬과 크렙은 언니가 숨으려고 했던 것을 얘기하지 않았다고 이자에게 화가 많이 나 있어. 언니를 어떻게 찾으면 될지 알면서도 그들에게 말하지 않은 것을 알면, 어머니가 무슨 벌을 받을지도 모르겠어. 하지만 누구도 나한테는 묻지 않았어. 아무도 어린아이한테는, 특히 여자아이에게는 신경 쓰지 않으니까. 에일라, 내가 크렙에게 언니가 어디 있는지 말해야 한다는 걸 알지만, 브룬이 언니에게 저주를 내리는 것은 싫어. 언니가 죽는 건 싫어."

에일라의 귓전에 자신의 심장이 쿵쿵대는 게 느껴졌다. 내가 무슨 짓을 한 거지? 그녀는 자신이 얼마나 약해져 있는지 알지 못했다. 씨족을 떠나겠다는 위험천만한 생각을 했을 때 작은 아기와 함께 둘이서 살아가는 게 얼마나 어려운 일인지 미처 깨닫지 못했다. 그녀는 아기의 이름을 짓는 날에 돌아가겠다는 생각에만 매달리고 있었다. 이제 난 어떻게 하면 좋지? 그녀는 아기를 들어 올려 꼭 끌어안았다. 하지만 내가 어찌 너를 죽게 내버려둘 수 있겠니?

우바는 자신이 그곳에 있는지조차 잊고 있는 어린 어미를 연민 어린 눈으로 바라봤다.

"에일라."

그녀가 머뭇거리며 입을 뗐다.

"아기를 봐도 될까? 아기를 볼 기회가 없었거든."

"오, 우바, 당연히 봐도 되지."

그녀는 이자의 말을 전하기 위해 그 먼 길을 온 우바를 잊고 있었다는 생각에 미안해하며 손짓했다. 우바도 곤경에 처할 수 있었다. 에일라가 있는 곳을 알면서도 말하지 않았다는 것을 알게 되면, 우바 또한 큰 벌에 처해질 수 있고 그로 인해 우바의 삶이 망가질 수도 있었다.

"한번 안아볼래?"

"그래도 돼?"

에일라가 우바의 무릎에 아기를 올려놓았다. 우바는 아기의 강보를 열어보려다가 허락을 구하듯 에일라를 올려다보았다. 에일라는 고개를 끄덕였다.

"그렇게 이상하게 생기지 않았는데, 에일라. 크렙 같은 불구도 아니고. 좀 마르긴 했지만, 머리만 다르게 보일 뿐이야. 언니랑은 다른 것 같지도 않아. 언니도 씨족 사람들이랑은 다르게 생겼잖아."

"그건 내가 씨족 사람들에게서 태어나지 않아서 그래. 내가 아주 어렸을 때 이자가 나를 발견했거든. 이자 말이, 나는 다른 종족 출신이래. 물론 지금 나는 씨족 사람이지만."

에일라는 당당하게 말하더니만 이내 얼굴을 숙였다.

"하지만 머지않아 그럴 수 없게 되겠지."

"어머니가 보고 싶었던 적 있어? 이자 말고, 언니를 낳아준 진짜 어머니 말이야."

우바가 물었다.

"이자 말고 다른 어머니는 기억나지 않아. 씨족 사람들과 살기 전의 일들은 아무것도 기억이 안 나."

에일라의 얼굴이 돌연 백짓장처럼 질렸다.

"우바, 만약 동굴로 돌아가지 못하면 난 어디로 가지? 누구랑 같이 살고? 다시는 이자와 크렙을 보지 못할 거야. 너를 보는 것도 이번이 마지막일 테고. 하지만 어찌해야 할지 모르겠어. 아기를 죽게 내버려둘 수는 없어."

"나도 모르겠어, 에일라. 어머니가 그러는데, 브룬이 언니의 아기를 받아들이면 체통을 잃게 될 거래. 그래서 그가 그토록 화가 난 거고. 여자 때문에 남자가 어쩔 수 없이 어떤 일을 하게 되면, 그 남자는 더 이상 다른 사람에게 존경을 받지 못한다고 해. 뒤늦게 언니에게 저주를 내린다고 해도 그의 위신은 떨어지고 말 것이고. 언니가 브룬의 뜻을 어기고 그에게 어떤 일을 억지로 시켰다는 이유로 말이야. 언니가 떠나는 건 싫어, 에일라. 하지만 언니가 돌아오면 죽게 될 거래."

에일라는 고통에 일그러진 어린 소녀의 얼굴을 바라봤다. 눈물로 얼룩진 자신의 얼굴도 똑같이 고통스러운 표정이라는 것을 깨닫지 못했다. 그들은 동시에 서로를 끌어안았다.

"우바, 지금 가는 게 좋겠다. 곤란한 일을 당하기 전에."

에일라가 말했다. 우바는 아기를 에일라에게 건네주고 떠날 채비를 했다.

"우바."

우바가 가지를 옆으로 제치는 순간, 에일라가 불렀다.

"나를 보러 와줘서 기뻐. 이렇게 너랑 한 번 더 이야기할 수 있어서. 그리고 이자에게…… 어머니에게 사랑한다고 전해줘."

다시 눈물이 흘러내렸다.

"크렙에게도."

"그럴게, 에일라."

우바는 잠시 더 머물렀다.

"이제 정말 가야겠어."

우바는 그렇게 말하고 서둘러 동굴을 떠났다.

우바가 떠난 뒤, 에일라는 우바가 가져온 음식 꾸러미를 풀었다. 말린 사슴 고기였다. 많은 양은 아니었지만 며칠은 그것으로 버틸 수 있을 터였다. 하지만 다음에는? 에일라는 아무 생각도 할 수 없었다. 절망의 어두운 나락에 빠진 채 에일라는 엄청난 혼란 속을 허우적대고 있었다. 그녀의 계획은 역효과를 낳기만 했다. 아기의 목숨은 물론 자신의 목숨마저 위험해졌다. 그녀는 아무런 맛도 느끼지 못한 채 기계적으로 음식을 씹고 차를 마시고는 아기와 함께 누워서는 잠의 무의식 속으로 빠져들었다. 몸은 그 자체로 필요로 하는 것이 있었는데, 지금은 휴식을 요구하고 있었다.

다시 깨어났을 때는 밤이었다. 그녀는 차가운 차를 마저 다 마셨다. 자신을 찾으러 다니는 남자들의 눈에 띄지 않도록 어두울 때 물을 더 길어 오기로 마음먹었다. 그녀는 물부대를 찾아 어둠 속을 더듬거렸다. 칠흑 같은 어둠 속에서 방향감각을 잃어 덜컥 공포에 사로잡혔다. 하지만 완전히 깜깜하지는 않았고, 입구를 가린 나뭇가지들의 으스스한 윤곽 덕분에 그녀는 다시 방향을 잡고 서둘러 밖으로 나왔다.

초승달은 빠르게 지나가는 구름과 술래잡기라도 하듯 구름에 거의 가려진 채 어슴푸레한 빛을 비추고 있었다. 하지만 동굴 안 어둠 속에서 동공이 완전히 팽창한 눈은 희미한 빛 속에서 유령 같은 윤곽을 드러낸 나무들을 알아볼 수 있었다. 작은 폭포처럼 바위 위를 튀기며 흘러내리는 한 줄기 봄날의 시냇물이 희미한 무지갯빛을 띠고 반짝였다. 에일라는 여전히 기력이 달렸지만 일어설 때 더 이상 현기증이 일지 않았고 걷는 것도 한결 편해졌다.

어둠의 장막 속에 몸을 숨긴 채 샘터에서 허리를 굽히고 있는 동안 그녀를 본 씨족 남자들은 없었다. 하지만 달빛에 익숙한 다른 눈들이 그녀를 지켜보고 있었다. 사냥감을 노리는 야행성 짐승과 사냥 동물의 먹이가 되는 짐승들 모두 에일라와 같은 샘에서 목을 축였다. 에일라는 벌거숭이로 혼자 떠돌아다니던 다섯 살 때 이후로 지금처럼 위험한 상황에 놓인 적이 없었다. 지금 그녀의 몸이 약해져 있기도 했지만 무엇보다 그녀는 자신의 생존에 대해서는 전혀 의식하지 못하고 있었다. 한마디로 무방비 상태였다. 그녀의 생각은 오로지 내면으로만 향하고 있었다. 강한 냄새에 이끌려 가까이 다가온 포식동물에게 언제 공격을 받을지도 모를 일이었다. 하지만 에일라는 이전에 자신의 존재감을 확실하게 일깨워두었다. 치명적이지는 않았지만 날쌘 돌에 맞아본 짐승들은 그때의 기억을 잊지 않고 있었다. 동굴 주변을 영역으로 삼는 육식동물들마저 동굴을 멀리 피해 다녔다. 그녀는 덕분에 이제 자신이 힘겹게 얻어낸 안전지대에서 그 짐승들보다 우위에 선 채 안전을 보장받을 수 있었다.

"틀림없이 그 여자의 흔적이 있을 것이다."

브룬이 화가 나서 손짓했다.

"음식을 가져갔어도 그것으로 그리 오래 버티지는 못할 것이니 곧 은신처에서 나올 수밖에 없을 것이다. 찾아봤던 곳이라도 다시 모조리 찾아봐야 한다. 죽었다면, 죽은 것을 확인해봐야겠다. 맹수가 먼저 여자를 찾았다고 해도 그 흔적이 남아 있을 것이다. 이름 짓는 날이 되기 전에 여자를 찾아야 한다. 찾지 못하면, 씨족 모임에 가지 않을 것이다."

"이제 그 계집 때문에 씨족 모임까지 못 가게 생겼군요."

브라우드가 조롱하듯 말했다.

"애당초 그 계집을 어째서 씨족의 일원으로 받아들인 겁니까? 우리 씨족도 아닌데요. 내가 족장이라면 그런 계집은 결코 받아들이지 않았을 거예요. 이자가 그 계집을 키우도록 허락하지도 않았을 것이고요. 아니, 그 아이를 데려가지도 못하게 했겠지요. 누가 그 애를 제대로 파악한 사람이 있기나 합니까? 아시겠지만, 이렇게 불손하게 행동한 게 이번이 처음이 아니라고요. 씨족의 방식을 업신여기고도 늘 잘만 넘어갔지요. 동굴 안까지 동물을 데려와도 누구 하나 못 하게 한 사람 있습니까? 참한 씨족 여자라면 감히 생각조차 못 할 텐데, 그 계집은 혼자 돌아다녔습니다. 그런데 누구 하나 제지하는 사람도 없었지요. 사냥 연습을 하던 남자들을 몰래 엿본 것도 그리 놀랄 일이 아닙니다. 또 줄팔매질을 하다가 걸렸을 때는 어땠습니까? 일시적인 죽음의 저주를 받고 돌아온 계집은 사냥을 해도 좋다는 허락을 받았어요! 우리 씨족의 여자가 사냥이라니, 상상해보시라고요. 다른 씨족 사람들이 어떻게 생각하겠습니까? 씨족 모임에 가지 못하게 된다 해도 놀랄 일이 아니지요. 그 계집이 자기 아들을 씨족의 일원으로 억지로 밀어 넣으려는 생각을 한다는 게 뭐 이상하기나 합니까?"

"브라우드, 전에도 다 들은 얘기다."

브룬이 넌더리가 난다는 듯 손짓했다.

"씨족의 전통을 거역한 죄는 그냥 넘어가지 않을 것이다, 내 약속하마."

브라우드가 했던 이야기를 또 하는 게 브룬은 신경이 거슬리기도 했지만 또 한편으로 그의 생각에 영향을 미쳤다. 족장은 자신의 판단, 즉 예외를 거의 허락하지 않는 오래된 전통과 관습을 고수해야만 하는 판단에 의구심을 품기 시작하던 차였다. 하지만 브라우드는 에일라가 관습을 어기고도 그냥 넘어간 일들이 얼마나 많은지 그에게 끊임없이 상기시키고 있었다. 마치 그런 일들이 하나씩 쌓여 결코 용납할 수 없는, 전통을 명백하게 거역하는 행위로 이어진 것처럼 보였다. 그는 씨족의 올바른 전통에 대한 타고난 순종심이 없는 이방인에게 너무 관대했는지 몰랐다. 에일라는 그의 너그러움을 이용하려는 것이었다. 브라우드 말이 옳았다. 그는 더 엄격했어야 했다. 그 아이가 씨족의 관습에 완전히 순응하도록 길들였어야 했다. 어쩌면 이자가 그녀를 데려오지 못하도록 막았어야 했는지 몰랐다. 하지만 하필 그의 짝이 낳은 아들이 그 문제를 물고 늘어져야만 했을까?

브라우드가 끊임없이 구시렁대는 말들은 씨족의 다른 사냥꾼들에게도 영향을 미쳤다. 거의 대부분의 남자들은 자신들이 에일라의 기만적인 태도에 속아 눈이 멀었고, 오로지 브라우드만이 그녀를 제대로 알아보았다고 믿게 되었다. 브룬이 없을 때면, 브라우드는 족장에 대한 비방도 서슴지 않았다. 은근슬쩍 그가 이제 너무 나이가 많아 씨족을 제대로 이끌 수 없다는 말을 흘리기도 했다. 브룬의 체통이 손상될 수밖에 없는 이번 사건으로 브룬은 자신감에 큰 타격을 받았다. 자신을 향한 다른 남자들의 존경심도 약해지는 것을 느꼈다. 이러한 상황에서 사람들을 이끌고 씨족들의 모임에 간다는 것은 견딜 수 없는 일이었다.

에일라는 물을 길으러 갈 때를 제외하면 동굴에서 머물렀다. 털가죽으로 몸을 꽁꽁 싸매고 있으면 불이 없어도 춥지 않았다. 우바가 가져온 음식과 저장해놓았던 사슴 고기가 있어서 사냥이나 채집을 하러 나갈 필요도 없었다. 말린 사슴 고기는 가죽처럼 질겨서 씹기 힘들 정도였지만 영양분이 농축되어 있는 데다 늘 허기가 지다 보니 맛이 없는지도 몰랐다. 덕분에 에일라는 필요한 휴식을 충분히 취할 수 있었다. 배 속의 아기에게 더 이상 양분을 빼앗길 일이 없다 보니 오랫동안 활발한 신체적 활동으로 단련된 젊고 건강한 몸은 점차 회복되고 있었다. 전만큼 잠을 많이 잘 필요도 없었는데, 그것이 오히려 어떤 면에서는 부정적인 영향을 미쳤다. 온갖 걱정스런 생각들이 끊임없이 그녀를 짓눌렀던 것이다. 적어도 잠을 자고 있을 때면 불안에서 풀려날 수 있었다.

에일라는 잠이 든 아기를 품에 안은 채 동굴 입구 가까이에 앉아 있었다. 아기의 입가에서 희뿌연 물 같은 액체가 조금씩 흘러내리고 있었고, 젖을 빠는 아기의 힘에 자극을 받은 다른 쪽 가슴에서도 젖이 방울방울 떨어졌다. 젖이 돌기 시작했다는 표시였다. 빠르게 지나가는 구름에 이따금 가려지는 오후 햇살이 동굴 입구에 어른거리며 온기를 전해주었다. 그녀는 고르게 숨을 내쉬며 자고 있는 자신의 아들을 바라봤다. 눈동자가 빠르게 움직이고, 갑자기 놀란 듯 몸을 움찔하고는 입으로 빠는 시늉을 하더니 다시 잠이 들었다. 에일라는 옆모습을 보기 위해 아기의 머리를 돌리고는 자세히 들여다보았다.

우바는 네가 그렇게 이상하게 생긴 것 같지 않다고 했어. 에일라는 속으로 생각했다. 나도 네가 이상한 것 같지 않아. 그냥 좀 다를 뿐이지. 하지만 나랑은 많이 다르지 않아. 에일라는 갑자기 잔잔한 샘물에 비치던 자신의 얼굴이 떠올랐다. 나랑은 다르지 않아!

에일라는 자신의 얼굴을 기억하려고 애쓰며 다시 한 번 아들의 얼굴을 꼼꼼히 살폈다. 내 이마도 저렇게 튀어나왔어. 그녀는 손으로 얼굴을 매만지며 생각했다. 그리고 입 아래 저 뼈는 나도 가지고 있고. 하지만 아기한테는 눈썹 뼈가 있어. 나는 없었는데. 씨족 사람들은 눈썹 뼈가 튀어나와 있지. 내가 다르게 생겼다면, 내 아기도 다를 수밖에 없는 거잖아? 아기가 나를 닮는 게 당연하잖아?

조금은 나를 닮았어. 하지만 씨족의 아기들이랑 비슷하게 생긴 곳도 있어. 양쪽을 다 닮았어. 나는 씨족에게서 태어나지 않았지만 내 아기는 씨족에게서 태어났잖아. 아이는 나랑 씨족 사람들을 골고루 닮은 것뿐이야.

내 아들, 난 네가 기형이라고 생각하지 않아. 네가 나와 씨족에게서 태어났다면, 둘 다 닮는 게 당연해. 정령들이 섞인 거라면 생긴 것도 섞인 것처럼 보여야 하는 게 아닐까? 그래서 이렇게 생긴 거야. 이렇게 생긴 게 당연한 것이고. 하지만 누구의 토템이 네 생명을 탄생시킨 것일까? 누구의 토템이든 간에 도움을 받은 게 틀림없어. 크렙을 제외하면 남자들 중에 나보다 더 강한 토템을 가진 사람은 없으니까. 동굴곰이 정녕 네 생명을 탄생시킨 것이니, 아기야? 내가 크렙의 불터에서 사니까. 아니야, 그럴 리 없어. 크렙이 말하길, 우르수스는 결코 그의 정령이 여자에게 삼켜지도록 허락하지 않는데. 우르수스가 늘 직접 선택한다고 했지. 음, 크렙이 아니라면 내가 누구와 가까이 지냈지?

그때 문득 자기 주변을 서성이던 브라우드의 얼굴이 떠올랐다. 아니야! 에일라는 그 생각을 떨치려고 고개를 흔들었다. 브라우드는 아니야. 그가 내 아기를 태어나게 한 게 아니야. 그녀는 미래의 족장과 그의 욕구에 억지로 굴복하도록 강요하던 게 생각나서 혐오감에 몸서리를 쳤다. 난 그가 싫어! 그가 내게 가까이 올 때마다 정말 견딜 수가 없었어. 더 이상 내게 관심을 보이지 않아서 얼마나 기뻤던지. 그가 다시는 욕구를 내게 풀지 않았으면 좋겠어. 오가는 어떻게 그것을 견디는 걸까? 여자들은 어떻게 참아내는 거지? 남자들은 왜 꼭 그래야만 하는 걸까? 왜 자기 몸의 일부를 아기가 나오는 곳에 집어넣어야 하는 거지? 그곳은 아기를 위한 곳이지 온통 끈적끈적해진 남자들의 음경을 위한 곳이 아니잖아. 남자들의 그 부분이 아기랑 무슨 상관이 있는 것도 아닌데. 그런 생각이 들자 그녀는 화가 났다.

모순처럼 느껴지는 의미 없는 행위에 대해 한동안 생각하다 보니 문득 이상한 생각이 똬리를 틀기 시작했다. 아니면 상관이 있는 걸까? 남자의 음경이 아기와 무슨 관련이 있는 걸까? 여자들만이 아기를 낳을 수 있지만, 딸도 낳고 아들도 낳잖아. 그녀는 곰곰이 생각에 잠겼다. 남자가 아기가 나오는 곳에 음경을 넣으면 생명이 시작되는 것일까? 남자 토템의 정령이 아니라 남자의 음경이 아기를 태어나게 하는 거라면? 그러면 그 아기가 남자에게도 속하는 것이란 말인가? 그래서 여자들도 그런 행위를 좋아하는 걸지도 몰라. 정령을 삼키는 여자는 본 적이 없지만 남자가 음경을 여자들에게 넣는 것은 숱하게 봤잖아. 누구도 내가 아기를 가질 거라고는 생각하지 못했어. 내 토템이 너무 강해서 말이야. 하지만 어쨌든 아기가 생겼어. 그리고 아기가 생긴 때는 브라우드가 내게 욕구를 풀던 때와 거의 비슷해.

아니야! 그럴 리 없어. 그렇다면 내 아기가 브라우드의 아기도 된다는 말이잖아. 그런 생각이 들자 에일라는 경악했다. 크렙이 옳아. 그의 말은 항상 옳았으니까. 나는 내 토템과 싸워서 이긴 정령을 삼킨 거야. 정령은 하나만이 아닐지 몰라. 모든 남자들의 정령일 수도 있어. 그녀는 혼자서 아기를 지키겠다는 듯 아기를 와락 껴안았다. 넌 내 아기야! 브라우드의 아기가 아니야! 브라우드 토템의 정령이 아닐 수도 있어. 아기는 갑작스러운 움직임에 놀라 울기 시작했다. 에일라는 아기가 잠잠해질 때까지 부드럽게 흔들어 주었다.

어쩌면 내 토템이 내가 얼마나 아기를 갖고 싶어 하는지 알고서 일부러 지게 내버려두었는지도 몰라. 하지만 아기가 죽게 될 거라는 걸 알고서도 왜 내 토템은 아기를 갖도록 했을까? 나와 씨족을 반반씩 닮은 아기는 다르게 생길 수밖에 없어. 그러면 사람들은 늘 내 아기가 기형이라고 말할 거야. 내가 짝이 있다고 해도 내 아기들은 정상으로 보이지 않겠지. 난 결코 아기를 키울 수 없을 테고, 그들은 모두 죽어야만 할 거야. 하지만 달라질 것은 없어. 결국에 나도 죽을 테니까. 우리 둘 다 죽게 될 거야, 내 아기.

에일라는 아기를 꼭 안고 흔들며 나직하게 콧노래를 흥얼거렸다. 얼굴에는 저도 모르는 사이 눈물이 흘러내리고 있었다. 아가야, 내가 어찌해야 할까? 이름을 짓는 날 돌아가면, 브룬이 내게 저주를 내릴 거야. 이자는 돌아오지 말라고 했지만 내가 어디로 갈 수 있겠어? 지금으로서는 사냥을 할 힘도 없어. 힘이 있다 해도 너를 데리고 갈 수는 없어. 아기를 데리고 어떻게 사냥을 하겠어. 네가 울기라도 하면 짐승들이 눈치채고 달아날 텐데. 그렇다고 너를 혼자 두고 다녀올 수도 없고. 사냥을 하지 않고 음식을 구할 수도 있긴 해. 하지만 다른 것들도 필요해. 두르개며 털가죽, 포대기, 발싸개도 만들어야 할 텐데.

그리고 우리가 살 만한 동굴을 어디에서 찾을 수 있겠어? 여기에서는 지낼 수 없어. 겨울에는 눈이 너무 많이 내리고, 씨족의 동굴과도 너무 가깝지. 그들은 조만간 나를 찾아내고 말 거야. 멀리 갈 수도 있겠고 그들이 동굴을 찾지 못할 수도 있어. 내가 도망을 가서 다른 동굴을 찾고 다음 겨울을 날 만큼 음식을 저장해놓고, 사냥도 좀 할 수 있다고 치자. 그래도 우리는 여전히 우리 둘뿐일 테지. 너는 나 말고도 많은 사람들이 필요해. 누가 너와 놀아주겠어? 누가 너에게 사냥하는 법을 가르쳐주지? 혹시라도 내게 무슨 일이 생긴다면? 그러면 누가 너를 돌봐주겠어? 이자가 나를 발견하기 전처럼 너는 완전히 혼자가 될 거야.

너는 혼자가 되어서는 안 돼. 나 또한 혼자가 되고 싶지 않아. 동굴로 돌아가고 싶어. 에일라는 아기의 강보에 머리를 묻은 채 흐느꼈다. 우바를 다시 보고 싶어. 크렙도. 어머니가 곁에 있으면 좋겠어. 하지만 돌아갈 수 없어. 브룬이 내게 화가 많이 났어. 내가 그의 체통에 흠집을 냈으니 그는 내게 저주를 내리겠지. 난 그게 그의 위신을 꺾는 일인 줄도 몰랐는데. 난 그냥 네가 죽지 않기를 바랐을 뿐이야. 브룬은 아주 나쁜 사람은 아니야. 내가 사냥을 하도록 허락해주신 분이야. 너를 살려달라고 애원했다면 어땠을까? 지금이라도 돌아가면 그의 체통이 깎이지 않을지 몰라. 아직 시간이 있어. 이름을 짓는 날이 오려면 아직 손가락 두 개를 더 세어야 하니까. 어쩌면 그렇게까지 화를 내지 않을지도 몰라.

화가 많이 났다면? 안 된다고 하면 어쩌지? 너를 내게서 떼어놓으면? 그러면 나도 살고 싶지 않아. 네가 죽어야 한다면 나도 죽고 싶어. 내가 돌아가서 브룬이 너를 살려두지 않으면, 내게 저주를 내려달라고 부탁하겠어. 나도 죽을 거야. 내 아가, 너 혼자 정령의 세계로 돌아가도록 보고만 있지는 않을 거야. 네가 죽어야 한다면, 내가 함께 간다고 약속할게. 지금 당장 가서 너를 키울 수 있게 해달라고 브룬에게 애원해야겠어. 내가 달리 뭘 할 수 있겠어?

에일라는 채집 바구니 속에 물건들을 던져 넣기 시작했다. 그녀는 포대기로 아기를 감싼 뒤 털가죽으로 몸을 두르고 나서 작은 동굴을 가리고 있던 나뭇가지를 옆으로 제쳤다. 살금살금 밖으로 기어 나오는데 햇빛에 반짝이는 뭔가가 눈에 띄었다. 그녀의 발치에 반짝거리는 회색빛 돌멩이 하나가 놓여 있었다. 그녀는 그것을 주워 들었다. 그것은 그냥 평범한 돌이 아니라 작은 황철광 덩어리 세 개가 붙어 있는 돌이었다. 그녀는 돌멩이를 손바닥 위에 놓고 이리저리 살펴보았다. 색깔 때문에 금과 헷갈리기 쉬운 황철광이 햇빛에 반짝거렸다. 수년간 이 동굴을 그토록 들락날락했는데도 이렇게 이상하게 생긴 돌을 보는 것은 그때가 처음이었다.

에일라는 돌멩이를 손에 꼭 움켜쥐고 눈을 감았다. 이것이 징표일까? 토템이 주는 징표?

"위대한 동굴사자시여."

그녀가 손짓했다.

"제가 올바른 결정을 내린 것일까요? 제게 지금 돌아가라고 말하시는 건가요? 오, 동굴사자여, 이것이 징표이기를. 당신이 저를 가치 있다고 생각하는 징표이기를, 이번 일이 또 하나의 시험이었다고 알리는 징표이기를 바랍니다. 이것이 내 아기가 살게 될 것이라고 전하는 징표이게 해주십시오."

　목에 걸고 있던 작은 가죽 주머니의 매듭을 푸는 그녀의 손끝이 떨렸다. 그녀는 특이하게 생긴 반짝이는 돌멩이를 붉게 물들인 타원형의 상아, 조개 모양의 화석, 붉은 황토 덩어리가 담긴 주머니 속에 넣었다. 두려움과 간절한 기대감에 심장이 두근거렸다. 에일라는 씨족의 동굴을 향해 내려가기 시작했다.

21

우바가 미친 듯이 손짓을 하며 동굴 안으로 달려 들어왔다.

"어머니! 어머니! 에일라가 돌아와요!"

이자의 얼굴에서 핏기가 싹 가셨다.

"설마! 그럴 리가. 아기와 함께 오더냐? 우바, 언니를 보러 갔었니? 언니에게 말을 전했어?"

"네, 어머니. 다녀왔어요. 브룬이 얼마나 화가 났는지 말했고, 돌아오지 말라고도 전했어요."

아이가 손짓했다.

이자는 서둘러 동굴 입구로 갔다. 브룬을 향해 천천히 걸어가는 에일라가 보였다. 그녀는 몸을 숙여 아기를 품에 안은 채 그의 발치에 무너지듯 앉았다.

"일찍 왔어. 시간을 잘못 계산한 게 분명해."

브룬이 동굴 밖으로 급하게 다리를 끌며 나오는 주술사에게 손짓했다.

"잘못 계산한 게 아니다, 브룬. 저 애는 일찍 왔다는 것을 알고 있다. 생각이 있어서 돌아온 거야."

목우르가 손짓했다.

족장은 어떻게 그렇게 확신할 수 있는 것인지 의심스러워 노주술사를 쳐다봤다. 그러고는 젊은 여인을 내려다보더니 다시 조금 불안한 듯 목우르를 바라봤다.

"우리를 보호하기 위해 목우르가 건 주술이 효과가 있을 거라 확신하는가? 저 아이는 지금 격리되어야 하는 시기다. 여인의 저주가 아직 끝나지 않았을 것이다. 아기를 낳고 나서 더 시간이 흘러야 끝나는 게 보통이다."

"우르수스의 뼈들로 건 주술은 강력하다, 브룬. 족장은 보호받고 있다. 저 아이를 '봐도' 좋다."

주술사가 답했다.

브룬은 몸을 돌려 아기를 안은 채 두려움에 떨며 몸을 웅크리고 있는 젊은 여인을 응시했다. 지금 당장 저주를 내려야겠다. 화가 치밀어 오른 그가 속으로 생각했다. 하지만 오늘은 아기의 이름을 짓는 날이 아니다. 목우르 말이 옳다면 왜 일찍 돌아온 것일까? 그것도 아기와 함께? 아직 살아 있는 게 분명해. 그렇지 않았다면 데리고 왔을 리가 없다. 저 아이가 씨족의 전통을 거역한 것은 용서할 수 없어. 하지만 왜 일찍 돌아왔을까? 그는 궁금증을 참을 수가 없어 여자의 어깨를 두드렸다.

"이 하찮은 계집이 전통을 어겼습니다."

에일라는 아래로 눈을 내리깐 채 격식을 갖춘 손짓으로 조용히 말했다. 그가 응답을 해줄지 자신하지 못했다. 그녀는 여자가 격리

되어야 하는 시기에 남자에게 대화를 요청해서는 안 된다는 것을 알고 있었다. 하지만 족장이 그녀의 어깨를 두드렸다.

"허락해주신다면 이 계집이 족장께 드릴 말씀이 있습니다."

"너는 지금 말할 자격이 없다. 하지만 네 경우에는 목우르가 주술을 걸어 보호를 요청해놓았다. 네가 말하고 싶다면 정령들이 허락해주실 것이다. 네 말이 맞다. 너는 전통을 어겼다. 무슨 변명을 하려는 것이냐?"

"이 계집, 우선 감사드립니다. 이 계집은 씨족의 관습을 알고 있습니다. 주술 치료사가 말한 대로 아기를 버렸어야 했는데 도망쳤습니다. 족장께서 아기를 씨족의 일원으로 받아들일 수밖에 없도록 아기의 이름을 짓는 날에 돌아올 작정이었습니다."

"너는 너무 일찍 돌아왔다."

브룬이 의기양양하게 손짓했다.

"아직 이름을 짓는 날이 아니다. 지금 당장 주술 치료사에게 아기를 데려가라고 지시할 수도 있다."

브룬은 손짓을 하면서 에일라가 떠난 이후로 그의 등 전체를 옥죄던 긴장이 풀어지는 것을 느꼈다. 그리고 불현듯 전체적인 상황이 파악되었다. 저 아기가 이레를 버티고 살아남았을 경우, 전통에 따라 그는 아기를 받아들일 수밖에 없을 터였다. 하지만 아직 이레를 다 채우지 못했으므로 그는 아기를 받아들이지 않아도 되었다. 그렇게 되면 그는 체통을 잃을 일 없이 다시 온전히 부족을 다스릴 수 있었다.

에일라는 자기도 모르게 품에 안은 아기를 감싼 포대기를 꼭 여미며 말을 이어갔다.

"이 계집은 아직 이름을 짓는 날이 아니라는 것을 알고 있습니다. 이 계집은 족장이 아기를 받아들일 수밖에 없도록 하는 것이 잘못된 일임을 깨달았습니다. 아기가 사느냐, 죽느냐를 결정하는 것은 여자의 몫이 아닙니다. 오직 족장만이 그러한 결정을 내릴 수 있습니다. 그래서 이 계집이 돌아온 것입니다."

브룬은 에일라의 진지한 얼굴을 보았다. 적어도 이제야 저 아이가 제정신으로 돌아왔다는 생각이 들었다.

"씨족의 관습을 알고 있다면 너는 어째서 기형아를 데리고 온 것이냐? 이자 말로는 네가 어미로서 제 역할을 하기 어렵다고 했다. 이제는 아기를 포기할 마음의 준비가 된 것이냐? 너를 대신해 주술 치료사가 그 일을 해주기를 바라느냐?"

에일라는 아기를 품에 안고서 잠시 망설였다.

"이 계집은 족장이 명하시면 아기를 포기하겠습니다."

그녀는 천천히, 고통스럽게, 마치 칼로 심장을 도려내는 것 같은 아픔을 느끼며 간신히 손짓했다.

"하지만 이 계집은 아기에게 정령의 세계로 혼자 떠나는 일이 없도록 하겠다고 약속했습니다. 족장께서 아기가 살 수 없다고 결정하면, 이 계집에게도 저주를 내려달라고 부탁할 것입니다."

그러더니 격식을 갖추어야 한다는 것도 잊은 채 애원하기 시작했다.

"이렇게 간청드려요, 브룬. 내 아기를 살려주십사 간청드립니다. 아기가 죽어야 한다면, 나도 살고 싶지 않아요."

에일라의 간절한 애원에 족장은 놀라고 말았다. 기형이거나 외모에 큰 손상이 있어도 아기를 키우고 싶어 한다는 여자가 있다는 것은 그도 알고 있었다. 하지만 대다수 여자들은 가능한 빨리 그리고 조용히 아기를 버리고 나면 안도했다. 기형으로 태어난 아기는 그 어미에게 오명을 씌웠다. 그 어미가 뭔가 부족하다는 것을, 정상인 아기를 가질 수 없다는 것을 보여준 셈이었고, 그녀의 가치는 떨어지기 마련이었다. 기형의 정도가 심하지 않아서 큰 장애로 이어지지 않는다고 해도 씨족 내에서의 지위와 장래의 짝에 대해서도 생각해봐야 했다. 어미의 자식이나 자식의 짝이 그녀를 돌봐주지 못하게 되면 그 어미의 말년은 힘겨울 수 있었다. 굶지는 않는다 해도 불행하게 살 수도 있었다. 에일라의 요청은 전례가 없는 일이었다. 어미의 사랑이 강하다고 하지만 아이를 따라 저세상으로 갈만큼 강할 수 있단 말인가?

"기형인 아기와 함께 죽길 원한다? 이유가 무엇이냐?"

브룬이 물었다.

"내 아들은 기형이 아니에요."

그렇게 손짓하는 에일라의 눈빛에서 아주 희미하게 도전적인 기미가 느껴졌다.

"내 아기는 다를 뿐이에요. 저도 다릅니다. 제가 씨족 사람들과 다르게 생긴 것처럼 내 아들도 마찬가지예요. 혹시라도 내 토템이 다시 굴복하는 일이 생기면 내게서 태어난 아기는 다 이 아기처럼 생겼을 거예요. 내 아기들이 모두 죽어야만 한다면 저도 살고 싶지 않습니다."

브룬은 목우르를 봤다.

"여자가 남자의 토템을 삼키면, 그 아기는 남자를 닮아야 하는 게 아닌가?"

"그렇다, 그래야 하지. 하지만 잊지 말게. 저 여인도 남자의 토템을 가지고 있다. 어쩌면 그래서 그토록 치열하게 싸웠던 게지. 동굴사자도 새 생명을 탄생시키는 데 일조하고 싶었을지 모른다. 저 아이의 말에도 뭔가 중요하게 새길 만한 게 있을지 모른다. 그 부분에 대해서 깊게 생각을 해야 할 것 같다."

"그래도 아이가 기형이라는 데 변함이 없지 않은가?"

"여자 토템이 완전히 굴복하려 하지 않을 때 그런 일이 일어나기도 한다. 그래서 임신 기간 내내 힘겨웠던 것이지. 아기도 기형으로 태어나고."

목우르가 대꾸했다.

"나는 아기가 사내아이라는 게 더 놀랍다. 여자 토템이 심하게 싸우면, 보통은 여자아이가 태어나기 마련이지. 하지만 우리는 아기를 아직 보지 않았다, 브룬. 아무래도 아이를 살펴봐야겠다."

굳이 그래야 하는 것일까? 브룬은 의구심이 들었다. 지금 당장 저 여인에게 저주를 내리고 아기를 없애면 되지 않을까? 에일라가 일찍 돌아와서 땅에 엎드린 채 자신의 잘못을 뉘우친 덕분에 브룬의 상처 입은 자존심은 회복되었다. 하지만 화가 완전히 누그러진 것은 아니었다. 그는 에일라 때문에 위신을 잃기 직전까지 갔었고, 그녀로 인해 곤란을 겪은 것도 처음이 아니었다. 그녀는 돌아왔지만 다음에는 또 무슨 일을 저지를까? 그리고 얼마 후면 브라우드가 그토록 여러 번 노래했듯이 씨족 모임이 기다리고 있었다.

한데 요즘 들어 브룬은 다른 종족 태생의 여자를 데리고 모임에 가는 것이 다른 씨족 사람들에게 어떤 인상을 줄지 신경이 쓰이기 시작했다. 되돌아보니 어떻게 그가 그토록 관습에서 벗어난 결정들을 많이 내렸는지 놀라울 정도였다. 하나하나 따져보면 그 당시에는 그런 결정이 터무니없어 보이지 않았다. 여자에게 사냥을 허락하는 일조차 당시에는 타당하게 느껴졌다. 하지만 모든 결정들을 통틀어 외부인의 시각으로 보면, 전통을 거의 뒤엎은 것이나 마찬가지였다. 에일라는 전통을 어겼고, 벌을 받아 마땅했다. 그녀에게 저주를 내리면 모든 걱정이 말끔히 해소될 것이다.

하지만 죽음의 저주는 씨족에게도 심각한 위협이 되었다. 이미 그녀 때문에 사악한 정령들이 씨족 사람들 가까이에 온 적이 있었다. 에일라가 자발적으로 돌아왔으니 그의 위신은 떨어지지 않았다. 이자의 말도 일리가 있다. 충격과 고통으로 인해 일시적으로 정신이 나갔던 것인지 모른다. 그는 아기를 살려달라 부탁을 받았다면 숙고했을지도 모른다고 이자에게 말을 했었다. 그런데 지금 에일라가 그 부탁을 하고 있는 것이었다. 그녀는 자신이 저지른 죄를 속속들이 알면서도 돌아왔다. 잘못을 알고, 그 잘못에 대한 책임을 기꺼이 받아들이겠으니 아기의 목숨을 살려달라고 애원하는 것이었다. 브룬은 성급하게 결정을 내리고 싶지 않았다. 일단 아기를 살펴보기로 했다. 그는 불쑥 크렙의 불터를 향해 손짓을 하더니 성큼성큼 걸어갔다.

에일라는 기다리고 있던 이자의 품에 달려가 안겼다. 다른 것은 몰라도 적어도 마지막으로 자신이 알고 있는 유일한 어머니를 보고 싶었다.

"여러분 모두 아기를 살펴볼 기회를 가졌다."

브룬이 말했다.

"보통 때 같으면 이렇게 성가신 일을 만들지는 않았을 것이다. 간단한 결정이 되었겠지. 하지만 지금은 모두의 의견을 알고 싶다. 죽음의 저주는 아주 위험할 수 있어서 씨족 사람들이 다시 한 번 사악한 정령들에게 노출되는 것이 꺼림칙하다. 사내아이가 씨족으로 받아들일 만하다고 생각되면 그 어미에게 저주를 내릴 수는 없다. 어미가 없다면 다른 여자가 아기를 받아줘야 할 것이고, 젖을 먹이는 짝이 있는 남자들 중 하나가 그 아기를 책임져야 할 것이다. 아기가 살아남게 되면 에일라가 받을 벌은 아주 엄하지는 않을 것이다. 내일이 이름을 짓는 날이다. 곧 결정을 내려야 한다. 만약 중한 벌이 내려지게 된다면, 목우르는 저주를 준비할 시간이 필요하다. 내일 아침 해가 뜨기 전에 모든 게 끝나야 한다."

"머리뿐이 아닙니다, 브룬."

크루그가 먼저 말문을 열었다. 그의 짝인 이카에게는 아직 젖먹이 아기가 있었다. 크루그는 그럴 가능성이 전혀 없는 상황에서도 에일라의 아기를 자신의 불터에 데려오고 싶은 마음은 추호도 없었다.

"머리가 원체 이상한 데다 고개도 들 수 없어요. 반드시 손으로 받쳐주어야 합니다. 살아남는다 해도 제대로 사람 노릇이나 하겠습니까? 사냥은 어떻게 합니까? 자기 몸 하나 건사하기 힘들 것입니다. 그래서는 씨족 전체에게 짐만 될 뿐이지요."

"아기의 목이 튼튼해질 가능성에 대해서는 생각해보지 않았는가?"

드루그가 물었다.

"에일라가 죽으면 오나 영혼의 일부를 가지고 갈 터인데. 아가라면 그 아기를 맡을 것이다. 에일라에게 많은 빚을 지고 있다고 느끼고 있으니. 기형아를 진심으로 원할 것 같지는 않지만. 만약 아가가 괜찮다고 한다면, 그 아기가 씨족 전체에게 부담이 되지 않을 경우, 나 역시 괜찮을 것 같다."

"아기의 목은 너무 길고 앙상합니다. 머리는 너무 크고요. 목이 머리를 받칠 만큼 튼튼해질 것 같지 않습니다."

크루그가 말했다.

"어떤 이유에서든 그 아이를 내 불터에 들이는 일은 없을 것입니다. 오가의 의향을 군이 물어보지도 않을 것이고요. 내 짝이 낳은 아들들과 형제가 되기에는 한참 모자랍니다. 브락과 그레브와 형제가 되다니, 용납 못 합니다. 그 계집이 영혼의 일부를 가져간다 해도 브락은 살아남을 겁니다. 어째서 이런 일로 고민을 하는지 모르겠습니다, 브룬. 족장은 저 계집에게 저주를 내릴 준비가 다 되어 있었습니다. 조금 일찍 돌아왔다고 해서 다시 받아들이려고 하다니요. 게다가 불구의 아들까지."

브라우드가 불쾌해하는 손짓으로 말했다.

"그 계집은 도망쳐서 족장의 뜻을 거역했습니다. 돌아왔다고 해서 잘못이 줄어드는 것은 아닙니다. 대체 의논할 일이 뭐가 있습

니까? 아기는 기형이고, 그 계집은 저주를 받아 마땅합니다. 그것
으로 족합니다. 왜 그 여자 때문에 이런 모임들을 열어서 늘 우리
시간을 허비하는 겁니까? 그 계집은 반항적이고, 불손합니다. 다
른 여자들한테도 나쁜 영향을 미칩니다. 이자의 그릇된 행실을 어
찌 달리 설명할 수 있겠습니까?"

브라우드는 점점 더 격분했고 손짓도 흥분된 기색을 띠어갔다.

"저주를 받아 마땅합니다, 브룬. 그것 말고 달리 뭘 더 생각할
게 있습니까? 왜 족장은 보지 못하시는 겁니까? 눈이 멀기라도 했
습니까? 저 계집은 지금껏 분란만 일으켰습니다. 내가 족장이라
면, 애당초 저 계집을 받아들이지도 않았을 겁니다. 내가 족장이라
면……."

"너는 아직 족장이 아니다, 브라우드."

브룬이 차갑게 되받아쳤다.

"그리고 자제심을 키우지 못한다면 너는 족장이 되지도 못할
것이다. 에일라는 한낱 여자일 뿐이다, 브라우드. 너는 왜 한낱 여
자인 그 아이에게 그토록 위협을 느끼는 것이냐? 여자가 너에게
무슨 짓이라도 할 수 있을까봐 그러느냐? 여자는 네게 복종해야만
한다. 선택권이 없다. '내가 족장이 된다면, 내가 족장이 된다면'
네가 할 수 있는 말은 고작 그것밖에 없느냐? 어떤 족장이 씨족 전
체를 위험에 빠뜨릴 수 있는 상황에서 여인 하나를 죽이고자 그렇
게 혈안이 된단 말이냐?"

브룬은 금방이라도 자제심을 잃을 것처럼 흥분했다. 그는 지금
껏 자기 짝의 아들이 퍼붓는 온갖 곤욕스러운 언사들을 참을 만큼

참아왔던 것이다.

남자들은 충격을 받은 동시에 불안해졌다. 현 족장과 미래의 족장이 그들 앞에서 대놓고 언쟁을 벌이다니 거북하기 그지없었다. 브라우드가 분명 넘지 않아야 하는 선을 넘은 것이기는 하나 그들은 그의 감정적인 격분에 익숙해져 있었다. 그들이 경악한 것은 브룬 때문이었다. 그들은 자제심을 잃을 정도로 흥분한 족장을 한 번도 본 적이 없었다. 그리고 후에 족장이 될 짝이 낳은 아들의 자질에 대해 공개적으로 의심을 드러낸 적도 없었다.

터질 듯한 긴장감이 감도는 순간, 브룬과 브라우드는 질세라 서로의 눈을 노려봤다. 먼저 눈을 내리깐 건 브라우드였다. 더 이상 체통을 잃어버릴 위험이 없어진 브룬이 다시 주도권을 잡았다. 그는 족장이었고, 아직 그 자리에서 내려올 마음이 없었다. 조심해야 하는 사람은 젊은 청년이었다. 그의 입지는 자신이 생각하는 만큼 안전하지 않았다. 그는 마음속에서 솟아오르는 무력감과 쓸쓸한 좌절감을 간신히 참았다. 족장은 여전히 저 계집을 편애하고 있어. 브라우드는 생각했다. 어떻게 그럴 수가 있지? 나는 그의 짝이 낳은 아들이고, 그 계집은 그저 못생긴 여자일 뿐인데. 브라우드는 마음에 맺힌 응어리를 삼키며 침착함을 유지하려고 안간힘을 썼다.

"족장께서 이 사내를 오해하도록 한 것에 대해 유감스럽게 생각합니다."

브라우드가 격식을 갖춰 손짓했다.

"이 사내는 언젠가 이끌어야 하는 사냥꾼들이 우려되었던 것입니다. 물론 현 족장께서 이 사내가 사냥꾼들을 이끌 능력이 된다고 생각하신다는 전제 아래서 말입니다. 제 고개를 가눌 수 없는 자가 어떻게 사냥을 하겠습니까?"

브룬은 화가 나서 젊은 사내를 쏘아보았다. 격식을 차린 손짓의 의미는 무의식적으로 드러나는 표정이나 자세와 전혀 일치하지 않았다.

지나칠 만큼 공손한 브라우드의 대답에는 빈정거림이 느껴졌고, 그것은 대놓고 반대 의견을 내놓는 것보다 족장의 신경을 더욱 건드렸다. 브라우드는 그의 감정을 숨기려고 했지만 브룬은 모두 간파했다. 하지만 브룬은 자신의 감정을 드러낸 것이 부끄러웠다. 그가 자제심을 잃은 것은, 브라우드가 자신의 판단을 의심하며 점점 강도를 높여 비판했기 때문이었다. 그런 말들이 그의 자존심에 생채기를 내고 있었다. 하지만 그렇다고 해도 제 짝의 아들을 그렇게 드러내놓고 비난할 만큼 자제심을 잃은 것에 대한 변명은 되지 못했다.

"네 말에도 일리가 있다, 브라우드."

브룬이 퉁명스럽게 손짓했다.

"그 아기가 자라서 내 뒤를 이을 족장과 그 뒤의 족장에게 더 큰 짐이 될 수 있다는 걸 알겠다. 하지만 여전히 그 결정은 나의 몫이다. 내가 최선이라고 생각하는 대로 결정을 내리겠다. 그 아기를 받아들이겠다거나 그 여인에게 저주를 내리지 않겠다고 말한 적이 없다, 브라우드. 내가 우려하는 것은 그 여인이나 아기가 아니라 씨족이다. 죽음의 저주는 모든 이들을 위험한 상황에 빠뜨릴 수 있다. 사악한 정령들을 떠돌게 하면 불운이 찾아올 수 있다. 특히 그 정령들은 이미 전에도 풀려난 적이 있었다. 나는 그 아기가 기형이 심해서 살아남지 못할 거라 생각한다. 하지만 에일라는 아기의 결함을 보지 못하고 있다. 볼 수가 없는 것이지. 아기를 가지고 싶었던 강렬한 바람으로 인해 제정신이 아닌 모양이다. 그 여인은 돌아와서 아들을 받아들이지 않을 것이면 자신에게 저주를 내려달라고 간청했다. 내가 다른 이들의 의견을 묻고자 한 것은 우리 중에 누군가가 내가 미처 보지 못했던 점을 아기에게서 찾아내지 않을까 궁금했던 것이다. 그 여인을 벌하기 위한 죽음의 저주나 그 여인의 요청을 들어주는 일은 가볍게 결정을 내릴 사안이 아니다."

브라우드의 불만은 수그러들었다. 브룬이 그 계집을 편애하는 것은 아닌가 보군. 그는 생각했다.

"족장의 말씀이 옳습니다."

브라우드가 뉘우치며 손짓했다.

"족장은 씨족의 위험을 생각해야 합니다. 이 사내는 현명한 족장께 가르침을 받아 감사하게 생각합니다."

브룬은 긴장감이 사라지는 것을 느꼈다. 그는 후대 족장의 자리를 브라우드가 아닌 다른 이에게 물려주는 것에 대해 지금껏 심각하게 고려해본 적이 없었다. 브라우드는 여전히 그의 짝이 낳은 아들이었고 마음의 아이였다. 자제심을 유지하는 게 늘 쉬운 일은 아니지. 브룬은 그 자신이 흥분했던 것을 떠올리며 생각했다. 브라우드는 그저 다른 사람보다 조금 더 어려움을 겪을 뿐 나아지고 있어.

"그렇게 이해해주다니 기쁘다, 브라우드. 네가 족장이 되거든, 씨족의 안전과 번영에 대한 책임감을 가져야 한다."

브룬의 말은 브라우드가 여전히 후계자임을 상기해줬을 뿐 아니라 다른 사냥꾼들도 안심시켰다. 그들은 전통적인 씨족의 위계 질서가 정확하게 이어지며 그 안에서 자신의 위치 또한 변함없이 유지된다는 것을 확인하고 싶었다. 불확실한 미래만큼 그들을 불안하게 하는 것은 없었다.

"제가 늘 생각하는 것도 씨족의 번영입니다."

브라우드가 손짓했다.

"제 씨족에 사냥을 할 수 없는 남자는 필요치 않습니다. 에일라의 아들이 무슨 소용이 있겠습니까? 전통을 어긴 그 여자의 죄는 엄한 벌을 받아 마땅합니다. 본인이 저주를 받길 원한다면 뜻대로 해주시면 될 일입니다. 우리로서는 그 둘이 없는 게 차라리 낫습니다. 에일라는 씨족의 전통을 거역했습니다. 그것도 고의로요. 그런 여자는 살려둘 필요가 없습니다. 여자의 아들도 기형이 심하니 살 가치가 없고요."

대다수가 동의하는 분위기였다. 브룬은 브라우드의 논리 정연한 주장에서 위선의 흔적을 감지했지만 모르는 척 넘어갔다. 둘 사이의 반감이 사라진 마당에 굳이 또 분란을 일으키고 싶지 않았다. 그의 짝이 낳은 아들과 대놓고 갈등을 빚는 것은 다른 사람들과 마찬가지로 브룬의 마음을 심란하게 했다.

족장은 동의하는 발언을 덧붙여야 할 것 같았지만 무엇 때문인지 망설여졌다. 그렇게 하는 게 옳은 일이겠지. 그는 속으로 생각했다. 그 아이는 처음부터 골칫거리였어. 물론 이자가 슬퍼하겠지만 나는 그들을 살려주겠다고 약속하지는 않았어. 생각해보겠다고

만 했지. 돌아온다면 아기를 살펴보겠다는 말도 하지 않았어. 누가 돌아오리라고 예상이나 했겠는가? 그것이 바로 문제다. 도통 저 아이와 관련해서는 무슨 일이 벌어질지 예상을 할 수 없어. 슬픔 때문에 이자의 몸이 많이 축난다 해도 우바가 있어. 어쨌든 우바는 이자의 혈통을 이어받은 아이다. 씨족 모임에서 다른 주술 치료사들에게 더 많이 배우면 되겠지.

에일라가 죽으면서 그 애가 지니고 있는 브락 영혼의 일부도 가져가면, 그게 브락에게 그토록 큰 손실이 될까? 브라우드는 걱정하지 않는다고 했는데 내가 걱정할 필요가 있을까? 브라우드의 말이 맞다. 저 애는 가장 엄한 벌을 받아 마땅하지 않은가? 아기에 대해 저토록 강하게 애정을 갖는 것도 정상은 아니다. 노파들이 하는 이야기를 어찌 증명해보인단 말인가? 저 아이는 자기 아들이 기형이라는 것도 보지 못해. 제정신이 아닌 게 틀림없어. 아기를 낳는 게 그토록 고통스러울까? 남자들이 더 큰 고통을 당하고 있어, 안 그런가? 남자들 중에는 사냥 도중에 큰 상처를 입고 고통을 참으며 그 먼 길을 걸어 돌아오는 자도 있다. 물론 아이는 한낱 여자에 지나지 않으니 그만한 고통을 참을 수 있을 거라 기대해서는 안 되겠지. 도대체 저 아이는 얼마나 멀리 갔던 걸까? 저 아이가 말한 동굴은 아주 멀리 있을 리가 없어. 아기를 낳다가 거의 죽을 뻔했는데, 그렇게 약해진 몸으로 멀리 가기는 힘들었겠지. 하지만 어째서 우리가 그 동굴을 찾아내지 못했던 것일까?

게다가 에일라를 살려두면 그 애를 씨족 모임에 데려가야 한다. 다른 씨족 사람들은 뭐라고 생각하겠는가? 기형아까지 살려두면 상황은 더 걷잡을 수 없을 것이다. 엄히 다스리는 게 옳아, 모두들 그렇게 생각하고 있고. 어쩌면 브라우드와 관련해서도 더 이상 큰 문제가 생기지 않을 거야. 그 아이가 없으면 그도 자신을 더 잘 다스릴 수 있을 테니까. 그는 두려움을 모르는 사냥꾼이야. 좀 더 책임의식을 가지게 된다면, 그리고 조금 더 자제심을 키우면 훌륭한 족장이 될 거야. 브라우드를 위해서라도 그렇게 해야겠다. 내 짝의 아들을 위해서 에일라가 떠나는 게 좋을지 모르겠어. 그렇게 하는 게 옳아, 그래, 그게 맞아.

"결정을 내렸다."

브룬이 손짓했다.

"내일은 이름을 짓는 날이다. 날이 밝기 전 첫 새벽에⋯⋯."

"브룬!"

목우르가 갑자기 말을 잘랐다. 그는 지금껏 침묵으로 일관하고 있었다. 에일라가 아기를 낳은 이후로 그를 본 사람은 거의 없었다. 그는 대부분의 시간을 작은 동굴에서 보내며 반성하듯 에일라가 그렇게 행동한 이유를 찾고 있었다. 그는 그녀가 씨족의 관습을 받아들이기 위해 얼마나 힘겹게 노력하고 있는지 알았고, 그러한 노력이 결실을 맺었다고 생각했다. 그런 그녀가 이토록 극단적인 행동을 한 것에는 분명 그가 깨닫지 못한 다른 이유가 있을 거라 확신했다.

"족장이 말하기 전에 목우르가 먼저 말하고 싶다."

브룬은 주술사를 응시했다. 그의 표정은 평소처럼 수수께끼 같았다. 브룬은 목우르의 표정을 읽는 데 한 번도 성공한 적이 없었다. 내가 간과한 것을 그가 말하려는 것일까? 내가 저주를 내리기로 결정했다는 걸 그는 알고 있어.

"목우르는 말해도 좋다."

그가 손짓했다.

"에일라에게는 짝이 없다. 하지만 내가 지금껏 그 아이를 부양해왔다. 그러니 내가 그 아이를 책임지고 있다. 족장이 허락한다면 짝의 자격으로 말하고 싶다."

"원하는 대로 말해도 좋다, 목우르. 하지만 무슨 할 말이 더 남았는가? 나는 이미 그 아이가 제 자식에 대한 애정이 얼마나 깊은지, 그리고 아기를 낳기 위해 겪어야 했던 고통에 대해서도 다 생각해보았다. 이자에게도 얼마나 힘든 일이 될지 이해한다. 이자의 몸이 더욱 쇠약해지리라는 것도 안다. 그 아이가 한 행동에 대한 이유가 될 만한 것들을 모두 다 생각해보았지만, 엄연한 사실이 있다. 그 애는 씨족의 관습을 어겼다. 그 애가 낳은 아기 또한 받아들일 수 없다. 브라우드가 분명히 말한 대로 둘 다 목숨을 부지할 가치가 없다."

목우르가 몸을 펴 일어서더니 지팡이를 옆으로 던졌다. 묵직한 동굴곰 가죽 덮개로 감싼 주술사는 위엄이 넘쳤다. 목우르가 되기 전의 그를 아는 사람은 브룬과 나이가 지긋한 남자들뿐이었다. 그는 인간과 정령의 세계를 중재하는 목우르 중에서도 가장 신성한 주술사였으며, 씨족 가운데 가장 강력한 주술사였다. 의식을 거행하는 동안 웅변을 펼칠 때면 그는 카리스마 넘치고 경외감을 불러일으키는 보호자였다. 돌진하는 어느 짐승보다 훨씬 두려운 눈에 보이지 않는 세력, 가장 용감한 사냥꾼도 두려움에 떠는 겁쟁이로 만드는 세력과 용감히 대면하는 자도 바로 그였다. 그가 씨족의 주술사라는 사실에 안도감을 느끼지 않은 남자는 없었고, 살아오면서 한때 그의 힘과 주술을 두려워하지 않았던 남자가 없었다. 오로지 한 남자, 구브만이 감히 그와 같은 존재가 될 생각을 하고 있었다.

목우르는 씨족의 남자들과 무서운 미지의 정령들 사이에 홀로 서 있었다. 그는 유대를 통해 정령의 세계에도 몸담고 있었는데, 그로 인해 그의 세속적인 삶에는 미묘하게 영적인 분위기가 흘렀다. 그가 자기 불터의 경계 안에서 함께 사는 여자들에게 둘러싸여 앉아 있을 때도 그는 그저 한 사람의 남자가 아니었다. 그는 그 이상의 존재, 다름 아닌 위대한 목우르였다.

두렵고 신성한 주술사가 불길한 눈길로 남자들 하나하나에게 시선을 던지는 동안, 브라우드를 비롯해 당혹스러움을 느끼지 않는 남자가 없었다. 그들이 죽음으로 다스려야 한다고 비난을 퍼붓던 여자가 그의 불터에 산다는 사실이 돌연 그들의 마음 깊은 곳에서 떠올랐기 때문이다. 크렙은 목우르로서의 힘을 주술사 영역의 밖에서 드러내는 일이 좀처럼 없었지만, 그때만큼은 달랐다. 그는 마지막으로 브룬을 바라봤다.

"여자의 짝은 기형인 아기의 목숨에 대해 말할 자격이 있다. 나는 족장에게 에일라의 아들을 살려달라고 청하는 바이다. 아기를 위해서 에일라의 목숨도 살려달라고 청한다."

그 순간, 바로 조금 전까지 에일라는 죽어 마땅하다던 주장은 순식간에 힘을 잃고, 에일라의 목숨을 살려야 하는 이유들에 힘이 실렸다. 브룬은 목우르의 요청이 가진 그 무게만으로도 바로 받아들일 뻔했다. 그것은 자신에게는 없는 목우르만의 강한 기질을 증명하는 셈이 될 터였다. 하지만 그는 족장이었다. 남자들이 모두 있는 앞에서 그렇게 쉽게 굴복할 수 없었다. 강력한 주술사의 힘에 수긍하고 싶은 강한 충동에 시달리면서도 그는 자신의 생각을 단단히 굳혔다.

목우르는 브룬의 얼굴에서 주저하던 빛이 단호한 결의로 바뀌는 것을 보았다. 그 순간 브룬의 눈에도 주술사의 표정이 바뀌는 것처럼 보였다. 그에게서 풍기던 영적인 분위기가 사라졌다. 그는 곰가죽 덮개를 두른, 지팡이도 없이 다리 하나로 꼿꼿하게 서 있으려 애쓰는 불구의 노인으로 변해 있었다. 말을 할 때도 간간이 목 뒤에서 나는 거친 소리와 함께 격식을 벗어던진 일상적인 손짓을 했다. 표정은 단호하면서도 어딘지 모르게 쇠잔해 보였다.

"브룬, 에일라는 우리에게 발견된 이후로 내 불터에서 살았다. 여자와 아이들은 불터에 사는 남자를 보며 씨족 남자들에 대한 기준을 세운다는 데 모두들 동의할 거라 본다. 자기 불터의 남자가 사내라면 어떠해야 하는지 보여주는 사례, 그러니까 본보기가 되는 것이지. 나는 지금껏 에일라의 본보기였네. 그 아이 눈에는 내가 남자의 기준이었던 것이네.

나는 기형이네, 브룬. 기형인 남자와 함께 자란 여자가 자기 아이의 기형을 알아보지 못하는 게 그리도 이상한 일인가?

나는 눈과 팔이 하나씩 없고, 내 몸의 반쪽은 쪼그라들어 쓸모가 없다. 나는 태어날 때부터 반쪽자리 남자였다. 하지만 에일라는 나를 온전한 사람으로 보고 있어. 그 애의 아들은 성한 몸을 가지고 있다. 눈도 두 개고, 튼튼한 팔다리도 두 개씩이다. 어떻게 그 애가 자기 아기를 기형이라 인정할 수 있겠는가?

그 애를 가르치는 것은 내 책임이었다. 그 애에게 잘못이 있다면 나를 탓해야 하네. 씨족의 방식에서 조금씩 벗어나는 것을 눈감아준 것도 바로 나였네. 자네가 허락하게끔 확신을 주기도 했어, 브룬. 나는 위대한 목우르다. 자네는 정령의 뜻을 헤아리기 위해 내게 의존했지. 다른 쪽에 있어서도 내 판단에 의존하게 되었고. 나는 우리가 잘못 판단했다고 생각하지 않았네. 때로 어려운 점도 있었지만 그 아이가 씨족의 여인으로 잘 자랐다고 생각했으니까. 하지만 이제 와서 돌이켜보니 내가 그 아이에게 너무 관대했던 것 같다. 그 아이가 해야 할 일들에 대해서 분명하게 가르치지 않았어. 나무라거나 손을 댄 적도 없었지. 그냥 자기 방식대로 밀고 가도록 내버려둘 때가 많았어. 이제 내 부족함 때문에 그 아이가 대가를 치러야만 하네. 하지만 브룬, 나는 그 아이를 엄하게 대할 수가 없었다.

나는 짝을 맺은 적이 없지. 내가 여자를 선택했다면 그 여자는 나와 살아야 했겠지만 나는 그렇게 하지 않았어. 왜 그랬는지 아는가? 브룬, 자네는 여자들이 나를 보는 눈빛을 알고 있는가? 여자들이 나를 어떤 식으로 피하는지는 아는가? 나도 젊었을 때는 다른 남자처럼 욕구를 풀고 싶기도 했지. 하지만 여자들이 내가 보내는 신호를 보지 않으려고 등을 돌린다는 것을 알고부터는 욕구를 자제하는 법을 배웠지. 나는 나만 보면 혐오감에 몸을 사리며 돌아서는 여자에게, 나 자신을, 내 불구의 몸뚱이를 강요하고 싶지 않았다.

하지만 에일라는 내게서 등을 돌린 적이 한 번도 없었지. 처음부터 그 아이는 다가와 나를 만졌다. 나를 보고 질겁하지도 혐오감을 느끼지도 않았지. 아이는 내게 자유롭게 애정을 표하며 나를 안았다. 브룬, 그런데 어찌 내가 그 아이를 꾸짖을 수 있었겠느냐?

나는 태어나서부터 이 씨족에서 살았지만 사냥을 배운 적이 없다. 외팔의 불구자가 어찌 사냥을 할 수 있겠느냐? 나는 짐이었고, 조롱의 대상이었으며, 여자라며 놀림을 받았다. 하지만 나는 이제 목우르이며 누구도 나를 비웃지 못한다. 그러나 나는 남자가 되는 성인식을 치르지는 못했다. 브룬, 나는 반쪽자리 남자도 되지 못한다. 나는 남자라고 할 수 없다. 오직 에일라만이 나를 주술사가 아닌, 남자로 존중하고 사랑한다. 한 사람의 온전한 남자로서 말이다. 그리고 나는 그 아이를 한 번도 가져보지 못한 내 짝의 아이처럼 사랑한다."

크렙은 불구의 몸을 가리고 있던 덮개를 어깨에서 떨쳐내고서 늘 감추고 있던 잘려나간 팔을 내밀었다.

"브룬, 이것이 에일라가 온전하다고 보았던 남자의 몸이다. 그 아이의 기준이 된 남자가 바로 이런 몸뚱이를 하고 있다. 이것이 바로 그 아이가 사랑하고 제 아들과 견준 몸이다. 나를 봐라, 내 형제여! 내가 살 가치가 있는 몸인가? 진정 에일라의 아들이 나보다 더 살 가치가 없는가?"

씨족 사람들은 동트기 전의 어스름 속에서 동굴 밖으로 나와 모이기 시작했다. 바위와 나무는 아주 가는 이슬비에 젖어 윤이 났고, 사람들의 머리와 수염에도 작은 물방울들이 맺혀 있었다. 안개에 뒤덮인 산에서 꿈틀꿈틀 움직이며 내려온 덩굴 손 같은 몇 줄기 가느다란 운무가 골짜기에 감돌고, 영묘한 짙은 안개가 세상을 온통 뒤덮어 아주 가까이 있는 사물밖에 보이지 않았다. 저 멀리 동쪽으로 자욱한 안개 바다 위에 어슴푸레 솟아오른 산마루가 아른아른 그 모습을 드러내는 참이었다.

에일라는 잠이 깬 채 어두운 동굴 속 털가죽 위에 누워 있었다. 그녀는 이자와 우바가 말없이 불터를 오가면서 모닥불에 땔감을 더 넣고 차를 끓일 물을 올려놓는 모습을 지켜봤다. 아기는 곁에 누워 잠결에도 젖을 빠는 소리를 내곤 했다. 그녀는 밤새 한숨도 자지 못했다. 이자를 다시 본 기쁨도 잠시, 막막한 불안감이 그녀를 덮쳤다. 대화를 나누려고 입을 열었다가도 말은 이내 끊겼고, 크렙의 불터에 사는 세 여자는 에일라가 돌아온 이후 하루 종일 불터 안쪽에서 걱정에 가득한 절망스러운 눈길을 주고받았다.

크렙은 그의 불터에 발을 들이지 않았지만 에일라는 딱 한 번 그와 눈이 마주쳤다. 브룬이 소집한 모임에 참석하고자 작은 동굴에서 나오던 순간이었다. 그는 말없이 호소하는 듯한 에일라의 눈길을 얼른 피했지만, 에일라는 그의 물기 어린 부드러운 눈에 사랑과 연민의 빛이 고이는 것을 놓치지 않았다. 그녀와 이자는 크렙이 동굴의 후미진 곳에서 브룬과 조심스러운 대화를 나누고서 바삐 정령들을 모신 곳으로 들어가는 것을 보았다. 두 여인은 다 알 것 같다는 듯 떨리는 눈길을 주고받았다. 브룬이 결정을 내렸고, 크렙이 자신의 역할을 하기 위한 준비에 들어간 것이었다. 그들은 주술사가 그의 작은 동굴에서 나오는 것을 보지 못했다.

이자는 여러 해 동안 에일라가 사용했던, 눈에 익은 뼈로 만든 물잔에 차를 담아 그녀에게 가져다주었다. 에일라가 차를 조금씩 마시는 동안, 이자는 곁을 조용히 지켰다. 우바도 곁에 앉았지만 함께 있어주는 것 말고는 별다른 위안을 줄 수 없었다.

"거의 다 나갔다. 우리도 나가야겠다."

이자가 에일라에게서 물잔을 받으며 손짓했다. 에일라는 고개를 끄덕였다. 그녀는 일어나 포대기로 아기를 감싼 뒤 잠자리에서 털가죽 덮개를 들어 올려 어깨 위에 걸쳤다. 금방이라도 눈물이 흘러내릴 것 같은 눈으로 에일라는 이자와 우바를 번갈아 보다가 결국 가슴을 에는 울음을 터뜨리며 두 사람을 안았다. 세 여인은 서로를 꼭 부둥켜안았다. 그러고 나서 에일라는 무거운 가슴을 안고 동굴 밖으로 간신히 발을 떼었다.

땅바닥을 내려다보자 발과 발가락 자국, 헐렁한 가죽 발싸개에 둘러싸인 발의 희미한 윤곽들이 보였다. 불과 2년 전에 자신의 운명과 마주하기 위해 크렙의 뒤를 따라 동굴 밖을 나오던 때가 생각나면서 묘한 기분이 들었다. 그때 브룬이 내게 영원한 저주를 내렸어야 했어. 그녀는 속으로 생각했다. 나는 저주를 받기 위해 태어난 모양이야. 또 무슨 이유로 이런 일을 다시 겪어야만 하지? 이번에는 정령들의 세계로 가겠어. 나와 아기를 영영 잠들게 할 식물을 알고 있어. 적어도 이 세상에서는. 그럼 우리 둘 다 저세상을 걷고 있을 테지.

그녀는 브룬이 있는 곳에 이르러 땅바닥에 주저앉았다. 흙이 묻은 발싸개로 감싼 익숙한 발이 보였다. 해가 곧 떠오르려는 듯 사위가 밝아지고 있었다. 그녀는 브룬이 서둘러 일을 진행할 것이라고 생각했다. 그 순간, 어깨를 두드리는 손길이 느껴졌다. 그녀는 천천히 고개를 들어 브룬의 수염 난 얼굴을 보았다. 그는 느닷없이 말을 시작했다.

"너는 고의로 씨족의 관습을 거역했으니 벌을 받아 마땅하다."

그가 엄하게 손짓했다. 에일라가 고개를 끄덕였다. 사실이었다.

"에일라, 씨족의 여인으로서 너는 저주를 받고 있다. 누구도 너를 보지 못할 것이며, 누구도 네 말을 듣지 못할 것이다. 너는 여인의 저주가 끝날 때까지 완전히 격리된 채 지내야 한다. 너는 달이 한 바퀴를 돌아 지금과 같은 자리에 올 때까지 너를 부양하는 이의 불터 밖으로 나오지 못할 것이다."

에일라는 믿지 못하겠다는 듯 깜짝 놀란 표정으로 엄숙한 얼굴의 족장을 바라봤다. 여인의 저주! 죽음의 저주가 아니야! 완전히 철저한 격리가 아니라 크렙의 불터에서만 지내는 이름뿐인 격리였다. 한 달 동안 씨족의 다른 사람들이 자신의 존재를 알아주지 않는 게 무슨 큰 대수일까 싶었다. 그녀 곁에는 이자와 우바, 크렙이 있을 것이었다. 그리고 얼마 후면 다른 여인들처럼 씨족 사람들과 함께 생활하게 되는 것이었다. 하지만 브룬의 말이 다 끝난 것이 아니었다.

"또한 벌로 너는 씨족 사람들이 씨족 모임에서 돌아올 때까지 사냥하는 것이 금지되며 사냥에 대해 입에 올려서도 안 된다. 나무에서 이파리가 다 떨어질 때까지 너는 중요한 용건이 아니면 마음대로 밖에 나가지 못한다. 치료를 위한 식물을 찾으러 갈 때도 어디로 가는지 나에게 고해야 하며 바로 돌아와야 한다. 또한 동굴 근처를 떠나기 전에는 내 허락을 반드시 구해야 한다. 그리고 네가 숨었던 동굴의 위치를 내게 알려야 할 것이다."

"네, 네, 당연히 명령하신 대로 하겠습니다."

에일라는 이해했다는 듯 고개를 끄덕였다. 그녀는 기쁨에 취해 구름 위를 떠도는 것만 같았다. 하지만 족장의 이어진 말이 벼락이 치듯 차가운 비수처럼 꽂히며 그녀의 행복감은 이내 절망의 나락으로 곤두박질쳤다.

"네가 전통을 어긴 이유가 되었던, 기형으로 태어난 아이의 거취가 남아 있다. 너는 결코 다시는, 족장은 말할 것도 없고 어떤 남자에게도 그의 뜻에 반하는 행동을 하도록 강요해서는 안 된다. 어떤 여자도 남자에게 자신의 뜻을 관철시키려고 하면 안 되는 것이다."

브룬은 그렇게 말하고서 손짓했다. 에일라는 필사적으로 아기를 꼭 안으며 브룬이 바라보는 쪽으로 눈길을 돌렸다. 그녀는 자신의 아기를 데려가도록 가만히 있을 수 없었다. 정녕코 그럴 수 없었다. 그때 그녀의 눈에 다리를 끌며 동굴 밖으로 나오는 목우르가 보였다. 그가 동굴곰 가죽 덮개를 옆으로 제치고 잘린 팔과 허리 사이에 단단하게 낀, 붉게 물들인 고리버들 그릇을 내보인 순간, 믿기지 않는 기쁨에 얼굴이 달아올랐다. 그녀는 자신의 생각이 맞는지 확신하지 못하며 머뭇머뭇 브룬을 향해 몸을 돌렸다.

"하지만 여자도 부탁을 할 수는 있다."

브룬이 마저 말했다.

"목우르가 기다린다, 에일라. 네 아들이 씨족의 일원이 되려면 이름이 있어야 한다."

에일라는 허둥지둥 일어나 주술사에게로 달려갔다. 그의 발치에 앉은 그녀는 덮개 아래에서 아기를 꺼내 벌거벗은 아기를 목우르를 향해 들어올렸다. 어미의 따뜻한 품을 떠나 차갑고 습한 바람을 맞은 아기가 요란스레 첫 울음을 터뜨렸고, 그와 동시에 산마루 위로 떠오르기 시작한 태양의 첫 햇살이 자욱한 실안개를 비집고 쏟아져 내렸다.

이름! 그녀는 이름에 대해서는 생각조차 못하고 있었다. 크렙이 아들에게 어떤 이름을 지어줄지 궁금해할 틈도 없었다. 격식을 차린 손짓으로 목우르는 씨족 토템들의 정령들을 불렀다. 그러고 나서 그릇에 손가락을 넣어 붉은 반죽을 가볍게 떠냈다.

"두르크."

그는 차가운 바람에 놀라 우렁차게 울어대는 아기의 울음소리보다 크게 외쳤다.

"이 아이의 이름은 두르크다."

그러더니 아기의 돌출된 눈썹 뼈의 한가운데부터 조그만 코끝까지 붉은 선 하나를 죽 그었다.

"두르크."

에일라가 아들을 따뜻하게 품어 안으며 되뇌었다. 두르크, 전설속의 두르크와 같은 이름이야. 에일라는 생각했다. 크렙은 전설 속의 그 인물을 내가 좋아한다는 걸 알고 있었어. 그것은 평범한 씨족의 이름이 아니어서 대다수가 이름을 듣고 놀랐다. 하지만 미심쩍은 의미들로 가득한, 아주 오래된 전설 속에서 건져 올린 그 이름이야말로 태어나면서부터 목숨이 극히 불안정한 상황에 놓였던 아기에게 잘 어울리는 것 같았다.

"두르크."

브룬이 말했다. 그가 제일 먼저 이름을 따라 말하며 에일라와 아기 옆을 지나갔다. 에일라가 감사의 마음으로 그를 보았을 때 족장의 엄숙하고 당당한 얼굴에서 어렴풋이 다정한 표정이 스치고 지나가는 것을 느꼈다. 끝없이 쏟아지는 눈물이 앞을 가려 지나가는 얼굴들이 대부분 흐릿하게 보였다. 아무리 참으려고 해도 눈물이 계속 쏟아져서 고개를 푹 숙인 채 젖은 눈을 가렸다. 믿을 수가 없어, 정말이지 믿지 못하겠어. 정말 사실일까? 너에게 이름이 있다고, 아가야? 브룬이 널 받아들였다고? 내 아들. 꿈이 아니란 말이지? 그녀는 우연히 발견해 부적 속에 넣어둔 반짝이는 황철광이 떠올랐다. 그게 징표였어. 위대한 동굴사자이시여, 그것이 진정 징표였습니다. 에일라는 부적 속에 든 호신부들 중, 그 황철광을 가장 소중하게 생각했다.

"두르크."

이자의 목소리에 에일라는 고개를 들었다. 이자의 눈가는 말라 있었지만 얼굴에 깃든 기쁜 표정은 에일라와 다르지 않았다.

"두르크."

우바가 이름을 말하더니 빠르게 손짓했다.

"나도 너무 기뻐."

"두르크."

누군가 비웃는 투로 이름을 말하고 지나갔다. 고개를 든 에일라
는 마침 브라우드가 돌아서는 것을 보았다. 그녀는 갑자기 작은 동
굴에 숨어 지낼 때 이상한 생각이 떠올랐던 게 기억났다. 남자들이
아기를 생기게 하는 게 아닐까 했던. 에일라는 브라우드가 어떤 식
으로든 자기 아기와 관련이 있다는 생각만으로도 치가 떨렸다. 그
녀는 여러 생각들로 머리가 복잡해 브룬과 브라우드의 신경전에
대해서는 전혀 눈치를 못 채고 있었다. 브라우드는 아기를 씨족의
일원으로 받아들이는 것을 거부하려 했지만, 족장이 직접 명령을
내린 것이기에 마침내 굴복할 수밖에 없었다. 에일라는 주먹을 움
켜쥐고 어깨에 힘을 준 채 무리에서 멀어지는 그를 지켜봤다.

족장이 어떻게 그럴 수가 있어? 브라우드는 불쾌하기 짝이 없
는 상황에서 벗어나기 위해 숲으로 걸어 들어갔다. 어떻게 그럴 수
가 있냐고? 그는 불만을 터뜨리며 괜히 통나무를 걷어차 비탈 아
래로 굴렸다. 어떻게 그럴 수가 있어? 그는 굵직한 나뭇가지 하나
를 집어 들어 나무를 후려갈겼다. 어떻게 그럴 수가 있어? 어떻게
그럴 수가 있냐고! 브룬은 마음속으로 같은 말을 뇌까리며 이끼로
덮인 강둑을 주먹으로 몇 번이고 내리쳤다. 어떻게 그 계집을 살리
고 아기까지 받아들일 수가 있어? 어떻게 그럴 수가 있냐고!

22

"이자! 이자! 어서 와보세요! 두르크요!"

에일라가 이자의 팔을 붙잡고 동굴 입구로 잡아끌었다.

"무슨 일인데?"

이자가 서둘러 따라가며 손짓했다

"또 숨이 막혔어? 다쳤어?"

"아니요, 다친 게 아니고요. 이것 좀 봐요!"

크렙의 불터에 들어서자 에일라가 자랑스럽게 손짓했다.

"고개를 들었어요!"

아기는 배를 깔고 누운 채 고개를 들어 크고 진지한 눈으로 두 여자를 봤다. 두 눈은 태어날 무렵의 어둡고 불분명한 색깔이 사라지고 씨족 사람들처럼 진한 갈색이 되어 있었다. 두르크는 기를 쓰고 목을 까닥거리더니 털가죽 깔개 위로 고개를 떨어뜨렸다. 그러고는 자신이 일으킨 작은 소란에도 아랑곳하지 않고 주먹을 입에 가져가서 요란하게 빨기 시작했다.

"아직 어린데 이렇게 고개를 들 정도면, 커서는 고개를 가눌 수도 있겠지요?"

에일라가 간절하게 물었다.

"큰 기대는 아직 안 하는 게 좋지."

이자가 대답했다.

"그래도 좋은 징조구나."

그때 크렙이 동굴로 다리를 끌며 들어왔다. 생각에 빠져 있을 때면 예의 그렇듯이 초점이 없는 눈으로 저 멀리 허공을 응시하고 있었다.

"크렙!"

에일라가 그에게 달려오며 외쳤다. 갑자기 현실로 돌아온 크렙이 그녀를 봤다.

"두르크가 고개를 들었어요. 그랬지요, 이자?"

이자가 그렇다며 고개를 끄덕였다.

"흐으음."

그가 알겠다는 뜻으로 특유의 소리를 냈다.

"그 정도로 튼튼해졌다면 때가 된 것 같다."

"때라니요?"

"두르크를 위한 토템 의식을 치러야겠다는 생각 중이었다. 어리긴 하지만 강렬한 느낌을 받았어. 그 아이의 토템이 내게 모습을 드러냈어. 기다릴 이유가 없지. 얼마 후 떠날 채비를 하느라 다들 바빠질 테니. 씨족 모임에 가기 전에 의식을 치르는 게 좋겠다. 아이의 토템이 거처 없이 여행길에 오른다면 불운이 따를지도 모른다."

주술 치료사를 보자 그에게 또 다른 생각이 떠올랐다.

"이자, 의식에 쓸 뿌리가 충분하냐? 씨족들이 얼마나 올지 모르 겠다. 지난번에 더 먼 동쪽으로 이동한 씨족 중 하나는 남쪽 산맥 에 있는 씨족 모임에 가겠다고 했는데. 더 멀어지긴 했지만 여행을 하기에는 한결 수월해졌거든. 그 씨족의 목우르는 반대를 했다만, 그의 제자가 원했지. 충분히 가져가도록 해라."

"나는 씨족 모임에 가지 못해요."

이자의 얼굴에 실망한 기색이 뚜렷하게 묻어났다.

"그렇게 멀리 여행하는 것은 힘들어요. 남아 있으려고요."

당연히 그렇겠지, 내가 무슨 생각을 하고 있었던 거야. 그는 머 리가 하얗게 센 마른 치료사를 보며 생각했다. 이자는 못 가겠어. 왜 미처 그 생각을 하지 못했을까? 이자의 병세가 아주 심각한데. 지난 가을에 우리 곁을 떠날 뻔했는데 에일라가 어떻게 회복시켰 는지 모르겠어. 한데 의식은 어찌한다? 이자 혈통의 여인들만이 특별한 차를 만드는 비법을 아는데. 우바는 너무 어리고 아직 여자 가 되지도 않았어. 에일라! 에일라는 어떨까? 떠나기 전에 이자가 에일라에게 가르치면 되겠어. 어쨌든 이제 주술 치료사가 될 때가 되었지.

크렙은 허리를 굽혀 아들을 들어 올리는 젊은 여자를 바라보다 가 갑자기 여느 때와는 달리 그녀를 찬찬히 뜯어봤다. 하지만 다른 이들이 저 아이를 받아줄까? 그는 다른 씨족 사람들의 눈에 그녀 가 어떻게 보일지 생각해봤다. 평평한 얼굴 주위로 느슨하게 흘러 내린 금발은 되는대로 가운데 가르마를 타서 귀 뒤로 넘겨놓아 튀어나온 이마가 한층 도드라져 보였다. 몸은 뚜렷하게 여자다운 몸매를 하고 있었지만 약간 늘어진 배를 제외하면 호리호리했다. 다리는 길고 곧았으며, 똑바로 일어서면 자신보다 키가 컸다.

씨족의 여자처럼 생기지 않았어. 그는 생각했다. 다른 이들의 주목을 많이 받겠지만 다 호의적인 것만은 아닐 테니, 걱정이 되기는 하는구나. 의식은 그냥 넘어가야 할지도 모르겠다. 다른 목우르들이 에일라가 만든 차를 받지 않을지도 몰라. 하지만 시도해본다고 문제될 것은 없겠지. 우바가 조금만 더 나이를 먹었어도. 어쩌면 이자가 그 둘을 다 가르쳐도 되겠다. 물론 다른 종족 태생 여자만큼이나 어린 여자아이도 못 받아들이겠지. 브룬에게 말해봐야겠어. 두르크의 토템 의식을 위해 정령들을 부르게 되면, 그때 같이 에일라가 주술 치료사가 되는 의식을 치를 수 있겠군.

"브룬을 보러 가야겠다."

크렙은 돌연 손짓하더니 족장의 불터로 향했다. 그러다가 다시 이자에게로 발길을 돌렸다.

"에일라와 우바에게 차 만드는 법을 가르쳐주는 게 좋겠다. 그게 쓸 데가 있을지 자신은 못 하겠다만."

"이자, 모임을 여는 씨족의 치료사에게 전하라고 했던 그 그릇을 못 찾겠어요."

에일라가 잠자리 근처 땅바닥에 쌓아놓은 식량과 털가죽, 도구들을 샅샅이 뒤지고 나더니 극도로 흥분해서 손짓했다.

"다 찾아봤거든요."

"네가 다 이미 꾸려놓았잖니, 에일라. 애야, 진정해라. 아직 시간이 있다. 브룬이 식사를 다 마쳐야 떠날 준비를 할 거야. 너도 그냥 앉아서 뭘 좀 먹어라. 죽이 다 식고 있다. 우바 너도."

이자가 고개를 흔들었다.

"이런 소란은 보다보다 처음이다. 어젯밤에 다 같이 점검해보았잖니. 빠짐없이 챙겼단다."

크렙은 두르크를 무릎에 앉혀놓고 깔개 위에 앉아서 재미있다는 표정으로 마지막 소동을 지켜봤다.

"너도 그 애들과 별반 다를 게 없구나, 이자. 너도 좀 앉아서 먹지 그러냐?"

"저야 다들 떠나고 나서도 시간이 많잖아요."

이자가 대꾸했다. 크렙이 아기를 어깨 위로 들어올렸다. 두르크는 시선이 높아지자 고개를 돌려 사방을 두리번거렸다.

"아기의 목이 얼마나 튼튼해졌는지 보세요."

이자가 말했다.

"이제는 고개를 드는 데 힘도 들이지 않잖아요. 믿지 못하겠어요. 토템 의식 이후로 더 튼튼해지고 있어요. 제가 안을게요. 올 여름 내내 아기를 안아보지 못할 테니까요."

"어쩌면 그래서 회색늑대가 그렇게 나를 재촉했나 보구나."

크렙이 손짓했다.

"이 아이를 돕고 싶었던 게지."

크렙은 뒤로 물러 앉아 그가 가장으로 있는 불터의 조촐한 식구를 지켜봤다. 비밀로 간직해왔지만 그도 다른 남자들처럼 가족을 꾸리고 싶다는 생각을 자주 했었다. 이제 이렇게 지긋한 연배가 된 그의 곁에는 자신을 편안하게 해주려고 갖은 애를 쓰는 사랑스러운 두 여인과 그들을 따라서 열심인 소녀, 그리고 예전에 두 여자아이들이 그랬듯이 자신에게 바싹 달라붙어 재롱을 부리는 건강한 사내아이가 있었다. 그는 아기의 교육에 대해서 브룬과 이야기를 나눴다. 족장은 씨족의 남자가 필요한 기술을 터득하지 못하고 어른이 되는 것을 용납하지 않았다. 브룬은 그 아이가 크렙의 불터에서 살게 되리라는 것을 알고 받아들였지만 자신도 아이에 대해 책임을 느끼고 있었다. 두르크의 토템 의식 때, 브룬은 그 아기가 사냥을 할 만큼 튼튼해지면 아이의 훈련을 자신이 직접 맡겠다고 선언했다. 에일라는 고마움을 느꼈다. 그는 자신의 아들을 훈련시키기에 더 없이 훌륭한 남자였다.

회색늑대는 이 아이에게 좋은 토템이야. 크렙은 생각에 잠겼다. 하지만 궁금한 게 있어. 늑대들 중에는 무리지어 다니는 것들도 있고, 혼자 다니는 것도 있는데, 두르크의 토템은 어느 쪽일까?

필요한 물건들을 꾸려서 등에 짊어진 에일라와 우바와 함께 그들 모두 동굴 밖으로 나왔다. 이자는 그녀의 목에 입을 비비는 아기를 마지막으로 꼭 끌어안은 뒤 포대기로 아이를 감싸도록 거들었다. 그러고는 두르개 주머니에서 뭔가를 꺼냈다.

"이제 이것은 네가 지니고 다녀라, 에일라. 네가 씨족의 주술 치료사다."

이자는 특별한 뿌리가 담긴 붉은색으로 물들인 주머니를 건네며 말했다.

"모든 절차를 다 잘 기억하고 있지? 어느 하나 빠뜨려서는 안 된다. 직접 보여주면 좋았을 테지만 연습 삼아 주술을 행할 수는 없는 노릇이다. 너무 신성해서 그냥 버릴 수도 없고, 아무 의식에서나 써서도 안 된다. 아주 중요한 의식에만 사용해야 하지. 명심해라. 주술을 일으키는 것은 뿌리만이 아니다. 차를 만드는 것만큼이나 네 몸가짐도 조심히 해야 한다."

우바와 에일라가 동시에 고개를 끄덕였다. 에일라는 소중한 유물을 받아 약자루에 넣었다. 이자는 에일라가 정식으로 치료사가 되던 날, 수달가죽으로 만든 자루를 그녀에게 주었다. 그것을 보니 전에 크렙이 불태운 약자루가 생각났다. 에일라는 부적 주머니에 손을 뻗어 그 안에 다섯 번째로 들어간 물체를 매만졌다. 작은 주머니 속에는 황철광 세 개가 붙어 있는 돌, 붉게 물들인 타원형의 상아, 조개 모양의 화석, 붉은 황토 덩어리와 함께 검은 이산화망간 조각이 들어 있었다.

에일라의 몸에는 그 검은 돌을 빻아 달궈서 기름과 섞어 만든 검은 고약으로 그린 표식이 생겼다. 그 표식은 그녀가 씨족 사람들 모두의 영혼을 조금씩 나눠 가지고, 우르수스를 통해 씨족 전체의 영혼을 간직하게 되던 날에 그려졌다. 주술 치료사의 몸에 검은 표식이 새겨지는 것은 가장 고매하고 신성한 의식을 통해서였고, 오로지 치료사만이 부적으로 검은 돌을 지닐 수 있었다.

에일라는 이자도 그들과 함께 가면 얼마나 좋을까 생각했다. 그녀는 이자를 남겨두고 떠나는 것이 걱정되었다. 요즘 들어 심해진 기침 발작이 가뜩이나 쇠약해진 이자는 몸을 자주 흔들어댔다.

"이자, 정말로 괜찮겠어요?"

에일라가 이자를 가볍게 포옹하고 나서 손짓했다.

"기침이 더 심해졌어요."

"겨울이 되면 늘 더 심해지잖아. 너도 알다시피 여름이 되면 좋아지고. 그리고 너랑 우바가 목향 뿌리를 그렇게 많이도 캐왔으니, 이 주변에 뿌리가 하나도 안 남았겠다. 약차를 만드는 데 쓰는 풀꽃이랑 뿌리를 그렇게 죄다 뽑아왔으니 올 여름에는 열매도 별로 나지 않을 것 같다. 난 괜찮을 테니 걱정하지 마라."

이자가 에일라를 안심시켰다. 하지만 에일라는 약초를 써도 그 효과가 오래 가지 않는다는 것을 알고 있었다. 나이가 지긋해진 이자는 아주 오래전부터 그 약초를 써왔지만, 그녀의 폐병은 이미 너무 깊어 그런 약초로는 효과를 기대할 수 없었다.

"해가 좋은 날에는 꼭 밖에 나가서 햇볕을 쬐세요. 푹 쉬고요."

에일라가 재차 말했다.

"할 일이 많지는 않을 거예요. 음식이랑 땔감도 충분하고요. 주그와 도르브가 짐승과 나쁜 정령들이 오지 못하게 불을 계속 피울 거고, 아바가 요리를 할 거고요."

"그래, 그래."

이자가 말했다.

"서둘러라. 브룬이 떠날 채비를 하고 있다."

에일라는 그녀를 보며 기다리고 있는 사람들에게 가서 늘 그렇듯이 뒷자리에 섰다.

"에일라."

이자가 손짓했다.

"네가 제자리에 서지 않으면 출발할 수가 없다."

에일라는 멋쩍어하며 여자들 무리의 선두에 가서 섰다. 그녀는 자신의 새로운 지위를 잊고 있었다. 당황에서 발개진 얼굴로 이자는 에브라보다 앞줄에 섰다. 그녀는 그 자리가 불편했다. 자신이 뭔가 잘못을 저지르는 것만 같았다. 에일라는 족장의 짝에게 양해를 구하는 손짓을 했지만 에브라는 두 번째 자리에 익숙했다. 물론 이자가 아닌 에일라가 앞에 있다는 것이 어색하기는 했다. 한편으로는 자신이 다음 씨족 모임에도 함께 갈 수 있을까, 하는 생각이 들었다. 이자와 마찬가지로 여행을 하기에는 나이가 많은 다른 세 사람은 산마루까지 씨족 사람들을 배웅했다. 그들은 떠나는 무리의 모습이 저 아래 초원에서 작은 점이 될 때까지 눈으로 좇았다. 아바와 도르브는 지난 씨족 모임에도 가지 못했었다. 그들은 내심 씨족 모임에 참석은 못 해도 또 한 번 씨족 모임이 다가왔을 때까지 살아 있다는 것에 놀랐다. 하지만 주그와 이자가 씨족 모임에 가지 못하는 것이 처음이었다. 주그는 이따금씩 줄팔매를 들고 사냥을 나갔지만 요즘에는 빈손으로 돌아오는 때가 많았다. 도르브는 밖에 나가지 못할 정도로 시력이 나빠졌다.

그들 넷은 날이 따뜻해졌는데도 동굴 입구의 불가에 모여 앉았다. 하지만 딱히 이야기가 오가지는 않았다. 갑자기 기침이 터져 나온 이자에게서 피가 섞인 큼직한 가래가 나왔다. 이자는 쉬기 위해 불터로 돌아갔고, 뒤이어 다른 이들도 동굴 안으로 들어와 각자의 불터에 멍하니 앉았다. 그들에게는 긴 여행을 떠난다는 흥분도,

다른 씨족에 있는 친구나 친족을 만난다는 설렘도 없었다. 그들은 그해 여름이 견디기 어려울 만큼 쓸쓸할 거란 생각이 들었다.

동굴 근처의 온대지역은 신선한 초여름이었지만 동쪽으로 이어진 대륙의 탁 트인 초원지대에 들어서자 주변 풍경은 확연히 달라졌다. 덤불과 낙엽수의 무성한 푸른 나뭇잎은 사라지고, 새 계절에 나뭇가지와 가는 줄기 끝에 돋아난 연초록의 바늘잎들도 자취를 감추었다. 그 대신 뿌리를 빨리 내리고 싹을 틔우는 풀들이 어느새 가슴 높이까지 자란 채, 싱그러운 초록빛을 잃고 푸른색과 황금색 사이 중간의 칙칙한 황갈색으로 변해 지평선 끝까지 펼쳐져 있다. 빽빽하게 엉킨 오래된 풀들은 씨족 사람들이 끝없이 펼쳐진 초원을 헤치고 나아가는 동안 발밑에서 푹신하게 밟혔고, 그들이 지나간 자리마다 풀들은 한동안 잔물결을 일으켰다. 가끔씩 멀리서 보이는 마른번개를 제외하면 한없이 이어진 하늘에는 구름도 거의 없었다. 땅 위를 흐르는 물도 거의 보이지 않았다. 그들은 밤에 야영할 곳 주변 가까이에 개울이 없을 경우를 대비해 개울을 지나칠 때마다 물부대를 가득 채웠다.

브룬은 보폭을 조절해가며 걸음이 느린 사람들을 배려하기도 하고, 시간에 맞추기 위해 걸음을 재촉할 때도 있었다. 동쪽으로 뻗은 본토의 높은 산맥에 위치한, 모임을 여는 씨족의 동굴까지는 갈 길이 멀었다. 특히 크렙으로서는 먼 길을 여행하는 것이 힘겨웠지만 큰 모임과 그가 이끌 근엄한 의식을 생각하면 기운이 솟았다. 불구의 몸에 관절염으로 고생하고 있었지만 그렇다고 위대한 주술사의 정신력을 약화시키지는 못했다. 따뜻한 햇볕과 에일라가 약초로 만들어준 진통제 덕분에 관절의 통증도 견딜만 했고, 얼마 후에는 거의 사용하지 않던 다리의 근육도 계속 움직이다 보니 힘이 붙었다.

여행자들은 단조로운 일상에 빠져들었다. 계속되는 도보여행으로 늘 그날이 그날 같았다. 다가오는 새 계절은 아주 서서히 바뀌어서 따뜻하던 햇살이 초원을 태울 듯이 작열하는 땡볕으로 바뀐 것도 알아차리지 못했다. 초원은 어느새 누런 흙과 황갈색 풀, 담갈색 돌들이 가득한 지대로 변했고, 하늘은 뿌연 먼지로 뒤덮인 채 누르스름했다. 초원에 번진 불길에서부터 강한 바람을 타고 날아온 연기와 재에 사흘 동안이나 눈이 따끔거렸던 적도 있었다. 여행 중에는 어마어마한 들소 떼와 손바닥 모양의 거대한 뿔이 있는 큰뿔사슴, 말, 오나거, 나귀 무리를 지나기도 했다. 머리끝에서 곧게 자라다가 끝에서 뒤쪽으로 약간 휘어진 뿔을 가진 사이가산양을 간혹 볼 때도 있었다. 풀을 뜯어먹는 수천, 수만 마리의 초식동물이 광활한 목초지에서 서식하고 있었다.

반도와 본토를 연결하는 동시에 북동쪽의 얕은 바다의 수로가 되기도 하는 늪지대에 가까워지기 훨씬 오래전부터 지구에서 두 번째로 높은 장엄한 산맥이 흐릿하게 모습을 드러냈다. 가장 낮은 봉우리에도 평원의 작열하는 태양빛에 아랑곳 않는 얼음이 중턱까지 덮여 있었다. 평탄했던 초원은 어느 사이엔가 김의털과 나래새가 드문드문 자라는 낮은 구릉지로 변해 있었다. 구릉지에는 철광석이 풍부하게 함유된 붉은 흙이 덮여 있었는데, 붉은 황토 덕분에 그곳은 신성한 땅으로 여겨졌다. 브룬은 바닷물이 드나드는 늪지가 얼마 멀지 않은 곳에 있다는 것을 알았다. 그곳은 반도와 본토를 잇는 더 좁은 두 번째 연결로였다. 반도와 본토를 잇는 주요 연결로는 작은 내해의 서쪽 경계를 이루고 있는 반도의 북쪽에 있었다.

그들은 악취가 진동하고 모기가 들끓는, 소금기가 있는 늪지대를 힘겹게 걸었다. 간혹 물길에 길이 끊기기도 했다. 그렇게 이틀에 걸쳐 늪지대를 간신히 빠져나온 끝에 드디어 본토에 다다랐다. 왜소하게 자란 졸참나무와 서어나무 덤불은 얼마 안 가 오크나무 군락이 시원하고 기분 좋은 그늘을 만들어주는 초원지대로 바뀌었다. 그들은 간혹 밤나무가 섞여 있지만 너도밤나무가 주를 이루고 있는 숲을 지나 오크나무가 가장 많지만 회양목과 주목이 섞여 있고, 덩굴식물들이 퍼져 있는 혼합림으로 들어갔다. 숲 속으로 깊이 들어갈수록 덩굴식물은 줄어들었지만 너도밤나무, 단풍나무, 서어나무가 섞여 자라는 전나무와 가문비나무 숲에서도 간혹 나무를 타고 올라간 덩굴식물을 볼 수 있었다. 산맥의 서쪽지대는 가장 습한 곳이어서 울창한 숲이 형성되어 있었고, 만년설의 최저 경계선인 설선도 가장 낮았다.

나무들이 우거진 곳을 지날 때는 숲에 사는 들소와 붉은 사슴, 노루, 엘크가 눈에 띄기도 했다. 또한 멧돼지, 여우, 오소리, 늑대, 스라소니, 표범, 살쾡이도 보았는데, 다람쥐는 한 마리도 없었다. 에일라는 익숙한 그 동물이 없다는 것을 깨닫기 전에 이 산맥에 사는 동물군에는 뭔가가 빠져 있다는 것을 감지하고 있었다. 하지만 동굴곰을 처음 본 순간, 다른 동물에 대한 생각은 완전히 잊혀졌다.

브룬이 손을 들어 멈추라는 신호를 보내고 나서 나무에 등을 비비고 있는 거대한 털북숭이 곰을 손가락으로 가리켰다. 어린아이들에게까지도 씨족 사람들이 그 거대한 초식동물을 보며 느낀 경외감이 전해졌다. 거대한 몸집만으로도 강렬한 인상을 주기에 충분했다. 씨족 사람들이 살아가는 산과 이곳 산에서 서식하는 갈색곰은 무게가 평균 165킬로그램 정도 되었고, 상대적으로 몸이 꽤 여위는 여름철에도 수컷 동굴곰의 경우에는 그 무게가 450킬로그램에 육박했다. 겨울을 나기 위해 살을 찌우는 늦가을에는 몸집이 훨씬 육중해졌다. 수컷 동굴곰이 우뚝 서면 그 키가 남자보다 세 배 이상 컸는데, 커다란 머리통과 덥수룩한 털로 인해 더 크게 보였다. 오래된 나무 등걸의 거친 나무껍질에 한가롭게 등을 비비고 있던 곰은 근처에서 얼어붙은 채 서 있는 사람들을 보지 못한 것 같았다. 하지만 그 무엇도 두려울 것 없는 곰은 그저 그들을 무시할 뿐이었다. 씨족 사람들이 사는 동굴 근처에 서식하는 더 작은 갈색곰도 강력한 앞발 하나면 단번에 수사슴의 목을 부러뜨릴 수 있는데, 하물며 이 거대한 짐승은 말해 뭐할까? 오로지 발정기에 접어든 또 다른 수컷 곰이나 새끼를 보호하려는 암컷 곰만이 감히 그 짐승에게 맞설 수 있는데, 새끼가 있는 암곰은 언제나 수곰보다 우위에 있었다.

하지만 씨족 사람들이 넋을 잃고 몰두한 까닭은 그 짐승의 어마어마한 크기 때문만은 아니었다. 이 곰은 이들 씨족의 화신, 우르수스였다. 그 곰은 그들의 친족이자 더 나아가 그들의 정기를 구현하고 있었다. 동굴곰의 뼈는 그것만으로도 대단히 신성해서 어떤 악령도 물리칠 수 있었다. 그들이 느끼는 연대감은 영적인 유대감으로, 그 어떤 육체적인 유대감보다 훨씬 의미가 깊었다. 여러 씨족들이 한데 모여 하나가 되는 것도 바로 우르수스의 정령을 통해서였다. 그들이 그 먼 길을 여행해 참여하려는 씨족 모임에 의미를 부여하는 것 역시 우르수스의 정령이었다. 그들을 씨족, 즉 동굴곰족으로 한데 묶는 것은 다름 아닌 우르수스의 정기였다.

곰은 나무에 등을 비비는 일에 싫증이 났는지, 혹은 가려움증이 해소되었는지 몸을 쭉 뻗어 우뚝 서더니 몇 걸음을 걸었다. 그러고 나서 땅을 네 발로 짚고는 주둥이를 땅 가까이로 늘어뜨린 채 쿵쿵 소리를 내며 육중한 몸을 이끌고 빠른 속도로 멀어졌다. 어마어마한 크기에도 불구하고 동굴곰은 원래 온순한 동물이어서 성가시게 하지 않는다면 먼저 공격하는 법이 드물었다.

"저게 우르수스예요?"

우바가 호기심에 들떠 손짓했다.

"저게 우르수스다."

크렙이 확인시켜주었다.

"그리고 목적지에 도착하면 동굴곰을 또 볼 수 있을 게다."

"모임을 여는 씨족이 정말로 동굴에서 동굴곰을 키워요?"

에일라가 물었다.

"저렇게 큰데요."

그녀는 씨족 모임을 여는 차례가 돌아온 씨족이 사전에 새끼 동굴곰을 생포해 동굴에서 키우는 관습에 대해 알고 있었다.

"지금쯤이면 동굴 밖에 있는 우리에 있을 게다. 하지만 새끼일 때는 동굴 안에서 사람들과 살며 아이처럼 길러지지. 새끼 곰이 배고파할 때마다 어느 불터에서건 먹이를 주면서 말이야. 대다수 씨족들은 동굴곰이 말하는 법도 조금 배웠다고들 하는데, 우리 씨족이 모임을 열었을 때는 내가 어렸을 때라 잘 기억이 안 나는구나. 그래서 그게 사실이라고는 말 못 하겠다. 동굴곰이 반쯤 자라면 사람을 해치지 못하게 우리에 가두어놓지. 그래도 그 옆을 지나갈 때마다 맛난 것들을 주고 쓰다듬기도 하면서 사랑받고 있다는 것을 알게 한단다. 그 곰은 동굴곰 의식에서 높이 받들어진 다음, 우리의 뜻을 정령들의 세계에 전달해줄 것이다."

크렙이 설명했다.

그들은 전에도 그런 이야기를 들은 적이 있었지만 동굴곰을 직접 보고 난 뒤라 씨족 모임에 가본 적이 없거나 너무 어려서 기억이 나지 않는 이들에게 더욱 새로운 의미로 다가왔다.

"우리는 언제 씨족 모임을 열어서 동굴곰과 함께 살게 되나요?"

우바가 물었다.

"우리의 차례가 돌아오거나 아니면 원래 열기로 되어 있던 씨족이 할 수 없을 때. 그러면 우리가 먼저 제안할 수 있지. 하지만 씨족들은 씨족 모임을 열 수 있는 기회를 좀처럼 놓치지 않는다. 새끼 동굴곰을 찾아 먼 길을 여행해야 하고, 또 아무리 어미 곰이 위험하다고 해도 말이다. 이번에 모임을 여는 씨족은 운이 좋구나. 동굴곰이 여전히 그들 동굴 근처에 살고 있으니. 다른 씨족이 동굴곰 잡는 것을 도와주기도 하더니 이제 그들 차례가 온 것이지. 우리 동굴 주변에는 남아 있는 동굴곰이 없어. 하지만 우리가 동굴을 발견했을 때, 그 안에 우르수스의 뼈가 있었던 것을 보면 한때는 살았던 게 분명하다."

크렙이 말했다.

"씨족 모임을 열기로 했던 씨족에게 무슨 일이 생기면 어떻게 되나요? 우리 씨족도 전에 살던 동굴에서 계속 살고 있는 게 아니 잖아요?"

에일라가 물었다.

"우리 차례가 왔는데, 우리가 어디로 옮겨갔는지 어떻게 알아 내지요?"

"소식을 전하기 위해 가장 가까운 곳에 있는 씨족에게 사람을 보낸단다. 새 동굴이 어디 있는지 다른 씨족들에게 알리거나, 모임을 열 수 있는 기회를 다른 씨족에게 넘기기 위해서 말이다."

브룬이 신호를 보내자 씨족 일행은 다시 길을 나섰다. 동굴곰이 등을 긁던 나무를 지날 때 크렙은 그 나무를 유심히 살펴보더니 거친 나무껍질에 붙어 있던 털 몇 올을 떼어냈다. 그는 이로 물고 있던 나뭇잎에 털을 조심스레 감싸서 두르개 주머니 속에 밀어 넣었다. 살아 있는 야생 동굴곰에게서 나온 털은 강력한 부적이 될 것이었다.

산을 오르자 초원을 지날 때 멀리서 보았던, 만년설이 덮인 산 정상은 숨이 막힐 듯한 장관을 펼쳐 보였다. 낮은 기슭에서 보았던 거대한 침엽수들은 자취를 감추고 더 작고 억센 고지식물들이 눈에 들어왔다. 자작나무 덤불이 나타나고, 땅에 낮게 붙어 뻗어나가는 노간주나무와 이제 막 흐드러지게 꽃송이들을 피어올린 진홍빛 진달래꽃들이 녹색이 주를 이루는 숲 속을 밝게 물들여놓았다. 반점이 있는 주황색 참나리, 연보라색과 분홍색의 매발톱꽃, 파란빛과 보랏빛이 도는 살갈퀴, 연보라색 붓꽃, 파란 용담, 노란 제비꽃, 앵초, 다양한 모양을 한 하얀 꽃 등 갖가지 야생화들도 생기 넘치는 빛깔을 뽐내며 주변을 색색으로 수놓았다. 남쪽 산맥은 같은 시기의 조산운동으로 형성된 남쪽 반도의 산맥과 마찬가지로 빙하시대 동안 대륙에 살고 있는 식물과 동물군의 은신처였다.

간혹 샤모아나 육중한 뿔을 가진 무풀론들이 나타나기도 했다. 일행은 하마터면 키가 작은 사초와 풀들로 이루어진 고원 목초지와 접한 빽빽한 침엽수림으로 들어갈 뻔했다가 제대로 길을 찾았다. 가파른 경사지를 가로지르는 곳에 사람들의 발길로 다져진 오솔길이 나 있었다. 모임을 주관하는 씨족 남자들은 사냥을 하려면 산맥 북쪽의 초원까지 먼 길을 가야 하는데도 불구하고 동굴곰이 가까이 서식하는 현재의 동굴을 길하다고 여겨 기꺼이 불편함을 감수하기로 했던 것이었다. 덕분에 그들은 사냥꾼을 잘 피해 다니는 숲 속 동물을 잡는 데 더욱 능숙해졌다.

길이 굽는 곳에서 브룬과 그로드를 처음 발견한 사람들이 새로 도착한 씨족을 맞이하러 달려 내려오다가 에일라를 본 순간 갑자기 멈춰 섰다. 눈을 피하는 것이 평생 습관이 된 그들이었지만 충격을 받은 이들은 에일라에게서 눈을 떼지 못했다. 여행에 지친 씨족 사람들이 말없이 동굴 가까이의 빈터에 줄을 지어 들어서자 여자들 중에 가장 앞에 서 있는 여인을 두고 온갖 추측이 난무했다. 크렙이 미리 주의를 주었지만 에일라는 자신이 일으킨 일대 소란에 마음의 준비가 되어 있지 않았다. 또한 이토록 많은 사람들을 보게 되리라고는 예상도 못했었다. 2백 명이 넘는 사람들이 놀란 표정으로 이상하게 생긴 여자를 보기 위해 모여들었다. 에일라는 평생 이토록 많은 사람들을, 그것도 한 장소에서 본 적이 없었다.

브룬 일행은 튼튼한 기둥을 엮어서 땅속 깊이 박아 만든 커다란 우리 앞에 섰다. 그 안에는 오는 길에 보았던 곰보다 훨씬 큰 동굴곰이 갇혀 있었다. 엄청난 양의 먹이를 줘가며 3년간 기른 거대한 동굴곰은 사람들에게 잘 길들여져 온순했다. 곰은 살이 워낙 많이 쪄서 더욱 좁아 보이는 공간 안을 나른하게 뒹굴고 있었다. 작은 규모의 씨족이 어마어마하게 큰 곰을 그토록 오랜 시간 먹여 살렸다는 것은 동굴곰을 숭배하는 마음과 엄청난 노력 없이는 불가능한 일이었다. 그들을 방문하는 씨족들이 아무리 많은 식량과 도구, 털가죽을 선물로 가지고 와도 그들이 기울인 노력에는 비할 바가 못 될 듯싶었다. 하지만 그럼에도 불구하고 모임을 주관하는 씨족 사람들을 부러워하지 않은 이는 없었다. 어느 씨족이나 씨족 모임을 주관하는 차례가 돌아와서 영적인 가호와 위대한 영예가 따르는 지위를 받게 되기를 간절히 기다렸다.

동굴곰은 먹을 것을 던져주지 않을까 기대하며 무슨 일로 소동이 벌어졌는지 보려고 비척비척 다가왔다. 우바는 다가온 곰뿐만이 아니라 잔뜩 몰려든 인파에 겁을 먹고 에일라에게 바짝 붙어 섰다. 모임을 주관하는 씨족의 족장과 주술사가 다가와 인사를 하더니 곧바로 노기 띤 기색으로 힐난했다.

"어째서 우리 씨족 모임에 다른 종족 사람을 데려온 겁니까?"

모임을 주관하는 씨족의 족장이 손짓했다.

"저 여인은 씨족의 여자입니다, 노르그. 이자의 혈통을 물려받은 주술 치료사입니다."

브룬은 속마음과 달리 더 차분하게 대꾸했다. 지켜보고 있던 사람들 사이에서 웅성거림이 일었고 흥분한 기색이 역력한 손짓이 빠르게 오갔다.

"가당치 않은 말이오!"

모임을 주관하는 씨족의 목우르가 손짓했다.

"저 여인이 어떻게 씨족의 여자란 말이오? 저 여자는 다른 종족 태생이오."

"저 여인은 씨족의 여인일세."

위대한 주술사 크렙은 브룬만큼이나 단호하게 같은 말을 반복했다. 그는 모임을 주관하는 씨족의 족장을 강렬한 눈빛으로 쏘아보았다.

"나를 의심하는 것이오, 노르그?"

노르그는 자기 부족의 목우르를 불편한 눈빛으로 바라봤지만 그의 혼란스러운 표정에서 만족스러운 대답을 찾지 못했다.

"노르그, 우리는 먼 길을 여행해서 몹시 지쳤소."

브룬이 말했다.

"지금은 그런 것을 논할 때가 아니오. 우리를 당신 씨족의 동굴에 받아들이지 않겠다는 말씀입니까?"

긴장된 순간이었다. 노르그가 거부한다면, 그들은 어쩔 수 없이 다시 먼 길을 되돌아 동굴로 돌아가는 수밖에 없었다. 이는 모임을 주관하는 씨족 입장에서 중대한 결례를 범하는 일이 되겠지만, 에일라를 동굴에 들인다는 것은 그녀를 씨족의 여인으로 인정하겠다는 것이나 마찬가지일 터였다. 그렇게 된다면 적어도 브룬이 명백하게 우위에 있다는 것을 인정하는 셈이었다. 노르그는 다시 한 번 자기네 목우르를 보더니 다음에는 강력한 주술력을 지닌 외눈의 위대한 목우르를, 그리고 마지막으로 모든 씨족들 가운데 서열 1위인 씨족의 족장을 봤다. 위대한 목우르가 그렇게 말한다면, 그가 어찌할 수 있겠는가?

노르그는 그의 짝에게 손짓을 보내 브룬의 씨족을 위해 마련된 곳으로 안내하라고 이르고는 브룬과 목우르와 함께 동굴로 들어갔다. 그들이 자리를 잡자마자 다른 종족 출신인 게 분명해 보이는 여자가 어떻게 씨족 사람이 되었는지 알아볼 심산이었다.

모임을 주관하는 씨족의 동굴 입구는 브룬 씨족이 사는 동굴 입구보다 작았다. 동굴 내부는 더 작아 보였다. 하지만 이 동굴은 의식을 위한 작은 동굴이 딸려 있는 그들의 커다란 동굴과는 달랐다. 그들의 동굴은 산속 깊은 곳까지 여러 개의 공간과 통로가 벌집 모양으로 연결되어 있었고, 아직 사람의 발길이 닿지 않은 곳도 많았다. 동굴은 그들을 방문한 씨족 사람들을 다 묵게 하고도 남을 만큼 충분히 넓었다. 하지만 몇몇 씨족은 빛이 들어오는 입구에서 떨어진 곳에 자리를 잡을 수밖에 없었다. 브룬의 씨족은 입구에서 두 번째에 위치한 굴로 안내되었다. 그들은 그 동굴의 한쪽 벽을 다

차지하는 공간을 사용할 수 있었다. 최고 지위의 씨족에 걸맞은 좋은 장소였다. 이미 여러 씨족들이 입구에서 더 먼 안쪽에 자리를 잡고 있었는데, 이 공간은 곰 축제가 시작될 때까지 브룬의 씨족을 위해 비워둘 예정이었다. 만약 그들이 불참하는 게 확실해진다면 그다음으로 서열이 높은 씨족에게 그 자리를 내주게 될 것이었다.

동굴곰족 전체를 다스리는 우두머리는 없었지만 한 씨족을 구성하는 사람들 사이에 서열이 있듯이 씨족 간에도 서열은 존재했다. 가장 높은 지위를 가진 씨족의 족장이 가장 높은 서열이라는 이유만으로 사실상 전체 씨족의 우두머리가 되었다. 하지만 절대적인 권한이 보장되는 자리는 결코 아니었다. 그러한 권한을 가지기에는 모든 씨족들이 워낙 자치적으로 꾸려지고 있었다. 모든 씨족은 족장의 생각이 곧 법이나 마찬가지인 독재적인 지배를 받고 있었고, 씨족 모임이라고 해봐야 7년에 한 번 모이는 게 전부였다. 그들은 전통과 정령의 세계와 관련된 것이 아니면 더 큰 권위에 쉽사리 굴복하지 않았다. 따라서 씨족 전체의 우두머리로 인정되는 한 사람은 씨족 모임에서 결정되었다.

씨족의 지위를 결정하는 데에는 여러 가지 요인이 작용했다. 의식은 그러한 요소들 중 가장 중요한 활동이긴 했지만 그에 못지않게 경쟁도 중요시되었다. 씨족 내 구성원들의 협동은 생존에 있어 필수적이었다. 구성원들끼리 협동을 하려면 엄격한 자제심이 요구되었는데, 다른 씨족과의 경쟁은 그동안 억눌린 감정을 발산할 수 있는 기회가 되었다. 그리고 경쟁은 다른 의미에서도 생존을 위해 필수적이었다. 통제 안에서 벌어지는 경쟁은 서로의 목을 겨누는 분쟁을 미연에 방지해주는 역할을 하기도 했다. 씨족들이 모일 때면 거의 모든 것이 다 경쟁 대상이 되었다. 남자들은 격투, 줄팔 매질, 사냥돌 던지기, 곤봉으로 힘겨루기, 달리기, 조금 더 복잡한 달리면서 창을 찌르는 경기, 도구 만들기, 춤, 이야기, 그리고 사냥 장면을 재현하는 무언극을 통해 그들의 능력을 겨루었다.

여자들 또한 남자들의 경쟁만큼 중요한 비중을 차지하지 않더라도 씨족의 지위를 결정하는 데 일조했다. 대단한 잔치가 열리는 만큼 여자들에게는 음식 솜씨를 선보이는 기회였다. 또한 모임을 주관하는 씨족에게 가져온 선물은 다른 씨족 여인들이 볼 수 있도록 늘어놓으면, 유심하게 살펴보고 나서 합의를 거쳐 우열이 결정되었다. 손으로 만든 갖가지 물건들, 즉 부드럽고 유연한 가죽, 화려한 모피, 물이 새지 않는 바구니, 성기게 짠 운반용 바구니, 섬세한 질감과 무늬가 있는 깔개, 뻣뻣한 가죽이나 나무껍질로 만든 용기, 힘줄이나 섬유질, 동물의 털로 만든 질긴 밧줄, 균일한 너비로 자른 튼튼한 긴 끈, 매끈하고 고르게 마무리된 나무 그릇, 뼈나 얇은 나무 조각으로 만든 접시, 물잔, 주발, 국자, 망토, 머리싸개, 발싸개, 손싸개, 여러 종류의 주머니들이 비교되었고, 심지어 아기들까지 비교 대상이 되었다. 여자들의 표정이나 손짓, 자세를 섬세하게 따져 훨씬 미묘한 방식으로 우열이 결정되었다. 하지만 솜씨가 가장 뛰어나다고 해서 여자들에게도 남자들처럼 영예가 주어지는 것은 아니었다. 그러나 훌륭한 물건과 평범한 물건을 통찰력 있게 구별해내 진정으로 뛰어난 솜씨에 칭찬을 보내는 것은 남자들의 경쟁 못지않게 공정하게 이루어졌다.

각 씨족의 주술 치료사와 목우르의 상대적인 지위 또한 씨족의 지위를 결정하는 데 고려 대상이 되었다. 이자와 크렙은 브룬의 씨족이 가장 높은 지위를 차지하는 데 큰 도움이 되었고, 이미 그보다 앞서 수세대에 걸쳐 최고의 씨족으로 인정받았다는 사실 역시 마찬가지였다. 하지만 그런 사실들은 그가 처음 족장이 되었을 때 그에게 약간의 강점으로 작용할 뿐, 사실 모든 고려사항들만큼이나 중요하고 결정적으로 작용하는 것은 씨족을 이끄는 족장의 능력이었다. 그리고 여인들의 경쟁이 미묘하게 이루어지는 만큼이나 어떤 씨족의 족장이 가장 유능한지는 여러가지로 복잡한 과정을 통해 결정되었다.

부분적으로 그 결정은 씨족의 남자들이 여러 경쟁에서 얼마나 뛰어난 활약을 펼쳤는가에 달려 있었다. 이는 족장이 남자들을 얼마나 잘 훈련했고 동기를 잘 부여했는지 보여줬다. 또 한편으로는 여자들이 얼마나 성실하고 행실이 바른지도 유능한 지도자로서 자질을 보여주는 방편이었다. 또한 씨족의 전통을 얼마나 잘 고수하는지도 중요하게 작용했다. 하지만 족장의 지위와 그에 따른 씨족의 지위를 결정하는 데 가장 기반이 되는 것은 족장 자신의 역량이었다. 브룬은 이번 모임의 경우 자신의 위치가 극단으로 내몰릴 것을 알았다. 그는 에일라를 데려옴으로써 이미 불리한 입지에 놓이게 되었다.

씨족 모임은 지인들과의 친분을 다지고 다른 씨족의 친족을 다시 만나는 기회가 되기도 했다. 그들은 앞으로 몇 년 동안 추운 겨울 저녁을 유쾌하게 해줄 소문과 이야깃거리를 주고받았다. 또한 자신의 씨족에서 짝을 구하지 못한 젊은이들은 서로의 관심을 끌려고 애썼다. 물론 청년이 속한 씨족의 족장에게서 허락이 떨어져야 짝짓기가 성사되었다. 젊은 여자가 다른 씨족, 특히 서열이 더 높은 씨족의 남자에게 선택되는 것은, 사랑하는 가족을 떠나야 해서 가슴 아프긴 해도 영광스러운 일이었다. 하지만 이자는 주그의 추천과 주술 치료사라는 지위에도 불구하고 에일라가 짝을 구할 수 있을 거라고는 생각하지 않았다. 만일 에일라의 아들이 정상이었다면 아이를 낳았다는 게 도움이 될 수 있었지만 기형으로 태어난 아기는 그런 희망마저 잘라버리고 말았다.

사실 에일라는 짝을 구하겠다는 생각은 전혀 하지 못했다. 그녀는 호기심 어린 눈으로 자신을 미심쩍게 바라보는 동굴 밖 사람들을 마주할 용기조차 내기가 힘겨웠다. 그녀는 우바와 함께 씨족 모임이 열리는 동안 그들의 거처가 되어줄 불터에 짐을 풀었다. 노르그의 짝은 불가와 불터 경계에 두를 돌멩이들을 가까운 곳에 모아 두었고, 물을 담는 데 쓸 가죽 부대도 준비해놓았다. 에일라는 이자가 설명한 대로 모임을 주관하는 씨족에게 보내는 선물들을 공을 들여 늘어놓았는데, 그녀의 뛰어난 솜씨는 여러 사람들의 주목을 끌었다. 에일라는 여행하는 동안 두르개에 묻은 더께를 닦은 뒤 깨끗한 두르개로 갈아입은 다음 아기에게 젖을 먹였다. 우바는 그런 에일라를 초조하게 기다리고 있었다. 아이는 동굴 주변을 탐색하고 그곳에 모인 사람들을 구경하고 싶어 안달이 나 있었지만 혼자서 그들을 맞닥뜨리기는 꺼려졌다.

"서둘러, 에일라."

우바가 손짓했다.

"다른 사람들은 벌써 다 밖에 있어. 두르크에게 나중에 먹이면 안 될까? 이 어두컴컴하고 낡은 동굴에 들어앉아 있느니 밖에서 햇볕을 쬐는 게 낫잖아. 안 그래?"

"두르크가 언제 울지 몰라 걱정돼. 울음소리가 얼마나 큰지 알잖아. 사람들이 나를 나쁜 어미라고 생각할지도 몰라."

에일라가 말했다.

"저 사람들이 나를 지금보다 더 나쁘게 생각할 만한 일은 하고 싶지 않아. 사람들이 나를 보면 놀랄 거라고 크렙이 미리 언질을 주긴 했지만, 우리가 머무는 것에 대해 고민할 정도인지는 몰랐어. 게다가 그렇게 노골적으로 쳐다볼 거라고는 생각도 못 했고."

"그래도 우리를 받아들였잖아. 크렙과 브룬이 저들에게 다 얘기를 하고 나면, 언니가 씨족의 여자라는 걸 알게 될 거야. 어서 나가자, 에일라. 언제까지나 동굴에 있을 수는 없잖아. 조만간 어차피 저 사람들과 맞닥뜨려야 해. 저 사람들도 얼마 안 가서 우리 씨족 사람들이 그랬듯이 언니에게 익숙해질 거야. 일부러 언니가 다르다고 의식하지 않는 이상, 난 언니가 다르게 생겼는지도 잘 모르겠는걸."

"그야 너는 태어났을 때부터 줄곧 나를 봤기 때문이지, 우바. 저 사람들은 나를 처음 보는 거잖아. 그래, 어차피 피할 수 없으면 부딪치는 게 낫겠지. 동굴곰에게 줄 먹이를 챙겨 가자."

에일라가 두르크를 어깨에 기대 안고 일어났다. 에일라는 두르크의 등을 토닥이며 우바와 함께 동굴을 나섰다. 노르그의 터를 지날 때 그녀와 우바는 족장의 짝에게 정중히 머리를 숙였다. 여자는 인사를 받고 나서 자신이 그들을 빤히 쳐다보고 있었다는 것을 알아차리고는 얼른 하던 일로 돌아갔다. 동굴 입구에 다가선 에일라는 숨을 깊이 마시고 고개를 조금 더 높이 들었다. 그녀는 자신에 대한 호기심을 모른 척하기로 마음먹었다. 그녀는 씨족의 여인이었고, 다른 사람들과 마찬가지로 그들과 같은 씨족의 일원이었다.

환한 햇빛 속으로 걸어 나가자 그녀의 결심은 곧바로 시험대에 올랐다. 여기저기서 온 씨족 사람들 모두가 갖가지 핑계를 대고 동굴 근처에서 서성이며 이상하게 생긴 여자가 나오기를 기다리고 있었다. 많은 사람들이 내색하지 않으려 애를 쓰고 있었지만 대부분은 일상적인 예법을 잊거나 무시한 채 입을 떡 벌리고 놀란 표정으로 그녀를 빤히 쳐다보았다. 에일라는 얼굴이 발갛게 달아오르는 것을 느꼈다. 그녀는 일부러 두르크의 자세를 고쳐 안으며 자신에게 쏠려 있는 수많은 얼굴을 보지 않으려고 했다.

그녀가 자신의 아들을 보고 있었던 게 다행이었다. 그녀의 행동에 사람들의 관심은 두르크에게 쏠아졌다. 그녀에게 받은 충격에 가려 의식하지 못했던 두르크가 이제야 눈에 들어온 것이다. 그리 조심스럽지 않은 표정과 손짓을 보면, 그들이 에일라의 아기에 대해 어떻게 생각하는지가 분명하게 드러났다. 그녀의 아들이 반드시 씨족 사람의 아기처럼 보여야만 하는 것은 아니었다. 차라리 아기가 제 어미를 더 닮았다면 더 잘 받아들일 수도 있었을 것이었다. 브룬과 위대한 목우르가 무슨 말을 했든 간에 에일라는 다른 종족의 사람이었고, 그녀의 아기도 비슷한 모습을 하고 있을 거라 생각했다. 하지만 두르크는 씨족 사람들의 특징도 많이 가지고 있었기 때문에 어딘지 모르게 다른 부분들이 아기를 더욱 비정상적으로 보이게 했다. 여자의 아기는 끔찍한 기형이어서 결코 살려두어서는 안 될 존재였다. 그 아기로 인해 에일라의 가치가 떨어졌을 뿐 아니라 브룬의 입지도 더 좁아졌다.

에일라는 입을 벌린 채 의심스러운 눈으로 자신을 빤히 바라보는 사람들을 못 본 척하며 우바와 함께 동굴곰 우리로 걸어갔다. 둘이 다가오는 것을 본 거대한 곰이 어기적어기적 다가와 먹을 것을 기대하며 우리의 나무살 사이로 앞발을 내밀었다. 나무를 타고 오르기보다 뿌리와 구근을 캐기에 더 적합한 두껍고 뭉툭한 발톱이 박힌 거대한 앞발이 불쑥 튀어나오자 에일라와 우바는 깜짝 놀라 뒤로 물러섰다. 갈색곰과 달리 동굴곰은 새끼였을 때만 나무를 타고 오를 만큼 동작이 날래고 몸집이 작았다. 에일라와 우바가 한때는 아름드리 나무였던 튼튼한 기둥 바로 앞쪽에 사과를 내려놓았다.

배고픔이란 것을 모르고 사랑받은 아이처럼 길들여진 동굴곰은 사람들을 경계하는 빛이 전혀 없었다. 영리하기도 해서 어떤 행동을 하면 맛있는 먹이가 생긴다는 것도 알고 있었다. 곰이 앉아서 앞발을 비비는 시늉을 하자 에일라는 그 우스꽝스러운 모습에 그만 미소를 지을 뻔했다.

"씨족 사람들이 어째서 자기네 동굴곰이 말을 한다고 주장했는지 알겠다."

에일라가 우바를 돌아보며 말했다.

"뭘 좀 더 달라고 하네. 사과 하나 더 있니?"

우바가 작고 단단한 사과를 건네주자 에일라는 우리로 가까이 다가가서 곰의 앞발에 사과를 놓아주었다. 사과를 입에 넣은 곰은 텁수룩한 커다란 머리를 튀어나온 나무살에 대고 비벼댔다.

"긁어달라는 거로구나, 꿀을 좋아하는 아이야."

에일라가 손짓했다. 그녀는 곰 앞에서 동굴곰이나 우르수스라는 이름을 부르지 말라는 주의를 받은 후였다. 그 곰이 진짜 자신의 이름으로 불리게 되면 자신이 누구인지 기억하고, 그를 키워준 씨족의 일원이 아니라는 것을 알게 된다. 그렇게 되면 곰은 다시 야생의 곰이 되어 동굴곰 의식을 무효로 만들고 축제를 하는 모든 이유를 무색하게 만든다는 것이었다. 에일라는 동굴곰의 귀 뒤쪽을 긁어주었다.

"기분이 좋구나, 그렇지? 겨울잠을 자는 아이야."

에일라가 손짓을 하더니 곰이 그녀 쪽으로 돌려댄 다른 귀 뒤쪽도 긁어주었다.

"긁고 싶으면 직접 귀를 긁어도 될 텐데. 참으로 게으르구나. 아니면 관심받고 싶은 거야? 털북숭이 큰 아가야?"

에일라는 거대한 머리를 손으로 문지르고 긁어주었다. 하지만 두르크가 텁수룩한 털을 한 움큼 쥐려고 손을 뻗자 얼른 뒤로 물러났다. 그녀는 다친 동물을 씨족의 동굴로 데려가 치료해준 적이 많아서 동굴곰이 다른 짐승보다 몸집만 클 뿐 잘 길들여졌다는 것을 알고 있었다. 그러다 보니 튼튼한 우리에 갇혀 있는 곰이 별로 무섭게 느껴지지 않았지만 아기는 달랐다. 두르크가 작은 손으로 털을 움켜쥐려고 뻗자 커다란 입과 긴 발톱이 갑자기 위험해 보였다.

"어떻게 그렇게 가까이 다가갈 수 있어?"

우바가 감탄하며 손짓했다.

"나는 우리 근처에도 가기가 무서운데."

"저 동굴곰은 몸만 큰 아기에 불과해. 그런데 난 두르크를 잊고 있었어. 저 곰이 반갑다고 앞발로 쿡 찌르기만 해도 두르크는 다칠 수 있는데 말이지. 먹이를 달라고 빌거나 관심을 받고 싶어 할 때는 꼭 아기처럼 보이지만 화가 나면 무슨 일을 저지를지 생각하는 것만으로도 끔찍해."

우리에서 떨어져 걸어가며 에일라가 우바에게 말했다.

에일라의 두려움 없는 행동에 놀란 사람은 우바만이 아니었다. 그곳에 모인 씨족 사람들 모두가 그녀를 지켜보고 있었다. 씨족 모임에 참여하러 온 사람들은 특히 처음에는 곰을 무서워했다. 사내 아이들은 자신이 용감하다는 것을 과시하려고 우리 속으로 손을 뻗어 곰을 만지는 시합을 벌였고, 남자들은 자존심이 강해서 속으로는 무슨 생각을 하든 두려움을 겉으로 내색하지 않으려 애썼다. 여자들은 모임을 여는 씨족의 여자들을 제외하면 우리 근처에 다가갈 엄두도 내지 못했다. 하물며 그 곰을 처음 보자마자 나무살 사이로 손을 집어넣어 긁어주는 여자가 있으리라고는 상상조차 못했다. 하지만 에일라가 그런 대담한 행동을 했다고 해서 그녀에 대한 편견이 달라지는 것은 아니었다. 오히려 에일라를 더 이상한 여자라고 생각하게 되었다.

에일라를 충분히 보고 나자 사람들은 흩어졌지만 그녀는 여전히 은밀한 시선들을 느끼고 있었다. 어린아이들의 천진한 시선에는 별로 신경이 쓰이지 않았다. 아이들의 눈길에는 자연스런 호기심이 담겨 있었지 의심스러워하거나 탐탁지 않아 하는 기미는 없었다.

에일라와 우바는 동굴 앞쪽의 넓은 경사지 한쪽 구석에 툭 튀어나온 바위 턱 아래의 그늘로 걸어 들어갔다. 그 정도 먼 거리에서라면 예를 범하지 않고서 다른 사람들의 활동을 지켜보는 게 가능했다.

에일라와 우바 사이에는 언제나 그들만의 친근감이 흘렀다. 에일라는 우바에게 언니이자 어머니이며 친구였다. 하지만 우바가 치료술을 배우기 시작한 후로, 무엇보다 그 아이가 에일라의 뒤를 밟아 작은 동굴에 오고 나서부터 둘 사이의 우애는 좀 더 동등한 관계가 되었다. 그들은 친한 친구 사이 같았다. 우바는 만으로 거의 여섯 살이 되었고 남자에게 관심을 보이기 시작하는 나이에 이르렀다.

둘은 서늘한 그늘에 앉아 있었다. 두르크는 둘 사이에 깔아놓은 포대기에 배를 깔고 누워 발을 차거나 팔을 휘둘렀다. 그러더니 고개를 들어 주위를 둘레둘레 살폈다. 여행을 하는 동안 아이는 씨족의 아이들이 내지 못하는 소리를 내며 옹알이를 시작했는데, 에일라는 걱정스러우면서도 또 한편으로는 엉뚱하게도 즐겁기까지 했다. 우바가 소년과 청년들에 대해 무슨 말을 하자 에일라는 장난스럽게 우바를 놀렸다. 에일라는 우바보다 짝을 맺을 나이에 훨씬 가까웠지만 에일라 앞에서 그녀의 짝짓기와 관련된 이야기는 하지 않기로 무언의 합의가 되어 있었다. 에일라와 우바는 긴 여행이 끝난 게 기뻤고 둘 다 씨족 모임이 처음이라 곰 축제에 대해 이런저런 추측을 하고 있었다. 둘이 한참 대화를 나누고 있을 때 한 젊은 여인이 다가오더니 어느 씨족이나 이해할 수 있는 격식을 차린 조용한 손짓으로 그 자리에 껴도 괜찮겠냐고 수줍게 물었다.

둘은 그녀를 반갑게 맞이했다. 씨족 모임에서 그들에게 우호적인 손짓을 보낸 것은 그녀가 처음이었다. 에일라는 그녀가 포대기에 아기를 감싸 데리고 온 것을 보았다. 그 여인은 잠이 든 아기를 깨우지 않으려고 조심스레 행동했다.

"이 여인의 이름은 오다입니다."

그녀는 자리에 앉아 격식을 차린 손짓으로 자기소개를 하더니 그들의 이름을 알고 싶다는 손짓을 해 보였다.

우바가 나섰다.

"이 소녀는 우바라고 하고, 이 여인은 에일라입니다."

"에이…… 에이그하? 이름이 많이 낯설어서요."

오다의 손짓은 그들과 조금 다르긴 했어도 무슨 뜻인지 알아볼 수는 있었다.

"씨족의 이름이 아니거든요."

금발머리의 여인이 말했다. 그녀는 다른 씨족 사람들이 자신의 이름을 발음하기 어려워하리란 것을 알았다. 사실 그녀의 씨족 사람들 몇몇도 여전히 그 이름을 제대로 발음하지 못했다.

오다가 고개를 끄덕이더니 무슨 말을 하려는 것처럼 손을 들어 올렸다가 이내 생각을 고쳤다. 그녀는 초조하고 불편해 보였다. 마침내 그녀가 두르크를 향해 손짓했다.

"이 여인은 당신에게 아기가 있는 것을 봤습니다."

그녀가 망설이며 말했다.

"아기가 사내아이인가요, 계집아이인가요?"

"사내입니다. 이름은 두르크. 전설에 나오는 그 두르크요. 그 이야기를 알고 있나요?"

오다의 눈에 이상하게도 안도하는 눈빛이 어렸다.

"이 여인은 그 전설을 알고 있습니다. 우리 씨족에게 흔한 이름은 아니지만요."

"우리 씨족에서도 흔한 이름은 아니에요. 하지만 이 아기도 흔하게 볼 수 있는 아이는 아니죠. 두르크는 특별하니까 그 이름이 잘 어울려요."

에일라가 다소 도전적으로 느껴질 만큼 당당하게 손짓했다.

"이 여인에게도 아기가 있습니다. 여자아이고, 이름은 우라입니다."

오다가 말했다. 그녀는 여전히 초조한 기색으로 망설이면서 말했다. 뒤이어 긴장된 침묵이 흘렀다.

"아기가 자고 있나요? 허락하신다면 아기를 보고 싶네요."

에일라는 친근하게 다가와서는 저토록 머뭇대는 여인에게 무슨 말을 해야 할까 고민하다 아기를 보여달라고 부탁을 했다.

오다는 잠시 그 청에 대해서 생각을 하는 것 같더니 결정을 내린 듯 아기를 덮개 속에서 꺼내 에일라의 품에 안겨주었다. 순간 에일라의 눈이 번쩍 떠졌다. 태어난 지 한 달 정도밖에 안 된 아기였지만 에일라를 놀라게 한 것은 갓 태어난 아기의 모습 때문만은 아니었다. 우라는 두르크와 꼭 닮았다! 그 아기는 같은 배에서 태어난 피붙이라고 해도 될 만큼 두르크와 비슷하게 생겼다. 오다의 아기가 자신의 아기라고 해도 믿을 수 있을 것 같았다!

에일라는 충격으로 정신이 아득해지는 것 같았다. 씨족의 여자가 어떻게 두르크와 닮은 아기를 낳았을까? 그녀는 두르크가 반은 씨족이고 반은 자신에게서 나왔기 때문에 다르게 보인다고 생각하고 있었다. 하지만 크렙과 브룬이 지금까지 했던 말이 옳은 게 분명했다. 두르크는 다른 게 아니라 기형이었다. 오다의 아기가 기형인 것처럼. 에일라는 당황해서 어쩔 줄 몰랐다. 그녀는 너무나 정신이 없어서 무슨 말을 해야 할지 몰랐다. 결국에는 우바가 긴 침묵을 깨고 말했다.

"당신의 아기가 두르크와 닮았네요, 오다."

우바가 격식을 차린 손짓을 사용하는 것도 잊고 말했다. 하지만 오다는 우바의 말을 이해했다.

"네."

여인이 고개를 끄덕였다.

"이 여인은 에이그하의 아기를 보고서 놀랐습니다. 그래서 내가…… 이 여인이 이야기를 나누고 싶었던 것입니다. 당신의 아기가 사내아이인지 계집아이인지 모르겠지만, 남자아이이면 좋겠다고 생각했지요."

"어째서요?"

에일라가 손짓했다.

오다는 에일라의 무릎에 놓인 아기를 바라봤다.

"내 딸은 기형입니다."

그녀는 에일라를 똑바로 보지 못하면서 손짓했다.

"나는 이 아이가 자라서 짝을 찾지 못할까봐 걱정을 했어요. 어떤 남자가 기형인 여자와 짝을 맺으려 하겠어요?"

에일라를 바라보는 오다의 눈에 애원하는 빛이 서렸다.

"내가…… 이 여인이 당신의 아기를 봤을 때, 저 아기가 사내아이면 좋겠다고 생각한 것은…… 아시다시피, 당신의 아들도 짝을 찾기가 쉽지 않을 것 같아서였어요."

에일라는 두르크의 짝에 대해서는 생각해본 적이 없었지만 오다 말이 옳았다. 아이는 짝으로 맞이할 여인을 찾기가 어려울 것이었다. 에일라는 이제 어째서 오다가 그들에게 다가왔는지 이해했다.

"당신의 딸은 건강한가요?

에일라가 물었다.

"튼튼한가요?"

오다는 자신의 손을 바라보더니 대답했다.

"아기가 마르긴 했지만 건강해요. 그런데 아기의 목에 힘이 없어요."

그녀가 손짓했다.

"하지만 점점 힘이 생기고 있어요."

오다가 열성적으로 덧붙였다.

에일라는 아기의 강보를 들추기 전에 허락을 구하는 눈빛을 보낸 뒤 아기를 좀 더 자세히 살펴보았다. 아기는 두르크보다 조금 더 몸집이 다부졌고 있어서 씨족 아기들과 비슷했지만 뼈대는 가늘었다. 두르크처럼 이마가 높았지만 머리는 씨족 사람들의 형태를 하고 있었고 눈썹뼈는 훨씬 작았다. 코는 아주 작았지만 턱은 씨족 사람들처럼 돌출됐고 턱 끝은 발달하지 않았다. 목은 두르크의 목보다 짧았지만 씨족의 여느 아기들보다는 뚜렷하게 길었다. 에일라는 아기를 안아 올리면서 자동적으로 손을 올려 머리를 받쳐주었다. 아기가 익숙한 모습으로 제 고개를 가누려고 애쓰는 게 눈에 띄었다.

"아기의 목은 더 튼튼해질 거예요, 오다. 두르크의 목은 태어났을 때 지금보다 훨씬 힘이 없었거든요. 하지만 지금 이 아이를 보세요."

"정말 그럴까요?"

오다가 간절한 표정으로 대꾸했다.

"이 여인은 첫째가는 씨족의 치료사에게 이 여인의 아기를 치료사 아들의 짝으로 생각해봐주기를 청하옵니다."

오다가 정중한 손짓으로 부탁했다.

"나도 우라가 두르크에게 좋은 짝이 될 거라 생각해요, 오다."

"그러면 당신의 짝에게 허락을 해줄 것인지 물어봐야겠지요?"

"나는 짝이 없어요."

에일라가 대답했다.

"오, 그렇다면 당신의 아들은 불행하겠어요."

오다가 실망한 기색으로 손짓했다.

"당신에게 짝이 없다면 누가 아들을 가르치지요?"

"두르크는 불행하지 않아요."

에일라가 단호하게 말했다.

"짝이 없는 여자에게서 태어난 아이가 모두 다 불행한 것은 아니에요. 나는 목우르의 불터에서 살고 있어요. 그가 사냥을 하지는 않지만 브룬이 직접 내 아들을 훈련시키겠다고 약속했어요. 아기는 훌륭한 사냥꾼이자 좋은 가장이 될 거예요. 두르크에게는 사냥 토템도 있어요. 목우르가 아이의 토템이 회색늑대라고 알려주었지요."

"상관없어요. 불운한 짝이라고 해도 아예 없는 쪽보다는 낫겠지요."

오다가 체념한 듯 손짓했다.

"당신 말이 맞았으면 좋겠어요. 우리 씨족의 목우르는 아직 우라의 토템을 알려주지 않았어요. 하지만 회색늑대는 어떤 여자의 토템도 이길 만큼 충분히 강한 토템이지요."

"에일라를 제외하면요."

우바가 끼어들었다.

"에일라의 토템은 동굴사자예요. 언니는 선택되었어요."

"그런데 어떻게 아기를 가졌지요?"

오다가 깜짝 놀라 물었다.

"제 토템은 비단털쥐인데, 이번에는 참으로 힘겹게 싸웠어요. 첫째 딸을 가졌을 때는 그렇게까지 힘들지는 않았는데."

"제 임신 기간도 힘들었어요. 딸이 또 하나 있나요? 그 아이는 정상인가요?"

"정상이었어요. 그 아이는 지금 저세상에 있답니다."

오다가 슬픈 표정으로 손짓했다.

"그래서 우라가 살아남을 수 있었던 건가요? 그 아이를 키우도록 허락받았다니 나는 좀 놀랐답니다."

에일라가 말했다.

"나는 아이를 키우고 싶지 않았지만, 내 짝이 키우도록 시켰어요. 내게 내린 벌인 셈이죠."

오다가 솔직히 털어놓았다.

"당신에게 내린 벌이오?"

"네."

오다가 끄덕였다.

"내 짝은 아들을 원했는데, 나는 딸이기를 소원했어요. 그만큼 내 첫 아기를 사랑했기 때문이었어요. 그 아이가 죽자 나는 그 아이와 꼭 닮은 딸을 다시 낳고 싶었어요. 내 짝은 우라가 기형으로 태어난 이유가 내가 임신을 했을 때 나쁜 생각을 했기 때문이래요. 내가 사내아이를 원했다면, 정상으로 태어났을 거라 말하고 다니지요. 그는 내가 좋은 여자가 아니라는 것을 모두가 알도록 이 아기를 키우라고 명령했어요. 하지만 나를 버리지는 않았어요. 누구도 나를 데려가지 않을 테니까요."

"나는 당신이 그렇게 나쁜 여자라고 생각하지 않아요, 오다."

에일라가 연민이 가득한 표정으로 손짓했다.

"이자도 우바를 가졌을 때 딸을 낳기를 기도했어요. 매일 토템에게 딸을 낳게 해달라고 빌었대요. 첫째 아이는 어쩌다 죽게 되었나요?"

"어떤 남자 손에 죽었어요."

오다는 당황해서 얼굴이 달아올랐다.

"당신처럼 생긴 남자였어요, 에이그하. 다른 종족의 남자요."

다른 종족의 남자? 나처럼 생긴 남자라고?

그녀는 등골이 서늘해지고 머리끝이 쭈뼛 섰다. 에일라는 오다가 어떻게 말을 해야 할지 쩔쩔 매고 있는 것을 눈치챘다.

"이자가 그러는데, 내가 다른 종족에게서 태어났대요, 오다. 하지만 다른 종족에 대해서는 기억나는 게 하나도 없어요. 이제 나는 씨족 사람이에요."

그녀가 오다의 기운을 북돋아주려는 듯 말했다.

"무슨 일이 있었던 거예요?"

"우리는 사냥여행 중이었어요. 다른 여자 둘과 제가 남자들을 따라갔어요. 우리 씨족은 여기서 북쪽으로 떨어진 곳에 살고 있는데, 당시 우리는 평소보다 더 북쪽으로 사냥을 떠났어요. 남자들은 아침 일찍 야영지를 떠났고, 우리는 땔감과 마른 풀을 모으려고 남아 있었죠. 검정파리가 들끓어서 고기를 말리려면 계속 불을 피워야 했거든요. 그런데 갑자기 그 남자들이 우리 야영지로 쳐들어왔어요. 우리에게 욕구를 풀고 싶어 했는데, 어떤 신호도 보내지 않았어요. 그들이 손짓을 했다면 내가 자세를 취했을지도 몰라요. 하지만 남자들은 그럴 기회도 주지 않았어요. 그냥 우리를 움켜잡아 그대로 쓰러뜨렸어요. 굉장히 거칠었고요. 내 아기를 내려놓을 틈도 주지 않았어요. 날 잡은 남자가 내 두르개와 덮개를 잡아챘어요. 그때 아기가 떨어지고 말았는데, 그는 모르고 있었어요.

그 남자가 자기 볼일을 끝냈을 때, 또 다른 남자가 나를 덮치려고 했어요. 하지만 어떤 남자가 내 아기를 봤어요. 그 남자가 아기를 들어 올려 내게 건네주었는데, 죽었더군요. 떨어지면서 바위에 머리를 부딪친 거예요. 그러더니 아기를 본 남자가 큰 소리로 무슨 말을 늘어놓고는 모두들 떠났어요. 우리 사냥꾼들이 돌아왔을 때 그 사건에 대해 말했고, 우리는 바로 동굴로 돌아갔죠. 그때 내 짝은 내게 잘해주었어요. 딸의 죽음을 슬퍼하기도 했고요. 아기를 잃고 나서 내 토템이 다시 굴복했다는 것을 알았을 때 나는 무척 기뻤어요. 그날 이후로 여인의 저주를 한 번도 받지 않았거든요. 내가 아기를 잃은 것에 대해 내 토템이 안타까워한다고 생각했어요. 그래서 죽은 아기를 대신해줄 다른 아기를 가지도록 했다고 생각한 거예요. 그래서 또 딸이 태어날 거라 생각했던 거고요. 하지만 딸을 바라지 말았어야 했어요."

"참 안됐네요."

에일라가 말했다.

"만약 두르크를 잃는다면 내가 어찌 살지 모르겠어요. 거의 그럴 뻔했던 적도 있고요. 위대한 목우르에게 우라에 대해 말할게요. 목우르가 브룬에게 꼭 말해줄 거예요. 내 아들을 예뻐하니까요. 브룬도 허락해줄 거고요. 우리 씨족의 여자가 기형인 남자와 짝을 짓는 것보다는 그편이 훨씬 수월할 것 같아요."

"이 여인이 주술 치료사에게 감사드립니다. 내 딸을 잘 키우겠다고 약속드립니다, 에이그하. 제 어미와는 달리 좋은 여자로 성장할 거예요. 브룬의 씨족은 지위가 가장 높으니까, 내 짝도 좋다고 할 거예요. 브룬의 씨족에 우라의 짝이 있다는 걸 알면 그렇게 화를 내지 않을지도 몰라요. 내 딸더러 아무짝에도 쓸모없는 애물단지라고, 결코 아무런 지위도 갖지 못할 거라고 늘 말했거든요. 이제는 우라가 자라서 짝을 찾는 일에 대해 걱정하지 않아도 된다고 말해줄 수 있고요. 어떤 남자도 자신을 원하지 않는다면 여자로서는 힘겨울 수밖에 없겠지요."

오다가 말했다.

"알아요."

키가 큰 금발의 에일라가 대답했다.

"가능한 빨리 목우르에게 전하도록 할게요."

오다가 떠나고 난 뒤, 에일라는 수심 가득한 표정으로 깊은 생각에 잠겨 있었다. 우바는 언니가 조용히 있기를 바라는 것 같아서 귀찮게 하지 않았다. 가엾은 오다, 좋은 짝도 있고 정상인 아기도 있고 행복한 여자였는데. 그런데 그 남자들이 모든 걸 망쳐놓았어. 그 남자들은 어째서 신호를 보내지 않았을까? 오다에게 아기가 있는 걸 보지 못했던 걸까? 다른 종족의 남자들도 브라우드만큼 나쁜 사람이었나. 더 나쁘지. 적어도 브라우드라면 아기를 먼저 내려놓게 했을 테니까. 사내들과 그들의 욕구란! 씨족 남자나, 다른 종족의 남자나 다 똑같아.

생각에 잠겨 있는 동안, 에일라의 마음은 자꾸만 다른 종족에 대한 생각으로 향하고 있었다. 다른 종족의 남자들, 나와 비슷하게 생긴 남자들, 그 사람들은 누구일까? 이자는 내가 그들에게서 태어났다고 말했어. 그런데 왜 나는 다른 종족에 대해 전혀 기억을 못하는 거지? 어떻게 생겼는지조차 기억이 나지 않아.

그들은 어디에서 살까? 다른 종족의 남자는 어떻게 생겼을지 궁금하다. 에일라는 샘물에 비친 자신의 모습을 떠올리며 자신의 얼굴에서 남자의 모습을 상상해보려고 애썼다. 하지만 남자에 대해 생각한 순간, 브라우드의 모습이 떠올랐다. 그때 번쩍하며 스치는 통찰력이 그녀의 머릿속에서 뒤죽박죽 맴돌던 생각들을 정리하기 시작했다.

다른 종족의 남자들! 바로 그거야! 오다는 그들 중 한 남자가 자기에게 욕구를 풀었고 그 후로 여인의 저주를 한 번도 받지 않았다고 했어. 그러고 난 뒤 우라를 낳았어. 브라우드가 내게 욕구를 풀고 나서 두르크가 태어난 것처럼. 그 남자는 다른 종족 사람이었고 나도 다른 종족에게서 태어났지. 하지만 오다와 브라우드는 둘 다 씨족 사람이고, 우라도 두르크처럼 절대 기형이 아니야. 두르크는 반은 씨족 사람이고 반은 나를 닮았어. 우라도 마찬가지고. 그러니까 우라는 반은 오다를 닮았고, 반은 그녀의 아기를 죽인 그 남자를 닮은 거야. 그렇다면 브라우드가 두르크를 생기게 한 거야. 그것도 토템의 정령이 아니라 그의 음경으로.

오다와 함께 있던 다른 여자들의 아기는 기형으로 태어나지 않았어. 그리고 남자와 여자가 그 행위를 할 때마다 아기가 매번 생겨난다면 세상에는 아기 말고는 아무것도 없겠네. 어쩌면 크렙 말이 맞을지 몰라. 여자의 정기가 굴복해야만 하는 거야. 하지만 여자가 토템의 정기를 삼키는 게 아니라 남자가 자신의 일부를 여자의 몸속에 넣는 거야. 그렇게 해서 여자 토템의 정기와 섞이는 것이지. 그러니까 남자의 정기뿐 아니라 여자의 정기도 필요한 거야.

그런데 왜 하필 브라우드였을까? 난 아기를 원했지. 동굴사자는 내가 얼마나 아기를 원하는지 알았던 거야. 하지만 브라우드는 나를 싫어하잖아. 그는 두르크도 싫어해. 하지만 그 남자 말고 또 누가 있었겠어? 다른 남자들은 누구도 내게 관심을 갖지 않으니. 나는 너무 못생겼으니까. 브라우드는 그저 내가 얼마나 그 일을 싫어하는지 알고서 그랬을 뿐이고. 내 동굴사자 토템은 브라우드의 토템이 결국에 이길 것임을 알았던 걸까? 그의 정기는 틀림없이 강할 테니까. 오가에게 이미 아들이 둘이나 있는 걸 보면. 브락과 그레브도 브라우드의 음경을 통해서 생겨난 게 틀림없어. 두르크처럼.

그렇다면 그들이 다 피붙이라는 건가? 형제? 브룬과 크렙처럼? 브룬도 에브라의 몸에 브라우드를 생겨나게 한 게 분명해. 다른 남자가 아니라면 말이야. 다른 남자일 수도 있으니. 아니, 그럴 가능성은 없어. 남자들은 족장의 짝에게는 신호를 잘 보내지 않아. 무례한 일이니까. 그러고 보면 브라우드도 오가를 다른 남자와 나누고 싶어 하지 않지. 매머드 사냥 때, 크루그는 항상 오브라에게 욕구를 풀었어. 모두가 그의 욕구를 이해할 수 있었고 구브는 배려심이 더 많은 편이니까. 드루그도 한두 번 그랬던 것 같고.

브룬이 브라우드를 생기도록 했고, 브라우드가 두르크를 생기도록 했다면, 두르크도 브룬과 관련이 있다는 뜻일까? 그리고 브락과 그레브와도? 브룬과 크렙은 한 배 피붙이야. 그들은 같은 어머니에게서 태어났고, 어쩌면 같은 남자에게서 생겼을지도 몰라.

그 남자도 족장이었고. 그렇다면 두르크가 크렙과도 관련이 있다는 걸까? 그러면 이자는? 이자도 피붙이잖아. 에일라는 고개를 흔들었다. 모든 게 다 혼란스럽기만 해.

그래도 브라우드가 두르크를 생기게 한 거야. 내 토템이 맨 처음에 브라우드가 내게 손짓을 보내도록 한 게 아닐까? 끔찍하긴 하지만 또 다른 시험이었을지 몰라. 어쩌면 다른 방법이 없었겠지. 내 토템이 미리 알았던 게 틀림없어. 그래서 계획을 세워놓았던 거야. 내 토템은 내가 얼마나 아기를 원하는지 알고 있었어. 그래서 두르크가 살 수 있다는 징표도 내게 준 거야. 브라우드가 이걸 알면 엄청 화를 내지 않을까? 나를 그렇게도 싫어하는 남자가 내가 가장 원했던 것을 주었다니.

"에일라."

끝없이 꼬리를 무는 생각 사이로 우바가 끼어들었다.

"방금 크렙과 브룬이 동굴로 들어가는 걸 봤어. 이러다 늦겠어. 어서 가서 먹을 걸 준비해야겠어. 크렙이 시장할 거야."

두르크는 잠이 들어 있었다. 에일라가 들어 올리자 잠깐 눈을 뜨더니 이내 제 어미의 가슴에 얼굴을 묻고는 다시 곯아떨어졌다. 브룬은 우라가 와서 두르크의 짝이 되도록 허락해줄 거야. 에일라는 동굴로 돌아가며 생각했다. 둘은 오다가 생각하는 것보다 훨씬 잘 어울리는 짝이 될 거야. 그런데 나는? 나도 내게 맞는 짝을 언젠가 찾게 될까?

23

마지막으로 두 씨족이 도착하자 에일라는 처음보다 정도는 덜
했지만 비슷한 시련을 겪어야 했다. 키가 크고 금발머리를 한 에
일라는 씨족 모임에 참석하기 위해 모여든 열 개 씨족 사람들을
합한 250여 명 중 가장 기이한 존재였다. 그녀는 어디를 가든 눈길
을 끌었고 모두가 그녀의 일거수일투족을 주시했다. 하지만 외모만
이상할 뿐, 그녀의 행동에서 그릇된 점은 찾아볼 수 없었다. 그녀는
그 누구도 자신에게서 결점을 찾아내지 못하도록 극도로 조심하고
있었다.

원래 살던 동굴의 편안한 분위기에서라면 무심코 나오기도 하
던 특이한 점들을 에일라는 일체 드러내지 않았다. 소리를 내 웃지
도 않았고 미소조차 짓지 않았다. 눈물을 흘리는 일도 없었다. 성
큼성큼 걷거나 팔을 크게 휘두르는 여자답지 못한 모습도 보이지
않았다. 그녀는 품행이 바른 씨족 여인의 전형이자 젊은 여자의 모
범처럼 행동했지만 누구도 그런 점을 눈여겨보지는 않았다. 다른
씨족 사람들은 다른 식으로 행동하는 여자를 한 번도 본 적이 없었

기 때문에 그것은 그저 당연한 일이었다. 하지만 그렇게 조신하게 행동한 덕분에 사람들은 점차 그녀를 받아들이게 되었다. 우바가 생각했던 대로 다른 씨족 사람들도 에일라에게 곧 익숙해졌다. 여러 씨족이 모이다 보니 제각기 할 일이 많아서 이상하게 생긴 낯선 여인에 대한 호기심을 오래 유지할 수 없었던 것이다.

많은 사람들을 오랜 기간 동굴 근처의 한정된 장소에서 지내게 하는 것은 쉬운 일이 아니었다. 협동과 조정, 그리고 상당한 예의가 필요했다. 열 개 씨족의 족장들은 자신의 씨족원만 걱정하면 될 때보다 훨씬 바빠졌다. 늘어난 사람 수만큼 문제도 많아졌다.

우선 많은 사람들을 다 먹이기 위해서는 사냥단을 꾸려야 했다. 한 씨족에서 행동 방식과 서열이 정해져 있을 때에는 사냥꾼의 위치를 정하는 게 수월했지만 둘 이상의 씨족들이 협동해 사냥을 할 때는 여러 문제가 발생했다. 여러 씨족이 결합해 조직된 사냥단의 우두머리는 씨족의 지위에 따라 결정하면 될 일이었지만, 세 번째 자리에는 어느 씨족의 남자를 세워야 할까? 처음에는 어느 씨족에서도 마음 상하는 일이 없도록 위치를 바꾸는 등 세심하게 조정했다. 경쟁이 시작되고 나면 그 결과에 따라 사냥꾼들의 배치를 쉽게할 수 있겠지만, 그 전에는 우선 남자들의 상대적인 위치를 정하고 나서야 사냥을 떠날 수 있었다.

여자들이 푸성귀를 모으러 나설 때도 문제가 일어났다. 너무 많은 여자들이 한꺼번에 가장 쓸 만한 식물을 찾아 나서는 게 문제였다. 아무도 충분히 원하는 양을 얻지 못한 채 그 지역의 식물이 다 고갈될 수 있었다. 길을 나서면서 미리 준비해놓은 식량으로 필요한 부분을 채울 수 있었지만 신선한 재료가 필요한 경우도 많았다. 그러다 보니 모임을 주관하는 씨족의 여자들은 모임을 앞두고는 항상 동굴에서 멀리 떨어진 숲에서 필요한 식물을 캐왔다. 그렇게 노력을 했음에도 그곳에 모인 여자들이 필요한 식물을 다 얻기에는 부족한 형편이었다. 또한 모임을 주관하는 씨족은 긴 여행을 할 필요가 없어 겨울을 날 식량을 저장할 시간이 충분하기는 했지만 여전히 여유 있게 식량을 비축해야 했다. 씨족 모임이 끝나면 주변에는 먹을 만한 식물이 얼마 남아 있지 않을 수도 있었다.

빙하에서 녹아 흐르는 개울이 가까이 있어 물은 충분했지만 땔감은 귀했다. 땔감을 아끼기 위해 비가 오지 않으면 음식은 동굴 밖에서 조리했고, 씨족들은 제각각 불을 피우는 대신, 다 함께 음식을 준비했다. 하지만 말라 죽은 나무는 물론이고, 다시 자라나려면 한두 계절이나 더 기다려야 하는 살아 있는 나무들까지 모조리 땔감으로 쓰였다. 씨족 모임이 끝나고 나면 동굴 주변은 예전과 사뭇 다른 모습이 될 터였다.

식량과 땔감의 공급만이 문제가 아니었다. 쓰레기도 그에 못지않게 골칫거리였다. 사람들의 배설물과 온갖 쓰레기를 수용할 장소를 따로 마련해야 했다. 그리고 기능에 따라 공간들을 정하고 나누어야 했다. 동굴 안에서의 생활공간은 물론이고, 음식을 만들거나 모임을 갖는 공간, 시합과 춤, 잔치를 위한 공간, 이동하는 공간이 필요했다. 여러 행사를 조직적으로 운영하는 것도 간단한 일이 아니었다. 팽팽하게 경쟁하는 분위기이다 보니 모든 일에는 끝없는 논의와 타협이 필요했다. 고비가 있을 때마다 관습과 전통이 큰 도움이 되었지만, 부족 간의 갈등이 일어나는 순간에 브룬의 통치력이 특히 빛을 발했다.

씨족 모임에서 동료들과 어울리며 즐거움을 누리는 사람은 크렙만이 아니었다. 브룬 또한 자신과 동등한 권력을 가진 타 부족 족장들과 경쟁하는 걸 즐겼다. 그가 펼치는 경쟁은 다른 족장들을 지휘하는 권한을 두고 겨루는 것이었는데, 오래된 전통을 해석하는 것은 때로 매우 세세하게 여러 사항들을 따져봐야 하는 지난한 일이었다. 따라서 이를 바탕으로 결정을 내리고 그 결정을 밀고 나가는 의지뿐 아니라 물러설 때를 판단하는 능력도 요구했다. 브룬이 이유 없이 가장 높은 지위의 족장이 된 게 아니었다. 그는 언제 강요를 하고 언제 타협을 하며 언제 합의를 이끌어내고 언제 독자적으로 행동해야 하는지 알고 있었다. 여러 씨족이 한자리에 모이면 권위적인 족장들을 적어도 모임이 지속되는 동안만큼은 서로 협동하는 단일체로 이끌 수 있는 강한 사내가 나타나기 마련이었다. 브룬이야말로 바로 그러한 남자였다. 그는 처음 족장이 되었을 때부터 줄곧 그래왔다.

만약 그가 위신을 잃는 일이 있었다면, 자신에 대한 불신으로 유리한 입지를 고수하지 못했을 것이었다. 자신의 판단에 대해 확신하지 못하고 주저하다 보면 스스로 내린 결정에 의심을 하기 시작했을 테고, 씨족 모임에서 다른 족장들과 당당히 맞설 수 없었을 것이었다. 그가 에일라에 대해 선처를 내릴 수 있었던 것은 씨족의 전통이라는 완고한 틀 안에서 자신의 역량을 밀어붙이는 한편, 타협을 할 수 있는 유연성 때문이었다. 그리고 일단 위신을 잃을 뻔했던 위기를 넘기자 그는 에일라를 다르게 보기 시작했다.

처음에 에일라는 그에게 결정을 강요하는 듯 보였다. 하지만 그녀가 이해하는 선에서는 씨족의 관습을 벗어난 게 아니었다. 그럴 만한 가치가 충분히 있는 일이었다. 물론 그녀가 여자이고 따라서 자신의 처지에 대해 잘 알고 있어야 하는 게 옳다. 하지만 그녀는 제때에 정신을 차리고 잘못을 뉘우쳤다. 에일라가 자신이 숨었던 작은 동굴의 위치를 알려주었을 때, 브룬은 그렇게 쇠약해진 몸으로 그곳까지 올라갔다는 데 내심 무척이나 놀랐다. 어떤 남자가 과연 그렇게 할 수 있었을까 의구심이 들었다. 남자다움은 자신을 극복하는 인내심을 통해 가늠되는 것이었다. 브룬은 용기와 결단력, 인내심을 높게 평가했다. 그러한 덕목이 한 사람의 의지력을 보여주는 증거였다. 그 일이 있은 후 브룬은 에일라가 여자임에도 불구하고 그녀가 보여준 담력과 불굴의 정신에 감탄하게 되었다.

"주그가 함께 왔더라면 줄팔매 시합에서 우리가 이겼을 텐데." 크루그가 손짓했다.

"누구도 주그를 이길 수 없었을 겁니다."

"에일라를 제외하면."

구브가 조심스러운 손짓으로 말했다.

"그 여인이 경기에 참가할 수 없다니 너무 아쉬워요."

"경기에 나가 이길 여자는 필요 없어."

브라우드가 손짓했다.

"줄팔매 경기는 그리 중요한 것도 아니고. 브룬은 늘 그랬듯 사냥돌 시합에서 이길 거야. 그리고 달려가며 창을 꽂는 시합도 남아 있고."

"하지만 부르드가 벌써 달리기 시합에서 이겼으니 달려가 창을 내리꽂는 시합에서도 이길 가능성이 많지."

드루그가 말했다.

"그리고 고른은 곤봉을 잘 다루더군."

"우리가 매머드 사냥춤을 보여줄 때까지 기다리라고 하세요. 우리가 이길 테니까."

브라우드가 대꾸했다. 사냥 장면을 재연하는 것은 여러 행사 중 일부였다. 간혹 특별히 흥분되었던 사냥이 끝나고 나면 무의식 속에서 저절로 재연되기도 했다. 브라우드는 사냥 장면을 재연해 보이는 것을 좋아했다. 그는 자신이 사냥에서 느끼는 흥분과 극적인 사건을 생생하게 펼치는 데 능하다는 것을 알고 있었고, 또한 주목받는 것을 대단히 좋아했다.

그러나 사냥 장면을 재연하는 목적은 단순히 과시하는 데 있지 않고 오히려 정보를 나누는 데 있었다. 표현력이 풍부한 무언극과 몇 가지 소품을 통해 그들은 사냥의 기술과 전술을 젊은이들과 다른 씨족 앞에서 실연해 보였다. 이것은 기술을 향상시키고 교환하는 하나의 방법이었다. 복잡한 경쟁에서 최고의 기량을 보여준 씨족에게 주어지는 상이 무엇이냐고 묻는다면, 그들은 최고의 지위라는 데 모두 동의했을 것이다. 하지만 그들 스스로 인식하고 있지는 못했지만 그들에게 돌아가는 또 다른 상이 있었다. 바로 경쟁을 통해 생존에 필요한 기술을 연마하는 것이었다.

"브라우드가 사냥춤을 이끌면 우리가 이길 거예요."

보른이 말했다. 곧 성년을 앞두고 있는 열 살짜리 소년은 여전히 미래의 족장을 우상처럼 여겼다. 브라우드는 언제나 보른을 남자들의 대화에 끼워주면서 자신을 받드는 그의 마음에 보답해주었다.

"네 달리기가 정식 시합에서 인정되지 못한 게 너무 아쉽다, 보른. 내가 봤는데, 막상막하도 아니었어. 네가 훨씬 앞섰지. 하지만 다음 시합을 위해 좋은 연습이 되었겠지."

브라우드한테 칭찬을 받은 보른의 얼굴이 상기되었다.

"우리에게 아직 충분한 가능성이 있어."

드루그가 손짓했다.

"물론 반전이 있을 수도 있어. 고른이 꽤 세더라. 너랑 몸싸움을 할 때 보니 아주 좋은 경기를 펼치더군. 브라우드, 난 네가 그 청년을 이길 수 있으려나 자신이 없더구나. 노르그의 부족장은 짝의 아들이 분명 자랑스러울 거야. 지난번 씨족 모임 이후로 많이 성장했더군. 여기 모인 남자들 중에 힘도 가장 센 것 같고."

"맞아요, 힘이 세졌더군요."

구브가 말했다.

"곤봉에서 이긴 것만 봐도 그래요. 하지만 브라우드가 더 빨라요. 힘은 거의 비슷하지만. 고른이 아슬아슬하게 두 번째로 들어왔지요."

"그리고 누즈는 줄팔매질을 잘하던데 지난번에 주그를 보고 나서 기를 쓰고 연습한 것 같더군. 다시는 노인에게 지고 싶지 않았던 게지."

크루그가 덧붙였다.

"그 남자가 사냥돌도 그만큼 연습했다면 브룬과 좋은 경기를 펼치겠어. 부르드는 달리기에 능하더라고. 난 네가 그 남자를 따라잡을 거라 생각했어, 브라우드. 그 경기도 막상막하였어. 네가 딱 한 발짝 늦었으니 말이다."

"도구는 드루그가 가장 잘 만들지."

그로드가 손짓했다. 과묵해서 좀처럼 입을 열지 않는 남자였다.

"가장 잘 만든 도구를 골라서 여기로 가지고 오는 것과는 별개의 일이라네, 그로드. 모든 사람들이 지켜보는 데서 도구를 잘 만들려면 행운이 따라줘야 하니까. 노르그 씨족의 청년도 솜씨가 있더군."

드루그가 대꾸했다.

"그 청년은 아직 어리니까 드루그에게 유리한 경기가 될 수 있어요. 그 청년은 긴장할 테지만, 드루그는 경기를 치른 경험이 많잖아요. 석공께서 더 잘 집중할 수 있을 거예요."

구브가 응원하듯 손짓했다.

"그래도 운이 따라야 해."

"모든 경기가 다 운이 따라줘야 하죠."

크루그가 말했다.

"이야기는 도르브 어르신이 제일 잘하는 것 같더군요."

"그건 익숙해져서 그런 거지요, 크루그."

구브가 손짓했다.

"판단을 내리기가 어렵더라고요. 여자들 몇몇도 이야기를 아주 잘하고요."

"하지만 뭐니 뭐니 해도 사냥춤만큼 흥미진진하지는 않아. 노르그 씨족 사람들은 코뿔소 사냥 이야기를 하다가 나를 보더니 딱 멈추더라고."

크루그가 말했다.

"코뿔소 사냥 장면을 재연하려는 모양이야."

오가가 조심스레 남자들에게 다가와 저녁식사 준비가 다 되었다고 말했다. 그러자 남자들은 손을 저으며 가 있으라고 했다. 오가는 남자들이 어서 와서 식사를 해주길 바랐다. 남자들이 늦어질수록 이야기를 들으러 갈 시간이 늦어질 터였다. 그녀는 어느 한 부분도 놓치고 싶지 않았다. 극적인 무언극으로 씨족의 전설과 역사를 펼쳐놓는 사람은 주로 나이 든 여자들이었다. 내용은 대부분 젊은이들에게 교훈을 주려는 것이었지만, 가슴 아픈 이야기부터 즐거움과 영감을 선사해서 행복을 느끼게 해주는 이야기, 어리석은 실수조차 익살스럽게 풍자하는 이야기까지 재미없는 이야기가 없었다.

오가가 동글 근처의 모닥불로 돌아왔다.

"아직 시장하지 않은 것 같아요."

그녀가 손짓했다.

"어쨌든 오겠지."

오브라가 말했다.

"식사 시간을 너무 길게 끌지 않으면 좋겠는데."

"브룬도 와야 하는데. 족장들의 모임이 끝나야 하겠지만. 목우르는 어디 있는지 모르겠다."

에브라가 덧붙였다.

"다른 목우르들과 함께 벌써 동굴로 들어갔어요. 이곳 씨족 사람들이 정령을 모시는 곳에 있을 거예요. 주술사들은 언제 나올지 아무도 모르는데, 계속 기다려야 하나요?"

우카가 물었다.

"목우르의 식사는 내가 따로 챙길게요."

에일라가 손짓했다.

"의식을 준비할 때는 언제나 식사하는 것도 잊으니까요. 크렙은 다 식은 음식을 먹는 데 익숙해서 그런 음식을 더 좋아하는 것 같을 정도예요. 우리가 기다리지 않아도 상관하지 않을 거예요."

"보세요, 벌써 시작했어요. 이러다가는 첫 번째 이야기를 놓치겠어요."

오나가 실망한 눈빛으로 손짓했다.

"어쩔 수 없는 일이야, 오나."

아가가 말했다.

"남자들이 식사를 끝낼 때까지는 못 가니까."

"그렇게 많이 놓치지는 않을 거야, 오나."

이카가 달랬다.

"이야기야 밤새도록 계속될 텐데. 그리고 내일은 남자들이 최고의 사냥 장면을 보여줄 테고. 얼마나 흥미진진하겠어?"

"난 여자들의 이야기를 보는 게 더 좋아요."

오나가 말했다.

"브라우드 말이, 우리 씨족은 매머드 사냥을 보여준대요. 우리가 틀림없이 이길 거라고 자신하더라고요. 브룬이 브라우드에게 사냥춤을 이끌도록 할 거고요."

자랑스러운 눈빛으로 오가가 손짓했다.

"재미있을 거야, 오나. 브라우드가 성인식 때 이끌던 사냥춤이 기억나는데, 난 그때 말도 못 하고 알아듣지 못했는데도 재미있게 봤어."

에일라가 손짓했다.

식사 준비를 끝낸 여자들은 공터 끄트머리에 모여 있는 여자들을 부러운 눈빛으로 바라보며 초조하게 기다렸다.

"에브라, 가서 이야기를 보도록 해. 남자들은 이야기할 게 남았다."

브룬이 손짓하자 여자들은 아기는 안고 어린아이들은 앞세워 이제 막 새로운 이야기를 시작한 노파 앞에 둘러 앉아 있는 여자들 쪽으로 발걸음을 옮겼다.

"……그리고 거대한 얼음산의 어머니는……."

"어서요."

에일라가 손짓했다.

"지금 두르크의 전설을 이야기하고 있어요. 한 부분도 놓치고 싶지 않아요. 내가 제일 좋아하는 이야기거든요."

"그걸 누가 모른다니, 에일라."

에브라가 말했다.

브룬 씨족의 여자들은 자리를 잡고 앉아 곧 이야기에 빠져들었다.

"조금 다르게 얘기하네요."

얼마 후 에일라가 손짓했다.

"씨족마다 이야기가 조금씩 다르단다. 그리고 이야기꾼들마다 서로 다른 방식으로 이야기하고. 하지만 다 같은 이야기란다. 넌 도르브의 이야기에 익숙해져 있는 거고. 도르브는 남자니까 남자와 관련된 이야기를 더 잘 알고 있고, 여자들은 주로 어머니에 대해 더 많이 이야기하지. 거대한 얼음산의 어머니는 물론, 두르크와 다른 젊은이들이 씨족을 떠날 때 그 어미들이 얼마나 슬퍼했는지 말이다."

우카가 대꾸했다.

에일라는 우카가 지진으로 아들을 잃었다는 사실을 떠올렸다. 우카는 아들을 잃은 어미의 슬픔을 이해할 수 있었다. 그리고 조금 달라진 이야기 덕분에 에일라는 그 전설에 담긴 새로운 의미에 다가갈 수 있었다. 그녀는 문득 든 걱정에 미간을 찌푸렸다. 내 아들의 이름도 두르크야. 그게 언젠가 이 아이를 잃게 된다는 뜻은 아니었으면 좋으련만. 에일라는 아기를 꽉 끌어안았다. 절대 그럴 리가 없어. 이미 아이를 잃을 뻔했지만 이제 위험은 지나갔어, 안 그래?

한 번씩 불어오는 미풍이 땀방울이 맺힌 브룬의 이마를 잠시 식혀주더니 흘러내린 머리카락을 흩뜨렸다. 그는 동굴 앞 공터 가장자리에 있는 나무 그루터기를 응시하며 신중하게 거리를 가늠했다. 가지들을 쳐낸 그루터기의 다른 부분은 곰 우리를 만드는 데 사용되었다. 바람은 희롱하듯 휙 불고 지나갔을 뿐, 먼지가 이는 경기장에 내리쬐는 숨 막히는 한낮의 햇볕을 전혀 식혀주지 못했다. 그러나 희미한 바람보다 더 미동도 않고 있는 것은 경기장 주위에서 긴장한 채 지켜보는 사람들이었다.

다리를 약간 벌리고 팔을 허리까지 늘어뜨려 사냥돌의 손잡이를 움켜쥐고 있는 브룬 또한 그들처럼 꼼짝 않고 서 있었다. 가죽에 주름을 잡아 꼭 맞게 감싼 다음, 각기 다른 길이로 꼬아놓은 끈에 연결된 묵직한 돌덩이 세 개가 땅바닥에 나란히 놓여 있었다. 브룬은 이번 시합에서 이기고 싶었다. 시합 자체를 이기는 것도 중요했지만, 다른 족장들에게 그가 경쟁에서 우위를 잃지 않았다는 것을 보여줄 필요가 있기 때문이다.

그는 에일라를 씨족 모임에 데리고 온 대가를 치러야 했다. 그는 이제야 자신과 씨족 사람들이 그녀에게 너무 익숙해져 있었다는 것을 깨달았다. 그녀의 모습은 다른 씨족 사람들이 단기간에 받아들이기에는 너무나 비정상적이었다. 심지어 위대한 목우르마저 자신의 자리를 지키기 위해 애쓰고 있었다. 다른 주술사들에게 그녀가 이자 혈통의 주술 치료사라는 사실을 설득하기도 쉽지 않았다. 그들은 에일라가 의식용 차를 만들도록 하느니 그냥 차 없이 의식을 치르자고 말할 정도였다. 하지만 브룬의 씨족이 이자의 첫 번째 지위를 잃게 되면, 이는 브룬의 흔들리는 입지에 또 한 번 타격이 될 터였다.

그의 씨족이 이번 시합에서 이기지 못하면 그는 현재의 지위를 잃게 될 거라 확신했다. 그러면 남은 씨족 남자들이 열심히 활약한다 한들 그 결과를 장담할 수 없었다. 하지만 시합에서 이긴다 해도 그의 씨족이 가장 높은 지위를 유지할 수 있다는 보장은 없었고, 가능성은 반반일 터였다. 너무도 많은 변수들이 산재해 있었다. 모임을 여는 씨족은 늘 타 씨족보다 유리한 고지를 선점하므로 가장 강력한 경쟁상대는 다름 아닌 노르그의 씨족이었다. 그의 씨족이 두 번째 지위에 오를 만큼 가깝게 추격해온다면, 노르그가 최고 지위의 씨족으로 올라서는 역전의 기회를 잡을 수도 있었다. 노르그는 그러한 사실을 잘 알고 있었고, 따라서 브룬에게는 가장 가차 없는 경쟁자였다. 브룬은 오로지 자신의 의지력으로 현재의 지위를 지키고 있었다.

브룬은 눈을 가늘게 뜨고 그루터기를 주의 깊게 응시했다. 아주 미세한 움직임에도 구경꾼들은 숨을 죽였다. 그다음 순간, 미동도 없던 그의 몸이 휙 움직이더니, 돌멩이 세 개가 축을 중심으로 선회하며 그루터기를 향해 날아갔다. 브룬은 사냥돌이 그의 손을 떠난 순간, 표적을 감지 못하리라는 것을 알았다. 돌멩이들은 표적을 맞히기만 하고 튕겨나갔다. 브룬이 사냥돌을 주우러 가는 사이, 누즈가 경기장으로 들어왔다. 누즈가 던진 돌이 표적에서 완전히 빗나가면 브룬이 이길 것이었다. 표적을 맞힌다면, 그들은 한 번씩 다시 던져야 한다. 하지만 누즈의 사냥돌이 그루터기에 감기면 그가 승리를 거머쥐게 될 터였다.

브룬은 무표정한 얼굴로 경기장 밖으로 물러섰다. 부적을 움켜쥐고 싶은 마음을 누른 채 속으로만 토템에게 도와달라는 기도를 올릴 뿐이었다. 누즈에게 그러한 자제심은 없었다. 그는 눈을 감고 목에 두른 작은 가죽 주머니를 매만진 후 눈을 떠 목표물을 바라봤다. 그러더니 갑자기 빠르게 팔을 휘둘러 사냥돌을 던졌다. 사냥돌이 그루터기에 감긴 순간, 브룬의 얼굴에 실망하는 빛이 떠오르지 않은 것은 오랜 세월 길러온 자제력 덕분이었다. 누즈가 사냥돌 시합에서 이겼고, 브룬은 자신의 지위가 더욱 흔들리는 것을 느꼈다.

브룬은 경기장에 세 장의 동물 가죽을 들여놓는 동안 자기 자리에 그대로 있었다. 한 장은 남자 키보다 더 높은 자리에서 거칠게 잘려나간 커다란 썩은 고목 둥치 위에, 다른 한 장은 숲 가장자리 근처에 이끼에 덮인 채 쓰러져 있는 제법 큰 통나무 위에 걸쳐졌다. 세 번째 가죽은 땅 위에 펼치고 가장자리를 돌멩이들로 눌러놓았다. 세 장의 가죽은 엇비슷한 간격을 두고 세모 모양을 이루고 있었다. 각 씨족에서 한 사람씩 선발된 남자들이 씨족의 서열에 따라 땅에 펼쳐진 가죽 앞에 나란히 늘어섰다. 다른 남자들은 끝을 날카롭게 다듬은 창을 들고 다른 표적이 있는 곳에 가서 섰다. 창은 주로 주목으로 만든 것이었고, 그중에는 자작나무나 사시나무, 버드나무로 만든 것도 있었다.

지위가 가장 낮은 씨족의 두 청년이 먼저 짝을 이루어 경기에 나섰다. 창을 하나씩 쥐고 나란히 선 채 노르그에게서 시선을 떼지 않고 있었다. 노르그가 신호를 내리자 두 청년은 세워놓은 고목을 향해 질주해서 그 동물 가죽의 주인이 살아 있었다면 심장이 있었을 자리를 겨냥해 힘껏 내리꽂았다. 그러고 나서는 그 옆에서 기다리고 있던 남자에게서 두 번째 창을 잡아채듯 건네받아 바닥에 쓰러진 통나무를 향해 달려가 두 번째로 창을 내리꽂았다. 세 번째 창을 잡아챘을 때는 한 남자가 앞서고 있었다. 그는 땅 위에 펼쳐 놓은 가죽을 향해 돌진해 가능한 중심에서 가까운 곳에 창을 깊숙 이 찌르고 나서 의기양양하게 두 팔을 치켜 올렸다.

예선이 끝나자 다섯 남자가 남았다. 이번에는 서열이 높은 씨족 부터 차례로 세 남자가 두 번째 시합을 위해 나란히 섰다. 마지막 으로 들어온 사람은 남아 있던 두 사람과 다시 경기를 치렀다. 그 리고 각 경기에서 두 번째로 들어온 남자끼리 시합을 펼쳐 이긴 사 람이 앞선 경기에서 이긴 두 사람과 결승전을 치를 것이었다. 결승 전까지 오른 세 남자는 브라우드, 부르드, 노르그의 씨족에서 출전 한 고른이었다.

이들 셋 중에서 고른은 결선에 오르기까지 네 번이나 뛰었던 반 면, 다른 두 사람은 각각 두 번의 시합에만 참가했던 터라 상대적 으로 덜 지쳐 있었다. 고른은 예선에서는 이겼지만 서열이 높은 세 씨족 간의 시합에서는 맨 마지막으로 들어왔다. 그래서 다른 두 남 자와 경기를 치렀는데 이번에는 두 번째로 들어왔다. 그러고 나서 그가 맨 마지막으로 들어왔던 경기에서 2등을 한 남자와 다시 겨 루었는데, 이번에는 고른이 승자였다. 오로지 근성과 체력으로 결 선까지 진출한 것이어서 모두들 그를 칭찬했다.

세 남자가 마지막 경기를 위해 일렬로 늘어서자, 브룬이 경기장 으로 들어왔다.

"노르그."

그가 말했다.

"이 경기를 뒤로 미루어 고른에게 휴식 시간을 주어야 마지막 시합이 공정할 거라 생각하오. 부족장의 짝이 낳은 아들에게 쉴 틈이 주어져야 할 것 같소."

많은 사람들이 고개를 끄덕였다. 브라우드가 못마땅한 표정을 지었지만 이로써 브룬의 입지는 조금 더 탄탄해졌다. 브룬의 제안은 그의 씨족이 선점한 유리한 고지를 양보하고, 이미 지친 상대방을 상대로 브라우드가 쉽게 이길 수 있는 가능성을 앗아가는 것이었다. 하지만 브룬은 이를 통해 공정함을 보여줄 수 있었고, 노르그 입장에서도 거절하기 어려운 제안이었다. 브룬은 재빨리 여러 가지 득실을 따져본 뒤였다. 만일 브라우드가 진다면 그의 씨족은 현재의 지위에서 밀려나겠지만, 브라우드가 이기면 공정한 태도 덕분에 브룬의 위신이 높아질 것이며 그 또한 자신감을 완전히 되찾을 터였다. 게다가 고른이 지치지 않은 상태에서 경기에 출전했다면 그가 이겼을지도 모른다는 군말을 들을 필요없이, 명백한 승리가 될 터였다. 그리고 그렇게 하는 것이 사실 더 공정했다.

늦은 오후가 되어서 모두들 다시 경기장 주변으로 모였다. 경기 중단으로 주춤했던 긴장감이 더욱 강하게 살아났다. 휴식을 취한 세 청년은 근육을 풀거나 창을 들어 올려 무게 중심을 가늠해보면서 경기장을 활보했다. 구브는 다른 씨족의 두 남자와 함께 고목 옆으로 갔고, 크루그도 다른 두 남자와 함께 쓰러진 통나무 쪽으로 갔다. 브라우드와 고른, 부르드는 나란히 서서 노르그에게 눈길을 고정한 채 신호가 떨어지기를 기다렸다. 모임을 주관하는 씨족의 족장이 팔을 들어올렸다. 그가 팔을 내리는 순간, 세 남자가 힘차게 달려 나갔다.

부르드를 선두로 브라우드가 그 뒤를 바짝 쫓고 고른이 가장 뒤에서 맹렬히 추격했다. 브라우드가 썩은 고목에 첫 번째 창을 내리꽂았을 때, 부르드는 이미 두 번째 창을 낚아채고 있었다. 쓰러진 통나무를 향해 달려가는 동안 고른은 브라우드 뒤에서 바짝 따라붙으며 더욱 속도를 높였지만 여전히 부르드가 선두였다. 브라우드가 창을 치켜든 순간, 부르드가 먼저 창을 찔러 박았지만 짐승 가죽으로 덮인 통나무에 숨어 있던 옹이를 치는 바람에 창은 땅바닥으로 튕겨나갔다. 그가 떨어진 창을 집어 들어 찔렀을 때는 이미 브라우드와 고른이 그를 앞지른 뒤였다. 부르드는 세 번째 창을 움켜쥐고 그들을 뒤쫓았지만 그의 패배는 이미 정해졌다.

브라우드와 고른은 마지막 표적을 향해 숨 가쁘게 돌진했다. 고른이 브라우드를 따라잡은 뒤 조금 앞서 나가고 있었다. 브라우드는 어깨가 넓은 그 거인 같은 체구의 남자에게 뒤지자 약이 올랐다. 그는 온몸의 근육과 힘줄에서 있는 대로 힘을 쥐어짜 돌진했다. 가슴이 터질 것만 같았다. 땅바닥에 펼쳐진 짐승 가죽에는 고른이 간발의 차이로 먼저 도달했지만, 그가 팔을 치켜드는 찰나, 브라우드가 그 아래로 달려들어 곧바로 질긴 가죽에 창을 꽂았다. 고른의 창은 바로 다음 순간에 꽂혔다. 심장이 한 번 뛰는 사이에 일어난 일이었다.

브라우드가 결승점에 이르러 속도를 늦추며 멈춰 서자 브룬 씨족의 사냥꾼들이 그를 에워쌌다. 브룬은 자랑스러운 눈빛으로 그들을 지켜보았다. 그의 심장은 브라우드만큼 빠르게 뛰고 있었다.

그는 자기 짝의 아들이 한 발자국을 뗄 때마다 마음을 졸이고 있었다. 우열을 가리기 어려웠던 순간, 브룬은 브라우드가 질 거라 생각했지만, 그는 온힘을 다해 승리를 거머쥐었다. 그것은 결정적인 경기였다. 이번 승리 덕분에 브룬은 기회 이상의 것을 얻었다. 나도 이제 늙었나 보구나. 문득 브룬은 그런 생각에 빠졌다. 나는 사냥돌 시합에서 졌지만, 브라우드는 이겼어. 저 아이에게 씨족의 족장자리를 물려줄 때가 된 것 같군. 지금 당장 여기서 그를 족장으로 삼겠다고 발표할 수도 있어. 그래, 나는 최고의 지위를 지키기 위해 싸우고 그 영광은 저 아이가 가지고 돌아갈 수 있게 하자! 저렇게 훌륭하게 경기를 마쳤으니 그럴 자격이 충분해. 좋아, 당장 저 아이에게 말해야겠다.

브룬은 다른 사내들의 축하가 끝나기를 기다렸다가 청년에게 다가갔다. 브라우드가 자신이 누리게 될 엄청난 영광을 알게 되면 얼마나 기뻐할까 내심 기대되었다. 그것은 그가 멋진 경기를 펼친 것에 걸맞은 보답이 될 터였다. 또한 자기 짝의 아들에게 줄 수 있는 가장 커다란 선물이기도 했다.

"브룬!"

브라우드는 족장을 보더니 바로 입을 열었다.

"어째서 시합을 미루자고 한 겁니까? 하마터면 질 뻔했잖습니까. 상대방에게 휴식 시간을 주지 않았다면 쉽게 이겼을 겁니다. 우리 씨족이 첫 번째 지위를 유지하든 말든 상관없다는 겁니까?"

그가 성마르게 손짓했다.

"아니면 다음 씨족 모임 때는 너무 나이 들어 더 이상 족장이 아닐 테니 그런 겁니까? 내가 족장이 되더라도, 적어도 첫 번째 지위의 씨족 자리에서 시작하도록 도와주어야지요. 브룬도 옛날에 첫 번째 자리에서 시작했듯이 말입니다."

브룬은 브라우드의 격한 비난에 놀라 뒷걸음질 쳤다. 그는 안간힘을 써서 상반된 감정을 억눌렀다. 너는 이해를 못 하는구나. 네가 나중에라도 과연 이해하게 될까? 우리 씨족은 서열 1위다. 내가 도울 수 있다면, 그 자리를 유지하겠지. 하지만 네가 족장이 되면, 어떻게 될까? 그러면 우리 씨족이 얼마나 오래 그 지위를 유지할 수 있을까? 그의 눈에서 자랑스러운 빛이 가시고 엄청난 슬픔이 그를 덮쳤다. 하지만 브룬은 그런 감정 또한 다스렸다. 이 아이가 아직 젊어서 그러겠지, 그는 그렇게 합리화했다. 조금 더 시간이 필요하겠지. 조금 더 경험을 쌓아야 할 거야. 내가 진심으로 설명해준 적이 있던가? 브룬은 누구의 설명도 그에게 통하지 않았다는 사실을 잊으려고 했다.

"브라우드, 고른이 지쳐 있었다면 네 승리가 지금처럼 값졌겠느냐? 그가 지치지 않았다면 네가 그를 꺾지 못했을 거라고 다른 씨족 사람들이 의심했다면 기분이 어떠했을까? 이렇게 하니까 사람들이 네 승리를 확실하게 인정하는 것이다. 너 또한 그럴 테고. 잘했다. 내 짝의 아들아."

브룬이 부드럽게 손짓했다.

"훌륭한 시합이었다."

분은 났지만 브라우드는 여전히 자신이 아는 그 누구보다도 브룬을 존경했으므로 기분이 좋지 않을 수 없었다. 그 순간 브라우드는 성인식을 앞둔 첫 사냥에서 그랬던 것처럼 브룬의 칭찬 한 마디에 뭐라도 다 내줄 수 있을 것 같았다.

"거기까지는 생각 못 했습니다, 브룬. 브룬 말이 옳습니다. 그렇게 해야 모두가 내가 실력으로 이겼다는 것을 인정하겠지요. 내가 고른보다 뛰어나다는 것도 알고요."

"이번 경기를 이겼고, 드루그가 도구 만드는 경연에서 이기고, 또 오늘 밤 우리가 매머드 사냥춤에서 이기면, 첫 번째 지위 자리를 확실히 굳힐 수 있다."

크루그가 신이 난 듯 말했다.

"그러면 네가 동굴곰 의식에 참여하는 남자 중 하나로 선발될 거야."

브라우드가 동굴로 돌아가는 길에 더 많은 남자들이 그를 축하해주기 위해 몰려들었다. 브룬은 그가 가는 모습을 지켜보다가 노르그의 씨족에게 둘러싸여 돌아가고 있는 고른을 보았다. 나이 많은 남자가 격려가 담긴 손짓으로 그의 어깨를 두드려주었다.

노르그의 부족장은 제 짝이 낳은 아들을 자랑스러워할 만하군, 브룬은 생각했다. 브라우드가 경기에서 이겼는지는 몰라도 고른보다 더 훌륭한 남자인지는 모르겠어. 브룬은 애석한 마음을 애써 억누르긴 했으나 완전히 몰아낸 것은 아니었다. 아무리 마음 깊은 곳에 묻어두려 해도 씁쓸한 마음은 가시지 않았다. 브라우드는 그럼에도 여전히 자신의 짝이 낳은 아들, 그의 마음의 아이였다.

"노르그 씨족의 남자들은 용감한 사냥꾼이더군."

드루그가 인정하며 말했다.

"코뿔소가 목을 축이러 가는 길에 구덩이를 파놓고 덤불로 가리다니 참 훌륭한 계획이었어. 우리도 언젠가 시도해봐도 좋겠지. 그 짐승을 몰려면 엄청난 용기가 필요하거든. 코뿔소는 매머드보다 사나운 데다 더욱 예측하기 힘든 짐승이니까. 노르그의 사냥꾼들이 그런 부분도 보여주더군."

"그래도 우리 매머드 사냥만큼은 훌륭하지 않았어요. 모두들 동의했습니다."

크루그가 말했다.

"한데 고른은 선발될 만하더군요. 거의 모든 시합이 브라우드와 고른의 경쟁이었어요. 올해는 우리가 이번 경쟁에서 이기지 못할까 잠깐 걱정한 적도 있어요. 노르그의 씨족이 워낙 막상막하로 뒤쫓아와서요. 누가 세 번째로 선발될 것 같습니까, 그로드?"

"부르드가 잘했지만 나 같으면 누즈를 뽑겠군."

그로드가 대답했다.

"브룬도 누즈를 택할 것 같던데."

"결정을 내리기는 어렵지만, 나는 부르드가 자격이 있다고 생각하네."

드루그가 말했다.

"축제를 마칠 때까지는 구브를 보기 힘들 겁니다."

크루그가 말했다.

"이제 시합들이 다 끝났으니, 목우르의 제자들은 목우르들과 내내 시간을 함께 보낼 테니까요. 브라우드와 구브가 오늘 밤 우리

하고 같이 안 먹는다고 여자들이 음식을 그만큼 적게 만들지나 않았으면 좋겠군요. 잘 먹어두려고요. 내일 축제 때까지는 아무것도 못 먹을 테니까요."

"만일 내가 브라우드라면 먹고 싶지 않을 것 같아."

드루그가 말했다.

"동굴곰 의식에 선발된 건 크나큰 영광이야. 하지만 그에게 그 어느 때보다 용기가 필요한 순간이 있다면, 그건 바로 내일 아침이 되겠지."

첫 아침 햇살이 비칠 때, 동굴은 텅 비어 있었다. 여인들은 벌써 일어나 불가에서 바삐 움직이고 있었고, 나머지 사람들도 잠을 이룰 수 없었다. 축제를 준비하는 데도 여러 날이 걸렸지만 앞으로 해야 할 일에 비하면 아무것도 아니었다. 산꼭대기 위로 작열하는 둥근 불덩어리가 뙤약볕을 쏟아붓기 전부터 이미 태양은 동굴 주변에 햇살을 흩뿌리고 있었다.

씨족 사람들 사이에는 손에 잡힐 듯한 흥분과 터질 듯한 긴장감이 흘렀다. 모든 시합이 다 끝난 뒤여서 남자들은 의식 전까지 할 일이 마땅히 없었다. 하지만 그들의 들뜬 기분이 큰 사내아이들에게로 옮겨갔고 그다음에는 어린아이들에게까지 전해져 안 그래도 바쁜 여자들의 정신을 쏙 빼놓았다. 정처 없이 어슬렁거리는 남자들과 그 뒤꽁무니를 쫓아다니는 아이들이 어디를 가든 거치적거렸다.

여자들이 수수를 빻아 물에 개어 만든 반죽을 뜨거운 돌에 올려 구운 빵을 나눠주자 소란스러웠던 분위기는 잠시 가라앉았다. 아무 특징 없는 밋밋한 빵이지만 아침식사는 엄숙한 분위기 속에서 이루어졌다. 그 빵은 7년 중 그날 단 하루만을 위한 음식이었다. 젖먹이 아이들을 제외하면 축제가 열리기 전에는 이것 말고는 다른 것을 먹을 수 없었다. 하지만 수수로 만든 빵은 배를 채우기에는 턱없이 모자라서 식욕을 더 불러일으킬 뿐이었다. 한낮이 되자 모닥불에서 피어오르는 맛있는 냄새가 허기를 자극했다. 곰 축제가 열리는 시간이 다가올수록 기대감이 고조되며 극도의 흥분 상태로 치달아 주변은 더욱 소란해졌다.

크렙은 에일라와 우바에게 나중에 열리게 될 의식을 준비하라는 언질을 주지 않았다. 다른 주술사들은 둘 중 그 누구도 받아들일 마음이 없는 게 분명했다. 이자가 여행에 나설 만큼 몸이 건강했다면 좋았겠다고 생각하는 사람은 그 둘만이 아니었다. 크렙은 갖은 노력을 기울여 둘 중 하나가 차를 만들 수 있도록 주술사들을 설득했지만 그들에게 에일라는 너무 이상했고 우바는 너무 어렸다. 그들이 그 의식을 아무리 원한다 한들, 또한 그 뿌리로 만든 차를 마시는 일이 아주 드문 기회라 해도 그들의 생각은 변함없었다. 주술사들은 에일라를 이자의 혈통을 이어받은 주술 치료사는커녕 씨족의 여자로도 받아들이지 않았다. 우르수스를 기리는 의식은 모임에 참가한 씨족들에게만 영향을 미치는 것이 아니었다. 씨족 모임에서 거행된 의식의 결과는 좋고 나쁨을 떠나 전 씨족에게 영향을 주었다. 목우르들은 도처에 흩어져 있는 씨족 전체를 불행한 운명에 빠뜨릴지 모르는데, 그러한 불운의 가능성을 앞에 두고 운에 맡기려고 하지 않았다. 위험이 너무 컸다.

의식의 전통적인 절차를 생략함으로써 브룬과 그의 씨족은 위신이 떨어질 터였다. 시합에서 남자들이 쏟은 모든 노력에도 불구하고, 브룬이 에일라를 받아들인 결정이 그 어느 때보다 씨족에게 위협으로 다가왔다. 그것은 도를 넘어설 만큼 전통에 어긋나는 일이었다. 점점 거세지는 반대에 직면한 브룬이 단호한 태도를 유지하며 그 문제를 남겨두었지만, 과연 자신이 마지막 순간까지 이겨낼 수 있을지 확신이 서지 않았다.

수수빵을 모두에게 나눠준 뒤 얼마 지나지 않아 족장들이 동굴 입구에 늘어섰다. 족장들은 모여든 씨족 사람들이 그들을 주목할 때까지 말없이 기다렸다. 족장들의 등장을 눈치챈 사람들 사이로 연못에 던진 돌에서 물결이 일듯 정적이 퍼져나갔다. 먼저 남자들이 씨족의 지위와 각자의 서열에 따라 자리를 잡았고, 그 뒤를 따라 여인들도 일손을 멈추고 갑자기 조용해진 아이들에게 손짓을 하고는 자신의 자리를 찾아 들어갔다. 곧 동굴곰 의식이 시작되려는 순간이었다.

통나무의 안쪽을 파낸 통 모양의 북을 매끄럽고 단단한 막대기로 두들기는 첫 번째 소리가 기대감이 가득 밴 정적 속에서 천둥처럼 날카롭게 울렸다. 나무창의 끝으로 땅을 두들기는 소리와 함께 느리고 장엄하던 리듬이 깊이를 더하며 점점 빨라졌다. 속이 빈 기다란 나무통을 북채로 치는 대위법적인 리듬은 창끝이 땅을 두드리는 소리와 동떨어진 채 무작위로 치는 것처럼, 강하고 반복적인 박자로 울려 퍼졌다. 하지만 속도가 이리저리 변하는 가운데 짧게 끊기면서 울리는 박자는 마치 우연인 듯 매번 다섯 번째 두드리는 소리와는 강한 리듬으로 일치했다. 그 소리와 느낌들이 합쳐져서 최면을 걸 듯 퍼져 나가더니 폭발할 듯한 긴장감으로 이어졌다.

마침내 모든 소리가 뚝 끊겼다. 그때 곰가죽을 두른 아홉 명의 주술사들이 홀연히 나타나 동굴곰 우리 앞에 나란히 섰다. 위대한 주술사는 그들보다 앞선 곳에 홀로 서 있었다. 모든 것을 삼킬 듯한 정적 속에서도 사람들의 머릿속에서는 여전히 강한 리듬이 울리고 있었다. 위대한 주술사가 한쪽 끝에 끈이 달린 기다란 타원형의 나무판을 돌리기 시작하자 처음에는 매우 여리던 바람 소리가 점점 커지면서 울부짖듯 정적을 찢었다. 그 공명음은 악기가 내포하는 의미를 담고 구석구석 퍼지며 뇌리에 깊이 박혀 소름을 일으켰다. 그것은 우르수스에게만 헌정되는 이 의식에 다른 정령들은 발을 들여놓지 말라고 경고하는 동굴곰 정령의 소리였다. 이제 어떤 토템의 정령들도 그들을 돕기 위해 오지 못할 것이었다. 그들 자신을 씨족의 가장 위대한 정령의 보호에 전적으로 맡긴 것이었다.

굵고 낮은 음을 뚫고 이번에는 높은 음조의 가락이 들려왔다. 의식용 악기의 소리가 잦아들자 가냘프게 흐느끼는 듯한 소리가 가장 용감한 사람들의 등골까지도 서늘하게 만들었다. 육체를 떠난 혼령이 내는 듯 으스스하게 떠는 소리는 다른 세상에서 오는 것처럼 밝은 아침의 공기를 뚫고 들려왔다. 가장 앞줄에 서 있던 에일라는 그 소리가 목우르 중 한 사람이 입에 대고 있는 어떤 도구에서 흘러나오는 것을 볼 수 있었다.

커다란 새의 속이 빈 다리뼈로 만든 피리에는 손가락 구멍이 없었다. 음조는 뚫린 끝부분을 막았다 열었다 하면서 조절했다. 솜씨

있는 연주자의 손을 거치면 그 간단한 악기에서 다섯 음계의 풍부한 가락이 흘러나왔다. 이 자리에 있는 다른 이들과 마찬가지로 에일라에게도 낯선 음악이 만들어내는 소리는 마치 주술처럼 이 세상 것이 아닌 듯 들렸다. 그러한 음악은 목우르의 청에 따라 오직 의식을 위해 정령의 세계에서 들려오는 소리였다. 의식용 악기가 동굴곰의 울부짖는 소리를 육체적인 형태로 상징화해 모방한 것이라면, 피리는 우르수스의 정령이 내는 목소리였다.

악기를 연주하는 주술사 또한 자신이 직접 소리를 내면서도 그 원시적인 관악기에서 흘러나오는 소리에 신성함을 느꼈다. 그러한 신비한 피리를 만들고 연주하는 것은 그 씨족의 주술사들에게만 전수되는 비법, 보통 때 같으면 그 주술사를 최고의 지위에 올려줄 만한 비법이었다. 크렙의 뛰어난 능력으로 인해 피리를 연주하는 그 주술사는 두 번째 지위로 밀려났지만, 강력한 힘을 지닌 것은 분명했다. 그리고 에일라를 받아들이는 것에 대해 가장 거세게 반대하는 이도 바로 그였다.

거대한 동굴곰은 우리 안을 서성이고 있었다. 동굴곰은 한 번도 끼니를 거른 적이 없었기에 굶주림에 익숙지 않았다. 하지만 그날은 처음으로 배가 고팠다. 물조차 금지되어서 곰은 목이 말랐다. 우리 주변에 모여 있는 사람들, 긴장과 흥분이 감도는 분위기, 나무통과 의식용 악기, 피리 소리, 이 모든 것들이 어우러져 곰의 신경을 예민하게 만들었다.

곰은 위대한 주술사가 다리를 절며 우리 쪽으로 다가오는 것을 보자 육중한 몸체를 뒷다리로 들어 올리며 못마땅하다는 듯이 불만을 표시했다. 크렙은 반사적으로 움찔 뒤로 물러섰지만, 재빨리 정신을 차리고는 다리를 절다가 그런 것처럼 가장했다. 그의 얼굴에는 다른 주술사들과 마찬가지로 이산화망간 가루를 갠 검은 반죽으로 칠해져 있어서, 그가 기분이 나빠진 짐승을 올려다보려고 고개를 뒤로 들었을 때도 두려워하는 기미는 보이지 않았다. 그는 조그만 물그릇을 들고 있었다. 회색이 도는 상아빛의 뼈로 만든 그릇은 모양과 색깔로 보아 한때 인간의 두개골이었던 게 틀림없었다. 그가 섬뜩한 물그릇을 우리 안에 들여놓고 나서 뒤로 물러서자 거대한 털북숭이 곰이 물을 마시려고 몸을 굽혔다.

그 짐승이 정신없이 물그릇에 얼굴을 처박고 있는 동안, 새 창을 든 스물한 명의 젊은 사냥꾼들이 우리를 에워쌌다. 그들은 동굴곰 의식에서 특별한 영광을 누릴 남자들을 배출하지 못한 일곱 씨족의 족장들이 세 명씩 선발한 가장 용감한 사냥꾼들이었다. 뒤이어 브라우드, 고른, 부르드가 우리 앞으로 달려가서 단단하게 묶어놓은 우리의 문 앞에 늘어섰다. 그들은 허리에 두른 간단한 천을 제외하고는 발가벗었고 몸에는 붉은색과 검정 무늬를 그렸다.

그 얼마 안 되는 물로 거대한 곰이 갈증을 풀기에는 턱없이 부족했다. 하지만 곰은 우리 가까이에 있는 사람들을 보고 뭔가 더 나올 거라는 기대감에 앞발을 비볐다. 예전 같으면 틀림없이 반응을 이끌어냈을 몸짓이었다. 그러나 먹을 것이 나오지 않자 동굴곰은 가장 가까이에 있는 사람에게 다가가서 우리의 나무살 사이로 코를 내밀었다.

피리 소리는 불안한 정적 속에서 기대감을 고조시키며, 중간에서 뚝 멎었다. 크렙이 두개골 그릇을 다시 주워들고 동굴 입구에 늘어선 주술사들의 앞자리로 돌아왔다. 보이지 않는 신호에 따라 주술사들이 일제히 격식을 갖춘 손짓으로 말하기 시작했다.

"우리가 드리는 감사의 표시로 이 물을 받아주십시오, 위대한 수호자시여! 당신의 씨족은 당신의 가르침을 잊지 않았습니다. 동굴은 우리를 겨울의 눈과 추위로부터 보호해주는 거처입니다. 우리 또한 여름의 곡식을 모아 식량으로 삼고 털가죽으로 몸을 따뜻하게 해 조용히 쉽니다. 당신은 우리의 일원이었고 우리와 함께 살았으며, 우리가 당신의 방식에 따라 산다는 것을 알고 계십니다."

얼굴에 검은 칠을 하고 똑같은 곰가죽 덮개를 걸친 주술사들이 위엄하고 유려한 손짓으로 기도하는 모습은 오랜 연습을 함께 한 무용단처럼 보였다. 다른 주술사들과 어울리면서도 한 손만 사용하는 다소 변형된 위대한 주술사의 유려한 손짓이 우아한 손짓들을 맺고 끊어주며 강조했다.

"우리는 모든 정령들 중에서 당신을 가장 존경합니다. 바라오니, 정령의 세계에서 우리를 위해 남자들의 용감함과 여인들의 순종에 대해 알려주시고, 우리가 저세상으로 돌아갈 때 우리를 위한 자리를 마련해주십시오. 우리를 사악한 정령으로부터 보호해주십시오. 우리는 당신의 사람들, 동굴곰족입니다, 위대한 우르수스시여. 명예롭게 가십시오, 가장 위대한 정령이시여."

주술사들이 처음으로 거대한 짐승 앞에서 손짓으로 이름을 말하자 스물한 명의 젊은 남자들이 튼튼한 나무로 얽어 만든 우리 안으로 창을 밀어 넣어 거친 털로 덮인 숭배받는 짐승의 거대한 몸을 찔렀다. 우리가 너무 넓어서 모든 창들이 동굴곰의 몸에 상처를 입힌 것은 아니었지만 동굴곰의 성질을 돋우기에 충분했다. 화가 난 짐승의 포효가 정적을 가르자 사람들은 깜짝 놀라 뒤로 물러났다.

그와 동시에 브라우드와 고른, 부르드가 우리 문을 묶어놓았던 밧줄을 자르고 나서 나무기둥을 타고 꼭대기로 올라갔다. 브라우드가 기둥 꼭대기에 가장 먼저 도착했지만 고른이 그보다 먼저 짧고 두툼한 통나무를 움켜쥐었다. 창에 찔려 성이 난 동굴곰이 뒷다리로 벌떡 일어나 분노에 찬 울음을 토해내더니 세 청년에게 쿵쿵 발소리를 울리며 다가왔다. 곰의 거대한 머리통이 가장 높은 말뚝에 거의 닿았다. 동굴곰이 입구 쪽으로 가서 문을 밀쳐 넘어뜨렸다. 우리가 열린 것이다! 어마어마한 덩치의 화가 난 곰이 우리에서 풀려난 것이다!

창을 든 사냥꾼들이 성난 짐승과 불안에 떠는 사람들 사이에 방어벽처럼 대형을 이루어 섰다. 여자들은 도망가고 싶은 충동을 간신히 억누르며 아기들을 꼭 끌어안았고, 큰 아이들은 겁에 질려 눈이 휘둥그레진 채 제 어미에게 매달렸다. 사냥꾼들이 공포에 떠는 여인들과 아이들을 지키려고 뛰어들 태세를 하며 창을 움켜쥐었다. 그런 상황에서도 씨족 사람들은 제자리를 지켰다.

상처를 입은 곰이 통나무 우리의 열린 틈으로 쿵쿵 걸어 나오자 말뚝 위에서 브라우드와 고른, 부르드가 곰 위로 뛰어내렸다. 브라우드는 어깨를 타고 서서 동굴곰 얼굴에 난 털을 잡아당겼고, 그러는 사이 부르드는 등에 올라탔다. 그는 온힘을 다해 거친 털을 움켜쥐고 목덜미의 늘어진 살을 잡아당겼다. 둘이 함께 용을 쓴 덕분에 날뛰는 곰의 입이 크게 벌어졌다. 곰의 어깨에 비스듬히 걸터앉은 고른이 곰의 입안으로 통나무를 찔러 넣었다. 곧이어 브라우드가 털을 움켜쥔 손을 놓으며 재빨리 통나무를 재갈처럼 쑤셔 넣자 숨통을 막으면서 곰의 무기 하나를 무력하게 만들었다.

하지만 그렇다고 곰이 완전히 힘을 잃은 것은 아니었다. 격분한 곰이 자신에게 붙어 있는 인간들을 앞발로 내리쳤다. 날카로운 발톱이 어깨에 올라 타 있던 사내의 허벅지에 박혔고, 곰은 비명을 지르는 젊은 사냥꾼을 강력한 앞발로 끌어내렸다. 고른의 고통에 찬 비명은 그 힘센 곰이 그의 등뼈를 부러뜨린 순간, 뚝 끊겼다. 동굴곰이 그 용감한 젊은이의 축 늘어진 몸뚱이를 떨어뜨리자 지켜보던 여자들 중 하나가 구슬피 울었다.

동굴곰은 창을 들고 다가오는 남자들에게 달려들었다. 성난 짐승이 강력한 앞발을 한차례 휘두르자 세 명의 남자가 나가떨어졌다. 네 번째 남자는 다리에 뼈가 드러날 정도로 깊은 상처를 입었다. 그 남자는 너무도 큰 충격을 받아 비명조차 지르지 못한 채 고통에 몸을 웅크렸다. 다른 남자들이 그 남자를 뛰어넘어 사나운 맹수에게 창을 찔러 넣을 수 있을 만큼 가까이 다가섰다.

에일라는 곰이 자신들 쪽을 덮치지나 않을까 하는 공포에 질린 채 두르크를 꼭 끌어안았다. 하지만 사냥꾼이 쓰러지면서 그의 더운 피가 땅바닥으로 흘러내리자, 자신도 모르게 몸이 움직였다. 아이를 우바에게 맡기고 아수라장 속으로 뛰어든 것이다. 그녀는 빽빽이 에워싼 사람들을 헤치고 부상당한 남자를 질질 끌다시피 해서 뒤엉킨 사냥꾼들 틈에서 빠져나왔다. 그러고 나서 그녀는 한 손으로 피가 흐르는 사타구니를 꽉 누른 채, 나머지 손으로 두르개 자락을 들어 이로 잡아당겨 찢었다.

그녀가 잘라낸 두르개를 지혈대 삼아 묶고 두르크의 포대기로 피를 닦고 나자 다른 치료사 두 명이 건너왔다. 그들은 에일라를 도와주기 위해 두려움을 무릅쓰고 위험한 싸움터를 둘러 달려왔다. 에일라는 다른 치료사들과 함께 부상당한 사내를 동굴로 옮겼다. 그들은 그 남자의 목숨을 살려내기 위해 온 정신을 집중하고 있었기 때문에 마침내 거대한 짐승이 사냥꾼들의 창에 쓰러져 목숨을 잃은 것도 몰랐다.

동굴곰이 고꾸라지던 순간, 고른의 짝이 그녀를 위로하려는 사람들의 손을 뿌리치고 땅바닥에 이상한 자세로 널브러져 있는 시신을 향해 달려갔다. 그러고는 그 위로 몸을 던지듯 쓰러져 털이 무성한 가슴에 얼굴을 묻었다. 다시 무릎을 꿇고 앉은 그녀는 격렬한 손짓으로 짝에게 일어나라고 애원했다. 그녀의 어머니와 노르그의 짝이 여자를 시신에서 떼어내려고 할 때, 목우르들이 그들에게 다가왔다. 가장 신성한 주술사가 몸을 숙여 그 여인이 자신을 올려다보도록 고개를 살며시 들어 올렸다.

"슬퍼하지 마라."

위대한 주술사가 연민이 가득한 눈빛을 한 채 손짓했다.

"고른의 죽음은 더없이 영광스러운 일이다. 정령의 세계로 함께 가기 위해 우르수스에게 선택된 것이다. 그는 가장 위대한 정령이 우리를 위해 중재하는 일을 도울 것이다. 위대한 동굴곰의 정령은 가장 뛰어나고 가장 용감한 사람만을 여행의 동반자로 선택한다. 우르수스의 축제는 고른의 축제이기도 할 것이다. 또한 그의 용맹함, 승리를 향한 그의 의지는 전설로 기억되어 씨족 모임이 있을 때마다 이야기될 것이다. 우르수스가 정령의 세계로 돌아가듯, 고른의 혼령도 돌아간 것이다. 그는 언젠가 정령의 세계로 올 너와 다시 짝을 맺기 위해 너를 기다릴 것이지만, 너도 네 짝처럼 용감해져야 한다. 네 슬픔을 털어버리고 네 짝이 저세상으로 가면서 느끼는 즐거움을 함께 나누어라. 오늘 밤 목우르들은 그의 용맹함이 모든 사람들에게 나누어지도록, 그리하여 온 씨족에 전파되도록 그를 특별히 기릴 것이다."

고른의 짝은 외경심을 불러일으키는 주술사의 말대로 용감해지려고 슬픔을 억눌렀다. 그녀는 제 짝의 명예를 더럽히고 싶지 않았다. 사람들 모두가 한쪽 몸이 일그러진 외눈의 주술사를 두려워했지만, 이제 그녀는 어쩐지 그가 그렇게 무서워 보이지 않았다. 그녀는 감사한 표정이 깃든 얼굴로 일어나 제자리로 돌아갔다. 그녀는 용감해져야 했다. 위대한 주술사가 말하길, 고른이 그녀를 기다릴 거라고 하지 않았는가? 언젠가 다시 만나 짝을 맺을 거라고 하지 않았는가? 그녀는 위대한 주술사의 약속에 희망을 걸고, 짝 없이 보내야 하는 여생의 적적함을 잊으려고 노력했다.

고른의 짝이 자기 자리로 돌아오자 족장과 부족장들의 짝들이 능수능란하게 동굴곰의 가죽을 벗기기 시작했다. 주술사들이 그릇에 모은 피 위에 손짓으로 축원했다. 목우르의 제자들은 제각기 그릇을 받쳐 들어 씨족 사람들의 입에 대주었다. 남자와 여자, 아이들 모두가 우르수스의 생명이 깃든 따뜻한 피를 맛보았다. 아기 어머니들은 심지어 아기의 입을 벌리고 손가락으로 신선한 피를 찍어 혀에 묻혀주었다. 에일라와 다른 치료사 두 명도 그들의 몫을 함께 받기 위해 동굴 밖으로 나왔고, 많은 피를 흘렸던 부상자는 따로 남겨두었던 피를 마시고 정신을 차렸다. 모두가 거대한 동굴곰을 통해 그들을 하나로 묶어주는 영적인 교감을 경험했다.

씨족 사람들 모두가 지켜보는 동안 여자들은 빠르게 손길을 놀렸다. 일부러 살을 찌운 짐승의 두꺼운 피하지방층을 가죽에서 조심스레 긁어냈다. 그 지방층을 정제한 기름에는 주술적인 힘이 있어서 각 씨족의 주술사들에게 분배될 것이었다. 하루 종일 불에 달궈놓은 돌을 구덩이 속에 집어넣고 곰 고기를 그 속에 내려놓는 동안, 목우르의 제자들은 가죽에 붙어 있던 곰의 머리를 동굴 앞에 박아놓은 말뚝에 매달았다. 그 동굴곰은 자신의 축제의 영광스러운 손님이 될 터였다. 곰가죽도 널어놓은 다음, 제자들이 고른의 시신을 들어 엄숙한 태도로 동굴 깊숙한 곳으로 옮겨갔다. 그들이 가고 난 뒤 브룬이 신호를 보내자 모여 있던 사람들이 제각각 흩어졌다. 우르수르의 정령은 완전하고 그의 위신에 걸맞은 의식을 거쳐 정령의 세계로 보내졌다.

24

"어떻게 그럴 수 있었을까요? 누구도 감히 그 남자를 끌어낼 생각을 못 했는데, 그 여자는 전혀 두려워하지 않더군요."

다친 남자가 속해 있는 씨족의 주술사가 말했다.

"우르수스가 자기를 해치지 않으리란 걸 알고 있는 듯했어요. 첫날에 그랬듯이요. 나는 위대한 목우르 말이 옳다고 생각합니다. 우르수스가 그 여자를 받아들인 거예요. 씨족의 여인인 것이지요. 우리 주술 치료사는 그 여인이 남자의 목숨을 구했다고 말하더군요. 잘 배운 데다 마치 치료사의 소질을 타고난 것 같다면서요. 난 그 여자가 이자의 혈통이라 믿습니다."

목우르들은 산속 깊이 자리 잡은 조그만 동굴에 모여 있었다. 얕은 돌 접시에 곰 기름을 채워 넣고 마른 이끼로 만든 심지가 기름을 빨아 올려 불을 밝히는 등잔들이 칠흑 같은 어둠을 몰아내며 그 주위를 둥글게 비추고 있었다. 암벽에 숨은 수정 결정체가 희미한 불빛을 받아 반짝거렸고, 영영 녹지 않는 고드름처럼 천장에 매달린 종유석 또한 바닥에서부터 자라는 석순과 만나기를 고대하며 물기에 젖은 채 번들거렸다. 개중에는 서로 맞닿은 것들도 있었는데, 영겁의 세월이 흐르는 동안 석회질의 물방울이 계속 떨어져 마침내는 바닥에서부터 둥근 천장까지 이어지며 가운데가 가늘어지는, 위엄 있는 기둥을 만든 것이다. 한 종유석은 제 짝인 석순과 머리칼 한 올 정도의 간격을 두고 만나지 못하고 있었다. 그 간격을 메우는 데만도 아주 오랜 시간이 걸릴 터였다.

"그 여자가 첫날 우르수스를 두려워하지 않을 때도 다들 놀랐지요."

다른 주술사가 말했다.

"한데 다들 생각이 같다면, 그 여인이 의식을 준비할 시간이 아직 있겠습니까?"

"시간은 있소, 서두르기만 한다면 말이오."

위대한 목우르인 대주술사가 대답했다.

"다른 종족 출신이 어떻게 씨족의 여인이 될 수 있습니까?"

피리를 연주하는 주술사가 따지듯 물었다.

"다른 종족은 우리 씨족이 아니고, 결코 그렇게 될 수도 없습니다. 그 여인이 씨족 사람들과 함께 살게 될 때부터 씨족의 토템 표식을 흉터로 가지고 있다고 했지요. 한데 그것은 여자의 토템 표식이 아닙니다. 그게 씨족의 표식이라고 어찌 그리 자신합니까? 씨족의 여자는 동굴사자 토템을 갖고 있지 않습니다."

"나는 그 여인이 그 토템을 가지고 태어났다고 말한 적이 없소."

대주술사가 조리 있게 말하기 시작했다.

"동굴사자가 여자를 선택할 수 없다는 겁니까? 동굴사자는 누구든 택할 수 있소. 처음 발견했을 때, 다 죽어가던 아이를 이자가 살려냈지요. 정령의 보호가 없었다면 어린 계집아이가 동굴사자에게서 도망칠 수 있었겠소? 동굴사자는 의심의 여지를 남기지 않으려고 자신의 표식을 남긴 것이오. 여인의 다리에 있는 건 씨족의 토템 표시란 말이오. 아무도 그걸 부정할 수 없소. 그 여인을 씨족의 일원으로 받아들일 의도가 아니었다면, 동굴사자가 어째서 씨족의 토템을 표시해두었겠소? 나로서는 그 이유를 알 수 없소. 나는 정령들이 어째서 그러한 일을 행하는지 이해한다고 주장하는 게 아니오. 우르수스의 도움으로 이따금 그들이 행한 일을 해석할 수 있을 뿐이오. 여러분 중에 그보다 더 잘 할 수 있는 사람이 있소? 나는 다만 그 여인이 의식에 대해 안다고 말하려는 것이오. 이자가 그 여인에게 붉은 주머니 속에 든 뿌리의 비법을 가르쳐주었소. 자기 딸이 아니라면 그런 걸 알려주었겠느냐 말이오? 내가 이미 여러분에게 밝혔듯이 우리는 의식을 포기할 이유가 없소. 이제 결정을 내려야 할 때가 되었소. 하지만 지체해서는 안 되오."

"당신의 씨족은 그 여인이 운이 좋다고 생각한다면서요?"

노르그 씨족의 주술사가 물었다.

"운이 좋을 뿐 아니라 행운을 가져다주는 것처럼 보이지요. 그 여인을 찾아낸 이후로 우리는 참으로 운이 좋았소. 드루그는 그 여인을 누군가의 토템이 보내준 특이한 징표로 생각하고 있소. 어쩌면 그 여인도 나름대로 좋은 운을 타고났겠지요."

"글쎄요, 다른 종족의 여자가 씨족의 여인이 된다는 건 분명 흔한 일은 아니라서요."

한 주술사가 말했다.

"그 여인은 오늘 저희 씨족에게는 행운을 가져다주었습니다. 저희 씨족의 젊은 사냥꾼이 목숨을 구했지요."

부상을 입은 남자가 속해 있는 씨족의 목우르가 말했다.

"나는 찬성합니다. 굳이 그럴 이유가 없는데 이자의 차를 거른다면 아쉬울 것 같습니다."

몇 사람이 고개를 끄덕였다.

"당신 생각은 어떻소? 에일라가 의식에 쓸 차를 만든다면 여전히 우르수스를 언짢게 할 거라 생각하시오?"

대주술사가 두 번째 지위의 주술사에게 물었다.

모든 사람의 눈길이 그에게 향했다. 그 강력한 주술사가 끝까지 반대한다면, 다른 주술사들까지 반대로 돌아설 수 있었다. 그를 제외한 다른 주술사들이 찬성할지라도, 그가 단호하게 반대 의지를 보인다면 그것으로 끝이었다. 결정은 만장일치로 합의를 봐야 했고, 의견이 갈리는 것은 있을 수 없는 일이었다. 그가 고개를 숙이고 문제를 숙고하더니 다른 주술사들을 차례로 쳐다보았다.

"우르수스를 언짢게 할 수도 있고 아닐 수도 있겠지요. 나도 확신은 못 하겠습니다. 어쩐지 그 여자가 마음에 걸리기는 합니다. 하지만 누구도 의식을 거르고 싶어 하지 않는 게 분명하고, 또 쓸 만한 주술 치료사도 그 여인뿐인 것 같습니다. 어리긴 해도 이자의 친딸 쪽으로 마음이 기울기는 합니다만 모두들 찬성한다면 더는 반대하지 않겠습니다. 내키지는 않으나 막지는 않겠습니다."

　대주술사가 다른 주술사들 얼굴을 하나하나 보며 모두에게 동의를 받았다. 안도의 한숨이 새어나왔지만, 몸을 일으키느라 힘들어서 그런 척 가장하며 서둘러 자리를 떠났다. 그는 등잔불에 의지해 넓어졌다 좁아지기를 반복하는 여러 개의 통로를 지났다. 씨족 사람들의 생활공간에 가까워지자 등잔은 자취를 감추고 횃불들이 짧은 간격을 두고 피워져 있었다.

　에일라는 맨 앞쪽 동굴에서 부상당한 젊은 남자 곁을 지키고 있었다. 두르크를 품에 안은 에일라 옆에는 우바가 앉아 있고, 남자의 짝 또한 그 자리에 있었다. 잠든 짝을 지켜보다가 이따금 고개를 들어 에일라를 보는 얼굴에는 고마워하는 기색이 가득했다.

　"에일라, 어서 준비해야겠다. 시간이 별로 없다."

　목우르가 손짓했다.

　"서둘러야 하지만 무엇 하나 빠뜨려서는 안 된다. 준비가 되거든 내게 와라. 우바, 두르크는 오가에게 보내 젖을 먹여라. 에일라는 시간이 없을 게다."

　둘은 갑작스런 얘기에 놀라 주술사를 쳐다보았다. 얼마 후 무슨 뜻인지 파악한 에일라가 고개를 끄덕였다. 그리고는 깨끗한 두르개로 갈아입기 위해 서둘러 두 번째 동굴에 있는 불터로 향했다. 목우르는 잠든 짝을 불안하게 지켜보고 있는 젊은 여인에게 시선을 돌렸다.

　"목우르는 이 사내의 상태가 어떤지 알고 싶다."

　"에르그하 말로는 살게 될 것이고, 다시 걷게 될지도 모른답니다. 하지만 다리가 예전으로 완전히 돌아갈 수는 없을 거라고 했습니다."

그 여인은 에일라와 우바에게는 생소한 그들 씨족의 손짓으로 대답했다. 격식을 갖춘 손짓이 아니라면 알아보기 힘들 정도였다. 주술사는 다른 씨족의 일상적인 손짓 언어에 대해 더 잘 알았지만 자신의 뜻을 정확히 전하기 위해 격식을 갖춘 손짓을 사용했다.

"목우르는 이 남자의 토템을 알고 싶다."

"야생염소입니다."

여인이 손짓했다.

"이 남자가 야생염소처럼 빨랐느냐?"

그가 물었다.

"그렇다고들 말했습니다. 그런데 오늘은 그리 빠르지 못했습니다. 이 남자가 이제 어떻게 될지 모르겠어요. 만일 다시는 못 걷게 된다면? 그러면 어찌 사냥에 나갈 수 있겠습니까? 무슨 수로 나를 부양하겠어요? 남자가 사냥을 못 하면, 무슨 일을 할 수 있겠어요?"

팽팽하게 긴장해 있던 신경이 흥분 상태로 치닫자 젊은 여인은 어느새 그들 씨족의 일상적인 손짓으로 말하고 있었다.

"젊은 남자는 살아 있다. 그게 가장 중요하지 않으냐?"

주술사가 그녀를 달래고자 말했다.

"하지만 이 사람은 자존심이 강해요. 사냥을 할 수 없으면, 차라리 죽기를 바랄 거예요. 그는 훌륭한 사냥꾼이었고 부족장이 될 수도 있었어요. 하지만 이제는 어떤 지위도 결코 얻지 못할 거예요. 지금 갖고 있는 지위마저 잃을 거고요. 그렇게 되면 뭘 한단 말입니까?"

그녀가 애원하듯 말했다.

"여인아."

주술사가 엄한 표정을 꾸미며 손짓했다.

"우르수스에게 선택된 남자는 그 누구도 지위를 잃지 않느니라. 그는 이미 자신의 남자다움을 증명했다. 그는 우르수스와 함께 저세상에 가는 동반자로 선택될 뻔했다. 우르수스 정령은 가벼이 선택하지 않는다. 위대한 동굴곰은 이 남자를 남겨두기로 했으나 표식을 남겨놓았다. 이 남자는 이제부터 우르수스를 그의 토템으로 주장할 수 있는 영광을 안았다. 그의 흉터는 새로 받은 토템의 표식이 될 것이며 자랑스럽게 그것을 지닐 수 있느니라. 이 남자는 언제까지나 너를 부양할 수 있을 것이다. 대주술사가 네 족장에게 말할 것이다. 네 짝은 모든 사냥에서 자기 몫을 주장할 권리가 있다. 그리고 네 짝은 다시 걷고 사냥을 하게 될지도 모른다. 야생염소처럼 빠르지 않을지 모르나 곰보다 더 잘 걸을 수는 있을 것이다. 그렇다고 다시는 사냥을 못 한다는 것도 아니다. 이 남자를 자랑스럽게 여겨라. 우르수스에게 선택된 네 짝을."

"우르수스에게 선택되었다고요?"

여자는 경외심이 담긴 눈으로 물었다.

"동굴곰이 그의 토템이라고요?"

"그리고 야생염소 역시. 그는 두 개의 토템을 모두 가질 만하다."

주술사는 대답을 하다가 여자의 두르개 아래로 배가 약간 부른 것을 알아차렸다. 그렇게 불안해한 것도 놀랄 일이 아니로군. 그가 속으로 생각했다.

"여인에게는 아이가 있는가?"

"아직은 아니지만 수태 중입니다. 아들이기를 바라고 있어요."

"너는 착한 여인이자 좋은 짝이다. 그의 곁에 있어라. 네 짝이 깨어나면 목우르가 한 말을 전하도록 해라."

고개를 끄덕이던 여자의 눈에 황급히 어디론가 가고 있는 에일라가 들어왔다.

모임을 개최한 씨족의 동굴 근처를 흐르는 작은 강은 봄이 되자 거센 격류로 돌변했다. 성난 물살들이 우람한 나무들을 뿌리째 뽑고 바위벽에서 거대한 돌덩이를 깎아내며 산 아래로 쓸어버리고는 했다. 그 물살은 가을이 되어서야 세력이 줄었다. 그러나 비교적 물살이 세지 않은 때에도 작은 강은 원래 물길보다 몇 배는 더 넓은 범람원 위에 흩어진 바위에 부딪혀 거품을 일으키며 흘러갔다. 빙하가 녹아 흐르는 강물은 푸르스름한 흐린 빛을 띠고 있었다. 에일라와 우바는 그 동굴에 도착하자마자 그들 중 하나가 의식에 참여하도록 불려갈 경우, 몸을 정화할 만한 장소를 찾아 주변을 살펴보았다.

에일라는 석회패랭이꽃과 속새, 뿌리가 붉은 털비름을 캐러 달려가는 내내 긴장감을 감추지 못했다. 속새에서 살충 성분을 뽑아내기 위해 올려놓은 물이 끓기를 초조하게 기다리는 동안 속이 타들어가는 것 같았다. 그녀가 의식에 참여하게 되었다는 소식은 빠르게 씨족 전체에 퍼져나갔다. 목우르들이 그녀를 받아들이자 타종족 출신인 여자를 바라보는 시선이 달라지고, 그에 상응하여 그녀의 가치도 높아졌다. 그녀는 이자의 친딸로 인정받았을 뿐 아니라, 지위가 가장 높은 주술 치료사의 자리에 올랐다. 주그의 친족이 있는 씨족의 족장도 단호했던 거부 의사를 철회했다. 결국 주그의 추천도 어느 정도 효과는 있었다. 어쩌면 그들 씨족의 남자 중 하나가 그녀를 두 번째 짝으로 삼을지도 몰랐다. 그녀는 새로운 씨족의 일원으로 받아들일 만한 가치 있는 존재였다.

그러나 에일라는 너무도 걱정한 탓에 주위에서 오가는 말들을 알아차리지 못했다. 아니, 그녀는 겁에 질려 있었다. 난 할 수 없어. 작은 강으로 달려가는 중에도 그녀의 마음은 그렇게 외치고 있었다. 준비할 시간이 별로 없어. 뭐라도 잊어버리면 어쩌지? 실수라도 저지른다면? 난 크렙의 명예를 떨어뜨리게 될 거야. 브룬의 명예마저. 난 씨족 사람들 모두에게 수치를 안겨주게 될 거야.

빙하가 녹은 물은 차가웠다. 하지만 그 서늘함이 그녀의 예민해진 신경을 잠재워주었다. 바위에 걸터앉은 채 미풍에 머리를 말리며 기다란 금발에서 엉킨 부분을 풀어내고 있자니 마음이 다소 편안해졌다. 그녀는 석양의 햇살을 받아 빛나는 진홍빛 산봉우리들이 푸르스름한 빛을 띤 자주색으로 짙어져가는 것을 지켜보았다. 그녀가 부적을 다시 목에 두르고 깨끗한 두르개를 걸쳤을 무렵에도 그녀의 머리칼은 여전히 축축했다. 도구들을 주머니 속에 집어넣고 벗어놓은 두르개를 집어든 뒤, 다시 동굴로 달려가던 와중에 그녀는 두르크를 안고 있는 우바를 보고 고개만 재빨리 끄덕여주고는 지나쳤다.

아낙들은 정신없이 일손을 움직이고 있었다. 천둥벌거숭이 아이들에게서는 어떤 도움도 기대할 수 없었다. 동굴곰을 도살한 피투성이 의식이 아이들을 흥분으로 몰아넣었다. 배고픈 것에 익숙하지 않은 아이들은 음식 냄새에 식욕이 동해 안달이 나 있었다. 또 어머니들이 일에 몰두해 있는 틈을 타 아이들은 평소라면 엄두도 못 낼 장난을 생각해냈다. 몇몇 사내아이들은 동굴곰 우리에서 잘라낸 끈을 주워 영광의 상징이라며 팔에 묶었고, 한발 늦은 아이들이 그 끈을 빼앗겠다고 달려들어 모닥불 주위가 뛰어다니는 남자아이들로 어수선했다. 놀이에 싫증이 난 사내아이들이 울며 떼쓰는 어린 동생들을 돌보느라 정신없는 계집아이들에게 장난을 치는 바람에 결국 여자아이들마저 사내아이들을 붙잡으려고 뛰어다니거나 제 어미에게 가서 불평을 늘어놓는 모양이 질서라고는 없는, 소란스럽기 짝이 없는 아수라장이었다. 간혹 아낙의 짝이 아이들을 엄하게 나무랐지만, 유난히 흥분해 날뛰는 아이들을 진정시킬 수는 없었다.

배가 고픈 것은 아이들뿐만이 아니었다. 엄청난 양의 음식이 모든 이들의 침샘을 자극했고, 큰 축제와 저녁에 있을 의식에 대한 기대감은 광란에 가까운 흥분으로 변해갔다. 무더기로 쌓아놓은 야생 참마, 흰색의 전분질인 콩과 그 식물 뿌리, 감자 비슷한 덩이줄기들은 불 위에 매단 가죽 부대 속에서 보글보글 끓었다. 야생 아스파라거스, 백합 뿌리, 야생 양파, 콩류, 작은 호박, 버섯 등은 진귀한 양념을 넣어 요리했다. 산더미처럼 많은 야생 상치와 우엉,

털비름, 민들레 잎 같은 푸성귀는 깨끗하게 씻어 뜨거운 곰 기름과 양념 그리고 마지막으로 소금을 뿌려 날것으로 오를 터였다.

한 씨족에서는 약초를 배합하는 비법으로 맛을 내고 말린 순록 이끼로 풍미를 더한, 양파와 버섯과 자운영의 둥글고 푸른 콩을 섞어 만든 특별식을 선보였다. 또 다른 씨족은 그들의 동굴 근처에서만 자라는 특이한 소나무과 식물의 솔방울을 가져왔는데, 불을 가하면 맛 좋은 커다란 알맹이가 나왔다.

노르그의 씨족은 낮은 경사지에서 주운 밤을 굽고, 거기에 으깬 너도밤나무 열매와 볶은 곡물, 그리고 새콤달콤한 맛이 나는 작고 단단한 사과 조각을 섞어 오랫동안 서서히 끓여 죽을 만들었다. 동굴에서 조금 떨어진 곳에서는 월귤과 키 큰 덤불을 이루는 덩굴월귤을, 그보다 낮은 곳에서는 나무딸기와 야생 산나무딸기를 땄다.

브룬 씨족의 아낙들은 가지고 온 말린 도토리의 껍질을 며칠에 걸쳐 깠다. 가루로 빻은 도토리는 강 근처 모래 바닥에 얕은 구덩이들을 파내 그 속에 넣은 다음, 물을 많이 부어 걸쭉한 반죽으로 만든 뒤 쓴맛을 걸러냈다. 쓴맛이 빠진 반죽은 납작한 빵으로 구워 단풍나무 시럽이 배어들도록 푹 적신 다음 햇빛에 말렸다. 모임을 치르는 씨족도 초봄에 단풍나무 수액을 받아 물 같은 수액을 여러 날 동안 끓여 설탕과 시럽을 만들어온 터라 눈에 익은 자작나무 껍질 용기에 흥미를 보였다. 끈적끈적한 단풍나무 시럽으로 달콤한 맛을 낸 도토리 빵은 참으로 별미여서 노르그 씨족 여자들이 나중에 만들어봐야겠다고 마음먹을 정도였다.

우바는 두르크를 보면서 아낙들의 일을 거들었는데, 저토록 종류별로 산더미처럼 쌓인 음식들을 정말 다 먹을 수 있을지 의구심이 들었다.

모락모락 피어오른 연기가 조용하고 어두운 밤 속으로 사라졌다. 별들로 촘촘한 하늘은 마치 연무에 덮여 있는 듯했다. 초승달은 존재감을 전혀 드러내지 않고 지구에 등을 돌린 채 회전하며 차갑고 깊은 우주 공간 속으로 빛을 반사했다. 요리를 하느라 피워놓은 모닥불은 그 주위를 둘러싸고 있는 숲의 어둠과는 대조적으로 동굴 주변을 밝게 비추고 있었다. 음식들을 식지 않도록 불가에 놓고, 여자들 대부분은 동굴 안으로 들어갔다. 축제 전에 새 두르개로 갈아입고 잠시라도 쉬려는 것이었다.

하지만 지친 여자들조차 마음이 들떠 동굴 안에 오래 머물 수 없었다. 동굴 앞 공터가 축제와 의식이 시작되기를 기다리는 사람들로 북새통을 이루기 시작했다. 열 명의 주술사들과 열 명의 제자들이 줄줄이 동굴 입구에서 나오자 모두들 하던 일을 멈추고 좋은 자리를 차지하려고 우르르 몰려들었다. 처음에는 신성한 주술사 앞에 무작위로 모여 있는 듯 보였다. 관중이 자리 잡는 위치는 주변 사람들과의 관계로 정해졌다. 서열에 따른 지위보다는 어떤 사람의 앞이나 뒤 또는 옆에 자리를 잡느냐가 더 중요했다. 그런 식으로 관계에 따라 모여 서 있으면서도 막판까지 가장 좋은 자리를 차지하려고 한바탕 소란이 일었다.

위엄 있는 의식이 시작되자 산속의 어두운 구멍 앞에 커다란 모닥불이 불타올랐다. 제일 먼저 요리 구덩이 위를 덮었던 돌을 들어냈다. 첫 번째 지위에 있는 씨족장의 짝과 모임을 주관하는 씨족장의 짝이 잘 익은 엄청나게 큰 갈빗살을 들어 올리는 영광을 차지했다. 에브라가 앞으로 나가는 것을 지켜보며 브룬은 자부심으로 가슴이 뻐근해졌다.

주술사들이 에일라를 받아들이자 마침내 씨족의 서열이 결정되었다. 브룬과 그의 씨족은 그 어느 때보다도 강력한 첫 번째 씨족이었다. 첫인상과 달리 키가 큰 금발 여인은 씨족의 여자였으며 이자의 뛰어난 치료술을 물려받은 주술 치료사였다. 브룬의 단호한 주장이 옳았으며, 그의 주장이 곧 우르수스의 뜻임이 밝혀진 셈이었다. 그가 한순간이라도 흔들렸다면 그의 명망이 그토록 두텁지 않았을 것이며, 또한 그의 성공이 이처럼 자랑스럽지도 않았을 것이었다.

갈래진 나뭇가지들로 곰 고기를 들어 올리는 동안, 구름처럼 솟아오른 김이 빈 배 속을 자극해 여기저기서 꼬르륵 소리가 새나왔다. 이것을 신호로 여자들은 산처럼 쌓인 나무와 뼈로 된 접시들과 커다란 그릇에 오랜 시간 공들여 마련한 음식을 담기 시작했다. 브라우드와 부르드가 커다란 접시를 들고 대주술사 앞에 섰다.

"이 우르수스 축제는 위대한 동굴곰과 함께 부름받은 고른을 기리는 자리이기도 하다. 우르수스는 노르그의 씨족에서 살면서 그의 씨족이 자신의 가르침을 잊지 않았음을 알게 되었다. 그는 고른을 가치 있는 길동무라 여겼다.

브라우드와 브루드, 너희들은 위대한 정령에게 용맹함과 강인함과 인내심으로 씨족 남자들의 용기를 보여주기 위해 선택되었다. 우르수스는 엄청난 힘으로 너희를 시험했고 이제 기뻐하고 있다. 너희들이 잘 해냈기에 우르수스가 정령의 세계에서 다시 돌아올 때까지 그가 씨족 사람들과 마지막으로 나누는 식사를 바칠 특권을 너희들에게 주노라. 우르수스의 정령이 언제나 우리와 함께 걷기를."

두 청년은 음식을 가득 쌓아올린 접시 옆에 서 있는 여자들을 지나가며 고기를 제외한 가장 맛있는 음식들을 접시에 조금씩 담았다. 동굴곰은 야생 상태에서 때때로 육식을 하는 경우도 있었지만 사람들 손에 길러진 그 동굴곰은 고기를 먹어본 적이 없었다. 음식들이 담긴 접시는 말뚝에 걸려 있는 곰가죽 앞에 놓였다.

그러자 대주술사가 계속 말을 이었다.

"여러분들은 우르수스의 피를 마셨습니다. 이제 우르수스의 살을 먹고 우르수스의 정령과 하나가 됩시다."

그 축복의 말이 축제의 시작을 알렸다. 브라우드와 부르드가 가장 먼저 곰 고기를 받은 뒤 접시를 채워나갔고, 다른 사람들이 그 뒤를 따랐다. 자리에 앉아 음식을 맛보는 사람들 사이에서 흡족한 탄성과 웅성거리는 소리가 일었다. 채식으로 키운 동굴곰의 고기는 대리석 무늬의 지방이 퍼져 있어 부드럽기 그지없었다. 또 정성들여 마련한 야채며 과일, 곡물 같은 것들도 아낙들이 한껏 솜씨를 발휘한 진미인 데다 허기져 있던 그들에게 모든 음식은 천상의 맛처럼 느껴졌다. 기다린 보람이 있는 축제였다.

"에일라, 왜 그렇게 안 먹니. 이 고기를 오늘 밤에 다 먹어치워야 한다는 걸 알지?"

"네, 알아요. 하지만 배가 고프지 않아요."

"에일라는 긴장해서 그래요."

우바가 입안 가득 음식을 넣고 손짓했다.

"내가 선택되지 않아 다행이에요. 나라면 너무 초조해서 뭘 먹을 생각은 못 했을 거예요."

"그래도 고기는 좀 먹어야지. 두르크에게 먹일 죽은 있어? 조금이라도 먹여야지. 그래야 씨족과 하나가 되는 거란다."

"좀 먹였는데 많이 먹으려고 하지는 않아요. 오가가 막 젖을 먹였거든요. 오가, 그레브는 배고프지 않나요? 난 젖이 불어서 아플 지경이에요."

"조금 더 기다리려고 했지만 둘 다 배가 고팠어, 에일라. 내일 먹여도 될 거야."

"그때쯤에는 두 아이를 다 먹이고도 둘은 더 먹일 수 있을 거예요. 오늘 밤에는 둘 다 잠에 빠져 더는 먹지 않겠네요. 흰독말풀 진정제는 준비해뒀어요. 다음에 아이들이 배고파하면, 먼저 그걸 마시게 해요. 그러면 잠이 들 거예요. 우바가 얼마나 먹여야 할지 알려줄 거예요. 난 식사가 끝나면 바로 크렙을 뵈러 가야 해서 의식이 끝나기 전까지 돌아오지 못할 거예요."

"너무 늦지는 마. 남자들이 동굴 안으로 들어가고 나면 우리도 춤을 시작할 거니까. 몇몇 주술 치료사들은 연주 솜씨가 정말 훌륭하지. 여자들이 씨족 모임에서 추는 춤은 언제나 특별해."

에브라가 말했다.

"난 아직 연주하는 법을 제대로 못 배웠어요. 이자가 좀 가르쳐주고, 노르그 씨족의 치료사도 어떻게 하는지 보여주긴 했지만 연습할 시간이 많지 않았거든요."

에일라가 말했다.

"너야 주술 치료사가 된 지 얼마 안 됐잖아. 이자도 박자 치는 법보다 치료술을 가르치는 데 시간을 더 들였으니까. 그것도 주술 이기는 하지만."

오브라가 손짓했다.

"주술 치료사는 그렇게 많은 것들을 알아야 하지."

"이자가 함께 왔으면 정말 좋았을 텐데."

에브라가 말했다.

"사람들이 마침내 너를 받아들여서 기쁘지만 이자가 그립구나. 이자가 우리 곁에 없다는 게 이상하기만 하다."

"나도 이자가 같이 왔으면 얼마나 좋았을까 생각했어요."

에일라가 대답했다.

"이자를 남겨두고 오는 게 마음에 걸렸어요. 이자는 사람들이 아는 것보다 병세가 훨씬 심각하거든요. 햇볕을 많이 쬐고 충분히 쉬면 좋을 텐데요."

"정령의 세계로 가야 할 때가 오면 가야겠지. 정령이 부르면 누구도 막을 수 없으니까."

에브라가 말했다.

밤공기는 따뜻했지만 에일라는 몸서리를 쳤다. 갑작스럽게 어떤 예감이, 따사로운 여름이 끝났음을 예고하는 서늘한 바람 같은 불안한 느낌이 밀려왔다. 주술사의 손짓에 그녀는 벌떡 일어났지만 동굴로 걸어가는 동안에도 그 느낌을 떨쳐낼 수 없었다.

누대에 걸쳐 계속 사용해 희끄무레하게 물든 이자의 그릇은 털가죽 깔개 위에 놓여 있었다. 그녀는 약자루에서 붉은색으로 물들인 주머니를 꺼내 그 안에 든 내용물을 쏟아놓고 횃불로 비추며 뿌리들을 하나하나 살펴보았다. 정확한 양을 재는 방법에 대해 이자가 여러 번 설명을 해주었지만 에일라는 열 명의 주술사들에게 뿌리를 얼마나 써야 할지 확신할 수 없었다. 한 번에 마시는 양의 강도는 뿌리의 개수뿐 아니라 그 크기와 묵은 정도에 따라 달라졌다.

에일라는 이자가 차를 만드는 과정을 본 적이 없었다. 이자가 여러 번 설명한 바에 따르면, 그 차는 너무 귀하고 신성해서 연습 삼아 만들 수는 없었다. 주술 치료사의 딸들은 주로 어머니를 지켜보며 반복된 설명을 통해 배우기도 하지만 그보다는 선천적 지식을 통해 더 많은 것을 알게 되었다. 그러나 에일라는 씨족 태생이 아니었다. 그녀는 뿌리 몇 개를 고르고서 효과가 확실하도록 하나를 더 넣었다. 그러고 나서 크렙이 기다리라고 했던 깨끗한 물이 솟는 샘 옆, 동굴 입구 바로 안쪽에서 의식이 진행되는 것을 지켜보기 시작했다.

나무로 만든 북 소리에 이어 창끝으로 땅을 때리는 둔탁한 소리가 뒤따랐고, 뒤이어 속이 파인 기다란 관악기의 짧고 날카로운 음들이 섞였다. 목우르의 제자들이 흰독말풀을 우린 차가 담긴 그릇을 받쳐 들고 남자들 사이를 돌아다녔고, 곧이어 남자들이 묵직한 장단에 맞춰 움직였다. 여자들은 뒤에 물러나 있었다. 여자들의 시간은 나중에 올 것이었다. 에일라는 두르개를 헐렁하게 늘어뜨린 채 초조하게 대기하고 있었다. 남자들의 춤은 점점 더 열광의 도가니 속으로 빠져들었다. 그녀는 얼마나 더 기다려야 하는지 궁금했다.

목우르들이 동굴 뒤쪽에서 나오는 소리를 듣지 못한 에일라는 갑자기 어깨를 두드리는 손길에 소스라치게 놀랐지만, 상대가 크렙이라는 것을 알고 안도했다. 주술사들이 조용히 동굴 밖으로 나와 곰가죽을 둘러쌌다. 대주술사는 맨 앞에 서 있었다. 에일라는 그가 정면으로 보이는 곳에 서 있었는데, 그 순간 입을 벌리고 일어선 동굴곰이 당장이라도 그를 덮칠 것만 같았다. 그러나 그의 머리 위로 솟아 있는, 힘과 잔인함을 상징하는 그 어마어마한 짐승은 힘없이 매달린 채 흔들리고 있을 뿐이었다.

그녀는 위대한 주술사가 나무 악기를 연주하던 제자들에게 손짓하는 것을 봤다. 그들이 마지막 박자를 강하게 두드리고 멈추자 남자들이 어리둥절한 눈으로 바로 직전까지 그 자리에 없었던, 아니 없는 줄 알았던 주술사들을 올려다보았다. 주술사들이 홀연히 나타난 것처럼 보이는 것은 일종의 착시였고, 에일라는 이제 그런 일들이 어떻게 가능한지 알 수 있었다.

대주술사는 축제의 불빛을 받아 번들거리는 사람들의 눈길이 신성한 사내들에게 둘러싸인 거대한 동굴곰에게 집중될 때까지 고조되는 긴장감을 느끼며 기다렸다. 그의 은밀한 손짓은 일부러 다른 방향을 향한 듯 보였지만, 그것이 바로 에일라가 기다리던 신호였다. 그녀는 두르개를 벗고 그릇에 물을 채우고 나서 뿌리들을 움켜쥔 채 깊은 숨을 들이쉬며 외눈의 주술사 앞으로 걸어갔다.

에일라가 둥그런 불빛 속으로 걸어 들어오자 여기저기서 놀란 듯한 탄성이 들렸다. 헐렁한 주머니들이며 기다란 끈으로 둘러 주름 잡힌 두르개로 몸매를 가리고 여느 여인네들처럼 꾸민 덕분에 그녀는 씨족 사람으로 보였었다. 그러나 헐렁한 두르개를 벗자 그녀의 본모습이 씨족 여자들과 강렬한 대조를 이루고 있었다. 남녀 불문하고 배가 불룩해 술통 모양에 가까운 씨족 체형에 비해 그녀는 가냘팠다. 옆에서 보면 젖으로 탱탱해진 유방만 제외하면 호리호리했다. 허리는 잘록하게 들어갔다가 둥그스름한 엉덩이로 이어지면서 넓어졌고, 긴 팔다리는 곧게 뻗어 있었다. 알몸에 그려진 검고 붉은 원과 선들로는 그녀의 체형을 감출 수 없었다.

그녀의 얼굴은 턱이 돌출되지 않은 데다, 코는 작고 이마는 높아서 그들의 기억 속에 있는 모습보다 평평하게 느껴졌다. 숱 많은 금발머리는 등 중간까지 굵게 물결치며 흘러내렸다. 불빛을 받아 황금색으로 빛나는 그 머리는 못생기고 낯선 젊은 여인에게 씌워진 이상하게 아름다운 왕관 같았다.

하지만 가장 놀라운 것은 그녀의 키였다. 그녀가 몸을 숙이고 부산하게 움직이거나 남자의 발치에 앉았을 때는 미처 알아차리지 못했지만, 주술사들과 마주서니 큰 키가 뚜렷이 드러났다. 고개를 숙인 그녀는 대주술사의 정수리를 내려다보고 있었다. 에일라는 가장 큰 씨족 남자보다 훨씬 더 컸다.

대주술사가 그들 가까이에서 맴돌고 있는 정령에게 보호를 청하는 손짓을 했다. 그러자 에일라가 딱딱하게 마른 뿌리를 입에 넣었다. 하지만 씨족 사람들처럼 커다란 이와 강하고 힘센 턱을 갖지 못한 그녀로서는 뿌리들을 씹는 게 어려웠다. 그녀는 이자로부터 입안에 고이는 즙을 한 방울도 삼켜서는 안 된다고 누누이 주의를 받았지만 도저히 삼키지 않을 수 없었다. 또한 뿌리들이 부드러워질 때까지 얼마나 오래 더 씹어야 할지 짐작이 가지 않았고, 그저 계속해서 씹고 또 씹어야 할 것만 같았다. 곤죽이 다 된 뿌리를 마지막으로 뱉어 냈을 때, 에일라는 정신이 아득해지는 느낌을 받았다. 그녀는 옛날부터 전해 내려온 신성한 그릇에 담긴 차가 뽀얗게 될 때까지 젓고 나서 그것을 구브에게 건넸다.

제자들은 그녀가 뿌리로 차를 만드는 동안, 각자 흰독말풀을 우린 차를 넣은 그릇을 들고 기다렸다. 구브가 에일라에게서 받은 하얀 차가 담긴 그릇을 대주술사에게 바친 다음, 자신의 그릇을 들어 에일라에게 건넸다. 다른 제자들도 그들의 치료사에게 그릇을 건넸다. 가치가 동등한 것끼리 교환하는 것이었다. 대주술사가 한 모금 맛을 보았다.

"강하다."

주술사가 다른 사람들의 눈에 띄지 않게 구브에게 손짓했다.

"적게 주어라."

구브가 고개를 끄덕이고 나서 그릇을 들고 두 번째 지위의 주술사에게 걸어갔다.

에일라와 치료사들은 그릇을 들고 기다리고 있던 여자들에게 돌아와서 여자들은 물론 나이 든 여자아이들에게도 정해진 양만큼 마시게 했다. 에일라는 그릇 밑바닥에 남아 있던 차를 조금 마셨을 뿐이었는데도 벌써부터 이상하게 아득한 느낌, 마치 그녀의 일부가 떨어져나가 어딘가 다른 곳에서 지켜보는 듯한 기분을 느꼈다. 몇몇 나이 든 주술 치료사들이 나무 북을 집어 들어 여자들의 춤을 위한 박자를 치기 시작했다. 에일라는 명확하고 또렷한 소리를 내며 움직이는 나무 채들을 홀린 듯 바라봤다. 노르그 씨족의 치료사가 그녀에게 나무통 하나를 건넸다. 에일라는 장단에 귀를 기울이다가 가볍게 통을 쳐보더니 나중에는 그들과 함께하는 연주에 빠져들었다.

시간은 모든 의미를 잃었다. 그녀가 고개를 들었을 때 남자들은 사라졌고, 여인들은 거침없이 관능적인 몸짓으로 미친 듯이 춤추고 있었다. 에일라는 같이 추고 싶다는 충동에 나무통을 내려놓았는데, 그 순간 통이 뒤집어지며 몇 바퀴 빙그르르 돈 뒤 멈추었다. 그릇 모양을 한 그 악기를 보자 문득 그녀에게 맡겨진 그 귀한 유물이 떠올랐다. 그녀는 뽀얀 우윳빛의 차를 들여다보며 손가락으로 계속 휘휘 젓고 있던 게 생각났다. 이자의 그릇은 어디에 있지? 그것을 어쨌더라? 에일라는 그릇에 대한 걱정으로 머릿속이 꽉 찼다.

이자의 모습이 떠오르자 눈물이 솟구쳤다. 이자의 그릇, 내가 이자의 그릇을 잃어버렸어. 아름다운 그녀의 오래된 그릇을. 이자의 어머니, 그 어머니의 어머니, 그리고 또 그 어머니의 어머니의 어머니에게서 물려받은 그릇을. 이자 뒤에는 주술 치료사들이 모두들 손에 하얀 빛이 배어 있는 귀한 그릇을 받쳐 든 채 줄지어 서 있었고, 그 줄은 고대의 흐릿한 과거로 이어지고 있었다. 그 여인들의 모습이 희미해지면서 그녀의 심안이 그릇에 집중되었다. 그때 갑자기 그릇에 금이 가더니 한가운데가 갈라지며 두 동강이 났다. 안 돼! 안 돼! 그 비명은 그녀의 마음속에서만 울렸다. 그녀는 미칠 것만 같았다. 이자의 그릇, 이자의 그릇을 찾아야 해.

그녀는 여자들 틈을 빠져나와 휘청이며 동굴로 향했다. 그 시간이 영겁처럼 느껴졌다. 그녀는 보물처럼 소중한 그릇을 찾으려고 음식 찌꺼기들이 굳어 있는 뼈 접시며 나무 그릇들 사이를 헤집었다. 안쪽을 밝히는 햇불들에 희미하게 윤곽이 드러난 동굴 입구가 그녀를 끌었다. 그녀는 그곳을 향해 비틀비틀 걸었다. 갑자기 앞이 막혔다. 털이 거친 짐승 같은 것에 치여 꼼짝 할 수 없었다. 위를 올려다본 그녀는 숨이 턱 막혔다. 커다란 입을 벌린 무시무시한 얼굴이 그녀를 내려다보고 있었다. 에일라는 뒷걸음질을 쳤다가 손짓을 하는 동굴을 향해 달렸다.

동굴로 들어선 순간, 그녀의 눈길이 주술사의 신호를 기다리던 근처에 놓인 하얀 물체에 닿았다. 에일라는 무릎을 꿇고 이자의 그릇을 조심스레 들어 올려 양팔로 감싸 안았다. 밑바닥에는 우윳빛 액체가 흐물흐물해진 뿌리 주위를 돌고 있었다. 주술사들이 이걸 다 마시지 않았어. 내가 너무 많이 만든 게 틀림없어. 이걸 어떡하지? 버릴 수는 없어. 이자가 버리면 안 된다고 했어. 그래서 나한테 만드는 법을 보여주지 않았던 거야. 그래서 내가 이렇게 많이 만든 거고. 내가 잘못한 거야. 누가 알기라도 하면 어쩌지? 그러면 나를 진짜 주술 치료사라고 생각하지 않을 거야. 어쩌면 내가 씨족의 여자가 아니라며 우리를 쫓아내려고 할지도 몰라. 이제 난 어떻게 하면 좋을까? 이 일을 어쩌지?

내가 마시는 거야! 그러면 되겠어. 내가 이걸 마시면 아무도 모를 거야. 그녀는 그릇을 입에 대고 남은 것을 모두 들이켰다. 그 신비한 차는 처음부터 진했고, 얼마 안 되는 물에 뿌리가 흠뻑 녹아들어 더욱 강해진 상태였다. 그녀는 그릇을 안전한 곳에 놓아야겠다는 생각에 두 번째 동굴로 들어갔지만, 불터에 이르기 전에 약효가 나타나기 시작했다.

에일라는 정신이 너무 혼미해서 불터의 경계석 안쪽으로 들어서다가 그릇을 떨어뜨린 사실도 알아차리지 못했다. 그녀의 입에서 고대 원시림의 맛이 느껴졌다. 그것은 비옥하고 축축한 흙과 곰팡이 핀 썩은 나무, 비에 젖은 채 우뚝 서 있는 잎이 큰 나무들, 커다란 다육질의 버섯들로 이루어진 맛이었다. 동굴 벽이 점점 뒤로 물러나더니 공간이 확 넓어졌다. 그녀는 자신이 땅바닥을 기어 다니는 한 마리 벌레처럼 느껴졌다. 그녀의 눈은 발자국을 따라가며 작은 조약돌, 먼지 입자까지 세세하게 다 보았다. 그녀는 눈 한쪽으로 무엇가의 움직임을 포착했다. 그녀는 횃불의 빛을 받아 반짝이는 명주실을 타고 오르는 거미를 바라봤다.

불꽃이 그녀를 홀리기 시작했다. 에일라는 춤추듯 너울대는 불꽃을 응시하면서 어두운 천장으로 올라가는 검은 연기를 봤다. 횃불에 다가가자 또 다른 횃불이 보였다. 손짓하는 횃불을 따라갔더니 하나의 횃불에 다다르면 또 다른 횃불이, 그리고 다시 또 다른 횃불들이 나타나 동굴 속으로 점점 더 깊이 그녀를 끌어들였다. 그녀는 언제 횃불들이 넓은 간격을 두고 놓인 작은 등잔으로 바뀌었는지도 알아차리지 못했다. 또한 무아지경에 빠져 있는 남자들로 가득 찬 널따란 동굴을 지나고, 사춘기에 이른 사내아이들이 목우르의 제자들의 인도로 성인 남자들의 의식을 경험하고 있는 그보다 작은 동굴을 지나친 것도 알아차리지 못했다.

그녀는 단 한 가지 생각만으로 작은 불꽃들을 향해 걸었지만 다음에는 또 다른 불꽃에 이끌렸다. 그 불빛들은 그녀를 좁은 통로로 이끌었는데, 통로는 넓어졌다가 다시 좁아졌다. 그녀는 울퉁불퉁한 바닥을 헛디뎌 휘청거리다가 그녀 주위를 빙글빙글 도는 축축한 암벽을 더듬었다. 그녀가 한 통로에 접어들었을 때 저 멀리 끝에서 커다란 장밋빛 불빛이 보였다. 그곳까지 이르는 시간이 영원처럼 느껴졌다. 그녀는 희미하게 불이 밝혀진 통로를 따라 비틀거리며 걸어가는 자신을 멀리서 본 것 같았다. 자신의 마음이 아주먼 곳으로, 깊고 검은 허공 속으로 끌려 들어가는 것처럼 느껴졌다. 하지만 그녀는 그 엄청난 공허 속에 빨려들어 가기 전에 겁을 먹고 간신히 그곳에서 물러났다.

마침내 그녀는 통로 끝의 불빛에 이르러 둥그렇게 앉아 있는 사람들을 보았다. 약물에 취해 머리가 흐릿해졌으면서도 마음 깊은 곳에 자리 잡은 경계심이 발동해 정신을 홀리는 마지막 불꽃들 바로 앞에서 걸음을 멈추고 돌기둥 뒤에 몸을 숨겼다. 불이 밝혀진 동굴에서는 열 명의 주술사들이 의식에 깊이 몰두해 있었다. 그들은 씨족의 모든 남자들과 함께 의식을 시작했으나 끝마무리는 제자들에 맡겨둔 채, 제자들에게마저 비밀에 부치는 의식을 치르기 위해 그들만의 동굴 깊숙한 성소로 물러나 있던 것이었다.

곰가죽을 두른 주술사들이 각자 동굴곰의 두개골을 앞에 놓고 앉아 있었다. 다른 두개골들은 벽에 움푹 파인 곳들을 장식하고 있었다. 그들이 둘러앉은 한가운데에 에일라가 처음에는 알아볼 수 없었던, 털이 달린 물체 하나가 있었다. 하지만 그것이 무엇인지 알아차린 그녀는 약에 취해 정신이 혼미한 덕에 터져 나오려는 비명을 가까스로 참을 수 있었다. 그것은 고른의 잘려진 머리였다.

그녀는 겁이 나면서도 무언가에 홀린 듯이 바라봤다. 노르그 씨족의 주술사가 그 머리에 손을 뻗어 뒤집더니 돌멩이 하나로 척추관과 이어지는 두개골 아래 구멍인 대후두공을 넓혔다. 그러자 분홍빛을 띤 회색의 젤리 덩어리 같은 고른의 뇌가 드러났다. 주술사가 그 위에 조용히 손짓을 한 뒤 구멍 속으로 손을 집어넣어 부드러운 조직을 뜯어냈다. 다른 주술사가 머리에 손을 뻗는 동안 그는 흔들거리는 덩어리를 손으로 들고 있었다. 정신이 혼미한 상태에서도 에일라는 엄청난 혐오감을 느꼈다. 주술사들이 차례로 그 섬뜩한 머리통에 손을 집어넣어 동굴곰에게 목숨을 잃은 남자의 뇌를 조금씩 꺼내는 동안, 그녀는 넋을 놓은 채 그 자리에 얼어붙어 있었다.

빙글빙글 도는 현기증이 에일라를 깊은 공허의 가장자리로 몰아갔다. 속이 메스꺼워져 자꾸 배어 나오는 침을 삼켰다. 필사적으로 공허의 가장자리에 매달렸으나 씨족의 가장 신성한 남자들이 손에 든 고른의 뇌를 입에 넣자 그만 매달린 손을 놓아버렸다. 그 식인 행위가 그녀를 검은 심연 속으로 몰아넣었다.

그녀는 소리 없는 비명을 질렀다. 모든 감각을 상실해 볼 수도 느낄 수도 없었지만, 그녀는 알고 있었다. 하지만 잠 속으로 도망쳐 정신을 놓치는 않았다. 그 공허는 다른 속성, 끔찍하도록 텅 빈

속성을 띠고 있었다. 두려움, 모든 것을 아우르는 공포가 그녀를 사로잡았다. 그녀는 돌아서려고 안간힘을 쓰면서 도와달라고 소리 없는 비명을 질렀지만 더 깊이 끌려갈 뿐이었다. 깊고 검은 무한 속으로, 끝없이 이어진 차가운 공허 속으로 점점 빠르게 떨어지던 그녀는 순간 뭔가 알 수 없는 움직임을 느꼈다.

갑자기 그녀의 동작이 느려졌다. 그녀는 머리와 마음속에서 간지러웠고 끝없는 구멍에서부터 그녀를 천천히 가장자리로 끌어 올리는 힘을 느꼈다. 그녀는 자신의 것이 아닌 생소한 느낌을 맛보았다. 가장 강하게 느껴지는 것은 사랑이었지만, 깊은 분노와 엄청난 두려움, 그리고 약간의 호기심도 섞여 있었다. 충격적이게도 그녀는 위대한 목우르가 자신의 머릿속에 있다는 것을 깨달았다. 그녀는 자신의 머릿속처럼 그의 생각을 느꼈고, 자신의 감정인 것처럼 그의 기분을 느꼈다. 거기에는 분명히 육체적인 속성도 있었다. 하지만 불쾌하지 않게 밀려드는 느낌에는 오히려 육체적인 접촉보다 더 밀접한 어떤 것이 존재했다.

이자의 붉은 주머니에 담겨 있던 마음을 변화시키는 뿌리들은 그 씨족 사람들의 자연적인 성향을 강화해주었다. 본능은 씨족 사람들에게서 기억으로 발달되었다. 그러나 기억은 아주 멀리까지 거슬러 올라가면 종족의 기억과 동일해졌다. 동일한 종족의 기억을 지닌 씨족 사람들은 지각이 예민해질 때 같은 기억을 공유할 수 있었다. 훈련이 되어 있는 주술사들은 의식적인 노력으로 그들의 자연적인 성향을 발전시켰다. 그들 모두에게는 공유한 기억들을 어느 정도 조절할 수 있는 능력도 있었다. 그러나 위대한 주술사는 극히 드문 특별한 능력을 타고 태어났다.

그는 기억을 나누고 조절할 수 있을 뿐 아니라 주술사들의 생각이 과거에서 현재로 이동하는 동안, 그 연결 고리를 그대로 유지할 수 있었다. 그의 씨족 사람들은 의식을 통해 다른 어떤 씨족보다 더 풍부하고 완벽한 상호관계를 누릴 수 있었다. 하지만 정신을 훈련시킨 목우르들과 함께할 때는 처음부터 정신적인 감응을 일으키는 게 가능했다. 그를 통해 주술사들은 어떤 육체적인 접촉보다 더 밀접하고 만족스러운 유대감을 나눴다. 그것은 영혼의 접촉이었다. 그리고 주술사들의 지각력을 높이고 그들의 마음을 열어 위대한 주술사에게로 연결해준, 이자의 그릇에 담겨 있던 그 하얀 차 덕분에 그의 특별한 능력이 에일라의 마음과도 결합될 수 있었다.

그의 뇌에 손상을 입힌 난산은 그의 육체적 능력을 일부 손상시켰을 뿐, 그의 위대한 능력을 가능케 하는 예민한 정신력의 발달이 저해된 것은 아니었다. 그러나 불구의 몸을 한 이 남자는 그가 속한 종족의 마지막 산물이었다. 자연은 단지 그에게만 씨족에게 정해진 길을 최대한 연장시켜준 것이었다. 급격한 변화 없이는 더 이상의 발전이란 있을 수 없었고, 그들의 본성으로는 변화하는 환경에 더 이상 적응할 수 없었다. 그들이 숭배하는 거대한 동물과 그들의 환경을 공유하는 다른 여러 생물체들처럼 씨족 사람들은 급격한 변화에서 살아남을 수 없었다.

연약하고 부상당한 사람들을 돌볼 만큼 사회적 양심을 가졌고, 죽은 자를 매장하고 위대한 토템을 경배할 줄 아는 영적인 자각을 지닌 그들은 거대한 뇌를 지녔으되 전두엽이 없었다. 그들은 거의 10만 년이 지나는 세월 동안 그 어떤 위대한 진보도 이루어내지 못했으며 털매머드와 거대한 동굴곰이 갔던 길을 따르도록 되어 있었다. 아직 모르고 있을 뿐, 지상에서 살아갈 날이 얼마 남지 않은 그들은 곧 멸종할 운명이었다. 이제 크렙에 이르러 그들의 혈통은 막바지에 다달아 있었다.

에일라는 몸속 깊은 곳에서 낯선 혈류가 그녀의 것에 겹쳐지며 깊게 고동치는 듯한 느낌을 받았다. 위대한 주술사의 강렬한 정신은 그녀의 이질적인 두뇌 주름들 사이를 살피며 마음이 맞물릴 만한 곳을 찾고 있었다. 아귀가 완벽하게 들어맞지는 않았지만 그는 유사한 채널을 찾았고, 아무것도 존재하지 않는 곳에서 대안을 더 듬더듬 찾아 어떤 기미들이 느껴지는 곳에 연결시켰다. 순간 놀랄 만큼 분명하게 에일라는 자신을 공허에서 끌어낸 사람이 크렙이라는 것을 깨달았다. 하지만 더 놀라운 것은, 그가 다른 목우르들과 연결을 유지하면서 그녀의 존재를 알지 못하게 막고 있었다는 것이다. 그녀는 크렙이 그들과 연결되어 있다는 것만 어렴풋이 느낄 뿐, 다른 주술사들을 전혀 감지할 수 없었다. 그들 역시 위대한 주술사가 어떤 사람이나 **사물**과 연결되어 있다는 것을 알았지만 설마 에일라일 거라고는 꿈에도 생각하지 못했다.

그리고 에일라는 대주술사가 그녀를 구해주었을 뿐 아니라 여전히 보호해주고 있다는 것을 이해한 순간, 그녀를 그토록 경악케 한 주술사들의 역겨운 식인 행위에 심오한 경배의 뜻이 담겨 있다는 것을 알게 되었다. 그녀는 깨닫지 못했고 또한 알 길도 없었지만 그 행위는 일종의 영적인 교감이었다. 씨족 모임이 치러지는 이유는 그들을 하나로 묶어 하나의 씨족이 되게 하려는 데 있었다. 그러나 모임에 참가한 열 개의 씨족만 있는 게 아니었다. 너무 멀리 살아서 모임에 올 수가 없는 씨족들과 그들의 동굴에서 더 가까운 곳에서 열린 씨족 모임에 참여한 다른 씨족들도 있었다. 그들도 여전히 씨족이었다. 씨족 사람들 모두가 공동의 유산을 물려받았고 그것을 기억했으며, 어느 모임의 의식이든 간에 그들 모두에게 똑같이 중요했다. 주술사들은 그들이 씨족에 이로운 공헌을 한다고 믿었다. 그들은 우르수스의 정령과 함께 길을 떠난 청년의 용기를 흡수한 것이었다. 또 그들이 두뇌에 특별한 능력을 지니고 있는 목우르이기 때문에, 그 용기를 모두에게 나누어줄 수 있는 것이다.

그것이 목우르가 분노하고 두려움을 느낀 이유였다. 오랜 전통에 따라 남자들만이 씨족의 의식에 참여할 수 있었다. 여자가 씨족에서 치러지는 평범한 의식을 엿보기만 해도, 그 씨족은 큰 재앙에 직면할 수 있었다. 한데 이것은 평범한 의식이 아니었다. 이것은 씨족 전체에게 지극히 중요한 의미를 갖는 의식이었다. 에일라는 여자였고 그녀의 등장은 오로지 한 가지만을 의미할 뿐이었다. 그것은 모두에게 돌이킬 수도, 구제할 수도 없는 불행과 재앙이 찾아올 거라는 뜻이었다.

게다가 그녀는 씨족의 여인도 아니었다. 목우르는 이제 더는 부정할 수 없다는 것을 알게 되었다. 에일라의 존재를 알아차린 순간부터, 그는 그녀가 씨족 사람이 아니라는 것을 알았다. 그는 에일라의 등장이 어떤 결과로 이어질지 순식간에 깨달았지만 때는 이미 늦었다. 결과를 돌이킬 수 없다는 것 역시 잘 알고 있었다. 하지만 그녀의 죄가 너무 커서 그녀를 어떻게 해야 할지 알 수 없었다. 죽음의 저주만으로도 충분치 않았다. 그는 결정을 내리기 전에 그녀에 대해, 그리고 그녀를 통해 다른 종족에 대해서 더 알고 싶어졌다.

그는 도움을 청하는 그녀의 비명에 놀랐다. 다른 종족은 달랐지만 유사한 점도 있는 게 분명했다. 그는 씨족을 위해서도 알아야 할 필요를 느꼈고, 원래 다른 씨족 사람들보다 호기심이 강하기도 했다. 그녀는 언제나 그의 흥미를 끌었던 존재였고, 그는 무엇 때문에 그녀가 다른 것인지 알고 싶었다. 그는 실험을 해보기로 결정했다.

조금 더 깊은 마음속으로 비집고 들어간 강력한 주술사는 자신에게 기꺼이 수긍하며 그의 정신에 연결되어 있는 아홉 개의 뇌를 통제하는 동시에, 비슷하면서도 다른 또 하나의 두뇌와 따로 연결했다. 그는 그들 모두를 데리고 태초의 시간으로 거슬러 올라갔다.

에일라는 다시 원시림의 맛을 느꼈다. 다음에는 따뜻한 소금물 맛이 느껴졌다. 그녀가 받는 인상은 다른 사람들처럼 뚜렷하지는 않았다. 생명의 여명기를 떠올리는 이 느낌은 그녀에게 생소했고 그와 관련된 기억은 잠재의식에 깊이 파묻혀 모호하기만 했다. 하지만 그녀의 가장 깊은 내면에서 가장 초기의 단계들은 맞물렸다. 시작은 똑같았어. 주술사는 생각했다. 그녀는 자신의 세포들이 지닌 개별성을 느꼈고, 그녀의 몸속을 흐르는 따뜻하고 자양분이 풍부한 물속에서 그 세포들이 언제 분리되고 분화되는지 알았다. 세포들은 자라고 분리되고 분화되었으며, 그 움직임에는 목적이 있었다. 다시 분화가 일어났고, 미약한 생명의 고동이 강해지며 모양과 형체를 갖추기 시작했다.

또 한 차례 분화가 일어나며 그녀는 새로운 환경에서 생물체가 처음으로 호흡하던 순간의 고통을 느꼈다. 분화가 일어나며 비옥한 흙과 신록으로 뒤덮인 푸른빛이 보이더니 모든 것을 으스러뜨리는 괴물들을 피하기 위해 땅속으로 파고들었다. 또 한 번의 분화가 일어나 아주 깊은 틈에 가로질러 놓인 큰 가지 위에 닿았을 때의 안도감, 그러다 갑작스러운 열기와 건조한 대기가 그녀를 바닷가로 내몰았다. 그리고 다시 분화가 일어나며 그녀의 형태가 커지더니 털가죽을 벗었고 그녀의 윤곽도 바꿔놓았다. 그녀는 바다 속에서 잃어버린 사라진 고리를 찾기 위해 헤매며 여기저기 흔적을 남겼다. 더 초기 단계의 유선형 형태로 돌아가기 위해 남겨진 같은 계통의 생명체는 여전히 바다에서 공기로 호흡하며 젖을 먹여 새끼를 키웠다.

이제 그녀는 앞발을 자유로이 쓰며 여러 가지 것들을 조작하고 두 개의 뒷다리로 직립보행을 하고 있었다. 눈으로는 멀리까지 볼 수 있었고, 전두엽이 발달하기 시작했다. 그녀는 목우르와 떨어져 다른 방향으로 나아가기 시작했지만 그가 따라오지 못할 정도로 멀지 않았고 거의 평행한 길이었다. 그는 다른 주술사들과 연결을 끊었지만 그들은 이미 자신들의 길을 계속해서 가고 있었다. 어찌 되었든, 연결을 끊어야 할 시간이었다.

그들 중 단 두 사람, 씨족의 노인과 다른 종족의 여인만이 연결된 채 남아 있었다. 이제 그는 더 이상 길을 인도하지 않고 여자를 추적하고 있었다. 그만이 추적하는 게 아니라 그녀도 그를 추적하고 있었다. 그녀는 따뜻했던 땅이 그들이 살고 있던 시대보다 훨씬 더.두껍고 뼛속까지 차가워지는 얼음으로 덮이는 것을 보았다. 그곳은 시간뿐만 아니라 공간도 다른, 서쪽으로 아주 멀리 떨어진 땅이었다. 에일라는 그곳이 자신들이 사는 반도를 둘러싼 바다보다 훨씬 더 큰 바다에서 멀지 않다는 느낌을 받았다.

그녀는 고대의 어느 위대한 주술사, 크렙과 거의 비슷해 보이는 조상의 거처인 동굴을 보았다. 그것은 두 종족을 갈라놓는 깊은 틈 너머 보이는 흐릿한 그림이었다. 그 동굴은 강과 평야에 면해 있는 가파른 절벽에 나 있었다. 절벽 꼭대기에는 커다란 바위가 뚜렷하게 그 모습을 드러내고 있었다. 그 바위는 절벽 가장자리에서 쓰러지던 도중에 얼어붙은 듯 옆으로 기울어진 납작한 돌기둥이었다. 그 돌은 다른 지역에서 온 다른 물질로 이루어져 있었고, 동굴이 있는 절벽 가장자리에 자리 잡기 전까지 노도와 엄청난 땅의 힘에 밀려 그곳까지 옮겨진 것이었다. 그 그림은 흔들렸지만 기억은 그녀에게 남았다.

한동안 그녀는 걷잡을 수 없는 슬픔을 느꼈다. 그러더니 혼자가 되었다. 주술사는 더 이상 따라올 수 없었다. 그녀는 자기 자신에게로 되돌아오는 길을 찾다가 조금 더 앞으로 나아갔다. 동굴이 다시 빠르게 스쳐갔고 뒤이어 만화경처럼 혼란스러운 풍경이 뒤를 이었다. 그러나 자연의 무질서한 모습이 아니라 질서정연한 양식으로 이루어진 풍경이었다. 땅에서 상자처럼 생긴 구조물이 솟아오르고 기다란 돌들이 깔리더니 이상하게 생긴 동물들이 엄청난 속도로 그 위를 기어 다녔다. 거대한 새들은 날개를 퍼덕이지 않고도 날아다녔다. 그 후로도 몇몇 장면이 스쳐갔지만 너무도 생소해 무엇인지 파악할 수 없었다. 그것은 현재에 이르기 위해 내달리다가 그녀가 다시 분화하기 직전에 그녀의 시대보다 조금 앞지르면서 보게 된 것들이었다. 그러다가 정신이 맑아진 그녀는 돌기둥 뒤에 숨어서 둥그렇게 앉아 있는 열 명의 주술사들을 보고 있었다.

대주술사가 그녀를 바라보고 있었다. 에일라는 그의 짙은 갈색 눈동자에서 슬픔을 느꼈다. 그는 그녀의 뇌에 지울 수 없는 새로운 길을, 그녀가 앞날을 어렴풋이 엿볼 수 있도록 길을 새겨주었다. 하지만 그 자신의 뇌에는 새로운 길을 낼 수 없었다. 그녀가 미래를 보는 동안 그는 미래가 아니라 미래에 대한 어떤 것, 그의 미래가 아니라 그녀의 미래에 대한 어떤 느낌을 얼핏 엿본 것뿐이었다. 그리고 불완전하게 그 개념을 파악했을 뿐이지만, 그 가능성을 이해하자 그 앞에서 풀이 죽었다.

크렙은 추상적인 사고를 거의 할 수 없었다. 그는 엄청난 노력을 기울여 스물까지 간신히 셀 수 있었다. 그는 비약적인 발전을 이루거나 천재적인 직관을 발휘할 수 없었다. 그는 자신의 정신력이 그녀보다 훨씬 강하다는 것은 알았지만 그의 천재성은 다른 성질의 것이었다. 그는 자신의 기원과 에일라의 기원을 일치시킬 수 있었다. 그는 자신이 속한 고대의 씨족 사람들 중 누구보다 더 많이, 더 뚜렷하게 과거를 기억할 수 있었다. 심지어 그는 에일라가 기억을 떠올리게 도울 수도 있었다. 하지만 그는 그녀에게서 젊음, 더 새로운 형태의 활력을 느꼈다. 그녀는 다시 분화했지만 그는 그러지 못했다.

"나가라!"

에일라는 그의 날카로운 지시에, 그토록 크게 말한 것에 깜짝 놀랐다. 그러나 다음 순간, 그녀는 그가 전혀 소리를 내지 않았다는 것을 알아차렸다. 그녀는 그의 말을 들은 것이 아니라 느낀 것이었다.

"동굴에서 나가라! 어서! 지금 당장!"

그녀는 숨어 있던 자리에서 튀어 오르듯 벌떡 일어나 통로로 달려갔다. 몇몇 등잔은 이미 심지까지 다 탔고, 다른 것들도 꺼져가고 있었다. 그러나 길을 찾기에는 그 정도 불빛으로도 충분했다. 남자들과 사내아이들 모두 꿈도 없는 잠속으로 빠져든 안쪽 동굴에서는 아무런 소리도 들리지 않았다. 그녀는 띄엄띄엄 꺼진 횃불들을 지나 마침내 동굴 밖으로 나왔다.

날은 여전히 어두웠지만 새날의 새벽빛이 희미하게 밝아오고 있었다. 강력한 약기운이 사라지고 에일라는 제정신으로 돌아왔지만 완전히 기진맥진한 상태였다. 그녀는 춤을 추다 지쳐서 땅바닥에 쓰러진 여인들을 바라보고는 우바 곁에 누웠다. 그녀는 여전히 알몸이었지만 벌거벗은 채 잠이 든 다른 여인들처럼 새벽의 한기를 느끼지 않았다.

대주술사가 천천히 그녀의 뒤를 따라 동굴 입구로 나왔을 무렵, 그녀는 꿈 없는 깊은 잠속에 빠져 있었다. 절뚝거리며 다가온 그는 씨족의 여인들과는 뚜렷하게 다른 헝클어진 금발머리를 내려다보았다. 엄청난 괴로움이 그를 엄습했다. 그는 에일라를 그냥 보내지

말았어야 했다. 그 아이를 다른 주술사들 앞으로 끌어내 그 아이
가 지은 죄의 대가로 당장 그 자리에서 죽였어야 했다. 하지만 그
래 봤자 무슨 소용이 있겠는가? 그런다고 해도 그녀가 불러일으킨
재앙을 원래대로 돌릴 수는 없는 노릇이고, 씨족 사람들이 맞이하
게 될 비극도 막을 수 없을 터였다. 무엇보다 에일라는 자기 종족
에 속한 한 사람일 뿐이고, 또한 그가 사랑하는 아이였다.

25

구브가 눈부신 아침 햇살에 눈을 비비며 동굴 밖으로 걸어 나왔다. 기지개를 켜던 그의 눈에 목우르가 들어왔다. 그는 통나무 위에 웅크리고 앉아 땅바닥을 내려다보고 있었다. 등잔과 횃불들이 너무 많이 꺼져 있었어. 누군가 길을 잘못 들어 헤맸던 것 같아. 목우르에게 등잔을 다시 채우고 횃불도 새로 갖다 놓아야 할지 물어봐야겠어. 그렇게 마음을 정한 구브는 크렙에게 다가가다 노주술사의 푹 꺼진 얼굴과 축 늘어진 어깨를 보고 멈춰 섰다. 목우르를 귀찮게 하지 말고 내 생각대로 하는 게 낫겠어.

목우르도 나이가 들었어. 곰 기름을 담아놓은, 동물의 방광으로 만든 부대와 새 심지, 횃불로 쓸 장대를 들고 동굴 안으로 들어가며 구브는 그런 생각을 했다. 하지만 목우르가 얼마나 늙었는지 나도 자꾸만 잊거든. 목우르는 여기까지 오기도 힘들었을 테고 의식을 치른 뒤라 기운도 없겠지. 이제부터 돌아가려면 더욱 힘이 들텐데. 이상하게도 전에는 목우르가 늙었다는 생각은 한 번도 못 했었는데.

남자들 몇몇이 졸린 눈을 비비며 동굴 밖으로 나왔다가 땅바닥에 쓰러져 있는 알몸의 여자들을 빤히 바라보았다. 늘 그랬듯이 여자들이 왜 저렇게 진이 빠져 있는지 궁금했다. 맨 처음 잠에서 깬 여인이 황급히 두르개를 줍고는 더 많은 남자들이 몰려나오기 전에 여자들을 깨우기 시작했다.

"에일라."

우바가 에일라를 흔들며 불렀다.

"에일라, 일어나."

"으으음."

에일라가 웅얼거리더니 돌아누웠다.

"에일라! 에일라!"

우바가 에일라를 더 세게 흔들었다.

"못 깨우겠어요, 에브라."

"에일라!"

에브라가 그녀를 세게 흔들며 크게 불렀다. 에일라가 눈을 뜨고서 손짓을 하려다가 이내 눈을 감고 몸을 웅크렸다.

"에일라! 에일라!"

에브라가 다시 불렀다. 에일라가 다시 눈을 떴다.

"동굴 안으로 들어가 더 자렴, 에일라. 여기에 이대로 있으면 안 돼. 남자들이 일어나고 있어."

에브라가 지시했다.

에일라는 비틀거리며 동굴로 향했다. 하지만 잠시 뒤에 핏기가 싹 가신 얼굴로 돌아 나왔다.

"무슨 일이야?"

우바가 물었다.

"얼굴이 하얗게 질렸어. 꼭 혼령이라도 본 사람처럼."

"우바. 아, 우바. 그릇이."

에일라가 땅바닥에 주저앉으며 두 손에 얼굴을 묻었다.

"그릇? 무슨 그릇, 에일라? 무슨 말인지 모르겠어."

"깨졌어."

에일라가 간신히 손짓했다.

"깨졌다고?"

에브라가 물었다.

"그릇 하나 깨진 게 뭐 대수라고? 다시 만들면 되지."

"아니, 못 만들어요. 그런 그릇이 아니라 이자의 그릇요. 이자가 어머니에게 물려받은 거요."

"어머니의 그릇? 어머니가 의식에 쓰는 그릇?"

우바가 놀라서 물었다.

나무로 만든 그 고대의 유물은 바싹 말라 깨지기 쉬운 상태였다. 그리고 워낙 오랜 세월 사용해와 탄력을 모두 잃었고, 하얀 막에 가려져 보이지 않았지만 머리칼 같은 잔금이 길게 나 있었다. 에일라의 손에서 단단한 돌바닥으로 떨어졌을 때 충격을 받아 그릇은 둘로 쪼개졌다.

동굴 밖으로 달려 나온 에일라는 크렙이 자기를 보고 있다는 것도 알아차리지 못했다. 그러나 크렙은 그 귀한 그릇이 깨졌다는 것을 알고 이제는 모든 게 다 끝났다는 불길한 예감이 들었다. 모든 상황이 지나치게 잘 맞아떨어지고 있었다. 앞으로 다시는 그 뿌리의 주술이 쓰이지 않겠구나. 이제부터는 그 뿌리들로 어떤 의식도 치르지 않을 테고. 구브에게도 그 뿌리의 용도에 대해서는 가르쳐주지 않겠어. 씨족 사람들은 이제 잊어버리게 되겠지. 불구의 노인이 관절에 통증을 느끼며 지팡이에 몸을 의지하고 일어섰다. 그간 차가운 동굴에 너무 오래 앉아 있었어. 이제 구브에게 물려줄 때가 되었어. 구브는 목우르가 되기에 아직 젊지만, 나는 너무 늙었어. 열심히 가르치면 한두 해쯤 뒤에 준비가 되겠지. 내가 얼마나 더 살지 누가 장담하겠어?

브룬은 노주술사가 눈에 띄게 달라진 것을 알아차렸지만 그처럼 기운이 없는 이유가 큰 행사를 치르고 자연적으로 맥이 빠졌기 때문이라 생각했다. 게다가 이번 씨족 모임은 그에게 마지막 모임이 될 터였으므로 더욱 그럴 것 같았다. 브룬은 그가 과연 돌아가는 여행을 견뎌낼 수 있을지 걱정이 되었다. 속도를 내진 못할 것이었다. 돌아가는 여행에 쓸 식량을 마련하기 위해 그는 자신의 사냥꾼들과 마지막으로 사냥에 나섰다. 신선한 고기를 노르그의 씨족이 저장해둔 식량과 교환할 참이었다.

사냥을 성공적으로 마친 브룬 일행은 서둘러 떠날 준비를 했다. 몇몇 씨족은 이미 떠난 뒤였다. 축제가 끝나자 그는 자신의 동굴과 뒤에 남겨두고 온 사람들이 신경 쓰였지만 마음은 가벼웠다. 그의 지위에 대한 도전이 그 어느 때보다 강했던지라 승리의 기쁨도 더욱 컸다. 그는 자기 자신은 물론 그의 씨족 사람들, 특히 에일라에게 흡족해하고 있었다. 그녀는 익히 알고 있던 대로 훌륭한 주술 치료사였고, 누군가의 목숨이 위태로워지자 이자처럼 어떤 위험도 염두에 두지 않았다. 브룬은 위대한 주술사가 다른 주술사들을 설득한 것도 큰 도움이 되었다는 것을 알았지만 무엇보다 젊은 사냥꾼의 목숨을 구해 스스로의 능력을 입증해 보인 사람은 에일라였다. 사냥꾼과 그의 짝은 여행을 할 수 있을 만큼 회복될 때까지 이곳에 남아 그들과 함께 겨울을 날 것이었다.

위대한 주술사는 에일라가 깊숙한 작은 동굴까지 찾아왔던 일에 대해 단 한 번 언급하고는 다시는 입 밖에 올리지 않았다. 그들이 노르그의 씨족을 떠나기 전날, 에일라가 돌아갈 채비를 하고 있을 때, 크렙이 절뚝거리며 동굴로 들어왔다. 그가 그 후로 줄곧 그녀를 피했기 때문에 에일라는 마음이 아팠다. 그녀를 보자 크렙은 우뚝 멈추고 돌아 나가려고 했지만 에일라가 얼른 그에게 달려가 발치에 앉았다. 그는 머리를 숙이고 있는 그녀를 내려다보다가 한숨을 내쉬고는 어깨를 두드렸다.

그를 올려다본 에일라는 불과 며칠 만에 그가 얼마나 늙었는지 알아차리고 충격을 받았다. 보기 흉한 흉터와 눈구멍을 덮은 살가죽은 주름진 채, 툭 튀어나온 눈썹 뼈 아래로 움푹 꺼져 있었다. 희끗희끗한 수염은 돌출한 턱 밑으로 축 늘어졌고, 뒤쪽으로 경사진 낮은 이마는 머리가 벗겨지며 더욱 두드러져 보였다. 하지만 무엇보다 그녀의 마음을 아프게 한 것은 물기 어린 갈색 눈에 깃든 짙은 슬픔이었다. 그녀는 그에게 무슨 짓을 저지른 것일까? 그녀는 그날 밤 동굴 깊은 곳으로 들어갔던 일을 되돌릴 수만 있기를 간절히 바랐다. 크렙이 육체적 고통에 시달리는 것을 보고 느꼈던 아픔은 그의 마음속에서 일어나는 고통을 알아차리고 느낀 괴로움에 비하면 아무것도 아니었다.

"무슨 일이냐, 에일라?"

그가 물었다.

"목우르, 나는…… 나는…….''

그녀가 더듬거리더니 한꺼번에 말을 쏟아놓았다.

"아, 크렙! 그렇게 마음 아파하는 모습은 못 보겠어요. 내가 어떻게 하면 되지요? 크렙이 하라는 대로 할게요. 브룬에게 가서 말하겠어요. 뭐든 시키는 대로 할게요. 어떻게 하면 좋을지 말해주세요."

네가 뭘 **어찌할 수 있겠니**, 에일라? 크렙은 생각했다. 네 본래 모습을 어떻게 바꿀 수 있겠느냐? 네가 부른 비극을 어떻게 되돌릴 수 있겠어? 씨족은 죽게 될 거고, 너와 네 종족만이 살아남을 텐데. 우리는 때가 다한 사람들이다. 우리는 전통을 지키고 정령들과 위대한 우르수스를 모셨지만 이제 우리 시대는 끝났구나. 어쩌면 그럴 운명이었는지도 모르지. 아마도 그건 너 때문이 아니라 네 종족 때문일 것이다, 에일라. 어쩌면 그래서 네가 우리에게 보내진 게 아닐까? 내게 알려주기 위해서? 우리가 떠나는 세상은 아름답고 풍요롭구나. 우리가 오랜 세월 살아오는 동안 필요한 것들을 다 주었지. 이제 네 차례가 되었는데 네가 떠나야 할 이유가 어디 있겠느냐? 네가 어찌할 수 있겠느냐?

"네가 할 수 있는 일이 딱 하나 있다, 에일라."

주술사가 손짓 하나하나에 힘을 주며 천천히 대답했다. 그의 눈빛이 차갑게 바뀌었다.

"네가 다시는 그 일을 언급하지 않는 거다."

그는 가능한 지팡이에서 몸을 떼려 애쓰며 성한 다리 하나로 할 수 있는 만큼 몸을 곧추세웠다. 그러고 나서 그 자신과 그의 씨족에 대한 자부심을 전부 끌어 모아 위엄 있는 걸음걸이로 동굴을 나섰다.

"브라우드!"

브라우드는 자신에게 인사하는 남자에게 성큼성큼 걸어갔다. 브룬 씨족의 여자들은 서둘러 아침 식사 자리를 정리하고 있었다. 그들은 식사가 끝나는 대로 떠날 예정이었고 남자들은 앞으로 7년 동안 다시는 보지 못할 사람들과 마지막 이야기를 나누고 있었다. 그들은 떠나는 시간을 조금이라도 더 늦추기 위해 흥겨웠던 축제를 떠올리며 이야기꽃을 피우고 있었다.

"이번에 대단하더군요, 브라우드. 그나저나 다음 씨족 모임 때는 족장이 되어 있겠군요?"

"그쪽도 족장이 되어 있을 텐데요."

브라우드가 자만심에 부푼 손짓을 했다.

"우리가 운이 좋았습니다."

"운이 좋긴 합니다. 당신네 씨족은 첫 번째 지위를 가지고 있고, 목우르도, 주술 치료사도 다 제일가니까요. 알겠지만 브라우드, 당신의 씨족에 에일라가 있다니 참 행운입니다. 사냥꾼을 구하려고 동굴곰 앞으로 달려드는 주술 치료사가 흔치는 않으니까요."

얼굴을 약간 찌푸린 브라우드는 부르드가 자기 쪽으로 걸어오는 것을 보았다.

"부르드!"

그가 반갑게 손짓하며 인사했다.

"이번에 참 훌륭했어요. 당신이 누즈를 누르고 뽑혔을 때 기뻤어요. 그 사람도 대단했지만 당신이 분명 더 뛰어나더군요."

"브라우드, 당신은 첫 번째로 뽑힐 만했어요. 달리기에서도 좋은 경기를 보여주었고. 당신의 씨족은 첫 번째 지위에 오를 자격이 충분해요. 주술 치료사의 솜씨도 최고고요. 처음에는 의심이 들긴 했어요. 당신이 족장이 되면 아주 훌륭한 주술 치료사를 곁에 두게 되겠군요. 한데 그 여자가 더 크지만 않으면 좋겠어요. 우리끼리 얘기지만, 여자를 올려다보는 게 영 거북하더군요."

"그렇지요. 키가 너무 커요."

브라우드가 딱딱한 태도로 손짓했다.

"하지만 훌륭한 주술 치료사인데 뭐 그리 큰 문제가 되겠습니까?"

브라우드는 마지못해 고개를 끄덕이고서 손을 내저어 말을 끊고는 발길을 돌렸다. 에일라, 에일라, 그 여자 이야기라면 이제 신물이 난다. 그는 텅 빈 공터를 가로지르며 생각했다.

"브라우드, 떠나기 전에 한번 봤으면 했어."

어떤 남자가 그에게로 걸어오며 말을 건넸다.

"자네도 우리 씨족 여인 중에 자네 주술 치료사의 아들처럼 기형인 딸을 가진 여인이 있다는 얘기 들었는가? 브룬에게 말을 넣어봤더니 그 계집아이를 받아들이겠다고 했어. 하지만 자네에게 직접 이야기를 했으면 하더군. 그때쯤엔 브라우드가 족장이 되어 있을 테니까. 아이 어머니는 자기 딸을 첫 번째 씨족과 첫째가는 주술 치료사 아들에게 어울리는 훌륭한 여인으로 키우겠다고 약속했지. 반대할 이유는 없겠지, 브라우드? 잘 어울리는 한 쌍이 될 거야."

"없습니다."

브라우드가 퉁명스럽게 손짓한 뒤 등을 돌렸다. 만일 그토록 화가 나 있지 않았다면 반대를 했을지도 몰랐다. 하지만 더 이상 에일라 얘기를 하고 싶은 기분이 아니었다.

"그나저나 아주 훌륭한 경주였네, 브라우드."

그러나 브라우드는 이미 등을 돌린 뒤라 상대의 칭찬하는 손짓을 보지 못했다. 그는 동굴 쪽으로 가다가 열에 들떠 이야기를 나누고 있는 두 여자를 봤다. 그는 다른 사람들이 대화하고 있을 때는 시선을 돌려야 한다는 것을 알면서도 그들을 보지 못한 척 앞쪽을 응시했다.

"……나는 그 여자가 씨족의 여자라는 걸 도저히 믿을 수가 없었어. 게다가 그 아이는 또 어떻고…… 하지만 그 여자는 전혀 겁을 내지 않고 우르수스한테 곧장 걸어갔잖아. 난 엄두도 안 나는 일인데 말이야."

"나는 그 여자랑 대화를 나눠봤는데 참 좋은 여자였어. 행실도 나무랄 데 없고. 하지만 짝을 구하지는 못하겠지. 키가 너무 크잖아. 어떤 남자가 자기보다 키 큰 여자를 원하겠어? 아무리 그 여자가 첫째가는 주술 치료사라고 해도 말이지."

"어느 씨족에선가 받아들일 생각도 하고 있다더라. 자세한 얘기를 해볼 시간은 없었지만. 아마도 그 사람들이 다시 이야기하고 싶어 할 것 같아. 그 여자를 받아들이기로 결정하면 사람을 보낸다고 했다던데."

"하지만 그 씨족은 동굴을 새로 옮겼다며? 동굴을 찾아낸 것도 바로 그 여자래. 동굴이 아주 크다더라. 또 행운도 따르고."

"그 동굴은 바다 가까이에 있을 테니까 길이 잘 나 있을 거야. 발이 빠른 사람이라면 찾아낼 수 있겠지."

브라우드는 그들을 지나치면서 게으르고 수다스럽고 참견하기 좋아하는 여자들을 한 대 치고 싶은 충동을 억눌러야 했다. 하지만 그들은 다른 씨족의 여자들이었다. 물론 그에게는 어느 씨족의 여인이든 그릇된 행실에 대해서는 벌을 줄 특권이 있었지만, 잘못한 일이 분명치도 않은 상황에서 짝이나 족장의 허락 없이 다른 씨족의 여인에게 손찌검을 하는 것은 현명한 일이 못 되었다. 또 그에게는 잘못이 분명해 보여도 다른 사람에게는 그렇지 않을 수 있었다.

"우리 주술 치료사 말로는 그 여자의 솜씨가 뛰어나다더군요."

브라우드가 동굴에 들어설 때 노르그가 말하고 있었다.

"이자의 딸이지요. 이자가 잘 가르쳤어요."

브룬이 손짓했다.

"이자가 올 수 없었다니 참으로 안타깝군요. 아프다니 어쩔 수 없는 일이지요."

"그렇습니다. 서둘러 돌아가려는 것도 그런 이유에서입니다.

그리고 돌아갈 길이 멀기도 하고요. 그간 참으로 마음을 써주어서 잘 있다가 갑니다, 노르그. 뭐니 뭐니 해도 마음 편한 곳은 우리 동굴이지요. 이번 씨족 모임은 더없이 훌륭했습니다. 오랫동안 기억될 겁니다."

브룬이 말했다.

브라우드는 주먹을 움켜쥐고 등을 돌리는 바람에 브룬 짝의 아들을 칭찬해주는 노르그의 손짓을 보지 못했다. 에일라, 에일라, 에일라. 모두가 에일라 얘기만 하고 있어. 이 씨족 모임에서 그 여자 말고는 다들 손 놓고 있었다고 생각하는 거야, 뭐야. 첫 번째로 뽑힌 사람이 그 계집이었어? 그 계집이 안전한 데 앉아 있는 동안 곰의 머리 위로 뛰어내린 게 누군데? 그깟 사냥꾼 목숨 구한 게 뭐 대단한 일이라고, 그자는 절대 다시는 걷지 못할 텐데. 그 계집으로 말할 것 같으면, 못생겼지, 키도 너무 크지, 아들은 기형이지. 다들 그 계집이 우리 동굴에서는 얼마나 무례한지 봐야 하는데. 바로 그때 에일라가 짐 꾸러미들을 들고 그의 옆을 빠르게 지나갔다. 힐끗 본 브라우드의 표정에 증오와 악의가 가득 차 있어 에일라는 움찔 놀라고 말았다. 내가 지금 무슨 짓을 했나? 그녀는 생각했다. 여기에 오고 나서는 브라우드를 거의 못 봤는데.

브라우드는 다부진 체격을 지닌 씨족의 성인 남자였다. 하지만 그의 위협적인 태도는 육체적인 데서 오는 것을 능가했다. 그는 족장의 짝이 낳은 아들이었고, 언젠가는 족장이 될 남자였다. 동굴 밖에 꾸러미를 내려놓는 에일라를 지켜보며 그는 그런 생각에 빠져 있었다.

식사 후 여인들은 재빨리 아침을 차리는 데 썼던 몇 가지 도구들을 마저 꾸렸다. 브룬은 어서 떠나고 싶었고, 다른 사람들도 마찬가지였다. 에일라는 마지막으로 몇몇 주술 치료사들과 노르그의 짝, 그리고 다른 사람들과 인사를 나눈 뒤, 두르크를 포대기에 싸서 안은 다음, 여인들의 맨 앞자리에 섰다. 브룬이 신호를 내리자 그들은 동굴 앞 공터를 가로지르기 시작했다. 오솔길이 굽어지는 곳을 돌기 전에 브룬이 멈춰 섰다. 그들 모두 마지막으로 뒤를 돌아보았다. 노르그와 그의 씨족 사람들이 동굴 입구에 서 있었다.

"우르수스와 함께 걷기를."

노르그가 손짓했다.

브룬이 고개를 끄덕이고 다시 길을 나섰다. 7년 뒤에야 그들은 노르그를 다시 보게 될 것이었다. 어쩌면 다시는 못 보게 될지도 모른다. 그것은 오로지 위대한 동굴곰의 정령만이 알 것이다.

브룬이 생각했던 대로 돌아가는 길은 크렙으로 인해 힘이 들었다. 이제 들뜬 기대감도 사라졌고, 자신이 간직한 비밀에 대해 생각할수록 더욱 침울해질 뿐인 노인의 몸은 자꾸만 말을 안 들었다. 브룬의 걱정은 날로 깊어만 갔다. 그는 위대한 주술사가 그렇게 의기소침해 있는 모습을 본 적이 없었다. 주술사는 툭하면 뒤로 처졌다. 그럴 때마다 브룬은 다른 이들을 기다리게 하고 주술사를 찾으러 사냥꾼을 보내야 했다. 크렙이 편해질까 해서 속도를 줄여보기도 했지만 큰 도움은 못 됐다. 브룬이 우겨서 치른 몇 차례의 저녁 의식도 맥이 빠져 있었다. 주술사는 마지못해 의식을 이끌었으나 그의 손짓은 마음이 내키지 않는 듯 뻣뻣할 뿐이었다. 브룬은 크렙과 에일라 사이에 생긴 거리감을 눈치챘다. 그리고 따라오는 데 문제는 없었지만 에일라의 발걸음에도 활기가 없었다. 저 두 사람 사이에 뭔가 문제가 있어. 그는 직감했다.

해가 중천에 오르기 전, 브룬 일행은 마른 풀들이 웃자란 곳을 지나고 있었다. 브룬이 얼핏 뒤를 본 순간, 크렙이 보이지 않았다. 그는 남자들 중 하나에게 지시를 내리려다가 생각을 바꾸어 에일라에게 갔다.

"가서 목우르를 찾아봐라."

그가 손짓했다.

에일라는 놀란 표정을 했지만 바로 고개를 끄덕였다. 그녀는 두르크를 우바에게 맡기고 발에 짓밟혀 누워 있는 풀들을 되짚어가다 한참 뒤떨어진 곳에서 지팡이에 기대다시피 한 채 천천히 걸어오는 크렙을 발견했다. 심한 통증에 시달리는 듯 보였다. 그러나 에일라는 잘못을 뉘우치며 사정하는 자신에게 크렙이 싸늘한 태도를 보인 이후로는 그에게 무슨 말을 해야 할지 갈피를 잡지 못하고 있었다. 관절염이 악화된 게 분명하건만 그는 에일라가 통증을 완화시키는 조치를 취하려 할 때마다 단호히 거절했다. 에일라는 마음이 아팠지만 몇 번인가 거부당하고 난 뒤에는 다시 말을 꺼내지 못했다. 그녀를 보자 크렙이 멈춰 섰다.

"여기서 뭘 하는 게냐?"

그가 물었다.

"브룬이 크렙을 찾아보라고 보냈어요."

크렙이 으흐흠 하는 소리를 내고 나서 다시 걷기 시작했다. 에일라는 그의 뒤를 따라 걸었다. 그녀는 그의 느릿하고 고통에 찬 걸음걸이를 지켜보다가 더 이상은 참을 수 없어 크렙을 앞질러 그의 발치에 앉았다. 크렙은 젊은 여인을 한참이나 내려다보고 나서야 어깨를 두드렸다.

"이 계집은 목우르가 어째서 노하셨는지 알고 싶습니다."

"나는 화가 난 게 아니다, 에일라."

"그렇다면 어째서 제 도움을 거부하시나요?"

그녀가 애원하듯 물었다.

"전에는 그런 적이 없었잖아요."

에일라는 마음을 가라앉히려고 안간힘을 썼다.

"이 계집은 주술 치료사입니다. 통증을 덜어주는 방법을 배웠고, 그게 주술 치료사가 할 입니다. 그런데 목우르가 아파하는 것을 보고도 도와드릴 수가 없어서 속이 상합니다."

그녀는 더 이상 격식을 차릴 수가 없었다.

"오오, 크렙, 도와드리게 해주세요. 내가 크렙을 얼마나 사랑하는지 모르세요? 내게 크렙은 내 어머니의 짝과 같은 분이에요. 지금껏 나를 먹여주고, 날 대변해주시고, 제 목숨까지 살려주셨어요. 이유는 모르겠지만 크렙이 더는 나를 사랑하지 않는 것 같아요. 하지만 나는 단 한순간도 크렙을 사랑하지 않은 적이 없어요."

뺨을 타고 눈물이 흘러내렸다.

어째서 이 아이는 내가 자신을 사랑하지 않는다고 생각할 때마다 눈물을 흘리는 걸까? 그리고 어쩌자고 이 아이의 약한 눈만 보면 뭐든 해주고 싶다는 생각이 드는 걸까? 다른 종족 사람들의 눈은 모두 이럴까? 이 아이 말이 맞지. 나는 지금껏 한 번도 이 아이의 도움을 마다한 적이 없었어. 이제 와서 그게 무슨 문제가 될까? 이 아이는 씨족의 여인이 아니지 않은가. 다른 사람들이 어떻게 생각하든 이 아이는 다른 종족에서 태어났고 언제까지나 그들 종족의 사람이야. 비록 이 아이가 모르고 있긴 하지만. 이 아이는 제가 씨족의 여자라고, 씨족의 주술 치료사라고 생각하고 있어. 그래, 이 아이는 주술 치료사야. 이자의 혈통은 아닐지라도 주술 치료사로서 씨족의 여자가 되려고 노력했어. 때로는 참으로 어려운 일이었는데도. 얼마나 힘들었을까? 눈물을 흘리는 게 이번이 처음은 아니지만, 이제껏 눈물을 참으려고 애를 쓴 적도 많았지. 아이가 눈물을 참을 수 없는 건 내가 자신을 사랑하지 않는다고 생각할 때였어. 그게 그렇게도 마음이 아플까? 이 아이가 나를 사랑하지 않는다고 하면 내 마음은 얼마나 아플까? 내가 생각하는 것보다 훨씬 아프겠지. 이렇게 사랑하는 마음은 똑같은데, 저 아이는 어떻게 그렇게 다를 수가 있는 걸까? 크렙은 그녀를 이방인, 다른 종족의 여인으로 보려고 애썼다. 하지만 그녀는 여전히 에일라, 그가 단 한 번도 가져보지 못한 짝의 딸이었다.

"서둘러야겠다, 에일라. 브룬이 기다리고 있어. 이제 그만 눈물을 닦아라. 다음에 쉬어갈 때 버드나무 껍질 차를 좀 끓여다오."

눈물이 흐르는 중에도 에일라의 얼굴에 미소가 번졌다. 그녀는 벌떡 일어나 크렙의 뒤를 몇 발짝 따르다 곧 그를 부축하러 그의 옆으로 다가갔다. 크렙이 잠시 걸음을 멈췄다가 고개를 끄덕이고는 그녀에게 몸을 기댔다.

브룬은 당장에 두 사람 사이가 좋아졌다는 것을 눈치채고서 성에 찰 만큼은 아니나 조금 속도를 높였다. 노주술사에게는 여전히 침울한 기색이 남아 있었지만, 전보다 애쓰는 모습이 보였다. 두 사람 사이에 문제가 있었던 게 틀림없어. 하지만 이제 해결된 것 같군. 크렙을 찾으러 에일라를 보낸 게 다행이었다.

크렙은 에일라에게서 도움을 받기는 했지만 둘 사이는 여전히 소원했다. 그로서는 메우기에 너무나도 큰 골이 둘 사이에 자리 잡고 있었다. 그는 에일라와 자신의 운명이 다르다는 사실이 머릿속에서 떠나지 않았고, 그 때문에 예전처럼 다정하게 아이를 대하는 것이 무척 힘들었다.

브룬 일행이 동굴로 돌아가는 동안, 낮은 더웠지만 밤은 서늘해지고 있었다. 멀리 서쪽으로 눈에 덮인 산맥이 처음으로 보이던 날, 씨족 사람들은 힘이 났다. 그러나 며칠이 지나도 동굴까지의 남은 거리는 그닥 줄어드는 것 같지 않았다. 반도 남단의 산맥도 그저 경치에 지나지 않았다. 미미하게나마 거리가 줄어들기는 했다. 그들이 서쪽으로 지루한 이동을 계속하는 동안, 멀리서는 깊게 갈라진 틈 같던 푸른 줄들이 빙하가 되어 나타났다. 눈 덮인 봉우리 아래의 흐릿했던 자줏빛은 노두와 산마루의 형태를 뚜렷하게 드러냈다.

초원에서의 마지막 날, 그들은 어둑해질 때까지 이동을 계속하다가 야영지를 차렸다. 다음 날은 모두들 새벽녘에 깨어났다. 평원은 어느 사이엔가 탁 트인 초원에 키 큰 나무들이 드문드문 서 있는 수림지대로 바뀌어 있었다. 온대 기후에서 풀을 먹고 사는 코뿔소는 그들을 모른 척하고 지나갔지만, 사람들은 그 모습에 친근감을 느꼈다. 산기슭을 오르는 길로 접어들자 걸음이 빨라졌다. 눈에 익은 산마루를 돌아 그들의 동굴이 보이자 심장이 빠르게 뛰었다. 드디어 동굴에 돌아온 것이다.

아바와 주그가 그들을 맞으려고 달려 나왔다. 아바가 그녀의 딸과 드루그를 반갑게 맞고 나서 나이 든 아이들을 껴안아준 뒤, 그루브를 받아 들었다. 주그는 그로드와 우카, 그리고 오브라와 구브에게로 달려가다가 에일라를 보고는 고개를 끄덕였다.

"도르브는요?"

이카가 손짓했다.

"지금 정령의 세계에서 거닐고 있다."

주그가 대답했다.

"눈이 아주 나빠져 누가 뭐라고 하는지 볼 수 없었어. 살 생각을 저버린 듯 사람들이 돌아오는 걸 기다릴 마음도 없었지. 정령이 부르자 그들과 함께 떠났어. 나중에 목우르가 장례식을 치를 수 있도록 묻고 표시를 해뒀다."

에일라는 갑자기 불안한 마음이 들어 주위를 둘러보았다.

"이자는 어디 있어요?"

"많이 아파, 에일라."

아바가 대답했다.

"지난번 초승달이 뜬 날부터 자리에서 통 못 일어나는구나."

"이자! 안 돼요, 이자! 안 돼요! 안 돼!"

에일라가 동굴로 달려가며 외쳤다. 크렙의 불터에 이르자 짐들을 아무렇게나 던져놓고 털가죽 위에 누워 있는 이자에게 달려갔다.

"이자! 이자!"

젊은 여인이 외쳤다. 늙은 주술 치료사가 눈을 떴다.

"에일라."

그녀가 힘없이 그르렁거리는 소리로 말했다.

"정령들이 내 소원을 들어주었어."

그녀가 힘없이 손짓했다.

"네가 돌아오다니."

이자가 팔을 내밀었다. 에일라는 그녀를 부둥켜안고 뼈밖에 남지 않은 마르고 허약해진 몸을 만져보았다. 머리칼은 눈처럼 희었고, 주름진 얼굴은 뼈 위에 걸쳐놓은 마른 양피지 같았다. 뺨은 움푹 들어가 있고, 눈은 퀭했다. 천 살이라도 된 것처럼 보이는 그녀는 이제 겨우 스물여덟 해를 지나고 있었다.

에일라는 눈물이 앞을 가릴 정도로 하염없이 울었다.

"내가 뭐 하러 씨족 모임에 간다고 나섰을까요? 여기 남아서 어머니를 돌봤어야 했는데. 어머니가 아픈 걸 알면서 남겨두고 떠나는 게 아니었어요."

"아니다, 에일라."

이자가 손짓했다.

"네 자신을 탓하지 마. 너라도 어쩔 수 없는 일이었다. 네가 떠나고 나서 나는 곧 죽으리라는 걸 알았지. 너도 나를 도울 수는 없었을 거야. 그 누구도 말이다. 난 그저 정령의 세계로 떠나기 전에 너를 한 번만 더 볼 수 있으면 했다."

"어머니는 죽지 않아요! 어머니가 떠나는 일은 없을 거예요! 내가 돌봐줄게요. 다시 낫게 해드릴게요."

에일라가 미친 듯이 손짓했다.

"에일라, 에일라. 최고의 주술 치료사조차 할 수 없는 일이 있단다."

무리하게 말을 이어가던 이자는 한차례 발작적인 기침을 쏟아냈다. 에일라는 기침이 가라앉을 때까지 그녀의 머리를 받쳐주고 숨 쉬기 편하도록 등 뒤에 털가죽을 넣어 상체를 들어 올렸다. 그러고는 이자의 잠자리 근처에 저장한 약초들을 뒤지기 시작했다.

"목향을 어디 뒀죠? 하나도 없어요."

"남은 게 없을 거다."

이자가 힘없이 손짓했다. 발작적으로 기침을 쏟고 난 뒤라 기운이 하나도 없었다.

"그 많은 걸 내가 다 썼는데, 더 구하러 나갈 수가 없었어. 아바가 구하러 나갔다가 해바라기를 가지고 돌아왔더구나."

"내가 가지 않았어야 했어요."

그렇게 말하더니 에일라는 동굴 밖으로 뛰쳐나갔다. 동굴 입구에서 두르크를 안고 있는 우바와 크렙을 만났다.

"이자가 아파요."

에일라가 흥분해서 손짓했다.

"그런데 목향이 하나도 없어요. 가서 좀 구해올게요. 불도 피우지 않았어, 우바. 내가 왜 씨족 모임에 갔을까? 어머니하고 여기 남았어야 했는데 내가 왜 갔을까?"

그녀의 근심 어린 얼굴에는 긴 여행으로 인한 때가 묻어 있고 눈물까지 얼룩져 있었지만 그녀는 알아차리지도 못했다. 설령 그랬다 한들 신경 쓸 여력도 없었다. 크렙과 우바가 서둘러 동굴로 들어가는 동안, 그녀는 비탈을 달려 내려갔다.

에일라는 개울을 건너 목향이 자라는 목초지로 달려가 맨손으로 목향을 뿌리째 뽑은 다음, 개울물에 뿌리를 씻고 나서 서둘러 동굴로 돌아왔다.

우바가 미리 불을 피워놓았지만, 막 데우기 시작한 물은 아직 미지근했다. 크렙은 이자 옆에 서서 그 어느 때보다 열정적으로 격식을 차린 손짓을 하며 그녀의 원기를 북돋기 위해 그가 아는 모든 정령을 부르고 있었다. 그는 이자를 아직 데려가지 말아달라고 기도했다. 우바는 두르크를 깔개 위에 내려놓았다. 아이는 이제 막 기기 시작했다. 손과 무릎으로 몸을 일으킨 아기는 목향 뿌리를 자르느라 바쁜 제 어미에게 날쌔게 기어갔다. 하지만 에일라는 젖을 먹으려는 아이를 밀쳐냈다. 그녀에게는 두르크에게 신경 쓸 여유가 없었다. 에일라가 자른 뿌리를 물에 넣고 돌멩이를 더 넣어 물이 빨리 끓기를 초조하게 기다리는 사이, 아이가 요란스레 울어대기 시작했다.

"두르크를 보여다오."

이자가 손짓했다.

"아주 많이 컸어."

우바가 아기를 들어 올려 이자의 무릎에 올려주었다. 그러나 두르크는 기억에도 없는 노파에게 안겨 있을 기분이 아니어서 내려가려고 몸을 버둥댔다.

"힘도 세고 튼튼해."

이자가 말했다.

"고개도 잘 가누는구나."

"벌써 짝까지 생겼어요."

우바가 말했다.

"아니, 짝이 되기로 약속한 여자아이가 생겼어요."

"짝? 어떤 씨족이 두르크에게 여자아이를 주겠다고 했다니? 아직 어린 데다 기형인데."

"씨족 모임에 기형인 딸을 데려온 여인이 하나 있었어요. 그 여자가 첫날 우리에게 다가와서 얘기를 나누었어요."

우바가 설명했다.

"그 아기는 생긴 것도 두르크랑 비슷해요. 머리 모양이 꼭 닮았어요. 체격은 좀 달랐지만. 그 애 어머니가 에일라에게 둘을 짝지어주면 어떨까 물었어요. 오다는 자기 딸이 나중에 짝을 구하지 못할까봐 걱정이 태산이었거든요. 브룬과 그 여자의 씨족장이 둘을 짝지어주기로 했고요. 내 생각엔 다음 씨족 모임을 치르고 나서 그 아이가 아직 여자가 안 됐어도 여기로 살러 올 것 같아요. 에브라는 둘이 짝을 맺을 나이가 안 되었어도, 그 계집아이가 자기네 불터에서 살아도 좋다고 했어요. 오다가 무척 기뻐했어요. 특히 에일라가 의식에 쓸 음료를 만들고 나니까 더욱."

"그러니까 사람들이 에일라를 내 혈통의 주술 치료사로 받아들였단 말이지. 안 그러면 어쩌나 걱정을 했었는데."

이자는 거기까지 손짓을 하더니 돌연 멈췄다. 갑자기 많이 움직이자 피곤하긴 했지만 사랑하는 사람들 사이에 둘러싸여 있으니 몸은 힘들어도 마음속으로는 기운이 났다. 이자는 잠시 쉬고 나서 물었다.

"그 계집아이의 이름은 무엇이냐?"

"우라요."

우바가 대답했다.

"마음에 드는 이름이야. 듣기 좋은 이름이다."

이자가 다시 쉬었다가 물었다.

"에일라는? 씨족 모임에서 짝을 찾았더냐?"

"주그의 친족이 있는 씨족에서 언니에 대해 생각해본다고. 처음엔 거절했지만 언니가 주술 치료사로 받아들여지고 나니까 다시 생각해보기로 했대요. 하지만 우리가 떠나기 전에 의논해볼 시간은 없었고요. 그 사람들이 에일라는 데려가도, 두르크까지 원하는 것 같지는 않았어요."

이자는 고개를 끄덕이더니 눈을 감았다.

에일라는 이자를 위해 고기를 갈아 죽을 끓이고 있었다. 그 사이에 잘라 넣은 목향 뿌리가 물속에서 제대로 우러나고 있는지 조바심 내며 눈을 떼지 못했다. 두르크가 칭얼대며 제 어미에게 기어갔지만 이번에도 아이를 밀어냈다.

"그 아이를 내게 다오, 우바."

크렙이 손짓했다. 두르크는 크렙의 수염에 흥미가 생겨 한동안 그의 무릎에 얌전히 앉아 있었지만 그것도 곧 싫증이 났다. 아이는 눈을 비비더니 자신을 붙들고 있는 팔을 풀려고 버둥댔다. 땅바닥에 내려온 아이는 곧바로 제 어미에게 다시 기어갔다. 아이는 졸리기도 하고 배도 고팠다. 그러나 모닥불 위로 몸을 수그리고 있던 에일라는 짜증이 잔뜩 난 아이가 다리에 매달린 것마저 알아차리지 못하고 있었다. 크렙이 힘겹게 일어나 지팡이를 내려놓고 우바에게 아이를 자기 품에 안겨달라고 손짓했다. 그러더니 지팡이도 없이 다리를 절뚝이며 브라우드의 불터로 건너가 오가의 무릎에 두르크를 내려놓았다.

"두르크가 배가 고픈데, 에일라는 이자의 약을 만드느라 바쁘구나. 젖을 주겠느냐, 오가?"

오가가 고개를 끄덕이더니 아기를 받아 젖을 물렸다. 브라우드가 노려보았지만 주술사의 어두운 눈빛에 화난 기색을 재빨리 감추었다. 에일라에 대한 증오심이 그녀를 보호하고 부양하는 남자에게까지 향한 것은 아니었다. 브라우드는 목우르를 대단히 두려워하고 있어서 그를 증오한다는 생각 같은 것은 할 수 없었다. 하지만 그는 어렸을 때부터 위대한 주술사가 자신의 활동을 정령의 세계에만 국한시키고 씨족의 현실적인 생활에는 개입하지 않는다는 것을 알고 있었다. 목우르는 단 한 번도 브라우드가 그의 불터에 사는 젊은 여인에게 자신의 권한을 행사하지 못하게 막은 적이 없었다. 브라우드 또한 주술사와 각을 세울 생각은 없었다.

크렙은 자신의 불터로 돌아와 짐을 뒤지며 씨족 모임에서 그의 몫으로 받아온 동굴곰의 기름이 담긴 부대를 찾기 시작했다. 우바가 보더니 쫓아와 그를 도왔다. 동굴곰 기름을 찾은 크렙은 그것을 들고 정령을 모신 곳으로 갔다. 그는 가망이 없다는 것을 알면서도 이자를 살리려고 애쓰는 에일라를 도와 주술로서 할 수 있는 일은 다 해보려는 참이었다.

마침내 뿌리가 충분히 달여졌다. 물잔으로 차를 떠낸 에일라는 이번에는 빨리 식히려고 조바심을 내고 있었다. 마치 에일라가 다 죽어가던 다섯 살 아이였을 때 이자가 그렇게 해주었듯, 에일라가 이자의 머리를 받친 채 조금씩 떠먹여준 따뜻한 죽 덕분에 노쇠한 이자는 어느 정도 기운을 차렸다. 그녀는 병상에 누운 뒤로 거의 아무것도 먹지 않았고, 그 전에도 별로 먹은 게 없었다. 음식을 가져다주어도 손도 대지 않을 때가 많았다. 이자에게는 쓸쓸하고 외로운 여름이었다. 주위에 식사를 했는지 챙겨주는 사람이 없던 그녀는 자주 끼니를 잊었고, 신경도 쓰지 않았다. 물론 남아 있던 이들 모두 그녀가 쇠약해져가는 것을 보고서 도와주고 싶었지만, 그 방법을 몰랐다.

도르브의 임종이 다가오자 이자는 기운을 차려봤지만, 가장 나이가 많았던 그 노인은 손쓸 새도 없이 세상을 떠났고 이자로서는 그를 편안히 해주는 것 외에는 달리 해줄 일이 없었다. 그가 죽자 다른 사람들도 쓸쓸한 기분을 감출 수 없었다. 그가 떠난 동굴은 더욱 텅 비어 보였고, 모두들 저세상이 얼마나 가까이 와 있는지 새삼 깨달았다. 지진 이후로 처음 맞은 죽음이었다.

에일라는 이자 곁에 앉아 뼈 잔에 담긴 차를 후후 불면서 알맞게 식었는지 확인했다. 그녀는 온통 이자에게만 집중하고 있어서 크렙이 두르크를 데려가는 것도, 그가 작은 동굴로 들어가는 것도 알아차리지 못했다. 에일라를 지켜보는 브룬의 시선도 느끼지 못했다. 그녀는 이자의 숨결에서 나지막이 부글거리는 소리를 듣고, 그녀가 죽어가고 있다는 것을 알았지만 믿으려 들지 않았다. 그녀는 기억을 샅샅이 뒤지며 치료법을 궁리했다.

발삼나무의 속껍질로 만든 찜질약, 그래, 그리고 가새풀을 우린 차. 그 차를 끓일 때 나는 더운 김을 들이마시는 것도 도움이 될 거야. 검은 딸기랑 맥아즙, 은행. 아니야, 그건 가벼운 감기에만 들어. 우엉 뿌리는? 어쩌면 효과가 있을지도. 천남성? 물론 좋아, 가을에 캐낸 신선한 뿌리가 가장 좋고. 에일라는 이자에게 계속해서 약초를 우린 차를 마시게 하고 찜질약을 바르고 필요하다면 증기를 들이마시게 하리라고 마음먹었다. 어떤 방법이든 총동원해 제 어미의 목숨을 연장하리라. 이자는 그녀가 알고 있는 유일한 어머니였다. 이자가 죽는다는 생각만 해도 견딜 수가 없었다.

우바는 제 어머니의 병이 위중하다는 것을 예민하게 의식하고 있었지만 브룬이 온 것에 대해서도 모르지 않았다. 남자가 다른 남자의 불터에 오는 것은 흔한 일이 아니었다. 특히 불터의 주인이 없을 때 찾아오는 것은 더욱 드문 일이어서 우바는 조바심이 났다. 그래서 여기저기 널려 있는 꾸러미들을 주워 모아 정리하며 브룬과 에일라, 그리고 어머니를 번갈아 쳐다봤다. 그러나 누구 하나 그녀에게 지시를 내려주지 않아 브룬을 어떻게 맞아야 할지 감을 잡지 못하고 있었다. 누구도 그를 알아보지 못하는데, 누구도 반기지 않는데, 뭘 해야 한단 말인가?

브룬은 세 여자들, 늙은 주술 치료사와 씨족 사람들과는 전혀 닮지 않았지만 가장 높은 지위에 오른 매우 열정적인 젊은 치료사, 그리고 치료사가 될 운명을 타고난 우바를 주시하고 있었다. 그는 늘 자신의 피붙이를 아꼈다. 족장의 지위를 물려받을 건강한 사내아이가 태어난 이후에 기쁨 속에서 막내로 태어난 이자는 애지중지 사랑받으며 자란 여자아이였다. 그는 늘 이자를 보호해주고 싶었다. 그가 당시 족장이었다면 이자의 짝으로 절대 그런 남자를 선택하지 않았을 것이었다. 브룬은 어린 시절 불구인 형을 비웃곤 했던 그 허풍쟁이에게 호감을 느낀 적이 없었다. 이자에게는 선택권이 없었지만 그녀는 잘 대처했다. 그리고 짝이 죽은 뒤로는 그 어느 때보다도 행복하게 살았다. 그녀는 훌륭한 여인, 뛰어난 주술 치료사였다. 모두 그녀를 그리워할 터였다.

이자의 딸도 많이 자랐군. 그는 여자아이를 보며 생각했다. 우바도 곧 여자가 되겠어. 이제 저 아이의 짝에 대해서도 생각해야겠군. 잘 어울릴 만한 좋은 짝을 맺어주어야 할 텐데. 사냥꾼에게도 헌신적인 짝이 좋겠지. 하지만 보른 말고 누가 있나? 오나도 염두에 두어야 하는데, 그 애는 보른과 짝을 맺지 못하지. 둘은 피붙이니까. 오나는 보르그가 남자가 될 때까지 기다려야겠군. 오나가 일찍 여자가 된다면 보르그와 짝을 맺기 전에 아이를 가질 수도 있고. 어쩌면 더 빨리 보르그에게 짝을 맺어줘야 할지도 모르겠어. 오나보다야 나이가 많으니까. 욕구가 생기는 나이가 되면 사내가 되기에는 충분하겠지. 그런데 보른이 우바의 짝으로 좋을까? 드루그가 보른에게 좋은 본보기가 되어주었고, 또 그 아이도 우바가 근처에 있으면 과시하는 것을 좋아하던데. 둘이 뭔가 끌리는 데가 있는 모양이야. 브룬이 훗날을 위해 생각들을 정리해두었다.

목향 뿌리를 우린 차가 식자 에일라는 선잠이 든 이자를 깨워 머리를 살며시 받쳐주고 차를 마시도록 했다. 아무리 애를 써도 이번에는 회복시킬 수 없을 것 같구나, 에일라. 브룬이 쇠잔해진 여인을 지켜보며 속으로 말했다. 이자는 왜 저리 빨리 늙었을까? 우리 중에 나이가 제일 적은데도 크렙보다 더 늙어 보이다니. 내 부러진 팔을 맞춰주었던 때가 아직도 생생한데. 그때 이자는 에일라가 브락의 팔을 맞춰주었을 때보다 나이가 많지 않았지만 여자가 되어서 짝이 있었지. 그때도 솜씨가 뛰어났어. 최근에 찌릿한 통증을 몇 번 느꼈던 것을 제외하면 아무런 문제가 없었으니까. 나도 늙었어. 사냥에 나서는 것도 곧 그만두어야겠지. 그렇게 되면 곧 브라우드에게 족장 자리를 물려줘야겠어.

브라우드는 준비가 되었을까? 씨족 모임에서야 아주 훌륭했어. 하마터면 그때 족장 자리를 물려줄 뻔했지. 녀석은 용감해. 모두들 내가 얼마나 운이 좋은지 말했지. 나는 운이 좋아. 그 아이가 우르수스와 함께 가도록 선택될까봐 걱정했었지. 그게 영광일 수야 있겠지만 브라우드를 비껴가서 다행이야. 고른은 훌륭한 사내였으니까 노르그의 씨족으로서는 힘든 일이었지. 우르수스가 선택할 때면 늘 있는 일이지만, 영광을 누리지 않는 게 행운일 때도 있어. 내 짝의 아들이 여전히 이 세상에서 거닐고 있으니. 그리고 녀석은 참으로 대담해. 어쩌면 너무 겁이 없는지도 모르겠어. 젊은 사내라면 대담하고 무모한 게 좋지만, 족장이 되려면 더 냉철해져야 돼. 씨족 사람들을 생각해야 하니까. 족장은 사냥의 성공은 물론 사냥꾼들을 불필요한 위험에 빠뜨리지 않도록 미리 생각을 하고 계획을 짜야 돼. 브라우드가 경험을 쌓도록 몇 차례 사냥을 이끌어보라고 해야겠다. 그러면 대담함보다 지도력이 더 중요하다는 걸 배우겠지. 또 책임감과 자제력도.

한데 그 녀석은 뭣 때문에 에일라한테만 가장 고약한 성질을 드러내는 걸까? 어째서 에일라와 겨루며 제 위신을 떨어뜨리는 거지? 달라 보이기는 해도 에일라도 한낱 여인일 뿐인데. 하지만 여인치고는 용감하고 단호하지. 주그의 친척이 에일라를 받아들일까? 그 아이가 없으면 이상할 것 같아. 이제는 그 아이에게 익숙해졌는데. 그 아이는 훌륭한 주술 치료사니까 어느 씨족에서나 가치 있는 사람이 되겠지. 그 사람들이 에일라의 진가를 제대로 알도록 할 수 있는 일은 다 해봐야겠군. 에일라를 봐봐. 그 아이가 저세상까지 따라가려고 했던 아들조차 이자에게서 제 어미의 마음을 떼어낼 수가 없군. 사냥꾼의 목숨을 구하려고 동굴곰과 맞서는 치료사가 흔하지는 않지. 저 아이는 대담하고 자신의 감정을 다스리는 법도 배웠어. 씨족 모임에서도 모든 면에서 여인답게 잘 처신했어. 어렸을 때와 달라. 모임이 끝났을 쯤엔 누구든 저 여인을 칭찬하지 않는 사람이 없었어.

"브룬."

이자가 힘없는 목소리로 불렀다.

"우바, 족장께 차를 내와라."

그녀가 일어나 앉으려고 애쓰며 손짓했다. 그녀는 여전히 크렙의 불터에서 제대로 된 안주인이었다.

"에일라, 너는 브룬이 앉을 털가죽을 가져다드려라. 이 여인이 직접 시중을 들 수 없어 안타깝습니다."

"이자, 그럴 것 없다. 차를 마시러 온 게 아니라 너를 보러 왔다."

브룬이 옆에 앉으며 말했다.

"언제부터 거기 서 있었어요?"

이자가 물었다.

"얼마 안 됐다. 에일라가 바쁘니 일이 다 끝날 때까지 그 애나 너를 방해하고 싶지 않았다. 씨족 모임에서 다들 너를 보고 싶어 했지."

"잘 치렀나요?"

"우리 씨족이 여전히 첫 번째야. 사냥꾼들이 잘해주었다. 브라우드는 곰 의식에 첫째로 뽑혔고. 에일라도 잘했어. 칭찬이 자자했지."

"칭찬이오? 누가 칭찬을 바라겠어요? 칭찬을 너무 받으면 정령들이 시기를 하지요. 저 아이가 잘해서 씨족에게 명예를 안겨주었다면 그것으로 족해요."

"저 아이는 훌륭했다. 씨족의 일원으로 받아들여졌고, 행실이 바른 여인답게 행동했다. 에일라는 네 딸이다, 이자. 그러하니 오죽 잘하겠느냐?"

"네, 저 아이는 내 딸이에요. 우바가 내 딸인 것처럼요. 나는 운이 좋았어요. 정령들이 나를 어여삐 여겨 두 딸을 보내주고, 둘 다 좋은 주술 치료사가 될 거니까요. 에일라가 마저 우바를 가르칠 수 있을 거예요."

"아니에요!"

에일라가 끼어들었다.

"어머니가 우바를 마저 가르쳐야 해요. 어머니는 곧 나을 거예요. 이제 우리가 돌아왔으니까 어머니를 돌볼 거예요. 어머니는 좋아질 거예요. 조금만 기다리세요."

그녀가 절박한 손짓으로 말했다.

"꼭 회복해야 해요, 어머니."

"얘야, 정령들이 나를 기다리고 있어. 나는 곧 그들과 함께 가야 한다. 죽기 전에 마지막으로 사랑하는 사람들을 보고 싶다는 소원을 정령들이 들어주었으니 그들을 더는 기다리게 할 수 없지."

에일라가 정성껏 만든 죽과 약이 병든 이자에게서 마지막 남은 힘을 끌어냈다. 이자가 그녀를 쇠진케 한 질병과 최후의 싸움을 벌이는 동안, 그녀의 체온은 점점 높아지고 있었다. 열에 들뜬 눈은 반짝였고 뺨의 홍조 때문에 언뜻 보면 건강한 사람처럼 보였다. 하지만 그녀의 얼굴에는 몸속에 불이 밝혀진 것처럼, 반투명한 빛이 서려 있었다. 그것은 생명의 빛이 아니었다. 그 섬뜩한 기운은 혼령의 불빛이라 불렸는데, 브룬은 전에도 그런 혼불을 본 적이 있었다. 그것은 몸에 남은 생명력이 떠날 준비를 하는 것이었다.

오가는 늦게까지 두르크를 브라우드의 불터에서 데리고 있다가 해가 지고 한참이 되어서야 잠든 아이를 보냈다. 우바가 미리 펴두었던 에일라의 털가죽 위에 아이를 눕혔다. 우바는 의지할 사람 하나 없이 겁에 질려 어찌할 바를 몰랐다. 그 아이는 이자를 구하려고 애쓰는 에일라에게 방해가 될까봐, 그리고 어머니를 귀찮게 할까봐 전전긍긍했다. 크렙은 동굴곰의 기름에 갠 붉은 황토 반죽으로 이자의 몸에 상징적인 부호들을 그린 다음, 손짓으로 기도를 해주고는 작은 동굴에 틀어박혔다.

우바는 짐을 모두 풀고 나서 불터를 정리했다. 저녁을 준비했지만 아무도 먹지 않아 그대로 치워야 했다. 그러고는 잠든 아기 곁에 조용히 앉아 뭔가 부산하게 할 만한 일이 없을지 궁리했다. 물론 그런다고 해서 두려움이 가라앉지는 않았지만, 적어도 일을 하는 동안에는 정신을 딴 곳에 쏟을 수 있었다. 그러는 편이 어머니가 죽어가는 것을 그저 앉아서 지켜보는 것보다는 나았다. 마침내 우바는 에일라의 자리에 누워 온기와 위안을 얻을 셈으로 아기를 바짝 끌어안고 몸을 웅크렸다.

에일라는 생각해낼 수 있는 모든 약초와 치료법을 떠올리며 이자 곁을 지켰다. 잠깐 자리를 비운 사이에 어머니가 저세상으로 떠나면 어쩌나 걱정이 되어 한시도 곁을 떠나지 못했다. 하지만 그날 밤을 지새운 사람은 에일라만이 아니었다. 어린아이들만이 잠에 들었을 뿐, 어두워진 동굴 안쪽의 모든 불터에서 남녀 할 것 없이 모두가 재를 덮어둔 모닥불의 벌건 숯을 멀거니 보거나 뜬눈으로 잠자리에 누워 있었다.

동굴 밖 하늘은 구름이 잔뜩 낀 채 별들을 다 가리고 있었다. 동굴 안쪽의 어둠은 모닥불의 가물거리는 불빛 너머에 있는 생명의 흔적을 덮으며 넓은 입구 쪽을 더 짙은 어둠으로 물들였다. 밤이 깊은 어둠 속에 완전히 잠겨 있던 고요한 이른 새벽녘, 에일라는 깜빡 선잠에 빠졌다가 갑자기 고개를 들었다.

"에일라."

이자가 쉰 목소리로 속삭였다.

"뭐 필요하세요, 이자?"

에일라가 손짓했다. 이자의 눈이 모닥불에서 타고 있던 벌건 숯불의 희미한 빛을 받아 빛났다.

"떠나기 전에 하고 싶은 말이 있다."

이자가 손짓하더니 이내 손을 떨어뜨렸다. 손을 움직이는 것조차 버거웠다.

"힘든데 말하지 마세요, 어머니. 그냥 쉬세요. 내일이 되면 기운이 날 거예요."

"아니다, 아가야. 지금 말해야겠어. 내일까지는 못 버틸 거야."

"아니에요, 할 수 있어요. 해야만 해요. 떠나면 안 돼요."

에일라가 손짓했다.

"에일라, 나는 떠날 거야. 너도 받아들여야지. 내 마저 말하마. 더는 시간이 없어."

이자가 다시 숨을 골랐다. 에일라는 절망감에 휩싸인 채 말없이 기다렸다.

"에일라, 나는 늘 너를 가장 사랑했단다. 이유는 모르겠지만, 사실이야. 나는 너를 내 옆에 두고 싶었어. 네가 씨족 사람들과 함께 살기를 원했지. 하지만 곧 나는 가야 하고, 크렙도 머지않아 정령의 세계로 떠날 거야. 브룬도 점점 나이가 들고. 그러면 브라우드가 족장이 되겠지. 에일라, 브라우드가 족장이 되면 너는 여기 있으면 안 된다. 그 애가 어떻게든 너를 해치려고 들 게야."

이자는 눈을 감고 잠시 쉬면서 말을 이어가기 위해 숨을 골랐다.

"에일라, 내 딸, 언제나 열심히 노력하는, 이상하고 제멋대로인 내 아이. 네가 씨족 사람들과 어울려 살려면 지위가 필요할 거라 생각했다. 그래서 너를 주술 치료사로 가르친 거였어. 네가 짝을 찾지 못해도 지위를 가질 수 있도록 말이야. 하지만 너는 이제 여자가 되었어. 네게는 짝이, 너만의 남자가 필요해. 너는 씨족 사람이 아니다, 에일라. 너는 다른 종족에게서 태어났어. 너는 그들의 사람이야. 여기를 떠나야 한다. 네 종족을 찾아야 해."

"떠나라고요?"

혼란스러운 표정으로 그녀가 손짓했다.

"내가 어디로 가겠어요, 이자? 다른 종족 사람은 아무도 모르는 걸요. 어디를 가야 그들을 찾을 수 있는지도 모르는데요."

"여기에서 북쪽으로 가면 그 사람들이 많이 살고 있어, 에일라. 반도 너머 본토에. 내 어머니가 다른 종족의 남자에 대해 말해주셨지. 내 어머니의 어머니가 북쪽에서 온 남자를 치료해준 적이 있다고 했어."

이자가 다시 말을 멈추고는 간신히 손짓을 이어갔다.

"여기 있으면 안 돼, 에일라. 가서 그 사람들을 찾아라, 내 딸. 네 사람들을 찾아서, 거기서 네 짝을 찾아라."

이자의 손이 갑자기 떨어져 내리면서 눈이 감겼다. 숨결도 얕았다. 그녀는 간신히 숨을 깊게 들이마시고 나서 다시 눈을 떴다.

"우바에게 사랑한다고 전해주렴, 에일라. 하지만 네가 내 첫 아이였다. 내 마음의 딸. 늘 너를 사랑…… 너를 가장 사랑……."

부글거리는 듯한 소리가 나더니 이내 이자의 숨이 툭 끊겼다. 그녀는 더 이상 숨을 들이마시지 않았다.

"이자! 이자!"

에일라가 소리쳤다.

"어머니, 가지 마세요. 나를 두고 떠나지 마세요! 오, 어머니, 가지 마세요."

우바가 에일라의 울부짖는 소리에 깨어나 달려왔다.

"어머니! 안 돼요! 어머니가 돌아가셨어! 우리 어머니가 돌아가셨어!"

우바와 에일라가 서로 마주 보았다.

"어머니가 사랑한다는 말을 너에게 전해달라고 했어, 우바."

에일라의 눈에서는 눈물이 나오지 않았다. 충격이 그녀의 두뇌에 미처 이르지 못한 것이었다. 크렙이 그들을 향해 다가왔다. 그는 에일라가 소리를 지르기 전에 이미 작은 동굴에서 나와 있었다. 어깨를 들썩이며 울음을 터뜨린 에일라가 두 사람을 향해 손을 뻗자 세 사람은 꼭 끌어안은 채 슬픔을 나눴다. 에일라의 눈물이 그들 모두를 적셨다. 우바와 크렙은 눈물을 흘리지 않았지만, 그렇다고 그들의 고통이 덜한 것은 아니었다.

26

"오가, 두르크에게 또 젖을 먹여줄 수 있겠느냐?"

크렙은 한 팔로 버둥거리는 아기를 안고도 오가가 알아볼 수 있도록 분명하게 손짓했다. 에일라가 젖을 먹여야 하는데. 오가는 속으로 생각했다. 너무 오래 젖을 먹이지 않으면 아이 어머니에게도 좋지 않았다. 목우르의 표정에서는 죽은 이자를 향한 애끓는 마음과 에일라의 반응에 혼란을 느끼는 속마음이 너무도 뚜렷하게 드러나 있었다. 그녀는 차마 주술사의 부탁을 거절할 수 없었다.

"물론이지요."

오가가 대답하며 두르크를 받아 안았다.

크렙은 다시 불터로 돌아갔다. 에브라와 우바가 매장 준비를 위해 이자의 시신을 내간 후에도 에일라는 여전히 미동도 않았다. 머리칼은 제멋대로 헝클어졌고 얼굴은 여행길에 묻은 때와 눈물로 얼룩져 있었다. 또한 씨족 모임에서 돌아오는 내내 걸쳤던 때 묻은 두르개를 그대로 걸치고 있었다. 두르크가 젖을 달라고 보채자 크렙이 아기를 안아 그녀의 무릎에 올려놓았지만 아기가 보이지도 들리지도 않는 모양이었다. 다른 여자 같으면 슬픔이 아무리 깊다 한들 아기의 울음소리는 결국 그 어미에게 들리기 마련이었을 것이다. 하지만 크렙은 어미와 아기에 대한 경험이 거의 없었다. 그가 아는 것이라고는 여자들끼리 서로의 아기에게 젖을 먹인다는 것, 그리고 젖을 줄 수 있는 여자가 있는데 아기를 굶길 수는 없다는 것이었다. 크렙은 두르크를 아가와 이카에게 먼저 데려갔지만 그들의 막내아기는 젖을 뗄 때가 다 되어서 젖이 충분하지 않았다. 그러나 오가는 돌이 막 지난 그레브가 있었고, 언제나 젖이 많아 보여 크렙은 두르크를 오가에게 데려갈 때가 많았다. 에일라는 젖이 불면서 단단하게 뭉치는 아픔도 느끼지 못했다. 마음의 고통이 더 컸던 까닭이었다.

목우르는 지팡이를 짚고 동굴의 뒤편으로 걸어갔다. 커다란 동굴 뒤편의 빈 구석에는 밖에서 가져온 돌들이 무더기로 쌓여 있고 흙바닥에는 얕은 구덩이가 파여 있었다. 이자는 첫 번째 지위를 누리던 치료사였다. 씨족에서 차지하는 그녀의 서열뿐만 아니라 정령들과의 가까운 관계 덕분에 그녀가 동굴 안에 묻히는 것은 당연한 일이었다. 그렇게 해야 그녀를 지켜보던 수호 정령들이 가까운 곳에 머물 것이고, 그녀의 혼령도 저세상에 있는 집으로부터 그들을 찾아올 터였다. 또한 썩은 고기를 먹고 사는 짐승들이 그녀의 뼈를 흩트리지 못할 것이었다.

주술사가 타원 모양으로 흙을 파낸 곳에 붉은 황토 가루를 뿌린 뒤 한 손으로 손짓했다. 이자를 묻을 땅을 신성하게 하는 주문을 외우고 나서 부드러운 가죽으로 느슨하게 덮어놓은 형체가 있는 곳으로 갔다. 그가 덮개를 잡아당기자 그녀의 회색빛 나신이 드러났다. 태아처럼 웅크린 팔과 다리는 붉게 염색된 힘줄로 묶여 있었다. 주술사는 보호를 청하는 손짓을 하고 나서, 몸을 숙여 동굴곰 기름을 갠 붉은 황토 반죽으로 차가운 시신을 문지르기 시작했다. 태아와 같이 몸을 구부린 채 태어날 때의 핏빛처럼 붉은색으로 뒤덮인 이자는 이 세상에 왔던 때와 같은 모습으로 저세상에 보내질 것이었다.

크렙으로서는 이번 의식만큼 힘든 적이 없었다. 이자는 그에게 피붙이 이상의 존재였다. 이자는 누구보다도 그를 잘 알았다. 그녀는 그가 말없이 견디는 고통과 불구로 인해 겪었던 수모에 대해 알고 있었다. 또한 그의 다정하고 섬세한 마음을 알아보았으며, 그의 위대함과 능력, 극복하려는 의지에 함께 기뻐했다. 그녀는 요리를 해주고 보살펴주고 그의 통증을 덜어주었다. 신성한 황토로 차가운 시신을 문지르는 지금처럼 이자의 몸을 가까이에서 만진 적은 없었지만 그녀와 함께 지내며 그는 다른 사내들처럼 가족과 함께하는 즐거움을 느꼈다. 그에게 있어 이자는 다른 남자들이 가진 짝 이상의 존재였다. 그녀의 죽음으로 그는 비탄에 빠졌다.

불터에 돌아온 크렙의 얼굴은 죽은 이자 못지않게 회색빛이었다. 에일라는 여전히 망연한 표정으로 허공을 바라보며 이자의 털가죽 옆에 앉아 있었다. 하지만 크렙이 이자의 물건들을 뒤지기 시작하자 그녀가 돌아보았다.

"뭐 하세요?"

그녀가 이자의 물건을 보호하기라도 하듯 물었다.

"이자가 쓰던 그릇과 물건들을 찾아보고 있어. 이자가 저세상에서 그 물건들의 혼령을 가질 수 있도록 이 세상에서 쓰던 물건들을 함께 묻어야 해."

크렙이 설명했다.

"제가 챙길게요."

에일라가 크렙을 밀어내며 말했다. 그러더니 이자가 약을 만들고 복용량을 재는 데 썼던 나무 그릇과 뼈로 만든 잔, 약초를 찧고 빻는 데 사용한 둥근 돌멩이와 평평한 돌판, 그녀의 개인 접시, 갖가지 도구와 약자루를 한데 모아 이자의 털가죽 옆에 쌓아두었다. 그러더니 에일라는 이자의 삶과 일을 상징하는 몇 안 되는 물건들을 빤히 바라봤다.

"이건 이자의 도구가 아니에요!"

에일라가 화를 내며 손짓하더니 벌떡 일어나 동굴 밖으로 뛰쳐나갔다. 크렙은 그녀가 나가는 것을 보다가 고개를 젓더니 이자의 도구들을 챙기기 시작했다.

에일라는 개울을 건너 이자와 함께 갔던 적이 있는 들판까지 달렸다. 그곳에 도착해 길고 우아한 줄기에 색색의 꽃들을 피운 접시꽃이 자란 곳에서 여러 색의 꽃들을 한 아름 꺾었다. 통증을 완화하는 찜질약으로 사용하는, 꽃잎이 옹기종기 달린 데이지 꽃과 비슷한 가새풀꽃도 꺾었다. 그녀는 들판과 숲을 훑고 다니며 이자가 치료에 사용하던 식물들을 모았다. 하얀 잎에 연노란 둥근 꽃들이 달린 엉겅퀴, 눈부신 노란 개쑥갓, 너무 파래 검은빛이 도는 히야신스.

그녀가 딴 꽃들은 모두 한때 이자의 약전을 채우던 것들이지만 그중에서도 특히 아름답고 색이 고우며 향기로운 꽃들이었다. 에일라는 그 꽃들을 들고 들판 가장자리에 서서 이자와 함께 약초를 채집하던 날들을 떠올리며 울음을 터뜨렸다. 한 아름 꺾은 꽃들이 너무 많아서 채집 바구니 없이는 다 들고 오기가 힘들었다. 몇 송이가 땅바닥으로 떨어지는 바람에 꽃을 줍기 위해 몸을 숙였다가 조그만 꽃들이 달린 나무 속새의 얽힌 가지들이 눈에 들어왔다. 그러자 좋은 생각이 떠올라 입가에 미소가 번졌다.

그녀는 두르개 주머니를 더듬어 칼을 꺼내 식물의 가지를 잘랐다. 초가을의 따뜻한 햇살을 받으며 에일라는 들판 가장자리에 앉아 가지와 줄기를 꼬아 틀을 만들고 사이사이에 형형색색의 아름다운 꽃송이들을 빈틈없이 꽂아 넣었다.

에일라가 화환을 들고 동굴 안으로 들어서자 씨족 사람들 모두 크게 놀랐다. 그녀는 곧바로 동굴 뒤쪽으로 가서 타원 모양으로 얕게 판 구덩이 옆에 놓인 주술 치료사의 시신 곁에 화환을 놓았다.

"이게 이자의 도구예요!"

에일라는 누구도 이의를 제기하지 못하게 단호하게 말했다.

노주술사가 고개를 끄덕였다. 저 애 말이 맞아. 그는 생각했다. 저게 이자의 물건이었지. 저 꽃들이야말로 이자가 잘 알고, 평생 함께하던 것들이었지. 저 꽃들을 가져가면 정령의 세계에서 이자는 기뻐할 거야. 저세상에서도 꽃들이 자랄까?

이자의 도구와 연모들, 그리고 꽃이 이자와 함께 무덤 속에 들어갔다. 주술사가 위대한 우르수스의 정령과 그녀의 사이가산양 토템에게 이자의 혼령을 무사히 저세상으로 인도해달라고 주문을 외는 동안, 사람들은 그녀의 시신 둘레와 그 위에 돌멩이들을 쌓기 시작했다.

"잠깐만요!"

에일라가 갑자기 중단시켰다.

"빠뜨린 게 있어요."

그녀가 불터로 달려가 자신의 약자루를 뒤져 두 동강이 난 오래된 약그릇을 조심스레 꺼냈다. 그리고 서둘러 돌아와 그 깨진 그릇을 무덤 속 이자 옆에 놓았다.

"어머니가 이걸 가져가고 싶어 할 것 같아요. 이제 다시는 쓸 수 없으니까요."

주술사가 고개를 끄덕였다. 그것은 참으로 적절한, 이자에게 가장 잘 어울리는 부장품이었다. 그가 다시 격식을 갖춘 손짓을 하기 시작했다. 마지막 돌을 올리고 나서, 씨족 여자들은 돌무덤 주위와 꼭대기에 나무를 쌓았다. 동굴 입구에 피워 둔 불의 숯으로 이자의 무덤 위에 쌓은 나무에 불을 붙이고 장례 음식을 준비했다. 이 불은 이레 동안 계속해서 타오를 것이었다. 모닥불의 열기가 시신에서 습기를 모조리 흡수해 냄새가 나지 않도록 해주는 것이다.

불꽃이 일자 주술사가 씨족 사람들의 마음을 휘젓는 유려한 손짓으로 마지막 애도를 시작했다. 그는 씨족 사람들을 돌봐주고, 죽음처럼 불가사의한 병과 고통을 이겨내도록 도와준 주술 치료사에 대한 사랑을 정령의 세계에 고했다. 그의 손짓은 장례를 치를 때마다 매번 똑같이 반복되는 의례적인 동작이었고, 몇몇 손짓은 주로 남자들과의 의식에서 사용하는 것이어서 여자들에게는 생소했지만 그 의미는 모두 다 전해졌다. 겉으로 보이는 형식은 관례를 따르고 있었지만 위대한 주술사의 열정과 확신, 이루 말할 수 없는 슬픔이 의례적인 손짓 이상의 커다란 의미를 담고 있었다.

에일라는 물기 없는 눈으로 너울대는 불꽃 너머에서 불구의 몸을 한 남자가 한 손으로 펼치는 유려한 손짓을 물끄러미 바라보고 있었다. 그의 격렬한 감정이 마치 자신의 것처럼 고스란히 전해졌다. 주술사는 마치 에일라의 몸속으로 들어와 그녀의 뇌로 말하고, 그녀의 마음으로 느끼는 것처럼 에일라의 고통을 표현하여 그 둘은 완전히 하나가 되었다. 주술사의 슬픔에 감응한 사람은 에일라만이 아니었다. 에브라가 슬픔에 못 이겨 울부짖기 시작했고 다른 여자들도 뒤를 이었다. 우바는 두르크를 끌어안고 소리 없는 울음이 목까지 차오르는 것을 느끼고 있다가 다른 여인들과 함께 애끓는 소리로 울부짖었다. 에일라는 표현하기 힘든 바닥도 없이 깊은 슬픔에 잠긴 해 멍하니 앞만 바라보고 있었다. 그녀는 눈물조차 흘릴 수가 없었다.

그녀는 자신이 얼마나 오랫동안 넋을 놓고 불꽃을 응시하고 있었는지 알지 못했다. 에브라는 에일라가 정신을 차릴 때까지 그녀의 몸을 흔들었다. 그제야 그녀는 멍한 시선을 족장의 짝에게 향했다.

"에일라, 뭐 좀 먹어야지. 이게 우리가 이자와 마지막으로 먹는 음식이야."

에일라는 음식이 담긴 나무 접시를 받아들고, 무의식적으로 고기 한 점을 입에 넣고 삼키려다 목이 막힐 뻔했다. 갑자기 그녀가 벌떡 일어나 동굴 밖으로 달려 나갔다. 그녀는 무작정 덤불을 헤치고 바위를 타 넘었다. 처음에 그녀의 발은 높은 산중의 목초지에 위치한, 자신만의 안식처가 되어주던 작은 동굴로 향했다. 하지만 그녀는 발길을 돌렸다. 그곳을 브룬에게 알려준 이후로 동굴은 더 이상 그녀만의 장소처럼 느껴지지 않았다. 그리고 마지막으로 머물렀던 때의 기억들이 너무도 고통스러웠다. 대신 그녀는 겨울이면 산을 타고 내려오며 울부짖는 북풍으로부터 그들의 동굴을 보호해주는 절벽 꼭대기로 올라가 거센 가을바람 앞에 섰다.

돌풍을 맞으며 에일라는 절벽 꼭대기에서 무릎을 꿇고 앉았다. 그녀는 참을 수 없는 슬픔에 휩싸인 채, 마음을 쥐어뜯는 듯한 고통에 몸을 들썩이며 구슬픈 울음소리를 토해냈다. 크렙은 그녀를 뒤따라 동굴 밖으로 나왔다가 노을에 물든 구름을 배경으로 희미하게 나타난 그녀의 그림자를 보았다. 멀리서 가냘픈 신음 소리가 들렸다. 그 자신도 깊은 슬픔에 잠겨 있었지만 그는 에일라가 다른 이들의 위로를 거부한 채 자신 안의 고통으로만 파고드는 것을 이해할 수가 없었다. 그가 평소에 보여주던 통찰력이 슬픔으로 무뎌진 탓에, 그는 에일라가 슬픔 이상의 고통에 시달리고 있다는 것을 깨닫지 못했다.

에일라는 지금 자책감에 괴로워하고 있었다. 그녀는 이자의 죽음을 자신의 탓으로 돌렸다. 병든 어머니를 남겨두고 씨족 모임에 간 그녀는 사랑하는 사람이 자신을 필요로 할 때 곁을 지켜주지 못한 주술 치료사였다. 그녀는 자신이 그토록 간절히 바라던 아기를 지키려고 이자가 산에 올랐다가 병세가 깊어졌던 일을 생각하며 비통해했다. 그녀는 씨족 축제 때 자신도 모르게 주술사들의 공간까지 들어간 일로 크렙을 고통스럽게 한 일도 후회가 되었다. 그뿐만 아니라 그녀는 또 다른 고통에도 시달리고 있었다. 음식을 먹지 않아 몸은 쇠약해졌고, 젖을 먹이지 않아 퉁퉁 부운 가슴 때문에 젖몸살을 앓았다. 하지만 에일라는 그보다 더 쓰라린 비애에 빠져 있었다. 만일 이자가 그 자리에 있었다면 에일라가 그러한 우울증에서 벗어나도록 도움을 주었을지도 모를 일이었다. 에일라에게 있어 주술 치료사란 다른 사람의 고통을 덜어주고 목숨을 구해주는 사람이었다. 그런데 이자는 에일라가 보살핀 이들 중에 처음으로 죽음을 맞이한 환자였다.

에일라에게 지금 가장 도움이 되는 것은 두르크였다. 아이에게 젖을 먹이는 것도 중요했지만 어서 현실로 돌아오기 위해, 삶이 계속되고 있음을 깨닫기 위해서는 아이를 돌보는 게 최선이었다. 하지만 그녀가 동굴로 돌아왔을 때 두르크는 우바 곁에서 잠들어 있었다. 크렙이 오가에게로 데려가 젖을 먹인 것이었다. 에일라는 자신이 열과 통증 때문에 잠을 이루지 못한다는 것도 깨닫지 못한 채 밤새 한숨도 자지 못하고 몸을 뒤척였다. 그녀의 마음은 지나치게 내면으로만 향한 채 슬픔과 자책감만을 곱씹고 있었다.

다음 날 크렙이 눈을 떴을 때, 에일라는 자리에 없었다. 그녀는 동굴 밖을 헤매고 다니다가 다시 절벽 위로 올라갔다. 크렙은 멀리서 그녀를 걱정스럽게 지켜봤지만 그녀가 열이 나는 것도, 몸이 얼마나 약해졌는지도 몰랐다.

"내가 가볼까?"

브룬 또한 에일라의 행동이 당혹스러웠다.

"혼자 있고 싶어 하는 것 같다. 그냥 내버려두는 게 좋겠어."

크렙이 대답했다.

에일라가 더 이상 보이지 않자 크렙은 걱정이 되었다. 저녁이 되어도 돌아오지 않는 그녀를 브룬이 찾아 데리고 오자 크렙은 진작 브룬이 가겠다고 나섰을 때 말렸던 것이 후회되었다. 슬픔과 우울에는 큰 대가가 따라 그녀의 영혼을 좀먹었다. 게다가 고열은 쇠약해진 그녀의 몸에서 얼마 남지 않는 힘마저 다 앗아갔다. 우바와 에브라는 씨족의 주술 치료사를 정성껏 보살폈다. 그녀의 의식은 흐리멍덩했고, 몸은 불덩이처럼 달아올랐는데도 오한을 느끼며 덜덜 떨었다. 가슴에 손이 살짝 스치기만 해도 소리를 질렀다.

"젖이 다 마르겠구나."

에브라가 우바에게 말했다.

"이제는 너무 늦어서 두르크도 도움이 안 될 거야. 젖이 엉겨서 아기 힘으로는 어쩔 수 없어."

"하지만 두르크는 젖을 떼기엔 아직 어려요. 아기는 어쩌면 좋아요? 에일라는 어쩌고요?"

이자가 살아 있거나 에일라가 조금만 더 정신을 차렸어도 너무 늦은 게 아닐 수도 있었다. 우바만 해도 젖몸살에 도움이 되는 찜질약과 약초들이 있다는 것을 알고 있었다. 하지만 우바는 아직 어려 자신의 생각에 확신이 없었고, 에브라는 더 이상 소용없다고 결론 내린 듯했다. 열이 내리자 에일라의 젖이 완전히 말랐다. 그녀는 더 이상 아들에게 젖을 먹일 수 없었다.

"기형인 놈을 내 불터에 들이지 말라고 했잖아, 오가! 저놈이 네 아들과 형제처럼 같은 젖을 먹게 할 수는 없어!"

브라우드가 주먹을 흔들며 격분하자 오가가 그의 발치에 앉았다.

"하지만 브라우드, 이 애는 그냥 아기일 뿐이에요. 젖을 먹여야 해요. 아가와 이카는 젖이 많지 않아서 별 도움이 되지 않아요. 하지만 나는 충분해요. 언제나 넘치게 많았잖아요. 젖을 먹지 않으면 이 아기는 굶어 죽어요, 브라우드. 죽는다고요."

"죽든 말든 내 상관할 바 아니지. 처음부터 살려두지 말았어야 했던 놈이니까. 저런 놈이 내 불터에 있으면 안 돼."

오가는 두려움에 떨던 것을 멈추고 제 짝인 남자를 바라봤다. 그녀는 브라우드가 정말로 에일라의 아기에게 젖을 먹이지 못하게 할 거라고는 생각하지 않았다. 그가 길길이 날뛰며 화를 낼 거라는 것은 예상했지만 결국에는 허락해줄 거라 믿었다. 아무리 그가 두르크의 어미를 미워한다고 해도 그렇게까지 매몰찰 수는 없었다.

"브라우드, 에일라는 브락의 목숨을 구했어요. 그런데 어떻게 그런 여인의 아기를 죽게 내버려둘 수 있어요?"

"아이의 목숨을 구해준 대가는 충분히 받았잖아? 그 계집은 살도록 허락받았어. 게다가 사냥까지 할 수 있게 되었지. 난 그 계집한테 빚진 게 없어."

"에일라는 살도록 허락받은 게 아니라 죽음의 저주를 받았죠. 그 여자의 토템의 뜻에 따라 정령의 세상에서 돌아온 거고요. 토템이 여자를 보호해준 거예요."

오가가 대들 듯 말했다.

"제대로 저주를 받았다면 살아 돌아오지 못했을 거야. 그리고 저 애를 낳았을 리도 없고. 그 계집의 토템이 그렇게 강하다면 어째서 젖을 잃은 거지? 모두들 저 아이가 불행해질 거라 말했지. 제 어미의 젖을 잃는 것보다 더 불행한 일이 뭐가 있을까? 너는 지금 그 애의 불행을 이 불터로 옮겨오려고 하는데, 용납할 수 없다. 이 번이 마지막이야!"

오가가 뒤로 물러나 앉아 브라우드를 침착한 표정으로 올려다 보았다.

"아니요, 브라우드. 이번이 마지막이 아니에요."

그녀는 더 이상 겁이 나지 않았다. 브라우드는 큰 충격을 받은 것 같았다.

"두르크가 당신의 불터에서 살지 못하게 막을 수는 있겠죠. 그 건 당신의 권리니까 내가 어쩔 수는 없어요. 하지만 당신은 내가 그 아이에게 젖 먹이는 것까지는 막지 못해요. 그건 여자의 권리예요. 여인은 자기가 원하면 어떤 아기에게나 젖을 먹일 수 있고, 어떤 남자도 막지 못해요. 에일라가 내 아들의 목숨을 구해주었으니까, 나도 여자의 아기를 죽게 내버려두지 않을 거예요. 당신이 좋든 싫든 두르크는 내 아이들과 형제처럼 같은 젖을 먹여 키울 거예요."

브라우드는 경악했다. 제 짝이 자신의 말을 거역하다니, 상상조차 못한 일이었다. 오가는 단 한 번도 무례하거나 불손했던 적이 없었고 반항의 기미를 보인 적도 없었다. 그는 도무지 믿기지 않았다. 충격은 곧 분노로 바뀌었다.

"네가 감히 짝의 말을 거역하다니. 너를 이 불터에서 쫓아내겠다."

그가 버럭 소리를 질렀다.

"그러면 내 아들들을 데리고 떠나겠어요, 브라우드. 다른 남자에게 나를 거두어달라고 청하겠어요. 아무도 나를 데려가지 않으면 목우르가 자신의 불터에서 살도록 허락해줄 거예요. 어찌 되었든 나는 에일라의 아기에게 젖을 먹일 거예요."

브라우드가 해줄 수 있는 대답이란 그저 주먹을 날려 그녀를 땅바닥에 쓰러뜨린 것뿐이었다. 머리끝까지 화가 치밀어 어떤 대답도 할 수 없었다. 그가 다시 오가를 낚아채 때리려다가 돌아섰다. 이렇게 주제도 모르고 버릇없이 굴면 어떻게 되는지 두고 보라고 그래. 그는 속으로 이를 갈며 브룬의 불터로 건너갔다.

"그 계집은 처음에 이자에게 나쁜 물을 들이더니 이제는 그 고집을 내 짝에게까지 옮겼습니다!"

경계석 안으로 들어서며 브라우드가 말했다.

"난 오가에게 에일라의 아들을 받아들이지 않겠다고 말했습니다. 기형아와 제 짝의 아이들이 한 형제로 엮이는 게 싫다고 했어요. 그랬더니 저 계집이 뭐라고 했는지 아십니까? 무슨 일이 있어도 그놈에게 젖을 먹이겠다는 겁니다! 내가 막을 수 없다면서요. 내가 좋든 싫든 그놈을 제 아이들과 형제처럼 키우겠다고요. 이걸 믿으시겠습니까? 오가가, 내 짝이 그런다는 게요?"

"네 짝의 말이 옳다, 브라우드."

브룬이 침착하게 말했다.

"너는 오가가 그 아이에게 젖을 못 먹이게 할 수 없다. 여자가 어떤 아이에게 젖을 먹이든 남자가 상관할 일이 아니고, 어떤 남자도 상관한 적이 없다. 남자에게는 걱정해야 할 중요한 일들이 더 많으니라."

브룬은 브라우드가 덮어놓고 반대를 하고 나서는 것이 도무지 마음에 들지 않았다. 브라우드가 여자들의 일에 그렇게 감정적으로 반응하는 것은 제 위신을 깎아 내리는 일이었다. 게다가 오가 말고 누가 그 아이에게 젖을 먹일 수 있겠는가? 무엇보다 동굴곰 축제가 끝난 이후, 두르크는 확실한 씨족의 일원이 되었다. 그리고 씨족은 언제나 씨족의 일원을 보살폈다. 심지어 다른 씨족에서 온 여인이 자식을 낳지 못하고 또 그 짝마저 죽어도 그냥 버려지는 일은 없었다. 그녀가 다른 사람에게 짐만 되더라도, 씨족 사람들에게 식량이 있는 한, 그러한 여인도 충분히 먹고 살 수 있었다.

브라우드는 두르크를 그의 불터에 들이지 않겠다고 거부할 수 있었다. 불터에 들이는 것은 곧 오가의 아이들과 함께 그 아이를 부양하고 가르치는 책임을 떠맡겠다는 뜻이었다. 물론 브룬으로서는 그의 행동이 탐탁지 않았지만 예상 못 한 일은 아니었다. 브라우드가 에일라와 그녀의 아들에 대해 어떻게 생각하는지는 모두들 알고 있었다. 하지만 그는 어째서 제 짝이 그 아이에게 젖을 먹이는 것까지 반대해야 하는 것일까? 그들은 모두 같은 씨족이 아닌가?

"오가가 저렇게 대들었는데 그냥 넘어가라는 겁니까?"

브라우드는 머리끝까지 화가 났다.

"네가 왜 신경을 쓰는 것이냐, 브라우드? 저 아이가 죽었으면 하는 거냐?"

브룬이 물었다. 브라우드는 정곡을 찔려 얼굴이 화끈 달아올랐다.

"저 아이는 우리 씨족이다, 브라우드. 저 아이의 머리통이 기형이라 해도 머리에 문제가 있는 것 같지는 않다. 저 아이는 사냥꾼으로 자랄 것이다. 우리가 저 아이의 씨족이다. 저 아이는 이미 짝도 정해졌고 너도 찬성했다. 네 짝이 다른 여인의 아이에게 젖을 먹인다고 해서 네가 그렇게 감정적으로 대응할 이유가 있느냐? 에일라에 대한 네 감정이 아직도 남아 있는 것이냐? 너는 남자다, 브라우드. 네가 그 여인에게 무슨 명령을 내리든 그 여인은 복종할 수밖에 없어. 그리고 분명히 네게 복종하고 있다. 너는 여자와 맞서 싸우겠다는 거냐? 너는 네 스스로 위신을 떨어뜨리고 있어. 내가 잘못 보지 않았다면 말이다. 그러고도 네가 남자라는 것이냐, 브라우드? 장차 이 씨족을 이끌어가기에 모자람이 없는 사내라는 것이냐?"

"나는 그저 기형인 아이가 내 짝의 아이들과 형제가 되지 않았으면 합니다."

브라우드가 변변찮은 대답을 내놓았다. 그러나 브룬의 말에 담긴 위협을 피하기에는 어설픈 변명이었다.

"브라우드, 다른 사냥꾼의 목숨을 구하지 않는 사냥꾼이 어디 있더냐? 다른 사람의 정기를 조금이라도 나누어 가지지 않은 남자가 있더냐? 다른 남자들의 형제가 아닌 자가 있더냐? 네 짝의 아들이 지금 두르크와 형제가 되든 아니면 나중에 형제가 되든 그게 무슨 문제가 되느냐 말이다. 너는 어째서 무작정 반대만 하는 것이냐?"

브라우드는 족장이 납득할 만한 아무런 대답도 내놓지 못했다. 에일라에 대한 불타는 증오심을 시인할 수는 없었다. 이는 족장이 되기에는 절제력이 부족한 남자임을 스스로 인정하는 일이 될 터였다. 그는 브룬을 찾아온 것이 후회되었다. 브룬이 언제나 저 계집 편이라는 걸 기억했어야 했는데. 브라우드는 속으로 생각했다. 씨족 모임에서는 나를 그토록 자랑스러워하더니만, 이제는 저 계집 때문에 나를 다시 의심하고 있어.

"오가가 그 아이에게 젖을 먹이는 것에 상관하지 않겠습니다."

브라우드가 손짓했다.

"하지만 그 아이를 내 불터에 들이지는 않겠습니다."

브라우드는 그것이 자기 권한 내의 일이라는 것을 상기하며 더 이상은 물러나지 않으려 했다.

"그 아이의 머리에 문제가 없다고 생각하시는 듯하지만, 나는 생각이 다릅니다. 나는 그 아이의 훈련을 책임지지 않을 겁니다. 사실 지금도 그 아이가 과연 사냥꾼이 될지 의심스럽습니다."

"그건 네 마음이다, 브라우드. 그 아이를 훈련하는 책임은 내가 맡았으니까. 나는 그 아이를 받아들이기 전부터 그렇게 마음먹었다. 두르크는 이 씨족의 일원이고 사냥꾼이 될 것이다. 내가 책임지고 그렇게 할 것이다."

브라우드는 자신의 불터로 가다가 크렙이 두르크를 안고 오가에게 오는 것을 보고는 동굴 밖으로 발을 돌렸다. 그는 브룬의 시야에서 멀리 벗어날 때까지 분노를 터뜨리지 않았다. 이게 다 저 병신 같은 늙은이 때문이야. 그는 속으로 그렇게 생각했다가 혹시 주술사가 자신의 마음을 알아차릴까봐 겁이 나서 얼른 머릿속에서 지우려 애썼다.

브라우드는 씨족의 어떤 남자보다도 정령들을 두려워했다. 그의 두려움은 정령들과 밀접히 살아가는 사람들에게까지 미쳤다. 일개 사냥꾼이 불운과 질병, 죽음을 몰고 오는 영적인 존재들과 어찌 맞설 수 있겠는가? 또한 정령들을 자신의 뜻대로 부를 수 있는 힘을 가진 사람에게 어찌 맞설 수 있겠는가? 게다가 브라우드는 최근 씨족 모임에서 화가 난 목우르들이 불러일으킨 불행한 사건들에 관한 이야기를 질리도록 듣고 온 터였다. 그곳에 모인 젊은 사내들은 목우르에 관한 온갖 무서운 일화를 이야기하며 서로에게 겁을 주지 못해 야단이었다. 막판에 창이 거꾸로 돌아가는 바람에 짐승을 죽이지 못했다거나 끔찍하게 고통스러운 질병, 짐승에게 받치고 찔리고 찢기는 상처 등 온갖 섬뜩한 일들이 노한 주술사들의 손에서 일어났다. 브룬의 씨족에서는 이런 무서운 이야기들이 그렇게까지 퍼져 있지는 않았지만 그럼에도 불구하고 위대한 목우르는 모두 주술사 중에서 가장 강력한 힘을 지닌 자였다.

그 젊은이도 한때는 그를 존경보다는 조롱의 대상으로 생각했다. 하지만 대주술사의 뒤틀린 몸과 끔찍한 흉터, 외눈은 그의 위상에 오히려 힘을 부여했다. 그를 잘 알지 못하는 사람들에게 크렙은 비인간적이고 어쩌면 사악한 정령처럼 냉혹하게 보였을지 모른다. 브라우드는 다른 사내들의 두려움을 이용해, 자신은 위대한 주술사를 두려워하지 않는다고 자랑하고 다른 이들의 감탄과 존경에 찬 눈빛을 즐겼다. 하지만 그렇게 허풍을 떠는 그에게도 주술사에 관한 이야기들은 깊은 인상을 남겼다. 또한 사냥도 못 하는 절름발이 노인을 향한 씨족 전체의 외경심에 브라우드는 그의 능력을 더욱 경계하게 되었다.

자신이 족장이 된 때를 상상할 때마다 그는 늘 구브를 그의 주술사로 생각했다. 구브는 나이도 비슷하고 사냥을 함께 하는 막역한 동료여서 그로서는 미래의 주술사를 비슷한 위치에서 대할 수 있었다. 또 그는 자신의 결정을 따르도록 목우르의 제자를 부추기거나 강제할 수 있을 거라 자신했으나 대주술사에게 자신의 결정을 밀어붙이는 것은 상상도 할 수 없는 일이었다.

브라우드는 동굴 근처의 숲 속을 누비며 한 가지 결심을 굳혔다. 그는 앞으로 결단코 족장의 의심을 살 만한 일은 하지 않을 것이며, 눈앞에 다가와 있는 자신의 운명을 위험에 빠뜨리지 않을 것이라 작정했다. 하지만 내가 족장이 되면, 내 마음대로 하겠어. 그 계집 때문에 브룬이 나한테서 등을 돌렸고, 내 짝인 오가까지 그렇게 물들었어. 내가 족장이 되면, 브룬이 그 계집 편을 들어준들 그깟 게 뭐 대수겠어. 더 이상 그 계집을 보호할 능력도 없을 텐데. 브라우드는 에일라가 자기에게 잘못했던 일들과 매번 자신이 누려야 할 영광을 앗아갔던 때, 그리고 자신의 자존심을 짓밟았다고 저 혼자 착각하는 일들을 떠올렸다. 그는 자신이 당한 만큼 앙갚음을 해주리라 이를 갈며 에일라의 잘못을 곱씹었다. 그는 기다릴 수 있었다. 언젠가는 기필코 그 계집이 우리 씨족에 와서 살게 된 것을 후회하게 만들리라.

불구의 노주술사를 탓하는 것은 브라우드만이 아니었다. 크렙 또한 에일라의 젖이 마른 것에 대해 자신을 탓했다. 그런 비참한 결과를 불러온 것이 그의 탓이냐 아니냐는 사실 별문제가 되지 않았다. 그는 다만 여자의 몸에 대해 아는 게 없었고, 여자들과의 경험도 적었다. 어머니와 아기를 가까이 접해본 것은 늦은 나이에 이르러서였다. 어느 여인이 다른 여인의 아기에게 젖을 먹일 때, 젖을 먹이는 여인이 신세를 갚는 것 이상으로 보답받고 있다는 것을 알지 못했다. 누구도 그에게 말해준 적이 없었다. 이미 너무 늦은 때여서 누구도 굳이 알려주려 하지 않은 것이다.

그는 왜 이토록 끔찍한 일이 에일라에게 일어났는지 궁금했다. 단지 그녀의 아기가 불행해서일까? 크렙은 이유를 찾다가 자신을 의심하기 시작했다. 그는 정말로 에일라를 걱정한 것일까? 그녀가 자신도 모르게 그에게 상처를 준 것처럼 그녀에게 상처를 주고 싶었던 것일까? 그가 위대한 토템에 걸맞은 가치가 있을까? 위대한 주술사가 이토록 사소한 앙갚음까지 하려는 것이었을까? 그가 가장 고매하고 신성한 주술사의 모범이라면, 그의 씨족 사람들은 죽어 마땅할지 몰랐다. 자신의 종족이 멸망할 운명이라는 확신, 이자의 죽음, 에일라를 슬프게 했다는 자책감이 그를 헤어날 길 없는 우울한 절망 속으로 빠뜨렸다. 목우르의 삶에서 가장 어려운 시험이 막바지에 이르고 있었다.

에일라는 크렙을 탓하지 않았다. 그녀는 자신을 탓했다. 그러나 자신이 할 수 없는 상황에서 다른 여인들이 그녀의 아들에게 젖을 먹이는 것을 보는 일은 감당하기에 너무 버거웠다. 오가, 아가, 그리고 이카가 모두 그녀를 찾아와 두르크에게 젖을 먹여주겠다고 했을 때 그녀는 고마웠다. 하지만 두르크를 세 여인들 중 하나에게 데려가고 젖을 다 먹을 때까지 기다렸다가 데려오는 사람은 주로 우바였다. 젖이 마르자 에일라는 아들의 삶에서 중요한 한 부분을 잃고 말았다. 그녀는 여전히 이자의 죽음에 대해 슬퍼하고 자책했다. 또 크렙마저 자신의 마음속에만 들어가 있어서 가까이 다가갈 엄두가 나지 않았다. 그러나 매일 밤마다 두르크와 함께 잠자리에 누울 때면 그녀는 브라우드에게 고마움을 느꼈다. 그 아이를 받아들이지 않겠다고 거절한 덕에 그녀는 아들을 완전히 잃지는 않았다.

가을이 끝날 무렵, 에일라는 혼자 나갈 구실을 찾아 다시 줄팔매를 들었다. 지난 한 해 동안 사냥을 거의 하지 않았던 탓에 그녀의 솜씨는 예전 같지 않았지만 연습을 시작하면서 정확성과 속도가 돌아왔다. 그녀는 두르크를 우바에게 맡기고 아침 일찍 나갔다가 저녁 늦게 돌아올 때가 많았다. 겨울이 코앞으로 다가왔다는 사실이 안타까울 따름이었다. 바깥활동이 그녀에게 도움이 되었지만 한 가지 해결해야 할 문제가 있었다. 완전히 여인이 된 뒤로는 사냥을 거의 하지 않았던 그녀는 달리거나 뛰어오를 때마다 흔들리는 젖가슴이 신경 쓰였다. 그녀는 남자들이 노출된 민감한 기관을 보호하기 위해 가죽 천을 대는 것을 보고 가슴에 대고 등 뒤로 둘러 묶는 끈을 만들었다. 그렇게 하자 움직이는 게 훨씬 편해졌다. 그녀는 그

끈을 찰 때 쏟아지는 호기심 어린 곁눈질도 모른 척했다.

　밖에 나가 사냥을 한 덕분에 몸도 건강해지고 한곳에 정신을 집
중할 수 있었지만 에일라는 여전히 슬픔의 무게에 짓눌려 있었다.
우바가 보기에 크렙의 불터에는 기쁨이 떠나고 없었다. 그녀는 어
머니가 그리웠다. 크렙과 에일라 주변에는 언제나 슬픔이 어려 있
었다. 두르크만이 천진난만한 아이의 방식으로 우바가 한때 당연
하게 여겼던 행복을 조금씩 느끼게 해주었다. 아이는 이따금 크렙
마저 무기력의 상태에서 벗어나게 해주었다.

　이 날도 에일라는 아침 일찍 동굴을 나섰고, 우바는 불터에서
멀리 떨어진 동굴 뒤편에서 무언가를 찾고 있었다. 오가가 막 두르
크를 데려다준 터라 크렙은 아이를 주시하고 있었다. 두르크는 배
가 불러 기분이 좋아 보였지만 그다지 졸리지는 않았다. 아이가 노
인에게 기어가더니 그를 붙잡고 불안정한 다리로 일어섰다.

　"너도 얼마 안 있으면 걷게 되겠구나."

　크렙이 손짓했다.

　"겨울이 끝나기 전에 이 동굴을 다 누비며 뛰어다니겠다."

　크렙은 자신이 한 말을 강조하려고 아이의 조그만 올챙이배를
쿡 찔렀다. 그때 아이의 입가가 올라가더니 씨족 사람들 중 단 한
사람을 제외하면 누구에게서도 들어보지 못한 소리를 냈다. 아이
가 웃은 것이다. 크렙이 배를 다시 한 번 찌르자 아이는 자지러지
게 웃더니 균형을 잃고 엉덩방아를 찧었다. 크렙은 두르크를 일으
키고는 마치 그 아이를 처음 보는 것처럼 사뭇 다른 눈으로 바라보

았다.

두르크의 다리는 휘어 있었지만 씨족의 다른 아이들처럼 많이 휘지는 않았다. 또한 통통하긴 했지만 아이의 뼈가 더 길고 가늘다는 것을 크렙은 알 수 있었다. 두르크도 자라면 에일라처럼 다리가 곧게 뻗을 것 같다. 키도 크겠어. 그리고 태어났을 때는 목이 가늘고 약해 고개도 들 수가 없더니 이제는 에일라의 목이랑 똑같아. 머리통은 에일라와는 달라, 아닌가? 높은 이마만 에일라와 닮았어. 크렙이 두르크의 옆모습을 살펴보려고 아이의 머리통을 돌렸다. 그래, 이마는 분명 에일라와 비슷하지만 눈썹과 눈은 씨족 사람이야. 그리고 뒤통수도 씨족 사람 쪽에 가까워.

에일라 말이 옳았어. 이 아이는 기형이 아니라 에일라와 우리 씨족이 섞인 거야. 그런데 늘 그렇게 정령들이 섞이는 걸까? 어쩌면 그래서 여자아이가 생기는 것일 수도 있어. 약한 사내의 토템 때문이 아니라. 생명은 남자와 여자 토템의 정령들이 섞여서 시작되는 걸까? 크렙은 고개를 저었다. 도무지 알 수 없었다. 하지만 노주술사는 그 문제에 대해 생각해보기 시작했다. 그는 춥고 외로운 겨울 동안 종종 두르크에 대해 생각했다. 그는 두르크가 소중하게 느껴졌지만 그 이유에 대해서는 정확히 알 수가 없었다.

27

"하지만 에일라, 난 언니랑 달라. 난 사냥을 못 하잖아. 날이 어두워지면 어디로 가 있어?"

우바가 애원하듯 물었다.

"에일라, 무서워."

여자가 된 우바의 겁에 질린 얼굴을 보자 에일라는 함께 가주고 싶은 충동이 일었다. 아직 만으로 여덟 살이 되지 않은 우바는 안전한 동굴을 떠나 며칠을 혼자 보내야 한다는 생각에 잔뜩 겁을 먹고 있었다. 하지만 우바 토템의 정령이 처음으로 싸움을 시작했으니 반드시 겪어야 할 일이었다. 그녀가 어쩔 수 있는 일이 아니었다.

"두르크를 낳고서 내가 숨어 있던 작은 동굴 기억나? 거기 가 있어, 우바. 밖에 그냥 있는 것보다는 거기가 더 안전할 거야. 매일 저녁마다 음식을 가지고 보러 갈게. 겨우 며칠이야, 우바. 잠잘 때 쓸 털가죽이랑 불 피울 불씨도 꼭 챙겨 가고. 근처에 샘물이 있어. 밤에는 특히 외롭겠지만 괜찮을 거야. 그리고 생각해봐. 넌 이제 여자가 된 거야. 곧 짝을 맺을 테고 머지않아 너만의 아기가 생기겠지."

에일라가 위로했다.

"브룬이 나와 누구를 짝지어줄 것 같아?"

"너는 브룬이 누구와 짝지어주었으면 하는데, 우바?"

"짝이 없는 남자는 보른밖에 없잖아. 보르그는 곧 남자가 될 테고. 물론 브룬이 나를 짝이 있는 남자의 두 번째 여자로 보낼 수도 있어. 사실 나는 보르그가 좋은 것 같아. 어려서 짝짓기 놀이를 하곤 했는데. 그러다가 어느 날 그 애가 자기 욕구를 내게 풀려고 했는데, 잘 되지 않았어. 그때부터는 쑥스러운지 더 이상 여자아이들과 놀지 않아. 남자다운 것에만 몰두하고. 그런데 오나도 여자가 되었잖아. 하지만 오나는 보른과 짝을 맺을 수 없고. 브룬이 오나를 짝이 있는 남자에게 주지 않기로 결정하면 보르그 말고는 다른 남자가 없지. 그래서 보른이 내 짝이 될 것 같아."

"보른은 남자가 된 지 꽤 되었으니까 아마 지금쯤이면 간절히 짝을 원하고 있을 거야."

에일라가 말했다. 그녀도 우바와 같은 결론을 내린 뒤였다.

"짝으로 보른은 괜찮을 것 같아?"

"나를 못 본 척하려고 해. 그래도 가끔 나를 볼 때가 있어. 그렇게 나쁘지는 않을 듯싶어."

"브라우드가 보른을 총애하니까, 언젠가 부족장이 될지도 몰라. 그러면 너는 지위에 대해서는 걱정하지 않아도 되고 무엇보다 네 아들들에게 좋을 거야. 어렸을 때는 보른을 좋아하지 않았지만 나도 너랑 생각이 같아. 보른은 그리 나쁘지 않아. 두르크에게도 잘해주고. 물론 브라우드가 옆에 없을 때 그러지만."

"모두가 두르크에게 잘해주지, 브라우드만 빼면."

우바가 말했다.

"모두가 두르크를 무척 예뻐해."

"하긴, 어디 불터에 가든 자기 불터처럼 편하게 있으니까. 여기 저기 다니면서 젖을 먹는 게 습관이 되어서 그런지 모든 여자에게 어머니라고 부르고."

에일라는 순간 얼굴을 찌푸렸지만 시무룩하던 얼굴에 금세 미소가 번졌다.

"두르크가 그로드의 불터에 들어갔던 때 생각나? 마치 자기 집인 양."

"생각나. 보지 않으려고 했지만, 어쩔 수 없었어."

우바도 그날을 기억하고 있었다.

"우카한테는 어머니라고 아는 척하고 지나가더니 곧장 그로드에게 가서 무릎에 기어올랐잖아."

"알아."

에일라가 말했다.

"내 평생 그로드가 그렇게 놀란 표정을 지은 것은 처음 봤지. 그리고 두르크가 무릎에서 내려가더니 이번엔 그로드의 창들이 놓인 곳으로 갔잖아. 나는 그로드가 화를 낼 거라 확신했거든. 그런데 두르크가 태연스럽게 그로드의 가장 긴 창을 질질 끌고 가는데도 말리지 않는 거야. 그러다 그로드가 창을 가져가니까 그 아이가 '두르크도 그로드처럼 사냥해요' 하고 말했지."

"그로드가 그냥 계속 내버려두었으면 아이는 그 무거운 창을 동굴 밖까지 끌고 갔을 거야."

"두르크는 그로드가 만들어준 작은 창을 잠자리까지 가지고 들어가."

에일라가 여전히 미소를 머금은 채 손짓했다.

"너도 알겠지만, 그로드가 워낙 말이 없는 사람이잖아. 그날 그로드가 우리 불터에 왔을 때 어찌나 놀랐던지. 그로드는 나를 그냥 보는 둥 마는 둥 하더니 곧장 두르크한테 가서는 아이의 손에 창을 쥐어주고 잡는 법도 가르쳐주더라고. 그리고 돌아가면서 하는 말이 '사내아이가 그렇게 사냥을 하고 싶으면, 자기 창을 가져야지'라고 하는 거야."

"오브라에게 아기가 없다니 너무 안타까워. 짝의 딸이 아기를 가지면 그로드가 기뻐했을 텐데."

우바가 말했다.

"어쩌면 그래서 그로드가 두르크를 좋아하는지도 몰라. 사실 누구에게도 별로 마음을 주지 않는데. 브룬도 아이를 예뻐하는 게 다 보인다니까. 그리고 주그는 벌써부터 줄팔매질 하는 법을 알려주고 말이야. 두르크가 사는 불터에 사냥을 가르쳐줄 남자가 없어도 사냥하는 데는 아무런 문제가 없을 것 같아. 남자들이 하는 행동만 보면, 이 씨족 남자들 전부가 아이 어머니의 짝 같잖아. 브라우드만 빼면."

우바가 잠시 말을 멈췄다.

"어쩌면 그런지도 모르겠어, 에일라. 도르브가 항상 그렇게 말했잖아. 남자들의 토템이 합심해서 동굴사자를 이긴 거라고."

"우바, 이제 그만 길을 나서는 게 좋겠어."

에일라가 화제를 딴 곳으로 돌리며 말했다.

"중간까지 함께 가줄게. 마침 비도 멈췄네. 지금쯤이면 딸기가 잘 익었을 거야. 가는 길에 널찍한 딸기밭이 있어. 나중에 보러 올라갈게."

구브가 황토로 빚은 고약으로 우바의 토템 표식 위에 보른의 토템 표식을 그려 넣었다. 남자가 여자를 지배한다는 표시로 우바의 표식을 흐릿하게 만드는 절차였다.

"이 여인을 짝으로 받아들이겠는가?"

크렙이 손짓했다.

보른이 우바의 어깨를 두드렸고, 여자는 남자를 따라 동굴 안으로 들어갔다. 그 후 크렙과 구브는 보르그와 오나를 위해 같은 의식을 치렀다. 그들은 격리기간을 보내기 위해 새로 꾸린 불터로 갔다.

모여 있던 사람들이 흩어질 무렵에는 나무들이 미풍에 흔들리고 있었다. 완연한 여름의 초록색보다는 옅은 빛깔이었지만 나무들은 여름옷으로 갈아입고 있었다. 에일라가 두르크를 들어 올려 동굴까지 안아가려고 했지만, 아이는 버둥거리며 내려왔다.

"알았어, 두르크."

그녀가 손짓했다.

"걸어서 가렴. 하지만 들어와서 죽을 좀 먹어야 해."

그녀가 아침을 준비하는 동안, 두르크가 불터 밖을 서성이더니 우바와 보른이 머물고 있는 새 불터를 향해 뒤뚱뒤뚱 걸어갔다. 에일라가 얼른 아이를 뒤쫓아 가서 불터로 데리고 돌아왔다.

"두르크는 우바가 보고 싶어."

아이가 손짓했다.

"안 돼, 두르크. 앞으로 한동안은 누구도 우바에게 갈 수 없어. 하지만 착하게 굴고 네 몫의 죽을 다 먹으면 이따가 사냥에 데려갈게."

"두르크 착해. 그런데 왜 우바에게 못 가?"

사냥에 데려간다는 약속에 솔깃해진 아이가 물었다.

"왜 우바는 우리랑 같이 안 먹어?"

"우바는 이제 여기서 같이 안 살아, 두르크. 보른이랑 짝이 되었어."

에일라가 설명했다.

우바가 나가고 없는 자리에 서운함을 느낀 사람은 두르크만이 아니었다. 모두들 우바를 그리워했다. 크렙과 에일라, 아이만 있는 불터는 텅 빈 것 같았다. 노인과 젊은 여인 사이에 보이지 않게 존재하던 긴장감이 더욱 팽팽해졌다. 두 사람은 서로에게 입혔던 상처에 대해 자책감을 느끼고 있었지만 어떻게 떨쳐내야 할지 방법을 찾지 못했다. 노주술사가 깊은 상실감에 빠져 있는 것을 볼 때마다 에일라는 여러 번 그에게 다가가 어렸을 때 그랬던 것처럼 텁수룩한 하얀 머리에 팔을 둘러 안아주고 싶었다. 하지만 자신의 마음을 받아달라고 억지로 강요하는 것 같아 망설여졌다.

크렙이야말로 애정 어린 표현들을 그리워하고 있었다. 하지만 그 때문에 우울한 마음의 병이 더 깊어진다는 사실을 깨닫지 못했다. 크렙은 에일라가 자신의 아들에게 젖을 먹이는 여자들을 볼 때마다 가슴 아파한다는 것을 알았고, 그럴 때마다 그녀 곁에 있어주고 싶었지만 그러지 못했다. 이자가 살아 있었다면 그들을 다시 가깝게 해줄 방법을 찾았을지 모른다. 하지만 어떠한 계기도 마련하지 못한 그들은 점점 사이가 멀어졌다. 상대방에 대한 애정을 보여주고 싶어 하면서도 그들 사이에 생긴 틈을 어떻게 메워야 할지는 두 사람 모두 알지 못했다. 우바 없이 처음으로 아침을 먹던 날, 두 사람 사이에는 어색한 기류가 흘렀다.

"더 드시겠어요, 크렙?"

에일라가 물었다.

"아니. 됐다. 신경 쓰지 마라. 충분히 먹었다."

그가 손짓했다. 크렙이 뒷정리를 하고 있는 에일라를 바라보는 동안, 두르크는 두 손을 다 써가며 조개껍질 숟가락으로 두 번째 접시를 해치우고 있었다. 이제 겨우 두 돌이 지났지만 젖을 뗀 것이나 마찬가지였다. 하지만 아이는 여전히 안정감과 친밀함을 느끼기 위해 오가와 갓난아기가 있는 이카의 젖을 찾았다. 한편으로는 오가와 이카가 그 아이 하는 대로 다 받아주기 때문이기도 했다. 보통은 새로 아기가 태어나면, 젖을 먹던 아이는 젖을 떼기 마련이었다. 하지만 이카는 두르크에게만은 예외로 해주고 있었다. 그 아이가 지나치게 자기 권리를 밀어붙이면 안 된다는 것을 느끼고 있는 것 같아서였다. 아이는 결코 이카를 지치게 하지 않았고, 갓난아기의 젖을 빼앗지도 않았다. 그저 자신도 권리가 있다는 걸 보여주려는 듯, 잠깐씩 안겨 있다가 일어나곤 했다.

오가 또한 그 아이에게 관대했다. 사실 오가의 아들 그레브는 젖을 먹는 나이가 지났는데도 제 어미의 그런 성격을 알고 여전히 젖을 찾았다. 그러다 보니 두르크와 그레브가 다 같이 오가의 무릎에 안겨 있을 때도 있었다. 각각 한 쪽씩 젖을 물고 있다가도 어머니 곁에 있는 것보다 서로에 대한 관심이 커지면 장난을 치러 뛰쳐나갔다. 두르크는 그레브와 키는 엇비슷했지만 그레브의 다부진 체격에 비하면 마른 편이었다. 장난스럽게 드잡이를 할 때면 그레브가 두르크를 이길 때가 많았다. 하지만 두르크는 달리기 시합에서 저보다 나이가 많은 그레브를 쉽게 이기곤 했다. 둘은 떼어놓을 수 없는 단짝이었고, 틈만 나면 서로를 찾았다.

"아이를 데려간다고?"

불편한 침묵을 깨고 크렙이 손짓했다.

"네."

에일라는 아이의 손과 얼굴을 닦아주며 답했다.

"사냥에 데려가기로 약속했거든요. 아이를 데리고 사냥을 얼마나 할 수 있을지 모르겠지만, 약초도 좀 캐 오려고요. 날씨도 좋아서."

크렙이 으흠 하는 소리를 냈다.

"크렙도 동굴 밖으로 나오면 좋을 텐데요."

에일라가 덧붙였다.

"크렙도 햇볕을 쬐는 게 좋을 것 같아요."

"그래 알았다, 에일라. 좀 있다가."

잠시 그녀는 예전에 그랬던 것처럼 동굴 밖으로 산책을 가자고 청해볼까 했다. 하지만 그는 벌써 자기만의 생각 속으로 침잠한 것 같았다. 그녀는 생각에 빠져 앉아 있는 크렙을 그대로 내버려두고 두르크를 안고는 서둘러 밖으로 나왔다. 크렙은 에일라가 나갔다는 확신이 들 때쯤 고개를 들었다. 그는 지팡이에 손을 뻗었지만 일어나는 것조차 여간 힘든 게 아닌지라 도로 지팡이를 내려놓았다.

두르크를 옆으로 들쳐 업고 채집 바구니를 등에 메고 걸으며 에일라는 크렙을 걱정했다. 그의 정신력이 점점 약해지고 있었다. 그는 여느 때보다 멍하게 있을 때가 많았고, 에일라가 이미 대답했던 질문을 거듭 물을 때가 많았다. 그는 화창한 날에도 굳이 동굴 밖으로 나가려고 하지 않았다. 명상을 한다고 오랜 시간 앉아 있다가 그대로 잠이 들기 일쑤였다.

동굴에서 멀리 벗어나자 에일라의 보폭이 커졌다. 아름다운 여름날을 만끽하며 자유롭게 걷다 보니 걱정은 마음 한구석으로 저만치 물러났다. 빈터에 이르자 그녀는 두르크를 걷게 내버려두고 식물을 채집했다. 그녀를 지켜보던 아이가 풀과 보라색 꽃이 핀 자주개나리를 한 움큼 잡아 뿌리째 뽑더니 그것을 작은 주먹에 꼭 쥔 채 에일라에게 가져다주었다.

"큰 도움이 되는구나, 두르크."

그녀가 아이에게서 풀을 받아 옆에 있는 바구니 속에 넣었다.

"두르크가 더 많이 가져올게."

아이가 손짓을 하고 달려갔다. 그녀는 가만히 쭈그리고 앉아 아이가 조금 전보다 풀을 더 많이 쥐고 세게 당기는 모습을 지켜봤다. 풀이 갑자기 뽑혀 나오면서 아이는 세게 주저앉고 말았다. 아이는 아프다기보다는 놀라서 울상을 지었다. 에일라가 달려가서 아이를 공중 위로 번쩍 올렸다가 다시 팔로 안았다. 두르크는 신이 나서 키득거렸다. 그녀는 아이를 내려놓더니 쫓아가는 흉내를 냈다.

"잡으러 간다."

에일라가 손짓했다.

두르크는 소리 내 웃으며 짧은 다리로 달아났다. 에일라는 아이가 자신보다 먼저 앞지르게 내버려두었다가 양손과 무릎을 땅에 짚고 기어서 아이 뒤를 쫓았다. 그녀는 아이를 붙잡아 배에 올려놓고 장난을 치며 함께 웃었다. 그녀는 아이의 웃음소리가 다시 듣고 싶어서 아이를 간질였다.

에일라는 단둘이 있을 때가 아니면 절대 웃지 않았다. 두르크 또한 자신이 미소 짓거나 낄낄대는 것을 누구도 좋아하지 않을뿐더러 탐탁지 않아 한다는 것을 일찍이 깨달았다. 두르크는 씨족의 모든 여자들에게 어머니라는 손짓을 했지만 마음속에서는 에일라가 특별하다는 것을 알고 있었다. 아이는 다른 누구보다도 에일라 곁에 있을 때 가장 행복했다. 아이는 다른 여자들 없이 에일라와 단둘이 나가는 것을 무척 좋아했고, 또 에일라와 단둘이 있을 때만 하는 놀이도 재미있어 했다.

"바—바—바—니—니."

두르크가 소리 냈다.

"바—바—바—니—니."

에일라가 아무런 의미가 없는 음절들을 따라했다.

"노-나-니-가-구-라."

두르크가 또 다른 소리를 냈다.

에일라는 다시 아이를 따라하고서 간질였다. 그녀는 아이의 웃음소리를 사랑했다. 아이의 웃음소리를 들으면 늘 따라 웃게 되었다. 그러고 나서 그녀는 어떤 소리를 냈다. 아이가 다른 어떤 소리를 낼 때보다 그 소리를 말할 때가 제일 좋았다. 그녀는 어째서 그 소리만 들으면 눈물이 날 만큼 뭉클한 느낌이 드는지 알 수 없었다.

"엄-마-엄-마."

그녀가 말했다.

"엄-마-엄-마."

두르크가 따라했다. 에일라는 아들을 팔로 감싸 꼭 안았다.

"엄-마."

두르크가 다시 말했다.

아이는 품에서 빠져나가려고 몸을 꿈틀거렸다. 그가 오래 안기고 싶어 할 때는 그녀 품에 파고들어 잠을 청할 때뿐이었다. 그녀는 눈가에 고인 눈물을 닦았다. 눈에서 눈물이 나는 것은 에일라만의 특이한 점일 뿐, 두르크는 눈물을 흘리지 않았다. 두툼한 눈썹뼈 아래 깊게 자리 잡은 두르크의 커다란 갈색 눈은 씨족 사람들의 눈과 똑같았다.

"엄-마."

두르크는 둘이 있을 때면 그렇게 에일라를 부를 때가 많았다.

"지금 사냥해?"

그가 손짓했다.

에일라는 최근에 한두 번 두르크를 데리고 나와 줄팔매 쥐는 법을 가르쳐주며 시간을 보냈었다. 그녀가 아이를 위해 줄팔매를 만들어주어야겠다고 생각을 했을 때는 이미 주그가 줄팔매를 만들어놓은 뒤였다. 나이가 지긋한 주그는 더 이상 밖에 나가지 않았지만 사내아이를 가르치는 데서 기쁨을 찾은 것 같아 에일라도 흐뭇한 기분이 들었다. 두르크가 아직 어리긴 했지만 그녀는 아이가 자신처럼 줄팔매에 소질이 있다는 것을 알았다. 아이는 자신의 작은 창만큼이나 작은 줄팔매를 자랑스레 가지고 다녔다.

두르크는 여름 내내 허리끈에 줄팔매를 늘어뜨리고 손에는 창을 쥔 채 뽐내며 다녔다. 아이는 그럴 때 쏟아지는 사람들의 관심을 좋아했다. 그레브도 작은 무기들을 갖게 되었다. 둘이 붙어 다니는 모습에 씨족 사람들은 흐뭇한 눈빛을 하고서 얼마나 훌륭한 사내아이들이냐며 칭찬을 늘어놓았다. 그들이 미래에 할 일들은 이미 정해져 있었다. 두르크는 어린 여자아이에게는 고압적으로 지시를 내리는 게 용납되며, 심지어 나이 든 여자들에게도 어느 정도는 허용된다는 것을 알게 되자 주저하지 않고 그 권리를 마음껏 누렸다. 단 자신의 어머니만은 예외였다.

두르크는 자신의 어머니가 다르다는 것을 알았다. 그녀만이 자신과 함께 웃었고 장난 삼아 소리를 낼 줄 알았다. 그가 만지기를 좋아하는 부드러운 금발도 자신의 어머니에게만 있었다. 그는 어머니의 젖을 먹은 기억은 없지만 그녀가 아닌 다른 누구와도 잠을 자려고 하지 않았다. 아이는 제 어미가 다른 여자들을 부르는 것과 똑같은 손짓에 대답했기 때문에 에일라가 여자라는 것을 알았다. 하지만 그녀는 여느 남자보다 키가 훨씬 컸고, 사냥을 했다. 아이는 사냥이 뭔지 정확히 알지는 못했지만 남자들이 한다는 것은 알았다. 그런데 자신의 어머니는 사냥을 했다. 그녀는 어떤 범주에도 꼭 들어맞지 않았다. 그녀는 여자이면서 여자가 아니었고, 남자이면서 남자가 아니었다. 그녀는 독특했다. 그가 그녀를 부를 때 사용하기 시작한 그 이름이 그녀에게 가장 잘 어울리는 것 같았다. 그녀는 엄마였다. 아이가 마음 깊이 사랑하는, 금발머리를 한 여신 같은 존재인 그녀는 아이가 아무리 제 뜻대로 하려고 해봐도 선뜻 고개를 끄덕여주지 않는 엄마였다.

에일라는 두르크의 손에 작은 줄팔매를 쥐어주고 아이의 손을 감싸 쥔 다음, 줄팔매질 하는 법을 가르쳐주었다. 주그와 전에 해본 적이 있어서 아이는 어떻게 하면 되는지 감을 잡고 있었다. 그러고 나서 그녀는 허리끈에서 줄팔매를 꺼내 돌멩이 몇 개를 찾아 가까운 표적을 향해 던졌다. 그녀가 바위 위에 올려놓은 작은 돌들을 줄팔매로 맞혀 떨어뜨리자 두르크는 재미있어 했다. 그는 다시 한 번 보고 싶어서 돌멩이를 주워 왔다. 얼마 후 아이가 흥미를 잃자, 그녀는 다시 식물을 채집했고, 두르크는 엄마 뒤를 졸졸 따라다녔다. 산딸기를 발견한 둘은 잠시 일을 멈추고 산딸기를 따먹었다.

"아주 엉망이 되었네, 끈끈이 내 아들."

에일라는 얼굴이며, 손, 둥그런 배까지 온통 딸기물이 든 아이를 보고 소리 내 웃으며 손짓했다. 그녀는 아이를 들어 올려 한쪽 팔 아래 끼고서 개울로 데려가 씻겼다. 그리고 원뿔 모양으로 또르르 말아 쥔 커다란 나뭇잎 물잔으로 물을 마셨다. 두르크는 하품을 하며 눈을 비볐다. 그녀는 커다란 오크나무 그늘 아래 포대기를 펼치고 아이가 잠들 때까지 아이 곁에 누웠다.

조용한 여름날의 오후, 에일라는 나무에 등을 기대고 앉아 펄럭이며 날아다니다가 날개를 뒤로 접은 채 쉬고 있는 나비들과 끊임없이 움직이며 윙윙대는 곤충들을 바라봤다. 쾌활하게 지저귀는 새들의 합창에도 귀를 기울였다. 생각은 그날 아침에 있었던 의식으로 거슬러갔다. 우바가 보른이랑 행복하게 잘 살면 좋겠다. 보른이 우바에게 잘해주면 좋겠어. 우바가 떠나고 나니 정말 허전해. 아주 멀리 간 것도 아닌데, 예전 같지 않아. 이제는 자기 짝을 위해 음식을 만들고 격리기간이 끝나면 보른과 함께 자겠지. 우바가 어서 아기를 가지면 좋겠다. 아기가 생기면 무척 기뻐할 거야.

그런데 나는 어쩌면 좋을까? 나에 대해 물어봤던 씨족에게서는 지금껏 아무런 소식이 없으니. 어쩌면 우리 동굴을 찾지 못한 걸지도 몰라. 어쨌든 그 사람들이 그렇게까지 관심을 가진 건 아닌 것 같아. 차라리 잘됐어. 누군지도 모르는 남자와 짝이 되기는 싫어. 내가 아는 남자들 중 하나와 짝이 되는 것도 싫고. 물론 그들도 나를 원하지 않지만. 나는 키가 너무 크니까. 드루그의 키도 내 턱까지밖에 안 오고. 이자는 내 키가 언제까지 자랄지 궁금해했었지. 나조차 궁금해. 브라우드는 내 키를 못마땅해하고 있어. 자기보다 키 큰 여자가 있는 게 참을 수 없는 거야. 한데 씨족 모임에서 돌아온 이후로 그는 전혀 나를 귀찮게 하지 않았어. 그런데도 매번 나를 보는 그의 눈빛에 왜 이리 진저리가 쳐질까?

브룬은 이제 나이가 들었어. 얼마 전에 에브라가 브룬의 약을 받으러 왔었지. 근육이 쑤시고 뼈마디가 아프다고 했어. 조만간 브라우드에게 족장의 자리를 물려줄 것 같아. 알고 있던 일인걸. 그리고 구브가 목우르가 되겠지. 지금도 거의 그가 다 의식을 진행하고 있고. 크렙은 더 이상 목우르의 자리에 있고 싶어 하지 않는 것 같아. 내가 그때 목우르들의 비밀 의식을 보고 난 이후부터. 그날 밤에 내가 어쩌다 동굴로 들어간 걸까? 어떻게 거기까지 갔는지 기억조차 안 나는데. 씨족 모임에 아예 가지 않았더라면 좋았을걸. 내가 가지 않았다면 이자가 몇 년 더 살 수 있었을지도 몰라. 이자가 너무 보고 싶어. 게다가 씨족 모임에서 짝을 찾은 것도 아니잖아. 그래도 두르크는 짝을 찾았지만.

우라가 살 수 있도록 허락을 받았다니 이상한 일이야. 마치 두르크의 짝으로 운명 지어진 아이 같아. 다른 종족의 남자들이었다고 오다가 말했지. 그 남자들은 대체 누구일까? 이자는 내가 다른 종족에서 태어났다고 말했어. 그런데 왜 나는 기억이 안 날까? 내 진짜 어머니에게 무슨 일이 있었던 걸까? 어머니의 짝은? 나한테도 피붙이가 있었을까? 에일라는 명치끝에서 약한 메스꺼움을 느꼈지만 욕지기는 아니었고 불안감 같은 것이었다. 그러다가 이자의 유언이 문득 떠오르며 머리끝까지 소름이 돋았다. 에일라는 이자의 말을 마음속에서 떨쳐버리고 있었다. 이자의 죽음을 생각하는 것 자체가 너무 고통스러웠던 까닭이었다.

이자는 나보고 떠나라고 말했어! 내가 씨족 사람이 아니라고, 내 종족을 찾아서 그들 가운데서 내 짝을 찾으라고 했지. 이대로 머물면 브라우드가 나를 해치려 할 거라고. 어머니는 내 종족이 북쪽 반도 너머 본토에 산다고 했어. 하지만 어떻게 떠날 수 있겠어? 여기가 내가 사는 곳인데. 크렙을 떠날 수는 없어. 두르크도 내가 필요하고. 다른 종족 사람들을 찾지 못하면 어떡해? 그리고 찾는다 해도 그들이 나를 내칠지도 몰라. 누구도 못생긴 여자를 원하지 않을 테니까. 내가 다른 종족 사람을 찾는다고 해도 내가 짝을 찾을 수 있을지 어찌 알겠어?

하지만 크렙도 늙어가고 있어. 그가 저세상으로 가면 나는 어떻게 될까? 누가 나를 책임질까? 두르크와 둘이서만 살 수는 없으니, 어떤 남자든 나를 거두어야 할 거야. 하지만 누가? 브라우드! 그가 족장이 될 테고, 아무도 나를 원하지 않으면 그가 어쩔 수 없이 나를 거두겠지. 브라우드와 살아야만 한다면 어쩌지? 그도 나를 원하지 않을 테지만 그는 알 거야. 내가 그와 사는 것을 원치 않는다는 걸. 그러면 내가 싫어한다는 이유로 그는 기꺼이 나와 살려고 하겠지. 브라우드의 불터에서 사는 것은 생각만 해도 끔찍해. 차라리 다른 씨족의 모르는 남자와 사는 게 낫겠어. 하지만 다른 씨족도 나를 원하지 않는구나.

어쩌면 내가 떠나야 할 것 같아. 두르크를 데리고 함께 떠날 수 있겠지. 하지만 다른 종족을 찾지 못한다면? 그리고 내게 무슨 일이라도 생기면 어쩌지? 누가 그 아이를 돌봐주겠어? 두르크는 예전의 나처럼 완전히 혼자가 될 거야. 나는 운이 따라서 이자에게 발견되었지만, 두르크는 그렇게 운이 좋지 않을 수도 있어. 아이를 데려갈 수는 없겠다. 아이는 이곳에서 태어났고, 내가 낳았다고 해도 그 아이는 씨족 사람이야. 그리고 정해진 짝도 있고. 두르크를 데려가면 우라는 어떻게 되겠어? 오다는 우라가 두르크의 짝이 되도록 가르치고 있는데. 오다는 딸이 기형이고 못생겼어도 여기에 짝이 될 남자가 있다고 말해줄 텐데. 두르크에게도 우라가 필요할 거야. 남자가 되면 짝이 필요할 테니까. 두르크에게도 우라가 딱 어울리는 짝인데.

하지만 나 혼자 떠날 수는 없어. 두르크를 남겨두고 떠나느니 브라우드와 사는 게 낫겠어. 다른 방법이 없구나. 어쩔 수 없이 그 냥 남아서 브라우드와 살아야겠다. 에일라는 잠든 아이를 바라보 며 마음을 진정시키려고 애썼다. 착한 씨족 여자가 되어 자신의 운 명을 받아들이자고 자신을 달랬다. 파리 한 마리가 두르크의 콧잔 등에 앉았다. 그는 얼굴을 찡긋하더니 잠결에 코를 비비고서 다시 잠들었다.

어디로 가야 할지도 모르잖아. 북쪽? 그것만 가지고 뭘 알 수 있겠어? 이곳에서는 모든 게 다 북쪽에 있고, 남쪽에는 바다뿐인 데. 평생 헤매기만 하다가 아무도 못 찾을 수도 있어. 그리고 그들 이 브라우드만큼 성질이 고약한 사람일 수도 있고. 오다가 그랬잖 아. 다른 종족 남자들이 억지로 욕구를 풀면서 아이를 내려놓을 틈 도 주지 않았다고. 더 나쁜 사람들일지도 모르는데, 다른 종족을 찾느니 그냥 여기에서 내가 아는 브라우드와 사는 게 나을 거야.

늦었네, 그만 돌아가야겠다. 에일라는 아들을 깨웠다. 그녀는 동굴로 돌아가는 길에 다른 종족 사람들에 대한 생각을 떨쳐버리 려고 했지만 한 번 머릿속에 들어온 이상, 그 생각은 쉽게 잊히지 않았다.

"에일라, 지금 바빠?"

우바가 물었다. 얼굴에는 수줍으면서 기쁜 표정이 담겨 있었다. 에일라는 그 이유를 알 것 같았다. 그녀는 우바가 이야기할 때까지 기다렸다.

"아니, 별로 안 바빠. 그냥 무슨 맛이 나는지 궁금해서 박하랑 자주개나리를 섞어보고 있었어. 차 마실 물 좀 올려놓을게."

"두르크는 어디 갔어?"

에일라가 불을 헤집어 땔감을 더 넣고 요리에 쓰는 돌 몇 개를 불 속에 넣을 때, 우바가 물었다.

"그레브랑 밖에 나갔어. 요즘 둘이 항상 붙어 다니잖아."

에일라가 손짓했다.

"둘이 같은 젖을 먹고 자라서 그런가. 형제보다 더 가까워. 함께 태어난 아이들 같다니까."

"하지만 함께 태어난 아이들은 생긴 것도 똑같잖아. 둘은 전혀 닮지 않았고. 씨족 모임 때 함께 태어난 아이들을 데리고 온 그 여자 기억 나? 난 그 둘을 전혀 구분 못 하겠더라."

"둘이 함께 태어나는 게 불행할 때도 있다더라. 셋이 함께 태어나면 살 수가 없고. 어떤 여자가 한 번에 세 아기에게 젖을 먹일 수 있겠어? 가슴은 두 개뿐인데, 안 그래?"

우바가 물었다.

"주위에서 많이 도와줘야겠지. 하긴 둘만 되더라도 여자에게는 충분히 고된 일인데. 두르크가 먹을 만큼 오가의 젖이 충분해서 다행이야."

"나도 젖이 충분하면 좋겠다."

우바가 손짓했다.

"에일라, 나 아무래도 아기 가진 것 같아."

"그럴 것 같았어, 우바. 짝을 맺은 이후로 여인의 저주를 받지 않았지, 그렇지?"

"응. 보른의 토템이 오랫동안 벼르고 있었던 것 같아. 아주 강한 게 분명해."

"보른에게 말은 했고?"

"확실해질 때까지 기다리려고. 하지만 짐작하고 있어. 내가 격리되는 시간을 보내지 않으니까 눈치챘을 거야. 무척 좋아하고 있어."

우바가 자랑스러워하며 손짓했다.

"보른은 너한테 잘해주니, 우바? 행복해?"

"오, 그럼. 잘해줘, 에일라. 내가 아기를 가진 걸 알았을 때, 오래전부터 나랑 짝이 되기를 기다려왔다고 말하더라. 또 오래 시간을 끌지 않고 바로 아기를 가져서 기쁘대."

"정말 잘된 일이야, 우바."

에일라가 말했다.

그녀는 자신을 제외하면 보른이 짝을 맺을 만한 여자가 없었다는 말은 덧붙이지 않았다. 하지만 보른이 나를 원했을 리가 없지. 우바처럼 매력적인 여자가 있는데 키 크고 못생긴 여자를 생각해봤을 리가 없지. 내가 무슨 생각을 하는 거야? 나도 브룬과 짝을 맺고 싶었던 적은 한 번도 없었어. 크렙이 떠나고 나면 내가 어떻게 될지 계속 신경이 쓰이는 모양이야. 크렙이 오래 살도록 더 잘 보살펴드려야겠다. 하지만 그는 더 이상 살고 싶지 않은가봐. 동굴 밖으로 나오는 일도 거의 드물고. 운동을 하지 않으면 동굴 밖을 나설 수도 없을 텐데.

"무슨 생각해, 에일라? 요즘엔 말수가 많이 줄었어."

"크렙에 대해 생각하던 중이야. 걱정이 되어서."

"나이 들어서 그렇지. 어머니보다 나이가 훨씬 많잖아. 어머니는 벌써 떠났고. 지금도 어머니가 보고 싶어, 에일라. 크렙마저 저세상으로 가면 견딜 수 없을 것 같아."

"나도 그래, 우바."

에일라도 격해지는 감정을 느끼며 손짓했다.

에일라는 한시도 가만히 있지 못했다. 사냥을 자주 나갔고 사냥을 하지 않을 때도 지칠 줄 모르고 몸을 움직였다. 뭐라도 하지 않으면 참을 수가 없었다. 그녀는 약초들을 분류해 정리하고 오래되거나 다 사용한 약초를 채우기 위해 숲과 들판을 헤매고 다녔다. 그 일이 끝나자 불터 전체를 정리하기 시작했다. 새 바구니와 깔개를 짜고, 나무 그릇과 접시를 만들고, 뻣뻣한 가죽이나 자작나무 껍질로 용기들을 만들고, 새 두르개를 짓고, 다가올 겨울을 준비하며 털가죽을 다듬고 손질해서 발싸개, 다리싸개, 손싸개, 머리싸개를 만들었다. 또한 물이 스미지 않는 동물의 방광과 위를 잘 씻어서 물과 그 밖의 액체를 담는 부대로 만들고, 가죽끈과 힘줄로 단단하게 엮어서 가죽 부대를 불 위에 올릴 때 매달아놓는 틀을 새로 짜기도 했다. 그뿐만이 아니었다. 평평한 돌의 가운데를 파서 기름을 넣고 사용하는 등잔을 만들고, 심지로 쓸 이끼를 말렸으며, 돌을 쪼개 칼과 긁개, 톱, 송곳, 도끼를 만들고, 숟가락과 국자, 작은 접시로 쓸 조개껍질을 찾아 해변을 누볐다. 자신의 차례가 되면 사냥꾼들을 따라가 고기를 말렸고, 여자들과 함께 열매와 씨앗, 견과류, 푸성귀를 모았으며, 곡물을 키질해 볶아서 크렙과 두르크가 씹기 좋도록 아주 곱게 갈았다. 하지만 그렇게 일을 하고 나서도 성이 차지 않았다.

크렙은 그녀가 엄청난 관심을 쏟는 대상이 되었다. 에일라는 크렙에게 필요한 것을 세심하게 살피면서 그 어느 때보다 정성을 다해 보살폈다. 그의 식욕을 돋우기 위해 특별한 음식을 만들고, 약초로 탕약과 찜질약을 만들었으며, 햇볕을 쬐도록 하거나 그를 구슬려서 운동 삼아 오래 산책을 하도록 했다. 그는 에일라가 곁에서 관심을 쏟아주는 것에 기뻐하는 것처럼 보였고 어느 정도는 기운을 차린 듯했다. 하지만 뭔가가 부족했다. 특별한 친밀감이나 따뜻한 편안함, 오래전 함께 산책하며 끝없이 이어지던 대화는 사라지고 없었다. 그들은 주로 말없이 걸었다. 어색한 분위기 속에서 이야기를 나누고, 마음에서 우러나는 애정을 표현하지도 않았다.

크렙만 나이 든 것이 아니었다. 에일라는 최근 브룬의 모습에 큰 충격을 받은 적이 있었다. 산등성이에 서서 사냥을 떠나는 사냥꾼들이 저 아래 초원에서 작은 점으로 보일 때까지 지켜보던 브룬을 보고서 그가 얼마나 많이 변했는지 돌연 깨달은 것이다. 그의 수염은 희끗희끗한 것이 아니라 완전히 희어져서 백발과 잘 어울렸다. 얼굴에는 깊은 주름이 몇 가닥 생겼고, 눈가에도 칼로 그은 듯한 잔잔한 주름이 가득했다. 아직 힘이 남아 있긴 했지만, 근육질의 단단했던 몸은 더 이상 탄탄하게 느껴지지 않았고, 피부도 축 늘어져 보였다. 사냥꾼들의 뒷모습을 지켜본 뒤 동굴로 천천히 돌아온 브룬은 하루 종일 자신의 불터에서 시간을 보냈다. 다음번 사냥에는 그도 따라나섰지만, 그다음 사냥에는 뒤에 남았다. 그때는 그의 충실한 부족장인 그로드도 함께였다.

여름이 끝나가던 어느 날, 두르크가 동굴로 달려왔다.

"엄마! 엄마! 남자요! 어떤 남자가 오고 있어요!"

에일라가 동굴 입구로 달려갔다. 다른 사람들도 모두 뛰쳐나와 해안에서 이어지는 오솔길로 올라오는 낯선 남자를 지켜봤다.

"에일라, 언니를 보러 오는 게 아닐까?"

우바가 흥분된 손짓으로 물었다.

"그거야 나도 모르지. 나라고 알 턱이 있니, 우바."

에일라는 여러 감정들이 교차하며 신경이 날카로워졌다. 그녀는 씨족을 찾아온 사람이 주그의 친족이 있는 씨족 사람이기를 바라면서도, 또 정말 주그의 친족이 찾아온 것이면 어쩌나 걱정스러운 마음이 들었다. 그는 멈춰 서서 브룬에게 말을 건넨 뒤, 족장과 함께 불터로 걸어들어 갔다. 얼마 지나지 않아 에일라의 눈에 불터에서 나와 자신에게 걸어오는 에브라가 들어왔다.

"브룬이 너를 찾는다, 에일라."

그녀가 손짓했다.

에일라의 심장이 거세게 뛰었다. 무릎에 힘이 빠져 흐느적거리는 것만 같아 브룬의 불터까지 제대로 걸어갈 수 있을지 자신이 없었다. 다행히도 브룬의 불터까지 무사히 도착해 그의 발밑에 무너지듯 앉았다. 그가 에일라의 어깨를 두드렸다.

"여기 이 남자는 본드라고 한다, 에일라."

족장이 손님을 가리키며 말했다.

"너를 만나기 위해 먼 곳을 여행했다. 노르그의 씨족이 사는 곳에서부터 여기까지 말이다. 이 사람의 어머니가 많이 아픈데, 그 씨족의 주술 치료사는 도움을 주지 못했다고 한다. 그런데 그 씨족의 치료사는 네가 도움이 될 만한 치료술을 알고 있을 거라 생각했다는구나."

에일라는 씨족 모임에서 뛰어난 솜씨와 지식을 갖춘 주술 치료사로서 명성을 쌓았다. 다른 씨족 사람이 그녀를 찾아온 것은 짝으로 삼기 위해서가 아니라 치료술과 관련해 도움을 받기 위해서였다. 에일라는 실망하기보다 안도했다. 본드는 며칠을 묵으면서 그의 씨족에 관한 새로운 소식을 전해주었다. 동굴곰에게 상처를 입었던 젊은 남자는 그 해 겨울을 그들과 함께 났다. 그는 다음해 초봄에 자신의 두발로 걸어 떠났는데, 다리를 저는 게 거의 표가 안 날 정도로 회복되었다. 그의 짝은 건강한 아들을 낳았고, 아들의 이름을 크렙으로 지었다. 에일라는 남자에게 여러 가지 질문을 한 뒤 본드가 가져갈 약초 꾸러미를 준비했다. 그리고 그 씨족의 치료사에게 전할 약초를 사용하는 방법에 대해서도 일러주었다. 그녀는 자신의 치료법이 효과가 있을지 장담하지 못했지만 그렇게 먼 길을 온 상대에게 할 수 있는 노력을 다했다.

본드가 떠난 후 브룬은 에일라에 대해 생각했다. 그는 다른 씨족에서 그녀를 받아들일지도 모른다는 희망이 남아 있는 동안에는 그녀에 관한 결정을 미루고 있었다. 그러나 노르그의 씨족이 사는 곳에서 이곳까지 사람이 찾아왔다면 다른 씨족 사람들도 마음만 먹으면 진작 찾아왔을 거라는 생각이 스쳤다. 오랜 시간이 흐른 이상, 더는 어떤 희망도 계속 품고 있을 수 없었다. 그녀의 거취 문제를 두고 어떤 결정이든 내려야 할 때였다.

하지만 곧 브라우드가 족장이 될 것이었고, 그녀를 거두어야 하는 사람도 바로 그였다. 브라우드 스스로 그런 결정을 내리는 것이 가장 최선이겠으나 적어도 목우르가 살아 있는 이상, 서두를 필요는 없었다. 브룬은 결국 그 문제를 짝이 낳은 아들에게 넘기기로 결정했다. 그는 브라우드가 그녀에 관한 악의적인 감정을 극복했다고 생각했다. 그는 더 이상 그녀를 못살게 굴지 않았다. 어쩌면 마침내 준비가 된 것일 수 있었다. 하지만 의혹의 불씨는 여전히 남아 있었다.

여름은 색색으로 물든 가을에 접어들었고, 얼마 후 씨족 사람들은 추운 겨울의 한가로운 일상에 젖어들었다. 우바의 임신은 6개월 무렵까지는 순조롭게 잘 진행되었다. 그러다가 얼마 후 태동이 멈췄다. 우바는 점점 심해지는 등의 통증과 한 번씩 배가 뭉치는 불편한 느낌을 애써 무시하려고 했지만 하혈이 시작되자 서둘러 에일라를 찾아왔다.

"마지막으로 태동을 느낀 후 얼마쯤 지난 거야, 우바?"

에일라가 걱정스러운 표정으로 물었다.

"며칠 안 되었어, 에일라. 어쩌면 좋지? 짝을 맺고 나서 곧바로 아기가 생겨서 보른이 그토록 좋아했는데. 이대로 아기를 잃고 싶지 않아. 뭐가 잘못됐을까? 이제 출산일이 얼마 안 남았는데. 곧 봄이 올 거잖아."

"모르겠어, 우바. 넘어진 적 있어? 아니면 무거운 것을 들려고 힘을 쓴 적은?"

"그런 적 없는 것 같아, 에일라."

"불터로 돌아가서 자리에 누워 있어, 우바. 검은 자작나무를 끓여서 차로 만들어 갈게. 가을이면 좋으련만. 그러면 이자가 나한테 가져다준 방울뱀풀의 뿌리를 구할 수 있을 텐데. 하지만 눈이 너무 깊게 쌓여서 지금은 멀리 나갈 수가 없어. 다른 방법을 생각해봐야겠어. 너도 생각해봐, 우바. 너는 이자가 알고 있던 걸 거의 다 알잖아."

"나도 계속 생각 중이야, 에일라. 하지만 이미 태동을 멈춘 아이가 다시 발을 차도록 하는 법은 생각나지 않아."

에일라는 아무런 대답도 할 수 없었다. 그녀는 우바와 마찬가지로 아무런 가망도 없다는 것을 알고 있었다. 그저 젊은 산모의 고통을 함께 나눌 뿐이었다.

그 후로 며칠 동안, 우바는 잠자리에 누워 가망이 없다는 것을 알면서도 무언가 도움이 될 만한 게 있지 않을까 일말의 희망에 기대고 있었다. 등의 통증은 참을 수 없을 정도가 되었다. 통증을 멈추게 하는 방법은 약초를 써서 편치 않은 잠 속으로 빠져들게 하는 것뿐이었다. 하지만 배가 뭉치는 증상은 자궁의 수축으로 이어지지 않았고, 진통도 시작될 기미가 없었다.

오브라는 우바에게 힘을 북돋아주기 위해 보른의 불터에서 거의 살다시피 했다. 그녀 역시 여러 번 같은 시련을 겪었던 터라 누구보다도 우바의 고통과 슬픔을 잘 이해했다. 구브의 짝은 막달이 될 때까지 임신을 유지해 아기를 낳아본 적이 없었다. 그녀는 아기를 낳지 못한 채, 해가 갈수록 말수가 줄어들고 성격도 내성적으로 변했다. 에일라는 구브가 그녀에게 잘해줘서 다행이라고 생각했다. 다른 남자들 같았으면 그녀를 내쫓거나 다른 여자를 두 번째 짝으로 삼았을 것이었다. 하지만 구브는 제 짝에게 깊은 애정을 느끼고 있었다. 그는 다른 여자를 들여 아기를 낳게 해서 오브라에게 더 큰 상처를 주고 싶지 않았다. 에일라는 이자가 알려준 비법으로 약을 만들어 오브라에게 주기 시작했다. 오브라의 토템이 굴복하지 못하도록 돕는 약이었다. 아기를 낳지 못하면서 거듭 임신을 하는 것은 여자에게 너무 가혹한 일이었다. 에일라는 그 약을 쓰는 이유에 대해 오브라에게 말하지 않았지만 얼마 후 오브라는 더 이상 수태하지 않았고, 그녀는 그게 무슨 약인지 짐작할 수 있었다. 그녀는 차라리 아기를 갖지 않는 편이 좋았다.

늦겨울의 어느 춥고 음울한 아침, 에일라는 이자의 딸을 살펴보더니 결정을 내렸다.

"우바."

그녀가 나직하게 불렀다. 젊은 여인이 눈을 떴다. 눈가에 검은 그림자가 짙게 드리워져 눈썹 뼈 아래의 눈이 훨씬 더 퀭해 보였다.

"맥각을 써서 수축이 시작되도록 해야겠어. 아기를 구할 방법은 없어, 우바. 아기를 꺼내지 않으면 네가 죽게 될 거야. 너는 아직 젊으니까 얼마든지 또 아기를 가질 수 있어."

에일라가 손짓했다.

우바는 에일라를 보더니, 다음에는 오브라를, 그리고 다시 에일라를 바라봤다.

"알았어."

그녀가 고개를 끄덕였다.

"언니 말이 맞아. 더 이상 가망이 없어. 내 아기는 죽었어."

우바의 해산은 힘겨웠다. 수축이 일어나게 하는 것부터 어려웠고, 행여나 수축이 멈출까봐 강한 진통제를 쓰는 것도 망설여졌다. 씨족의 다른 여자들도 마음으로 힘을 보태주기 위해 한 번씩 다녀갔지만 누구도 오래 머물고 싶어 하지 않았다. 그들 모두 우바의 고통과 수고가 헛된 일이 될 것임을 알았다. 오브라만이 에일라를 돕기 위해 곁에 머물렀다.

죽은 태아가 나왔을 때, 에일라는 재빨리 태반과 함께 그것을 가죽 천으로 덮어 쌌다.

"사내아이였어."

그녀가 우바에게 말했다.

"봐도 될까?"

기진맥진해진 우바가 물었다.

"안 보는 게 좋을 것 같아, 우바. 네 마음만 더 아플 뿐이야. 너는 쉬고, 내가 대신 처리하도록 할게. 너는 일어날 수도 없을 만큼 기운이 없잖아."

에일라는 브룬에게 우바가 너무 약해진 상태여서 자신이 아기를 처리하겠다고 고했다. 하지만 그 이상은 말을 아꼈다. 우바가 낳은 아기는 사내아이 하나가 아니었다. 몸이 붙은 채로 태어난 두 명의 사내아이였다. 오브라만이 그 비참하고 소름이 돋는 태아를 보았다. 그것은 너무도 큰 머리에 원래보다 많은 팔과 다리가 붙어 있어 인간이라고 말하기 어려운, 기괴한 모습을 하고 있었다. 오브라는 배 속에 있는 것들을 토해내지 않으려고 갖은 애를 썼고, 에일라 역시 올라오는 구역질을 간신히 참았다.

그것은 두르크처럼 에일라와 씨족 사람의 특징이 섞여서 변형된 모습이 아니었다. 그 자체로 심각한 기형이었다. 에일라는 그토록 끔찍하게 생긴 기형아가 달을 채우고 산 채로 태어날 만큼 오래 살지 못해서 다행이라고 여겼다. 또한 씨족 사람들에게는 우바를 위해서 그녀가 정상적인 아기를 유산했다고 믿게 하는 편이 나았다.

에일라는 외출용 덮개를 두르고 깊은 눈을 헤쳐 동굴에서 멀리 떨어진 곳까지 걸어갔다. 그녀는 싸매놓은 가죽 천을 풀어서 그 안의 내용물을 드러냈다. 돌아가려고 몸을 돌리기도 전에 눈 한편으로 살그머니 움직이는 형체가 보였다. 피 냄새가 벌써 그것을 먹어 치울 짐승을 불러낸 것이다.

28

"오늘 밤에는 우바랑 잘래, 두르크?"

에일라가 물었다.

"싫어요!"

아이는 고개를 단호하게 흔들었다.

"두르크는 엄마랑 잘래."

"그래, 에일라. 나랑 잘 것 같지 않아. 하루 종일 나랑 있었는데
뭐."

우바가 말했다.

"그런데 두르크가 언니를 부르는 그 이름은 뭐야, 에일라?"

"그냥 내게만 쓰는 이름이야."

에일라가 고개를 돌리며 대답했다. 에일라는 씨족과 처음 함께
살면서부터 불필요한 단어나 소리에 대한 씨족의 금기를 머릿속에
깊이 새기고 있어서 아들과 함께 하는 말놀이가 마음에 걸렸다. 우
바는 에일라가 뭔가 숨기는 기색을 눈치챘지만 깊이 캐묻지는 않
았다.

"가끔 두르크랑 단둘이 나가면 소리를 내기도 해."

에일라가 사실대로 말했다.

"나를 부를 때 저 소리를 내기로 했고. 그 아이는 그것 말고도 여러 소리를 낼 수 있어."

"언니도 소리를 내잖아. 어머니가 그러는데, 언니가 어렸을 때, 특히 말을 배우기 전에는 온갖 소리를 다 냈다면서."

우바가 손짓했다.

"난 아직도 기억나. 내가 아기였을 때 언니가 나를 안아서 흔들어주며 내던 그 소리를 정말 좋아했어."

"어렸을 때 그랬던 것 같아. 사실 기억은 잘 안 나."

에일라가 손짓했다.

"두르크와 나는 그냥 놀이처럼 하는 거야."

"난 그게 나쁘다고 생각하지 않아."

우바가 말했다.

"두르크가 말을 못 하는 것도 아닌데 뭐. 뿌리가 이렇게 다 썩지 않았으면 좋았을 텐데."

우바가 커다란 뿌리를 버리며 덧붙였다.

"말린 고기에 말린 생선, 반은 문드러진 푸성귀밖에 없으니 내일은 잔치랄 것도 없겠어. 브룬이 조금만 더 뒤로 미뤘어도 푸성귀와 새순을 구할 수 있었을 텐데."

"브룬의 결정만은 아니야."

에일라가 말했다.

"크렙 말로는, 봄이 시작되고 나서 첫 보름달이 뜰 때가 가장 좋대."

"크렙은 봄이 시작되는 걸 어떻게 아는 거야?"

우바가 물었다.

"비가 오는 날이라고 해도 난 그날이 다 그날 같은데."

"해넘이와 관련 있는 것 같아. 며칠 동안 해 지는 것을 지켜보고 계셔. 비가 내리는 날에도 해가 어디로 지는지 볼 수 있을 때도 있잖아. 달을 볼 수 있을 만큼 맑았던 밤도 많았고. 크렙은 알고 있겠지."

"크렙이 구브에게 목우르 자리를 넘겨주지 않으면 좋으련만."

우바가 말했다.

"나도 그런 생각이 들어."

에일라가 손짓했다.

"요즘에는 아무 일도 안 하고 그냥 우두커니 앉아 계실 때가 많아. 의식을 치르지도 않는다면 앞으로 혼자서 뭘 하실까? 언젠가 이런 날이 올 줄은 알았지만. 이번 잔치는 별로 흥겹지 않을 거야."

"이상할 거 같아. 나는 브룬이 족장이고, 크렙이 목우르인 것에 익숙한데. 하지만 보른은 이제 젊은 사람들이 씨족을 이끌 때가 왔다고 하더라. 브라우드가 너무 오래 기다렸다면서."

"보른의 말이 맞는 것 같아."

에일라가 손짓했다.

"보른은 늘 브라우드를 숭배하다시피 했잖아."

"보른은 내게 잘해줘, 에일라. 내가 유산했을 때도 화를 내지

않았어. 목우르에게 자신의 토템이 강해져 다시 새 생명이 시작되
는 주문을 걸어달라고 부탁하겠다는 말만 했어. 그 사람은 언니도
좋아하는 게 분명해. 우리가 두르크를 데리고 자도록 언니에게 부
탁해보라고 했을 정도야. 그 사람도 내가 그 사람 곁에 있는 걸 좋
아하는 줄 아는 것 같아."

우바가 속에 있던 생각을 털어놓았다.

"요즘에는 브라우드도 언니에게 심하게 대하지 않고."

"맞아, 요즘엔 별로 괴롭히지 않았어."

에일라가 손짓했다. 하지만 그가 자신을 볼 때마다 느껴지는 오
싹한 기분을 어떻게 설명해야 할지 알 수 없었다. 등 뒤에서 자신
을 노려보는 브라우드의 눈길에 목덜미 털이 곤두선 적도 있었다.

크렙은 그날 저녁 구브와 함께 정령들의 터에서 오래 머물렀다.
에일라는 두르크와 자신이 먹을 가벼운 음식을 만들고, 크렙이 돌
아왔을 때 먹을 수 있도록 일부를 떼어놓았다. 하지만 그가 식사를
할 것 같지는 않았다. 다음 날 아침, 잠에서 깬 그녀에게 불안한 기
분이 엄습해왔다. 그 불안감은 날이 저물수록 커져갔다. 동굴 벽이
마치 자신에게 다가오는 것 같고, 입은 바짝 타들어가는 것 같았
다. 억지로 음식을 몇 입 삼키고 난 에일라는 갑자기 벌떡 일어나
더니 동굴 입구로 달려가 잿빛 하늘과 굵은 빗줄기를 응시했다. 작
은 분화구 모양을 만들며 떨어지는 비는 진창이 된 땅을 흠뻑 적시
고 있었다. 그녀가 돌아왔을 때 두르크는 잠자리로 기어 들어가 이
미 잠들어 있었다. 아이는 그녀가 곁에 눕는 것을 알아차리자마자
품으로 파고들며 잠결에 무슨 손짓을 하고는 "엄마"라는 말을 덧

붙였다.

에일라는 아이를 팔로 꼭 감싸 안고서 작게 뛰는 아이의 심장을 느꼈다. 하지만 좀처럼 잠이 찾아오지 않았다. 그녀는 꺼져가는 희미한 불빛에 비친 거친 암벽의 어두운 윤곽을 바라보았다. 마침내 크렙이 돌아왔을 때도 그녀는 깨어 있었지만 발을 끄는 소리를 들으며 가만히 누워 있었다. 그가 잠자리에 들고 나서야 그녀도 잠이 들었다.

갑자기 그녀가 비명을 지르며 깨어났다.

"에일라! 에일라!"

에일라가 정신이 들도록 크렙이 그녀를 흔들며 외쳤다.

"무슨 일이냐, 아이야?"

걱정스런 눈빛으로 그가 손짓했다.

"오, 크렙."

그녀가 흐느끼며 두 팔로 그의 목을 감쌌다.

"꿈을 꿨어요. 오랫동안 꾸지 않았던 그 꿈을요."

크렙이 팔을 둘러 끌어안자 에일라가 몸을 떨고 있는 게 느껴졌다.

"엄마, 왜 그래?"

두르크가 일어나 앉아 겁에 질린 얼굴로 눈을 동그랗게 뜨고 손짓했다. 아이는 엄마의 비명을 들어본 적이 없었다. 에일라가 아이를 안았다.

"무슨 꿈이냐, 에일라? 동굴사자 꿈이냐?"

크렙이 물었다.

"아니요, 다른 꿈이오. 정확히 기억나지는 않아요."

그녀의 몸이 다시 떨리기 시작했다.

"크렙, 내가 이제 와서 왜 그런 꿈을 다시 꾸게 됐을까요? 더는 악몽을 꾸지 않을 거라 생각했는데."

크렙이 그녀를 진정시키기 위해 팔로 감쌌다. 에일라도 그를 꼭 안았다. 두 사람 모두 서로 안아주는 것이 얼마나 오랜만인지 불현듯 깨달았다. 그들은 두르크를 가운데 두고 끌어안았다.

"오, 크렙, 내가 얼마나 크렙을 안아주고 싶었는지 모를 거예요. 나는 크렙이 나를 좋아하지 않을 거라 생각했어요. 내가 어려서 버릇없이 굴었던 때처럼 크렙이 나를 밀쳐낼까 두려웠어요. 크렙에게 하고 싶었던 말도 있었어요. 사랑해요, 크렙."

"에일라, 그때 내가 너를 밀쳐낸 것은, 마음에도 없이 억지로 그랬던 거였어. 내가 뭐라도 하지 않으면 브룬이 나섰을 테니까. 너에게 진짜로 화가 났던 적은 없었다. 너를 아주 많이 사랑했어. 지금도 그렇고. 네 젖이 마른 게 내 잘못이라서 나를 원망할 거라 생각했지."

"그건 크렙 잘못이 아니에요. 내 잘못이었죠. 난 크렙을 탓한 적이 없는걸요."

"나는 자책했다. 아기가 계속해서 젖을 먹지 않으면 젖이 마른다는 것을 미리 알았어야 했는데. 한데 너는 슬픔에 빠져 혼자 있고 싶어 하는 것 같았지."

"크렙이 그런 걸 어떻게 알 수 있겠어요? 아기에 대해서는 어떤 남자도 잘 모르는걸요. 남자들은 아기가 배부르고 기분 좋을 때는 안아주고 놀아주는 것을 좋아하다가도 아기가 떼를 쓰면 금방 여자에게 넘겨버리잖아요. 그리고 이제 두르크에게도 크게 문제될 게 없어요. 어차피 곧 젖을 떼는 시기였으니까요. 그리고 오래전에 젖을 뗐어도 이렇게 크고 건강하잖아요."

"하지만 네가 아팠잖니, 에일라."

"엄마, 아파?"

두르크가 여전히 엄마의 비명 소리가 걱정이 되는 듯 끼어들었다.

"아니야, 두르크. 엄마 안 아파. 이젠 괜찮아."

"그 아이가 너를 부르는 말은 어디서 배운 것이냐, 에일라?"

그녀가 얼굴을 살짝 붉혔다.

"두르크와 같이 소리 내는 놀이를 가끔 해요. 그냥 아이가 그 소리로 나를 부르겠대요."

크랩이 고개를 끄덕였다.

"저 아이는 모든 여자를 다 어머니라고 부르니, 너를 부를 만한 말이 따로 필요할 거라 짐작은 했다. 아이에게는 그 말이 어머니라는 뜻 같구나."

"저도 그런 것 같아요."

"네가 처음 왔을 때 넌 참 여러 소리를 냈지. 내 생각에 너희 종족 사람들은 틀림없이 소리를 내서 말하는 것 같구나."

"내 종족 사람은 동굴곰족 사람들이에요. 저는 씨족의 여자예요."

"아니다, 에일라."

크렙이 천천히 손짓했다.

"너는 씨족 사람이 아니다. 너는 다른 종족의 여자다."

"이자가 죽던 날 밤에도 똑같은 말을 했어요. 이자도 나보고 씨족 사람이 아니라고 했어요. 내가 다른 종족의 여자래요."

크렙이 놀란 표정을 지었다.

"이자도 알 거라고는 생각 못 했구나. 이자는 지혜로운 여자다, 에일라. 나는 네가 우리 주술사들을 따라 동굴로 들어왔던 그날 밤에야 비로소 깨달았지."

"동굴에 들어갈 생각은 없었어요, 크렙. 나는 내가 어떻게 거기까지 갔는지도 모르겠어요. 무엇 때문에 크렙의 마음을 그토록 아프게 했는지는 모르겠지만 내가 동굴에 들어가서 나를 더 이상 사랑하지 않는다고 생각했어요."

"아니야, 에일라. 너를 사랑하지 않은 적이 없다. 지나칠 만큼 사랑했지."

"두르크 배고프다."

아이가 끼어들었다. 아이는 여전히 마음이 놓이지 않은 데다 자기만 빼고 둘 사이에 오가는 열띤 대화에 샘이 났다.

"배고파? 먹을 게 있나 보자."

크렙은 에일라가 일어나서 불가 쪽으로 가는 것을 지켜봤다. 저아이가 어째서 우리와 함께 살게 된 것일까? 크렙은 속으로 궁금해했다. 저 아이는 다른 종족에서 태어났고 동굴사자가 늘 아이를 보호해줬어. 동굴사자가 아이를 여기로 보낸 것일까? 왜 그들에게 돌려보내지 않았을까? 그리고 어째서 스스로 굴복해서 에일라가 아기를 낳게 하고 또 나중에는 젖이 마르도록 했을까? 모두들 두르크가 불행한 아이라서 그렇다고 생각하고 있어. 하지만 저 아이를 좀 보라고. 두르크는 건강하고 행복해. 모두가 다 저 애를 사랑하지. 어쩌면 도르브 말이 맞는지도 모르겠어. 남자들이 지닌 토템의 정령들이 저 아이의 동굴사자 정령과 섞인 것 같다고 했었지. 그리고 에일라 말이 맞아. 두르크는 기형이 아니라, 섞인 아이야. 에일라처럼 소리를 낼 수도 있으니. 저 아이의 반은 에일라고 반은 씨족인 거야.

순간, 크렙은 얼굴에서 핏기가 가시고 온몸에 소름이 돋았다. 반은 에일라, 반은 씨족! 그래서 저 아이를 우리에게 보낸 걸까? 두르크 때문에? 아들을 낳으려고? 우리 씨족은 멸절될 운명이야. 더 이상 우리 씨족은 남아 있지 않겠지. 오직 저 아이의 종족만이 살아남을 거야. 나는 이제 알겠어. 하지만 두르크는 어떨까? 두르크는 반은 다른 종족 사람이니 계속 살아가게 될 거야. 하지만 아이는 씨족 사람이기도 하지. 그리고 우라, 그 아이도 두르크처럼 생겼어. 그 여자아이도 다른 종족과의 사건이 있은 후 얼마 안 되어 태어났지. 그들의 토템은 그렇게 짧은 시간에 여자의 토템을 이길 만큼 강한 것일까? 그럴 수도 있겠지. 그들 종족의 여자가 동굴사자 토템을 가질 정도라면 남자들의 토템도 강할 수밖에 없을 거야. 그렇다면 우라도 섞인 아이일까? 그리고 두르크와 우라 같은 아이가 있다면, 그런 아이들이 틀림없이 더 있을 거야. 정령이 섞인 아이들. 계속해서 살아갈 아이들. 우리 씨족을 계속해서 이어갈 아이들. 많지는 않겠지만 그 정도면 충분하겠지.

어쩌면 에일라가 신성한 의식을 목격하기 전부터 우리 씨족은 이미 멸망할 운명이었는지 몰라. 에일라는 그저 나를 그곳으로 이끌어 보여준 것일 뿐. 우리는 더 이상 존재하지 않겠지만 두르크와 우라 같은 아이들이 있는 한, 우리는 완전히 멸절되는 게 아니야. 두르크는 기억을 간직하고 있을까? 저 아이가 의식에 참여할 수 있을 정도로 조금만 더 나이가 들었다면 좋았을 텐데. 아니야, 그건 중요치 않아. 두르크에게는 기억 그 이상의 것이 있어. 아이에게는 씨족의 피가 흐르고 있어. 에일라, 내 아이, 내 마음의 아이, 너는 행운을 가지고 와서 우리에게 그 행운을 나누어주었구나. 이제야 왜 네가 우리에게 왔는지 알겠어. 우리에게 죽음을 가지고 온 게 아니라 우리에게 생명을 이어갈 기회를 주기 위해 왔던 거야. 전과 완전히 같을 수는 없겠지만 그래도 정말 특별한 일이야.

에일라가 아들에게 차가운 고기 한 점을 가져다주었다. 크렙은 깊은 생각에 잠겨 있었지만, 에일라가 자리에 앉자 시선을 들어 그녀를 바라봤다.

"있잖아요, 크렙."

그녀가 조심스레 말했다.

"가끔은 두르크가 나만의 아들이 아닌 것 같다는 생각이 들어요. 젖이 마르고 나서부터 아이는 이 불터 저 불터를 다니며 젖을 먹는 데 익숙해졌어요. 그래서 아무 불터에나 가서 음식을 먹어요. 모두가 그 아이에게 먹을 것을 주잖아요. 그 아이를 보면 꼭 동굴 곰 새끼가 생각나요. 마치 저 아이가 씨족 사람들 모두의 아들 같아요."

에일라는 크렙의 물기 어린 짙은 눈에서 커다란 슬픔이 북받쳐 오르는 것을 느꼈다.

"두르크는 우리 씨족 모두의 아들이란다, 에일라. 저 아이는 우리 씨족의 유일한 아들이다."

동트기 전의 여명이 동굴 입구를 비추며 삼각형 모양의 입구를 빛으로 채웠다. 에일라는 잠이 깬 채 누워 희미한 빛에 의지해 곁에서 자고 있는 아이를 물끄러미 보고 있었다. 크렙이 그의 잠자리에서 털가죽을 덮고 누워 있는 게 보였다. 고른 숨소리를 보아 그도 잠이 들어 있는 게 분명했다. 마침내 크렙과 이야기를 나누게 되어 기뻐. 그녀는 무거운 짐을 어깨에서 내려놓은 듯 홀가분한 기분을 느끼며 생각했다. 하지만 아침부터 밤까지 하루 종일 그녀의 명치끝을 누르는 메스꺼운 느낌은 심해졌다. 마른 덩어리 하나가 목을 꽉 막고 있는 듯했다. 그대로 동굴 안에 있다가는 숨이 막힐 것 같았다. 그녀는 조용히 잠자리에서 빠져나와 서둘러 두르개와 발싸개를 걸치고 살금살금 입구를 향해 걸었다.

동굴 입구를 나서자마자 그녀는 깊게 숨을 들이쉬었다. 이제야 마음이 놓인 에일라는 차가운 비가 가죽 두르개 속으로 스며드는 것도 개의치 않았다. 그녀는 동굴 앞 진창을 힘겹게 걸어 개울로 향했다. 갑작스럽게 한기가 찾아와 몸이 떨렸다. 여러 모닥불에서 걸러낸 검댕으로 거무스름해진 잔설이 녹아 흙탕물이 되더니, 이내 비탈을 내려가서는 폭우로 불어난 얼어붙었던 냇물에 합류했다.

바닥이 미끄러운 발싸개를 신은 탓에 그녀는 적갈색 진흙 바닥을 디뎠다가 넘어지면서 그대로 개울 부근까지 주욱 미끄러져 내려갔다. 두꺼운 밧줄처럼 머리에 착 달라붙은 머리카락에서 물줄기가 떨어지며 두르개에 붙은 진흙 사이로 흘러내렸지만, 얼마 후 진흙은 빗물에 씻겨 내렸다. 그녀는 한참동안 개울둑에 서서 흐르는 물을 바라보고 있었다. 물줄기들이 길을 가로막은 얼음 덩어리에서 벗어나려 애쓰며 그 주위를 소용돌이치고 있었고, 마침내 자유롭게 풀린 시커먼 물은 얼음 덩어리들을 눈에 보이지 않는 목적지로 휩쓸고 가버렸다.

흐린 하늘이 산마루의 동쪽부터 희미하게 밝아오고 있었다. 에일라는 힘겹게 미끄러운 비탈길을 올랐다. 추위에 이가 딱딱 맞부딪쳤다. 그녀는 동굴 입구를 가로막은 보이지 않는 장벽을 억지로 뚫고 들어가야 했다. 동굴에 들어선 순간, 다시 불길한 예감 같은 것이 느껴졌다.

"에일라, 흠뻑 젖었구나. 이 빗속에 밖에는 뭐 하러 나갔느냐?"

크렙이 손짓했다. 그는 나무토막 하나를 집어 들어 불 속에 넣었다.

"젖은 두르개를 갈아입고 불 옆으로 와라. 그러다 감기 걸리겠다."

에일라는 두르개를 갈아입고 불가로 가서 크렙 옆에 앉았다. 두 사람 사이의 침묵이 더 이상 불편하지 않아 다행이었다.

"크렙, 어젯밤에 우리가 대화를 나눠서 정말 기뻤어요. 방금 개울가에 갔다 왔는데, 얼음이 풀리고 있더라고요. 이제 곧 여름도 오겠지요. 그러면 다시 오래오래 함께 산책해요."

"그래, 에일라, 여름도 오겠지. 네가 그러고 싶다면 같이 한가롭게 산책을 하자꾸나. 여름에 말이다."

에일라는 한기를 느꼈다. 어쩐지 다시는 그와 오래 산책을 하지 못하리라는 불길한 예감이 들었다. 그리고 크렙도 그것을 알고 있다는 느낌을 받았다. 그녀는 크렙에게 손을 뻗었고, 그들은 마치 마지막인 것처럼 서로를 안아주었다.

아침나절이 되자 거세게 내리던 비는 을씨년스러운 이슬비로 바뀌더니 오후가 되자 완전히 그쳤다. 지친 듯 파리한 태양이 짙은 구름을 비집고 빛을 비추었지만 온기를 전해주거나 젖은 땅을 말리기에는 역부족이었다. 음산한 날씨와 빈약한 음식에도 불구하고 씨족 사람들은 잔치를 열 만큼 중요한 행사 준비에 들떠 있었다. 족장이 바뀌는 일도 흔히 볼 수 없는 행사였는데, 동시에 목우르도 새로 바뀐다는 것은 이례적인 일이었다. 오가와 에브라는 이번 의식에서 중요한 역할을 맡게 될 것이었고, 브락도 마찬가지였다. 만으로 일곱 살인 브락은 다음번 후계자로 지목될 터였다.

오가는 신경이 팽팽하게 곤두서 있었다. 그녀는 음식을 조리하는 불가를 쉴 새 없이 오갔다. 에브라는 오가를 진정시켜보려고 했지만 자신도 오가만큼이나 마음을 가라앉히기가 쉽지 않았다. 브락은 더 어른처럼 보이려고 애쓰며 어린아이들과 안 그래도 바쁜 여자들에게 이런저런 지시를 내리고 있었다. 마침내 브룬은 더는 못 보겠다는 듯 브락을 불러다가 이번 의식에서 그가 맡은 부분을 다시 한 번 연습시켰다. 우바는 아이들이 방해가 되지 않도록 보른의 불터로 아이들을 데려갔다. 준비가 거의 다 끝나자 에일라는 우

바에게 갔다. 크렙이 뿌리로 된 차를 만들지 말라고 했기 때문에
에일라는 요리를 거들고 남자들을 위해 흰독말풀 차를 우렸다.

저녁이 되자 구름 몇 점이 어쩌다 한 번씩 빠르게 지나갔다. 보
름달이 메마르고 스산한 풍경을 비추었다. 동굴 안 마지막 불터 뒤
의 공간에는 커다란 모닥불이 둥그렇게 꽂아놓은 횃불 가운데에서
불타오르고 있었다.

에일라는 자신의 털가죽 위에 홀로 앉아 가까이에서 탁탁 소리
를 내며 타는 작은 모닥불을 물끄러미 보고 있었다. 그녀는 여전히
불길한 느낌을 떨쳐내지 못했다. 그녀는 잔치 분위기가 들썩이기
전에 달을 보러 동굴 입구에 나가보고 싶었다. 하지만 일어나려는
순간, 브룬의 신호를 보고는 무거운 발걸음을 돌렸다. 모두가 제자
리를 찾았을 때 목우르가 정령들의 터에서 나왔다. 그의 뒤로는 구
브가 뒤따랐고, 두 사람 모두 곰가죽 덮개를 두르고 있었다.

가장 신성한 주술사가 마지막으로 정령들을 부르는 동안에는
마치 세월이 그를 비껴간 것처럼 보였다. 그는 씨족 사람들이 그간
보았던 어떤 때보다 더 강력한 힘과 위력으로 눈에 익은 유려한 손
짓을 이어갔다. 그것은 참으로 능수능란한 공연이었다. 그는 거장
다운 솜씨로 관중을 쥐락펴락했다. 그는 완벽하게 시간을 조절해
긴장감이 최고조에 오른 순간까지 기다렸다가 그들의 정신을 진이
다 빠질 만큼 극단까지 몰아붙여 절정에 이르게 했다. 그에 비하
면 구브는 엇비슷하게 목우르를 흉내 내는 것처럼 보였다. 젊은 구
브는 자격이 충분했고 좋은 목우르라고 할 수 있었지만, 위대한 목
우르에 견줄 수는 없었다. 지금껏 알려진 씨족의 주술사 가운데 가

장 강력한 힘을 지닌 그가 마지막으로 가장 훌륭한 의식을 펼쳐보였다. 그가 주술사 자리를 구브에게 물려주던 순간, 울음을 터뜨린 사람은 에일라만이 아니었다. 눈가는 말라 있었지만 씨족 사람들 모두 마음속으로 울고 있었다.

구브가 손짓으로 브룬이 물러가고 브라우드가 새 족장으로 추대되었음을 알리고 있을 때, 에일라는 다른 생각에 빠져 있었다. 그녀는 크렙을 지켜보다가 문득 그를 처음 본 날이 생각났다. 흉터가 가득한 외눈의 얼굴을 보고 나서 손을 뻗어 만져보던 순간, 그가 인내심을 갖고 자신에게 말을 가르쳐주던 일, 별안간 번쩍 하고 손짓언어에 대해 이해하던 때가 연이어 떠올랐다. 그녀는 부적을 움켜쥐고 나서 목에 남은 작은 흉터를 만져봤다. 사냥을 허락해준 고대의 정령에게 제물로 바칠 피를 얻기 위해 그가 능숙하게 생채기를 냈던 곳이었다. 그리고 그녀는 깊은 산중의 작은 동굴에 몰래 숨어 있던 때를 떠올리다가 몸을 움츠렸다. 마지막으로 어젯밤, 그의 애정 어린 슬픈 표정과 수수께끼 같았던 말이 떠올랐다.

그녀는 다음 세대에게 지휘권을 물려주는 의식을 축하하는 잔치에서도 자신의 몫으로 나온 음식을 깨작이다 말았다. 남자들은 비밀스런 공간에서 그들만의 의식을 치르기 위해 작은 동굴로 줄지어 들어갔다. 에일라는 이제 목우르가 된 구브에게서 건네받은 흰독말풀 차를 여자들에게 돌렸다. 하지만 그녀는 여자들의 춤에 끼고 싶은 마음이 없었다. 그녀가 치는 북의 장단에는 흥이 빠져 있었다. 그녀는 흰독말풀 차도 아주 조금밖에 마시지 않아 그 효과는 금세 가셨다. 그 자리에서 빠져나와도 되겠다 싶을 때 그녀는 곧바로 크렙의 불터로 돌아왔다. 크렙이 돌아오기 전에 잠이 들었지만 밤새 잠을 설쳤다. 밤늦게 돌아온 크렙은 에일라와 그녀의 아들을 물끄러미 내려다보다가 자신의 잠자리로 걸어갔다.

"엄마, 사냥 가? 두르크도 엄마랑 사냥 가?"
잠자리에서 벌떡 일어난 아이가 동굴 입구로 향하며 물었다. 일어난 사람은 몇 명밖에 되지 않았지만 두르크는 잠에서 완전히 깨어 있었다.
"아침을 먹어야 가지, 두르크. 이리 오렴."
에일라가 손짓하더니 아이를 데려오려 일어났다.
"아마 오늘은 못 갈 거야. 봄이 오긴 했지만 아직 날이 풀리지 않았어."
두르크는 아침을 먹은 후 그레브를 보더니 사냥에 대해서는 까맣게 잊고 브라우드의 불터로 달려갔다. 아이의 뒷모습을 바라보는 에일라는 마음이 따뜻해져왔다. 그러나 입가에 번지던 미소는 브라우드의 시선과 마주친 순간 싹 가셨고, 어쩐지 오싹한 기분이 들었다. 사내아이들은 함께 밖으로 달려 나갔다. 갑자기 폐소공포증 같은 답답함이 엄청난 힘으로 그녀를 덮쳤다. 당장 동굴 밖으로 나가지 않으면 토할 것만 같았다. 심장이 빠르게 뛰는 것을 느낀 그녀는 심호흡을 여러 번 하면서 허겁지겁 입구를 향해 걸었다.
"에일라!"
그녀는 브라우드가 자신의 이름을 부르는 소리에 화들짝 놀랐다. 몸을 돌려 머리를 숙인 다음 새 족장을 내려다보았다.

"이 여인이 족장에게 인사드립니다."

그녀가 격식을 갖춰 손짓했다. 브라우드는 그녀와 마주서는 일이 드물었다. 에일라는 씨족 남자들 중 가장 큰 남자보다도 훨씬 컸던 반면, 브라우드는 키가 큰 축에 끼지도 못했다. 그의 키는 에일라의 어깨에 가까스로 닿을 정도였다. 그녀는 그가 자신을 올려다보는 것을 탐탁지 않게 여기는 것을 알고 있었다.

"아무 데도 가지 마라. 곧 여기서 모임을 가질 것이다."

에일라가 공손하게 고개를 끄덕였다.

사람들이 서서히 모여들었다. 해가 빛나고 있었다. 땅이 질척거리긴 했어도 사람들은 브라우드가 밖에서 모임을 갖기로 한 결정에 흡족해하고 있었다. 그들이 기다리고 있는 동안, 전에는 브룬이 섰던 자리로 브라우드가 거들먹거리며 걸어왔다. 자신의 새로운 지위를 한껏 과시하는 모습이었다.

"여러분들도 알다시피, 내가 여러분의 새 족장입니다."

브라우드가 입을 열었다. 시작부터 너무도 분명한 사실을 짚고 넘어가는 것으로 보아 씨족원들을 앞에서 새 족장으로서 말하는 게 제법 긴장되는 듯 보였다.

"새 족장과 새 목우르가 씨족을 이끌게 되었으니 몇 가지 변화된 것들을 알리기에 적당한 때지요."

그가 계속 말을 이었다.

"먼저 보른이 부족장 자리에 오르게 되었음을 밝힙니다."

다들 고개를 끄덕였다. 이미 예상한 바였다. 브룬은 브라우드가 성급한 결정을 내렸다고 생각했다. 보른을 경험이 많은 사냥꾼들보다 높은 지위에 올리기 전에 보른이 더 나이 들기를 기다렸다면 좋았을 것 같았다. 하지만 모두들 그렇게 되리라고 알고 있었다. 어차피 예상한 일이니 차라리 빨리 결정한 게 잘된 일인지도 모르지. 그는 속으로 생각했다.

"또 몇 가지 달라지는 게 있습니다."

브라우드가 손짓했다.

"우리 씨족에는 짝이 없는 여자가 하나 있습니다."

에일라는 얼굴이 달아오르는 것을 느꼈다.

"누군가는 그 여자를 부양해야 합니다. 나는 내 사냥꾼들에게 그 여자에 대한 책임을 떠넘기기 싫습니다. 이제 내가 족장인 이상, 그 여자를 책임져야 하겠지요. 내가 에일라를 두 번째 여자로 삼겠습니다."

예상했던 일인데도 불구하고 에일라는 자신의 생각이 적중한 것이 전혀 반갑지 않았다. 에일라는 내키지 않겠지. 브룬은 생각했다. 하지만 브라우드가 잘 생각한 거야. 브룬은 뿌듯하게 제 짝의 아들을 바라보았다. 브라우드는 족장의 지위에 오를 준비가 되었어.

"그 여인에게는 기형인 아이가 있습니다."

브라우드가 계속했다.

"지금 확실히 해두고 싶은 게 있습니다. 이제 더 이상 우리 씨족에 기형인 아이는 받아들이지 않겠습니다. 다음에 기형아가 태어나 죽게 된다 하더라도 누구도 이러한 결정을 내 사사로운 감정과 관련 있다고 생각하지 않기를 바랍니다. 저 여인이 정상적인 아기를 낳으면 그때는 받아들일 겁니다."

크렙은 동굴 입구에 서 있었다. 그는 에일라의 얼굴이 하얗게 질리더니 낯빛을 감추려고 고개를 더 깊숙이 숙이는 것을 보며 고개를 저었다. 에일라는 고개를 숙인 채 속으로 생각했다. 좋아, 브라우드, 하지만 내가 앞으로 아기를 갖는 일은 없을 거야. 너도 곧 알게 되겠지. 이자의 주술이 내게도 효과가 있다면 더는 수태하는 일이 없을 거야. 아기가 남자의 정령에서 생기든, 음경에서 생기든 상관없어. 더는 내 몸에 아기를 만들지 못할 테니까. 당신이 기형이라고 생각해서 죽어야만 하는 아기를 낳는 일은 앞으로 절대 없을 거야.

"전에도 분명히 내 생각을 밝힌 적이 있습니다."

브라우드가 계속 말을 이어갔다.

"그러니 놀라지 않기를 바랍니다. 내 불터에는 기형인 아기를 들이지 않을 것입니다."

에일라가 갑자기 고개를 들었다. 저게 무슨 말이지? 내가 그의 불터로 옮기면 내 아들도 당연히 나와 함께 가야 하는 거잖아.

"보른이 두르크를 자신의 불터에서 맡아주기로 했습니다. 보른의 짝은 기형에도 불구하고 아이를 예뻐하므로 잘 돌봐줄 것입니다."

사람들 사이에서 작은 소란이 일더니 빠르게 손짓이 오갔다. 아이들은 다 자랄 때까지 제 어미와 함께 사는 것이 당연한 일이었다. 브라우드는 에일라를 받아들이겠다면서 어째서 아들은 안 된다고 하는 것일까? 에일라는 자리에서 벗어나 브라우드의 발치에 무릎을 꿇고 머리를 숙였다. 브라우드가 그녀의 어깨를 두드렸다.

"내 말이 아직 다 끝나지 않았다. 족장의 말을 끊는 것은 무례한 짓이나 이번 한 번만 봐주겠다. 말해도 좋다."

"브라우드, 당신이 내게서 두르크를 떼어놓을 수는 없어요. 그 아이는 내 아들이에요. 여자가 어디를 가든, 그 여자의 아이도 함께 갑니다."

그녀는 불안한 마음에 공손한 인사를 하는 것도, 요청을 하는 표현도 잊은 채 손짓했다. 새 족장에 오른 자부심이 순식간에 날아간 브라우드는 인상을 찡그렸다.

"네가, 한낱 계집이 이 족장에게 할 수 있는 일과 없는 일을 가르치려 드는 게냐?"

브라우드는 조롱하는 낯빛으로 손짓했다. 그는 자기 스스로에게 만족감을 느끼고 있었다. 그는 오랫동안 이날을 기다렸다. 그리고 마침내 바라 마지않던 반응을 얻어낸 것이다.

"너는 어머니도 아니다. 너보다는 오가가 두르크의 어미 자격이 있지. 누가 그 아이에게 젖을 먹였더냐? 너는 아니다. 그 아이는 자신의 어머니가 누군지도 모른다. 씨족의 모든 여자가 그 아이에게 어머니지. 그 애가 어디에서 살든 뭐가 달라진단 말이냐? 그 아이도 분명 상관하지 않을 것이다. 아무 불터에나 가서 얻어먹는 놈이니."

브라우드가 말했다.

"내가 그 아이에게 젖을 먹이지 못했다는 것은 나도 압니다. 하지만 그 아이가 내 아들이라는 것을 족장도 알고 있습니다, 브라우드. 아이는 매일 밤 나와 함께 잡니다."

"그렇다면 그 아이는 이제 매일 밤 내 불터에서는 자지 못할 것이다. 보른의 짝이 그 아이에게 '어머니'가 되는 것을 인정할 수 없단 말이냐? 나는 이미 구브에게, 아니 목우르에게 말해놓았다. 이모임이 끝난 후 짝짓기 의식이 있을 것이다. 기다려봐야 무슨 소용이 있겠느냐. 너는 오늘 밤 내 불터로 옮기고, 두르크는 보른의 불터로 옮긴다. 이제 너는 네 자리로 돌아가라."

그가 지시를 내렸다. 브라우드는 씨족 사람들을 둘러보다가 동굴 가까이에서 지팡이를 짚고 서 있는 크렙을 발견했다. 노인의 얼굴에는 노기가 서려 있었다.

하지만 브룬은 그보다 더 화가 나 있었다. 에일라가 힘없이 자신의 자리로 돌아가는 모습을 지켜보는 브룬의 얼굴에는 노기가 등등하였다. 그는 치밀어 오르는 화를 누르며 이번 일에 개입하지 않으려고 안간힘을 쓰고 있었다. 그의 눈에는 분노보다 더한 감정이 섞여 있었다. 그의 눈빛은 그가 마음 깊은 곳에서 느끼는 고통을 드러내고 있었다. 내 짝의 아들이, 내가 키우고 가르쳐 족장의 자리에 앉은 아들이 자신의 지위를 악용해 앙갚음을 하려 하다니. 그것도 한낱 여자에게, 저 혼자 멋대로 잘못했다 착각하고 보복을 하다니. 나는 어째서 전에는 보지 못했던 것일까? 왜 나는 그토록 저 아이에게 눈이 멀었던 것일까? 이제야 보른의 지위를 그렇게도 빨리 올려준 이유를 분명히 알겠구나. 브라우드가 보른과 함께 이모든 일을 꾸미고 있었던 거야. 지금까지 내내 에일라에게 이 짓을 하려고 계획하고 있었구나. 브라우드, 브라우드, 족장이 되어서 제일 먼저 하는 일이 겨우 이거란 말이냐? 여자에게 분풀이를 하자고 어리고 미숙한 사냥꾼을 부족장으로 올려서 자신의 사냥꾼들을 위험에 빠뜨린단 말이냐? 이미 충분히 고통받았던 여자에게서 자식을 떼어놓는 게 그리도 네게 즐거움을 준단 말이냐? 내 짝의 아들이란 자가 이토록 무정한 사람이었던 게냐? 여자가 자신의 아들에게 해줄 수 있는 거라고는 밤에 곁에서 함께 자주는 것밖에 없거늘.

"내 말은 아직 끝나지 않았습니다. 아직 다 끝나지 않았다고요."

브라우드가 충격을 받아 동요하는 씨족 사람들을 자신에게 집중하도록 손짓했다. 마침내 소란이 잦아들었다.

"나 말고도 새로운 지위에 오르게 된 사람이 또 있습니다. 우리에게는 새로운 목우르가 있습니다. 지위가 올라간 만큼 그에 따른 특권이 주어져야겠지요. 나는 결정했습니다. 구브가, 아니 목우르가 씨족의 주술사에 합당한 불터로 옮겨야 한다고 말입니다. 크렙은 동굴 뒤편으로 옮겨갈 것입니다."

브룬이 구브를 쏘아보았다. 너도 이 계획에 동참했던 것이냐? 구브는 당황스러운 표정을 지으며 고개를 저었다.

"나는 목우르의 불터로 옮길 마음이 없습니다."

그가 말했다.

"그곳은 우리가 이 동굴에 살게 되면서부터 크렙의 불터였습니다."

사람들은 새 족장에 대해 점점 불안이 싹트기 시작했다.

"옮기라고 내가 결정했다!"

브라우드는 구브의 거절에 화가 나서 거칠게 손짓했다. 브라우드는 지팡이를 짚고 선 노인이 분노에 찬 표정으로 자신을 노려보는 것을 봤을 때, 갑자기 위대한 목우르가 더 이상 주술사가 아니라는 것을 깨달았다. 불구의 몸을 한 노인네를 겁낼 이유가 뭐가 있단 말인가? 그는 보른이 부족장이라는 지위를 기뻐하며 선뜻 받아들였듯이 구브도 좋은 위치의 불터를 좋아할 거라 생각하며 충동적으로 그런 결정을 내린 것이었다. 그는 자신의 결정이 족장에 대한 충성심을 공고히 다지는 계기가 되고 구브가 자신에게 고마워할 거라 생각했다. 스승에 대한 구브의 충성심이나 사랑은 염두에 두지 않았다. 더 이상 참을 수 없었던 브룬이 입을 열려는 순간, 에일라가 먼저 나섰다.

"브라우드!"

에일라가 자신의 자리에서 소리쳤다. 브라우드가 고개를 치켜들었다.

"그럴 수는 없어요! 크렙에게 불터에서 나가라고 할 수는 없어요!"

격분에 찬 에일라가 발을 쿵쿵 굴리며 브라우드에게 다가갔다.

"크렙에게는 한기가 닿지 않는 공간이 필요해요. 동굴 뒤쪽은 외풍이 너무 세요. 그분이 겨울에 얼마나 힘들어하는지 알고 있잖아요."

에일라는 자신이 씨족의 여자라는 것을 망각하고 있었다. 지금 그녀는 환자를 먼저 생각하는 주술 치료사로서 말하고 있었다.

"나를 괴롭히려고 이런 결정을 내렸군요. 크렙이 날 보살펴주어서 크렙에게 앙갚음을 하려는 거예요. 나한테는 무슨 짓을 하든 상관 안 해요. 하지만 크렙만은 그냥 두세요!"

브라우드보다 훨씬 키가 큰 에일라가 그 앞에 성난 얼굴을 하고 버티고 선 채, 그의 면전에 대고 손짓했다.

"누가 너에게 말을 해도 좋다고 허락했더냐!"

브라우드가 호통을 쳤다. 그는 여자를 향해 부르쥔 주먹을 휘둘렀지만, 에일라는 날아오는 주먹을 재빨리 피했다. 브라우드는 자신의 주먹이 허공을 가르자 깜짝 놀랐지만, 놀람은 돌연 분노로 바뀌며 다시 주먹을 움켜쥐고 에일라를 때릴 참이었다.

"브라우드!"

브룬의 고함에 그가 갑자기 멈춰 섰다. 그는 브룬의 목소리에 복종하는 것에 뼛속 깊이 길들여져 있었다. 분노에 찬 목소리 앞에서 그는 더욱 기가 죽었다.

"그곳은 위대한 목우르의 불터다, 브라우드. 그가 이 세상을 떠나기 전까지 그곳은 크렙의 불터일 것이다. 네가 옮기려고 서두르지 않아도 곧 그렇게 될 일이다. 크렙은 오랫동안 우리 씨족을 위해 봉사해왔다. 그 불터에서 계속 지낼 자격이 충분하다. 족장이라는 자가 대체 어떻게 된 것이냐? 사내라는 자가 지위를 이용해 여자에게 복수를 해? 너에게 아무 짓도 하지 않은 여자에게, 하려고 해도 할 수 없는 여자에게 말이다. 브라우드, 너는 족장도 아니다!"

"아니요, 족장이 아닌 사람은 바로 그쪽이지요, 브룬. 그쪽이야말로 족장이 아닙니다!"

브라우드는 복종하고 싶은 조금 전의 충동을 누르고 다시 한 번 자신과 브룬의 지위를 상기했다.

"지금은 내가 족장입니다! 결정은 내가 합니다! 늘 내게는 각을 세우면서 저 계집 편만 들었지요. 늘 저 계집을 보호해주면서요. 자, 이제 당신은 더 이상 저 여자를 보호할 수 없습니다!"

브라우드는 자제심을 잃고 거칠게 손짓했다. 분노로 얼굴은 시뻘겋게 타올랐다.

"저 계집은 내가 시키는 대로 해야 합니다. 안 그러면 저주를 내릴 겁니다! 그리고 그것은 일시적인 저주가 아닐 테고요! 방금 저 계집의 무례함을 보고도 여전히 두둔을 하다니, 더 이상은 용납 못 합니다! 저 무례함만 가지고도 저주를 받아 마땅해요. 그렇게 하겠습니다! 어떻습니까, 브룬? 구브! 저 계집에게 저주를 내려라! 저 계집을 저주해! 지금 당장! 누구도 이 족장에게 이래라 저래라 말하지 못하는 것을, 하물며 저 못난 계집 따위가. 내 말 알아들었나? 저 계집에게 저주를 내려라, 구브!"

크렙은 에일라가 브라우드에게 대들러 뛰쳐나가던 순간, 참으라는 신호를 보내기 위해 어떻게든 그녀의 주의를 끌려고 했었다. 그로서는 어디에 살든, 동굴 앞쪽이든, 뒤쪽이든 상관없었다. 그는 브라우드가 에일라를 두 번째 여자로 받아들이겠다는 말을 한 순간부터 의심을 품긴 했다. 브라우드는 아무런 이유 없이 책임감만으로 그런 결정을 할 위인이 아니었다. 하지만 의심은 했으되 이토록 끔찍한 참극까지 벌어질 줄이야. 브라우드가 에일라에게 저주를 내리라고 구브에게 명령하는 것을 보자 마지막 남아 있던 전의 마저 빠져나갔다. 그는 더 이상 그 무엇도 보기 싫어 등을 돌리고는 천천히 동굴 안으로 들어갔다. 에일라가 고개를 들던 바로 그때 그는 산 속의 구멍으로 사라져버렸다.

눈앞에 벌어진 참극에 낭패감을 느낀 것은 크렙만이 아니었다. 씨족 전체가 발칵 뒤집힌 채 혼란에 빠져 손을 놀리고 고성을 질렀다. 누구는 차마 더 이상 그 광경을 지켜볼 수 없었고, 또 다른 누구는 참담한 상황 앞에서 믿지 못하겠다는 듯 망연히 바라볼 뿐이었다. 그들의 삶은 지금껏 전통과 관습, 습관에 묶인 채 지극히 질서정연하고 안정적이었다.

그들은 에일라와 아들을 떼어놓겠다는 비정상적이고 부조리한 브라우드의 선언에 놀랐고, 크렙의 불터를 옮기겠다는 브라우드의 결정만큼이나 새 족장에게 맞서는 에일라의 태도에 충격을 받았다. 또한 브라우드가 성질을 참지 못하고 에일라에게 저주를 내리라고 명령했을 때도 충격이었지만 그에 못지않게 브룬이 족장 자리를 물려준 자에게 자제심을 잃고 맹렬히 비난하던 순간에는 경악을 금할 수 없었다. 하지만 엄청난 충격은 여기서 끝난 게 아니었다.

에일라는 제 몸을 심하게 떨고 있어서 사람들이 균형을 잡지 못하고 넘어지는 것을 보고 나서야 제 발 밑의 땅이 흔들리고 있다는 것을 깨달았다. 다른 이들처럼 그녀의 놀란 표정은 이내 두려움으로, 다시 극심한 공포로 질려갔다. 땅속 가장 깊은 곳에서 우르르 울리는 섬뜩한 소리를 들은 것은 바로 그때였다.

"두르크!"

그녀가 소리쳤다. 우바가 아이를 감싸 안고 땅 위로 쓰러졌다. 에일라는 그들을 향해 달려가다가 퍼뜩 떠오른 생각에 온몸이 공포로 가득 찼다.

"크렙! 크렙이 동굴 안에 있어!"

그녀는 동굴 입구를 향해 흔들리는 비탈을 올랐다. 커다란 바위가 동굴 입구 쪽 가파른 절벽에서 굴러 떨어지다가 지진에 쓰러져 부러진 나무에 걸려 방향을 바꾸더니 에일라 가까이에서 산산조각이 났다. 하지만 그녀는 알아차리지 못했다. 충격에 감각이 마비되어 있었다. 오래된 악몽 속에 갇혀 있던 기억들이 풀려나며 공황상태에서 마구 뒤섞였다. 오래도록 잊고 있던 말이 입 밖으로 튀어나왔지만 지진의 굉음에 묻혀 그녀는 듣지 못했다.

"엄마아!"

발밑의 땅이 몇 자쯤 푹 꺼졌다가 다시 솟아올랐다. 나동그라진 에일라는 기를 쓰고 일어나려다가 동굴의 둥근 천장이 무너지는 것을 봤다. 높은 천장에서 끝이 뾰족한 돌덩어리들이 무너져 내리며 땅바닥에서 박살났다. 연이어 더 많은 돌들이 떨어졌다. 그녀 주위로 커다란 바윗돌들이 여기저기 부딪히며 절벽에서 굴러 떨어지더니 완만한 비탈길을 거쳐 차가운 개울 속으로 풍덩풍덩 빠졌다. 동쪽의 산등성이는 갈라지면서 반이나 무너져 내렸다.

동굴 안에는 크고 작은 돌과 먼지가 비처럼 쏟아졌고, 간간히 우레 같은 소리를 내며 암벽과 천장에서 커다란 돌덩이가 떨어졌다. 밖에서는 키가 큰 침엽수들이 어설픈 거인처럼 춤을 추었고,

헐벗은 낙엽수들은 우르릉대는 장송곡의 점차 빨라지는 박자에 맞춰 맨가지들을 신경질적으로 흔들었다. 샘물 건너편, 동굴 입구의 동쪽 암벽으로는 갈라진 틈이 벌어지면서 느슨하게 박혀 있던 바위와 자갈들이 폭발하듯 솟구쳤다. 그 여파로 또 다른 지하의 수로가 터지면서 그 잔해들이 솟아올라 개울까지 처녀항해를 시작하기 전, 잠시 동굴 앞 넓은 공터에 머물렀다. 공포에 사로잡힌 사람들의 비명소리는 땅속에서 울리는 굉음과 바위가 산산조각 나는 소리에 파묻혔다.

마침내 요동치던 땅이 잠잠해졌다. 마지막으로 몇 개의 돌들이 산에서 굴러 내려오며 여기저기 튕기다가 멈췄다. 공포에 질려 넋이 나갔던 사람들이 차츰 정신을 차리고 멍한 눈길로 여기저기를 살피며 마음을 가라앉혔다. 그들은 브룬 주위로 모이기 시작했다. 그는 언제나 그들에게 반석 같은 존재, 마음에 안정을 주는 사람이었다. 그들의 마음은 한결같이 자신을 보호해주던 그를 향해 이끌리고 있었다.

그러나 브룬은 아무것도 하지 않았다. 그는 족장으로 살아온 오랜 세월 중 내린 최악의 판단이 브라우드를 족장의 자리에 앉힌 일이라고 확신했다. 그는 이제야 자신이 제 짝이 낳은 아들의 결점에 얼마나 눈이 멀어 있었는지 깨달았다. 두려움을 모르는 무모함과 앞뒤를 재지 않는 용기로 봤던 것이, 실은 그의 무자비한 자아와 충동적인 기질이 다른 식으로 발현된 것임을 이제야 보게 된 것이다. 하지만 브룬이 아무런 행동도 하지 않으려는 이유는 그 때문만은 아니었다. 이제 족장은 좋든 싫든 브라우드였다. 브룬이 다시 족장 자리에 올라 다른 남자를 후대 족장으로 키우는 것에 대해 씨족 사람들이 받아들인다고 해도, 이미 너무 늦은 것이다. 브라우드가 하고 싶은 방식대로, 그가 이끌도록 내버려두는 것만이 씨족 사람들에게 남아 있는 유일한 희망이었다. 브라우드는 자신이 족장이라고 도전적으로 말했다. 그래, 브라우드, 그렇다면 **이끌어라.** 뭐라도 해라. 지금부터 브라우드가 어떠한 결정을 내리든, 혹은 아무 결정도 내리지 못하든 브룬은 개입하지 않을 것이었다.

브룬이 족장의 지휘권을 다시 받아들이지 않을 것임을 확인한 씨족 사람들은 마침내 브라우드를 향했다. 그들은 전통에 익숙해져 있었고, 위계에 길들여져 있었다. 브룬은 대단히 훌륭하고 강하며 책임감 있는 족장이었다. 그들은 위기의 순간마다 그의 지시에 따르고 그의 침착하고 합리적인 판단에 의존하는 것에 익숙해져 있었다. 그들은 족장 없이 자유 의지에 따라 행동하거나 스스로 판단을 내릴 줄 몰랐다. 브라우드조차 브룬이 다시 씨족을 이끌어주기를 기대했다. 그 역시 누군가 의존할 사람이 필요했다. 그러나 마침내 그 책임이 자신에게 주어졌다는 것을 깨달은 브라우드는 그것을 받아들였다.

"누가 없어졌습니까? 다친 사람 없습니까?"

브라우드가 손짓했다. 여기저기서 작은 안도의 한숨이 들려왔다. 마침내 누군가 움직이기 시작한 것이다. 가족들끼리 서로 모이기 시작했다. 혹시 사라지지나 않았을까 걱정하던 사람들을 보고 놀라움과 반가움이 뒤섞인 탄성이 곳곳에서 터졌다. 기적처럼 누구도 없어지지 않은 것 같았다. 돌덩이가 떨어지고 지축이 흔들렸는데도 누구 하나 심하게 다치지 않은 것이다. 멍들고 베이고 긁힌 상처들은 누구나 조금씩 있었지만 뼈가 부러진 사람은 없었다. 하지만 모두가 무사하다는 것은 사실이 아니었다.

"에일라는 어디 있지?"

우바가 공포에 질려 외쳤다.

"여기."

에일라는 비탈을 내려오며 답했다. 자신이 왜 그 비탈을 올라갔는지는 까맣게 잊은 채였다.

"엄마!"

두르크가 외치더니 우바의 품에서 빠져나와 그녀를 향해 달려갔다. 에일라도 뛰어가 아이를 들어 올려 꼭 끌어안고서 우바에게로 데리고 왔다.

"우바, 괜찮은 거지?"

"응, 별일 없어."

"크렙은 어디 있지?"

그때서야 에일라는 기억이 떠올랐다. 그녀는 두르크를 황급히 우바에게 건네고 다시 비탈을 올랐다.

"에일라? 어디 가는 거야? 동굴 안에는 들어가지마! 여진이 있을지도 몰라!"

에일라는 우바의 손짓을 보지 못했고, 보았다 해도 신경 쓰지 않았을 것이다. 그녀는 동굴 안으로 들어가 곧장 크렙의 불터로 향했다. 돌과 자갈들이 한 번씩 폭포수처럼 쏟아져 내려 땅 위에 작은 둔덕을 이루고 있었다. 큰 돌 몇 개와 흙먼지가 두껍게 쌓인 것을 제외하면 그들의 불터는 크게 손상되지 않았다. 하지만 크렙은 불터에 없었다. 에일라는 크렙을 찾아 모든 불터를 뒤졌다. 어떤 불터는 완전히 망가졌지만 대부분의 불터에는 건질 만한 물건들이 조금은 남아 있었다. 크렙은 어느 불터에도 없었다. 그녀는 정령들을 모신 곳으로 이어지는 작은 동굴에 가볼까 망설이다가 발을 옮기기 시작했다. 하지만 너무 어두워 아무것도 볼 수 없었다. 횃불이 있어야 할 듯싶었다. 그녀는 먼저 동굴의 다른 곳부터 찾아보기로 했다.

머리 위로 자갈들이 후드득 떨어지자 그녀는 옆으로 펄쩍 뛰었다. 뾰족한 큰 돌덩어리가 땅바닥으로 쿵 떨어지며 그녀의 팔을 스쳤다. 그녀는 동굴 벽을 더듬으며 동굴 안을 이리저리 누비다가 빛이 닿지 않는 동굴 깊은 곳, 저장 용기들과 커다란 바위들 뒤편의 짙은 그림자를 주시했다. 그녀는 횃불을 가지러 가려다가 마지막으로 한 곳만 더 찾아보기로 했다.

그녀는 이자를 묻은 돌무덤 옆에서 크렙을 발견했다. 그는 기형인 쪽의 몸을 땅에 대고 다리를 끌어 올린 채 마치 태아처럼 모로 누워 있었다. 그의 강력한 두뇌를 보호해주던 커다랗고 장대했던 두개골은 더 이상 그 역할을 하지 못했다. 그의 두개골을 산산조각 낸 커다란 바위가 몇 발자국 떨어진 곳에 있었다. 그는 그 자리에서 즉사했다. 그녀는 크렙의 시신 옆에 무릎을 꿇고 앉았다. 주체할 수 없이 눈물이 흐르기 시작했다.

"크렙, 오, 크렙. 동굴에 왜 들어간 거예요?"

그녀는 손짓했다. 그녀는 무릎을 꿇은 채 앉아 몸을 앞뒤로 흔들며 그의 이름을 목 놓아 외쳤다. 그러더니 설명하기 힘든 이유에 이끌려 그녀는 일어났고, 그가 매장 의식 때 이자를 위해 정령들에게 기도하던 손짓을 하기 시작했다. 비처럼 흐르는 눈물 때문에 시야가 흐릿했지만 금발머리의 키가 큰 여인은 돌덩어리들로 어지러운 동굴에 홀로 선 채 위대하고 신성한 주술사가 그랬던 것만큼 우아하고 유려하게 고대의 상징적인 손짓언어를 이어갔다. 그녀는 대부분의 손짓을 이해하지 못했다. 또 앞으로도 결코 이해할 수 없을 터였다. 그것은 그녀가 알고 있는 유일한 아버지에게 바치는 마지막 기도였다.

"죽었어요."

동굴에서 나타난 에일라가 자신을 응시하는 사람들에게 손짓했다.

브라우드는 다른 사람들과 함께 그녀를 보고 있다가 갑자기 엄청난 두려움에 휩싸였다. 그 동굴을 발견한 사람은 그녀였다. 정령들이 호의를 보였던 그녀. 그런데 그가 그녀에게 저주를 내린 후에 정령들이 대지를 흔들고 그녀가 발견한 동굴을 파괴해버린 것이다. 그녀에게 저주를 내린 것에 정령들은 화가 난 것일까? 그들이 그에게 화가 나서 그녀가 발견한 동굴을 무너뜨린 것일까? 다른 씨족 사람들이 이러한 재앙을 불러일으킨 자로 그를 지목한다면? 미신에 사로잡힌 마음 깊은 곳에서 그는 불길한 징조를 앞에 두고 몸을 떨었다. 그 순간 충동적으로 뒤틀린 추론이 머릿속을 스쳐지나갔다. 다른 누가 그를 탓하기 전에 먼저 그녀를 탓하면 누구도 그것이 그의 잘못이라고 말할 수 없을 것이고, 정령들도 그녀에게 달려들 거라 생각한 것이다.

"저 계집 짓입니다! 저 계집의 잘못이에요!"

브라우드가 갑자기 손짓했다.

"정령들을 화나게 한 건 저 계집입니다. 전통을 어긴 것도 저 계집이지요. 모두들 다 보지 않았습니까. 저 계집은 불손하고 족장을 무시했어요. 저주를 받아 마땅합니다. 그러면 정령들이 다시 흡족해할 것입니다. 우리가 얼마나 정령들을 존경하는지도 알게 될 거고요. 그다음에는 정령들이 우리를 새로운 동굴로, 지금보다 훨씬 좋고 행운이 깃든 동굴로 이끌어주실 겁니다. 틀림없습니다. 내가 장담합니다. 저 여자에게 저주를 내려라, 구브! 지금 바로 끝내버려라! 저주를 내려! 저주를 내리라고!"

모두가 브룬을 향해 고개를 돌렸다. 그는 입을 굳게 다물고 주먹을 움켜쥔 채 정면을 바라보고 있었고, 그의 등 근육이 팽팽한 긴장감으로 파르르 떨렸다. 그는 자신의 의지력을 쥐어짜내듯 모아 미동조차 않으며 개입을 거부했다. 사람들은 불안한 듯 서로를 보더니, 구브를, 그다음에는 브라우드를 바라봤다. 구브는 전혀 믿기지 않는다는 듯 브라우드를 빤히 바라봤다. 그가 어떻게 에일라를 탓할 수 있단 말인가. 누군가 잘못이 있다면 그것은 다름 아닌 브라우드의 잘못이었다. 그때 구브는 모든 것을 간파했다.

"내가 족장이다, 구브! 너는 목우르다. 내가 너에게 명하노니 저 여자에게 저주를 내려라. 그녀에게 죽음의 저주를 내려라!"

구브는 돌연 몸을 돌리더니 에일라가 동굴 안에 있을 때 피워놓은 모닥불에서 불타고 있는 소나무 가지를 집어 들었다. 그는 비탈 길을 올라 어두운 동굴 입구로 자취를 감췄다. 그는 떨어진 돌들의 잔해 주위를 돌아 조심스레 걸어갔다. 간간히 크고 작은 돌들이 위에서 떨어지고 있었다. 언제 또 여진이 찾아와 그의 머리 위로 돌덩이들을 떨어뜨릴지 몰랐다. 하지만 그는 자신이 받은 명령을 실행에 옮기기 전에 차라리 그렇게 되면 좋겠다고 생각했다. 그는 정령을 모신 공간으로 들어가 동굴곰의 신성한 뼈 하나하나에 격식을 차린 손짓을 해 보이며 나란히 줄지어 놓았다. 마지막 뼈는 두개골 아래에 찔러 넣어 왼쪽 눈구멍으로 나오도록 했다. 그러고 나서 그는 목우르들만이 알고 있는 말들을 소리 내 말했다. 사악한 정령들의 섬뜩한 이름들. 그들의 이름을 부르는 것만으로도 그들은 힘을 얻었다.

에일라는 구브가 초점을 잃은 눈으로 그녀 옆을 지나갈 때도 여전히 동굴 앞에 서 있었다.

"나는 목우르다. 자네는 족장이고. 자네가 에일라에게 죽음의 저주를 내리라고 지시했다. 이제 다 끝났다."

구브가 손짓을 하고 나서 족장에게서 등을 돌렸다.

처음에는 누구도 믿을 수 없었다. 그것은 너무 순식간에 일어난 일이었다. 제대로 된 절차를 거치지 않았다. 브룬이라면 그 문제에 대해 의논을 통해 결론으로 다가가면서 씨족 사람들에게 마음의 준비를 하도록 했었을 것이다. 아니, 그는 애당초 그녀에게 저주를 내리지도 않았을 것이다. 그녀가 무슨 잘못을 했단 말인가? 그녀가 족장에게 무례하게 굴었던 것은 잘못이었다. 하지만 그 이유만으로 죽어야 한단 말인가? 그녀는 그저 크렙을 보호하려고 그랬던 것뿐이다. 그런데 브라우드는 그녀에게 무슨 짓을 했던가? 그녀에게서 아이를 빼앗고, 그녀에게 앙갚음을 하기 위해 노주술사를 그의 불터에서 쫓아냈다. 하지만 이제 불터를 가진 이는 하나도 없었다. 브라우드는 왜 이런 짓을 벌인 걸까? 그는 왜 그녀에게 저주를 내렸을까? 정령들은 늘 그녀에게 호의를 보였다. 그녀는 행운을 가져오는 존재였다. 브라우드가 그녀에게 저주를 내리라고 말하기 전까지는. 브라우드가 그들에게 불운을 가져왔다. 이제 그들에게 무슨 일이 벌어지는 것일까? 브라우드는 수호 정령을 노하게 했고, 사악한 정령들을 풀어놓았다. 그리고 노주술사는 죽었다. 위대한 목우르는 이제 도울 수 없는 것이다.

에일라는 너무도 큰 슬픔에 잠긴 나머지 그녀 주위로 빠르게 소용돌이치며 일어나는 일들을 전혀 의식하지 못했다. 그녀는 브라우드가 자신에게 저주를 내리라고 명령하는 것을 보았고, 구브가 다 끝났다고 말하는 손짓을 봤다. 하지만 슬픔으로 가득 찬 마음은 아무것도 받아들이지 못했다. 서서히 그녀의 의식 속으로 의미가 와 닿았다. 그 의미가 마침내 머릿속으로 엄청난 파문을 일으키며 파고들었을 때 그 충격은 대단히 컸다.

저주라고? 죽음의 저주를 내렸다고? 어째서? 내가 저주를 받을 만큼 무슨 나쁜 행동을 했다는 거지? 어떻게 이토록 순식간에 벌어질 수 있어? 씨족 사람들 또한 그녀만큼이나 이해하는 데 시간이 걸렸다. 그들은 지진의 충격에서도 완전히 벗어나지 못한 상태였다. 에일라는 점점 거리감이 느껴지는 사람들을 호기심 어린 눈으로 지켜봤다. 사람들의 눈이 잇따라 멍해지면서 초점을 잃었다. 먼저 크루그의 눈빛이 멍해졌다. 그다음에는 누구지? 우카. 이제 는 드루그. 아가는 아직 아니야. 이제 아가의 눈빛도 변하고 있어. 하지만 그 전에는 나를 본 게 틀림없어.

눈빛이 멍해진 우바가 자신이 안고 있는 아이의 어미가 죽은 것에 애끓는 소리로 울부짖기 시작하자 에일라는 정신이 들었다. 두르크! 내 아기, 내 아들! 에일라는 무턱대고 주위를 둘러보다가 브룬을 보았다. 브룬! 브룬은 두르크를 보호할 수 있어. 브룬 말고는 누구도 두르크를 보호해줄 수 없어.

에일라는 그 전날까지 씨족을 이끌던 엄격하고 강하며 날카로운 남자에게 달려갔다. 그녀는 그의 발치에 앉아 머리를 숙였다. 얼마 후 그가 결코 어깨를 두드리지 않으리란 것을 깨달았다. 고개를 들자 그는 그녀의 머리 너머로 보이는 불을 응시하고 있었다. 그가 원한다면 그의 눈은 나를 볼 수 있어. 에일라는 생각했다. 볼 수 있다는 걸 알아. 크렙은 내가 말했던 모든 걸 다 기억했어. 이자도 그랬고.

"브룬, 내가 죽었다고, 내가 혼령이라고 생각한다는 거 압니다. 눈길을 돌리지 마세요! 이렇게 부탁드려요, 저를 봐주세요. 너무도 순식간에 일어났어요! 떠날게요. 떠난다고 약속해요. 하지만 두르크가 걱정돼요. 브라우드는 아이를 싫어해요. 아시지요? 브라우드가 족장으로서 그 아이에게 해코지라도 하면 어쩌죠? 두르크는 씨족의 아이예요, 브룬. 브룬이 아이를 받아주었어요. 브룬, 이렇게 간청해요. 두르크를 보호해주세요. 오직 당신만이 할 수 있어요. 브라우드가 아이를 해치지 못하게 해주세요!"

브룬은 애원하는 여자에게서 천천히 등을 돌렸다. 여자를 보지 않으려는 몸짓보다는 자세를 바꾸려고 시선을 돌리는 것 같았다. 하지만 그녀는 그의 눈에서 아주 희미하게 알았다고 말하는 기색을 느꼈다. 그것이면 충분했다. 그는 두르크를 지켜줄 것이었다. 그는 사내아이를 낳은 어머니의 혼령과 약속했다. 사실 너무 빨리 벌어진 일이긴 했다. 그 전에 그녀는 미리 부탁할 시간을 가지지 못했다. 브룬은 그 정도 선에서는 브라우드의 판단에 개입하지 않겠다는 자신의 결심을 굽혀도 좋을 것 같았다. 그는 제 짝의 아들이 에일라의 아들에게 위해를 가하는 것은 내버려두지 않을 터였다.

에일라는 자리에서 일어나 결의에 찬 얼굴로 동굴로 들어갔다. 그녀는 브룬에게 말하기까지는 떠나겠다는 결정을 내리지 못한 상태였다. 하지만 일단 말을 하고 나자 그녀는 굳게 결심했다. 크렙의 죽음을 애도하는 일은 잠시 마음 한편에 밀어두고 그녀의 생존이 위태롭지 않을 때 다시 꺼낼 생각이었다. 그녀는 정령들의 세계든 아니든, 어디로든 떠날 작정이었지만 아무런 준비 없이는 나서고 싶지 않았다.

처음 동굴 안에 들어갔을 때 그녀는 무너진 정도를 파악하지 못한 채 낯선 공간을 한참 응시했다. 씨족 사람들이 밖에 있었던 것이 참으로 다행이었다. 심호흡을 한 그녀는 동굴의 위험한 상태를 무시한 채 크렙의 불터로 서둘러 갔다.

그녀는 자신의 잠자리에 떨어져 있는 돌을 옮겨놓은 뒤 모피 덮개를 털고 그 위에 물건들을 쌓기 시작했다. 약자루, 줄팔매, 밭싸개, 각반, 손싸개, 털가죽으로 안을 댄 두르개, 머리싸개, 물잔과 그릇, 물부대, 도구들도 챙겼다. 그녀는 동굴 뒤쪽으로 가서 말린 고기와 과일, 기름을 섞어 만든 영양분이 농축된 고열량의 영양식을 찾았다. 또한 돌무더기 속을 뒤져 단풍나무 설탕을 넣어둔 자작나무 껍질통과 견과류, 말린 과일, 곱게 간 곡물, 약간의 푸성귀를 찾아냈다. 긴 겨울이 끝나가는 터라 종류는 그리 다양하지 않았지만 양은 충분했다. 그녀는 채집 바구니를 털어 먼지와 돌들을 쏟아내고 그 안에 짐을 쌌다.

그녀는 두르크의 포대기를 들어 올려 얼굴에 갖다 댔다. 눈물이 고일 것 같았다. 두르크를 데리고 가지 않아 포대기는 필요 없었지만 그것도 짐 속에 넣었다. 무엇이 되었든 아이와 함께 했던 시간을 추억할 만한 뭔가를 가져가고 싶었다. 아직 이른 봄이어서 초원은 추울 터였고, 북쪽은 여전히 겨울일지 몰랐다. 그녀는 어디로 갈지 의식적으로 결정을 내리지는 않았지만, 반도 너머 북쪽의 대륙으로 가게 될 것이었다.

마지막에는 사냥 여행에 갈 때 사용하던 가죽 천막을 가져가기로 했다. 엄밀히 말해 그것은 그녀의 것이 아니었다. 그녀는 자기 것이라면 무엇이든 가져갈 수 있었다. 남겨놓고 가봐야 다 태워질 것이었다. 그녀는 자신이 챙긴 음식은 당연히 자신의 것으로 여겼지만 천막은 크렙의 불터에서 사는 이들 중 누구나 사용하되 그 물건의 주인은 크렙이었다. 하지만 그는 떠났으니 천막이 더는 유용하지 않을 것이고, 그가 그런 것에 신경을 쓸 것 같지 않았다.

그녀는 천막을 채집 바구니 위에 올려놓고 물건들이 제자리에 있도록 끈으로 묶은 뒤, 무거운 짐을 등에 짊어졌다. 동굴을 발견한 후부터 줄곧 그녀의 집이었던 불터의 한가운데 서 있자니 눈물이 쏟아질 것 같았다. 그녀는 다시는 이곳을 보지 못할 터였다. 기억들이 만화경처럼 그녀의 머릿속을 쭉 지나가다가 몇몇 의미심장한 장면에서 멈추곤 했다. 그녀는 마지막으로 크렙을 생각했다. 크렙이 무엇 때문에 그토록 고통받았는지 알 수 있다면 좋을 텐데요. 어쩌면 언젠가 내가 이해할지도 모르지요. 그래도 크렙이 정령의 세계로 떠나기 전에 함께 이야기해서 정말 기뻤어요. 크렙과 이자, 씨족 사람들을 절대 잊지 못할 거예요. 그러고 나서 에일라는 동굴 밖으로 나왔다.

누구도 그녀를 보지 않았지만 그녀가 다시 나타난 것을 모두가 알았다. 동굴 밖 샘물에서 물부대에 물을 채워가기 위해 멈춰 선 그녀의 머릿속에 또 다른 기억이 떠올랐다. 부대를 물속에 넣어 물결이 일기 전에 그녀는 몸을 숙여 물에 비친 자신의 얼굴을 봤다. 유심히 얼굴의 이곳저곳을 살펴봐도 이번에는 그렇게 못나 보이지 않았다. 하지만 그녀가 궁금한 것은 자신의 얼굴이 아니었다. 그녀는 다른 종족의 얼굴을 보고 싶었던 것이었다.

그녀가 일어섰을 때 두르크가 자신을 꼭 안은 우바의 팔에서 벗어나려고 버둥대고 있었다. 자신의 엄마와 관련해서 무슨 일이 일어난 게 분명했다. 그게 무엇인지는 몰랐지만 기분이 좋지 않았다. 그는 갑자기 홱 우바의 팔을 풀고는 에일라에게 달려갔다.

"어디 가려는 거지."

그는 어떤 낌새를 알아차리고 자신에게 말하지 않은 것에 분해 하며 따지듯 손짓했다.

"두르개랑 덮개랑 다 걸치고서 멀리 가려는 거지."

에일라는 아주 잠깐 주저하더니 두 팔을 벌렸고 곧바로 아이가 품속에 들어왔다. 그녀는 아이를 들어 올려 꼭 끌어안은 채 애써 눈물을 참았다. 아이를 내려놓은 그녀는 아이의 눈높이로 쪼그리 고 앉아 커다란 갈색 눈을 들여다보았다.

"그래, 두르크. 멀리 가려는 거야. 가야만 해."

"나도 데려가, 엄마. 나도 데려가!"

"너를 데려갈 수는 없어, 두르크. 넌 여기 우바랑 같이 있어야 해. 우바가 잘 보살펴줄 거야. 브룬도 마찬가지고."

"나도 따라갈래!"

두르크가 거칠게 손짓했다.

"나도 엄마랑 갈래. 날 두고 가면 안 돼!"

우바가 그들에게 다가왔다. 그녀는 혼령에게서 두르크를 떼어 놓아야 했다. 에일라가 아들을 다시 꼭 안았다.

"사랑해, 두르크. 절대 잊으면 안 돼. 엄마는 널 사랑해."

그녀가 아이를 들어 올려 우바의 품에 안겼다.

"나 대신 내 아들을 잘 돌봐주길, 우바."

그녀는 뒤를 돌아 자신을 향한 슬픈 눈을 바라보며 손짓했다.

"아이를 잘 돌봐줘, 내 동생."

그들을 지켜보던 브라우드는 점점 화가 치밀어 올랐다. 그 여자 는 죽은 몸, 혼령일 뿐이었다. 그런데 저 여자는 어째서 산 사람처럼 행동하는 걸까? 그리고 그의 씨족 사람들 몇몇도 그녀를 혼령처럼 대하지 않았다.

"저것은 혼령이다."

그가 화가 나서 손짓했다.

"저 여자는 죽었다. 저 여자가 죽었다는 것을 모르겠느냐?"

에일라는 당당한 걸음으로 브라우드에게 다가가 그 앞에 우뚝 섰다. 그 또한 그녀를 보지 않는 게 힘들었다. 그는 그녀를 무시하려고 했지만 그녀는 여자처럼 발치에 앉지 않고, 위에서 그를 내려다보고 있었다.

"나는 죽지 않았어, 브라우드."

그녀가 도전적으로 말했다.

"난 죽지 않을 거야. 넌 나를 죽게 할 수 없어. 나를 떠나게 할 수는 있겠지. 내게서 아들을 빼앗을 수도 있겠지. 하지만 나를 죽게 할 수는 없어!"

브라우드의 마음속에는 상반된 감정이 다투고 있었다. 분노와 두려움. 그는 한 대 치고 싶은 걷잡을 수 없는 충동을 느끼며 주먹을 올렸다가 그녀의 몸에 손을 대는 게 두려워 그대로 멈췄다. 속임수야. 그는 속으로 혼잣말을 했다. 혼령의 속임수라고. 이 여자는 죽었어. 저주를 받았다고.

"날 쳐봐, 브라우드! 어서! 이 혼령에게 알은척을 해봐. 날 때려봐. 그러면 내가 죽지 않았다는 것을 알게 될 거야."

브라우드는 혼령에게서 시선을 피하기 위해 브룬 쪽으로 몸을 돌리며 팔을 내렸다. 하지만 그 동작은 어색하기 그지없었다. 몸에 손을 대지는 않았지만 주먹을 올린 것만으로도 그녀의 존재를 인정한 게 아닐까 걱정이 된 그는 불운을 브룬의 탓으로 돌리려고 했다.

"내가 못 봤다고 생각하십니까, 브룬. 저 여자가 브룬에게 말을 할 때 브룬은 대답을 했습니다. 저 여자가 동굴에 들어가기 전에 말입니다. 여자는 혼령입니다. 이제 당신이 불운을 몰고 올 겁니다."

그가 비난의 화살을 브룬에게 돌렸다.

"나 자신에게만 몰고 오겠지, 브라우드. 내가 뭘 어찌할 수 있겠느냐? 한데 너는 여자가 내게 말하는 모습을 언제 본 것이냐? 여자가 동굴에 들어가는 것은 또 언제 봤단 말이냐? 어째서 혼령을 때리려고 했느냐? 아직도 모르겠느냐? 너는 여자를 알아봤다, 브라우드. 여인이 너를 이겼구나. 너는 네가 여인에게 할 수 있는 일은 모조리 다 했다. 저주까지 내렸지. 여자는 죽었지만 여전히 여자가 이겼다. 한낱 여자에 지나지 않지만 너보다 더 큰 용기를 지녔구나, 브라우드. 결단력과 자제심도 너보다 낫구나. 여인이 너보다 더 남자답구나. 에일라가 내 짝의 아들이라야 했다."

에일라는 브룬의 예기치 못한 칭찬에 놀랐다. 두르크는 엄마를 크게 외치며 다시 몸부림을 치고 있었다. 그녀는 더 이상 참을 수가 없어 서둘러 그곳을 떠났다. 브룬을 지나가며 그녀는 고개를 숙이고 감사의 손짓을 했다. 산등성이에 이른 그녀는 몸을 돌려 마지막으로 한 번 더 뒤를 돌아봤다. 코를 긁으려는 듯 손을 들어 올리는 브룬의 모습이 눈에 들어왔다. 하지만 그것은 그가 어떤 손짓을 하는 것처럼 보이기도 했다. 그것은 그들이 씨족 모임을 떠날 때 노르그가 했던 손짓과 똑같았다.

"우르수스와 함께 걷기를."

에일라가 무너진 산등성이 뒤로 사라지며 마지막으로 들은 것은 애처롭게 울부짖는 두르크의 목소리였다.

"엄마, 엄마아, 엄마아아!"

《대지의 아이들 1부: 동굴곰족》 마침.

《대지의 아이들 2부: 말들의 계곡》에서 계속됩니다.

옮긴이의 말

약 3만 5천 년 전 빙하시대를 배경으로 한 이 소설은 총 6부작으로 완성된 '대지의 아이들 시리즈' 1부 《대지의 아이들 Ⅰ : 동굴곰족》(이하《동굴곰족》)을 우리말로 옮긴 것이다. 2010년을 기준으로 총 4천 5백만 부 이상 팔렸을 정도로 전 세계 독자들의 사랑을 받았던 '대지의 아이들 시리즈'는, 국내에서는 2003년 1부가 소개된 이후로 4부까지 출간되었다. 하지만 안타깝게도 마무리되지 못한 채 절판되어 국내 독자들의 기억에서 희미해질 무렵, 이렇게 다시 소개할 수 있어 기쁘게 생각한다.

'대지의 아이들 시리즈' 1부 《동굴곰족》이 1980년 미국에서 출간되었을 당시, 다양한 연령층의 독자들에게 사랑받았을 뿐 아니라 독특한 소재 때문에 고고학자와 인류학자 같은 전문가들의 관심을 한몸에 받았다. 아마존 서평을 통해 일반 독자들의 반응을 살펴보면, 당시 유년기와 청소년기를 보낸 독자들에게도 전폭적인 사랑을 받았던 것으로 보인다. 청소년기에 《동굴곰족》을 읽고 주인공의 삶에 감동하여 훗날 딸의 이름을 '에일라'로 지었다는 일화부터, 이 책을 처음 읽기 시작한 청소년기를 회상하는 애정 어린 추억담들이 줄을 이었다. 2015년 《동굴곰족》이 TV 드라마로 제

작된다는 기사가 발표되자 시리즈의 오랜 팬을 자처하는 수많은 독자들이 뜨거운 기대감을 드러냈다. 오늘날 '해리포터 시리즈'에 버금가는 인기를 누렸던 게 분명해 보인다.

이 시리즈의 작가 진 M. 아우얼은 선사시대를 배경으로 한 소설에 특별히 관심이 없었다면 생소한 이름일 것이다. 그도 그럴 것이 1980년에 출간된 1부를 시작으로 2011년에 발표한 마지막 6부에 이르기까지 30여 년에 걸쳐 오로지 '대지의 아이들 시리즈'에만 매달린 작가이기 때문이다. 소설을 읽다 보면 문자로 된 기록이 전혀 남아 있지 않은 선사시대를 배경으로 어떻게 이토록 장대한 이야기를 펼쳐놓을 수 있었을까, 작가에 대한 궁금증이 일지 않을 수 없다. 특히 그 시대의 동굴과 서식하던 식물군을 비롯한 자연환경, 당시 사람들의 의식주 등 생활상을 눈에 보일 듯 세밀하게 그려냈다는 점에서 작가의 배경에 더욱 관심이 간다. 고고학이나 인류학을 전공한 사람이 아니라면 이토록 자신 있게 그 시대를 그려낼 수 없으리란 생각이 든 것이다.

그런데 놀랍게도 작가는 대학에서 전자공학을 전공했고, 이 시리즈를 쓰기 전까지는 소설 창작과 전혀 관계없는 삶을 살았다. 고등학교 졸업 후 바로 결혼하여 줄줄이 다섯 아이를 낳고 서른 살이 되어 야간대학을 마친 아우얼은 마흔 살이 될 때까지 육아와 직장생활을 병행하며 바쁜 일상을 보냈다. 30대 후반에 시작한 MBA 과정을 마친 뒤 잠시 하던 일을 그만두고 휴식기를 보내던 아우얼은 느닷없이 한 소녀에 관한 이야기를 떠올린다.

평소 과학 잡지와 소설을 탐독하던 아우얼은 자신과는 전혀 다른 사람들 속에서 살아가는 소녀 이야기를 써보고 싶다는 생각에 사로잡힌다. 처음에는 짧게 써보려고 배경을 구상하며 여러 책을 뒤적이던 중, 고대인류인 네안데르탈인과 현생인류인 크로마뇽인이 함께 살았던 시대가 있었음을 알게 된다. 그 길로 3년에 걸쳐 도서관에 있는 선사시대에 관한 책들을 모두 섭렵하고 유럽 일대의 선사시대 유적지로 현장답사를 다니기에 이른다. 그런 과정을 통해 방대한 양의 고고학적 지식으로 무장한 그녀는 크로마뇽인에 속하는 주인공 에일라가 자신과는 두뇌 기능을 비롯해 신체적 특징도 매우 다른 네안데르탈인 집단 속에서 살아가는 이야기를 써내려간다. 하루 16시간씩 타자기에 매달린 그녀는 짧은 이야기를 쓰겠다는 처음 계획과는 달리 총 6부에 이르는 어마어마한 분량의 초고를 열정과 집념으로 완성한다. 하지만 초고를 읽고 난 후 자신이 소설작법에 무지하다는 사실을 깨닫고는 그 길로 소설 쓰기에 관한 책들을 독파하며 수정작업에 들어간다. 1부 《동굴곰족》을 타자기로 처음부터 끝까지 다시 쓴 횟수만 네 번이라고 하니 참으로 대담하고 무모하기까지 한다.

어찌 보면 작가의 이러한 대담한 도전정신은 주인공 에일라의 대담함과 똑 닮았다. 온갖 역경 속에서 씨족의 주술 치료사로 성장하는 에일라에게시 작가의 치열한 삶의 태도와 뜨거운 열정이 엿보인다. 또한 금기를 깨고 '사냥하는 여자'가 되는 에일라에게는 그 무엇에도 길들지 않는 야성이 펄펄 살아 있다. 30여 년이라는 세월 동안 에일라가 꾸준히 독자들의 사랑을 받을 수 있었던 것도 바로 그 때문이 아닐까. 에일라가 몇 번이나 죽을 고비를 넘기면서도 자신 안에 깊숙이 자리 잡은 생에 대한 의지를 불태우며 강인한 여인으로 자라나는 과정은, 문명과 관습이라는 타성에 젖어 오래전에 잊힌 우린 안의 야성을 일깨우기에 충분하다.

주인공의 의지 못지않게 인상 깊은 것은 다른 종족 태생의 에일라를 구해주는 동굴곰족이다. 진화상 계통에서 보자면 그들은 약 3만 년 전에 멸절한 네안데르탈인이다. 최첨단 과학기술이 도입되기 전까지만 해도 그들은 유인원에 더 가까운 미개한 원시인으로 그려졌다. 작가 역시 배경조사를 하기 전까지만 해도 그러한 편견에서 벗어나지 못한 상태였다고 고백한다. 하지만 작가는 고대인류의 유골이 발굴된 이라크의 샤니다르 동굴에 관한 책을 읽고 나서 그들에 대한 새로운 시각을 가지게 된다. 그들역시 매장의식을 치르고 죽은 자의 무덤에 꽃을 바치는 등, 영적 존재에 대한 의식과 지각을 갖춘 사람이었다는 것을 알게 된 것이다. 특히 팔이 잘리고 다리가 불구이며 외눈이었던 유골은 이 소설에 등장하는 주술사 크렙의 모델이 되었다. 작가는 이러한 불구의 남자가 어떻게 나이 들 때까지 살 수 있었을까, 스스로에게 질문을 던지며 캐릭터와 이야기를 구현했다고 밝히고 있다.

동굴곰족 주술 치료사인 이자 또한 샤니다르 동굴에서 발견된 여자 유골에서 영감을 받아 탄생한 인물이다. 그 유골은 오늘날 흔히 약초로 알려진 식물과 함께 매장되어 있어서 당시에도 치료술이 존재했음을 증명하였다. 샤니다르에서 발견된 유골을 비롯해 수년간 고고학적 자료들을 연구한 결과, 인류의 본성에서 아프고 약한 사람들을 보살펴주는 연민을 발견했다는 작가의 말에서 인간에 대한 근원적인 희망이 느껴지기도 한다.

작가는 현생 인류와 비교해 네안데르탈인의 겉모습부터 두뇌 작용, 그리고 그들이 절멸의 운명에 들어설 수밖에 없었던 이유에 대해서도 상세히 서술한다. 또한 약초에 대한 지식이나 치료술, 요리법은 물론 피비린내

나는 사냥 현장까지 세세하게 묘사한다. 만약 작가가 소설적 재미에만 초점을 맞춰 사건 위주로 이야기를 전개했다면 그런 부분들은 어느 정도 축약이 되지 않았을까 하는 생각도 든다. 하지만 저자는 흥미진진하면서도 지식욕을 충족시킬 수 있는, 평소 자신이 좋아하던 소설을 쓰고 싶었을 뿐이라고 뚝심 있게 말한다. 그러한 배짱 덕분일까? 이 소설에는 당시 고고학계의 정설을 정면으로 반박하는 인물도 등장한다.

그는 바로 두르크다. 그는 네안데르탈인에 속하는 브라우드와 크로마뇽인 에일라 사이에서 태어난 아들이다. 소설이 출간된 당시만 해도 두 인류는 유전적으로 전혀 다른 특성을 지녀 짝짓기가 불가능하다는 이론이 거의 정설이었다. 따라서 네안데르탈인은 현생인류와 아무런 관련이 없다는 의견이 지배적이었다. 실제로 책이 출간되자 작가는 저명한 고고학자로부터 신빙성 없는 가설을 소설에 담아냈다는 비난을 받았다고 한다.

그런데 2008년, 이스라엘 갈릴리 지역에서 발견된 유골은 놀랍게도 두 인류의 특징을 골고루 가진 혼혈인의 모습이었다. 몇 년 후, 미국 하버드 의대와 워싱턴 대학은 공동연구를 통해 두 인류가 짝짓기를 해 자손을 낳았고, 네안데르탈인도 현생인류의 조상으로 볼 수 있다며 기존 이론을 뒤집었다. 그 후 인터뷰에서 작가는 우리 안에 네안데르탈인 유전자가 조금은 존재하는 것 같다고 늘 생각했다며 웃으며 말했다. 과거를 꿰뚫어본 작가의 혜안에 다시 한 번 놀랄 따름이다.

'대지의 아이들 시리즈'는 선사소설이라는 새 장르를 개척했다는 평을 받지만, 출간 당시 '선사소설'이라는 장르가 없어서 편의상 역사소설로 분류되기도 했다. 작가는 굳이 장르를 따지자면 공상과학소설로 묶였으면 하는 바람을 피력했다. 우주선이 등장하는 미래에 관한 공상과학소설은 아니지만 고기후학, 고생물학, 분자생물학 등 여러 과학 분야의 발달로 더욱 활발해진 고고학 연구의 과학적 사실을 바탕으로 상상력을 더해 완성한 소설이기 때문이다. 이 책을 옮긴이로서 말하자면, 이 소설은 선사시대를 배경으로 한 SF인 동시에 성장소설이자 흥미진진한 모험소설이라고 소개하고 싶다. 2부에서는 동굴곰족을 떠난 에일라가 마침내 같은 종족의 남자를 만나게 된다니 어떤 사랑이 펼쳐질지 역자이기 전에 독자로서 자못 기대된다(실제로 이 시리즈가 출간될 때마다 주류 매체와 고고학 관련 학회지는 물론 공상과학소설이나 로맨스 같은 장르문학 전문지에도 서평이 실렸다고 한다).

하지만 장르를 구분하기에 앞서 이야기를 좋아하는 독자라면, 동굴곰족 사람들이 손짓언어로 유려하게 펼쳐 보이는 전설과 옛이야기에 넋을 놓고 빠져들 듯, 이 태곳적 이야기에 빠져들지 않을까. 인류 태동기부터 이야기를 좋아하는 유전자가 우리 몸속 깊은 곳에 새겨져 있으니 말이다. 그리고 우리는 이 이야기를 통해 우리 자신의 모습을 만나게 될지도 모른다. 그들은 인류가 태동했던 시기, 참으로 혹독하고 변화무쌍한 환경에서 살아남은 인류의 조상인 동시에 인류의 유년기를 살아낸 대지의 아이들이었다.

정서진

옮긴이
정서진

숙명여자대학교에서 독문학을 공부하고 이화여자대학교 통역번역대학원에서 한영번역을 전공했다. 현재 번역가로 활동하고 있다. 옮긴 책으로 《스파이스—향신료에 매혹된 사람들이 만든 욕망의 역사》 《미식 쇼쇼쇼》 《신이 토끼였을 때》 등이 있다.

대지의 아이들 I
동굴곰족 2

2016년 3월 18일 초판 1쇄 인쇄
2016년 3월 24일 초판 1쇄 발행

지은이 | 진 M. 아우얼
발행인 | 이원주
책임편집 | 박윤희
책임마케팅 | 임슬기

발행처 | (주)시공사
출판등록 | 1989년 5월 10일(제3-248호)

주소 | 서울특별시 서초구 사임당로 82(우편번호 137-879)
전화 | 편집 (02)2046-2852 · 영업 (02)2046-2800
팩스 | 편집 (02)585-1755 · 영업 (02)585-0835
홈페이지 | www.sigongsa.com

ISBN 978-89-527-8213-7 04840
      978-89-527-8211-3 (set)